虹，这封写给你的长信你于开始了，你也许还记得这是我与你分手的第十个春秋。人生有几个十年？在每一个十年，一个人又能记住多少往事？我与你相识的时候，青春刚刚开始，而现在青春就已经不可阻挡地流逝，我回忆与你相处的每时每刻竟还是那样清晰。尽管离别那一刻的伤痛依然萦绕于心，但我已经无怨无悔，因为得到并不意味着永远，失去并不意味着一无所有。这些年，我经历了许多情感的波澜，每一次都是那样铭心刻骨，而有时又是那样万般无奈。时至今日，我在情感上成了失败者。这一切为我的伤感的人生奠定了基调，我变得更加封闭，更加游离了。我离现实的距离越来越远，越来越生活在对往昔的追忆之中。

我不得不相信，在每一个男人的生命里总是无法摆脱某个女人的影响。这个女人使他的生命充满幻想和忧伤，也可能带给他一生最大的辉煌。这个女人不一定长期生活在他的左右，却能够永远陪伴相伴在他的心中。

人生会突然中断，正如情感突然中断一样。一切都会结束，没有永恒，只有结束才是永恒。一生为情所困，为他为情而止吧！

如果我死去，请把我埋在……我曾经说过，没有爱，毋宁死。

未名情书

易 行 [作品]

作家出版社

献给所有失恋者和昔日恋人

若是你的快乐感不再那么强烈，那么你的痛苦也一样不再那么揪心。

——毛姆

我只担心一件事，我怕我配不上自己所受的苦难。

——陀思妥耶夫斯基

目 录/ Contents

往事翻旋，光阴已在不经意间悄然而逝，才知道风花雪月的诱惑已经很难打动我心，才觉得走过的漫长路短暂如同蓦然回眸的一瞬。

谁都会害怕，尤其是拼了命的珍惜后却依然什么也留不下。

离别是人生最难面对的情景，却不得不一次次面对。

虹，这封写给你的长信终于开始了。你也许还记得这是我与你分手的第十个春秋，人生有几个十年？在每一个十年中，一个人又能记住多少往事？我与你相识的时候，青春刚刚开始，而现在青春韶华已经不可阻挡地流逝，我回忆与你相处的每时每刻竟还是那样清晰。尽管离别那一刻的伤痛依然萦绕于心，但我已经无怨无悔，因为得到并不意味着永远，失去并不意味着一无所有。这些年，我经历了许多情感的波澜，每一次都是那样铭心刻骨，而有时又是那样万般无奈。时至今日，我在情感上仍旧是一个失败者。这一切为我的伤感的人生奠定了基调，我变得更加封闭，更加游离了。我离现实的距离越来越远，越来越生活在对往昔的追忆之中。

我不得不相信，在每一个男人的一生里，总是无法摆脱某个女人的影响。这个女人使他的生命充满幻想和哀伤，也可能带给他一生最大的辉煌。这个女人不一定长期生活在他的左右，却能够永远相依相伴在他的心中。

第一篇　虹

1

一见钟情很适合描述我对虹最初的感情。

我们同系同届，但分属文理两班，上专业课时才在一起。她有着一双许多文学名家盛赞的那种美丽的眼睛。那双眼睛大而有神，顾盼之间，常有清波闪动，这使她在人丛中格外引人注目。我还记得开学典礼的第一天，当校领导走进礼堂，她突然间一回头带给我的心灵震撼：那是一张如此清纯迷人的脸庞，短短的运动发型，白皙的脸颊，灼灼的目光充满着少女的新奇、聪慧和憧憬。那突然的回眸幻化成了我对她爱的最初记忆。

在很长一段时间里，对这个美丽女生的一见钟情不过是时时在脑海涌动的单相思而已。虽然当时的我在才子荟萃的校园里，也算得上系里的风云人物。既是校艺术团的手风琴独奏员，又是校游泳队和系足球队的主力，还是系文艺活动的主持人，而且被认为有点与众不同的诗人气质。在八十年代初期，这些特点就是一个男生在校园里备受关注的元素之一。应该说在整个大学时代，盲目自大或自命不凡一直挂在未经风霜的我的脸上。我向往着白马王子与白雪公主的爱情故事，也渴望着一个焚香煮茶的温婉佳人会突然降临我身边，随我浪迹天涯。我幻想的爱情一定要有一个浪漫的邂逅，然后须得山呼海啸，海誓山盟，最后是经历艰辛，终成正果。凡俗的相识、苟且的相处都是我所不屑的。也许正是这种自命不凡的心理让我在漂亮女生面前也尽力装出泰然自若的样子，包括对虹。即使她从我的身边擦身而过，我也目不斜视。其实不过是一种虚妄的伪装罢了，用于掩饰内心的渴望与胆怯交织的心态。我根本没有勇气去做那种贸然示爱而全然不顾自己敏感自尊的马路追求者。何况，她的美丽与她的高傲一样在系里尽人皆知。她那样年轻，才十九岁，年轻得让我觉得她还根本不需要爱情。有时感到她就是类似于幻影、在我的生活中偶尔闪现却又永远无法靠近的那种人。但结缘于同一个校园有时又让人呈现出侥幸的心理，在去图书馆的路上，在公共课的教室里以及在食堂拥挤的队列中，当她的身影不期然出现在我的视线中，都会引发我内心的触动，使我相信爱情或许会有一千种可能性。而这时虚荣和自卑又会冒出来搅得我心神不宁、忧伤无比。我没有勇气向她表白，又无法容忍看到或听到她与某个男生在一起的事实。单相思真是一种没有体验就无法真切感受的折磨。在一些春天的午后，我常常双臂为枕半躺在篮球场的木梯上，不停地用口哨吹一首《忧愁河上的桥》的曲子。金色的阳光使人迷醉，心中滋生着朦胧浪漫的念头，但回到现实之中，往往是无边的空寂。

我还是设法压抑自己，尽可能转移对她的注意力——我对情感的忍耐力在青春年少时似乎还是可圈可点的。我开始向一位业余围棋三段学习围棋，想在那迷人的黑白世界中忘却牵挂的烦恼，感谢生活还有许多可以寄情于间的东西，让我熬过漫长难挨的时光。两年下来，我的棋艺突飞猛进，但我同时也发现相思之苦不仅没有减少，反而将我层层包裹，它伴着我的生理躁动不时围拢上来，冷不丁狠狠地将我收紧……

我的情感生活还是一片空白。

晚自习时，我独坐在空寂无人的宿舍内，自己跟自己下棋，盯着窗外不时走过的一对对相依相偎的恋人，会不由自主地渴望爱情的降临。

然而，我得承认，爱情真正是可遇不可求的。如果没有毕业实习那一段的生活，我跟虹之间根本不可能擦出任何火花，对于彼此未来的生活也不会造成任何影响。但是，无法预设的机缘从天而降，再加上我性情中人的本质，终于演成一场轰轰烈烈的爱情。当然，这场爱情最终演变出一场撕心裂肺的悲剧。不过，又有几个人能先知先觉呢？让我们还是回到幸福的起点吧！

时光飞逝，转眼到了大学四年级。学校当时安排本专业两个班同学到四个城市做毕业实习。由于四个城市的状况参差不齐，只有通过抽签决定学生的去向。抽签那天我参加校艺术团的演出排练，耽误了一些时间。来到系办公室的时候抽签已近结束，在最后一刻剩下的几张纸签中抽到了去 T 市 N 大学实习的方案。当去 T 市的同学一起搭乘公共汽车去火车站的时候，我意外地发现了虹也坐在车上。

实习的日子是大学生最不安分的时刻，未来似乎越来越近但又还没有着落，有些轻松又有些无所事事。所以整日除了必要的工作学习之外，便是逛街、聊天、恶作剧、打牌。平素接触不多的文理两个班的同学很快就熟络起来，常在一起打球或在 N 大学食堂的饭桌旁纵论天下。

愚人节这一天，参加实习的三个男生个个被折腾一番。理科班的耿志刚被支使到图书馆传达室取信，拆开一看，上写："生日快乐！"他还纳闷："今天不是我生日呀！"理科班另一男生陈宝根得到通知到五层会议室开会，穿着拖鞋的他担心迟到一路攀爬被骗到五层会议室，已经大汗淋漓。陈宝根一推门，里面正在开会，觉得有些不对，但还是探头探脑地问一句："今天这个会有我们参加吗？"一问方知上当，里面开的是分房会。那天我正在一层图书馆编目组学习分类，忽然接到一个内线电话，让我到六层参考咨询室去接一个来自北京的长途，我诧异片刻，又觉长途电话肯定有事，便毫不犹豫就向六层跑。据说那天我的速度奇快，肯定破了个什么纪录。到了咨询部，门口却站着虹和总是与她形影不离的小个子女生石冰，见我上来，两人均掩嘴而笑。我正要向室内走，虹突然对我说："今天是4月1日，祝你节日快乐！"说完，她嫣然一笑。这动人的一笑深深地打动我，并改变了对她的高冷印象。看来她并不像传闻中那样不近人情嘛。

"这是谁的主意？"我拭着额上的汗珠，没敢让眼光过长地停留在她的脸上。

"你们班女生，她们说选你没错，你好奇心重，肯定上当。"

"愚人节的愚人，今年有好运！"

"所以你得请客。"

"不能只是我一个人请客吧？他们都上当了！"

"看你小气劲的，请个客跟抢你钱似的。就让你请，你请不请？"小个子石冰总是说话不饶人。

"请，请！请还不行？"虹美女就在眼前，我不大方也得装豪爽。

这时，一大帮同学从各处钻了出来，一个个笑得前仰后合，女生们催促着让我去买果仁张、桂发祥麻花之类的当地特产。顶着愚人节上当好运来临的幌子，我一路疾行去商店购物。美丽的女孩犹如生活中阳光般的馈赠，她一下子就能改变一个人。一路上回味着刚才的情景，短短的几句对话竟然使我涌上难以言说的幸福感。我后悔自己的表现局促而狼狈，苛责自己没有显得更加从容、机敏一些。

N大学春天的傍晚常常是彩霞满天。实习返回校园之后，有一个小时的自由活动时间。排球场是大家常去的地方。在那些托球练习和比赛中，我心里有了更多非分之想，总是装作不经意的样子把排球托给虹，并总是尽力展示自己实际上很业余的球技。其他两位男生也不例外，不仅生龙活虎，而且妙语连珠，引来阵阵快乐的笑声，这种雄性动物在雌性动物面前的表现本能确实难以掩饰。在接下来的一次与实习单位的乒乓球对抗赛中，我又一次出足了风头。我苦战三局，赢了对方的一号主力，胜了实习队唯一的一场比赛。应该说，这完全是超常发挥，对方曾是T市业余比赛冠军。我那点雕虫小技在平时是根本不可能赢下对手的。超常赢下对手的原因只有我心里知道——因为虹就在加油观战的队伍之中。我每每成功扣出一板，都会听到他们伴着掌声发出的呼喊声。出风头带来的虚荣心的满足真是从未有过的舒爽。实习临近尾声召开的联欢会再次提供了展示才华的机会。长年担任文体委员的我尤擅此道。我当仁不让担任起策划编导的工作。除了一些必备的唱歌、朗诵之类，有人提议出一个口哨合奏的节目，但男生中会吹口哨的只有二人。没想到虹和她们班另一女生踊跃报名，一个男女混搭、别出心裁的口哨四重奏就确定下来。她们来男生宿舍练过两次，大家在一起谈笑风生。吹奏曲目叫《小狗与口哨》。现场表演时大家配合默契，现场效果颇佳，尤其是我自告奋勇在曲子临近结束时模仿狗叫，博得全场哄堂大笑。为了博得红颜一笑，我也是插科打诨到不管不顾的地步了。

晚会由我和实习单位的一个小伙子主持。其中有一个游戏叫"一切行动不听指挥"，由两个主持人各从自己单位选出四人参加。这个游戏还有一个串场的需要，按照事先的约定，虹将成为这个游戏最后一个告负者，并将由她以受罚的形式引出她们班的节目。但我在选人时由于慌乱，竟将虹排除在游戏之外。她小声提醒道："还有我呢！"又觉得有点泄露天机的意思，遂又大声加一句："我也想参加，可以吗？"众人一片笑声，这个小失误就这样被她的机智圆了过去。她们的节目是小品。编排业余，总体效果一般。唯一出彩的还是虹，她穿着一袭黑色的西服，扮西方摩登女郎状，光彩照人。另一女生扮卓别林，两人一问一答，回顾了实习期间的趣人趣事。美丽的女生就是与众不同，亦庄亦谐，淡妆浓抹总相宜。我利用主持人之便，口是心非地把这个节目大加赞赏了一番。也许是异性相吸的力量，那天我在主持的文艺联欢中又是超水平发挥，有如神助，即兴妙语不断，常常引来满堂掌声，与搭档的配合也是相得益彰。联欢会气氛热烈，大获成功，实习单位的领导盛赞 P 大学人才济济。

实习圆满结束，留下三天时间参观游览。指定参观地点包括省图书馆、科技情报所等。我的目光像被磁石吸住一般总是不由自主地追踪着虹的身影。她不时浮在脸上的灿烂笑容令人心生向往。第三天游览车开到海边，参观港口的集装箱码头。我意外地发现虹没有来。从旁人的交谈中，我了解到虹参加了 W 大学的研究生考试，昨日对方来电："参加分配"，意味着她未被录取。

参观完毕，在港口吃了午餐。回来午休之后，两个班实习同学组成的男女混合队到排球场举行排球"告别赛"。一场过云雨初歇，走在路上，看见虹正踩着浅浅的水洼在湖边徘徊。我轻唤她的名字，竟然像久已熟识的亲人。她满脸狐疑地望着我，似在问：你有什么事吗？我连忙问她是否愿意参加下午的比赛。看到她心事重重的样子，以为她肯定会拒绝参加，没想到她爽快地答应说没问题，一定奉陪。

告别赛打得异常平淡，疲劳和心不在焉影响了队员的专注度。往日风生水起、笑语声喧的场面踪影全无。比赛中那些男女混搭出现的精彩配合也少之又少。球场上只有在空中来回飘飞的排球发出的单调、沉闷的声响。虹也明显不在状态，发球、接球失误频频。那个排球女将般充满活力的灵动身影仿佛成了另一个人。这个天之骄女大概从未经受过什么人生挫折吧，怕是一时承受不了吧。我这样想着，也没了打球的心思，心里盘算着怎么给她一个恰如其分的安慰。

比赛第一局刚刚结束，天空下起了蒙蒙细雨。众人在场边等待雨停，见老天并无罢休之意，只好草草收兵。一个个低着脑袋，悻悻而归。我望着虹离去的背影，抑制不住对她的思念和牵挂，却又不知如何是好。把球扣在湿漉的水泥地面上声声作响，心里头七上八下，焦虑不安。

窗外雨声淅沥，楼上的宿舍传出小提琴如泣如诉的旋律，犹如水滴石穿般湿漉漉的感觉倾泻进来，令人幽思绵绵。我平生第一次有了明确指向的青春期相思在临近毕业的时候汹涌而来，它是那样浓重、哀伤，像麦芒一般隐隐刺痛我的心灵。

2

这支实习分队，男生只有三人，加上带队教师共四人。带队教师姓胡，也是毕业留校不久的年轻人，没有距离感。四个人混居一个学生宿舍。晚饭后，围坐一张书桌十分较劲地打"拱猪"，由于心有旁骛，我总是出错，"出口"次数最多。

"怎么回事，第二张就敢出'猪'？这是给谁送彩礼呢？"陈宝根向我起哄。

"对不住大家，影响大家水平发挥，这样吧，我退出，你们三个人打更有意思。"

"别这样，你退出，我们把分添给谁？"

胡老师是个善解人意的人。看出敝人情绪不佳，无心恋战，便替我解围："他今天牌运不佳，不能趁火打劫，咱们放他一马！"

"赌场失意，情场得意。莫非你小子要交桃花运？"

"别废话，到底玩不玩？"

老师发话，只能服从。几位牌友调整座位，点烟，倒水，洗牌，继续酣战。

我从耿志刚床头抽出一本厚厚的小说，倒在床上翻看起来。看了几页，竟不知书中所云，注意力怎么也集中不起来。

窗外雨声淅沥，楼上的宿舍传出小提琴如泣如诉的旋律，犹如水滴石穿般湿漉漉的感觉倾泻进来，令人幽思绵绵。我平生第一次有了明确指向的青春期相思在临近毕业的时候汹涌而来，它是那样浓重、哀伤，像麦芒一般隐隐刺痛我的心灵。

我用那本厚书盖住自己的脸庞，有一种流泪的冲动。如何才能走近这个近在咫尺的女孩困扰得我心神不宁。我想给她写信，但几次提笔，都是有头无尾，词不达意。如今，实习已近尾声，倘若再无进展，或将永失良机、追悔莫及。是时候豁出去了，过了这个村可能真没这个店了！大胆、勇敢、果断地表露一下，有什么可怕有什么可担心呢！必须改变自己志大才疏、优柔寡断的弱点，下定决心立即行动。不给青春留遗憾，不给人生留死角。何况，向她这样一个美丽出众的女孩表达爱情，即使失败，也没什么大不了的！既然想追求一场轰轰烈烈的浪漫爱情，就不能总把失败放在心上。

我把小说扔到一边，从床上坐起来。脑海中迅速盘算着一个方案：借口离开这个房间，走向她的宿舍。然后在楼下高喊她的名字，待她出来，则谎称带队老师找她有事——这样可以避免其他同学的干扰。然后，一路同行，在雨中将我的心思和盘托出。

我对苦战正酣的战友们抛了一句："头疼，出去转一下啊！"就打着伞出了门。

三转两折迅速来到虹的宿舍楼下，突然间欲言又止，在楼下徘徊五六次也未能喊出她的名字。嘴上像被绷带缠住了。我忽然感到自己的方案毫无创意，显得唐突而愚蠢：倘若我果真喊出她的名字，不仅她会大吃一惊——为什么我一个外班学生突然跑来叫她去见带队老师？更会遭到她们班女生哄笑——那些机灵鬼早已在球场上发现了风吹草动。这个草莽的追求者就这样没有章法地贸然浮现了，完全没有想象中那样浪漫、机敏和周密设计后的自然而然。不该冒失时的冒失只会贻笑大方。

我在雨中彷徨了半个多时辰，终于还是回到宿舍。若无其事地躺回到床上，继续阅读不知所云的小说。

这时候，走廊里传来依稀的脚步声，声音由远而近，在我们的宿舍门口戛然而止。接着，出现了轻微的敲门声。

"有人敲门？"耿志刚说，他的脸上已贴满了白纸条。

"听错了吧，大雨天谁会来串门？"陈宝根急着要出牌，有些不耐烦。

"快出呀，该你了。这一把能把两个人送出国。"胡老师说。

又有敲门声，声音有力清晰。果真有人！

准是找错地方的冒失鬼，我想。我们这幢靠大门的一层宿舍经常会有人来此投石问路。

"谁呀？"我懒洋洋地问一声，起床开门。

来人竟是虹！

她身穿一件黑皮夹克，手中拎着一把滴水的黑色雨伞，系在脖间的雪白纱巾将她的脸庞映衬得分外清爽俊逸，乌黑的秀发沾着粒粒雨珠更显亮泽。

我心中暗喜且惊慌起来，第一次这么近距离欣赏到她的脸庞。她那细细的弯眉下的一双大眼睛，黑白分明，闪动着聪慧的光芒。

"你，噢，是你呀！"我嗫嚅着，不会是找我吧？我声音有些发颤，但很快强作镇静："快请进来吧！"

虹浅然一笑，似雨雾中一朵妖媚的荷花："我找胡老师。"我才意识到自作多情，她怎么可能主动来找我？真是做梦吧。

胡老师正忙着算分，头也没回地说："稍等片刻。"

"他们激战正酣，这一局可能有两人要钻桌子，先请坐。"我忙不迭地解释，并不时打量那条好似冰山雪莲一样的白纱巾。

虹又是莞尔一笑，轻轻坐在我的床边。

牌桌上一阵吵闹，胡老师和另一男生双双出口。"快过来替我。"胡老师喊我。

"钻桌子我可不替。"我不满地抗议。

"这局免了，是你救了我。"胡老师指着虹说。

我坐过去继续摸牌，但有些心不在焉，侧耳谛听她跟胡老师的谈话。

"胡老师，我想请三天假，回M城老家一趟。"

我心中不由一惊，一下抓了两张牌。

"家里来了电报，有关毕业分配工作之事要与我商量，很紧急。"

"实习任务完成，倒也没什么事了。分配大事不能耽误。"胡老师慢悠悠地说，他是个开明人。

"你想什么时候走？"胡老师问。

"今天晚上。"她说。

三个男生全都停止摸牌。

"车票买了吗？"

"没有，我想到车站等退票或先买站台票上车。"

"下这么大雨，你一个人到车站？"

"我们可以送她。"我忍不住抢先表示。

他们班两个男生也附和。其中有她的老乡耿志刚。

"那你们俩去送她吧！"胡老师指着虹同班的两个男生说。

"那就谢谢了。"虹对那两位同学说，"我先回去准备一下。"

虹要走了，这一走可能毕业前将再没有机会了。我的心一下空虚至极。跑到洗手间，不停地将凉水泼到脸上。这时，虹班上的陈宝根也来到洗手间，我毫不犹豫一把抓住他的胳膊。

"让我去送她吧！"我的脸上湿漉漉的，像一个人刚刚号啕过似的。

"为什么？"他显得颇为诧异。

"我，实话说吧，我对她有想法不是一天两天了。"

"慢点，什么意思？你说清楚。"

"我想追她。"我的声音平静、坦率，连自己都有些意外。

陈宝根侧过脸来，把手从哗哗响的水龙头中抽回来，好像突然被烫到了。他侧过脸来，瞪起他那双小眼睛打量我半晌，似乎想判定我是否在开玩笑。

"你若真想追她，我可以给你这个机会。不过——"他顿一顿说，"她可不是一般的女孩，想追她的人排着长队，都碰得头破血流。"

"我想试试。输了也不丢人。"我坚定地说。

"就这么办吧！我就说今天晚上一个中学同学要来看我。"

"多谢了！"

他伸出手来与我相握，并且在我的手上重重地拍了一下，好像我将承担什么了不起的重任一般。无论如何，这关键时刻的同学情谊还是让我感动。若不是在洗手间，我真想给他一个拥抱。

"替我保密。"

"放心吧。"

我意外地赢得了这次契机。几年后，回想这件事，仍觉得感慨万千。我想，若没有这个转折点，以后的人生或许是另一条截然不同的轨迹。

公共汽车在雨中向着火车站的方向疾驰，雨幕中的城市街景忽明忽暗、朦胧迷离。连绵不断的雨珠碎银般洒向街灯照射下的柏油路面。路面被雨水冲刷得分外洁净，闪动着熠熠微光。

虹与耿志刚坐在一张两人座上，而我则坐在他们对面。一路上，大家言语不多，而我已感满足——只要能够送她就够令人欣慰了。

雨是多么美好的事物啊！它令一切都变得那样清新、隽永，回味悠长……我没有机会与虹说话，只听到他们俩激动地商量着返校后的一些活动安排。我眼光佯装凝视窗外，只用余光不时看着她。

车站上永远拥挤着行色匆匆的人群。操着五花八门的口音、着各色各样装束的男女老幼组成的人流，背着大小不一的旅行袋，在候车室喧闹走动着。乘客们匆忙、焦躁，又显出莫名其妙的兴奋。

虹挤到售票口时，赴M城的车票早已售罄。还有十五分钟，列车就要启动了。

她显得异常镇定，丝毫没有一般女孩在紧急时刻的慌乱。她对耿志刚说："你去帮我买张站台票我先上车再说。"

"不行，"我说，"二十多个小时呢！连座位都没有，站桩也不是这么个站法。不然，明天再走吧！"

"时间急迫，顾不了那么多了。"虹苦笑着摇头。

耿志刚去买站台票，只剩下我们俩，彼此一时无话。沉默一会儿，她对我说："不然，你先回去吧！让你辛苦一趟够麻烦了。"

我摇头拒绝，然后说："你先在这儿待着别动，我到售票口看看还会不会有退票。"

不一会儿，我兴奋地拽着一位老者来到她的面前："他有退票。"

这时，耿志刚也已回来，手中紧攥着一张站台票。虹立刻拿过老者的退票，仔细审看：正是从T市到M城，十点二十分开车，还有座。

"太好了！"她兴奋地击了一下手掌，这时候的虹像玩跳绳游戏胜出的纯真活泼的小女孩。

我立刻掏钱买下这张票，感到如释重负。

"真是绝处逢生。"虹不禁感叹。

"算不上绝处，小事一桩罢了。有我们在还不跟如有神助一样。"我得意地开起玩笑。

"真太谢谢你了！"虹伸出手激动得拍一下我的胳膊。这个动作犹如电流传导一般令我怦然一动。

"先上车吧！"耿志刚瓮声瓮气地说。

我发现，我和虹的心情都显得异常轻松。快上车的时候我想开个玩笑，于是对列车员说：

"她是第一次坐火车，请多关照。"

虹听后大笑起来："撒谎都不打底稿。"

开车的铃声已经拉响了。

虹的座位临窗，她探出头来向我们告别。

我走上前去，大声对她说："虹，到站后给我们来封信，报个平安。别忘了啊！"

虹怔了一下，却没有回答，只是冲着我们挥手道别："快回去吧！麻烦告诉我们宿舍的同学一下。"

列车启动的一瞬间，一股从未有过的强烈的思念之情涌向我的胸口，我即刻按捺住自己的情绪，宽慰自己：这只是暂别，在一个晴天，一个无比清新的黎明，幸福的相逢很快就会到来。

从车站回来的路上，我兴奋异常，对耿志刚滔滔不绝地讲述着毕业后的设想，还向他夸赞了虹，说想不到虹这样从小众星捧月长大的女生还是一个个性鲜明、做事果断的人。殊不知选错了倾诉对象。耿志刚一直话语不多，一副闷闷不乐的样子。

回到宿舍，陈宝根等人已经熄灯入睡，我刚要爬到上铺睡觉，陈宝根忽然拉一下我的胳膊，把我拉到他床边，低声问："怎么样？"

"我说挺好，一切顺利。我还露了一小手。"

"别想得那么简单，有人要成为你的情敌了。"

"谁？"

"耿志刚，他喜欢虹已经不是一年两年了。"

3

在虹离开 T 市三天之后，实习的同学陆续回到北京。

校园已经披上夏日的盛装，草坪一片翠绿，湖畔的杨柳在轻风中摇曳。就要离开这个生活了近四年的地方了，一股依依惜别的心情涌上心头。

我的初恋实际上从一开始就遇到了麻烦。毕业当口，情敌强劲，不安定感时时牵动着我敏感的神经。我隐隐地为虹的分配去向担心。虹实际上面临两种选择：一是留京，二是回所在省份 M 市。两种选择均只有一个名额，而她们理科班有两位来自同一省份的学生。问题的复杂性在于，她的那位老乡正是耿志刚，且已暗恋她四年，这件事渐成公开的秘密。留京是八十年代中期的最佳选择。她与耿志刚均渴望留京，这一点不言而喻，但只有一个留京名额，两者必居其一，他们两人何去何从还决定着我未来的命运。

局面如此错综复杂，如何发挥我的影响成了决定未来局势走向的一个重要因素。我是本市指标，留京没有问题。如何能够暗中助她留下来则是问题。首先必须说服她努力争取留京。虽说距离不是障碍，但在这个一切尚未明了的敏感时段，她如果分回 M 市，两人还未正式开始的关系必将凶多吉少；但是，要让她留下来必须有一个充分的说服主管分配的班主任和系领导的理由。这个理由显然是我们能够确定下恋爱关系。一次雨中送别能成为恋人关系的理由吗？答案显然是否定的。如何让这种八字没有一撇的关系在这个多事之秋向前推进而又不让人猜测其中的微妙理由着实费人思量。

虹住的宿舍离我的宿舍只有一幢楼之隔，那天我从图书馆还书回来的路上，看见虹背着一个旅行包走进她住的楼里，晚饭后我便径直来到她的宿舍。敲开她的房门，穿红毛衣的她正站在屋子中央与人聊天，同室女生都在，好像还有我们文科班的女生。

"我来找她。"我指着虹说。

众人无不显出惊讶之色。这是在 T 市那个雨夜送别之后，两人第一次见面。T 市实习结束时，有关我在追求她的传闻已经不胫而走，但只是捕风捉影。现在我毫不掩饰地来宿舍找她，风传的消息得到证实。其他女生像商量好一般迅速退避三舍。

宿舍中只留下两个面面相觑的人。她迅速改变这一尴尬局面："请坐吧。"

我坐下，显得手足无措。

"有事吗？"她说，"要不要喝水？"

"不要。"我忙制止道。慢慢恢复了常态，然后开始不着边际地发问，问她那次回 M 市顺利吗，回到家里情况如何等等。她镇定地一一作答，回答得十分简洁。我一时语塞，僵在那里。她问我："还有事吗？"我心中一惊，这不是逐客令吗？后脖颈开始冒汗。于是我慌不择路地冒失发问道："我听说你希望留在北京，是吗？"

"是呀，谁不希望留下？"

"那你的理由呢？"

"照顾我奶奶。"

"这怕是不够吧？"

"那还有什么理由？"她悠闲地笑问，像与一个小男孩开着玩笑。

"我……我觉得还可以找到别的理由。"

虹会说话的眼睛突然打量着我。片刻之间，她转过身打开录音机，里面传出卡朋特的歌。

与虹平时形影不离的小个子女生石冰推门走了进来，床上乱翻一通，什么也没拿，又往外走，临走还冲她扮鬼脸。

她咔嗒一声关上录音机："我是外地来的，我必须回去。这次回家，我父亲已为我联系好了一所高校。"虹的语气变得严肃起来，大一时那个我眼中俏丽活泼的小女生原来是如此有主见。

"有一个留京名额。"我提醒道。

"我不想争，我没有理由。"

我顿住了，脸上泛起了潮红。

虹大概看出了我的窘态，便缓和语气说："想喝什么饮料？果汁行吗？"我点头。她又说，"上次在 T 市，多亏你送我，否则我怕回不去呢！"

"区区小事，何足挂齿。"我接过虹递过来的果汁，喝了一口，觉得甜爽宜人。

虹宿舍的那个一脸坏笑的石冰又一次蹑手蹑脚地钻进来，从床上拿一件东西，匆忙向外走，虹忽然叫住她："别走呀，冰冰，等一会儿咱们一起去逛书店。"

我意识到刚刚召开十几分钟的记者招待会已到了"无可奉告"的阶段。

我显得愈发局促不安起来，紧张到了极点，好像一块石头马上就要从崖壁上掉下来。我鼓足勇气问她："能跟你正式谈谈吗？"

"谈什么？现在还不够正式吗？"

"我，我想采访你，不受干扰地采访你。嗯，快毕业了，我想了解一下你的感受。"

她笑了："有这个必要吗？我又不是先进人物。"

"系刊要写稿，你就帮个忙吧！"

"什么时候？"

"明天晚上七点，在俄文楼，怎么样？"

她又一次笑了："看来你是早就策划好了，那我只好恭敬不如从命了。"

"你不会不来吧？"我又傻问一句。

"我是说话算数的。"虹一本正经地回答。

我提前二十分钟来到俄文楼前，虹是准时而来的。令我吃惊的是，她是哼着歌来的，哼唱的好像是苏联歌曲《海港之夜》。虹没有我想象中女孩赴约时的羞怯感，也远远没有我想象的那种傲慢。一件外套像男孩似的搭在肩上。

"谢谢你能来接受我的采访。"

"你怎么能肯定我会接受这种采访？"

"我觉得应该能，我有这个自信。"

"你以为……"虹没有说出口，后来告诉我她想说的是："你以为我是那种随随便便就和男孩子出去的人吗？"但觉得这话不够周全，听起来像不打自招。

时时冷场，我心中责骂自己没出息，关键时刻掉链子，准备的问题都想不起来。

虹倒是从容、老练得多，无话可说的时候就哼唱歌曲。

两个人走到先贤墓前，想找个石凳坐下，但那附近成双结对的人太多，不宜久留。

虹再次感谢我那次雨夜送别，并说："想不到你这个人挺能干的。"

"哪里，哪里，平时也并不那么有办法，偶尔露峥嵘而已。"我不愿告诉她我的生活能力之差在同学中也是有名的。我曾经用凉水直接煮挂面、到车站接人记错时间等等。

"是在女生面前就有灵感吗？"虹说这句话时脸上浮现着半开玩笑的笑意。

"嗯，恐怕是吧！不过，我可不是一个只给女生献殷勤的人，我本来就乐于助人。"

"其实那天你没必要送我，有一个人就够了。"

"那你不是就得站着回去了吗？"

"你又不是卖票的，你怎么知道我没有办法？我一个人坐火车不是一次两次了。说实话，我很奇怪那天你送我，能告诉我为什么吗？"

虹的目光正视着我，说话的语气并不严肃，好像在循循善诱一个坐在她面前的学生。但这个问题令我有点难堪："没什么，没什么，只是想给你一个好印象吧！"

虹被我憨厚、坦率的回答逗乐了，笑着说："不过，我眼光很厉害的。"

终于聊到了毕业分配，我说可以给她帮助，她问我凭借什么，"难道就凭你与胡老师在 T 市打扑克的那点交情？"

"我可以为你找个充分理由。据往届学生说，这个理由一般而言还是管用的。"

"什么理由？"

"你应该能够猜到。"

她显然知道这是一个什么理由，"这就是你找我的原因吗？你认为我会接受这样的借口吗？"她语气坚定并带着几分恼怒。

"这，这不过是一个建议。你不必太……"

"我绝不是不择手段的人，这一点你应该清楚。"

我又一次僵住了，场面尴尬。半晌，我才说道："我没有贬低你人格的意思。我完全是发自内心，再说……"

"我明白你的意思，不过，这个问题已经没有必要再谈下去了……"虹语气稍微和缓一些。

"你该不是想结束我们的谈话吧？"

"那倒不是，你还没有采访我呢！不过，前提是千万不要再提你那个借口。"

我点头称是，随即又问："为什么呢？"

"很简单，因为这个借口并不成立。"

"那何时成立？"

"不知道。"她说。

"那一块儿走走，行吗？"

虹轻轻地"嗯"了一声。

两个人向校园北面一片幽静的湖泊走去。荷花开在宽大的、沾满水珠的绿叶之上，即使在夜晚，也能看清它纤细的茎和娇嫩的花姿。微风送过，暗香浮动。

两个人好容易找到一张无人的长椅坐下来。

虹突然单刀直入问我为什么要来找她。

"我很欣赏你。"我坦陈。

"欣赏我什么？"

这是我早已料到的问题，她如此一问反而令我感到语无伦次。

"独立性强，有追求，不重打扮。"

"我也很爱打扮。"

"对，但打扮应该给人以大方之感，而不是过分修饰，你的打扮很得体，很自然。"

"你最看重我什么？"

我想说"你的美丽"，但又觉不妥，会遭到她反驳，于是改为："你的一切。"

虹不以为然地笑笑。

"你对我有什么评价？"我反问道。

"你嘛，我其实并不了解你，只是听你们女生说你有才，很有情调，我个人觉得你真的很诚实、单纯。"

虹侧头看一下坐在旁边的我，笑了："你看你就像一个正襟危坐的小男孩。"接着又补充道，"当然，你也有成熟的一面，比如，你还是很有自己见解的。"

我的眼睛悄悄地从虹美丽的面庞滑过，不经意间滑向她起伏的胸部，立刻把视线移开，心中怦然乱跳。

天色越来越暗了，再望向湖面，几乎看不清婆婆起舞的荷花。虹已经将外套披在了身上。

她问我几点了，我说没戴表，她说："你骗人，我看见你手腕上戴着表。"我说表停了。

她无可奈何地叹了一口气，起身要走。

我真不希望此刻与她分离，可又找不到挽留她的办法。

"下次约会在什么地方，明天行吗？"我问。

"不，不行，我不想再见你。"

"为什么？"

"不为什么。你不应该总问女孩子为什么。"

我默默无言地送虹回去，离她们宿舍楼尚有很长一段距离，她便提出分手，我执意要再送她一段。她急了："你怎么这么婆婆妈妈，还像个男子汉吗？"

"你倒像男子汉般果断。"

"你简直令我哭笑不得。"

"为什么？"

"我不想让人看到我们在一起，这个解释你满意了吧！"

我只好为她放行。她说声"再见"，便快步跑着离来了。我伫立原地一动不动，直到目送她娉婷的身影消失在浓重的夜色之中。

4

虹与我分手回到宿舍后，立即遭到同学的围攻。众人一起向她大泼冷水，据说有四盆冷水。石冰认为我这个人虽多才多艺，挺浪漫，但生活能力很差，性格不豁达，格局不大，与虹不是一路人。还有人认为我爱写诗，会做梦，走入社会一定碰得头破血流。还有人说我个性很强，交流协调能力一般，事业上难有大起色。从综合素质看，众人一致认为我输于耿志刚。虹说你们的预防针打得真及时，我正不知如何是好呢！虹又说她对我的印象时好时坏，虽有好感，但绝没有到发展感情的地步，经大家这么一说，立即表示："我听你们的，就此停止。若这样接触下去，只会令我越来越冷，他越来越热。"

宿舍里一片欢腾，都夸她是迷途知返的好羔羊。

与虹初次约会之后，我在校园里走了很久，回到宿舍已经半夜。正要端着脸盆去盥洗室洗漱，看见陈宝根从我的上铺跳下来。走出门来，他边走边告诉我，形势日益紧迫，系里留下耿志刚的可能性更大，因为男生分配占优势。现在耿志刚之所以举棋不动，全是因为虹。陈宝根又问，如果一旦虹回去，你有勇气跟着去吗？这个问题令我一时语塞，只好如实相告说没有考虑过，现在只想着让她留下来。陈宝根用他那洞悉世事的眼光瞄住我，然后做了一个判断：那就要看耿志刚是什么态度了。如果真因为耿志刚的出让而使虹留下来，那舆论一定对虹不利。人们会认为我是趁火打劫，同时也会指责虹的无情无义。真是旁观者清，陈宝根的话令人深思，但我已经无法静下心来思考了。这简直就是情敌间你得我失的零和博弈啊！做人应有的宽厚、正直、礼让都好像失去了用场。什么叫爱情使人迷醉，爱情使人冒失呢！我现在就陷入这种情感的漩涡里，好像被一种无形而强大的力量推动着，莽撞而愚勇。犹如上紧了发条的玩具，只知一往无前。爱情的狂热好像突然治愈了我优柔寡断的毛病，所有可能的误解、非议都无暇顾及了。当然，我并非没有勇气去虹的家乡 M 城工作，但这种选择并不符合两人的意愿。即使虹果真分配回去，两人有缘，那她还可以通过考研的路径再回来。在当前的情况下，确定两人的关系才是重中之重。

爱情的烈焰第一次在我心中无法抑制地燃烧，浑身炙热难耐。必须将这满腔热情一吐为快。好像再晚一点，就会被这烈焰烧为灰烬。

我伏在家中的案头上整整一天，写了一封长达十页的求爱信。出于面子上的考虑，也为了卖弄自己的文字技巧，信中没有使用第一人称，而是用了第三人称，这样有些话似乎更易于表达，结尾处的署名为"一个不愿透露姓名的人"。我在信中尽情表述我的海誓山盟，并牵强附会地论证我们是多么有缘分，比如新生开学典礼上，虹坐在我前排；我们同姓且名字的韵母相同等等——现在想来，着实可笑而幼稚，但那时的确是字字句句满含真诚。我托人把信直接送到虹的手中，随后茶饭不思地等待了两天。

第三天中午，终于有了结果。她托同学送来一封几乎同样长度的回信。信中一一驳斥了我的一些观点，并告诉我，我的那封信文采飞扬，或许会打动许多女孩，可她是那种最难以打动的人。她认为我丝毫不了解她，以我现在的状况，了解她也是无济于事的，她是不会爱我的。并说她根本不指望一个人按照她的意愿改变自己，劝我不要一厢情愿。

我反复诵读这封冷漠苦涩的回信，想从蛛丝马迹中捕捉到一些与字面不同的隐喻。比如我会痴迷地想到，回绝别人的求爱大概是她的长项，她或许经常这样做，但为什么这封信要写如此之长呢！几句话不就行了吗？甚至沉默地拒绝也是完全可以的！这是否说明她对我的态度还是与对其他人有所不同呢？我竭力在那些可能产生歧义的句子里推敲，却怎么也拆解不出我期望的含义来。满腔热情被当头一盆凉水浇下，从头凉到脚，令我清醒许多，却并没有彻底浇灭我的熊熊热望。我怎能就此罢休？我在想，哪个校花是一求而成的？不经历几番挫折打击，怎么可能见到彩虹？再说，或许这正是她考验我的勇气和魄力的时候呢！只有敢于扭转乾坤的人才可能走进她的心。我虽不具雄辩之才，但也要试图以满腔热忱面对面打动她的芳心。

天近傍晚，我带着破釜沉舟的勇气，一脸沉郁地疾步走向她的宿舍楼。三步并作两步上到三楼，伴着怦怦的心跳敲响她宿舍的房门。一个不太熟悉的女生打开门，见到我这个不速之客，一脸惊讶，即而是恼怒："你找谁？"

"找她。"我说。

"又是找你的。"那个女生好像话中有话。

她正坐在床边看书，桌上一杯热茶冒着热气。看到我，并无多少惊讶，似乎预料到我会到来。

"你能出来一下吗？"我压抑着语气，平和地说。眼睛紧盯着她的表情，等待着她冷漠或者礼貌地回绝。

"好，我换身衣服。"她并没有拒绝，这反倒令我吃惊。我在门口等着，她很快出来。

我说："找个谈话的地方，快，你们班主任找你有要事相商。"边说边向楼梯那边走。

"什么事？"

"不清楚。"

她立即顿住脚："哎，你说清楚，要不我下去了。"

我回头淡淡一笑："走吧！去了就知道了。"

虹信以为真，跟我走了下来。我这才告诉她，必须跟她谈谈。

"我要是不去呢？"她问。

"那我就一直在楼下等着你，十五分钟喊一次你的名字。"

"告诉你，我并不喜欢琼瑶小说男主人公的这种方式。"

"那你不打算去了？"

"你怎么知道我不会去？"她的声音变得很轻。

那天我穿一件的确良军上装，背一个绿书包，书包里有把伞。一脸沉痛的表情。

"你怎么写了这么一封信？"

虹穿了一件咖啡色灯芯绒上衣，表情轻松，微斜着头听着我沉重的提问，一副事不关己、若无其事的样子。

"你现在这种情绪，我不想向你解释。"

我们穿过果园旁的小径，很快来到曾经相约的湖畔。

"新生联欢会时，我确实坐在你的后面，你还向后回头看呢，当时你还是个小孩。——当然，我也是。"

"就算是吧！但这能说明什么？这样的偶然巧合多得是。"

"当时我就记住了你，可以说我对你的好感在四年前就开始了。"

"你现在是否平静了？"虹问。

"平静多了。"我说。

"告诉你，我是个感情型的人，但现在这种环境、这种心情，无法正确判断，只能带有很强的目的性，可我不喜欢这种目的性。"

"你心中是否有一个具体形象？你是否觉得我不够标准？"

"我不想回答这个问题。"虹还是那样应付自如，像一个谈判高手面对一个初次登台的新人。

"当然，我有缺点：比如生活底子不厚，思想不深，看法不敏锐，胸怀不够宽广。"

"这些可都是你自己说的。"她俏皮地笑起来。

"但这些都是能改进的。"

"这我同意。"但是她转而又说，"但我们之间没基础。"

"可以打基础。"

"你不符合我的标准。"

"但你并不完全了解我。"

虹说一句，我反驳一句。两个人唇枪舌剑你来我往，终于说得她没了脾气。

下雨了，我撑起伞，很谨慎地往她那边凑凑，以便雨伞能够更多照顾到她。

她提出要走，我说可以换个地方。她显出气恼的样子："我不得不告诉你，我对你很失望，以前同你接触，我一直觉得你是一个果断的人，可我今天很失望。"

我说："我刚为你录了几盘音乐磁带，只是想拿给你，你情绪不好，就算了。"

她让我把她写的那封信还给她，我说忘带了。她说，如果还她，她当场撕掉。我便从兜里掏出，她果真撕掉了，这使我有了一丝安慰，低落的情绪似乎被风瞬时吹散。

"我们这几天先不要见面了，都冷静一下。"

"你可不能冷静，本来就不够热再冷静一准就凉透了。"

她习惯地转着头："那好，换一个说法。我们都需要赶写论文，不是吗？我们总不能因为论文而毕不了业吧。"

"那好，我同意。"第二次见面就这样结束了。

回到宿舍，虹立刻遭到了围攻：这个小白脸又说什么了？你真想好了？他就是一个长不大的小男孩，你需要的是能够镇住你的顶天立地的成熟男人。你们俩根本就不般配。否则，有你操心受累的日子。如果不想找一个儿子，还是免了吧！

另一个问得很具体："下雨了，怎么还不回来？"

"他带着伞呢！"

"他带着伞，不错，可是你没带，你们一块儿打了？"

"嗯！"

"唉——"众人一阵叹息。

"不过，他没怎么打，都让给我了。"

"他、他、他，叫得多亲热，再这样，以后你的事，我们再也不管了。"室友们抗议。

接下来几天，都忙于毕业论文的修改打印以及确定答辩时间。这之后的一天，虹忽然出人意料地主动约我出去，并问我，知道为什么吗？我坦言："知道，大概又是给我泼冷水。"

两个人坐在背阳的土坡上，面对一池碧水。她穿着一件浅粉色的、宽宽大大的衬衫，下摆别在苗条的腰间。衬衫领口微微敞开，露出一段洁白、细腻的脖颈。一头秀丽的短发将她微圆的脸庞映衬得分外清爽，两条嫩藕一般的胳膊紧紧地搂住并拢在一起的双腿。目光犹如清水洗过一般澄澈、透明。

"几天来我一直想得到一个圆满结局，可现在已不抱希望。"她缓缓地对我说。

"那什么是你的圆满结局？"

"大家原本可以成为好朋友，但现在没有条件也没有基础，但我不喜欢生硬地打基础。所以觉得现在这段交往可以结束了。至于以后如何，谁也无法预测。"

"你们宿舍的同学又给你施加压力了？"

"不，这是我自己的想法，我并不是一个轻易受别人思想影响的人。"

"这么说，你是不想再见我了？"

她轻声地"嗯"了一下。

我沉下脸来，一时间无话可说。我拿起一块石子扔到池水里，溅起层层涟漪，她从身边拔下一根草茎放在手中搓着圈。

对面的树上传来了鸟雀的叽喳声。

"叫的是什么鸟？"

"不知道。"她说。

我深情地向她一瞥，说："你在装傻，是喜鹊。"她笑了。我也笑了一下。她说："我今天第一次见你笑。好了，你不生气了吧？为了消除你对我的误解，我可以大略给你讲一下我的经历。"

谈话变得轻松起来，她的讲述生动有趣，简明扼要。

"也没有什么特别之处啊！"

"你还想怎么样？希望我饱经沧桑？"

"那倒不是。你看似挺成熟的。"

闲聊开始。专业爱好，文艺体育，未来发展，无所不谈。我说，上次在 T 市，若不下雨，排球赛她们班必输无疑。虹则说，若不是她来找胡教师，我一定又钻几回桌子。

不知不觉，校园的广播站开始播放音乐。虹望着我瘦削、憔悴的面庞忽然说："我们做普通朋友还是蛮愉快的，将来你找女朋友，我可以当高参，你想找什么样的？"

我调侃道："我这个人有点优柔寡断，想找个能拿主意的。"

虹哈哈大笑起来："你看咱们年级谁有主见？我给你帮忙。"

"我看你就挺有主见。"我也笑了。

虹一下又板起面孔："好，又来了！"然后正色问我，"我怎么有主见？"

"我觉得你有'潜力'。"

"你又看表面了，我不过是偶尔露峥嵘。"

天黑下来，彼此在暗光中注视着对方的脸。我说起在圆明园福海的一次中秋节上，突发奇想要唱《水仙女》的咏叹调《月亮颂》。我从离大家不远处的河边慢慢地唱着走过来，又唱着走回去。歌声在夜晚的河水上和林丛中飘荡。

"这个创意不错，给我唱一下行吗？"

我说："讲了半天话，嗓子发干，怕唱不好。"

"唱——嘛！"她撒娇似的假意哀求。一个漂亮女生这样的请求是难以抗拒的。我只得同意，并开玩笑道："我怕待会儿人家以为哪个男高音来练嗓子呢！"虹大笑："得了，人家还以为哪个神经病犯病了！"

"唱什么呢？噢，'高楼万丈平地起……'"

她的脸一下子转去，叫道："不要这个，要《月亮颂》。"

我唱的是《年轻的心》，后面有一段口哨，她当然也会，两个人来了一段口哨二重奏。

"你的确很有艺术才华。"她说。

"谢谢你的捧场。这好像是我有生以来第一次得到你的夸奖。"

"如果我们是正常的朋友，我才会夸得更多。"

"你是否觉得我只不过是一个有点情调、思想单纯、不谙世事的人。"

"你倒是挺善于自我剖析的。"

"告诉你，我还是有进取心的，我绝不是无可救药的人。"

"这一点我相信，你一定会成熟起来。"

"希望不是五十岁。"

"其实没有必要强求一律，每个人的人生是不一样的。"

"我希望能成为你希望的那样。"

"又来了。"她正色道。

"对不起。我总是情不自禁。"

"你呀！唉！为什么非要在这一段时间频繁联系我呢！"

"实话告诉你吧，我怕你会很快忘掉我。"

"不会的，仅这几天你给我的印象已经够深了。"

她明亮晶莹的双眸如此近距离地打量着我，令我怦然心动。

"这个印象是不是很差？"

"你不应该如此不自信。"

"可能是内心深处的自卑吧！"

"看不出你的自卑从何而来，除了思想单纯，你其实应该算是一个比较杰出的人。"

远处传来了郊区火车的长鸣，那声音浑重、悠长，令人伤感。虹站起身，拍拍搓草茎搓得脏兮兮的手："好了，你该送我启程了。"

绕过燕北园的一片湖区，走到办公楼附近，她说："你是不是从那边那条路走？"

我说好，就开始向另一边转，她忽然从后面叫住我："哎，你不会突然给我写信了吧？"

我说不会。

"你也不会突然来找我了吧？"

我笑一笑："我保证不会。"

"那我就放心了。"她轻快地说。

两个人握手，相视而笑，笑着笑着我忽然低下头，眼睛有点湿润。

一个星期之后，我托人送去我自演自录的手风琴独奏曲磁带。又过了两天，我违背诺言，忍不住又去了她的宿舍，将一本夹着约会信件的小说交给她，约她晚上七点钟在老地方见。

她姗姗来迟，直到晚间音乐停止才出现。我正坐在对向湖面的长椅上，见她过来，忙迎上去，她不理我，径直坐到椅子上。我问她为何气鼓鼓的，她一言不发，坐在椅子上喘了一口气，忽然说："我来听你找我的理由。请你快一些，等一会儿，我还要回去商量毕业纪念册的事。"

我没有马上回答，只是说："想不到你会气成这样，像个小孩。"

"请你告诉我你的理由。"她依然不依不饶。

"这些日子我觉得自己越来越成熟了，因而有些问题能够看得更清。"

"什么问题？"她的心情平静一些。

"比如说到分配，原本你希望留京，却不敢表达，实际上你不应顾虑太多，如果你因为担心别人的议论而放弃争取留京，那是没有意义的。现在我不再是你的障碍，你更应该把你的愿望提出来，至于系里怎么考虑，那是他们的事。"

"谢谢你的忠告，我会处理好的。"

接着我问起她对我那盘手风琴磁带印象如何，她惊讶地表示自己根本不知我送她东西。她说也许是她们宿舍的同学怕她太不冷静，故意给藏起来了。

"她们有什么权利这样做？"我显得颇为生气。

"她们只是出于对我的关心。你打算怎么处理这件事？"

"你说呢？"

"我建议你自己去问她们要。"

我知道她是想让她的同学来说服我。我犹豫了一下，为了表示自己的果断，还是同意了。

第二天上午，我造访了她们宿舍。几个女生对我好一番开导，起初我试图以势压人，可如何能应付那几张利嘴？最后是红着脸大败而归。

我知道一切已经无法挽回，再约虹见面的时候，已经没有了往日的勇气。两人这次见面时间很短，坐了一会儿，她忽然说头昏，站起来要走，身体摇晃了一下，险些没有站稳。

我一路问长问短，送她回去，分手的时候我说："我不说再见了，因为——我相信，你还会回来。"

虹静静地望着我，没有说话。

"难过的时候，我会想，歌德那家伙是怎么出名的？"

虹说不一样，但没有讲下去。

"我说过，我会写一部长篇送给你。"

"我喜欢《百年孤独》。"

"不，我要送你'百年欢聚'。"

跨越山坡的时候，我试图伸手去拉她，但是她躲开了。

快走到俄文楼了，在南阁北阁之间，虹说："好了，就在这儿分手吧！"又问我，"第一次，你为什么约我来俄文楼？"

"没有理由，以前在这里上课，休息时望着窗外的参天古松，我就想，将来谈恋爱，就到这里来。"

虹笑起来说："我更喜欢先贤墓。"

"怪不得那天你一定要走小路。"

说话间走到了一片果园，我说："给我一句临别赠言吧！"虹莞尔一笑："我祝你一切顺利！"我笑得苦涩，然后郑重地告诉她："不管将来怎样，我都会是你的朋友。"

"我会很高兴有你这样的朋友。"虹微斜着头，快活地冲我笑着说。

我突然意识到她的杰出和成熟，连分手这样的场面也调节得轻松自如。这更加重了我对她的思恋。

一切就这么结束了吗？望着她青春靓丽的身影快步离去，我的心中充满沮丧和忧伤。

在女生楼昏暗的路灯下分手时，虹的面容倦怠、疲惫，目光中有一种茫然若失的神情，几年后我也不曾忘记她在那晚灯光下的倦容。我想掬起这张可爱的脸庞，用我赤诚的爱吻去她伤心的泪痕。这只是她少有的流露脆弱的时候，她的内心也许刚刚经历一场搏杀，一个突然来临的莽撞少年击碎了她少女心中多年构筑的防线。她的内心波澜起伏。

5

五四青年节到了，这是在母校的最后一个节日。

我趿着拖鞋去食堂买加餐，拿着加餐票买了一盘烤鸡，又去买香槟。排了半小时队，挤到柜台时，最后三瓶香槟刚好卖完。只好悻悻然赶往其他食堂。回到宿舍时，桌上已经堆满食品。我把酒、菜放到桌上，马上有人开起玩笑："买这么多酒，想借酒浇愁？"我眼一斜，强打精神道："我是那种人吗？"

大家开始摆菜、开瓶、找杯子倒酒。我举起一只瓶子底朝上"咕嘟嘟"，倒满一茶罐，大家共祝情谊长存，前程似锦。我一仰脖子，大半杯下肚。

室长一声开吃，众人连比画带上手抢起菜来，室长不得不大叫："都给我文明点！"我没吃几口东西，将剩下的香槟全倒进肚中。头开始发晕。这时邻屋的一个家伙挤进来，上来就抢了一只鸡腿，我一手指向他的鼻子："放下，你想抢劫呀！兄弟们还不够吃呢！"他不管不顾，冲着鸡腿大咬一口，我怒从心头起，扭住他的胳膊："你给我放下！"

眼看就要打起来，众人立即冲上来劝架。他向外走，嘴里骂道："爷爷吃个肉怎么了，碍着你孙子什么事了？"我追出去，不依不饶，室长用力往回拽我，我还不住地比画道："他凭什么骂我？"

众人又吃了一阵，陈宝根拿出老乡送来的瓜子，把剩菜码到一边，擦干桌子。我的头发晕发沉，左手支头，右手不住地去摸瓜子，突觉一阵心酸，泪往上涌。陈宝根说："你小子就别撑着了，哭吧。都是兄弟，没人见外！"这一说，那股心酸反而消失了，右手仍在摸着瓜子嗑，连皮带仁儿一起吃下去，卡到嗓子，不停咳嗽。还是把泪水咳了出来。

"我……"我涨红着脸说，"我不是……我是为兄弟们的情谊流泪，真的。"室长无言拍拍我后背，众人面面相觑，无人作声。

聚餐不欢而散，我躺在床上昏睡过去。不知睡了多久，才被一阵欢腾的旋律吵醒，窗外天色已经黑漆一片。

五一操场上的青年歌手大奖赛获奖者汇报演出大概就要开始了，演出结束后还要举行篝火晚会。操场那边高音喇叭传来响亮的歌声，以及此起彼伏的欢呼声和掌声。我强撑着站起来，头还有些隐痛，房间里只剩下我一个人。我跌跌撞撞出了门，跑向五一操场，挤进欢腾的人群中，挽着陌生人的手高高举起，奋力地叫喊、欢呼，直到嗓子发哑发干，再挤不出一点声音……

系学生会举行的毕业欢送会安排在六月中旬举行。系里明确要求两个毕业班各出三四个节目，多多益善。我是系和班级的文艺委员，具体负责两个班节目的落实情况。编排、策划节目一贯是我的拿手好戏，但这回却失了兴致。那天我从图书馆还书回来，经过篮球场，远远望过去，看到虹和她们班女生正在排练舞蹈，虹是领舞，正举着纱巾舞姿蹁跹，一阵忧伤袭上心头——这个咫尺天涯的女孩和我的缘分太短了，我不愿多想，快步离开。

我听说虹与她那位同乡耿志刚经常在一起交谈，又听说她已明确向系里表明要回 M 城。我知道一切都结束了，这一刻，我仿佛忽然对一切都失去了信心和兴趣。那天，我放弃了参加陈宝根等人发起的骑车漫游计划，从艺术团借来一把旧吉他，整日在水房旁的一间空房子里苦练，弹得手指迅速起了血泡。

气候炎热而憋闷，天空将雨未雨，像一张逝去容颜的脸，暗淡得没有一点神采。临分手时的豪言壮语现在想来是如此虚妄无力。

系总支书记来找我，请我担任这次欢送会的主持人。我显得有气无力："还是另请高明吧！我这一张老脸年年在台上显摆，低年级学生早就看不下去了。"

"还有一个一年级女生与你搭档。你这方面经验丰富，带一带她。"

"你们能不能再找一个，我实在是……"

"行了，别端着了，救场如救火。再说你作为系文艺委员，也该善始善终，把最后一次活动搞得好一点，以后大家天各一方，再聚不容易，给大家留下一个美好的回忆吧。"

"这是欢送我们呀，总不能我在台上自己向自己告别。"

"这是技术问题，你应该有办法。"

"对不起，书记，我真不想去。你饶了我吧！"

"振作一点，你不会那么脆弱吧！一点小事就趴下了，别让人看扁了。"

还未等我表态，他接着说："就这么定了。晚上你的搭档会来找你商量。"没有讨价还价的余地了。

其实我一直喜欢筹划晚会、主持晚会。这种场合是大学里出风头的最好机会。每次筹划晚会都像打了兴奋剂般乐此不疲，甚至熬到深夜。如果在节目串联或节目安排上有一两个别出心裁的奇思妙想博得大家夸赞，更是会自鸣得意良久。而这些雕虫小技也常常会讨得某些女生喜欢。但是，这件事对挽救我的初恋还有用吗！陈宝根语重心长地告诉说，基本没戏了。多少人都跌倒在她面前，你也不会例外。如果还不死心，那也只能是死马当活马医了。反正也不会再失去什么。陈宝根这小子永远都喜欢讲那些极不中听却一针见血的话语，绝不跟你兜圈子。我全然没有了以往主持筹划节目的兴致，但又只能勉为其难地上场。也许总支书记的话是对的。越是这种时候，越不能趴下，硬撑也得撑着。这既是面子上的需要，也可以适当打击她的气焰。如果一个个追求者都因为她的拒绝而一蹶不振，那她心里得多膨胀呀！我不能这样，装也得装出个硬汉的样子来。要让她知道，没有她，我的天空也没有塌下来，照样活得挺好。

晚会主持得很成功。一年级那位活泼可爱的女孩给了我不少灵感。两个人情绪高昂，配合默契，珠联璧合。在那两个小时的主持中，我几乎完全忘却了虹的存在。

虹担任领舞的纱巾舞安排在压轴戏前面。应该说，她跳得很美，像个翩翩欲仙的仙鹤。然而，我已经不再那么为她痛苦了。

舞会开始的时候，我脑海中构想着一个场景：主动走向虹，像什么也没有发生一样挽臂鞠躬请她跳舞，然后用英语对她说：玛丽，这最后一次跳舞只是为了你。而她会说：这是支德国歌曲。于是我们手携手，在舞池中旋转。但是我没有那样做，那一刻钟，我产生了一种儿童似的报复心理：让你高傲吧，我决不乞求你。我请了一个又一个女生跳舞，在舞池中快乐地旋转，从她身边经过时也像陌生人一般面无表情。

说来奇怪，请虹跳舞的人并不多，也许她平时的心高气傲使人望而却步了。在人群中我看到了那位玲珑可爱的一年级女生："能请你跳一曲吗？"

她不好意思地笑起来，说："不，我不会。"

"你是拒绝我呢？还是真的不会？"

"真的不会。真抱歉。"

"那我们走吧！我送你回宿舍。我不想等到《一路平安》的曲子出现，怪难过的。"

"别这么说呀，好像生离死别了。"

我们从礼堂出来，小女生说："去湖边转一下吧！"

小女孩问我："快离开母校了，是不是特别依依不舍？"

"四年时光一晃而过，好像什么也没有留下。除了这次毕业晚会。"

"真的吗？"

"当然，你主持得不错。毕业时再主持一定更加出色。"

"那时候请你回来光临指导。"

"不敢当。不过，毕业方案一定，咱们相互留个联系方式。作为校友，我想说这个晚上跟你的合作太难忘了。"

"我有同感。希望你有时间能够经常回母校。"

我们在临近宿舍区的一个路灯下分手。我望着小女孩远去的蹦蹦跳跳的身影，忽然间莫名惆怅起来。

很晚才入眠，梦到了虹，她披着一件透明的婚纱向夜空飘去，醒来不禁喟然长叹。

第二天中午去食堂打饭，碰到陈宝根，他走路一摇一晃的，用筷子串着两个馒头，边走边吃。看见我，嬉笑着对我说："你小子昨晚出尽风头，迷倒一大片呀！我估计要交桃花运。"

"那就托你的福了，大学四年，别的福气有过，还就是没有过桃花运。"

"我送你八个字：耐心等待，把握时机。"说完，趿拉着拖鞋去买小炒了。

一个星期后的一天中午，虹的闺蜜送给我一张字条，上面写着：十二点半老地方。今天气温三十度，阴转晴。

从娟秀的字体看，我猜到这个人是虹，心中不由暗自高兴。所谓老地方，是两人约定俗成的称谓，指的是后湖一片幽静地带。

我赶到湖边的时候，她已经坐在一棵柳树旁的长椅上。她穿着一件蓝底碎花连衣裙，一双白色凉鞋，脸庞映在正午的阳光下，显得分外妖娆。

"我要走了，我已经决定回去。"虹说。

"是吗？难道一切都无法挽救了吗？我听说系里还未最后决定，我们是朋友，如果你需要我在这件事上帮忙，我还可以尽力。时间也来得及。"多天来的怨气在这一时刻找到了发泄的出口。

虹感觉到我在冷嘲热讽，立时气得全身发抖。

我又说："那天不是把你送走了吗？怎么又回来了？"

她听到这句话，眼泪扑簌簌流了下来。那个心高气傲、咄咄逼人的女孩突然间消失了，她也是一样受委屈会哭的小女生。这反而使她更加惹人爱怜。

虹一味地哭个不停，我开始检讨，说她误解了我的意思，我是因为高兴才这样胡言乱语。怜香惜玉还来不及，岂有挖苦打击之意？

"好了，别哭了，这么漂亮的女孩一哭有损形象呀！"

我把一张洁白的手绢递过去："看来以后得多预备手绢，想不到你还是爱哭的女孩，我还以为你根本不会哭的。"

虹接过手绢在眼睛上轻轻擦拭，听到我的话终于破涕为笑了，但她还是转过身去说："别看我。"天生丽质的她不抹脂粉，因而哭过之后，脸上依然光洁。

一个小男孩跌跌撞撞来到长椅旁的石凳上，一本正经地开始钓鱼，他还不时好奇地朝我们张望。我们起身换了一个地方，那是一片柳树林，坐在那里，细嫩的柳丝在脸上和肩头拂动。

"你拒绝过几个女孩子？"虹忽然问。

"什么？"我没听清。

"我问你是不是拒绝过女孩子。"

"没有呀！我的历史很清白，除了被你拒绝以外，还没有机会拒绝其他女孩。"

虹笑了，用一段柳条轻轻地打在我的脸上。

"那天你为什么不请我跳舞？"

"我想过，但是不敢，我自尊心太强，怕你当众让我下不来台。"

"还是没有魄力。再说我会吗？我是那种人吗？唉！如果那天你请我，我说不定当时就会爱上你。"

我欲言又止。

"你是不是感到我以前说过的话很伤害你？"

"是吧！反正那几天我第一次尝到了失恋的滋味，但弹吉他水平有了提高。我甚至想拉几人组织个像'黑鸭子'那样的四重唱小组。"

"你骗了我，你以前说过的话不算数，你这么脆弱，还说要当歌德呢！"

"我不是成心骗你，我是少年不识愁滋味，那么说你以前的话也是在骗我，考验我？"

"不，我说的都是心中所想，现在也没有变，我来找你，只是因为我不再顾虑，因为我已决定回去了。"

"你不该回去的。"

"我已向系里表明了我的态度。"

这个话题已经没有继续讨论的必要。如果她在感情上明确对我的态度，接下来的事情无须与她商量。我一定会到系主任那里亮明我的看法，请求照顾。并向系主任说明她的态度不是她真实的想法，而是无可奈何的决定。

我坐在这块坡地稍高的一块石头上，俯视着虹，她佯装不知，眨着那双美丽的眼睛仔细地品赏着嫩绿的柳叶。

虹轻轻地向我描述她现在的心情，对我印象的改变过程。她的话语头一次这样明确、坦率，令我一下子喜悦起来。她告诉我一个秘密，那天毕业欢送会之后，她提着暖水瓶在宿舍楼边走了许久，心乱如麻。回到宿舍，几乎瘫倒在门旁的墙壁上，林洁对她说：何必这么折磨自己，你还是随心所欲吧。

"自从你找我之后，你就在我脑海中不时闪现，赶都赶不走。我一直想摆脱你的影响，把你忘得干干净净，但是见鬼了，你就像着了魔似的粘住我。实话说，你可不许骄傲，你优秀的一面深深地吸引着我，我欣赏你的情调、你的气质，但你也有小男孩的一面，这让我犹豫和矛盾，我无法确定我们的未来会怎么样。你说我有主见，错了，我是个依赖性很强的人。我对你抱有希望，觉得你能够让我信任。从前我的回忆都是压抑，这是我第一次放任自己。我也许是在赌博，希望你能成功，我心中的那个瞻前顾后的'她'会失败。"

尽管突如其来的多云转晴来得有些生硬，但她能够一下子和盘托出她的真实想法，还是让人大喜过望。

"知道吗？我是外强中干，我并不像你想象得那样能干，如果我们要驾一只船，我并不想当舵手。"

"那很好，你当货物吧，坐头等舱，我会把你视为易碎的艺术品一样小心呵护。"

"我不是一个愿意做出决定的人。"

"那好办，包在我身上，我坚信我有这个力量，让我来指引你的方向。"说完还夸张地做出一个领导人挥手的动作。

虹勉强地笑了："你把一切想得太容易了，小男孩。"

"小男孩会迅速成长。即使为了你，也应该这样。"

"但愿如此。"

虹还要再说什么，我阻止了她："好了，别再多想，好好休息，我自有办法。"

"你不应该过多受到感情困扰。"她说，"还是应以事业为重。"

"我不同意，我认为两者并不矛盾。"我说。

"那么感情是在事业之上，还是之下或者位置齐平？"

"都不是，这是波浪形模式，时而彼高此低，时而此高彼低，不矛盾，动态前进。"

"这是个出人意料的回答。"虹说。

在女生楼昏暗的路灯下分手时，虹的面容倦怠、疲惫，目光中有一种茫然若失的神情，几年后我也不曾忘记她在那晚灯光下的倦容。我想掬起这张可爱的脸庞，用我赤诚的爱吻去她伤心的泪痕。这只是她少有的流露脆弱的时候，她的内心也许刚刚经历一场搏杀，一个突然来临的莽撞少年击碎了她少女心中多年构筑的防线。她的内心波澜起伏。

路灯下的她脸色发白，就像生了病一般。她告诉我她的头很晕很晕，她喃喃道："我今天怎么了？说了这么多，我觉得我糊涂了，像做梦。"

"有一件事，你可以答应也可以拒绝。"

"你说，只要是我能做到的。"

"我们宿舍的人想见你，她们说如果你能说服她们，她们就同意我们俩交往。"

"她们如果不同意呢？"

"那……我真的没有主意了，挺想听听她们的意见。她们都是我最好的朋友。"

"结果不是明显的吗！"

"所以你也可以不去。"

"我去，既然她们是你最好的朋友，我也应该与她们成为朋友。"

"那就明天上午吧！"

……

　　我如约来到她们宿舍。我知道这就是一场面试。房间里除了她，其他的人都在，主考是那个对我十分不友好的石冰。她正用挑衅的目光逼视着我。

　　"你觉得你配得上她吗？"石冰的话语一开始就充满火药味。

　　"她很优秀。我各方面都有差距，但我会努力，我有信心，争取让她满意。"

　　"这根本就不是努力的问题。你们志趣爱好不同，根本就不是一路人，你们之间合适吗？"

　　"天下的感情没有一定之规，差异也许可以形成互补。爱可以弥补一切。"

　　"爱，你爱她什么？"

　　"她的一切。"

　　"具体一点。"

　　"她的形象，气质，她的稳重大方，她的情调。"

　　"你看到的只是表面，你并不了解她的内心。以貌取人说明你目光肤浅。"

　　"我承认，首先是她的形象打动了我。但我发现除了形象之外，她还有更多新的吸引我的东西。比如她的思想。"

　　"她说，你一点都不了解她，而且你也无法理解她。你们之间沟通都有问题。你总是不理解她的意思。"

　　"我没有这种感觉。"

　　"这正是你们关系最可怕的地方。你太不成熟，而她虽然比你小，但希望你能够在各个方面都比她稳重，你能做到吗？"

　　"我承认我是一个感情用事的人，但谁是一开始就洞彻世界呢？"

　　"有些人一生都长不大。"

　　"我有信心迅速成长。"

　　石冰听完这个表白，站起身就走了。显然，我的回答没有改变她，她投了反对票。我知道我的脸上有些挂不住了。

　　比较温和的是林洁。她微笑着："你别介意。我们也是为了你的那个她好。我们也不想为难你。"

　　"如果她拒绝了你，你会怎么样？"

　　"我会很难受，我已经体会过了，但我不会一蹶不振的。"

　　"如果太难受，你可以到圆明园的旷野里大喊，那样或许会好受一些。"

　　"这是你们的暗示吗？"

"我是想说你并没有真正体会过什么叫失恋。因为你们的感情还没有真正开始。"

"如果能够得到你们的支持，或许我会幸运一些。"

"抱歉，我还想问你一个问题：你知道她最欣赏谁吗？"

"我记得她说过，好像是《音乐之声》的那个上校？"

"那好，你能给我们唱一下《雪绒花》吗？"

"怎么，还要考唱歌？"

"她说过，如果有一个人唱《雪绒花》能像那个上校那样好，她就会喜欢他。"

这个真让人勉为其难，在遭受突如其来的一系列言语打击之后，还要强作笑颜唱歌，而且还是一些跟我无关的人。虹的同学太能捉弄人了。可是又有什么办法？谁让我找的是一个校花呢！不经历七险八难岂能抱得美人归？我只好低声哼唱起来，好在我的音乐素养还在，唱得应该不难听。

唱毕，林洁说："好，谢谢你，我们没有问题了。"

"能告诉我考试结果吗？"

"这个结果并不重要，最重要的是她自己。说实在的，我们无法左右她的决定。祝你好运！"

6

早晨醒得很早，我在宿舍楼前的空地上打了一会儿羽毛球，又到学三食堂认真地吃了一顿早餐。昨晚的约会余兴未尽，让我有一种渴望，想把这件事向他人一五一十地倾诉出来。当然，结果未定还谈不上与人分享，而只是想找个人帮着梳理一下。但我知道这件事还是一个秘密，还得忍着。

整个白天，我都心神不宁。提着书包去图书馆。走过三角地，碰到了耿志刚等人，耿志刚的脸色不佳，显得心事重重。我装作没看见低头绕道而过。在图书馆的阅览室里，我捧着一本书，却不知所云。

好容易盼到晚上与她见面的时间。后湖的长椅上都有人。我推车来回走了两趟，都没有发现空座，于是有些后悔自己没有早一点出来。这时虹也到了，我提议去东操场的石阶上坐，她问我怎么会想到那里，我说每次我们团小组旅游回来都去那里"分食剩下的东西"。

东操场倒是空寂无人，只是极黑，我们跑到看台上，摊开报纸，坐在最高一阶。

谁也不知先说什么。她建议划拳，我连输两次，只好先说。我向她聊起遭她们宿舍同学围攻的经历。为了显示大度，我说，尽管自尊受挫，但她的同学全是为她好，心中对她们还是充满感激。她问："真这么想？"我说："你会发现我还是一个有度量的人。"我说起她们宿舍的人建议如果我心情太难受，就去野地大喊，我当即表示，我会用另一种方法，嗓子还要留着唱歌呢！虹大笑起来。

这个夜晚过得很愉快。回去的路上，我谈了对她的印象，她颇为吃惊。我说她不像自我吹嘘得那么成熟，因为那样倒像个哲学家，而她仍是学生。由于多变，她目前的事业"一团糊涂"。最后，我问她："怎么样，我比你想象得要成熟吧！"她说："本来是，最后一句话就不是了。"我们笑着分手。我一路吹着口哨回到宿舍。

毕业分配的期限日益临近。我听说耿志刚在这个问题上表现出少有的高姿态，他已向系里表明了坚决要求回去的愿望，这一方面或许是成人之美，另一方面也许是伤心使然。但问题的复杂性在于，这一次L省只有一个名额，且是虹父母所在地M市要人。按常理，虹回去可能性更大，而且她也向系里表明了回M市的态度。我于是自作主张，暗中做起工作来。我去找了她的班主任胡老师，向他挑明了我们的关系，并说虹提出回去的想法并非她的初衷，她只是不得已使然，请求班主任能够给予照顾。几天后，我又瞒着虹去了系主任家，还带了礼物，这是我第一次送礼。系主任拒收礼物，并严肃批评我作为系学生会干部破坏分配纪律的行为，且对我提出的要求未置可否。

等待分配的日子着实令人心焦。室长不知从哪里弄来一盒雪茄，整日躺在床上吞云吐雾，我从他那里要一根，吸了一口，呛得咳嗽不止。这时，我的工作也无着落，我估计分到政协机关的可能性大，又听人说那些地方不好混。去军队嘛，名额有限，不知有戏没戏。我的工作倒在其次，最关键的问题是说服虹，请她在不影响他人的前提下争取留下来。我又去找她，她正色道："如果谈分配，那就免开尊口。"

"只是随便聊天。"我顺嘴说道，无论如何不能放弃难得的见面机会。

两人一前一后下楼，在楼梯口碰到了A班女生，她们避之唯恐不及。大家只好匆匆头点而过。她们看我的眼神充满异样。我与虹的恋爱秘密看来已经尽人皆知了，不过也好，省得偷偷摸摸。

在俄文楼西边的小路边席地而坐，聊了一会儿。我说该吃晚饭了。她没有反应，只是摘路旁的树叶玩。我问她怎么了，她小声说不想回去。于是，又换到办公楼对面的坡上坐下。

我看出她心情不佳，问她究竟是什么缘故。她说，也许是想起"不如归去"，可是又留恋这里的一切。也许是感慨时光飞逝，心绪如同乱麻，理不清楚。我一言不发，只是目不转睛地注视她，她眼中失去了往日的神采，身体也像生了病般虚弱。

校园广播站的新闻播送完毕，开始音乐欣赏节目，是施特劳斯的圆舞曲《春之声》。在音乐声中她的情绪慢慢稳定下来。

鸟儿在低空中乱飞，太阳已经下沉，只有树梢还泛着金光。我看着镶着金边的树顶，觉得应该哄一哄她，于是半开玩笑地对她说："你不要总是一副貌似深刻的样子，好不好？"她一气斜过身去不理我，我又改口道，"好好，是貌似浅薄的样子，行了吧？"她终于笑了。

天色渐渐暗下去，月亮升了起来。我问她将来回 M 城后做什么。她说，她要干好工作，每个月看十本书，还要学吉他。我说我可以给她函授。末了，我问她，难道一封信也不给我写吗？她说谁给她写信她就回信，这不是天经地义吗？我说我一定会经常去看她。她问为什么，我一脸严肃说，要让你了解我的心、我的感情。然后我又开始起承转合劝她应该善于利用环境，争取退掉辽宁这个名额，她毫不犹豫否定了。我只好又设想分别以后的事情。我说她的计划里好像没有我的位置。她反问，你有吗？那还用问，我说，每天给她写信，把我的声音录成磁带寄给她，让她觉得两人如同在北京一样。我给她函授音乐课，她给我函授自然科学史。这样彼此可以免交学费。她说，她要给我七八次考试，成绩不够，来 M 城她不接待。我说行，我也要考试，等她来京，必须抱着吉他来，要是通不过，就不许回去了。她大笑起来。我又说给她写的信，篇篇情真意切，新颖生动。一年后直接以新《两地书》出版。她说，你看，多有意思呀，就是能留京也不想留了。别呀，只想着好事，还有难耐的相思呢？

"也许一分手现在的感觉就会像风一样飘散，消失得无影无踪。"

"我向你发誓，我对你的感情日月可鉴。"我急得眼泪都快流下来了。

"好了，开玩笑的，小男孩！"

"或许，你会很快忘记我吧！然后很快就会有一堆追求者排着队跟你约会。"

"我是一个对感情很认真的人，否则我才不会这么纠结。"她也认真起来。

"想不到你也会认真。"

"你坏！"她作嗔怪状。

"有一点可以肯定，你应该不会用方言跟其他男生谈恋爱吧！"

"那可没准，我也会说地方话。"

"你说一个。"

"就不跟你说，我要回家乡说。"

"虹，真的，我会想你的，现在就开始想了。"

"又来了！不许优柔寡断。"

分手时，我伸出手去拉她起来，她大方地把握住我的手掌。

晚上忘了吃饭，回到宿舍，忽觉饥饿难耐，忙沏了杯橘子水，端到走廊里，靠着墙喝，并把不知谁留在饭盆中的一根麻花吃掉。想着自己竟然如此废寝忘食地谈情说爱，不禁为自己而感动。我何时有过这种废寝忘食的精神呀！看来爱情的魔力能够使人脱胎换骨。

在她二十一岁生日来临之际，我又到她的宿舍找她。她宿舍的同学都在。一进门，四五双敌视或诧异的目光齐刷刷扫过来，弄得我手足无措，心神不安。前几天面试时的捉弄还没有了结呢，不会又搞出什么怪名堂吧！她说："她们让你给买吃的。"石冰蛮横地说："对，否则你们别想单独离开过什么生日。"

"这个没问题。要什么，给个清单！"我长舒一口气，抹一把额头上冒出的虚汗，大方地说道。

于是这帮人鸟一般地叫起来，苹果、橘子、果丹皮、杏仁露等说了一堆。蛋糕嘛，你们就看着办吧。

"行了，打家劫舍也要有个限度。"林洁说道，"我就要一包傻子瓜子。"

"没问题，不过，这个讽刺意味好像明显了一点！"我快活地开着玩笑。

"是你太敏感，我们可没有暗指什么！"

"再说，这个时候就算被当作傻子也乐意。"

"好了好了，我们快把自由和爱情还给他们吧！"林洁懂事地说。

"十点熄灯前必须回来！"石冰像管家婆一般说。

我拉着她的手走出校园南大门，一路上谋划着要为她买一件意想不到的礼物。

那天下午，我背了一个双肩包，把买好的生日蛋糕、橙子、苹果、鹌鹑蛋都放在包里。还把她支到另一个百货柜台去，趁她关注附近书架上图书的机会，迅速买好送给她的礼物。

虹站在不远的地方，笑眯眯地看着我匆忙的样子。她穿了一件浅紫色的连衣裙，一件塑料底布鞋，完全是可爱的学生模样，显得朴实、清爽、大方。

猜猜买的什么礼物？

她猜是书，我摇头。她又猜是一支笔。我再次否认："我在你眼中就那么呆吗？除了书就是文具？给你最后一次机会。"她沉默了，眨着慧黠的眼睛，想了许久。突然，她拍着手叫道："啊，我知道了，是手绢。"

"猜对了！你爱出汗，而且手绢总是乱丢。所以我就送你这个礼物。共二十一条，我希望你不要丢了！万一有一天我们分别，你要把它们连起来，挂到你的窗前，让我一回来就能看见。"

"幸福的黄手帕。不过我可不希望等你太久。"

"我也不希望。这只是一个感情的比喻而已。"

虹意味深长地望了我一眼，把手放到我的手心上，没有说话。

我拿出在照相馆专为她放大的单人照，请她在上面题字。我让她先告诉我写什么，她附在我耳朵旁小声说：赠给某某。

我脸上一定显出了失望的神情。她从不曾向我对她那样毫无保留地流露感情。莫非她是觉得我们的感情远远未到瓜熟蒂落的时候，因此不想留下什么感情的凭据？还是她骨子里的清高让她很难轻易就范？她看出我难过的心情，于是在照片背面唰唰地写了几个字："赠给我最亲爱的。"但是却没有写上我的名字。

那天两个人去了圆明园，在福海租了一条船，慢慢划开去。

阳光炫目，湖光天影交相辉映。小船向着一座桥洞划去，划到近处，却发现围栏拦住桥洞。又折头划进湖岸边的树荫里，放了桨，让小船自由漂荡。小船在风的驱使下，从一处树影漂进另一处树影里。

我说："还有一半礼物，确实是本书，琼瑶的《雁儿在林梢》。"

虹告诉我："我喜欢你的前一半礼物，谢谢你。"

我问虹："在你过的生日中，哪些生日印象最深？"

"我记得的，是九岁去照相，十岁吃生日挂面，十三岁好像有点事，十六岁买了《奇特的一生》一书，十七岁自我安慰地挣扎，十八岁大一同学送我长命锁，十九岁同学林洁和冰冰陪我去照相，二十岁在机房奋战一个昼夜。"

"二十一岁呢？"我问。

"二十一岁最轻松，与一个陌生的小男孩一起划船。"

"这个小男孩可是舵手，他要带着你度过漫长一生。"说完，我像船工一样煞有介事地摇起双桨，向另一片湖区划去。

她莞尔一笑，也许是笑我率真，笑我痴情。但她的笑真的很美，美得足以像阳光一般感染我的心。

"告诉你一个好玩的事，昨天林洁的男朋友来了，为我算了命。他拿着牌，林洁在一旁笑个不停。小王先出来，然后是梅花A，'你先找人家还净看人家缺点。'我连说：'不对。'接着是红桃2，'人家对你可是一片真心呀！'黑桃3，我问：'这是什么？'他眉毛一扬：'这可不能告诉你，不然会泄密。'然后他就一张张算下去。'你们家不太同意，他们家挺高兴，瞧我们这孩子找的女朋友，啊！又漂亮，啊！又有学历，啊！家庭又好，啊！还说要请我们——'大家都笑弯了腰。接着来了一张红桃A，'太对了，就是这张！成功了！这位先生多才多艺，能歌善舞，赢得女同胞一片倾心，当然更赢得某位小姐的芳心，矮一点嘛，可以穿高跟鞋。'林洁立刻踢了他一下，他改口道：'还可以长高嘛！'最后大王换到小王前边，'你们虽说开始略有波折，最后很成功，真可谓有情人终成眷属。'"

我也略感腼腆地笑了。身高真的有点问题。我虽然不算太矮，但她高挑的身材还是令我相形见绌。自从认识我以后，她不敢再穿高跟脚了。这样想来，心里难免自卑，同时也庆幸自己交了桃花运。我想起了耿志刚整日闷声不语在走廊里来回走动的身影；出门时，陈宝根不知何故，喝得酩酊大醉，吐了一地；还有一位中文系的家伙因为失恋吃了安眠药，送往医院抢救，他的家乡来了一群人。我觉得自己幸运得好像有点夹生。

船划回码头，买了义利面包和维力饮料，坐在圆明园的一块大石头上吃完。她跑着去退瓶，然后坚决要求带她去一个地方：到我唱《月亮颂》的那片树林去。

地上的草茂密柔软，土地散发着温热。我下到小河旁边，开始唱《月亮颂》。连日来的彻夜长谈搞得我嗓音喑哑，但当着心爱的人演唱的那份真情流露还是别有意味的。

虹微躺在草地上，两手支着地，听得聚精会神。我只唱了一段，她为我鼓了掌，我也坐到草地上，她衬衫的领口间不经意间露出一片洁白的肌肤，让我心中怦然一跳。

两个人的歌会在继续。作为回报，她连唱了三首英文歌：《爱情故事》《昔日重来》《世界之巅》。

两个即将毕业的青春学子，站在这片枫树林中，轻唱着一首首歌曲。四面静悄悄的，暮霭沉沉，空气仿佛在缓缓凝结。两个人唱得投入而尽兴。低回的歌声在枫林间回荡。我倚着一棵树，虹在另一棵树的树干旁绕来绕去。她轻松愉悦的神情使我产生了一个从未有过的念头：真想上去拥抱她，但是却没有勇气把这个念头付诸实施。二十三岁的我从未这样单独与一个美丽的女孩靠得这么近。她躲避着我目光的撞碰，转头闪着大眼睛说："我们接着唱歌吧！"

一首接一首的歌曲渐次响起来：《请跟我来》《乘着歌声的翅膀》《深深的海洋》《西西里柠檬》。她要唱《不如归去》，我打断她说，我一辈子不想听这首歌。于是她改唱了《雪绒花》，我在旁边轻轻哼吟为她伴奏。她唱完了，我夸赞道："玛丽亚，你的嗓子这么不好，却能唱得这么好听。"

虹摇着头，无可奈何地笑起来："上校可不是这么夸女主人公的。"

那一天，虹教我唱会了一首美国歌曲《当我们年轻时》。这首歌沧桑深情，但当时那个"少年不识愁滋味"的我只知旋律沉郁优美，还无法真正领悟那份真情的隽永。许多情感只有人生阅历到了那个阶段才能够参透，而青春年华中的人只不过"为赋新词强说愁"。

夜晚已经来临，一对恋人手携手向着荒野的一片湖区走去。荷塘里，野鹤飞翔，月光朦胧，让人在迷离的遐想之中沉醉……

我凝望着虹沉醉在美妙歌声中的脸庞，有一种无法抑制的冲动。

"真想就在这里待上一夜！"我说。

"我也想这样，不过明天我们还要准备毕业论文，不可玩物丧志。眼看快毕业了，总不能因为论文不合格当肄业生吧。"

我抬腕看一看手表，快到十一点钟了。我拉起她紧赶慢赶跑向东操场的校门口。大门已经关闭。看来只剩下翻墙一个选择了。正当我为这念头踌躇时，机灵的虹突然对我说："你看那边墙有一个缺门。"

"晚上加班的人不在少数呀！"我说。

"世上本无路，需要的人多了就变成了路。"

"一面墙怎么能够阻挡青春浪漫的脚步？"

"行了，快走吧！"

两个人笑着蹑手蹑脚地从那个缺门溜进了校园，都有一种恶作剧般的快感。

她那幢宿舍楼门已关。她为难地望向我，像是问我该怎么办。我上去就敲传达室的窗户。然后对她低语道："对不起，等着车轱辘唠叨吧！"

一个中年妇女探出头来。刚要发怒，我连忙说道："一个同学急病住院，我们刚送她去医院回来。"

"学生证呢？"传达室里的妇女还是没好气。她赶紧送上学生证。门开了。她感激地冲我点点头，扮一个鬼脸闪身而去。

正当我为刚才的谎言而得意时，听到那位妇女在唠叨："别以为我不知道干什么去了，想蒙我？哼！姑奶奶我也是从那个年龄过来的。别以为我没年轻过，嘁！"

第二天一觉醒来已经十点，约会照旧。我写了一首诗，把它折成一架飞机，想用橡皮筋动力的方式投射到虹宿舍的窗户里。我站在她们楼下，她把窗户慢慢打开。飞机飞起来，在她的窗口打了圈，落在了石榴树丛里。我找到飞机，又一次掷上去，飞机这一次飞得离她的窗户很近。她伸手揽住了这只飘移不定的UFO。

诗的名字叫《像以往一样》：

像以往一样
当夜色漫过黄昏的山岗
鸟翅擦去金色的辉煌

像以往一样
当微风吹过静静的心窗

当沉默像河流一样悄悄地宣讲

像以往一样
当数不清的话题
像星星挂在天上

像以往一样
去到微风轻拂
柳丝的湖畔
寻觅黑眼睛里的月亮

像以往一样

月亮不知从什么时候在淡灰色的云层后面悄悄地升上来，照拂在平展如镜的湖面和凝然不动的柳林间。虹仰起脸，透过柳枝的缝隙，观望这一轮皓月。我果真在她黑亮的眼睛中寻到了月亮的光点。

　　这轮夏月是明亮、透彻的。清辉映照的虹璞玉般的脸庞，在月光照耀下犹如梦一般迷人。

7

正是炎热的夏季。白天气温达三十四度，即使夜晚来临，四周温热的气息依然不散。两人没有马上去后湖，先坐在东操场一棵树下的石头上。

虹穿着一件洁白松软的衬衫，领口处有一条领结似的飘带。衬衫照旧是别在深蓝色的长裤之中。她这身打扮，使我想到漫长的学生生涯无数次参加节日活动时的情景。她好像刚刚理过发，乌黑透亮的头发短短地剪齐在耳垂下，长长的纤细的手指下意识地绞着胸前的飘带，两条修长的腿规矩整齐地并拢在一起，浑身上下洋溢着女大学生所特有的清纯、雅致和恬静。

她若有所思，矜持的眉宇间隐动着少女无力自持的愁绪，似乎内心的自我在平静的表面下波澜起伏。

"想知道我现在的感觉吗？"虹轻柔地问我。

"当然想。"我抓住她绞着飘带的手。

"我觉着累，很累，心里有一种麻木感，一点也不像别人恋爱那样轻松。不知为什么，从和你接触以来，常常会心里难受——不是悲哀，而是无力地要流泪的感觉。我想抓住你的手，但又不希望你做出任何反应。"

"这是怎么回事？"

"有时不知自己在希望什么，不知是恨你好还是恨自己好，有时想不如即刻死掉算了，心里烦乱极了。"

"我突然出现在你的生活中，打乱了你的生活节奏，我是一个不速之客，你完全没准备好，你要有很多准备才能适应我……"

"如果不见你，简直无法忍受，一旦见到你，种种想法仿佛烟消云散了，我变得很快活，即使事先想好的话，到时候也像玩笑一般说了出来。只要不面对现实生活。"

"你应该放松一些，随心所欲，无论如何不要让两个人的关系成为你的负担。你的感受让我心疼，如果因为我而让你陷入痛苦，还不如让我独自痛苦。"

"你真好。我这个人太喜欢自我折磨，今天上午开班会，碰到了耿志刚，他看到我，眼皮也不抬一下，我心里难过极了。真的，我以前伤人太多了，不管怎样，我这次下定决心，只能做好，不能做坏。我以后不打算再伤害任何人了。"

"那就好了。我想不到，你原来也是一个脆弱敏感的女孩，我以为你很坚强，很理性，是一个典型的波澜不惊的理科女生，一切思考都有清晰的逻辑，想不到还会有这么多稀奇古怪的想法。"

"你对女孩子太不了解。"

"那你应该帮助我了解，是不是没有一个女孩是心如止水的？"

"别人怎么样我不知道，但我不是你想象得那样冷漠无情。"

"在许多人眼中，你可是清高、傲慢，不食人间烟火的人。"

"那是他们不了解我。"

"你也不给人家机会呀！"

"所以，你是幸运者。当然，也不一定。"

"为什么？"

"因为，也许我们彼此了解之后，都认为不合适呢？"

"不可能，我这辈子就认定你了。"

"千万别太早下结论。"

"我不会动摇犹豫的，就看你了，即使你动摇，我也要最终说服你。"

"这真是你的可爱之处，但也是你不成熟的地方。"

"为什么要那么成熟，那么瞻前顾后？我们应该追求的就是爱情的纯粹。"

"小男孩！"她用手在我的鼻尖上刮了一下，"走，我们去后湖吧！那里的人应该少些了。"

两人起身离开。我试图揽住她的肩膀，道路上有人，又放开来。

我问虹几点了，她说九点半。我抬起她的手腕，把她的表拨慢半小时。认识她以后，我很少戴表。我告诉她，跟她在一起，时间不存在了。

月亮不知从什么时候在淡灰色的云层后面悄悄地升上来，照拂在平展如镜的湖面和凝然不动的柳林间。虹仰起脸，透过柳枝的缝隙，观望这一轮皓月。我果真在她黑亮的眼睛中寻到了月亮的光点。

这轮夏月是明亮、透彻的。清辉映照的虹璞玉般的脸庞，在月光照耀下犹如梦一般迷人。

我对着瓶子喝了几口刚买的红酒，微醺中口若悬河，像野马一样收不住缰。我甚至开始拿腔拿调地朗诵话剧《普罗米修斯》的台词。全然不顾一旁的她静默无语。

"那我们还是来分析一下你的心理吧！"我说，"你有一个自视甚高的屏障，外面在吸引你，而这屏障阻碍着你，不肯放你出来，因而你总是在搏斗、挣扎。"

虹没有摇头，也没有点头，好像在思索我的话。很长时间，她才说："只要你能够不断吸引我，我们会有一个美好前景。"

我说："我会努力做到这一点，虽然有压力，但也激励我永不懈怠。"

我弯转起胳膊，让她把头枕在上面。

天渐渐凉快起来。我端起那瓶酒喂她喝一口。她呛到了，咳嗽中把酒吐了出来。

"对不起呀！"我心疼地拍打她的背。她连咳边摆着手，意思是没关系。

我忽然紧握住虹放在我手心的左手。她没有作声，似乎在抑制着某种情绪，终于，她的另一只手也握上来回应我的热情。

我侧过头凝视她，她立刻转向另一个方向："别看我。"她说。

"你怕我看你吗？"

我试图让她转过脸来，两只手自然地搂住她的肩膀，我感觉到离她近得几乎相撞，她肌肤的芬香扑面而来。

虹敏感地再次转过头去，我听到她急促的呼吸像遥远的战鼓。这时我的全身因激动而无法控制地颤抖。

虹轻轻地挣脱我的手臂，用她那有些失真的声音对我说："你平静一点，平静点，来，跟我一起做深呼吸，再做，再做。"

我慢慢呼吸着，我说："太冷了，冷得都发抖了。"

虹打开书包："你把毛背心穿上吧。"

我迅速披上她递过来的毛背心，身体还在抑制不住地抖动，又过了一阵，这激荡人心的感情狂潮才平静下来。我又把毛背心披在了她的身上。

周围静谧无声，恍然间看见不远处一幢楼宇的最后一盏灯光熄灭了。我们十指紧紧相扣，肩膀疲倦而亲昵地靠在一起，这个无言无语的时刻好像融进了月光沐浴的静夜之中。

后来，我的左手开始在她柔软的手背上弹动。我微笑着告诉她："我在给你弹《乘着歌声的翅膀》，有没有感觉在飞？"

"没有呀！"她故意逗我。

"嘿，配合一下行吗？"

"就不！"她笑着说。她问我手风琴左手贝斯区是怎么排列的，我详细地讲给她听，在这个夜晚，我几乎是凑着她的耳畔亲切随意地低语。

夜深之后，虹终于支撑不住，将头倚在我的肩膀上睡着了。我则全无睡意，保持着原有姿势，一动不动地坐在那里。我觉得自己像一名卫兵，保护着她同时不惊扰她的梦境。

我不知道这样的情形持续了多久，身体已感疲惫，但仍然纹丝不动。感觉在做着幼时那个不许说话不许动的游戏。

虹突然醒过来，知道我一直强撑着不打扰她睡觉，十分感动。她第一次亲热地捋了一下我的头发。

"你也休息一下吧！"她轻拍一下自己的肩头。我把头靠过去，靠向她柔弱的臂膀。两个人终于可以相依相偎了。我深吸一口气，很快就幸福地睡去。不知过了多久，才惊醒过来。

"你的肩膀都麻了吧！不好意思！"

她一声不发，以微笑作答。我转过身来，含情脉脉地凝视着她。

虹的声音充满怜惜又充满怨艾："别这样，我，我还接受不了你浓情蜜意的样子，因为我觉得难受。你如果不加克制，我就……"她顿下来好像在找一个恰当的词汇。

我说："你就会受不了。"

她点头表示同意。

月亮已经在西边隐没，碎碎点点的繁星也像多跑了一段路程。

我问虹："水什么时候睡觉？"

虹说："无风的时候。"

我又问她："我什么时候睡觉？"

她笑起来："开会的时候。"

她的机智回答让人忍俊不禁。虹的手放在我微热的额头上："如果你再成熟一点，我想我会非常非常爱你的。可现在只是喜欢，所以，我要负责任，你明白吗？"

我脸朝上仰靠着长椅，若无其事地点了点头。心想所谓成熟是一种易如反掌的事情。

虹说："你显得比我大的时候，我特别高兴。可如果你像一个小弟弟，我就受不了。"

"这是女孩子的依赖心理。"

"那怎么办呢？"

"我一定会尽快成熟起来。"

"那你不累吗？"

"不累，这是我应该做的。"

"怎么有点像雷锋呀！"虹露出美丽的笑靥，头亲昵地靠过来。

虹突然眨动着眼睛问我："过去是否经常在一段时间里注意一个异性？"

我略做思忖，答道："是。"

"我还以为只有我这样。"

我笑着伸手一弹她的鼻子："谁都是这样，只不过谁都不说。"

"那你什么时候不这样了？"

"你明明知道，还问我。"

天色起了变化，由黑变淡，淡得发青，我们并肩坐着，不时侧过头来像两只小鹿般彼此厮磨着。

虹用略带沙哑的嗓音向我背诵泰戈尔的诗《竹笛》：

喂，请听！是谁吹响了竹笛！
林中花朵的芳香与笛声旋律融为一体
竹笛一旦触及嘴唇，微笑即被窃去
情人的欢笑
荡漾在甜蜜的歌声和生命的渴望里

喂，请听！是谁吹响了竹笛！
蜜蜂在灌木丛中随着笛声嗡嗡长鸣
常绿树的花蕾在笛声激励下绽开娇容
朱木拿间的涼涼流水传入耳中
犹如生命的哭泣声
天上甜蜜的月亮对着谁微笑凝视！

喂，请听！是谁吹响了竹笛！

听完她的朗诵，我故作正经地问她："你知道中国的泰戈尔是谁吗？"
虹回答道："我不知道，但我知道肯定不是你。"
"那你知道谁将是中国第一个诺贝尔文学奖得主吗？"
"如果是你，那我就是颁奖者。"
"那岂不是太完美了？哈哈！"
"一个完美的梦。"
"既然拥有青春，就有做梦的权利。"

黎明就这样来临了，东边天际现出一抹霞红。已经有人来湖边钓鱼。两个人悄然离开度过了一个难忘夜晚的后湖。一瓶残酒留在湖岸。

天气依然很冷，这是夏日里最冷的时辰，坐了一夜，两人的手脚都有些发麻。

开始晨练吧！我说。

操场上多了两个奔跑的年轻的身影。没有人知道并肩晨跑的两个人几乎一夜无眠。身上在跑动中渐渐有了一些暖意。我说："如果我们俩的温度一样，就不会觉得冷了——这不是双关语。"

虹知道我喜欢天冷，不喜欢天热，就说："我也是这样——这是双关语。"

旭日升起来，远处的操场、树林变得清晰可见。虹又一次向操场的跑道上冲去，我跟在后面追赶。

我追到她，两个人都显得气喘吁吁。我看到她明亮的双眸中显出一方青蓝色的晴空。她的美丽、她青春的气息是如此打动我，使我产生了不可抑制的激情，我紧紧地抱住了她。

"快放开，那边已经有同学跑步了。"

我没有放松，更紧地抱住她。仿佛一松手，与恋人相拥的幸福时刻就会像梦一样倏然而逝。

"别这样呀！万一有我们宿舍的人呢！"

这句话真管用，我马上弹簧似的松开手。我也不知道为什么那么怕她们宿舍的同学。

"以后就用这句话来管你。"她笑道。

"你们宿舍那些人，个个都像传达室的管家婆。"

"不许你这么说，她们都很爱我，也宠着我，想到要与她们分手了，心里真难过。"

"好了，别难过了，你跟我分手都没有这么难过。"

"那是不一样的。"

这不是我想象中与她度过的第一个夜晚，却又是平静中压抑着激动、疲惫伴随着无尽的回味的一个夜晚。

8

已是六月的中旬。我到操场踢了一场球，而且竟然在对方禁区前沿弧顶处一脚射门就斩获进球。那种感觉真是痛快。不过后来又自摆乌龙赔给对方一个。从夕阳西下的操场返回宿舍冲凉，换好衣服，然后直奔食堂。一个美丽的姑娘已经打好饭，占好座，在那里笑脸盈盈地等着我，还有比这更幸福甜蜜的学生生活吗？

"赢了吗？进了几个？"

"赢了，二比一。本人进了两个。"

"不错呀！都是你进的。球星嘛！"

"我是进对方一个，然后还摆了乌龙，进了自己门一个。"

"唉！"

"但最终还是赢了。"

"那就好，快吃吧！"

我拿起一个肉卷，大口地咀嚼，然后又很响地喝粥。

她静静地看着我。

"你也吃。"我说。

"我看你胃口这么好，就高兴，不知这是怎么了！"

"那说明你心疼我！"

"你心疼我吗？"

"当然。"

"我可看不出来。"

我拿起一个小点心，开始喂她。

"这还差不多。"

两个人于是甜蜜地对笑。

傍晚的时候，下了一场阵雨。刚刚下过雨的树林里有一块洼地积了厚厚的一潭水。虹折了许多小纸船，我在每只纸船上都用牙签插上小旗，旗上写着每条船的名字，它们分别是枫叶号、烛光号、彩虹号、扬帆号，当然还有爱情号。爱情号这只船最大，我在这只船上画了一枚心形的图案。小船纷纷下水后，在漂浮的枯枝和柳叶间穿行。

"哪只船先下沉？"我问。

"希望它们都不会沉。"

由于纸较软，船底迅速湿透，纸船未走多远都不同程度遇难，或停止不前，或就地下沉。其中扬帆号和爱情号令人沮丧地沉得最快。

"放心吧，我们心中的爱情号是不会沉没的。"虹善解人意地说道。

离开水洼，坐在一片林子里的长椅上。天色在目光的凝视中渐渐暗淡下来。过一会儿，路灯亮了，昏黄惨淡。天气有些发凉，燥热的气息在融化。

雷声远远地传来，白色的闪电在西边的树林上空一阵阵地幻灭，树叶在微风中颤动着。虹说，已经感觉到雨滴了。

我手掌向上，像祈雨那样将双手朝向天空，很快有一滴落到我的掌心，并迅速地风干。我做天真状仰起头，张开嘴，听任雨珠落到嘴里。落到嘴中的雨竟是无色无味的。我让虹谛听雨珠弹奏树叶的声音——我称作"树琴"发出的非人工的美妙音响。

风吹着耸立着的树丛如网的枝叶，发出沙沙的声响，像秋天姗姗而来。

雨越下越大，闪电不时出现在我们头顶。突然的一阵急雨，浇在头上、身上，凉得令人浑身颤抖。我上前拥她入怀，惊奇夹带着兴奋。

"你怕吗？"

"我可不是那种胆小怕事的女孩。"虹从我怀里探起头注视着闪电，闪电的白光不时在她的脸上明灭。我爱她此刻的神情，此时那双山泉般清澈的眼睛明亮而柔和，仿佛雨水积成的深潭。

暴雨缓下来。两人顶着迷蒙的雨雾，来到俄文楼。那里已经聚集了许多避雨的人。我们挤在楼梯拐角一处背风的地方，悄声交谈。

"这是我们的雨中曲第几号了？"我问。

"大概是第三号吧！"她答。

"名字就叫'风雨同舟'，我得把每次在雨中的经历都记录下来，将来回忆起来一定很有意思。不过，也许若干年后你就不愿与我出来了，那时候你会说：'不去了，老胳膊老腿老掉牙了，出去让孩子们笑话。'"

她扶着我的肩头，笑着用手捶打我。

在裹着雨丝的微风中，我再次抱紧她，沉醉在初恋的新奇和幸福之中。

虹说："我一直认为我喜欢感情深沉的男子，不大可能为一个少年般的痴情所打动，但我不知道为何一次又一次跟你出来，并且走到今天这一步。我总是无法抑制一个不良的预感：觉得我们之间没有未来，注定要分手，但又不想与你分开。"

"你为什么总是这样看待我们的感情？是你骨子里的悲观还是对我始终没有信心？"

"我能够接受你，可是'她'不能够。'她'存在于我的脑海里，不讲情面，过分苛刻，'她'从来不喜欢一成不变，一旦熟悉，就会厌倦。"

"典型的喜新厌旧。"

"告诉你一件事，不许生气。一年前，我曾对同学们说，我这一生起码要结三次婚。"

"我会不断地改变自己吸引'她'，说服'她'，征服'她'。让'她'三次婚姻都是跟我。"

"这对你很不公平，而且没有必要。"

"我不在乎，因为我爱你。"

"那我只有祝你成功。"她的手抚在我的手背上，手心湿漉。

雨停了，空气中散发着怡人的清新。

虹说，雨停了，她想回去了。

两个人手牵手，一路小跑着奔向她的宿舍楼。

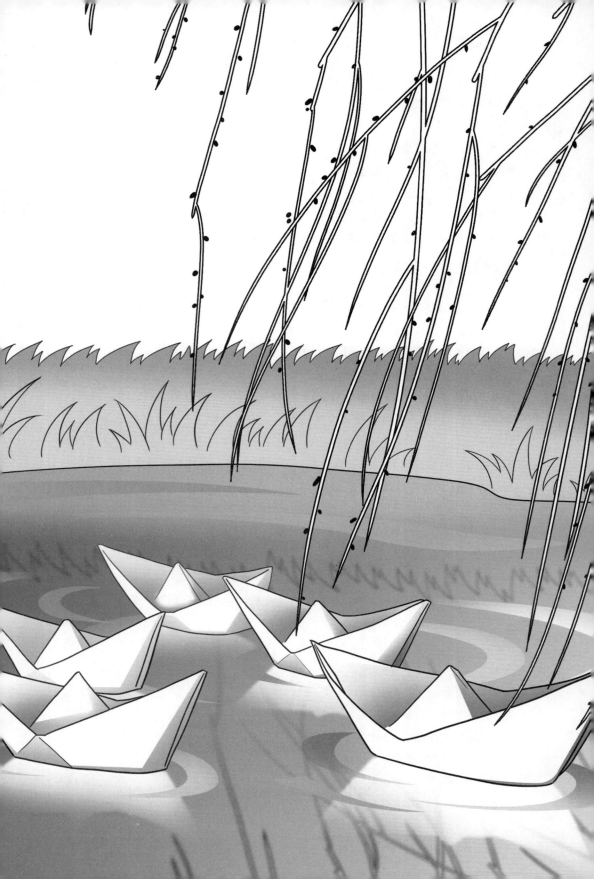

我焦渴地期待着，感到她芳香的气息离我越来越近，越来越近。那双动人的嘴唇突然与我相触在一起，仅仅是轻轻地一碰，却溅起了激情的火花。周身如同过电一般欣悦振奋。她迅速把头侧向一边，枕在我的肩上。我紧紧地搂住她，有一种喘不过气的感觉。我一次又一次地回味刚才那甜美的一瞬，长时间沉浸在爱的幸福境界中。这一刻，我不再有更多渴望，爱的甜美柔情使我感到从未有过的满足。

　　这是我平生第一次与一位女孩子亲吻，那种动人心魄、电闪雷击般的感受实在是美妙无比，爱的无穷魅力已经开始展现，激情犹如萌芽一般生长着想象的翅膀，一个蜻蜓点水式的轻吻都会令人回味不已。

9

清晨的后湖边。

这正是湖畔难得的空寂时刻。晨风凉爽怡人，柳丝随风拂动。两个人在一张长椅上坐下，各自读着一本书。我看的是安德列耶夫的《是非请人们评说》，虹看的是中国史话方面的书。有时，发黄的柳叶就会落到书上。我摘下一片柳叶悄悄放到她的脖子里，她则把她的太阳镜架在我的鼻梁上。

我没有意识到这就是那些永不再现的初恋时光。纯真、闲适、随意，还有点无所事事。没有了揭开爱情帷幕之前的焦虑和彷徨，也不再有猜疑和波折，一切变得那样自然而然、顺理成章。

绿色的湖岸树木，泛着微波的深碧色的水面蒙上了一层柠檬色。居民楼群在这时候鲜有人迹，只有几位老妇带着小孩在玩耍。一棵大树后面有一位小姑娘正像模像样地弹着儿童钢琴。她晃动着身子，像个装腔作势的钢琴家。弹一阵儿，她探出头来望我们一下。小孩子希望引人关注的天性暴露无遗。过一会儿，她索性把钢琴搬到我们旁边的一张长椅上，叮咚叮咚地敲她自创的旋律。两个人望着这个可爱的琴童，露出会心的笑意。

这天上午，弥漫着浸人的芳香，我们不由自主地拥抱起来，脸颊紧贴在一起。幸福像春天枝头的鸟雀在头顶喧闹。

临近中午，两人漫步到浓叶遮阴的湖心岛上。此时，头上的蓝天开始暗淡下来，风从桦树林那边送来一股清新的苦味。

高塔寂静无声地掩映在林丛之中，薄暮时分的空气是那样温暖甜蜜，渐渐消隐的阳光在林间投下斑驳的阴影。湖心岛犹如一只爱的小船，在微波浮动的水面轻轻荡漾。虹坐在一块石板上一本本翻看我的日记。日记足有七八本，是我三年多大学生活的记录。回望青春时节，那个单纯无知的懵懂青年果真是缺心少肺啊，竟然毫无保留地将这些夹带无情剖析和内心隐秘的真实文字和盘托出。胸无城府的我笃信只要是认定的爱情就是不会改变的，只要是真情的付出就是不会被辜负的。

暮色渐浓，校园的灯火还没有点燃，微风穿过枝叶发出风铃般的轻响。她有选择地翻了五六本之后，光线暗得使她已经无法读下去。

"有什么感觉？"我问，"是不是特别幼稚？看过以后更不把我当回事儿吧！"

"为什么这么说？"

"你会发现我是一个悲观主义者，不仅悲观，而且自卑。"

"那可不行，你可是许多人心中的白马王子。"

"在你的心中呢？"

"我嘛！我压根儿就不喜欢王子。"

"为什么？"

"因为所谓王子还是太年轻了。"

"告诉我，对我的日记到底怎么看？别试图转移注意力。"

"很欣赏你的一些想法，也能够使我产生共鸣。你真有毅力，记下了很多宝贵的东西。真的不错，我很佩服。"

"光佩服就完了？"

"我还没有对几个人说过佩服。"

"不说我小男孩了？"

"看来我有时低估了你。"

"这应该算是对我的肯定吗？"

"你那么在意肯定吗？你得到的肯定不会少吧！都说你是你们班女生的宠儿。"

"那不一样。来自你的肯定真的不一样。"

"你真的很有毅力，而且也有文采。"

"你真的这么认为？"

"发自内心。"

"那我所有的努力都算没有白费。"

"怎么会白费？即使不是我，也会有别的人来肯定你。"

"只有来自你的肯定才会根本不同。"

"你很不错。真的。"

"你很不错。"我学着她的腔调，"你就不能说你很棒吗？你夸人真的太吝啬了。"

"你就知足吧，你知道我要求很高的，这已经是很好的评价了。"

"我知道了。那你用什么奖励我？"我目不转睛地望着她。

她很快明白了我的意思，脸颊顿时浮起一片潮红。

"你需要什么奖励？"她佯装不解地问道。

"你知道。"我继续直视她的目光，浑身泛起一股热流。

"那你闭上眼睛。"她的声音轻得快要听不清，而呼吸的声音却在加大。

我焦渴地期待着，感到她芳香的气息离我越来越近，越来越近。那双动人的嘴唇突然与我相触在一起，仅仅是轻轻地一碰，却溅起了激情的火花。周身如同过电一般欣悦振奋。她迅速把头侧向一边，枕在我的肩上。我紧紧地搂住她，有一种喘不过气的感觉。我一次又一次地回味刚才那甜美的一瞬，长时间沉浸在爱的幸福境界中。这一刻，我不再有更多渴望，爱的甜美柔情使我感到从未有过的满足。

这是我平生第一次与一位女孩子亲吻，那种动人心魄、电闪雷击般的感受实在是美妙无比，爱的无穷魅力已经开始展现，激情犹如萌芽一般生长着想象的翅膀，一个蜻蜓点水式的轻吻都会令人回味不已。

"亲爱的，"虹伏在我的肩头喃喃细语，这是她第一次这样称呼我，声音有些发颤，"我越来越喜欢你了，不，是爱你。"

"你说什么？"我佯装没有听清，想让她再次重复。

"我爱你，真的，你有很多出人意料的优秀之处，我庆幸我没有选错人。"

这充满爱意的语言忽然让人有些发晕。天色暗得已经看不见五指了，只有远处的路灯投过来稀疏的光亮。

回宿舍的路上，我情不自禁地哼着说不出名字的歌曲，头脑有些恍惚，似在回味，又有点意犹未尽。甜蜜的喜悦在心中跳荡。我的初恋有了突破，我与心爱的人第一次亲吻了。

我刚走进宿舍，好消息接踵而至。分配方案最终确定，虹留了下来，且与我分配的单位距离不远。我随便塞了几块饼干，又立即跑去把消息告诉她。她也知道了分配结果，却丝毫没有喜形于色，反而显得情绪低落。我问她为什么不高兴，她低头不语。再问，她才气呼呼地反问我有什么值得高兴的。我说留下来了，我们可以待在一起，不值得高兴吗？她突然劈头问我："你是不是去找过系里？"我说是。

她立即火了："谁让你去的？"

"我自己要去的，我不能看着你离我越来越远。"

"你怎么这么蠢，这么没有头脑？你这样让我今后怎么做人？"

"我只是不希望你回去，我有权利表达自己的愿望。"

"你怎么不想一想，所有的人都会以为是我让你这样做。"

"那又怎样？我总不能眼看着你与我两地分居而袖手旁观吧！"

"你真是越帮越忙。"

"我只知道我不能看着你回去。"

"回去又有什么？难道你连这一点考验也经受不了吗？"

"这个风险太大了。"

"你还要我怎么说才能明白？算了，我不理你了。"说完，她径直向前走。这一刻，我忽然意识到她是如此看重舆论的评价，这种评价甚至可以比两地分隔更为重要。这到底是虚荣心作怪还是良心使然？她的心思真令我这样的蓑尔之辈费解。有一点可以确认，她认为我所做的一切只是画蛇添足，多此一举，让她在道义和情感上受到双重压力，我的好意帮了倒忙。

三天之后，理科班男生在菊园餐厅为耿志刚举行毕业前的最后一次生日晚会。文理两班的同学均在邀请之列，此外还有一些外校耿志刚的老乡。耿志刚善喝，但并不善言。宴会刚开始，即连干数杯，每喝一杯，则只说一句，尽在不言中，然后一饮而尽。餐厅里响起一片叫好声。耿志刚终于端着酒杯走到虹的身边，全场顿时安静下来。耿志刚说，请随意，又道一声尽在不言中，把酒喝干。虹站了起来，也一口喝干了杯中酒。又响起一阵掌声。耿志刚的老乡不知是有意还是无意，大喊：啥时喝喜酒，啊？这起哄马上被制止下去。

很快就有人喝醉了，文科班的小瘦子吐了一地，冲向厕所，很久没有回来。陈宝根去找，发现他已经瘫在地上，架回来之后，他逢人便讲：我对不起你，请原谅。然后突然长叹一声：我活得真窝囊呀，便号啕大哭起来。陈宝根安慰他说这样的事谁都有过，以前跟你扯淡的那些事就把它忘了吧，两人拥抱在一起。也不知是出了什么事。陈宝根没醉，但满脸通红。

理科班的一位男生开始表演八卦掌，横倒竖歪的，还摇摇晃晃地站到椅子上。不一会儿，他又大唱革命现代戏《沙家浜》，平时唱歌记不住词，这回流利地唱了许多《沙家浜》的唱段。还手拿毛巾，一会儿沙奶奶，一会儿郭建光，忙得不亦乐乎。

没有几个人与我碰杯，理科班的男生总是端着酒杯从我身边绕过去。我能够感到他们投过来的蔑视的目光，我在他们眼中已经成为一个重色轻友、横刀夺爱的自私小人。后来耿志刚的老乡们一个个走过来，开始不怀好意地向我敬酒。一个瘦高的刀疤脸走过来，满脸通红地对我说："以前没听说过你，今后也不想认识你。我们喝一个告别酒。不，这是永别酒。"

我说："对不起，我已经高了。"

"怎么着？看不起哥们儿？"

"不是，哪能呢，我真喝不下了。"

"我先喝！"说完他咕嘟咕嘟把三分之一瓶二锅头喝白了。一手拎着那只瓶子好像随时要砸过来。

我只好把剩下的半杯酒一口喝下，一脸解脱地看着他。

"这就完了？再来，一人三杯。"

"饶了我吧，实在喝不下了。"

"连点酒都喝不下，你还是男人吗？喝！"

"真喝不了。"

"喝不喝？"

"不喝。"

"我他妈削死你。"说完就把手中的瓶子扔过来。我一躲闪，瓶子砸在对面的墙上，随着一声脆响，玻璃碎片四溅。众人冲上来劝。他仍然不依不饶地挣脱开来，一把抓住我脖领子，上来就给了我一个耳光。场面已经十分混乱。

我看到这个陌生的家伙又抓来一个啤酒杯子朝我头上砸。

此刻，耿志刚走了过来，一把剪住他的胳膊，狠狠地推开他。如果不是耿志刚的大力相劝，我的脑袋可能早就要碰碰啤酒瓶的硬度了。我一直都在惊慌中躲避着，但是我能够理解他们的心情：一个并不能够让他们敬佩的男人在关键时刻靠投机手段赢得他们心目中一位公主的爱情，这实在让人咽不下这口气。别说是耿志刚的老乡打我，就是耿志刚打我，我都觉得理所当然。但是耿志刚是一个真汉子，他自始至终没有宣泄一下，脸上一点表情也没有。但这比打我还让我难受。

那天虹也喝醉了，被一些女生扶着回了宿舍。林洁在扶虹回去之前，还泪流满面地对我说："都怪你，把大家弄得这么不愉快。你早不追晚不追，现在才追！看这个烂摊子如何收场？"

陈宝根过来对我说："还等什么？还不快撤！"于是我趁着乱踉踉跄跄地走出食堂，在我的身后轰然响起了《让世界充满爱》的歌声。

当天晚上，文科班集体去天安门看升旗。在等待升旗的凌晨，大家一起玩儿童游戏"跨大步"和"丢手绢"。我在玩"丢手绢"时心不在焉，一位女生得理不饶人，对我大加惩罚，非让我用形体动作表演成语"狗急跳墙"。我一连表演了三遍方才过关。

天蒙蒙亮的时候，升旗仪式开始举行。大家不知怎么眼睛都湿润起来，已经是六月十五日了，离毕业的日子越来越近。

第二天下午见到虹。她告诉我耿志刚去找她了，送她一套自拍的 P 大校园景象，共几十张。礼物十分珍贵，令她感到不安。于是她又去书店买了一套《三毛选集》送给耿志刚。耿志刚给她的留言是：友谊地久天长。她给耿志刚的留言是：青春无悔。

10

毕业前的后续工作大多已经完成，论文已获通过——其中虹的关于情报检索分析的论文获得优秀奖，并将在国家级杂志上发表。虹天天与我泡在一起，很难想象她是在什么时候完成的论文。她的秀外慧中名不虚传。照过毕业照，只剩下两件事，等待毕业证书和分配通知单。

在毕业论文几近完成之时，我代表系里最后一次参加校游泳比赛。因为我曾向虹吹嘘自己曾在校蛙泳比赛中获过铜牌，这回她执意让我再赛一次，并希望我在蝶游项目中也能一展雄风。结果不仅优势项目蛙泳毫无收获，蝶泳更是惨不忍睹——在最后二十米中，我由于体力不支，将优美的蝶泳几乎变成了狗刨。

当我沮丧地走向她的时候，她还是将一束鲜花送给了我，并开玩笑说："这就叫情场得意，赌场失意。"

"如果我集中精力参加其中一项，结果肯定不一样。"

"我以后再也不难为你了。为了向你赔不是，我请你吃草莓。"说着虹拿出一只鲜红的草莓，将它直接送到我的嘴里。

在草莓刚刚上市之际，价格十分昂贵，学生很少问津。这个水果请得珍贵。我吃着酸甜可口的草莓，心中充溢起一种幸福感，适才的沮丧情绪一扫而光。我从塑料袋中抓出另一颗草莓，借花献佛放到她的口中，然后信誓旦旦地表白道："你信不信？我今后要情场赌场都得意。"

那天下午，我一厢情愿地以为两个人已经心心相印，不会分离。我拉着她的手在即将告别的校园里徜徉很久。

同游长江三峡的计划是在六月下旬匆匆而定的。毕业之前最后一次学生式的漫游且与恋人同行想来实在让人憧憬不已。但是她与宿舍的四个同学早在一年前就已约定，毕业时同游新疆西藏，而且早已着手准备。因此只能在她从青藏高原返回之后，两人再在重庆会合。我曾提出与她们同上高原，有位男士也好帮她们提提行李。她断然回绝了，说她们有约在先，不能违反。

"那这段时间我怎么办？"我显得颇为失落。

"我也不知道，但分开一段对我们都没坏处，正可以冷却一下，想想以后怎么办。这段时间，我都被冲昏了。"

"是吗？我倒觉得你还是太冷静了。"

"那是你的看法。"

我知道我无力说服她，只好打住。

"你旅游的钱够吗？"我关切地说。

"够了，就算不够，也不能接受你的帮助。"

"借你还不行？算利息。"

她坚决地摇头："我们的积蓄是有详细规划的，虽然可能艰苦一些，但能够保证完成我们的旅行。"

"那也不能自找苦吃。你现在不是一个人的时代了，你受委屈我多难过呀！"

"行了，我知道了，我一定好好照顾自己——请你放心。"

"这还差不多。对了，别忘了带一张我的照片，遇到困难也好给你点神奇力量。"

虹温存一笑："放心吧！我不会忘记的。"

"那咱们重庆见。"我佯装潇洒地打一个响指。

虹出发之后，离别的气氛越来越让人压抑。那天我走进空荡荡的宿舍，踩在一位同学的空床上。床上还留有一条黑裤子，一个麦乳精桶，一本《中外电影大观》、几张画纸和一张他自写的书法作品。睡在我上铺的陈宝根临行的那天晚上找不到车票，他迷迷糊糊地说可能包在行李里了。他说，管他娘的，明天上得去车就上，上不去就拉倒。凌晨，同室的另两位来自农村的同学踩在我床前的凳子上，陈宝根还懒躺在床上，三人把头凑在一起，抱头大哭。陈宝根说他不写留言，他字太差，拿不出手。另一同学说你小子还是写几笔，以后也好有个念想。你随便写在一张纸上就行，我自己去复印。陈宝根随手写了"情谊永存"，然后说，我怎么觉得像遗言呀！三人抱头痛哭起来。我闭着眼睛，佯装睡得很熟的样子。这个时候我越来越觉得自己是如此幸运，幸运得好像一说话或者流泪就是装腔作势。

按照虹临行的交代，我陆陆续续到车站送人。虹的亲密室友林洁免试上本系研究生，这次准备回西南老家度假。她上车前对我说："有一句话要告诉你，你千万要对虹好，以前她受了太多苦……"待我点头之后，五六个女生的手已经与她叠在一起。她又对我说："你把手也放上来，你代表虹。"说完众人哭作一团。

在耿志刚离京那一天，为他送行的人很多，除了两班还未离京的同学外，还有系里的一些老师，甚至包括低年级的同学。站台上黑压压地站了一片人。耿志刚平时沉默寡言，但人缘极佳，加上品学兼优，毕业时颇为仗义的礼让，使他赢得系里上上下下的一致赞赏。但我十分清楚，这所有的一切都不足以抵挡他内心的伤痛。爱情的残酷不能不让人感慨良多。耿志刚表现得从容淡定，闷声不语地给每个送别的男生递烟，看不到一丝悲哀。我们默默无语地抽完一支烟，然后握手道别。握手时他望向我的目光是那样空洞无神，仿佛我是空气一样可以忽略不计。

我想说多保重，但话到嘴边又咽了回去。我找不到恰当的语言，只好目送他一言不发地扭身走向列车。这一刻令人心酸。有人提议唱一唱《夏威夷告别之歌》，可稀稀拉拉地开了头，根本唱不下去。耿志刚与大家一一握手，从我们身边走过去，走进车厢，并很快从车窗内伸出手来。他们班的男生女生发疯一样拥上去握他的手。列车启动了，这些人还跟着车跑起来，火车越开越快，我看见耿志刚泪流满面，挥舞着双手大喊："永别了，永别了！"他们班的一个女生甚至瘫在地上。值勤的工作人员极为恼怒，大骂道："要想死，到别处去，别在这里玩命。"

玉面书生们立即暴怒起来，与值勤人吵得面红耳赤。骂他们连人性都没有，简直是冷血动物。还有个别人甚至与他们动起手来。送行的老师和外校的同学都赶来劝，才把这群快要发疯的人劝开。

我站在一根石柱旁抽烟，尽管内心也为这离别的场景感动，但表面上却显出不动声色的样子。

长江一号乘风破浪，无声地行驶着。陌生的景致犹如未知的远方，不断呈现在眼前。我们靠在甲板的栏杆旁。她的身体微微上仰，胸脯高高耸起，那柔软的富有弹性的乳峰仿佛要冲破衣饰呈现在我的面前。我长久地拥吻她，抚摸她，在她耳边甜蜜地低语。我揽住她的腰，用力地抱紧她，仿佛要与她连成一体。江风浩荡，好像要从我们的身体里穿过。我觉得此时的爱情是那样不知疲倦，时间失去了它原有的意义，浩瀚的宇宙中仿佛只有我们两个相恋的人。

11

在炎热的八月中旬，在二十二天的等待之后，两人重逢于山城重庆。见面的时刻比想象中要平静许多。千言万语化为一个行动，紧紧抱住她，一刻也不愿松开。我享受着离别重聚的喜悦，一句话也说不出来。她背着一只双肩背旅行袋，显得憔悴而疲倦。汗水浸湿了她的浅粉色 T 恤衫，隐约显出里面的胸衣。两个人去江边的露天浴场洗了澡，然后一人要了一碗当地小吃冰粉。我忽然想起二十多天来对她的担忧，不禁如释重负地叹出一口气。她问我为什么，我说还能为什么，担心你出什么事，担心你不能按时来渝，担心你突然被某个人劫走从此离我而去呗！她说你不该如此多虑。我告诉她这只能说明我是多么在意你，多么爱你。她说你这么多愁善感怎么能够经受住考验。我说别考验我了，我只不过是一个平庸的性情中人。

她带给我一把从青海买回的装在皮套里的藏刀。

"这是给我的礼物？"

"喜欢吗？当地的青年人都有一把，有的还绑在小腿上。"

"对我只是收藏品了，我一个文弱书生，难道还有机会动刀不成？"

"看来是不喜欢了，那我送给别人？"

"别，喜欢，喜欢，你送的东西都喜欢。"

说心里话，这个礼物真不对我的胃口。而且一篇台湾的杂文还写过，给恋人送刀和送伞都不恰当，送刀意味着一刀两断，送伞意味着分手。当然，这只是迷信。我心上人不知者不为过。

回到旅馆，我不顾一切地狂吻她。青春期的痴情男人难以遏制的激动在这一刻不停地升腾。她却突然推开我，正色道，你口是心非。我一怔，她嗔怪道，还说心疼我，明知道我这么累，你还不停地捣乱。

我愧疚地停下来，打开电扇，将她抱在我的腿上。她开始轻言细语地讲述刚刚经历过的旅行。她说在新疆塔克拉玛干沙漠，烤得如在火炉上行走，唯一的感觉就是渴，嗓子里冒烟。当时经费已经不足，她们四个人有一回买了一杯冰水，谁都舍不得喝。她提出四个人均分，一人一口轮着喝。有人不同意，说应按身高体重，这样才科学，每人需要量不一样。她当时心头一动，知道这是为了照顾她，真有一种生死之交之感。当时真想抱住她们好好地哭一场，但已经连哭的力气都没有了。

望着她疲惫的神情，发自内心的一种怜惜之情油然而生。"休息一会儿吧，你太累了。"我说。她躺在我怀中闭上眼睛，很快就睡着了。她的嘴唇干裂，脖颈和脸庞泛着紫外线辐射之后留下的绯红。很久以来，这个令我心潮澎湃、心神不宁的女生突然让我产生了一丝陌生感，我真的理解这个喜欢自我折磨的女孩心中的所思所想吗？但是这份疑虑很快还是被接踵而来的喜悦冲得烟消云散。

入夜，在江岸码头品尝重庆特色火锅，然后买了一网兜准备在船上吃的食物水果。再到山城的高处观赏山城夜景。点缀在江岸两边的万家灯火犹如银河泻地倒映在澄碧的江水之中。置身于山城灿烂如锦的灯火世界之中，与恋人携手同行，有一种如梦似幻的感觉。

"与你在一起感觉就是不一样。"虹说。

"有什么不一样？"我显得好奇。

"不告诉你。"她俏皮地一撇嘴。

"你就从来没有一句甜言蜜语。"

"好吧！我说。跟你在一起，我觉得轻松。终于有了依靠嘛！什么都可以不管了。"

"那当然，我是舵手嘛！"

"你可不能喊累。"

"你不会把我当长工使唤吧？"

"你不愿意？"她轻拎我的耳朵。

"愿意，愿意，一辈子给你当长工。"

在夜色的微光之中，虹的眼睛灵动如闪亮的星，蕴含着翠玉般的光亮。嘴唇润泽像两片带露的花瓣。我们坐在江边的碎石上，江水拍击的细浪从身边哗哗掠过。

"你真的会是一个自我表白的那样内心坚强的人吗？"她突然尖锐地问。

"又有谁说我的坏话了吧！"

"也没有，就是有人说你这个人其实敏感而忧郁，心思很重。这并不一定是缺点吧！"

"她们说得对，我从小就是一个心思很重的人，我母亲的一个同事说，我的眉心有一个永远解不开的结。曾有一次我父母因为买东西回来晚了点，我就大哭起来，担心他们不要我了；还有一次在梦中，一个记不住长相的人说我不是父母亲生，醒来我哭得泪人似的；还有一次，因为一件什么事，我认为父母偏袒妹妹，跑出去跟一个要好的小朋友说，没人爱我，我还不如死了算了……"

虹把手伸过来，安抚似的拍了拍："你确实是一个脆弱敏感的人。我跟你不一样，因为我父母一贯在情感表达问题上十分生硬，因而我从来就没有什么幻想。有时候，环境也能够让人变得坚强。我记得我十三岁时，我最要好的同学的母亲得了重病，她的父亲是个海员，无法及时回来。我一直陪着这个同学直到她母亲去世。我的这个同学只顾得伤心，什么事情也做不了。我跟着她母亲的同事一直把她母亲送到太平间……"

"也就是说你十三岁就目睹了一个人的死亡，难怪你一直显得挺坚强。"

"这其实只是表面现象，我的内心深处也是很软弱的。但你知道吗？只有你更强大一些，我才能觉得有依靠，才能变得更温柔。"

"放心吧！我认为这并不是一件难事。多情未必不刚强，不是吗？"我用颇为轻松的口吻说。多年以后，我才意识到我忽略了她讲话中的深意。她童年和少年时的经历让她能够处乱不惊，历练出坚强的性格，让我误以为她是天生强悍的人，具有特立独行的个性，根本不需要其他女人所需要的那种关爱。

夜晚零时许，长江一号客轮启航。

汽笛的长鸣划破寂静的夜空，巨轮缓缓地升起铁锚，顺江而下，开始了漫长的航行。正前方是漆黑如墨的浩渺的江面，流线型的船体如巨斧一般划开细碎的浪花，远方的峡谷中间，散布着三三两两的渔火。天愈加黑了，船上的微光点缀着河岸，巨大的船身在银色的水面上静静滑动。

山城渐渐远去，只有一弯淡月时刻伴随着我们，无论我们走向何方。

长江一号客轮上的三天三夜，是沉浸在相恋幸福之中的时光。我们住在二等舱的上下铺，一刻也不曾分离。两个人时常相依相偎站在甲板上，任凭江风浩荡，波涛汹涌。我的身心松弛而舒爽。我靠着船舷吹着口哨，虹陪伴在我的身旁。能够感觉到那双动人的眼睛不时会暗中打量我。夜晚来临的时候，当所有的人都睡去以后，一双年轻的身影仍然立在船舷上，倚栏而望，久久不肯离去。我在想，这就是人生浪漫美好的时刻吧！毕业季以来的折腾、焦虑、求索，不就是为了这些得之不易的幸福时光吗！我甚至认为有过现在这种梦境般的、无论长久还是短暂的快乐与欢愉，即使之后还会有苦痛相伴，也是心甘情愿了。

我对虹说，以后你会知道做我的太太会是一件值得自豪的事。

虹歪斜着头，显出那种一贯的傲慢说："要让我自豪可不是一件容易的事情，你打算怎么让我自豪？"

"当然是做一番大事业。"我脱口而出，"我打算在三十岁以前出版一本诗集，就叫《青春恋曲》。四十岁以前写出几部长篇小说。五十岁的时候，争取成为有国际影响力的作家。"

"然后呢？"虹没有打断我的痴人说梦，鼓动我继续说下去。甲板上有人在漫步，也许是我的高谈阔论声音太大了，站在甲板另一边的一位中年人不时把目光投向我们。我愈加得意起来，认定这是那些青春已逝的人投过来的羡慕的目光。

"然后我就带你周游世界，再然后就在你喜欢的海边的森林中买一幢房子，养一大群孩子。"

"野心很大，想法浪漫，实现很难。"

"你已经知道我不是一个光说不练的人。"

"光脚踏实地还是不够的，一个真正的成功者还需要不断地修炼自己的意志，要有广博的学识，宽广的胸襟，敏锐深刻的洞察力。"

"我会做到这些的。只要你能鼓励我，为我喝彩。"

"我怕自己没有那么大的魅力吧！"

"你有，在我的心目中，你就是带给我灵感和幸运的缪斯女神。只要你温柔的目光能够时常关注我，只要你在我面临挫折的时候能给我哪怕一点支持，我就会产生无穷的动力。"

她掩嘴笑了，几乎笑出了声。

"你不相信吗？"

"我当然愿意相信，我不相信你还相信谁？再说，我不相信你也没办法了，谁让我上了你这条贼船呢！"虹说着，紧抱住我的一条胳膊，小鸟般依偎在我身旁。

"亲爱的，我们要毕业了，新的生活就要开始了。无论到哪里，我们都要成为能够创造幸福的人，成为能够改变我们周围环境，给他人带来激情、快乐和希望的人。想到即将开始的新的生活，我的眼前就会出现灿烂如锦的天空，自由翱翔的鸥鸟，我的心就会激动得颤抖不已。你知道吗？认识你之前似乎不是这样，那时候多半还是有些灰暗的，但现在不一样了，我的心里充满了美好的向往，而这一切都是因为有了你。"

"生活可能不完全是你想象中的模样，爱情也不会改变一切。或许我们面临的困难比想象中要多。有人说过，刚刚从象牙塔中走出的人难免碰壁，有些还碰得头破血流。"

"迎接和战胜挑战就是年轻人的使命。否则，还要我们干什么？"

"但愿你能够永远拥有勇气和激情。"虹望向我的目光充满了恬静的温存和怜惜，尽管她并不完全认同我的激情澎湃。她两只手揽住了我的脖子，头轻轻地靠向我的胸膛。"我愿意听你说这些，你就讲吧，彻夜不息地讲你的梦想，我宁愿相信你的每一句话都是真的。"她的语调温柔得令人心动。

长江一号乘风破浪，无声地行驶着。陌生的景致犹如未知的远方，不断呈现在眼前。我们靠在甲板的栏杆旁。她的身体微微上仰，胸脯高高耸起，那柔软的富有弹性的乳峰仿佛要冲破衣饰呈现在我的面前。我长久地拥吻她，抚摸她，在她耳边甜蜜地低语。我揽住她的腰，用力地抱紧她，仿佛要与她连成一体。江风浩荡，好像要从我们的身体里穿过。我觉得此时的爱情是那样不知疲倦，时间失去了它原有的意义，浩瀚的宇宙中仿佛只有我们两个相恋的人。夜深了，灿烂的星河正在缓缓向后移去。我拉着虹的手，在星光映照的甲板上翩翩起舞。夜晚的三四点钟，虹倚靠在我的怀中恹恹欲睡。我抱起她，像抱着一个熟睡的新娘，轻轻放到舒适的床上。好像刚刚睡去没有多久，就被躁动的人声吵醒。有人在喊，看日出了。两人又一起冲上甲板，共同迎来江轮上的第一个晨曦。

红彤彤的旭日在江面尽头的地平线上升起来了。人头攒动，一个个迎接黎明的身影沐浴在红日和清爽的江风中。

"此时此刻，我觉得自己是世上最幸福的人。"我说。

"也是最可爱的人。人是因为可爱才幸福。"

"是吗？"我学着虹的语调说，然后把她揽在身边。

在万县停泊的时候，我买了几只漂流瓶，虹说给住在沿江两岸的同学各寄一只吧！我说这个主意好，于是写了几张祝福问候的字条，分别装入瓶里，投向江中。

看着载着祝福的瓶子在江水中漂流，两个相恋的年轻人再次紧抱在一起。江水奔流，带着我们的爱驰向远方。

12

八十年代中期的校园有哪些悄然更替的潮流，其实我一无所知。当一些人忙着考托福，另一些人整日想着如何出人头地，还有一些人为未来的商旅生涯殚精竭虑的时候，我却沉浸在我的小布尔乔亚的情调之中。写诗、拉琴、办杂志、组织郊游和文体活动。与我一起拍小品话剧的同学有些已经有了更加广阔的新平台。郑爽曾与我演过俄罗斯卫国战争时期的小品《一个人》，里面有我们接头失败，然后我被党卫军逮捕、壮烈牺牲的故事。我在她的毕业纪念簿上写道：下一次接头在什么地方？可要注意安全了。不演悲剧，我们要演喜剧。而此时的她已经办理好赴美留学的所有手续，美国梦即将开始。这位胸有成竹的女生在我的留言簿上写道：你是一个喜欢做梦的小男孩，但愿你醒来，依旧色彩斑斓。

很快我就发现了虹的犀利。从梦境走向现实的过程远比想象中更加艰难。

我分配到一家高校图书馆工作，而虹的工作地点离我不远，是一个研究所的信息资料室。新的生活平淡而乏味，漫游长江的那份轻松浪漫一时间消失得毫无踪影。茫然与困惑裹住我们琐碎平凡的工作。日复一日地机械重复，没有创造性，更没有戏剧性。校园中那些雕虫小技失去了用武之地，我整个人也显得像打蔫的向日葵般无精打采。社会是现实而功利的，它不可能如想象中那般美满。这个社会似乎一开始就在拒绝不食人间烟火的象牙塔出来的人，而我也立刻回之以冷漠、对立。

我才发现，我们在高等学府学习了四年的承载着历史文化使命的图书馆，其实在学院里不过是一个后勤部门，也是一个收容院，七大姑八大姨都在这里。人浮于事、飞短流长是同事们工作中最热门的话题。我不屑于参与其中，那种名校生的自命不凡使我与他们格格不入。而我那种特立独行的个性也很快招致同事们的反感，这又反过来加剧了我对那些同事的鄙视。我身上的书生意气常常不合时宜地用错了地方——经常对馆领导的工作指手画脚。因而初进单位时各派争相拉拢的局面很快结束，我成了各派打击出气的对象。总之，象牙塔中形成的清高自傲、自以为是在现实中四处碰壁。一些人给我穿小鞋，另一些人在领导那里打小报告，诽谤挖苦无所不用。我的工作境遇似乎江河日下。

好在爱情还能够让我感觉到生活的意义。离开校园之后，虹似乎改变了许多，她已不再是校园里那个不可一世的公主了，尽管她骨子里的清高丝毫没有改变，但在表面上，她将这种清高掩藏起来，表现得安于现状，十分知足。她的这么平静与我整日间的怨天尤人形成了鲜明的对照，我反而成了她不断安抚的对象。

她几乎每天都来找我。她是那样随和、温顺，与初恋时判若两人。初恋时的狂热有所降温，我也不再像初识那样刻意展示自己强劲的优秀，我们的关系更加轻松自然，也更加松懈了。

"你知道我今天听到两个同事在聊什么吗？她们毫不顾忌地交流她们老公的那种能力。语言粗俗不堪，简直不堪入耳。我怎么会与这些人整日为伍？"

"我来告诉你怎么做：第一，你如果不愿听，就做好自己的事。你自可以追求你的情调，别人再庸俗，也无法阻止你的高雅。第二，适应环境是我们毕业人生的第一步，对于我们无法改变的事情，我们只能一点点适应，同时做好我们能够改变的。第三，卢梭讲过，人生而平等，不要自视甚高，每个个体都有其优点，学人所长，识人所优，其乐融融。"

"还一套一套的。我都不知道你这个校园里的公主是怎么一下子下凡成了邻家女孩的。"

"其实也没有什么，把心态放平和一些，生活正是因为与我们想象中不同，才更加真实生动。"

说实话，她的想法令我惊讶。很难想象这会是她内心真实的观点，或许她不过是在掩饰而已。但我得承认无论是处事能力还是成熟度，她都胜我一筹。

我的宿舍在教工筒子楼二层。十多米的房间被书架隔成两半。另一半归一位体育老师。每逢我们想到这个房间里来，都须先由我回屋侦察一番，当确认无人或认定同屋即将出门，才去招呼她进来。有时，刚刚抱在一起，就能听到开锁的声音。于是立刻分开，装出一副什么也没有发生的样子。有时，只好到我单位的办公室里卿卿我我，又会碰到突然开门闯入的同事。环境太恶劣了，恋爱变得偷偷摸摸。她调侃道，这就叫游击恋爱法。

九月的夜晚，窗外树影摇曳，中秋节到了。

筒子楼的楼道里冷寂无人。我先是蹑手蹑脚打开宿舍的房间门，同房的体育老师正在向一个马粪兜里装东西，见到我就说："我马上撤，晚上也不回来了，今天你用单间。"然后冲我做个鬼脸，推门而去。

我窃喜，顿觉一下子释然许多。今天这是我们的天地了，无人打扰。两人把各自单位发的月饼水果摆在桌上，然后点上蜡烛。我把一盘磁带放进方砖式录音机里，里面很快传出天籁之声。

"这盘磁带叫《青春的回声》，有林中的鸟鸣，华山的松涛，未名湖的细雨，北戴河的海浪，每一段大自然的背景音响中，还配上一些优美的诗句独白。"录音机里传出了这些声音，"这都是伴随我们青春的声音，我要把它作为永远的珍藏。"

我的小花招还是能够带给她新奇，虹将耳朵凑近在录音机旁谛听。

"你再听听这段，听出来了吗？这是我们第一次相约在圆明园的谈话和歌声，还有你最喜爱的歌《当我们年轻时》。"

"不错，录得还挺清楚。我想起来了，难怪有时你鬼鬼祟祟，总在拨弄你的书包，原来是在偷偷录音。"

"我一直想如果我们之间的青春往事除了文字的形式，还能有一种声音的形式记录下来，这样，青春的记忆才是完整的。"

"你很有心，也很有创意，换作我是根本想不到的。难怪你那么讨女生喜欢。"说完，她的嘴唇在我额头上点了一下，以示奖励。她已经知道我是一个需要不断鼓励的人。

"可是我最在意的是讨你的喜欢。至于你，你当然不在意了，我只是你青春旅程中相伴而行的一个过客。"

"都是我不好。这么说吧，在对待你的感情上，以前我是曾经犹豫过，那主要是对自己没有把握。现在我已经铁了心跟你在一起，真的。嫁鸡随鸡，嫁狗随狗。"

"是无可奈何，还是真的想通了？"

"是无可奈何，这样你满意了吧？"

"大过节的，你就不能说句好听的？"

"我说了，你也不信。我要跟你好好地过下去，我是吃了秤砣铁了心。我们一起渡过现在的难关。"

"这可以算是中秋的誓言吗？我得记下来，记在我的恋爱手记里。这个中秋因你这句话而永恒。"

"是你感动我了。环境虽然不尽如人意，但你依然保持浪漫之心，希望你能永远保持这种率真与浪漫。"

"你知道吗？我之所以能够这样，只是我的身边还有你。你是我生活的希望，如果你哪天离我而去，我真不知道怎样面对这个现实。"

"我不会离开你，你为什么认为我会离开你？"

"你知道我是多么看重你就好。"

我把她紧紧地揽在怀中："别走了，今天不会有别人。"这是我深情的相约。她犹豫了一下，然后出人意料地点头同意了。

在那个宁静祥和的中秋节的夜晚。住在筒子楼里的人都出去过节了，楼道里一片寂静。这是两个人恋爱以来第一次在一起过夜。与最亲密的人躺在小屋的同一张单人床上。我觉得这是我无比渴望的幸福时刻。

"让我看看你，行吗？"我喃喃道，心跳开始加快。

"你不是在看吗？"

"我想了解你的全部，你的所有秘密。"

当我涨红着脸向她提出这一要求时，没想到她意外地答应了。她嘱咐我吹灭蜡烛，然后开始一点一点地脱去身上的衣服。快要脱掉的时候，她又忽然对我道："那你不许冲动。"

"相信我吧！我能够控制自己。"

"你去把门插好。"

我去把门反锁上，而且反复确认了两遍。然后慢慢地走到她的身边，身体已经无法自持地激烈抖动起来。

虹用娇嫩的纤纤玉指一个接一个地解开衬衫的纽扣，然后像昆虫蜕皮一样褪去身体上的掩饰，只剩下脖颈上一条银色的项链，在暗光中熠熠生辉。她的身体宛似刚刚降生的婴儿一般，洁白无瑕，柔光莹莹……

这是我人生第一次看到一个女性的胴体，我从未相信一个人的身体会如此让人迷醉。她是那样精致，那样完美，那样充满生机，那样魅力无穷，而她身体的那些细微的曲折和起伏，又让人惊叹，让人产生神秘的无限遐想。当我目不转睛地打量她的时候，她一直用双手羞怯地掩住脸颊和眼睛——使我相信她是第一次在一个异性面前暴露自己，这个念头更加令我激动难耐……

透过窗帘照射进来的月光投在虹曲线起伏的身体上，布上层次分明的阴影，恰似月光映照下静静的湖面，微澜轻伏，美不胜收。

这冰清玉洁的胴体是何等完美无瑕。像山丘一般浑圆突起、点着两点暗红的乳房，细腻柔软宛如流水一般的腰肢，平滑的长满茸茸细草般的下腹……

这是一个女人的一切，如今这一切袒露在我的面前，我掩饰不住自己的冲动、爱慕甚至敬畏。对我而言，她就像一件浑然天成的艺术品，让人不胜怜惜。她的身体勾魂一般攫住了我的内心。

　　我定神地望着她，仿佛要把她身体的每一细节都刻进脑海。渐渐地一种晕眩之感混合着沸腾的血液冲向脑际，异样的冲动和亢奋使我眼前一片迷离。

　　对于一个在此之前只在生理卫生课上看过女性生理解剖图的我而言，虹的裸体，使我产生了从未有过的新奇和惊悸。我第一次了解了一个女人的全部，比无数次的想象更为生动丰富。她的丰饶美丽，她的圣洁优雅，她的神秘莫测，都令我无限向往。我经历了人生从未有过的一次生理狂潮，它调动起我所有的情感积蓄，像瀑布一般宣泄而下。

　　与大庭广众之下相比，她是透彻的，也是虚幻的，但又是真实的。只能说，造物主的神奇简直令人不可思议……

　　虽然没有突破她设定的限制，我已经没有丝毫的遗憾。在我眼中，她绝不是能够轻易触碰的艺术珍品。她能够如此大方地将她身体的一切展示给我，已经是对我爱的真心表达了。我内心的感激无以复加。

　　我深喘着粗气，不断地压抑着难以平复的冲动。

　　"看够了吗？不会眼珠掉出来吧？"她面色红润，羞赧地说道。

　　"真对不起。说心里话，我真的挺感激你的。这是我第一次看到一个女孩的身体。"我说话时竟然有些哽咽。

　　"想不到你真的单纯到对女孩子一无所知。"

　　"我一直是老实传统的人。"我急赤白脸地表白。

　　"把窗帘打开吧。看看中秋的月亮。"她脸上的潮红已经迅速退去，恢复了往常的平静。她已经迅速翻页了，而我却依然沉浸在适才的激动亢奋之中。我平抑着急喘的呼吸，把窗帘拉开。

　　窗外的圆月明亮、高远，清澈的光芒诉说着无尽的温馨。人生的美好仿佛在这一刻凝聚。

　　"你一直说你的人生将要丰富多彩，怎么个丰富法？"我问。

　　"想做的事太多，要开幼儿园，当中学校长，要写作，要周游世界，要学画，要办老年大学，要当兵，最后九十七岁时写自传，九十八岁时到森林里死去。总之，毫不停息，在人生的不同阶段尽可能充分地体验人生。"

　　"还有呢？"

　　"没有了。"

　　"你没有提到我，在你的计划中根本就没有我。"

"我说过的，我还要结三次婚。当然，你也说过，三次婚都是跟你。"

"这就是你的爱情宣言吗？"

"爱情宣言要等那个神圣的时刻才能说。现在我想告诉你，我已经想好了，我想与你相伴，单单是为了你对我的爱也值得我这样做。"

我搂住她，深情地吻她的额头，然后捧住她的脸，含情脉脉地打量着她。突然又紧抱住她。

"有时我很悲观，觉着我们迟早会分手，你知道吗？梅姬那首歌在我眼前不可磨灭地浮现出一个景象：当我们都老了的时候，我要找机会与我的第一位恋人相见。那时我们都会带着一种现在无法想象的心情坐在一起。当然，不是为了寻找爱情，而是为了回忆爱情。"

虹以怜惜的目光看着我，倾听着我的讲述。然后，她像鼓励小弟弟那样在我的脸上轻拍一下："你又在编故事了。"

……

中秋节那个难忘的夜晚，虹最终还是没有留宿在我的房间。夜半时分，沐浴着溶溶的月色，我骑车一直把她送到她单位的宿舍门口。她坐在自行车横梁上，一路上我感到自己像从身后搂抱着她，嗅着她发际的芳香。银色的月光如此淡雅而柔情，照在虹娇美的容颜上。我回想着虹迷人的身体，不禁又一次冲动地抱紧她……

"今天的月色真美！"虹理着自己纷乱的头发说。

"也不知道明年中秋我们还能不能在一起。"我忽然有些伤感起来。

"一定会的。即使这天谁不在北京，另一人就去找他。咱们拉钩。"

"我真的是一天也不想离开你。"

13

国庆三天假。我很希望能够与她待在我的爱的小屋里，耳鬓厮磨，卿卿我我。她却突发奇想要去内蒙古草原。两情若是久长时，又岂在朝朝暮暮？我也得打足精神，拿出点豪情来。我说就去呼和浩特吧，我还从未去过这个自治区首府呢！

一大早出发。进站时，广播里播的是《运动员进行曲》，进站的通道里人头攒动，拥挤不堪。没有一点运动员精神还真挤不过去。如此多的运动员都不知要去向何方，参加什么样的人生比赛。虹没有抱怨，相反她显得很兴奋。虹表面平静，内心却从不安宁。她总是无法忍受平静和机械的生活。只要是远离平淡的生活圈子，做什么事都可以。

由于这次是说走就走的旅行，缺少提前规划与准备。我去售票口买票，竟然买错了票，又去退票，耽误了不少时间。再买去往呼和浩特的票时，只剩下站票。问她还去不去，她显出很不耐烦的样子。

"要不然算了？"

"来都来了，就这么回去？"

"那还是去。"

"你定吧！你真的优柔寡断。"

"我不是怕你累着吗？"

"行了，你快决定吧，不然我走了。"

"那就去啦。"

在车上，两个人一个个车厢地游荡，见有空座，就诚惶诚恐地坐一会儿，遇到来人就让开，站在过道里像个二等乘客。开过两站，有一个工人模样的小伙子招呼虹过去，那里空出一个座位，正好在小伙子对面。不管怎样，两人总算有了落脚之处。列车继续行驶，临到呼和浩特市，有人下车，总算有了两个空座位。准备放行李时，发现自己一个随手拿着的小手提包不见了。

"里面有什么重要东西吗？"

"那倒没有，只是一些洗漱用品和一本书。"

"那就快放行李吧。"我把行李放到行李架上。虹坐在座位上，冷冷地看着，一言不发。

"怎么了，有座位你反而不高兴了？"我问她。

"没有呀！"她否定道，"我想起你们班同学对你的评价。"

"评价什么？"

"我告诉你，你不许生气。她们说你生活能力差，从小到大都过于依赖父母。"

"她们一直这样认为。每次出去玩，都会说理科班男生如何会照顾人，没关系，我都习惯了。还说了什么？"

"还说你不是一个轻易动感情的人，一旦动了感情，会特别执着认真。"

"看来，我班女生比我还了解我，连我自己都不清楚我有这个特点。还有什么，一股脑都倒出来吧！"

"说你心胸比较狭隘，易怒，心结重，多愁善感，过于敏感，有较强的猜疑心。总之就是不成熟，不是她们心目中响当当的男人，甚至无法担当起一个家庭。"

"这是报复，因为我喜欢了你而没有喜欢她们，她们吃醋了，这是嫉妒，是明显的诽谤。"

"说好不生气的。"

"那你是怎么看的？"

"我嘛，当然不这样看，否则怎么还会与你交往？不过，她们还是比较了解你的，对她们的话你应该有则改之，无则加勉。"

"比如……"

"比如，你应该更加大气一些，不要太斤斤计较。还有就是做事要果断些，不要拖泥带水。"

"那好，你说什么就是什么。"

即使是一个心胸开阔的人，这样的评价也难以让人开怀。我实在无法从刚才的不快中恢复过来，没想到朝夕相处了四年的女生竟然在背后如此贬损我，而这些评价无疑对虹的影响又是巨大的。这就是两个人之间的关系总显得不对称的原因。当然，她们的有些评价或许是中肯而准确的。但如果虹认定我是这样的人，她为什么还会选择与我交往呢？她应该还是在验证那些与她们不同的判断吧！

窗外的秋天景色从眼前一掠而过。金色的平原和远处若隐若现的山景都无法激起我的兴致。

呼和浩特市的庆祝活动没有想象的那样热闹，彩车表演，一片混乱，透着土气。成群结队的老头老太演着骑毛驴的节目，扭得欢实，却让人看得没趣。

第二天去赛马场，准备下赌注。结果这一场还不是正规比赛。原计划再去草原。我说，估计也不过如此，别折腾了，回北京吧。

进站之后无所事事，在站台上买些奶酪等特产，又跑回候车室无聊地坐着。我决定开个玩笑。正好去南昌的145次检票。我买了两张站台票，拉着她跟了进去。到了一节车厢面前，我说咱们就此分别，我上车了。和女列车员一说，女列车员竟然同意放行。虹却被挡在下面。她只好在车下继续向前走，我坐到一个窗口，在后面叫住她，问她送我时说什么，她说，你去南昌演《庐山恋》吧。没想到一年后的夏天，几乎是同样的车站送别，她在车上，我在车下。我问她想对我说些什么，她什么也没说，只是给了我一封信。

游戏结束。站台上冷寂无人。我们把一车人送走，继续在候车室等候。离检票还有一个多小时。两人东一句西一句地闲聊着。正说得高兴，来了六个年轻的巡逻队员，要检查工作证。我刚要拿出来，虹示意我等一会儿，请他们先亮证件。他们将我们分开盘问。我慢腾腾地向一边走，不时回头向虹的方向张望。她倒是毫无紧张之感，从容地回答着那些人的提问。这时，虹忽然机警地大声问我："去南昌的列车是多少次？"我告诉了她，这样一下子统一了口径。最后互相看了证件后，这帮人离开，走时其中一个还嬉皮笑脸地说："对不起，打扰了，你们请继续！"

两个人的关系一直存在着隐患。缺乏历练的我面对问题时表现出的狼狈与失措显然并不符合她心目中理想对象的标准，而且有些事情也是难以改变的。我并没有完全走进虹的内心，两个人也远非心心相印。我们之间的分歧与矛盾其实在一点点积累，只是我不愿意正视而已。

呼和浩特出游之后的一段时间里，她有时会借故拒绝与我约会。有一次周末我到她的单位找她，她草草应付几句，推说要参加单位的舞会。

"我可以一起去呀！"

"我不好意思让单位的同事看到。"

"难道他们以前没有看到过吗？"

"我不想在那么多同事面前难为情。"

恋爱近一年了，我还是让她感到难为情，感到没有面子，而不是一个可以让她自豪、让她的同事羡慕的人，心中难掩失落之情。那天她特意穿上了碎花布拉吉，打扮得漂漂亮亮的一个人去参加舞会了。我坐在她空无一人的办公室等她，随意翻阅着她放在桌上的情报学方面的专著，在书页之间发现了一封没有写完的信。这封信泄露了她心中的一个秘密。这是一封请求支教的申请信。她在主动申请支边？而且从没告诉我，这令我大惊失色。忽然有一个念头闪过我的脑际：她在我以为两个人如胶似漆的时候却想离开我？难道她如此看淡我们的感情吗？她是惧怕陷得更深无法自拔，还是只想要换一种生活方式？我宁愿相信后者。当时的我无法正视这是她对我们感情的一种反叛，而理解为是她不甘平淡的性格驱使她总想做出些与众不同的事情来。

一直等到十点多钟她才回来。我忍不住大发雷霆，指责她心中全然不顾我的存在，把我当成了可有可无的办公用品。她哭了，反而抱怨我不懂得宽容一个女孩子的任性。她坦率地说，也许是虚荣的缘故，她需要在团体中存在，而无法仅仅属于我。我说，换句话说，你想要得到更多人的宠爱，而不只是我一个人。她说，这是她的不好，但她一时真的改不了。再说，只有与同事们更加友好地相处，她才会感到工作更有意思一些。

"想去讲师团支边也是希望在团队中存在吗？"我一直不想让她认为我小肚鸡肠多疑狭隘，但还是没有控制住。

她愣了一下，然后说："你知道也好，我正想跟你商量一下。是的，我是想换个环境，离开这里一段。"

"是离开我一段吧？"

"你可以这么理解，但这没有什么不好。我无法接受这样总是自甘平庸的生活。这样浪费青春将来会后悔的。"

"好好，你喜欢折腾可以理解，但这么大的事怎么也应该跟我商量一下吧？"

"我不是还没有提交吗？再说也不一定批准。想去讲师团的人并不少。"她在狡辩，如果我没有发现这封信，她未必会提前与我商量。以她的作风，反而可能在批准之后再来向我摊牌，然后说单位已经决定无法改变了。

"我就不知道我们两个人好好的，为什么要分开一段呢？你难道考验我还没有考验够吗？"

"我不是怀疑我们的感情。我也知道你对我的真情，但我就是无法让自己平静下来。我总是会被未知的其他东西所吸引。这可能是我的不好，但我就是难以接受现在按部就班的一切。"

我才发现，她那些对我人生教育的夸夸其谈其实连她自己也说服不了——她比我更难接受她的工作环境。

她总是对我说，她的同事如何对她照顾备至，她的工作如何在她的主动创造中变得有意义和方向感，我还是从这些话中感到了她内心的压抑与不满。有一次，她终于向我抱怨她们单位的会计因为几块钱的报销百般刁难她。

"要学习适应所有我们不喜欢的人，并且要与他们和谐相处。"我以她的口吻说。

"你在嘲笑我。"她说。

"这就是说易行难。"

"我一定要让她后悔这样对待我。"

"别与这些人一般见识。你生气她更高兴。她就是想打击你，让你受折磨。你这么聪明的人，还真上当了？"

"你说得对，我应该忘掉她。"

"这才是原来的你。"

"我想考研，你也考吧。"

"单位不会批准的。怎么也得两年工龄以上吧。"

"我们现在就准备吧。"

"也好。"

工作环境的不顺心，显然影响到我们的感情交往。反过来，恋爱也不可能成为解救所有问题的灵丹妙药。积郁的心情不断破坏着约会的激情，而变成了对于单位同事的控诉会。很快我还发现甚至是与虹的约会在一段时间内也变成了一种程式化的活动，连约会的时间地点和方式都一成不变。而这一切对于喜欢突破常规的她而言可能是更为致命的。

两个人卿卿我我的亲密关系也从未超越一定的界限。我仍然生活在对虹的渴望和压抑之中，她真实存在于我的身边，却又似乎触摸不到。

这让我郁郁寡欢。回想起来，萎靡不振的状态从与虹交往时已经露出苗头，只不过还没有充分呈现出来。我渴念着与她相见，而内心深处又隐含着阵阵失落。

在食堂小炒部碰到了邓勇，不由自主地聊起了情感上的麻烦。邓勇说，漂亮女人都是这样，没有一个安分的。你得小心，不然煮熟的鸭子还可能飞了。

我还到不了那一步。鸭子根本还没有熟呢！

我告诉你一个绝招，生米煮成熟饭就踏实了。

这句话提醒了我，我是不是过于温良谦让了呢！什么事都遵从她的意愿。以为这就是呵护与宠爱。一个男人是不是应该有点魄力，拿拿主意呢！她不是也说我不够果断吗？我决定找机会煮一次熟饭。

那天，她穿着一袭红色的衣裙，骑着一辆崭新的乳白色的坤车向我住的筒子楼驶来，经过花坛前，车轮轧过浇花的橡皮管子，车把一扭车身失去了平衡，她从车上摔了下来，露出了白色透明的衬裙。一袋青色的苹果从车筐中滚落出来。我在这一瞬间下决心一定要真正拥有她。

她刚刚走进我的房间，我便像猛兽一般冲动起来。我把她抱向床沿，不由分说地掀起了她的裙子。午后的阳光闪烁不定，我的脑海中浮现着不停滚动的苹果和红裙下若隐若现的女性曲线。我听到她急促的呼吸，看到她紧闭的双眸下扇形的睫影。我的手开始很不老实地在她身体上游移。

"你要干什么？"她严肃地提醒道，我没有停止的意思。"你放开！"虹急切地大叫起来。我依然不管不顾。

"再等等，行吗？"虹的声音像在哀求，两只手紧紧地抓牢我越来越不老实的手臂。

"还要等什么？我爱你，我想与你灵肉相融，难道这个想法不合理不正常吗？"

"我们之间总还应该保留一点郑重，等待那个神圣时刻的来临。"

冲动在我体内翻江倒海，眼光却变得压抑而沉重。我瞪着发红的眼睛乞求她："你还要让我等到什么时候？咱们结婚吧，现在就结婚吧！"

"你认为现在我们这样的状态结婚能幸福吗？"

"为什么不能？不错，我们的环境和工作都差强人意，但这就不能结婚了吗？我们有爱，彼此相爱，心心相印，我们有爱，有爱还不够吗？难道我还没有打动你吗？"

"你才二十三岁，而我也才二十二岁不到，我们都还没有做好准备，婚姻不是儿戏。"

"那好，即使婚姻还不成熟。那也不应该妨碍我们的亲密吧！虹，你难道是一个如此传统的人，那么看重某些形式的东西？为什么不可以放松一些，摆脱束缚，自然而然地享受我们的爱情？"

虹默默地望着我，两只手一直下意识地护着自己。

"工作够苦闷无聊了，我只剩下爱情了。如果连爱情都不能救我们，那我们的生活还有什么意义？你知道吗？有时我甚至会有一种犯罪的冲动……"

"什么冲动？"虹忽然诧异地睁大眼睛。

"想强奸你。"我小声然而咬牙切齿地说，然后再次扑了过去，把她压在床上。她拼力地挣扎着。在挣扎的过程中她对着压在她身上的我正色道："你如果敢再进一步，我就跟你分手。我说到做到，你知道后果。"

"至于吗？"

"你如果想因为一次任性而失去我们的感情，那你就试试！"

"我正是在意我们的感情啊！"

"请你不要强词夺理。"

我当时也是情绪激动得昏了头，还是不管不顾地想要更进一步。她使出浑身气力一把推开我。在我一愣怔的瞬间，她伸出一只手给了我一记耳光。这是一记响亮的耳光，是一种对于违背她意志的极端反应。我没有想到她的反应是如此强烈，强烈到果真把我视为一个强奸犯。我捂住那一半热辣的脸，感觉受到了极大的伤害。我是一个敏感细腻而脆弱的男人，长这么大还从未遭受过来自女人这样的惩罚，连母亲也从未如此对待过我。

她拼尽全力摆脱我的纠缠，穿好衣服头也不回快步走出我的宿舍。我连忙穿衣穿鞋追出去。

"如果冒犯了你，我说对不起。"我的脸上还发着烧，却一个劲地向她赔不是。不知道为什么自己在她面前总是像矮了半截一般。

她没有理睬，头也不回地向前走。

"别这样，其实我说这句话只是表明我很爱你。"

她回过头来，甩甩湿漉漉的头发，正色道："你倒真会解释，可惜，我无法接受强加于我的这种所谓的爱。"

两人不欢而散，几天都没有联系。

又过了三天，虹带着一兜核桃来到我的宿舍。

"咱们敲核桃吃。"她说。

我对她爱理不理，依然沉浸在几天前的不快之中，一副受了委屈的小男人模样。她从袋里抓出一个核桃在我眼前晃着圆圈。我一把抢下来，从抽屉里拿出锤子，咚的一下把一个核桃砸得粉碎，也砸伤了左手手指。

她连忙找出纱布为我包裹，又用嘴轻轻地吹拂。

"那天我心情不好，反应过度。"她用手抚摸着她打过的那张脸。

"这是我有生以来第一次被人打脸，而且是我最爱的人。"我提醒她，显出十分难过的样子。

"我真的对不起，真心向你道歉。不然，你也打我一下。"她开始逗我。

"我可下不了手，心疼还来不及。"

"你对我的真情，我都会记得。"

"是我不好，那天我用词不当。"

"是我不好，我应该理解你的意思。"

"我看你未必理解。"

她扑到我的怀里："人家已经道歉了，你就别再讽刺我了。大人不记小人过，还不行吗？"

"我只是因为爱你，真的。"我再次强调这一点。

"别说了，我都知道。你放心，有一天，我一定会成为最让你感到幸福的好妻子。"

"一切都由我说了算？"

"得寸进尺！"

"不想逃开我，离我远远的了？"

"这是两个问题。做了你的妻子也不意味着天天厮守在一起。"

"唉，是你对自己没有信心还是对我没有信心？"

"我可不想你很快就厌倦我。这么回答你明白吗？"

"怎么可能？"

"这是基于人性的认识。"

冲突和解了，但心结还是留下了，久久无法消除。她简直就是一个外交高手，看似妥协求和，其实原则问题丝毫未变。更让我难过的是，只是因为对于亲密关系的不同认识她就可以表现得如此决绝。显然，她在感情的投入和付出上与我相比还有着明显的差距。我可以毫无保留地付出，而她则根本不可能。

14

国庆刚过，虹的父亲来京开会，提出要见一见我。在此之前，她的父亲从未与我谋面。我想这次见面应该是家长对可能的未来女婿人选的一次单独面试。她的父亲是 M 城某大学的学术权威和大学领导，百忙之中抽出时间接见我这个毛头小子，本身就是一种礼遇了。我顶着寒风，急匆匆地赶往她父亲的住地，心里头七上八下。

在 G 大学招待所见到虹的父亲。这个知名教授又瘦又高，衣着极为朴素，看不

出他们父女之间有多少相似的地方。虹的父亲态度不冷不热，好像在与他没有什么
关系的陌生人聊天。一个工科教授和一个诗歌爱好者本来就对不上鼓点，何况这个
年轻人还可能成为他的情敌——这大概是所有的父亲对待女儿的男朋友的态度吧。
我表现得从容淡定，不卑不亢——反正她女儿已经与我确立了恋爱关系，他再有影
响力也不可能轻易拆散。两代人平淡地交流着。谈话进行得很不流畅。我基本上不
主动说话，他问一句我答一句。他不说话，两人就保持沉默。包括"谢谢"在内，
加起来没说几句话。她的父亲语气倒是和缓，但显然有种拒人于千里之外的冷淡。
当他问到我未来的工作打算时，我没有像多数青年人面对长辈那样展现自己的宏图
伟志，反而故意表现出安于现状的样子。我只是寥寥数语告诉他自己会踏踏实实做
好本职工作，业余搞点诗歌创作，就是这些。他说，无论从事哪一种工作，都需要
把事业放在第一位，专心致志，持之以恒。然后推说还有其他事情需要处理，我知
趣地离开。

　　第二天，我又陪虹去见她父亲。她父亲将一台袖珍收录机交给她，然后对她侃
侃而谈，时不时也斜我一眼。我继续表现出若无其事的样子，一直没有插话。待了
十几分钟，便率先告辞而去。留下她一个人与父亲聊。

　　她父亲走后，她心事重重地对我说，她父亲把她训了一顿，她哭得连气都喘不
过来。

　　"聊到我了吗？"

　　"跟你没关系。他只说我现在还年轻，应该多学点东西，不要过早陷入儿女情
长。因为有人告发我天天跟你待在一起。"

　　"还说跟我没关系？这不明显是冲着咱们的关系而来吗！"

　　看得出来，她父亲这一关我考试不及格。我估计她父亲还应该说了对我个人的
判断，比如志小才疏之类，而她不方便告诉我。

　　"你父亲还说了什么？"

　　"他还让我学好外语，争取将来出国。"

　　"你怎么看？"

　　"我当然点头称是了。不过，我对出国不出国并不特别看重。"

　　"是因为出国难度太大吗？"

　　"并不是，如果想出国，我父亲、我姐姐都可以替我想办法。但我觉得在国内，
在任何一个单位照样可以干得很好，关键看你有没有信心、耐心和毅力。"

　　"这是心里话吗？"我开始将信将疑。

　　她点头称是。我对她父亲给予了报复似的评价："你父亲，不食人间烟火的学究
一个，根本不可能理解年轻人的想法。"

"不许你这样讲我的父亲。"

"好，我保证不讲你父亲了，你也不许再讲。你父亲又不是神，他的话不必句句都听。"

"你真的不了解女孩子的心理，尤其是不了解我的心理。"

"我不了解，你可以告诉我，为什么总是给我打哑谜？"

"第一每个女孩子对异性的想象首先来自她的父亲。我们总说一个男生追求女生首先要过父亲这一关，这是没错的。因为你首先最好达到她父亲的水平。第二你最好能够超越她的父亲，这样你才能够超越她对父亲身份的理解。"

"那这个真的很难。你父亲成就斐然，又是领导。而且这个需要很长的时间。"

"那我再告诉你一点。你不一定要达到我父亲的成就，但你可以在他的短板上下功夫啊！"

"什么是他的短板？"

"这就得靠你自己去了解了。我想问你，你知道我最需要什么吗？"

"需要关心，需要爱。难道我没有关心你、没有爱你吗？"

"唉，不错，你说得不错，但好像你还是不知道。"

"你可以告诉我，坦率地告诉我。"

"其实呢，我也说不清。只是觉得你并不了解我的心理。"

她父亲离开之后，她发了一次烧，高烧达三十九度。一天半时间里粒米未进。我请假为她端水取药，背着她去医院打针。然后连续三天一直陪在她床边护理，喂饭送水削水果，忙得不亦乐乎，极尽体贴之能事。想想自己长这么大还从未如此照顾人呢，连父母都没有这样照顾过，不由得为自己感动。当然，她一生病，确实为我提供了大献殷勤自我表现的机会。我知道她一直对我心存不满，对于她这次生病，我一直尽心尽力，兢兢业业，也是希望改变她对我的不良印象，表明我还是可靠的，关键时刻还是能够派上用场的。她的同事私下对她说，你男朋友多会心疼人呀，这样的人不嫁还嫁谁？

那天她从昏睡中好转后，忽然伤心得哭了起来，怎么劝也无济于事。我问她究竟是为什么，她始终闷声不语。哭了很久，她才停止抽泣，说话时口音比平时更显沙哑。她对我说：她希望总能看到她生病时我的样子。我这才意识到她不仅对工作环境充满了不满，她的父亲对我们关系的不认可也让她心烦。而我呢，一直无法让她产生依赖感，而我事业上希望的渺茫更让她有一种摆脱不掉的失落。

她痊愈后，又出落成一朵美丽的花朵。

那天，她躺在床上，一边喝着橙汁一边以一种我很陌生的眼光打量我，好像若有所思。忽然对我说："我觉得你变了。"

"怎么变了？"

"不像刚开始追我的时候那么自信了。照理，你从那么多人中脱颖而出，应该有自信吧！而且你多才多艺，怀揣理想……"

"在校园里曾经豪情万丈，以为自己可以指点江山，挥斥方遒，一进入社会，却发现自己是那样无力，别说改变社会，我连改变一个人的力量都没有。而且我发现知识并没有变成力量，我并不比那些没有上过学或学历不如我的人高明多少。我甚至在许多方面还不如他们。"

"是怀才不遇吧！你看看历史上有多少人都是这样。也许正因为自以为是，抱负远大，才会处处碰壁吧。"

"也可能是所说的悲剧性格所致。有些人的自卑是骨子里带来的，并不因为你做了什么或没有做什么而改变。或许叫性格宿命。"

"那你的人生会充满各种自己制造或他人制造的坎坷。"

"或许是吧！"

"告诉你一件事，你可别多想呀！"虹转变话题。

"什么事呀？别吓着我。"

"耿志刚昨天到我单位来了，他是出差顺便来的。"

"他现在怎么样？"

"很糟，跟单位领导不和，经常不去上班，他说他很茫然，不知今后该怎么办。又说想考研究生，让我帮助查资料。"

"你觉得有些对不起他？你有些后悔？"

"那倒不是，毕竟他也曾是我们班的佼佼者，怎么会这样？我真替他担心。"

"其实，两个人的相爱，仅仅表明他们两人觉得彼此更和谐，并非择优录取。两个人同时喜欢一个人，一个成功一个失败，但这并非意味着失败者素质就差。爱情是复杂的，不能用数学或物理的方式来推算。"

"说说自然容易，事情没有落到你的身上。"

"即使落到我的身上，我也不会像有些人那样寻死觅活。"

"你能有这样的想法，证明你变得成熟了。"

"谢谢你的夸奖。话说回来，我们有工夫还是好好帮帮他吧！为了我们的爱情他毕竟付出了重大牺牲。"

"我们聊到了毕业分配那会儿的事情，他说以前他觉得这么做是对的，可现在看是个错误。我就问他是不是因为我以前伤害了他，他才有意这么做使我不安，折磨我。他说，不是，我把他想得太坏了。"

"那他是什么意思？"

"你自己想吧！"

"行了，快告诉我。"

"我知道他是觉得我过得也并不好……"说着，虹低下了头。

"他怎么知道你过得不好？自作多情！"

"我一直觉得我现在的生活挺好，挺平静的，他那么一说搅得我很烦。昨天晚上我特别想跟你谈谈，可你没有来，我一直等你到十二点半……"

我从她的身后搂住她的双肩，对着她的耳畔喃喃细语道："别难受了，振作一点，我们一起努力，让所有人羡慕我们——包括那些追求你而没有成功的人。"

"耿志刚已经辞职，考过了 TOEFL，成绩是东北地区第一名。可能很快就要走了。"

"你一定很受刺激吧！你也想出国吗？"

"我说过了，我对出国这件事本身并没有那么大兴趣，不想为出国而出国。你为什么认为我会这么想？我觉得待在国内也挺好的。"

我又一次感到了虹的口是心非。八十年代中后期，能够走出国门就是能力的体现，能够在国外学习和生活就像步入了天堂。以她的高傲心境，她是看不得别人比她发展更好的，一个人人艳羡的校花怎么可以让人可怜呢？尤其是曾经发疯似的追求过她的人。我深深地自惭形秽。我还在做着诗情画意的梦，却没有脚踏实地的构想，遇到挫折只知怨天尤人。她的父亲已经对我的事业平平深为不满，现在她曾经的追求者也来添油加醋。

"应该是我做得不够好，让你在家人和同学面前抬不起头。"

"这几天我一直在想，为什么不可以对你更好一些，既然你这么爱我，我为什么不可以让你得到满足？我想起那天你问我的话，是不是因为你没有打动我，现在我发现，可能是这样。对不起，我必须告诉你实话，你真的没有完全打动我。我其实不是一个过分理智的人，每个女孩子都是看重爱的。我也会激动，也会不管不顾，但现在不是这样。我也说不清楚是怎么回事，也许我们之间太不一致，我还没有充分理解你爱的方式……"

"虹，你能告诉我这些心里话我很高兴，放心吧，我会努力上进，绝不会自甘平庸，我会等待你被打动的那一天。"

这是一个难忘的傍晚，我觉得自己的情感在飞旋、在升华。回来的路上，我穿行在山峦和道路的交汇处，觉得自己已经与天空、大地和白雪融为一体，我学着《青春万岁》的主人公那样向自己的内心表白："虹，我爱你，青春，我爱你，生命，我爱你，让我尽情地爱你们吧！"

15

回想起来，在校园里那份纯真浪漫的初恋一旦汇入社会，便如同细流融入深不见底的海洋，再也激不起什么波澜。真的，我们之间的初恋实在没有什么惊天动地的戏剧性事件。如果没有在回忆状态下的渲染和夸张，许多事情都是不值一提的。

然而，在八十年代中期，又有什么事情是我这样的生活在社会主流之外的庸常之辈值得兴奋得呢？实在是少得可怜。因而一件小事的成功也能够让我兴奋不已。

我终于发表了第一首诗。

那是 1988 年岁末的一个雪天，我正与同事打乒乓球。图书馆负责收发的老师送给我一封牛皮纸包裹的信。我一看是《科学诗刊》编辑部寄来的，不禁心头一热。

我压抑着兴奋好奇的心情，佯装无事地打完一局球。回到办公室，果然是两本《科学诗刊》。我仔细地翻阅起来，终于在"大学生诗座"这一栏目发现了铅印的我的名字。诗歌题目叫《南方的橘子》，大意说是南方的橘子带来了南方秋天的颜色，南方的橘子带来了丰收的讯息，南方的橘子带来了南方金秋的祝福等，一共不过十来行。那时候的诗歌一行一块钱，应该有十来块钱的稿费。

虽然就这么几行铅印的小字，对我而言却不是一件唾手可得的事情。那个时代，大家都想做诗人，也是这个诗歌国度的一件盛事。有人描述这个现象时说，当时随便扔一块石头就可能砸到一个诗人的脑袋。作为一个文学青年，我从入大学时就怀揣着做一个诗人的梦想，一直锲而不舍，写诗不辍。几乎每月都要向天南海北的文学杂志投寄诗作，但像多如星辰的诗歌爱好者的命运一样，大多泥牛入海，杳无音讯。盼望能够有朝一日发表作品似乎成了一个神秘而遥远的夙愿。因此，这个诗作的发表对我的意义还是重大的。因为这是我发表的第一首小诗。这毕竟是写诗几年来一个突破性事件。

我按捺着喜悦的心情，装作若无其事地熬到下班时间，然后小鸟一般飞出我的办公室，骑着车向着虹的单位冲去。雪天路滑，在一个转弯的地方我连人带车摔在地上，车把都摔歪了。我用两腿夹住前轮，扭正车把，继续以最快的速度在城郊的公路上奔驰。雪花飞舞，风从身旁飕飕掠过。脸和耳朵被风吹得像刀刮一般，我也全然不顾，踏着脚镫，只想着把好消息早一点告诉给她。

我推着自行车刚迈入她们单位的院门，就远远地看到了她。她打着一把红伞，正站在一片洁白的路栏之后，微笑着等待我的到来。

我骑上车，喜气洋洋地向着她的方向冲去，快到的时候，还来了一个两手撒把，做了一个飞翔状，然后急刹车跳到她的面前，气喘吁吁地擦拭着额上蒸腾出白雾的汗珠。

"告诉你一个好消息。"

"什么好消息？"

"你猜猜。"

"你受到表扬了？你被评为先进了？还是发奖金了？"

"俗，这些想法都太俗。再猜。"

"有人给你介绍女朋友了？"

"这也算好消息？故意逗我吧？"

"我已经知道了！"聪慧的她总是能够找到答案，"是你发表什么大作了吧？"

"你怎么知道？"

"是你自己泄露天机。我看到你带了一本杂志，而且是诗刊。应该是发表了一首诗，对吗？"

"真聪明。要不然都说你秀外慧中，北国才女。"

"跟诗人比，自惭形秽。"

"不好意思，我真的挺高兴的。我一直告诫自己，别得意别张狂，这么一个小刊物这么几行诗，没什么可炫耀的。你还是一个初学者，不过是刚发了一首小破诗，什么也证明不了。能不能成为一个诗人、能不能在诗歌创作上取得大成就还是一个问题。但我还是掩饰不住我的兴奋。所以，我就飞奔而来。我希望你能分享我的喜悦。"

虹笑盈盈地望着喜出望外的我："这毕竟是你的一个零的突破，有一就有二，万事开头难。值得为你高兴。"说完，在我的额头上吻了一下，算是奖励。但我心里清楚，在她这样心高气傲的才女眼中，这样的小成果还完全不足以真正打动她。她只是想安慰我，只是想表现出分享的样子来。

"我知道我应该稳重些。"我说，"也不知怎么还是沉不住气，这件事真的不值一提，让你见笑了。"

"我怎么会笑话你？这是一个新的起点。这是你发表的第一首诗，以后还会越来越多，也许会一发而不可收呢！没准儿一不小心就成了大诗人呢！"

"本来我对这首诗不抱什么希望，没想到它却成了第一首变为铅字的作品。借你吉言，但愿是一个新的开始，新的转折点。"

"我说什么来着？只要持之以恒，成功迟早就会到来。"

"不说我敏感多疑了？不说我多愁善感了？"

"好啊！你不是来让我分享成功的，是来算账报复的。"

"当然不是，你知道我多么在意你的评价。我一直想改变在你心目中那个对我有着不好印象的她。知道吗？其实诗歌是第二位的，只有你的祝福才是我幸福的灵丹妙药。快来，让我抱抱你，我想抱你。"我说。

"别，路上有我们单位熟人。"她躲闪了一步。

我把自行车停到车棚中，两个人手挽手向着她办公楼后面一块僻静的松林走去。

刚刚进入松林，我就迫不及待地把她拦腰抱起，在雪地上旋转，系在脖间的蓝色围巾掉到了地上。她则不断地用手捶打我的双肩，嘴上不住地喊着放下，快放下。我停了下来，没想到迎来了她充满激情的拥抱。她的嘴唇贴住我的嘴唇，我闻到了冰凉的嘴唇的芳香。我沉醉在这一时刻，我发表了第一首诗，我激动得热泪盈眶，而她正用热切的吻滋润我发烫的面庞。

雪已经停了，四野一片洁白，仿佛一切都被掩埋起来。万籁俱寂，只有脚步声发出沙沙的声响。我们向她的办公室走去，身后留下几行诗歌一般清晰的足迹。

在路上，我不时跳起来，去拍打不远处高大的松柏枝上的雪花，树上掉落的雪屑落到虹黑色的头发上。她闪动那美丽晶莹的眼神，回眸深情地探望。落在她眉间和脸颊上的雪花难抑她脸上泛动的青春红晕。

"你会一生都为我喝彩吗？"我想起一句港台流行曲的歌词。

她望着我，不置可否，然后说："这个我得想一想。"

"到底会不会？"然后上前胳肢她。她还是不吭声地扛着，我继续施法，她终于求饶说："我会我会。不过，这算是胁迫啊！"我又一次把她揽在身边亲吻她，相信拥有她和诗歌的人生已经是奢侈。

天地在下雪的日子里静谧异常，但我的内心却飞扬着爱的狂澜。少年轻狂的我再次向她发誓："我要写一百首诗，全都要献给你，我还要送你一本诗集，用她来向你求婚。"

"但愿你的诗集不要让我赔太多的邮费。"

两人均大笑起来。吃饭的时候，我兴高采烈的情绪丝毫不减。在她们单位的食堂里滔滔不绝向她描述着这两天来发生的事情，那些平淡无奇的工作琐事在此刻也变得津津有味起来，话多得无法抑制。声音大得引来众人侧目。

这是一个难忘的傍晚，我觉得自己的情感在飞旋、在升华。回来的路上，我穿行在山峦和道路的交汇处，觉得自己已经与天空、大地和白雪融为一体，我学着《青春万岁》的主人公那样向自己的内心表白："虹，我爱你，青春，我爱你，生命，我爱你，让我尽情地爱你们吧！"

……

生活中有许多日子，由于雷同而变得模糊不清，而这样的日子却在记忆中留下了鲜明的印记。

一个幼稚而轻狂的青年，一个为一首诗而如癫如痴的纯情书生，我想象不出骨子里冷静异常的虹究竟在内心如何看待这一切。

半年之后，我终于自费出版了一本诗集。出版社没有支付任何稿费，只给了几百本样书。我除了向相关的朋友送出十几本之外，也曾到我所在单位的学生食堂去推销，但效果不佳。人们宁愿花钱吃食堂的小炒，也不愿买我这类无名作者的作品。我只好将余下的诗集全部放入床下的纸箱中。

当然，一个男人事业的挫败和不见起色还是得到了虹善解人意的语言的化解。她对我说不要泄气，没有一个人会轻而易举成功，她一直都为我的精神而自豪云云。她的鼓励使怀才不遇的我颇为感动，并有了一种两人已经心心相印的错觉。

诗集出版的失败，让我萌生了写一部描写青年诗人的小说的想法。他是一位生活在城市边缘的诗歌爱好者，却在生活中处处碰壁，而他钟爱的诗歌也从未给他带来荣誉与创造的成就感。他开始逃离，却总觉得有些东西让他欲罢不能。小说的题目就叫《逃跑的诗人》。

我开始奋笔疾书，夜以继日，废寝忘食。也许是心中块垒急于倾诉，一开始的写作十分顺利，一个月左右就完成了几万字。我期待着作品能够在暑假前完成。由于初次写作，我对作品的质量无法把握，写起来时而信心十足，时而又觉错漏百出，不忍卒读。我决定先把手稿拿给虹看一看，让她替我把把关。又过了一个多月，初稿完成了。我长吁一口气，望着天边燃烧着的金色晚霞，心情无比畅快。我依稀记得，当时把誊写在四百字一页的稿纸上的手稿整理齐备，放在了办公室的抽屉里。当天晚上，她曾来过我的单位一次，两个人一起吃了一顿饭。由于她们单位加班。饭后我骑车送她回去。我又在第二天去过她们单位一次，送给她一些我们单位发的鸭梨。我们约好了周五晚上见面。在手稿完成三天左右，也就是周五晚饭后，当我来到办公室，准备把手稿装到手提包里。打开抽屉，却发现厚厚一叠订在一起的手稿突然不翼而飞。我找遍了办公室、图书馆以及宿舍所能想到的所有地方，却一无所获。

这是我唯一的手稿，连复印件都没有，就这样丢失了。

我失望的心情是可想而知的，真可以用黯然神伤来形容。我把这个情况打电话告诉虹。她也表示出十二万分的同情来。对于一个文人而言，丢失呕心沥血的稿件，远比丢钱失财更让人难以承受。

"会不会是你把手稿放在了什么地方，而你没有想到？"

"所有的地方都找过了。"

"也许是你认为最不可能的地方呢？"

"最不可能的地方？"

"比如你曾去找我，你认为你没把稿子放在包里，其实却装了进去而没有意识到，结果丢在了什么地方？"

这倒是我没有想到的。我为了急于完成作品，常常会把手稿从办公室带到宿舍里，又从宿舍拿回办公室。在这个过程中，拿拿放放，结果遗失在了什么地方是有可能的，但是我会随身带着手稿去她的单位而一点也没有觉察吗？

她迅速赶到我的单位，见到我的第一句话就是："去找吧！从你的宿舍到办公室经过的路上开始，然后再沿着去我单位的路上一点一点地找。"

我同意了她的做法。她了解我的心情，如果没有付出所有努力，我会一直茶饭难进，坐立不安。

已近傍晚，天色暗淡下来。两个人举着手电，一步一步地搜寻。等我们走出校门的时候，天色已经完全黑了下来。

"我确认没有带稿件去过你的单位。"我说。

"既然丢了东西，说明我们的记忆出现了差错。有些确认的东西可能也是不确认的。"她说。

于是我推着自行车，她举着手电，两双眼睛不放过经过的每一段道路。

夜晚来临，路灯和手电已经不够照亮所有的地面。我说："算了吧，还是明天再找吧！"

她说："再找找，时间很重要，越早，发现的概率越大。稿子是订在一起的吗？"

我说："是，是用订书机订在一起的。"

"那就好，不会被风吹散。"

"不过，如果不小心放在了什么地方，也可能被人当作废纸拿走。"

"什么可能都有，现在还是先想想最好的可能吧！稿件上有你的名字吗？"

"是笔名。"

"这样吧！今天天气太暗了，我们先回到你的房间，写一些寻物启事，贴在电线杆和学院里面。"

"这个？我可不想让单位知道我不务正业。"

"招领人就写虹女士和我的单位电话。"

"那好。就这么办。"

"还要写上必有重谢！"

"对，把我一个月工资给他，不，两个月工资也行，重赏之下，必有勇夫。"

两个人来到我的办公室，垫上复印纸，一张张写寻物启事，然后贴到了食堂附近的广告栏和沿途的电线杆上。

"我们成了贴小广告的商贩了。"我自嘲地说。

"这个应该写到你的作品里。"她半开玩笑地说。

就这样贴广告到了十点多，我才送她回去。

第二天早晨，当我起床准备去食堂打早餐的时候，虹已经风尘仆仆来到了学院通往我宿舍楼的路上。我们一起去吃早餐。

她说："还是没有。我找遍了我们单位到你们单位可能经过的道路，很遗憾还是没有发现。"

"你是一大早走过来的？"

"是啊！我想抓紧时间。"

"得走四十分钟呢！"我心疼地拉住她，"腿疼吗？"

"还好吧！现在就看命运是否垂青于你了。我早餐后马上赶回单位，万一有电话找我呢！"

我的内心满是感激。我的恋人，为了我的手稿，早晨步行了四十分钟一路搜索过来，还有什么事能够更让人感动呢！我的稿子虽然丢了，却有着一个如此知我爱我、不惜为我奉献付出的爱人相伴，我已经知足了，同时也觉得我们的关系更加亲密无间。

分别的时候，我紧紧地抱住她，我对她说："别找了，答应我。我不忍心再让你受苦受累。"

"我希望能够失而复得。"

"我决定另起炉灶，重新再来。"那时的我还有着饱满的激情。

"那也好，我看好你。你一直都是有毅力的人。"

那份稿子终于还是没有失而复得。一直到夏季来临，她也没有接到过任何一个关于我稿件的电话。我知道，一切都只能重新开始了。但再次写作同一个故事，虽然有些内容还依稀记得，感觉上却已经完全不同了。当然，我知道即使完成了这个作品，也未必能够发表，不过是一种自我慰藉罢了。

而对于虹而言，所有的这些努力都无法从根本上让我们摆脱现实的困境。她一直在努力让我感动，也知道怎么感动我，可是她内心的期待远非我能够揣摩。这件事情不过是表象而已，看似加深了彼此的感情，却让我在误解的道路上越走越远。成功依然遥不可及这一事实进一步验证了虹对我才能的怀疑，为我们的关系布上了一道暗影。

16

如果没有特殊事件的发生，很难想象我们的关系究竟会如何发展。她的家人对我持否定态度，而她对我也一直有所保留。两个人的关系虽然还在继续，但那也不过是剃头挑子一头热。我们的关系一直潜藏着巨大的风险——她对现状极为不满，对现状中的我更为不满，她一直在等待着某种转变的契机，而我对此却浑然不察。她渴望与我分离到讲师团工作，她过去的追求者让她内心触动，这些都让我怀疑过她的感情，但那不过是一闪而过的念头。除了反衬我的多疑渺小之外，我根本没往深里去想。我依然相信她是爱我的。我仍然沉浸在一厢情愿的天真幻想之中，期待着双双考上研究生，或在那个青春懵懂的年龄就早早步入婚姻的殿堂。——当然，那个时候的我还想不到其他的可能性。然而，戏剧性的转折恰在这一刻突然出现了。这正如人生际遇的变化一般总是出人意料。

虹在工作一年之后，极力向单位要求去讲师团支教——那天我为她潜意识里想要逃开我的愿望而深感意外。阴差阳错的是，她的要求未获批准，我的单位却将这一无人问津的差事安排给了我。

那是一个凉爽的六月的夜晚。我坐在窗台前拉我熟悉的曲子，我的 120 贝斯鹦鹉牌手风琴是四年前买的，音色依然保持得不错。充满迷人磁性的旋律像流水一样轻轻在我四周流淌。

一只麻雀扇动着湿漉漉的翅翼在对面凉台上蹦跳着。虹在我的房间里专心致志地调制着水果沙拉。我觉得浓郁的家庭气氛正在悄然形成。

虹做好沙拉，端过来喂了我一口。然后倚在书架旁听我拉琴，一副满心陶醉的样子。后来索性搬来一张小板凳坐在离我不远不近的对面，双手托腮，听得专心致志。气氛温馨而宁静，她楚楚动人的目光一如既往地感染着我的心绪。

我为虹演奏了《多瑙河之波》《穿过波浪》等，起伏跌宕的旋律使我恍似与她同坐一叶小舟之上，摇摆漂荡。我觉得演奏得很成功，一个错儿都没有。余音袅袅回萦之时，虹慢慢地走近我，用手指触动了一下琴键，然后甜美、俏皮地对我嫣然一笑。

我用右手把她搂到身边："听出来了吗？每个音符都在为你跳荡。"

"不是为我，是为我们，为我们的爱情。不管将来走到什么地方，只要能与你和你的琴声为伴，我就会觉得幸福。"

窗台上沾着露水，偶尔有树叶从没有关紧的窗户旁缓缓飘落，我收起琴，两个人相依相偎在夏日少有的凉意之中……正在这时，一位同事在楼下叫我的名字，让我到领导办公室去一下。我松开与虹挽在一起的手臂，快步跑下楼去。很快我就知道单位已经决定派我远赴边疆支教的消息。我的第一反应是不去，领导语气强硬地告诉我这是组织决定，不去不行。我说总得容我考虑考虑，领导说给你三天时间安排。我把这件事告诉了虹，她显得十分平静，一句话也未说。刚刚营造起来的甜美气氛开始无可挽回地一点点消失。

"我不想去。再怎么样，我也无法忍受离开你一年。"

"我觉得你应该去。"虹终于说，"现在这样的生活太无聊了，出去走走，换一种生活方式，多接触一些人，多了解一下社会，有什么不好？我们分开一段，确实有点可惜，但现在这样整天卿卿我我，把我们的锐气都磨平了，对我们两人的感情也没有好处。如果你去了那边，我可以请假去看你。你不觉得那是一件很浪漫的事情吗？"

我无言以对，这一时刻忽然意识到我们两人在性格和生活观念上的差异实在太大了。我不能说她不对，而是觉得或许我过于儿女情长了。

天色暗下来，沉默在我们两人之间织成了一张无形的网。我重新坐回原来的地方开始拉一支忧伤的曲子，她则不辞而别，穿越夜色和迷离的灯光渐行渐远。一种从未有过的隐隐的忧虑搅得我心神不宁。

我迅速意识到这次派遣是单位派系斗争的结果，而我成为其中的牺牲品。事情果然如此，第二天，其中一派的人向我挑唆道，本来不该你去，轮也轮不到你，你坚决不去，他们肯定没办法。另一派一位副馆长也来找我说，这次必须是三十五岁以下的年轻人，而馆里年轻的大学生只有你一个人。我向人事处了解了一下，根本没有"三十五岁以下"这一条，于是我找到那位副馆长理论，别跟我说讲师团如何重要的大道理，如果那么重要，你为什么不去？他说，我不可能去，我夫人有病，离不开。最好还是别抵制了，这种抵制是徒劳的，去也得去，不去也得去。除非你想辞职走人。在这个时候，馆里没有任何人会真正为我说话。何况在两派力量相持不下的情况下，动用其他任何一个人都会引来激烈的较量。只有安排我这个无帮无派的中间分子去才不会招来异议。这就是我自命不凡的报应。我还意识到，在这个单位我得罪了不止一个人，一些暗中的复杂因素也在想着把我推出去。一些平时就恨不得看我出丑的人更是幸灾乐祸地等着看我发配大西北。

思来想去，如果只有接受派遣一个选择，那就不如争取主动，这样或许还可以争取一些条件。我在第三天向馆领导表示同意组织安排。领导问我有什么条件，我说别的没有，只要让我报考研究生就可以。领导爽快地答应了。就这样，我在来单位不到一年时间就鬼使神差地即将被派往一个听都没有听说过的地方支教。从此，西北边城一个陌生的地方与我的命运连在了一起。

七月初，我脱离工作开始集训。七月中旬，中央一级单位集中培训，教育部长到场讲话。在此之后，我所在的部委进行出发前的暑期培训，墙上的分配名单标明，我被分至宁夏回族自治区 L 县。

八月中旬，中央讲师团宁夏团启程。送别的人们已经散去，我和虹还在车站站台的一根石柱后面卿卿我我，依依难舍。在终于赢得了她中秋来宁夏的承诺之后，我含泪踏上了已经启动的列车。

多年以后我也无法忘记初恋情人的这份深情，这样一个远非生离死别的场面都会使我热泪盈眶。

17

从银川市火车站下车后，转乘长途汽车。在昏昏欲睡的三个小时行程之后，来到 L 县教师进修学校。

L 县教师进修学校坐落在一片无垠的沙海边缘，学校四处都是沙地，从校门向北不远，是连绵起伏的沙丘，在一些较平缓处，依稀可见生长状况并不良好的耐生草本植物。从未见过真正沙漠的人会对这里的荒凉诗兴大发。

讲师团 L 支队共九人，清一色男性，最大的三十六岁，最小的二十三岁。我被安排为高考补习班教授英语。

尽管学校尽其所能，为每人提供了一间住房，并专门配备了厨师，但生活条件的恶劣还是显见的。这里水质较差，泡出的茶带有咸味。校门外向东只有一台手压水井，每天需要提着水桶与当地人一起排队打水；学校在西南角的墙边挖了半露天的简易厕所，走过去要十多分钟路程，正值夏季，蹲坑里爬满了白蛆，成群的苍蝇在厕所里飞舞。洗澡更是要到五公里开外的某兵工厂去。由于四面都是沙土地，穿皮鞋行走十分吃力，易于磨损，所以 L 支队每个成员一律穿白色塑料底棉布鞋；电视的收视效果不佳，有时《新闻联播》刚看过一半就要爬到房顶去调整天线。

讲师团针对的学生原本是小学进修教师，但听说来了中央讲师团，特意招了两个高考补习班，希望利用北京来的师资为该县的升学率做一点贡献。给高考补习班上课并不容易，我刚上了两节课，就有学生提出意见，希望以后讲课多用英语，还说他们原来的老师讲课生动幽默，易学易记，希望我也照此办理，尽管反映这种意见的人只是极少数，但毕竟给我不少压力。看来当好孩子王绝非易事。

再上课时，我多少显得有些不自在。下课后，又有一个学生给我一张字条，上面提了几条意见，并说希望我有信心，不管怎么说，我总比他们强。我看后不禁一笑，心情释然不少。

一星期之后，L 支队的成员因为伙食问题发生了争执。由于伙食标准问题，我们很难吃到猪肉，只能买一些这里比较便宜的猪肝之类做副食。每天不是白菜炒猪肝，就是芹菜炒猪肝，连续吃上三天一见猪肝就会反胃。有人抱怨伙食太差，下过乡的支队队长不以为然："这就算苦了？当年我们冰天雪地，吃观音土……"

"不是也捡到过鸵鸟蛋吗？"有人戏谑道。

"队长，别跟他们扯这些，他们理解不了。我看你今天是喝多了。"另一位当过兵的老同志说道，说完又转向我们，"你们这批青年人就是缺锻炼，夸夸其谈，好高骛远……"

"改善伙食与锻炼并不矛盾，伙食不好，大家都想家，也会影响工作态度。"

"那就不对了，问题是大家干什么来了，不艰苦会让你我来这儿吗？"

"那也要在可能的情况下改善呀，又不是自找苦吃。"

争论不欢而散，伙食仍然没有改善。据说，为我们配备的厨师由于未涨工资，抵触情绪极大，这饭看来一时半会儿是做不好了。

我几乎每隔二三天就能收到一封虹的来信。小王开玩笑道："信来得这么勤，怕是感情有问题？"小马说："你来宁夏那天，我看到你那位了，确实是美人一个，不过我看你挺难过，她倒显挺轻松的。"我告诉小马："因为我总是管着她，我一走，她就重获自由了。"

"不过，你可要当心了，一年不在身边，小心她跟别人跑了。"

"这个我从不担心，这样的故事可能发生在别人身上，但绝不可能出现在我的身上。"

"你凭什么这么自信？"

"凭我对她的了解。也凭我们两人的感情。"

"百年修得同船渡，千年修得共枕眠。还是小心为好，小心行得万年船。"

"什么船和渡的，你一个小单身，有些事不能告诉你，少儿不宜。"

"煮熟的鸭子还会飞呢！"

"你个乌鸦嘴，有完没完？"我眼睛瞪向他。

"别生气，我也是为你好，动机是纯正的。"

说实在的，我从未怀疑过我们的感情会出问题，连一个闪过的念头都没有过。我也不知道哪来的如此宽心，好像我们的爱情已经放进了保险箱，可以一百个放心。这时候我已经不愿再想那些感情加深后出现的摩擦与分歧。

相思每天都在袭扰着我，她的身影总在我眼前晃，初恋时的那些情景电影般在我眼前闪现。半梦半醒间，会仿佛看见她正从湖边向我轻跑过来，两人手拉手坐在长椅上又开始彻夜不息的长谈。

学校给每个人配了一辆自行车，到县城寄信和打长途电话方便多了。周五的上午没课，我骑车去县城给她打电话。路上看到农家园中的大枣已经熟成一片火红，心想虹中秋来时就能够吃到了。

当我等待两个多小时，终于听到虹熟悉的声音，竟激动得词不达意。离开她才刚刚一个星期，思念竟强烈得难以自持。我电话中最关心的只有一个议题：她何时来？时间上能够保证吗？单位会批准吗？

她说："你也不问一下我好不好，就想着来看你，你大男子主义，自我中心。"她告诉我她已经计划好把年假拼在一起，足足有一个星期呢！她们领导很理解，很痛快地答应了，还替她协调好其他工作。

"我人缘好吧！"她向我卖乖道。

"好，比我强多了。不过，也好，我来这里吃苦，总比你来要好。"

"需要我带什么，尽快告诉我。另外，你那边的同事有什么需要，也一并告诉我。"

"遵命，你想得真周到。"

"我得让你那些同事知道我是一个考虑周到又有能力的人。"

"行了，你在这里已经很出名了。"

"最近胃口好些吗？"

"好些了，只要不吃猪肝，就没什么问题。别担心！"

"一定注意，不要吃凉的东西。记住了？"

"嗯，像个啰唆的老太太。"

"挂了！"我说，结束了甜蜜的废话。

来宁夏的第一个周末，讲师团与当地教师进行了一场排球赛，讲师团支队以三比零大胜。胜后，集体到兵工厂洗澡。在澡堂里，众人情绪极高，又吹口哨又大喊大叫，一群男走音把一些动听的歌曲唱得声嘶力竭，令人毛骨悚然。

水花四溅，冲刷着赤条条的身体，令人舒爽无比。一瞬间，忧郁、烦恼、思念、缠绵都被冲洗得干干净净。窗外射进的阳光照着雾气弥漫的浴室，些许的微风带着馥郁的芳香探进来，像冰凉快意的吻。

只有当用毛巾擦拭湿漉漉的头发和脸庞时，才发现，浓重的思念，雾绕烟飘般的缠绵重回到体内和心里。

我发疯似的渴望能够早一天见到她！

18

1987 年的银川火车站，简陋、质朴，跟一个县级车站没有什么区别。中秋前夕，我搭乘凌晨第一班长途汽车赶到那里时，车站上还没有多少人。空气清冽，道旁的小吃摊散发着诱人的香气。宁夏的羊肉不膻，不擅吃羊肉的外地人都能够很快适应。时间还早，我忽然有了饥饿的感觉，于是坐在露天地上的小木桌前，决定从容地享受一顿回族早餐。像当地人那样要了一碗加了粉丝的羊杂汤和一个小烧饼，羊杂汤里还撒了重重一层辣椒粉，喝上几口鲜香浓烈。也许是心情大好，所以胃口大开。呼哧带喘地吃了一顿，额上冒出了颗颗汗珠。我知道自己相思心切，早餐后抬腕看表还有一个多小时火车才到。站台外有书报摊，逛过去随意买了一本通俗杂志，然后来到空寂无人的候车室坐下。看了一会儿，仍然静不下心来，闭目养神，笑意盈盈的虹就跳到眼前。只好继续闭上眼睛一遍又一遍地设想与她相逢时的情景。这样想着，心跳便越来越快，好像要从胸腔里跳出来。

列车长鸣一声，驶进了站台。我快步冲上站台，怦然作响的心脏就要提到嗓子口，目不转睛地盯着一格格飞掠而过的车窗。忽然发现她熟悉的脸庞从眼前一闪而过：短短的运动发式，明亮忽闪的大眼睛。她正临窗而立，探头向外张望呢！

我早已将刚才的设想抛在脑后，飞也似的跑向她所在的车厢，就在车门旁等待她——我心目中的天使下车。她看到我，一下从车厢的几级梯子上跳下来，没有拥抱，也没有其他任何亲昵的举动，在对望的一瞬间里，我激动得有点手足无措，她举起一只手，跟我来了一个击掌庆贺。

冒出来的第一句话竟是："我一眼就看到了你！"声音放得很大，有一种压抑不住的兴奋。

虹快活地笑道："你变了，头发这么长，我都快不认识你了。"

"是不是有点像流窜犯？"

虹摇摇头只是说："真的，刚才看到你第一面的瞬间，真觉得挺陌生的，一听你说话，才又熟悉起来。"

"首长好，我代表中央讲师团 L 县支队欢迎你视察。"

"那我代表首都人民感谢你们的工作。"

"为人民服务。"

"请稍息。"

两人大笑，把陌生瞬间冲散。我接过虹的行李，上前搂住她的肩膀，说话的声音因激动而有些发颤。

"你好吗？"我问。

虹也问："你好吗？"

"先回答我，你好吗？"

"你不是都看到了吗！"她不好意思地拂去抚在她脸庞上的我的手掌。

"我要你回答。"

"不好，行吗？到时你还不得吃了我。你呢？"

"我不好行吗？我近来格外注意身体健康，怕我万一生病就不能到车站接你。"

"接不了也没关系，我自己完全能够找到。"

"那不行，我想你都快想疯了，我可不愿多等几个小时。"

"好了，还是一副儿女情长的样子。我本来以为沙漠里磨磨你，怎么也得有点长进呢！"

"你也一如既往啊，还是那么不冷不热。我的热怎么也该让你温暖一点吧！冷血动物！而且刚分开一个月就差点忘了我，你说，该怎么罚你？"

两人坐上开往市中心的公共汽车。

"说正经的，"虹转移了话题，"到你们那儿，怎么住呀！吃饭怎么办？"

"放心吧！一切我都安排好了。我是单间，你跟我住一块儿。"

"想得美！"虹猛推一把，险些把我从座位上推下去。

我还是满心欢喜地告诉她："这种事还用你担心？我为你借了一个当地教师的房子，已经为你打扫得干干净净。吃饭嘛，我们一起吃食堂。专为我们开的汉民食堂。"

"我只有三天假。"虹忽然轻声说。

"什么？太短了，不是说好一个星期吗？我为你安排了密密麻麻的活动计划。"

"我也想多待几天，本来领导也同意了，可是一查守则，我工作还不到一年，不能调年假。只能这样了，就这样还是好说歹说。"

"好了，好了，别解释了。"我把一根手指横在她的嘴唇上，"不管怎样，你毕竟来了，只要能来，哪怕只待一天，一个小时，也是幸福。你见到我高兴吗？"

"那还用说。"虹轻拍一下我的脸。

"我觉得你毫无见面的热情。"

"你还要怎么样？这是公共场所。"

这时，公共汽车已经驶过银川市的标志——两只飞腾升空的凤凰雕塑。我向她一一指点着陌生的街区那些富有象征意味的景致，完全没有预料到这个充满神秘感的穆斯林城市会给我的生活留下怎样的记忆。我只是尽情享受着在这个西北的陌生城市与朝思暮想的恋人亲密相逢所带来的喜悦与甜蜜。

在市中区转乘驶往 L 县的长途汽车，还有约两个小时车程。一路上，我手舞足蹈、滔滔不绝地向她讲述支教生活的点点滴滴，曾经以为的恶劣艰辛也在对她的讲述中变得亲切美好起来。

汽车在两旁都是沙丘的柏油路上行驶。路上的景致趋渐荒凉，我那些琐碎的描述成了她的催眠曲，一路上车马劳顿的虹已经斜枕着我的肩头在颠簸的行驶中悄然睡着了。我又一次嗅到了熟悉已久的芳香。真想在她红润的嘴唇上轻吻一下，又不忍惊扰她的梦境。我原本计划在她刚下火车时一句话不说，就给她一个有力的熊抱，然后不管不顾地来一阵撕心裂肺的热吻——就像外国爱情片中的主人公一样。没想到这个期待已久的场景被见面时的紧张激动和久别带来的生疏羞怯完全打乱了。

车转弯出市区后，行驶速度加快。耳边风声阵阵掠过，卷进来沙土的气息，我慢慢地抽出一只手把身旁的窗户关上。这时候，我看见对面一对戴白帽的回族父子也已经昏昏欲睡了，我终于大着胆子缓缓地侧过头去，在虹的唇边轻轻一吻。这一吻让她一下子睁开了眼睛，脸庞顷刻间像朝霞一般红润。她嗔怪地噘起嘴，然后望望窗外，问我："到哪儿了？"嗓音似乎更加沙哑了。

"我说出来你也不知道，所有的车站对你都是陌生的。"

"我就喜欢这样，总是能够坐车奔向自己不知道的地方，每到这种时候，我的心情就特别振奋，特别激动，好像有许多震撼人心的事等待我去做。"

"生活在别处。我理解你的求异心理。不过对于我而言，我宁愿你是一只陪在我身边的睡着的小猫。"

"真的，我以后必须选择这样的生活。我可不愿做一个宅在一个地方的宠物。"

"快到了。"我说，我不想跟曾渴望报考地质系的她讨论这个话题。

踏进教师进修学校简陋的校园时，一些三四十岁的学员正在一块水泥地上打篮球。虹的到来显然引起了他们的注意。虹与众不同的气质在这个荒僻的地方显得格外扎眼，她穿着一件咖啡色的西式衬衫，潇洒利索的短发，映衬着一张白皙美丽的面庞，她卓尔不群的雅致与这所陈旧破损的学校形成了鲜明的对比。

学员们停下正在进行的比赛，纷纷投来好奇的目光。讲师团的同事走过来羡慕地与我们打招呼。我的虚荣心在这一时刻获得了巨大的满足。

关上房门，我双手捧起她的脸，目不转睛地仔细端详，恨不得将她脸上的每一个细节摄入脑海。两张渴切的嘴唇水到渠成地贴在了一起。她闭上眼睛，长长的黑睫毛覆盖在微红的双颊上。她的手臂软软地垂在两边，胸部紧紧地与我触在一起。过一会儿，她睁开眼来，脸上有一种令我陌生的迷惘的神情。这又让我起了一阵莫名的冲动。我狂吻着她的眼睛和嘴唇，直到喘不过气才放开。

我坐到了炕上，让她坐在我的腿上。她的手不住地刮着我的鼻子。

"你在信中说你们这儿有一种特殊的茶，叫什么来着？"

"盖碗茶。我早替你准备好了。"我拉开抽屉，将几包配成的调料放入杯中，冲入热水，于是红枣、枸杞、白芝麻就浮在了水面上。她急不可耐地喝一口，点头说："真的地域特色鲜明，挺好喝的。"

"晚上你就睡这儿，我去别的房间住。"

她答应了："你去帮我打两桶水，我想洗一洗。"

快到中秋节了，月亮已经圆得像一轮明镜。L县的气候温差极大，夜晚的凉风阵阵吹来，使人感到丝丝寒意。

我到井台边打回两桶水，又去向别人借了两壶热水，放在房中，然后退了出来。

靠在门口，听见她咯噔一下拉灭了电灯，接着就听见了倒水和覆水的哗哗声。这种声音令我晕眩，好像站在旷野上浑身袭过了道道闪电。

爱在这一刻迅速地滤清升华，一个月的抱怨、苦闷、烦恼都被荡涤干净。

天空高悬的明月仿佛越来越大、越来越亮了，我走到校园的沙土地中央，站在那里凝思默想。月光的淡淡清辉倾洒下来，宛如沐浴在圣洁的爱的光芒之中……

19

中秋之夜，支队的全体人员举行团聚联欢。虹从北京带来的罐头和小食品中的大部分都贡献出来。也许是由于虹的意外加盟，联欢从一开始就显得异乎寻常地热烈。众人一起唱歌、划拳、吹口哨。虹作为来队探望的唯一女性格外得宠。大家似乎把虹当成了北京派来的党代表。轮到玩组队游戏的时候，有人提议每人跟虹组队一次，结果一致通过。这让我心头略感不快，而她仿佛乐在其中。好像她不是为了探我而来，而是代表中央慰问整个支队。好容易熬到十点多钟，队长低头喝完杯中酒，大声宣布：晚会到此结束，散会。然后起身拂袖而去。众人仍然没有离去的意思，我迫不及待地拉起虹先行告退。这时小马嬉笑着说："着什么急呀，时间还早呢！"小王反驳道："行了，没结过婚呀，这都不懂？"

我不管不顾地拉着虹逃之夭夭。她问我："去哪儿？"

"我告诉过你。"

"是不是去沙漠？"

我点头嗯了一声，拉着虹的手走出校门，穿过校门外唯一一条柏油马路，走向南门外一望无际的大沙漠。

月明星稀，虹眨动的双眸闪射着明媚迷人的光泽，两个人带着冒险的好奇紧挨着向逶迤起伏的蛮荒地带前行。

没有一丝风，浩瀚无垠的沙漠静寂无声，只有两个人踩在沙丘上轻微的脚步声。皎洁的月光照在这片神秘深邃的蛮荒之地上。

"看，现在我们已经走到宇宙深处，这个世界上只有我们两个人。"

"在松软的沙漠上走着，好像有一种到了月球上的感觉。"

"嫦娥奔月？我是吴刚？"

"不，你不像吴刚，吴刚一定比你胖，你是他助手吧！我也是嫦娥的使女。喂，我说，你怎么还是这么瘦？"虹摸了摸我瘦削的脊背。

"为伊消得人憔悴。还不是想你想的？我这辈子第一次知道了相思的滋味，不好受呀，有时真的茶饭不进。"

"下次见到你，一定给我胖几斤，否则再不理你。"

我们在一片倾斜的沙丘前停下来，我伸开双臂，作朗诵状："啊，月光下的沙漠……我没词了。"

我给她一根树枝，让她在沙漠上写上爱情两字，她不写，让我写，我说："你怎么认定我就是厚脸皮？"

我们站在沙丘的最高处，远处是河套，水已经干涸。

"看来以前我是错了。"我说，"当你拥有一份真正的爱情，你其实很难洒脱。如果有一天，你离我而去，我会重新回到这里，把自己埋在这里，对我而言，无爱就等于生活在沙漠里。"

虹抱紧我，喃喃地说："别胡说了，我不会离开你的。"

虹建议我们从沙丘上滚下去，于是我们惊呼着一前一后向下翻滚。

在一片低缓的坡地上，我拉着她向右走："走，去看看我的作品。"

坡地向下就有一片平缓的沙田，她突然发现了我用石子砌成的一个心形圈环，月光把我这个杰作照耀得清晰、明朗。

"啊！太神奇了！"虹兴奋地抓住我的手臂喊道，"这是只有你才能想出的杰作。叫什么？'浪漫之心'，还是'沙漠之恋'？"

"我想还是叫'苍凉之心'，反映的是世事沧桑之后永恒不变的爱心。"

"主题有点悲壮呀！什么时候做的？"

"你来之前，只要一想你，我就搬两块石头到这里来。我一直担心这几天刮风，沙土把它埋起来，所幸的是，这几天一直风平浪静。"

"咱们到那个'心'里去吧！"

"这就是我们未来的家，用爱砌成的。"

"说好了，以后我们的家就设计成这个形状。"

在这个心形圆圈里，两人肩并肩紧挨着平躺在一起。大地苍茫，万籁俱寂。能够听到两个人的心跳和呼吸的声音。她的胳膊绕过了我的脖颈，将我的头枕在她的臂弯里。这个姿态让我顿时获得了一种母爱的温暖。我想在这种母爱的温暖中悄然睡去。

周围静得没有一点声响。两个人的脉动和喘息成了这个荒瘠之地唯一的生命迹象。

我抚弄着她的头发，侧身开始吻她颤动的嘴唇。

薄薄的衬衣纽扣被我解开了，她细腻白皙的脖颈、柔软而富有弹性的乳房呈现在我面前。我的两手颤抖，呼吸急促，感受着爱像平静沙漠上的一阵风潮。

两人在杳无人迹的沙丘上轻轻翻滚着，夜晚的沙丘仍然残存着阳光照射留下的温暖。我的手揽住了她细柔的腰肢，深情地伏在了她的身上。

"虹，你喜欢这样的时刻吗？"

"喜欢，虽然有些苍凉，但也充满向往。这里虽然荒无人烟，但也可以产生浪漫之念。好像海市蜃楼。"

"虹，我爱你。让我们……"我的嘴唇贴在她的耳畔，急促地渴求着。

"你答应过我，我们都应该克制，别这样……"虹的声音轻缓而坚决。

"我爱……"

"不……真的不可以……不要勉强我。"

在这个迷人的夜晚，在这样的浪漫氛围下，我们的缠绵依然没有跨越雷池一步。我的头枕在她的臂弯里，她开始抚摸我。她的抚摸温柔、自然、亲切，好似母亲在安抚一个受了委屈的孩子。在这种抚摸中，我压抑的情感得到了另一种宣泄……

一切都停止了，时光仿佛不再流逝，像凝固的沙丘一般依托在永远看不到尽头的永恒之中。

虹用力拉起赖在沙丘中一动不动的我，我站起来，彼此轻打着对方身上的沙土。

"浑身上下尽是沙子，真的历经沧桑了。"我说。

"这就是浪漫的代价。"虹浅笑辄止。

"对了，还有一个地方没带你去。"我忽然想起什么，拉着她的手站了起来。

转过一道沙丘，向西行进数十米。虹又一次惊叫起来：在四周高低错落的沙漠底部，竟有一个明镜般的小湖。她一下子甩开我的手，向小湖奔跑过去。

"你说，这地方怎么会有一个湖呢？"

"几千年前，这里大概是一片富庶的绿洲。你知道它叫什么名字吗？"

"什么名字？"

"月亮湖。"

"多少次沧海桑田才能造就这样一种洗净铅华的透彻、晶莹之美。"

两人在湖边相依相偎，不知疲倦的中秋圆月正倒映在湖的中央。湖的两旁有些低矮粗壮的树木。那些树木不足一米高，但枝干盘杂。我曾在一棵这样的树上发现过一只鸟巢。湖中也生出一些树木，长得茂盛高大一些，此时，正将一团浓黑的倒影涂在湖面上。

"真恨不能明天就结束支教，天天跟你待在一起！"想到两天后即将到来的分离时刻，我忽然生出一丝伤感。

"时间很快的，十个月很快就会过去。再说，寒假你还可以回去。"

"爱因斯坦的相对论一定是在恋爱的时候发明的。你不在的时候，每天都像一年那样漫长，跟你在一起，每天都短如一瞬。"

"听说他临离世的时候思考的问题是，人为什么会产生爱情？"

"真想知道他的答案，不会是完全理性的结论吧！"

"你的答案呢？"

"只是因为对方的美。哪怕只是冰冷的美。你知道吗？此刻的你简直美若天仙，不可方物。"

"你又要作诗吗？"

我凝望着她，她的脸刚刚用月亮湖的水清洗过，显得更加妩媚动人。然而，当我又一次拥抱激吻她的时候，感觉到甜美激情之后的一丝伤感悄然袭上心头。

虹依偎在我的怀中，轻轻地哼起了《月亮河》的英文歌曲。歌声在平静的湖面上缓缓萦绕，又像烟雾一般慢慢飘散。

夜深了，丝丝冷意和疲惫袭上身来。我把她搂在怀里，想给她多一些温暖。

"回去吗？"

"再待一会儿吧。真是一个美妙的地方！爱的小屋，月亮湖，我会永远记住这里的一切，记住这个像梦一样的夜晚。"

沐浴在月光之下的一对恋人再次亲密地相拥在一起。月亮湖平静如镜的水面倒映着两个激动的身影。这两个身影相拥相偎，仿佛再也不会分离。

没有人能拒绝这样善解人意的安慰，在我失意潦倒的时候，她知道只有她的爱才能成为对我最大的希望和鼓励。我反复诵读她的来信，好似站在雨后初霁的阳光下一般神清气爽。在我的心目中，她成了拯救我的女神，我几乎要从失败中摆脱了。我对她充满了从未有过的感激，是她，也只有她才给了我别人无法取代的力量和信心。我唯一渴望的是尽快度过这段空寂的日子，与她相聚。

　　回首往事，不禁让人唏嘘。假如没有她在最为失意的时候那春风化雨般的安慰与鼓励，分手时的痛苦或许能够减弱几分。然而，假如没有她如此真诚暖心的心灵激励，我在失意后的每一天都可能度日如年。我在最需要安慰的时候获得了最大的宽慰，我对此感激涕零。但是没有想到的一连串悲喜交加的意外随之发生了。

20

　　在虹临行的那一天清晨，两个人去县城逛了集市。我在集市上买回两条活蹦乱跳的黄河鲤鱼，把鱼养在一个大盆里。当时我们已经决定同时报考 P 大学的研究生，我对她说："这两条鱼象征鲤鱼跳龙门，但愿我们双双获得成功。"然而，两个小时之后，一条鱼即死在水中。未料这件小事果真成了不祥之兆。我们双双报考研究生有四种可能：一种是同时考中；一种是我考上，她未考上；一种是她考上，我未考上；一种是双双落败。在我看来，其中最为不利的是第三种情况。

　　思念在虹离开宁夏之后疯狂生长。我希望分别的每一天能够短一些、再短一些，每一个夜晚过去之后都使我觉得与她已经更近一分。我的思念是多么恳切、强烈而痴望，它使分别的岁月显得格外漫长。

　　我几乎每天都写信给她。她告诉我她把那些信保存在枕边的一只粉红色的小手提箱里，即使地震了，她也能够提着就走。我也把她的每一封来信锁在书桌最靠右的抽屉里。每天都要拿出其中的一封读一读。她的照片就放在书桌的右上角，当我读这些信的时候，好像她就站在咫尺之地朝我微笑。

　　好在考研的日期日益临近，紧张的复习暂时缓解了思念的愁绪。我制订了周密的复习计划，除了上课，其余时间全部投在复习之中。对于 1987 年的大学毕业生而言，出国留学还只是少数人的梦想，而想调离原来的工作单位也有重重限制，只有考研是摆脱现实困境的唯一选择。由于是同时报考，更使我多了一分压力，所以我不敢有丝毫懈怠。每日学得昏天黑地，我清楚地意识到一句话的分量：成败在此一举。

　　时间一点一滴地流逝，转眼到了寒假。我回京，两个人一起参加了为期三天的考试。考试结束，感觉衣带渐宽，瘦了一圈。因为考试期间吸食蜂王精等补品，嘴边还起了不少火泡。

　　由于发挥不理想，我并未有如释重负之感。其中一门英汉互译由于时间仓促而没有完成。对结果的忧虑搞得我心情沮丧。

　　短短的十几天寒假都是在惴惴不安中度过的，我们去看电影，吃烤鸭，逛庙会，还与几个在京的同学聚了一次，但这一切都未能解除我消沉失望的情绪。大年初二，虹回 M 城探亲。当我提出与她同往的时候，她笑笑说你如果不怕被冷落，那就去吧！我知道鉴于与她父亲一面之缘的不快，与她一起前往 M 城的机会尚不具备。这真是我的举止不当了，盲目清高得罪了不该得罪的人。

等她返京那天，我正好启程奔赴西北继续下半年的支教工作。

等待考试结果成了我支教之余的另一个期盼。春天悄然来临，一望无际的沙漠泛起了淡青色，间或还可看到红色或黄色的野花点缀在黄土般的沙漠中。三月中旬的一个下午，我忽然接到虹打来的长途电话，她告诉我复试通知已经寄到她的单位，我虽然名次靠后，但毕竟榜上有名。我大喜过望，有一种绝处逢生之感。她告诉我她也接到复试通知。放下电话，我想象着双双携手重返母校、重返我们初恋之地的情景，不禁喜从中来。新生活的转机仿佛已经近在眼前。

忽然而来的复试通知搞得我有些措手不及。由于此前认定自己名落孙山，早已放弃准备。在费了一番周折调课和请假之后，只剩一个星期突击英语口语。长期的聋哑英语虽然足以应付考试，而要参加面试，口语则成了最大的短板。只有临阵磨枪。返京的火车上还在反复倒腾"英语九百句"。照理复试淘汰的比例是极低的，除非特殊情况，应该十拿九稳。然而，我不幸成为唯一的例外——英语口语绊住了我的前途，我成为唯一一名因英语口语不合格而被淘汰的复试生。

这种由失望、希望、再失望带来的打击将我折磨得心力交瘁。失败使我不得不硬着头皮去面对这样一个无情的现实——在结束支教生涯之后重新回到原来的工作单位，继续忍受那种枯燥琐碎的生活和同事的冷嘲热讽。而且单位或许不会在短时间内再给我机会报考。更为窝心的是，她更上一层楼，而我原地踏步，这样一种对比关系也使我想来就别扭丧气。当然，在那个时候我并没有觉察到我们的关系会因此出现什么戏剧性变化。自恋爱以来，我从来不曾想象我们的关系会出现什么变故，就那么一厢情愿地认定我们的关系已经像亲人一般板上钉钉，牢不可破，任何力量都不可能拆散。

在得知落选消息的那个周末的清晨，我顶着西北夏日的风沙，在厚厚的沙地上骑车一个多小时去县邮局给她打电话。我神情沮丧地坐在风沙肆虐的土墙围中等了两个半小时。细碎的沙土甚至灌到嘴里、脖子里，我觉得仿佛要被埋在荒凉的沙漠中了。终于听到她的声音。我问她好吗，她显得平静，但掩饰不住激动的心情。这与我郁郁寡欢的情绪形成鲜明的对比。她说她已经开始收拾东西，打算先把一些东西放到我那里。我说她那边是否可以帮我再打听一下，联系别的学校。她说已经晚了。我说那我可太惨了，她停顿片刻，说她为自己感到庆幸，上帝毕竟还垂青于她。我不想再聊下去，也不想听她那些无济于事的安慰，只说了一句多保重就挂断了电话。

心灰意懒的我独自来到空寂的沙海之中，浓重的隐忧像乌云一般笼罩着我的内心。春季的漫漫黄沙上稀稀落落的绿色除了让我感到季节的悄然更迭之外，似乎不再有任何意义。天空辽阔而悠远。我望着天空中自由飘荡的风筝，心情无法放松下来。放风筝的人中有一个我的学生。他们看到我一个人踽踽独行，热情地过来打招呼，有学生还把风筝线递给我。这是几个已经放弃高考希望的年轻人，他们的境况与我相近，但情绪与我不同。他们在沙漠中说笑着，奔跑着，对这片生于斯长于斯的地域充满旺盛的激情。这个地区常常刮风，地域空旷，在空中翱翔的风筝自由自在，不会担心被树枝或电杆挂断。然而，我心绪全无。这个地方将很快与我的生活分离，我将不得不面对一种新的窘迫。我的事业前途和生活环境都不会有任何改变。而虹改变了，她的成绩高居榜首，戴上橘红色校徽只是时间问题，失败和成功都让我无法面对。

边城的夜晚月亮很亮，无树，月光毫无遮掩地投射到我的床上。我辗转反侧，难以成眠。只好坐起来打着手电给她写信，我在给她的信中毫不掩饰自己的失落和沮丧，甚至说竞争就是优胜劣汰，失败就要遭受惩罚。如果她提出与我分手，我决不会怪她等等。当然，这并非心之所愿，而且我也不相信她是那种朝三暮四的人。我提出了分手的说法，反而越发想她。缱绻的情愫、无尽的想念像一浪高过一浪的风沙搅得我彻夜难眠。无数次地想起与她相依相偎时的甜蜜，却又无法摆脱流放囚徒式的凄清孤苦之感。我终于躺下睡着，不知过了多久，又被夜晚的凉意惊醒。此后再无睡意，仰望着黑暗中依稀可辨的天花板，想象远方的她安然入睡时的神情。

在偏远的西北边区支教，业余生活贫乏，支队成员经常聚在一起打牌喝酒，打发越来越难耐的时光。L 支队的一位教师借口夫人生病，请假回京。他的回京引来一系列后果，其他支队干部纷纷要求回去："L 支队的人能回去，我们为什么不行？"

思想工作也做得差，某支队领导对一个想溜号的人直不棱登地发问："你想不想入党了？"

那人一听急了："少拿这个吓人。我不入了，行不行？"然后买票就走，说是一个星期，两个星期也未归。打回来一个电报：感冒了。

相继有三四人提出回京，教学质量急剧下降。一些学生开始抱怨老师，还有人给老师起外号，画漫画。我由于考研复试，耽误了一段时间正常教学，引起一些学生不满。有学生当面对我说："老师，你不能只顾自己，你大学毕业了还想上研究生，我们连大学都没得上。"这种不友好的态度加深了我对支教的厌弃情绪，上课更加三心二意，对学生越发缺少理解和同情。模拟试卷批完，却不尽快让学生知道，学生敲门来问，几句话把他们顶回去。对另一些学生则有明显的歧视，丝毫不想掩饰对他们的穿着和土里土气的举止的厌烦情绪。

这天中午，我正在睡觉，听到有人敲门，我问："谁？"无人回答，又敲门，我立即显出不耐烦："谁呀！"口气中流露出极大的不满。

"老师，是我。"一个轻声细语的女声。

我披衣起床，拉开门，是英语课代表送来成绩册。

"老师，打扰了。"她小心翼翼，像犯了什么错误。

我有点内疚："没有，进来吧！"

她把成绩册交给我，还没有走的意思。

"还有事吗？"我生硬地问。

"嗯，老师，我有一个小的请求，不知当讲不当讲？"

"你说吧！"我才注意到她真是一个漂亮的回族女生，鸭蛋式的脸盘洁净明亮。

"我想请你每周抽时间给我单独辅导一下英语。"

"这个，我的英语也是二把刀，误人子弟我可担当不起。你还是跟马老师商量吧，他是英语专业毕业的。"

她多少有些难堪地说："那好吧，老师，打扰了。"然后一鞠躬转身要走。

"请等等。"我说，"我这里有一些参考书，你可以拿去看一下，或许有用。记得还我就行。"

失意让我提不起任何兴趣，八十年代初那个在校园里指点江山、身怀悬壶济世之志的青年已经不复存在了。唯一的消遣就是一遍又一遍读虹的来信。即使在我复习考研那段紧张的日子里，我们也几乎每隔两天通一封信，从未间断。她的来信犹如千里飞鸿，成了我精神和情感不可或缺的寄托。

在荒凉空旷的干部进修学校，在隆隆的拖拉机驶过的柏油马路上，在手压水井畔，爱成了唯一让我感觉到生存意义的东西。我得到了最多的信件，得到了最多的爱的箴言。情感失意对我而言是一种无法想象的陌生体验。"赌场失意，情场得意。"我想起游泳比赛我失败后虹说过的一句安慰的话，现在又一次在我身上应验了，虽然这次赌场失意失得有点大了，但上帝毕竟还在用一种方式照顾着我。我想起曾说过要"赌场情场都得意"，不由心中苦笑。而我岂能预料到"赌场失意"会最终带来"情场失意"？

在我给她打过长途之后，整整两个星期，我没有收到一封信。每日午睡起来，我都会满脸狐疑地去学校的传达室打听，连传达室老头都感到了诧异。问我是不是我的女朋友病了。我也变得焦虑不安起来。周末又到到县城给她打电话。

电话接通之后，我劈头就问："为什么不给我写信？"

她说，她在翻译东西。

"译什么？"

她说是师兄让她翻译的资料，说了你也不懂。导师布置的任务，入学前必须完成。师兄在她考研的过程中给她很多帮助，她必须回报他。

感觉这像一个借口，我责问她："那就是你不给我写信的理由？"

她很不耐烦，说："正写哪！"这种从未有过的陌生语气真让我心酸。

然而，就在周一的下午，我却同时收到了她的三封来信。她在一封信的信首说，看看天意让我先拆开哪一封。

我同时急不可耐地将三封信一起拆开，然后一封封地读起来。第一封讲述了美国总统林肯不屈不挠、历经挫折终获成功的故事；第二封向我表述了她对我同情理解的心情，她告诉我她的心"快要流血，弥漫着倦怠和失望"。

"亲爱的，你刚得到这个消息，心里一定非常难过，把你的委屈、怨愤写出来告诉我吧，我能理解；把你的痛苦告诉我，我来给你分担。"

第三封信最令人感动。她向我详尽地描述了未来家庭的房间布局，还画了草图。信的末尾，虹告诉了我她梦中的婚礼："那天下着蒙蒙细雨，这是我们的《雨中曲》第几号呢？我们来到初恋的地方，河水静静地反射着路灯的光亮。预定的时间到了，你我就像赴约的情人一样分别飘然而至。我们打开收音机，女播音员传来这样的声音：'下面请××和××两位年轻人和他们的亲朋好友一起聆听庄严的《婚礼进行曲》。'所有亲朋好友都预先得到通知在这一时刻打开收音机，而此时此刻，也在收音机旁，两个相爱的人——只有他们两人，正执手凝视，默默无语，你拿出戒指，分别套在两人手中，而我举起一杯红酒，送到唇边，两人一起饮下。轻轻一吻，于是，我成了你的妻子，你成了我的丈夫。

"可是，亲爱的，我的想象力并没有发挥到这里就停止了，我继续梦想下去。

"当我们沉醉在爱里，互相依偎着走下火车扶梯时，被迎面抛来的花瓣、彩纸屑惊得一怔：我们的朋友知道了一切之后，从各自的家中赶来，在火车站等候着我们的归来。

"在车站把我们拥上了汽车，来到美丽的房间里，人们开始跳舞，旋转，喧闹，欢庆。最后，我们两人开始弹着琴唱起了温柔、深情的歌，人们慢慢依次走过我们面前，放下一朵鲜花，系了一张有着美好祝愿的字条。然后，人们依次离去。最后，只剩下了我们两人。我们开始放低柔得像从天堂袅袅传来的音乐，依偎着跳起舞来，我们慢慢滑行，滑到了夜的深处……"

没有人能拒绝这样善解人意的安慰，在我失意潦倒的时候，她知道只有她的爱才能成为对我最大的希望和鼓励。我反复诵读她的来信，好似站在雨后初霁的阳光下一般神清气爽。在我的心目中，她成了拯救我的女神，我几乎要从失败中摆脱了。我对她充满了从未有过的感激，是她，也只有她才给了我别人无法取代的力量和信心。我唯一渴望的是尽快度过这段空寂的日子，与她相聚。

回首往事，不禁让人唏嘘。假如没有她在最为失意的时候那春风化雨般的安慰与鼓励，分手时的痛苦或许能够减弱几分。然而，假如没有她如此真诚暖心的心灵激励，我在失意后的每一天都可能度日如年。我在最需要安慰的时候获得了最大的宽慰，我对此感激涕零。但是没有想到的一连串悲喜交加的意外随之发生了。

所有的教学内容在六月上旬全部结束。L 支队的成员都显得无所事事。白天到县城看录像，晚上喝酒划拳，每人都学会了多种划法，张牙舞爪划得昏天黑地。

我常喝得醉醺醺后悄悄溜出学校的后门到我和虹去过的那片沙漠，坐在月光下读她的来信。看累了，两手交叉着放在脖子后面，躺在无边的沙海里。我还在沙石堆中精心挑选了一块石头，用水泥钉在上面凿上了"海枯石烂"四个大字，这四个字我足足刻了半月有余，我想不到还有更好的方式来打发我相思的时光。手背原本有些干裂，凿刻的时候会由于用力而产生撕裂的疼痛，虎口处也因为凿刻顽石，而裂出新的口子。我想把它作为一个爱情信物送给她。可以说，这四个字是发扬愚公移山的精神才完成的，我甚至为自己的这种痴情而感动，也觉得她值得我这样努力，因为她是我值得珍爱一生的女人。

宁夏没有春天，冬天过后就是夏天，一年四季风沙不断。

那是六月中旬的一个午后，窗外刮着大风，弥漫的黄沙透过窗缝钻了进来，空气中夹杂着呛人的沙土气味。录音机里一遍又一遍地播放着一段卡朋特的仿佛是专门唱给我的歌曲：

> 一遍一遍我呼唤你的名字
> 一遍一遍我亲吻你
> 我看到了你眼中的爱之光
> 爱是永远，再没有分别

感伤的旋律使我激动不已。我感到有些疲累，把额头贴在冰凉的桌面上。

外面风沙不断地吹打着窗棂，远处有犬吠之声，一掠而过的长途运输车从红砖砌成的平房边呼啸而去，沙土呛人的气息扑鼻而来。难言的相思苦海仿佛要将我淹没。这时，隐隐约约传来了敲门声。我猜是同事来约我打牌，趿着拖鞋快步过去开门。

此刻，我是多么渴望成为她哺育的孩子，能够吸吮她甜美的乳汁！在凝望她的一刻，我的脑际掠过一阵触电般的空白，仿佛什么也不再记得，她的声音、她的语言、我们曾经历过的坎坎坷坷，我们之间因为个性不同而存在的无法弥合的裂痕，以及由于我的落榜带来的心理失衡，都消失在对她美的凝视中。我送她的那条红色的水晶石项链，此刻成为她身上唯一的饰物，正在她白玉一般的脖颈下面熠熠闪动。我爱她，心中无比渴念得到她，这会使一切距离和分歧得到消除，会使一切挫折、不幸、失望和痛苦得到慰藉和消融，面对这样一件美妙绝伦、真切自然的天赐之作，所有的等待都是值得的，所有的付出都得到了应有的回报。

21

    站在面前的竟然是虹，恍惚之间，我简直无法相信自己的眼睛。确实是她，背着我送给她的蓝色旅行包，一个旅行者风尘仆仆而兴奋的模样。

    她突然从天而降，带给我意外的惊喜。我伸手一把把她拉进门来，抱入怀中，然后又把她轻轻举起，在房间里旋转，嘴里喃喃道："你怎么突然来了？"

    "没想到吧？"

    "一定是上帝派你来的，只有他知道我是多么想你！你是专程来看我的吗？"

    虹的脸靠向我的胸前，目光中充满怜惜："不看你看谁呀，我知道你现在心情很糟，一直打算来看看你，恰好有一次社会考察让我参加，我就毫不犹疑地来了。这并没有什么奇怪，在你最需要我的时候我应该来到你的身边。"

    "我正要给你写回信，没想到你已经近在咫尺。我不是在做梦吧？"

    她的充满激励和安慰的来信已经让我感动不已，而她犹如天使般的降临更是让我心驰神荡。多年后的我回忆起这一幕仍感慨万端，假如她对我的感情把持不定，假如她只不过是想说服自己，那么为什么要用这种激动人心的举动把一个人从灰暗的地面升上美妙的云端，然后又将这个人从幻想的天空跌到地面，跌得粉身碎骨？她满可以表露她的犹豫，表露她的不满和游移不定，而没有必要把那个充满虚幻的坚定不移的准新娘带到我的身边。如果这种美好的背后埋藏着一个恐惧狰狞的恶魔，还不如早些撕掉美丽的面纱为好。她让失意的我如此信以为真，却又亲手把这个即将成真的美梦打得粉碎。假如生活可以重新来过，我一定要把这个美梦排除在外，而直面那个不可避免的冷酷的结局。而在当时，这一切怎么可以重新设定？它仿佛只是神秘莫测、无法抗拒的命运的安排。她究竟是出于仗义之心还是其他复杂的缘由，也已经无法考证。总之，一个心无城府、充满幼稚向往的青年人根本无法识别这背后的玄机，而是一步一步在她的牵引下走进一个充满迷惑的梦幻乐园。

    "这个来到你身边的女孩还有一个请求，她想做你的新娘，你同意吗？"说着，虹从旅行包里拿出从单位开的结婚证明，"你能不能在进修学校也开一个？"

    这更让我大吃一惊，我想起在信上她对我们婚礼的描述，只知道那不过是对我的心理安慰，没想到她果真要把这种憧憬变为现实，"你不是在开玩笑吧？这完全不像你的风格呀！不至于门外还有伴郎伴娘吧！"

    "那倒没有，不过我说到做到，我们现在就开始一步步实现我们的计划——让你有一个幸福的家。"

"晕！天旋地转哪！你快让我乐晕了。"我拍打着自己的脑门儿，确认这不是梦境。

"你不是因为怜悯我才这样做吧？"

"当然不是，你需要怜悯吗？"

"不，我只是有点……"

"意外吧？"

"有点意外，不，简直太意外了！可以说是出人意料，完全出乎我的想象。"

"不再怀疑我了？"

"我错了，对不起！原谅我的多疑！"

"现在要开始进入幸福倒计时。"

"整个支队都该嫉妒我了，我们支队有一个同事刚刚收到女朋友的分手信，你却把结婚证明带到我的身边。"

虹把背上的旅行包放下来："那你就更应该珍惜你的幸福了。哼，一点也不关心我，就让我背着这么重的东西跟你说话？还说什么'如果你愿意，就是离开我我也不会怪你'，你把我想成什么人了！你知错吗？"

"知错。知错。"我不住地点头。这个时候就是让我给她跪下，我都会立马答应。

"你去给我打点水吧，风沙太大，身上头发上都是土。"

我顶着风沙，赶到压水井畔为她打来清水。

"这回，可以多住几天吧？反正你已经考上研究生，奖金扣就扣吧，我已经结束了课，咱们正好出去玩玩。"

"不行，只有一天时间，后天就要出发去兰州，明天我就要去 G 县与考察队会合。"

"那怎么来得及结婚？"

"我是想把结婚证领了。"

我沉默片刻，说："那就算了吧，用不着这么匆匆忙忙的，难道这么几天你还会跑了不成？我看还是回去再说吧！何必在这里兴师动众呢？"

"有你这样的吗？我没有要求你的求婚，上赶着向你求婚，你倒不急不忙端起架子来了，我是不是太厚脸无皮了？"

"告诉你吧，在这里等着跟我结婚的人都有一个排了。我怎么也得挑拣挑拣吧？"

"你呀，别美了。刚才还像个受气包呢！"

"真有一个漂亮的回族女生想让我一对一辅导英语呢！"

"那你应该答应啊！"

"要是以前，我肯定答应了。但我心目中不是有了意中人了嘛，别人真挤不进来了。"

虹洗漱完毕，背过身去换衣服。我默默地打量着她那婀娜的身影，觉得胸口有一股血液在向上冲腾。在她还未来得及换好衣服时，我就扑上去从身后抱住她。我的手停在她的胸前，又从胸前向下滑。她挣扎着摆脱开来。回转身来与我对视着，她的眉心微蹙，脸上是那种沉浸在遥远想象之中的迷茫，这份表情是如此令我心动，我的手搭过她的肩头绕过她的脖颈，她离我越来越近，我迎向她已经有些陌生但依然温润妩媚的双唇。我满含真情地吻她，含着忧伤、思念、感激和满心的爱意。想要把她融化在我的爱抚中……我们默默地吻了许久，一句话也未说，直到我又一次流露出不舍离别的忧伤神情。良久，她才柔声嗔怪道："不许多愁善感，你是一个男子汉，懂吗？"

"我担心会失去你，每日都有这种担心，我觉得我的生活我未来的一切都取决于你，而不是我。知道吗？我越来越发现你对我的意义重于我的生命。"

"我很快就会回到你的身边，做你的新娘。"

"但愿你不要觉得委屈，不要觉得是一种拘束。"我奇怪，面对她的时候，我说不清一句豪言壮语，而永远只是一个胆怯的无法掩饰忧伤的小男孩。

"你必须有信心，我们才会有新的开始。其实你只是不适合考试，我从不认为你缺乏才华。"

"谢谢你的鼓励。但愿你的爱能让我重振精神。"

晚上我们不再顾忌同床共枕，"我的同事说过，百年修得同船渡，千年修得共枕眠。我们的缘分是千年修得的。"

"所以你一定要好好珍惜，更要好好珍惜我。"

白日的狂风已经停息，四周异常宁静安详。一弯晓月挂在淡青色的天幕上，映出婆娑的树影，空气中依然夹带着淡淡的尘土的气息。远处不时传来犬吠鸡鸣，这种西北山庄的幽夜常常使我产生独特的无法言说的感觉，似乎契合了我梦中的某次想象。

虹仰躺在枕畔，眼望着天花板，好像若有所思。过一会儿，她微微侧转身来，用她那明澈动人的目光细细地凝望我。手在我的眉宇间和鼻梁上轻轻滑动："你本来应该是一个很优秀的人。只是……"

"只是太软弱、太多愁善感了。"

"你会变得坚强起来，会吗？"

"你到现在还不相信我？"

"希望你真的能从人生的挫折中振作起来。你们班女生说，你经不住挫折，挫折会让你一蹶不振。你真的会让她们预言成真吗？"

"当然不会。但是你应该给我一点时间。毕竟这件事对我打击还是挺大的。我会振作起来，这应该是我对你爱的诺言。"

忽然，虹双手搂住我的脖子，紧紧地贴在我的胸前："我知道你是爱我的，是吗？"

　　我没有回答，带着一份悲壮的神情，让她伸出手来，把那块压在枕下的刻着"海枯石烂"字样的石头放到她的掌心上："这是我一刀一刀刻了半个月才完成的。手背都裂出几道口子。我想让你看到我的毅力，看到我对爱情的坚贞。我想让它作为我们爱情的见证，也许有一天我会把它埋在沙漠中，经历百年沧桑。"

　　她捧起我皲裂的双手，把它们放在胸前。她知道作为乐器爱好者，我是一直重视手部保养的。平时洗衣服都用热水。刻字刻得手指伤损，真的用情很深。

　　"能够拥有你这份爱是我一生的幸福，我应该知足了。我真的应该知足了，我想任何人都会为你真挚的爱情所打动，我怎么可以辜负你呢？"

　　"你并没有辜负我，你的所作所为已经让我十分感动。我为我的人生能够拥有你的爱而感到庆幸。"

　　"怎么越来越像背台词啊！"

　　"这不是表演，也不是流俗的谈情说爱。这是难得的真情流露。"

　　"其实，这么长时间我欠你太多了，我做得不好，我下决心要弥补我的过失。"

　　她突然顿住了，然后说："你知道的，这个决心很难下，尤其在这个时刻。很难很难，你知道吗？"她双眸中有一种我不曾见过的陌生。

　　我颇感意外地望向她，丝毫没有觉察到什么潜在的异常征兆。我怎会想到此刻她的内心矛盾交织，正在等待我的勇气，等待我定夺她飘忽不定的感情？

　　"今天我是你的，你想做任何事情我都不会阻挡你。"相恋以来一直谨守防线，连沙漠中的浪漫之夜都无法融化的人，今天突然间冰雪消融。在我最为失意的时刻，要把自己完完全全交给我，还有什么比这件事更能让我感念她的深情？

　　"虹！"我轻轻地呼唤她的名字，心中柔情四溢，"你是我的，你不会属于任何人。你是我唯一的爱神维纳斯。"

　　虹眨动着她那迷人的目光，长长的眼睫像一片绿荫浮动在两潭深水之上。黝黑蓬松的短发映衬得白皙柔美的脸庞。她侧转身来，神情庄重地对我点点头："我要兑现给你的诺言。"

　　灯光早已熄灭，月色透进来一丝柔和的微光。我听到虹窸窸窣窣在我身边脱衣服的声音。我压抑着自己越来越快的心跳，不敢把目光转向她。她轻轻的呼唤终于让我下决心转过脸来。而这时的她几乎已经完全呈现在我的面前：高耸的胸脯在薄薄的衬衫里面一起一伏，胳膊随意地伸展着，青春女性特有的风情一览无余；秀美丰腴的双腿微微蜷曲，像是等待一次飞翔，纤细的双脚饶有趣味地跷着，犹如一件精巧的艺术品。我把手伸到她的背后，缓缓地解开她胸罩上的按扣，她的双乳是那样洁白饱满，富有生命的活力。此刻，我是多么渴望成为她哺育的孩子，能够吮吸她甜美的乳汁！在凝望她的一刻，我的脑际掠过一阵触电般的空白，仿佛什么也不再记得，她的声音、她的语言、我们曾经历过的坎坎坷坷，我们之间因为个性不同而存在的无法弥合的裂痕，以及由于我的落榜带来的心理失衡，都消失在对她美的凝视中。我送她的那条红色的水晶石项链，此刻成为她身上唯一的饰物，正在她白玉一般的脖颈下面熠熠闪动。我爱她，心中无比渴念得到她，这会使一切距离和分歧得到消除，会使一切挫折、不幸、失望和痛苦得到慰藉和消融，面对这样一件美妙绝伦、真切自然的天赐之作，所有的等待都是值得的，所有的付出都得到了应有的回报。

我感到嗓中有液体在滑动，我不断地吞咽着，却怎么也咽不下去。我跪在她的身前，越来越接近她，好似完成着一个神圣的宗教仪式。

我颤抖地剥去她身上最后一点衣饰。一个雪白晶莹、绵延起伏、几近完美无缺的胴体毫无遮掩地暴露在我面前……

我轻轻掀动她圆润的双肩，呼吸变得越发急促，浑身像筛糠一样抖个不停。这是无数次梦寐以求的灵肉相许的时刻。我小心翼翼地迎上去，眼中满含爱意。我的胸脯紧贴住她柔软的乳房。开始不顾一切地狂吻她。嘴唇、脖颈、胸脯、小腹。我开始寻找她，这种寻找是那样与众不同、那样激荡人心。

期待已久的时刻就要来临了。那过去一次次地拒绝和否认积累成一个完美的接纳。就要与她融为一体了！在即将相融的一刻，我仍然无法确认爱的真实，极度的冲动伴着惊慌的犹豫——我还在等，等候着她的否定——我似乎已经习惯了这一点。

"你不担心吗？我可是什么准备也没有。"

她坚定地摇头："果断些！今天我什么都不考虑，一切由你来决定！"

一阵过电般的兴奋袭遍全身，过分激动使我无力自持，我心里开始发虚：这个如此完美的女人今天就要属于我了，我能够给她幸福吗？能吗？我有这种能力吗？我是一个失败者呀！她的未来一片光明，而我的未来却完全不确定。

我的身体因激动而颤抖不已，额上浸出滴滴汗珠："你确定不等新婚那一天了吗？"

"今天我就是你的新娘。别再压抑自己，别再犹豫不决，你听到吗？"

我痴呆呆地望着眼前这个我爱之入骨的裸体女人，茫然不知所措。

"你，你会疼的。你说过你很怕疼，我不忍心让你疼。"

我看到她闭上了眼睛，甚至有一丝厌倦闪过。不一会儿，她又一次说："拿出你的勇气和信心来，让我相信选择你是对的。"

急促的呼吸伴着亲吻的吸吮声。我多么渴望无拘无束地挥发我的狂爱，但是慌乱不安让我突然间失去了专注力。我摇摆着，意乱如麻，始终不得要领，在徒劳的一次又一次努力之后终于无功而返。我颓然地伏在她的身上喘着粗气，心想自己大概是天底下最没出息的那一类男人了，幸福在身边都把握不住。

虹的双腿剪在我双腿的上方，像一个母亲安抚一个受了委屈的孩子一般紧紧抱紧我。

"没关系，没关系的。"她半晌才轻声地安慰我。

"太突然了！我一点准备也没有，我的心理可能有点问题。"我擦拭着额头上浸出的汗珠，侧睡在她的身边。

"别自责。谁一开始都可能这样。要相信自己。"虹望向我的目光闪过一丝怜惜，她用一件内衣罩住自己裸露的身体，开始用手梳拢散乱的头发。

我若有所失地看着她一点点恢复平常的模样，感觉到爱的狂澜正像潮水一般退去。

"你真是一个好人！"她说。

"我真的太紧张了，也许是因为等得太久了，结婚肯定会好起来的……"

我把虹紧裹在我的臂弯之中，坚信此刻已经拥有了她，与她合成一体。最后一丝狂热冲动就这样倏然而逝了。

沉默，死一般的沉默，如昼的月光照在虹汗涔涔的脸庞上，她又一次陷入凝思之中，表情格外异样，像在回味，像在思忖，又像在幻想着很遥远的某种东西。

"从我们认识到现在，有多长时间了？"虹开始说话，声音轻缓柔和，像是梦呓。

"两年零两个月。"

"你最难忘的事是什么？"

"我们在一起的每一天我都觉得难忘。"

"我却想不起多少来了，好像一切都很平静，我觉得我适应了这种平静，但当我参加社会调查之后，发现有另一种生活在吸引我。"

"我也会带给你新的生活，让你看到一个不一样的我。"

虹望着我，怜爱地抚弄一下我的头发："你对我很好，但是我却不好，我觉得自己不是你所希望的那种人。"

"都快结婚了，还说这些干什么？你带给我许多意想不到的惊喜，我觉得三生有幸。"

虹的手从我的头上滑开了，"将来会怎样呢？"她这样问着，又像是自言自语。

"好了，休息吧，别胡思乱想了。"

"你愿不愿意再试一下？"虹又一次这样问我，眼中再一次闪动起异样的光芒。

我感觉到她有几分不同寻常，却没有过多思量："不，不用了，你刚坐了那么长时间火车，太累了，还是好好休息吧！"我畏惧地推却了她的请求，不想在她面前再次露怯。再说那个身心交融的时刻不会太远了。

凌晨三四点钟，窗外凄厉的风声将我从梦中惊醒。我望着身边熟睡的恋人，忍不住又开始轻轻吻她。她侧身背对着我，我的身体紧贴着她的后背。她的脊背冰凉如水。我吻她的肩颈，感觉自己的嘴唇犹如喷涌的火焰，快要燃遍她的全身，而她则像一尊冰冷的玉雕，纹丝不动。

天像拉开了帷幕越来越亮，我隐隐感到一场黎明的诀别就要来临了。

我抓住她的手臂，轻轻呼唤着她的名字，想把她从沉梦中唤醒，却觉得她深深地沉在另一个梦想之中不愿醒来。

想到凌晨即将到来的离别，心中不由酸楚。一年来的相思之苦，还没有熬到结束的尽头。我好容易等到她的到来，却又要面临再度分离。

我又一次亲吻熟睡的她的嘴唇，她沉在梦中，依然未醒，但我已经感到她身体的颤动。她猛然惊醒了，眼中有一丝恼怒，大概是抱怨我打扰了她的梦境。顷刻间，她用一种从未有过的陌生眼神打量我。

"对不起，我……舍不得你，一天也舍不得。"

虹匆忙用手堵住我的嘴唇，目光又恢复了往日的温柔，她搂住我的脖子，亲切柔顺地吻着我的脸颊，然后用额头紧贴着我的额头，我能感觉到她额头的冰冷，手的潮湿，但此时的我已经知觉麻木、体力不支。我没有料到，这是我青春时节与心爱的初恋女孩最后一次亲密的诀别，再也无法拥有与她体肤相亲的时刻了。

虹在床边坐起来，习惯性地用手梳理着自己的头发，我靠近她，蹲在她的身旁，用手捧住她两只光洁的脚并把它们放在我的胸口，然后一动不动把脸埋在她的膝弯处。

"能不能不走？"我酸楚地问她。

"怎么可能呢？这又不是旅游。你看，又孩子气了，还说你很快会成熟起来，让我怎么相信你的话？"

"你把这块石头带着。"我从桌上拿起那块刻着"海枯石烂"字样的石头。

"为什么？我还要一路颠簸呢！"

"带着它，你就会想到一双干裂流血的手，会想到一个人对你不变的深情。"

"好吧！"她平静地把石头放入她的旅行包中。这块看似沉重的石块在她的心中究竟是什么分量，其实我已经无法确定。

在那个薄雾迷茫的清晨，我对可能发生的一切还是茫然无知的。我们在一个大车店肮脏的桌子旁吃完杂碎汤，辣得两人直吁气，禁不住都笑起来，笑着笑着我忽然一阵难过，隔着桌子捧起她的脸："我还要多长时间才能再次见到你的笑容？"

"看你，又伤感了，我不会耽误太久的。一旦考察结束我就立刻回京。回去之后，你先做点准备，找几个结了婚的同学讨教一下。不过，最好什么都别买，等我回来再说，我对你不放心。"

"如果一个月你还不回来，我可要去你考察的地方找你。"

"我会按时回来，你就耐心等待吧！天亮了，我们得出发了！"

趁等车的工夫，我们走进教师进修学校附近的一个祠庙里，我跪在菩萨像前默默祈祷。虹问我祈祷什么，我说，我希望你永不离开我。她有些感动地扶住我的双手，眼中泪花闪动。她说："让我跟你一起祈祷吧！"

我回身望一眼跪在身旁的虹，一阵莫名的忧伤袭上脑际。起身从她身后紧抱住她，一刻也不想松手。

"好了，让别人看见不好！"

"我怕一松手你就跑了！"

"你觉得我会吗？"

"应该不会，但现在我有点信心不足。"

"好了，一切都会好起来的。"她像母亲一样轻拍着我的头。

乘车到了 W 市，已是临近中午，虹忽然对我说："咱们一起好好吃一次饭吧！"

于是，在一个比较雅致的餐厅，点了一桌子菜。我记得那天虹两手支颊，总是目不转睛地望着我。我给她夹了一块她爱吃的糖醋鱼，问："怎么不吃呢？"

虹没有作答，把脸垂下去了。她稍稍调整了一下她深褐色的短披肩，这个急遽的轻微动作带动了她迷人的肩膀。她的头发稍微有点乱，令我想到刚刚过去的那个意犹未尽的夜晚。

虹忽然告诉我，这次调查只有两个人，除她之外，还有一位研二的师兄。我大吃一惊，但脸上还是尽量装出毫不在乎的表情："是吗？那好呀，也好有个相互照应。"

"你能这么说，我很高兴。你真的一点也不在乎？"

"你又在考验我，你总是不相信我。"

"他就是那个给我很多帮助的男生。一个学业和能力都很出色的人。"

"噢。"忽然又装作满不在意地问一句，"你们要考察多久？"

我这样问一句，赶紧下意识地低头吃菜，尽管满心不快却无从表露。一个平素里敏感多疑的人却怎么也不会怀疑起自己的恋人，即使是已经出现了情感变故的信号，我也是视而不见的。一个女孩千里迢迢，带着单位开的结婚介绍信来找我，在我最为失落的时候给了我她所能给予的最大帮助，我还能对她的行为有什么怀疑吗？以我浅薄的阅历和愚钝又怎么可能看透其中的禅机呢？说来令人感慨，在我们相恋的过程中，我时时担心失去，没想到失去真正将要来临的时候，我却毫无察觉。

"二十多天吧，具体情况要到当地才能决定。"

这就是说在我新婚即将来临之前的一个月，她要单独与她眼中十分出色的男生一起考察约一个月。而且只有他们两个人。我心中醋意大发，但却压抑着说不出一句话来。如果她心猿意马，那么她带着结婚证明来探望我，又是为了什么呢？来不及多思细想，虹猝不及防的一系列举动已经搅得我意乱如麻。那份初见时的激动已经演变成隐隐的不安。我不知道会有一个什么东西突然从空中掉下来砸到我的脑袋上。

　　"需要这么久吗？不可以压缩一下吗？"

　　"这不是儿戏，这个考察很重要。"

　　"你的婚姻大事也很重要啊！"

　　"这个考察是一个国家课题，时间不能等。我们的事又不在这几天。好事多磨。"

　　"那我跟你一起去吧！或者等我们这边活动结束，我去找你。"

　　"你不要这么儿女情长行吗？考察是工作又不是旅游。"

　　我知道难以说服她。虽然心中不快，但直到此刻我也根本没有想到会有一个残酷的结局在等待着我，而只不过是对短暂相聚后的分别耿耿于怀而已。

　　到达G县的时候，那个瘦高男子、她的师兄已经在车站等待。我从未见过这个人，也从未听虹说起过他。这个人高大精干，眼神中透着自信。而那时的我心灰意冷，失落写在脸上。再加上旅途的劳顿，一副无精打采的模样。两相对照，气势上我已经先失了一分。我们握了手，客气地彼此寒暄。我没有意识到一场暗中的较量已经拉开了帷幕。而基于我当时的状况，似乎竞争还没有开始，就已经败下阵来。一个意气风发，一个意志潦倒，这样的竞争对我而言是不公平的，也是无奈的。但是，很多时候，爱情是容不得任何失败的。

　　下午一起去离G县不远的他的家乡坐了坐。几个人围坐在一间大屋的小桌旁与他的父母聊天。他父母的方言让人费解。吃过一种米糟一样的小吃之后，我忽然困意大发，躺在他们家的土坑上睡着了。一觉醒来，屋中空无一人。走出门去，看见虹正与他站在他们家的果园聊着什么。我走过去，他微笑着对我说，我们正在谈高尔斯华绥的《苹果树》。我尽量压抑着心中的不快，对他说，这本书我没有看过，有意思吗？

　　晚上回到县城，他已经替我们开好了房间，大概是为了节省费用，他为我们两人开了一个房间，虹显得颇不高兴，问他还有其他空房间吗，并说她可以自费。他说没有了，这两天这里有一个扶贫会，不然就只有到他们家里去住了。虹对这个安排十分不满，显然是不想让他知道我们的关系是多么密切。

　　这一夜什么也没有发生。两个人就像素不相识的旅客。一种浓重的忧虑搅得我彻夜难眠。

第二天清晨，我早早醒来，虽然仍感疲惫，却已经毫无睡意。我走过肮脏狭窄的街道，在一家买食品的小店，让小贩将一块状如车轮的大饼切下四分之一，又买了饮料咸菜等旅行必需品，统统装入一个塑料袋中。早餐过后，送她到 G 县破旧简陋的长途汽车站，把买好的食品交给她。这时候，她已买好了车票。那个与她同行的师兄迟迟没有露面。

"回去吧，早晨天气凉，你又要感冒了，我也好早早到车上坐着。怪累的。"

"好啊，原来你已经不想同我在一起，恨不能早点开车。"

"又来了。"

"那好吧，省得你又说我儿女情长，英雄气短。你上车吧，我不进去了。"

"等着我。"

"北京见。"

"北京见。"

虹背着那只蓝色的旅行包轻捷地走过检票口。

我立在原地，心中爱恋翻卷。我朝回走了几步，看看表，还有二十多分钟才开车。返回 W 市的长途还有四十分钟才开车。于是，又买张站台票，冲进站里。

远远地，我看见虹熟悉的身影。她正背对着我同那位师兄兴奋地交谈。我叫一声她的名字，她回转身，脸上现出几分尴尬，很快又恢复镇定："你怎么又进来了？"

"我看时间还早，待着也没事。"

他显得相当从容，握过手，给我递烟被谢绝后，就说："你们聊。"然后径自走到一边抽烟去了。

我望着虹，一时竟不知说什么好。

"还有什么事吗？"虹问，显然在下逐客令。

"没有了，自己多保重。"我冲着她苦涩一笑。

她抬腕看表："还有十分钟就要开车，我要上车了。"

我说："好吧，那我先走了。"

我走出站台，忍不住再次回转身，看见虹和她的师兄走上车，坐在紧挨着的两个位置上，两个人不时地愉快交谈，那个人指手画脚，虹听得十分入神。

柴油燃料的马达声从车那边传来，一辆车顶装满行李、承载五十多人的长途客运汽车开动了，它兜了一个一百八十度的大圈，扬起一溜烟尘，驶向坎坷不平的乡间公路。

回到 L 县，等待我的是一系列告别宴会，从学校到县城，从教师到学生，几乎每天都要参加一次欢送会。L 县，这个令人难以忘怀的地方，在离别的时刻竟让人生出丝丝依恋，我知道这是我今生再也不会重返的地方。它的贫穷、愚昧、沉闷都将与我再无干系。我在学校附近看着那些腰里缠着钱蹲在电线杆底下无所事事的羊毛贩子，心中隐隐发出一声叹息，不知会否在未来某个时日回忆起这里的一切。

离别的场面出人意料地感人，我教过的几个学生不顾高考的紧张复习，竟坐三个小时长途汽车到银川车站送我。他们还凑钱为我买了礼物——一只木制的工艺品帆船。想想他们喝酒都只能就着萝卜干，这个礼物对他们而言是何等不易。捧着写有"一帆风顺"字样的这件珍贵礼物，眼泪潸然而下。英语课代表没有来，她托人送来一张精美的明信片，上面写着几个朴实的大字：感谢你带给我们知识的光明！我一定要考到北京去。

惭愧和内疚让我在离别的一刻无地自容，我深知我这个不合格的教师不值得他们如此厚爱，我说不出静候他们喜讯的话来，因为我没有资格。送行的学生都流下了泪水，我含泪与他们一一握别，嗫嚅着，一句话也说不出。

列车开始慢慢启动，站台上那些可爱学生的身影渐渐远去，被漫无边际的沙漠代替。

22

与虹分别那一刻隐隐的失落之感很快被即将到来的新婚之喜的憧憬所取代。我开始筹办结婚事宜。按照虹临行的叮嘱，我向已婚的同学讨教了一些商业信息，然后开始一家又一家地逛家具城和百货商店，将一些比较中意的商品记下店名和价格。除了购买零碎物品之外，大件的东西都要等待虹回来后一起定夺。我盼望着与她一起共享构筑新家的喜悦。

北京的秋天是如此怡人！辽阔湛蓝的天空，清新爽洁裹着淡淡果香的微风，隐在依然茂盛的林丛后面的逶迤起伏的山麓，带着幸福憧憬的车辆和行人在我的眼前穿行！我渴望已久的新生活就要从这个秋天开始了。在街上行走的时候，我浮想联翩，设计了几种标新立异的居住方案。比如洞穴式，用树皮状的墙纸装饰墙壁，再从工地搬来几块大石头，围成一圈，形成那个"苍凉之心"的图案。不过，这个名字应该改一下，它好像不够喜庆。还要布置出一间暗室，房间中是一盏忽明忽暗的红灯。墙上挂满湿漉漉的黑白照片，风铃轻轻吟唱，营造出一种如梦似幻的气氛；节日的时候，在房间的四角挂上喜庆的灯笼；我沉浸在即将到来的喜悦之中，失败和忧虑的阴影暂时抛却脑后。

我参加了一个短期烹饪学习班和按摩班。做饭是我的爱好，而学习按摩是想进一步体现我的爱心——她一直有痛经的毛病，通过按摩我了解到按压三阴交等穴位可以缓解疼痛。我开始为成为一个模范丈夫做着细致而精心的准备。

在此期间，我连续给她实习的地点发电报、打长途，希望征求她对我的一些方案的评价。但却根本无法与她取得联系。我知道她始终处于游动状态，联系起来十分困难。但每一次均是杳无音讯还是让我心生不快——她再忙也不应把婚姻大事忘得一干二净。

离她所开的结婚介绍信的最后期限就要到了，还是没有她的任何消息。婚期无法确定，一切准备工作都无从谈起，只有等待，再等待。

落叶在风中打着旋，在我凝望的窗前飘舞着。

每日清晨，我都会习惯性地望一眼桌前的台历，满怀希望地猜测着她的归期，一天天地估算仿佛下注一般没有任何依据，我的猜测就如撕下的日历纸一样落到了纸篓里。

只要有可能，我还是整日穿行在城市的大街小巷为未来的小家添置新生活的必需品。我变得有些茫然，逛街购物成了每日不可或缺的例行公事。但情不自禁对婚姻的向往还是令我时时热血沸腾。对她的思念远远大于对她的抱怨，我相信她一定是碰到实在难以脱身的事情，否则绝不会故意拖延或背弃我们即将到来的婚约。无限的遐想依然左右着我每日的生活，我一遍又一遍地设计着作为一个新郎的言谈举止，反复地修改着婚礼上的爱情宣言和歌曲曲目。我还打算在她回程的路上，突然出现在她必经的某个小站，给她一个意外的惊喜。但是这些都因为她神秘的失踪而变得毫无意义。她没有在婚约的最后时间给我拍回电报。又过了十多天，依然杳无音讯，惊慌之中，我给她远在 M 城的家人去了电话，他们对虹的行踪也一无所知。我想，她也许有意先躲起来了，以她惯有的方式制造一个悬念，或许她早已回到北京，正在悄然注视着我的忙碌，或许每一个可能的明天她就会突然出现在我的面前，我真的有点相信这种浪漫的想法了。我在我们的新房里挂了二十只带喜字的气球，又不知疲倦地向虹有可能经过的地方的乡政府发了催她回归的电报。我相信，这些期盼的信签总会有一张传递到她的手中。

与虹重逢是在一个散发着淡淡花香的中秋时节的晚上。在杳无音讯二十多天后，她忽然打来了电话，我以为是长途，她说她就在我的单位门口，这话令我欣喜若狂，我风风火火地跑下楼去。

虹在我四十多天的焦急等待之后悄然归来了。她还是背着那个蓝色的旅行袋，站在马路对面的路灯下平静地等我，我一个箭步冲上去，想给她一个热情的拥抱，却被她冷冷地躲避拒绝了。把包给我吧，我说。她说，不用了，说几句话她就要走。一时间我被这突如其来的陌生惊得目瞪口呆，这时她才象征性地拉拉我的手。

她烫了头，改变了发型，显得有些疲倦，但眼光中闪露着异样的神采。我拉住她从我手心中脱开的手等待着她谈谈对即将而来的婚礼的想法，然后再将我的设想和盘托出。

她说："这次调查，我觉得一切都改变了，一个人在陌生的环境里想了许多，我觉得以前的一切都值得重新考虑了！"

这话令我猝不及防，我知道她不是信口开河，但怎么也无法接受她这样的突变。

"你又在制造悬念，你想让欣喜来得更热烈一些。"

"不要异想天开了，那不是事实。"虹一脸严肃，似乎对我不明白她的意思有几分烦恼，"仔细想想，我发现我们之间的差异太大，完全不合适在一起生活。"

"你怎么得出这样的结论？我们只不过刚刚分开一个月，我们连真正的冲突都没有发生过，你这是怎么了？"

"那只是表面，其实分歧早已存在，你我心中早已清楚，只是不敢正视罢了！"

"你在开玩笑吧！你不知道我正在准备结婚的一切吗？我连家具都选好了。"

"这一切都可以改变，也还来得及改变。"

"改变？你到底怎么回事？你难道不想结婚了？"

虹用眼睛扫向我，只是淡淡地说一句："走走吧，一句话也说不清。"

"婚姻不是儿戏，怎么可以说变就变？！"我提高嗓音，声音有些发颤。

"你应该了解我，我并不是一个随意改变主意的人。"

"我们马上就要结婚，你连结婚证明都已经开过了。"

"也许正因为此，对于一个女孩而言，才需要想得更多一些。"

"太荒唐了！你究竟想干什么？你不觉得你这样做太伤人心吗？"我几乎吼了起来。

"我知道。"虹低下头，象征性地握了握我的手。

我一把甩开她，嗓音因激动而变了调："你是不是爱上别人了，是不是？"

"请你冷静一点。你这么不冷静，我什么也没办法对你说！"

"冷静，你让我怎么冷静？你要背叛我，还让我冷静？！你究竟安的什么心？我看你是中邪了，你竟然如此蔑视我对你的感情！我容忍了你多少，你在北京待着却对我复试的情况不闻不问，你开了结婚证明给我又跟另一个男人去考察？我说过一句吗？可是这次你太过分了！你真的要背叛我们的婚约吗？"

"我的的确确不想跟你结婚了，起码现在不想了，是你让我坚定了自己的决心。"

"你在撒谎，你在欺骗我也在欺骗你自己。"我的声音忽然软下来，"这不是你的最后决定，对吗？你只是有点担心，有点迷惑，是吗？"

"我忽然觉得我以前犯了一个大错误，这个错误害了两个人。现在我想纠正这

126

个错误，我要对自己负责，对自己的全部未来负责。"

"你有没有想到对我负责？你太自私了，这叫水性杨花！知道吗？"

"这也是对你负责。我一次次说服自己要尽心地爱你，珍惜你对我的感情。我做到了一个爱你的人应该做到的一切，但是无济于事。爱不是单方面的，我不能再强迫自己。"

"你怎么解释两年的恋情？你不爱我，为什么接受我的感情？为什么天天跟我待在一起？"

"我说不清，我现在说不清，也没有办法对你说清。"

"告诉我这究竟是为什么，为什么？你总不能让一个新郎莫名其妙地突然失去他的爱人吧！"

"我想对你说，以前我说过的话包括给你写的信有很多夸张的成分，我对你并没有达到那样的感情。"

这句话犹如五雷轰顶，我脑中嗡嗡作响，惊得哑口无言。因为我从未察觉她一直在伪饰自己的感情。我把她的谎言当成了至爱真言。

"对不起，这对你的确太突然了。但对于我们两人来说，还不算太晚。我们都还年轻，还不过是二十多岁，一切都还可以重新开始。"

"不，这不像是你说的话，这倒像某个小说家编写的语言。你是爱我的，我决不相信你会突然改变！你说过你已经是我的新娘了，你忘了吗？"

虹不再正视我，低头俯视脚下的路面。路面上正有几只西瓜虫迅速爬过。

"你变了，完全变了，不仅打扮变了，连人也变了，你怎么会变成这个样子？你不再是以前那个人了！才刚刚一个多月呀！你怎么突然变成了另外一个人？"

"这才是真正的我。你只是不了解罢了。你一直都不了解我，一直都不了解。你一味沉浸在对我的想象中，你一直都不愿意知道真实的我是什么样子。"

"你这么说太滑稽了，你为什么不让我了解你，这么长时间难道你一直在掩饰、在欺骗？

她冷笑一声，不再说话。

"我只问你一句话，你真的不爱我了吗？真的吗？"

虹依然不予回答，只是侧脸望向灯火阑珊的长街。她的眼神中有一种陌生的东西。我知道，这种沉默比任何回答更让我心碎。也就是说我们在一起两年的时光终将化为一场空，也就是说我满腔的热情得到的将是永久的冷漠。一切都成了虚情假意，她对我的感情竟是如此浅薄，浅薄到可以随时背弃！两年了，我付出了初恋的人所能够拥有的所有真情，却无力打动她的内心！我痛楚地背过脸去，听任酸涩的眼睛在风中涌出泪水。我知道她不愿回答，而实际上答案早已明了。

我怎么也没有想到，久久期盼的重逢竟成了永别的开始。我的美梦被击得粉碎。她曾经是那样地真诚体贴，使我对她的情感变迁从来不存半点猜疑。至少她在我最为消沉的时候以动人之举温暖我、融化我，让我相信这就是爱的真谛。我甚至缺乏起码的敏感，种种迹象早已表明，她的内心正在经历激烈的冲撞，另一人已经早已闯入了她的内心，而我却心安理得地相信她会一心一意地投入我的怀抱，成为人人艳羡的新娘！

站台上只有我们两个人，车来了，她快步向车门走去。我轻唤一声她的名字，问她能不能再等一等。她停顿片刻，还是头也不回地迅速上了车。望着虹离去的熟悉身影，我几欲潸然泪下，但强忍住不让它流下来。

在汽车开启的一瞬间，虹突然探出窗口对我说，过两天她要回 M 城，明天她会再与我联系。

我意识到危机真的来临了，但还是有些不甘心，便转乘两趟公共汽车来到虹的知心好友石冰那里，请她帮忙劝解。她说，虹就是这样情绪波动，也许以后就会好了。

"不，这次跟以前不一样，以往她做事还是有分寸的，这次绝不是任性。"

"也许是压抑太久了吧！"

"她一直觉得压抑？为什么？"

"我了解的是以前的她，现在你应该比我更了解。"

"我一点也没有察觉。"

石冰不再说话，我知道找她帮忙只能是徒劳，从一开始她就反对我们两人的恋爱。她一直认为我能力太差，根本无法承担一个男人的责任。

"别着急，也许事情没有你想得那么严重。"临别，她这样安慰我。

23

去往火车站的路上，气氛压抑得令人窒息。

公共汽车上人不多，如涌的话语竟由于失神落魄而口讷难言。我们相对而坐，身体随汽车的颠簸而晃动，长时间沉默无语。半晌，虹才拉了一下我的手："回去后，多注意休息，你的身体很虚弱。"我感动了一下，苦涩的笑意倏然而逝，抬头怔怔地打量着这个突然间变得陌生的恋人。她的眼圈也由于疲劳而染上一层黑晕。一丝奇怪的念头在我的心头画出一个惊叹：她就是那个我朝思暮想、倾心相爱、无比熟识的虹吗？她离开了我，离开了我用整个青春做抵押的痴情就会获得轻松和幸福吗？然而她分明就是从前的那个人，她坚信终于找到了真正属于自己的幸福。

"请不要对我失去信心，给我一些时间，我一定会变得出色起来。"我做着这种愚蠢而实际上于事无补的表白。

"这一点我绝对相信，否则我不会向你讲这么多。"

"我还有机会吗？你还会等我吗？如果有一线希望，即使暂时分手我也不会在意。"

她坚定地摇头，没有丝毫犹豫，我想起我们刚刚相恋时，她也一次次拒绝我，但现在完全不同呀，我们已经相处了这么多时，我为这段感情付出如此之多。

"你犯不着为我做出那么大的牺牲。"

"什么叫犯得着犯不着？你知道我在我们的感情问题上从未打过小算盘。而你也不是那样打小算盘的人，不是吗？究竟怎么了？究竟出了什么事？究竟是什么事让你做出这么大的改变。告诉我，告诉我呀！"声音压抑不住，引来车窗里的乘客侧目。

她保持沉默，看来她还不想告诉我内幕。这就是那个我自认为心心相印的人吗？

"是不是我怎样努力，做出怎样的改变，都无法改变你已经做出的决定了？"

"你又在钻牛角尖了。"

"答应我，不要这么快做决定，不要把事情做绝。什么事情都是可能发生的。"

虹再次沉默了，那熟悉的眼光中竟因为我的纠缠不清而隐隐流露出一丝厌倦和怨怒。在这一瞬间，我看清了一个人由爱到恨的转变。这种眼光令我永世难忘，它击毁了我二十多年来有关爱情的一切幻想，我才知道所谓天真、纯洁的感情在现实面前是多么不堪一击。感情的转化是如此巨大和迅速，由卿卿我我到冷若冰霜的距离只是一步之遥，而这对于毫无准备的一方而言，是多么无情而残酷。一切都无力挽回，徒劳的努力只能加重悲伤，只能在等待中束手就擒。

在走向站台的路上，我们像陌生人那样默默同行，彼此再没有一句交谈。

"我要上车了。"她平静地说。我一动不动地呆立在车厢外。

她找好了座位，隔着半启的车窗望向我。她在车上，我在车下。她连同她的感情都要离去，而我将无奈地留下来。我们相对无言地对视。我想起在N大学实习结束时的那个雨夜，我们也是在车站这样彼此面对的，所不同的是，那时我们的恋情还未开始，而现在却已近结束。

虹从车厢里递给我一封封口的信："先回家吧。回到家后再看。"

"这是什么？"我心中愈发忐忑不安起来。

"看了你就会知道了。"虹嘴角抽动一下，挂起一丝笑纹，很快就消失了。这个场面凄惨至极。

卖冰棍的车子过来了，我连忙掏钱去买，可是突然发现身无分文。虹从窗口递过来零钱。我只买了一支，想给她递上去。

正在这个时候，列车在强烈的震动之后，向前移行。

我说："给我来信。"我重复了初恋时那个雨夜送给她的话。

虹轻轻地点点头，似乎毫无表情，但又似乎意蕴丰富。刹那间，这张我熟悉已久、意味深长的脸庞像分镜头一样移开了。

我想起手中的冰棍，慌忙递给她。车加快了速度，她摆摆手示意不要了。

分别在这一刻无情地到来，这根冰棍成为我们之间关系的最后一个象征，礼物很快融化成甜腻腻的黏液顺着我的手掌流向手臂。

载着虹离去的列车启动向前。我觉得浑身都在悲伤地颤动，盼望着还能从下一个车窗口再见虹的容颜和她那最后的笑脸。可是火车突然加速行进，一节节车厢飞驰而去，将她的音容无情地载走。我内心呼喊着她的名字，随着列车奔跑了许久，终于气喘吁吁地停下来。我想最后喊一声："虹，给我来信。"但已虚弱得没有力气。在这清凉的九月的秋日，我的额上渗出了汗水，身体却像冬日里一般抖动不停。

我摇摇摆摆地沿着倾斜的地道向下走，对着过往的行人茫然无忌地傻笑着，头脑已经麻木得失去了辨别方向的能力。忽然看到攥在手中的那封信，才有了几分清醒。虹让我一定要回家再看。可是我已经按捺不住。我拿着信走向通往出口的地下通道有光亮的一侧。在这一时刻，心中惴惴不安地猜测着信的内容，预感到某种打击正在等待着我。

信没有抬头：

> 我觉得我口头表达不如笔头好，并且我想，要让你平静地听讲这件事是困难的，所以只能采取这种方式。
>
> 我本来不知如何是好，回来后你的态度使我下定决心，把一切都告诉你。因为你是那么通情达理，而且说出来对你、我都有好处。何况无论如何我们起码还是感情很深的朋友。
>
> 所以请你慢慢往下看。
>
> 你可能也知道，两年来，确实曾有几个人喜欢过我。我呢，说实话，也确实曾经动心。
>
> 但立刻挑出对方的毛病，使自己厌恶，然后很快冷却了。但你可能猜到了，最近我发现我真的爱上了别人……

犹如晴天霹雳，我的眼前一片昏暗。尽管我许多次预感到这一时刻，但仍然不愿相信那些在电影、小说中出现的情节会真的落到我身上。我两腿一软，快要站不住了，赶紧让身体倚住墙继续读下去，几乎忘记了周围熙熙攘攘的人流。

　　我不得不承认他的优秀，在许多方面都是如此。但我始终提醒自己是"有夫之妇"（我始终约束自己很严），所以一直未曾意识到什么。当我发现平生第一次感情狂潮汹涌而来时，心中怎能不悲痛欲绝！我始终认为我在婚姻上绝不会有像我想象的那么幸福，世上也绝不会有一个人能令我崇拜而又疯狂地爱，所以我以为平静的生活可能就是我最终的归宿。

　　这时，我才发现命运对我太残酷了。我已经下决心要好好同你一起生活，并且我做了许多努力来约束自己绝不改变。但直到这时，我理想中的人才出现，我当时伤心已极，这时，人们相传，甘肃将有大地震，我们社会调查所在之处正在刘家峡坝下，是危险地带，许多人十分担忧，我却在盼望地震发生。你记得《湖畔奏鸣曲》吗？里边的女主人公说，她丈夫离开她活不了，如果她丈夫活不了，她也活不了，所以她请医生离开。当时我想，我连玩笑的分手的话都未跟你说过，你一旦知道我爱的是别人将会活不了，如果你活不了，我也不想活了，与其大家痛苦，不如让我死去。所以我发狂地盼望着地震。

　　白天的工作非常疲乏，晚上一挨枕头就会睡着，但我每夜三点多钟都会醒。我住在一个套间里，并且州里、县里招待我们，随时可以拿到烟，我每天夜里在房间里踱步、抽烟，看着烟头在黑夜中忽明忽暗，有时呆呆地想，有时泪流满面。但我白天掩饰得非常好，对方始终对此一无所知。

　　然而，我的心中却已痛苦至极，我觉得爱情纯粹是一种感觉，没有这种感觉就无法勉强。而你知道，一旦突然发现，某个人的一切一切都是你曾梦寐以求的，都是你那么需要的，包括他的为人、才干，他对许多问题的看法，他的聪明，他在过去恋爱中表现出的丰富情感，还有他的朋友圈子，甚至他的嗓音，一切一切都曾是你以为在世上再不会碰到的，这种感觉是多么无法抵抗，但我看不到任何希望，这份情感也不会有任何人知道。我绝望已极，只盼着自己毁灭。我无法欺骗自己，更不能欺骗你。但我也看不到任何希望，所以我盼望地震。

　　但是，地震没有发生。

　　我还得回到北京，还得继续生活，我不知该怎么办。我试着想过，人人拥有生命只有一次，人人拥有青春只有一次，为什么我们偏要苦自己，约束自己？我并没有拿你失落时的语言做证据，我只是凭感觉，我知道，我爱你绝没有这次这种感情这么强烈，我对你始终只是温柔的、母性之情。……这次我强烈地感到自己是女性，而且我发了疯地想做些事，提高我自己。我要变得更能干、更迷人，我要在多方面拼命完善自己，而以前从来不曾这样。

我对这种感觉感到震惊。你曾问我有无结论，这么长时间，这么多不眠之夜，我也曾想找个结论，但终究做不出。因为这毕竟是我们两个人的事。我只能抱怨命运为什么如此阴差阳错，在你我之间安排这样一个无奈的玩笑？我现在矛盾已极，深感恋爱真是件凄惨伤心之事，真想一生再不接触；有时看到别人生活得有声有色，不负青春，又觉得应该追求幸福和快乐。

我现在觉得前途渺茫，但有一点是肯定的，我们要温柔地相待。我记得我们共同喜欢的诗人席慕蓉说过：年轻的时候，恋爱的时候，不管怎样，不管后果如何，一定要温柔地相待，这样才会无怨，无悔。

昨天，……

信没有写完，在这里戛然而止，但我已经明白了一切。我以极快的速度连续将信读了许多遍，但似乎并没有记清信里所说的内容，我只是反复地默念着"最近我发现我真的爱上了别人"这一句话，像个呓病患者一般木然地走进阳光炫目的车站广场。广场上游移的人群如梦似幻。

我在一个小摊前一口气喝下两碗茶水，扔下零钱，继续向前机械地移动步子。

我开始下意识地哼歌，随口而出的竟是《请跟我来》，这是初恋时，在圆明园的林丛中两人合唱的歌。那天天色青青，田野里鸥鸟翱翔。我心中充满了幸福感，我觉得她也与我同样幸福。我连续唱了许多遍，一遍比一遍悲凉，忍不住流下眼泪，但还是顽强地唱下去……

我又觉得渴了，我觉得真渴。

乘车来到石冰所在的研究所，绝望之中我幻想从她那里找到一丝能够改变我悲切心情的线索。她显得异常平静，仿佛早就料到我会来，也早就料到我会如此潦倒。

"临走时，她有没有跟你说过什么？"我急切地问着石冰。

"她只是说她的心情很乱，她必须一个人独自静想一段时间。"

"她没有提到我吗？"

"没有，她谁也没有提到。"

"给我点水行吗？"我说，石冰递过来一杯饮料，她打量我的时候，皱了皱眉头。

"她会不会是在考验我？一个女孩子在快结婚的时候总是容易犹豫。"我问石冰。

"不可能的，这不是演戏呀！她是一个认真负责的人。"石冰的脸上浮出一丝不易觉察的笑容，她大概在笑我怎么会如此缺乏理性地思考问题。

"她认真负责？她对我有一点责任心吗？你认为她这样做对吗？"

"对不起，我必须告诉你实话。我觉得没什么不好。你应该正确面对。我们都还年轻，你一直也顺风顺水，年轻时经历些苦难挫折，对你是一件好事。"

"我可以面对挫折，但无法接受她感情的背叛。这个变化太突然、太残忍了。我接受不了，这一生都无法接受。她知道我有多爱她。"我嗓音嘶哑着几乎喊起来，泪水夺眶而出。

"冷静点。我们还在上班。"石冰起身把门轻轻关上，"这样的事情确实很残酷，我也不知如何是好。可是，感情的事是不能一厢情愿的，你应该知道——你喝点水吧！"

我端起眼前的杯子一饮而尽，她问我还要吗，我点点头。

"你见过那个人吗？"石冰把水放到我面前，忽然问我。

"见过，我跟虹还一起去了他的家乡。他家在宁夏G县。"

"他怎么样？"

"他并没有什么特殊的地方，虹大概是被他的虚张声势迷惑住了。"

"你觉得你了解虹吗？"

"我一直觉得我已了解了她，但现在发现根本就不了解，仅仅一个月之内，她完全变成了一个陌生人。但我始终相信她对我的感情，她不会这样离我而去。"

"她一直是一个十分矛盾的人。她又太容易被新的东西所吸引。"

"不应该吧！在她眼中感情就那么没有分量，可以说丢就丢？"

"她想了很久，最后还是决定两害相权取其轻，现在伤害你比未来伤害你更好一些。"

"现在的伤害已经重得不能再重了。你认为我真的一点希望也没有了吗？"

"我只能祝愿出现奇迹，但你应该丢掉幻想了，相信吧！一切都会过去的，现在痛苦的事将来也许算不得什么，你还是会发现，太阳每天都是新的。"

石冰没有讲太多安慰的语言。她从一开始就是反对我们恋爱的旗帜鲜明的人；其次她是虹的铁杆朋友，必然从虹的立场出发；第三也是更为重要的，她知道语言上的安慰对于现在的我而言无异于嘲弄，还是少说为妙。虽然我知道到她这里来讨论虹回心转意的问题，不过是与虎谋皮。只不过是实在走投无路才会到这里碰碰运气。结果我是清楚的，那就是碰得头破血流而已，已经是伤得惨重，不在乎再多一刀。

我把饮料喝完，已经感到再多说一句都会徒增笑柄了。"谢谢你，石冰。"我露出一丝苦笑，向门外走。

"如果你觉得烦闷，随时都可以来找我。"

我失神落魄地走出石冰的办公室，拐错了方向走了很长一段时间，发现此路不通，才又折转回来。

回到自己的房间，关上门，忍不住无声地发泄起来，桌上的图书、台历，还有喝水的瓶子被两只抓狂的手臂肆意横扫到地上。我又跳到床上，用针去刺挂在墙壁和床沿的彩色气球，让它们发出破碎的声音，耳畔却莫名其妙地轻响起婚礼进行曲的旋律。虹向我描述过的婚庆场面在眼前飞旋，仅仅是一个月之前我们还信誓旦旦准备着携手步入喜庆的世界，如今取而代之的却是如此灰凉绝望的时刻。她击碎了我的年少轻狂，击碎了我的青春自信，击碎了我关于美好爱情的所有向往。我被抛弃了，在考研失败后，她几乎成为我世界的全部，现在这个世界又一次无情地将我抛弃了。赌场失意最终并没有带来情场得意，人生真的是所谓祸不单行、福无双至啊！现在的我输得一无所有。无论我是否愿意都必须冷静地承认我真的失去了她，在还没有真正拥有她之时。那冷酷无情的言辞使我一生的尊严和情感都遭到了亵渎。我一直把她奉若神明，对她的关注和爱甚至超过了自己。如今这一切成了一个莫大的过失，成了贻笑大方的把柄。我错在哪里？为什么要受到如此的侮辱，要让我一生想来都难逃自责？

我在空荡荡的房间里摇摇晃晃，呓语不止。

天旋地转，天花乱坠，好像一切都在改变，天空、树木、色彩都不再是从前的模样，我好像大梦初醒，从前的一切恍如隔世。

24

这一天落英缤纷。窗外的鸟鸣不绝于耳，阳光灿烂，空气中有金色的碎银闪动。这一天像极了不堪回首的往事中的某个时刻。我清楚地听到了我内心的叫喊和哭泣声。

房间中静得没有一点声响，我找出了虹从青海为我买的那件礼物，一把一尺长的三角藏刀，我把刀从紧紧的皮套中拔出来，刀已经生锈。我去磨了磨，刀变得亮锃锃了，可以照见我布满血丝的绝望而凶残的目光。这一刻，刀咚的一声掉在地上，我发现我的手和身体都在瑟瑟发抖。我重重地拍了自己一个耳光："呸，你还算一个男人吗？还没动手就吓成这样？难怪被人蔑视。你是在自卫？为你自己作为一个人的那点面子，你捍卫不了你自己，就只能任人宰割！"

我要杀了他，哪怕我得不到她，也绝不能让他得到。脑子里直勾勾地映出这一句话。当这句话像闪电一般快要从我的脑海中闪过的时候，我的心快要炸了：那个王八蛋凭什么抢走我的人还没事人似的逍遥自在？失去虹现在不再是感情的苦难，而成为我一生的屈辱，而这一屈辱不是因为我的原因造成的，而只是出现了另一个人。想到那个人我的牙就会咬出声响。我必须跟他决斗，跟他一决雌雄。要么就与他同归于尽！即使不能同归于尽，就让我在决斗中自尽吧！

我在 P 大学的侧门等了三天，都没有见到那个人影。第四天的傍晚，我来到了直升硕士的侯永军的宿舍。我相信他应该知道那个夺我所爱的宁夏小子住在哪里。虽然他们不是一个系的。

"那个人住在哪儿？"

"你想干什么？"

"不干什么，想跟他谈谈。"

"谈什么？谈判让他把她还给你？他既然敢抢就不会在意你的态度。"

"你告诉我他住哪个楼？"

"我不知道，真的不知道。"

"那好，告辞！"我拉门而去。

"你站住，回来。"他硬把我拽回来。

"别挡着我。"

"你到底想干什么？"

"我想杀了他。"说完，又一次向外冲。

他冲过来，死抱着我。我开始与他厮打起来。

"你听我说，你冷静一点！"

"少废话。"我用力一掌推开他，他一个踉跄坐在床上。我说着从裤兜里掏出那把弹簧藏刀来。

"你别乱来。"侯永军再次冲上来，一把控制住我拿刀的手，然后顺势一扭我的手臂，把我压在地上。刀从我手中脱落在地。

"你想干什么？你可千万别胡来，一失足可是千古恨。"

"别挡着我，你走开。"

"想想你的父母，你爹妈就你一个儿子。别犯傻！别冲动！冲动是魔鬼。"

我使出浑身的力气大喊一声，把压在我身上的侯永军掀到一边。捡起那把刀，夺门而去。

我向着校园中的密林发疯似的狂奔，跑得上气不接下气。不知跑了多久，终于精疲力竭地仆倒在后湖的湖堤上。这里的每一棵树木、每一条长堤都记载着我与她相亲相爱的初恋的印记，让我怎能割舍？唯有永诀尘寰才能让我彻底解脱。我缓缓地站起来，脸上一定是那种凄绝的神情。抬起那把仿佛重如千斤的刀，对准自己的脉搏，我想死，我真的不想活了，但是我的手抖得厉害，还是没有勇气砍下这一刀。即使在这一时刻我依然没有放弃对她的一线希望，这个希望支撑着我迟迟对自己下不了手。风送来鸟雀的呢喃，湖面上的涟漪仿佛在轻轻吟唱，生的气息是那样浓烈。我长长地吁气，昏眩的头脑在苏醒与狂乱中交错。此刻，一个微弱的声音在低低地告诫道：不能走，这一走便再也见不到她了！

侯永军来了，一把夺下刀："你怎么这么死脑筋！你这个弱智！"

"别管我，滚开，滚！"我迟钝的神经又一次剧烈地反弹。我大喊着，引得路人侧目。

"你以为这样做很男人吗？你以为这是勇敢吗？为了一个不值得你珍惜的女人吗？你这样做值得吗？这叫大傻帽，知道吗？"

我一动不动，满头的汗珠大滴大滴往下落。

"哥们儿，凡事往开里想。这点事不算什么！看看你他妈多好的条件，长相、家庭、才华样样比我强，你倒不想活了？好，你想死，是吧？死还不容易吗？我也不劝你了，你自己看着办吧！"

"屈辱，真他妈的屈辱，一生的屈辱，戳在我胸口上。我快疯了，快撑不住了。"

"你如果是个男人，就好好活着，活出个样来，让她后悔，让她回心转意。"

这句话像镇静剂一般起了作用，我不再疯狂，只是长长地吁气。

"走，喝酒去。"他说着，把我从地上拉起来。

那天晚上，两个人除了"喝""干了"连一句话语交流都没有，最后喝得酩酊大醉，回来吐了一走廊。

我松开手。我知道我要放走她了。失去了我的爱她将获得自由和幸福。我对她的爱转瞬之间演变成一种罪责和束缚，让她不顾一切地想要挣扎突破。我成了阻碍她前行的绊脚石。我的眼中哀伤涌动，无神的眼光无法在她身上长久留驻，却又不由分说地再次抱紧她。下颚顶在她柔软的肩头，一刻也不愿离开。这就是物理学中的反作用力啊！我越想挽留她，她的离心倾向就会越强。可头脑麻木的失恋青年已经彻底失去了正确判断的能力。这时，我听见一个声音从我的身前轻轻地飘过来："忘了我，忘了我吧！我不值得你这样留恋。"她微闭双眸，她的声音连同呼吸都在颤抖。

　　我捧起她的脸庞，把嘴唇靠上去，想最后一次吻别她，却被她毫不犹豫地拒绝着。我对她的爱是一种依赖吗？我依赖着对她的爱的毫无保留的付出。没有了这种付出，我将一无所有。

25

突然的打击使我木然呆滞，手足无措。我的大脑一片空白，犹如瞬间失去了记忆一般。我在大街小巷东游西转，乘公共汽车，转电车，再搭地铁。我不能让自己停下来，只有不停地运动才能暂时放弃思想。同时我的眼睛一直没有停止观望和搜寻，幻想能够在某个没有预料的地方碰到她。一时间我竟然痴迷地认定她从未离开过北京，只不过向我布设了一个假象，而她本人则在离开这个城市的下一个站口又坐折返的一班列车回来了。当我反复无常地确信她真的离开时，又想到应该去 M 城找她，于是去火车站售票处买了去 M 城的火车票。虹对我真是了如指掌，她大概料到我会做出愚蠢之举。当我拖着沉重的双腿刚刚回到家中，已有一张给我的电报放在传达室里。电报称：我即日返京，一切等我回来再说。我觉得又有了一线希望，于是两小时后又返回退票处退票。这样的颠三倒四搞得我身心疲惫。

退票之后，我挤在火车站附近肮脏拥挤的厕所里，望着一面破镜中大汗淋淋的自己，不禁悲从中来。这简直是一场情感的浩劫啊！我还在幻想能有一根救命稻草能够让我脱离苦海。

虹从 M 城归来后，打电话约在圆明园门口见面。这个曾经留下过美妙回忆的地方如今将要成为诀别的场所。

我一厢情愿地相信她还是有些良心发现了，毕竟谈了这么几年，建立一份感情也不容易，一个横刀夺爱的人有多少可信度？又有多少不是逢场作戏的高手？作为爱她的人必须把这些道理跟她讲清。当然，只要她回心转意，迷途知返，我什么都可以不在乎，一定不计前嫌，而且保证永不翻案。我仍然会一如既往地爱她。就当这个小插曲完全不存在一般。爱一个人，这点度量还是应该有的。

在游人如织的圆明园工艺品商店门口，看到那个熟悉得如同亲人一般的身影翩翩而来，我热情地迎上去，就像许多次久别重逢一样。

"你终于回来了，再不回来，我可真要买票去领你了！"

"你更瘦了，你应该多注意休息，不然，身体会支持不住。"

"没关系，为伊消得人憔悴嘛！"这几乎是我们久别后的暗号！

"你的心情能够好起来，我真高兴。"

"这要感谢你呀！"

"不，你可能误解了，我的想法与几天前没有任何改变。"

"那你那份电报是什么意思？"

"我是怕你一时忍受不了。"

"啊——缓兵之计，是吗？现在不担心了？"

"我想时间会让你冷静下来。"

"你可真会说话，你又在玩弄你那些小伎俩。"

"我没有。"

"那现在我们还谈什么？"

"我这次来，主要是想跟你商量一下，处理一下我们留在对方那里的东西，我是这样想的，我们彼此送给对方的礼物就各自留下吧，而写给对方的信我想约个时间我们一起烧掉……"

说着，她把那块刻着"海枯石烂"的宁夏沙石还给我。我睁大了眼睛，继而失落得欲哭无泪。她见我没有接受这个东西的意思，就说那我回头与其他东西一起邮寄给你吧。我这才把石头拿过来，硬生生地塞起了自己的口袋。她送还石头的举动真让我肝肠寸断，痛不欲生。她是来处理后事的，想把我们之间的所有记忆都彻底抹去，而我却还在痴情地幻想她会回心转意。

"因为我觉得这些东西留下来，对我们两人的将来都没有什么好处。"她补充说。

她已经开始细致入微地考虑她今后的生活了！而且还担心我会用这些不堪回首的往日情书来敲诈她或者破坏她的新感情吗？我无言以对，简直可以用"呆若木鸡"来形容。

"你如果觉得没有必要，我现在就走。"

"等等，别走，再谈谈好吗？太突然了，太突然了，只有一个月啊！你感情的变化也太快了，我们由即将结婚的新郎新娘变成了连记忆都不能留存的陌生人。你真的让我一点心理准备都没有。"

她的脸上僵冷生硬，看不到任何震惊、惋惜与怜悯的表情。真的很难把当前的这个冷漠无情的人与一个月前风尘仆仆带着结婚证明来救我于水火中的那个人连在一起。这是用了换心术还是易容术呢？

如梦初醒的我还是不愿放弃最后一线希望的火苗："告诉我——还有转圜的可能吗？"

虹没有回答我。她也不须回答我。她的沉默是最为明确的答案。而我明明知道答案，却非要她亲口说出来。明明是自取其辱，却不知道反其道而行之。我已经被冲昏了头脑，只想着能够抓住哪怕是最后一根稻草。她的目光已经转向别处，若无其事地观望着公园门口进出的游人。

"你扪心自问，我哪一点对不起你？你还要让我把心掏出来给你吗？"我突然提高了声调，两只手奋力在空中挥动着，声音因为嘶喊而变得有些沙哑。半晌她才转过头来对我说："走吧，还是到你宿舍去吧！"她大概是怕我举止失态，引来众人围观。

两人一起向我的单位走，中间隔着一个人的距离。当我们穿过邻近单位的草坪时，我侧身瞥她一眼，她还是那么美，高挺而精致的鼻梁映衬着她脸庞楚楚动人的侧影。但是今天，她的美有些让人恐惧。几乎看不到她情绪的波动。她平静自若地走着，一如任何一个按部就班的日子，仿佛什么都没有发生。

"两年的爱情难道就这样收场了？真的一点也无法挽回了？告诉我，哪怕有一丝希望，我都可以等。"刚刚走进房间，我就又一次迫不及待地向她发问。我像个疯子一般无法控制自己的情绪。

"我在信里已经告诉过你，感情是无法勉强的。对于人生而言，只要拥有过就是幸福。人生漫长得很，人也多得很。"

"你能确认他爱你超过我吗？"

"……"

"你爱他超过你爱我，是吗？不，不可能，这个玩笑开得太大了！你现在一定是鬼迷心窍了。你现在什么也搞不清楚了。"

"不，我现在很清醒。我觉得从来就没有这么清醒过。我明白了什么才是我所真正渴望的爱情。"

"你带着结婚证明来找我，短短一个月后，你告诉我，你根本就不爱我？"我始终无法接受她从未对我有过感情的现实，而宁愿相信她这是因为别人的引诱而移情别恋。否则，我就没有过所谓真正的初恋，我的初恋就是假的。我的真情付出就是一段笑话。

"这件事我已经解释过了，我现在很庆幸你当时没有同意结婚。"

"庆幸？我现在真后悔当时那么心疼你，那么在意所谓的庄重的婚礼。否则，否则，我们已经成为夫妻。不是吗？"

"你错了，无论当时怎么样，我都会告诉你现在分手的选择是正确的。"

"你不觉得太迟了一点吗？你让一个人这样地为你付出，突然却对他说，我要变卦了，我不需要你这些！你把爱情当游戏了吧？你不觉得这件事对我太残忍了一点吗？它简直就是飞来横祸呀！为什么，这究竟是为什么？凭什么要这样惩罚我？我究竟做错了什么？难道我欺骗过你的感情？难道我曾经三心二意？难道我们之间有什么天大的分歧？都没有，但这是为什么？难道你让我带着这些结婚用品去跟另一个人结婚吗？我简直不敢想象以后的生活，这个生活再也没有你了？是吗？你活着，我却只能跟你永别！你怎么不说话了？你说，你说呀！"我说得声泪俱下，悲痛欲绝。

"每个人都会面对挫折和不幸，这是或迟或早的问题。无论如何，你应该想开一些。生活随时都可以重新开始。"

"想开一些？你说得多轻松！让我容忍你对感情的背叛吗？"

"没有感情而继续待在一起才是对感情的亵渎，这个道理你应该也懂。"

"我不懂，不懂，我不懂一个人明明欺骗了别人对她的感情，却还能够在这里振振有词为自己辩解。"

"请你冷静一些。"

"我没有暴跳如雷就不错了，我怎么可能像你这样冷静，这样潇洒？"

"我原以为分开一段时间你会平静下来，能够理性面对这一切。现在看来我错了。"虹起身意欲离开。

"站住！你回来！"她停下来，我的语气瞬间又缓和一下，"再待一会儿——行吗？"我痛苦地乞求，眼巴巴地期待着她能够大发慈悲，却知道这根本是无济于事的。但是对她的那份痴情让我无法把持自己，我已经丧失了自尊，不像个有骨气的男人，更没有考虑这样做只能适得其反。

"我知道你在蔑视我无法像你一样潇洒地决断，我的事业已经一塌糊涂，完全看不到希望，再失去你，我真的就一无所有了！"

"不，你不必在意我的感受，无论事业还是爱情都可以重新来过。你还年轻。你应该保持理智，这样才能对你好一些。"

"那好，让我们心平气和地谈几句吧！尽管你是一个理智型的人，但你现在并不冷静。让我告诉你你是怎样一个人，你很容易被突如其来的新奇力量冲昏，你一直都是这样。你平时不易改变主意，但你会突然产生一种与以往对立的想法。是这样吧？我承认自从考研失败以来，我很失态，很不冷静，说了许多消沉绝望的话，一直乞求你的帮助和安慰。毕竟这是一段特殊的时期，你不应该据此得出对我否定的结论。"

"我不是因为这段事情才否定你的。你是比较脆弱，但是这次失败对你的打击我能理解。我是真心希望能够帮助你，以后也还愿意继续帮助你。但是这与我们之间的感情是两码事。我们已经认识两年了，我自认为看人还是准确的。"

"他是谁？告诉我他是谁？"我忽然冷冷地冒出一句。一个人突然做出一百八十度的大转变，那个人的外力作用是不可忽略的。

她拒绝回答。

"哼，你不说我也知道。不就是那个陪你一起实习的人吗？不就是那个善于虚张声势的人吗？你难道喜欢这种人吗？"

虹看一看表，忽然对我说："如果你没有其他要说的，我就走了。"

"他在等你吗？"与虹争辩的力量是那样虚弱，我发现我越来越词不达意，它离我渴望表达的内容越来越远，浓重的伤感伴随着绝望再次降临，压得我有些喘不过气来。我根本无法像我所希望的那样豁达大度，更别提优雅潇洒了。我已经输得毫无颜面可言。

虹怔了一下，用一种我从未见过的陌生眼光打量我，微笑着缓慢而坚定地摇头。这种突如其来的微笑犹如电流一般几乎将我击倒，令我浑身散发出撕心裂肺的疼痛。

"我这次来见你，只是希望我们能够好和好散。毕竟我相信你还是一个通情达理的人。"

即使是如此伤重的分手，她还希望得到一个对她最为有利的结果？以便她内心或许无法避免的内疚能够减轻一些？这就是我苦恋了两年的人吗？她是如此冷漠，如此自私甚至如此贪婪？绝情至此，在分手的时刻毫无一点担待？

我脸上泛起了难言的苦涩，一个曾经爱我的人——我一直坚信这一点，在这一时刻是多么渴望解脱呀！我心目中的那些依依难舍、那些两情相许早已烟消云散！

"别说了，我是一个什么样的人对你还重要吗？如果让我在感情和高大完美的形象之间做出选择，我一定会选择前者，但是我知道我无能为力了。虹，你太让人伤心了……"

我哽咽着说不出话来，拿出手帕狠狠地擤鼻涕，以掩饰内心的悲伤。她冷冷地站在不远处，没有一丝反应。仿佛眼前这个哭泣着的悲伤欲绝的男人只是一个陌生的路人，跟她没有任何瓜葛。

半晌，我带着呜咽的声音继续说："我痴情、我一心一意的爱怎么会带来这样一种结局？我想不通！实在想不通！如果我们没有在一起心心相印的两年，如果我们的关系只是貌合神离、浅尝辄止，我不会在意你从我身边走开，那样又有什么呢？就好像我们从来没有认识过一样。可是，现在我怎能做到那样潇洒？！整整一年时间，我们天天在一起，分享生活的喜怒哀乐，共享只有两人才能理解的习惯、细节和语言。我生活的过去、现在、未来都与你连在了一起。你已经深入到我的生命中，让我怎么了断？我一直爱你爱得真心，爱得如火如荼，我一直在尽心地呵护你，虽然不尽如你意，但我一直都在不断努力着。这些你都是知道的。你还想让我怎么样呢？你听听，我的嗓子都哑得快说不出话了，我每天都在祈祷，内心不停地呼唤，希望把你离去的心唤回来。"

"文！"虹终于又一次开口，脸上浮着哀怜与焦躁的神情，"你只知一味强调你对我的感情，但你知道明明不喜欢却要装作喜欢的滋味吗？"

这句话如雷贯耳，惊得我目瞪口呆。一年多来，她对我的感情没有一点真心实意，完全是勉强的伪装吗？虽然她在那封信里已经告诉了我这个意思，但她千里迢迢两次赶来看我，她给我写过的那一封封情真意切的信函都不过是编造出来的爱的谎言吗？这一刀戳得我已经快要心灵流血却又欲哭无泪了。

"你还是那么偏激，那么喜欢钻牛角尖，你说我们心心相印，那只是你的错觉。我从来不觉得在我们之间有什么感天动地的事情。相反，我倒觉得我们在一起的生活太平淡，太缺乏激情了。你把过去的一切都美化夸张了。这样的思维方式只能是自我折磨，这对你对别人都不会有什么好处，而且，"她停一停，又说下去，"也几乎不可能有结果。"

"这就是你对我的临别赠言吗？"

"当然不是，我只是希望你知道，过去的事情不必再讨论对错，有些事情是无可奈何的。"

"我很难接受这个'无可奈何'。"

虹未置可否，但脸色出奇地严峻。她大概对我这种纠缠不休的表白早已失去耐心。

"好吧！你走！再也别让我见到你。我忠实于感情，但绝不是感情的乞丐。但我相信有一天你会后悔。我要让你相信你的选择是错的，我一定要证明给你看！走吧！你走吧！"

我替她打开门，眼见着她即将跨出这个一去不复返的房间，砰的一声，我又一次抢前一步关上房门，不顾一切地把她揽在怀中，祈愿爱情的魔力能够让她留住。

"虹，你别走！别走行吗？我不能离开你！""我求求你，求求你，别对我这样无情，好吗？不要这样惩罚一个全心全意地爱着你的人。"这个时候的我真的已经意乱神迷，我一下子跪在她的面前。我心中不停地哀求上苍有一种悲天悯人的力量，能把我从爱情的苦海中拯救出来。

我上前一步，抱住了她的双腿。然后起身把她抱了起来，嘴里喃喃道："我们还没有做过夫妻，再给我一个机会，让我们做一次真正的夫妻，你说过，我们要成为真正的夫妻。"

她奋力地挣脱拒绝着我。两个人在我的床边撕扯起来。她摆脱的力量是如此坚决强大，不容任何妥协。很快，她推开了我，站到离我三米远的地方，冷冷地投过来的目光充满了陌生和冷漠，像是嘲笑着不切实际的痴人梦想。

"至少我们也曾经相爱一场。"我再次强调我们曾是恋人的事实。

"你不觉得这样的想法很荒唐吗？我们不再是爱人了。"

我知道这是自取其辱，这个非分之想是没有可能实现的，在她的眼中也是可笑的。我从来就不曾勉强过她，现在也不会。我始终对她心存敬畏。虽然曾经说过想要"强奸"她的话语，也不过是一时冲动的抱怨。也许我真的不够男人，无法以所谓的强悍来征服她。这大概是我这样多愁善感的男人的悲剧，女人是需要征服的，而我没有这样的勇气和魄力。这或许才是我失败的不可避免的根本原因。

"不再是爱人了，你说不是就是不是吗？在你看来一切都是合情合理、天经地义吗？你能给我一个分手的理由吗？"

"缘分……尽了，就这么简单。"她一字一顿地说道，她的回答冷若冰霜，而且不容置疑和申辩。她木桩一般僵直地站在那里，脸上漠无表情。

有些时候，语言就像刀剑，本身就可以杀人。"缘分尽了"这四个字轻易地取代了我心目中的"海枯石烂"，彻底将我击垮，让我万念俱灰。我缓缓地松开紧抱住她的扣在一起的双手，我锁不住她了，即使锁住了她这个人，也锁不住她的心。她还是一动不动，就像在做一个儿时"不许说话不许动"的游戏。半晌，她的手臂在我的背上做了一个细微的抚摸动作："你要坚强一些，我对你不合适，你很快会明白这一点的。人生还很漫长，你会找到真正属于你的幸福。"

"我还会有幸福吗？没有了你还会有幸福吗？"

我松开手。我知道我要放走她了。失去了我的爱她将获得自由和幸福。我对她的爱转瞬之间演变成一种罪责和束缚，让她不顾一切地想要挣扎突破。我成了阻碍她前行的绊脚石。我的眼中哀伤涌动，无神的眼光无法在她身上长久留驻，却又不由分说地再次抱紧她。下颚顶在她柔软的肩头，一刻也不愿离开。这就是物理学中的反作用力啊！我越想挽留她，她的离心倾向就会越强。可头脑麻木的失恋青年已经彻底失去了正确判断的能力。这时，我听见一个声音从我的身前轻轻地飘过来："忘了我，忘了我吧！我不值得你这样留恋。"她微闭双眸，她的声音连同呼吸都在颤抖。

那张熟悉的面庞宁静如雕像，在我眼前飘浮，即使咫尺之近，也有些模糊不清。这就是那个曾给我信心、动力和希望，如今又令我极度失落的亲密恋人吗？我才发现，对她的爱成了一种依赖，我依赖着对她的爱的毫无保留的付出。没有了这种付出，我将一贫如洗。

泪水在我的眼眶中滚动，眼看快要滑落下来。我紧咬嘴唇，别过脸去，不让自己在她面前落下泪来。我痛恨自己竟然没有半点血气方刚的品质，不能够挽狂澜于既倒。我痛恨自己没有魔幻之力，能够把那个变得面目全非的人恢复到往昔的模样。我抓住她的手臂，强忍住透彻心底的悲伤，用力地清理已经呜咽含混的嗓音，再也说不出一句话。我知道与我心爱的人的永别就这样来临了。

此刻的她脸上浮现出痛楚懊烦的表情。这种情景不像她在伤害我，倒像是我伤害了她。

我早已看清了她会离开、什么样的感情也留不住她的事实。我所说所做的一切无非是促使这种离别早一刻来临而已。像她这样的女孩子一旦做出抉择，是绝不会回心转意的。

静默，只听得见细微的呼吸，像是在哀悼即将逝去的那段悲情。还是她率先打破这难堪的平静，她脸上勉强挂起了一丝微笑，用她特有的略带沙哑的柔声对我说："我走了。"

我们默默地走过拥挤的楼道，一阶一阶地下楼，然后穿过一片火红的枫林，走向绿草如茵的操场。

阳光晴好，空气中有纤尘浮动，我却觉得天好像突然要黑下来。

"你回去吧！"她的声音不温不火，恢复了往日说话的平静。

"让我最后再送送你吧。对不起，我有点情绪失控，希望你谅解。我们再也不会见面了。"

"希望你能够尽快恢复过来。有什么事情需要帮忙，可以告诉我。我们毕竟还是朋友。"

"我无法再面对你了，希望这种痛楚的折磨能够快一点结束！你的所有东西我都会放到石冰那里。就要立秋了，很快你就会用上那些东西。早晚要多加衣服，注意别着凉。"忽然意识到这大概是最后的提醒了，忍不住悲从中来。

虹轻轻地嗯了一声。也许她心里会有一丝轻松，从此萧郎是路人。这就是生离死别的时刻，她将从此再与我没有干系，她的感情、她的未来、她的幸福以及她可能会有的悲哀都将与我没有一点关系。我不需要牵绊、不需要思念、不需要犹豫和怀疑，也不必为她祈祷。曾经的恋人或许连路人都不如。因为路人还有可能打招呼问候，而我们之间已经没有任何联系的理由。

她走过操场不远，忽然停下离别的脚步，把头微微侧转回来，清澈的眼睛中有一丝闪动，但那不过是一瞬之间，很快便恢复如常。这临别时的回眸一瞥令我终生难忘！

我强装潇洒地努力挤出最后一丝笑容，扭身向来路走去。

我向回走，强迫自己决不回头。走过图书馆时，想到图书馆一层的卫生间用冷水冲一冲头，却发现水龙头坏了打不开水。我走出来，走下台阶，看见台阶上有一只麻雀在上蹿下跳，不远处的一棵小树上蝉声绵绵。

我有些后悔刚才没有狠狠地毫不留情地痛骂她，好让我本能地减轻一些疼痛。又想或许她正期待我这样做，以使自己负疚的心灵能够得到些许轻松。这样想来，又觉得自己没什么可以后悔。

我的头脑一片昏乱，呆头呆脑地站在炫目的阳光下，久久不肯离去。

第二篇　霄

26

1988 年 8 月 15 日，是我生活中的一个转折点。在这一天之后我变成了另一个人。我有了失恋综合征，其症状在我以后的生活中逐渐反映出来。

很长一段时间，我仍然相信她是爱过我的，只是后来鬼迷心窍、走火入魔才突然离我而去。我根本无法接受她与我在一起的两年从未爱过我的冷酷现实。更加难以接受的是，她不爱我了，这个举动反而使我对她愈加难舍难分。

我是如此天真、幼稚和愚蠢，很难想象我是一个已经工作了两年的大学毕业生。我跟社会隔着一个巨大的鸿沟，根本不了解这个社会的变化。我自认为了解的恋人，也远非我想象的那样。我曾以为她是天使般善良的姑娘，没想到她为了一己之私丝毫不念旧情。爱情是如此动人又是如此残酷。它像硬币的两面，先告诉了我动人的那一面，然后再把冷漠的另一面展现给我。

在许多问题上我陷入迷惘与困惑，比如我对虹的真情无可挑剔，为什么却失败了？感情是否有着某种特殊的逻辑而我浑然不得要领？既然我的感情没有问题，我便越来越相信我犯了思想认识上的失误。我的逻辑错误大概在于，尽管我并不擅长交换关系，却认定感情是可以交换获得的，是能够以心换心的。再者，我承认宇宙是可变的，时间空间是可变的，但我所拥有的爱情是一种特殊物质，是不可改变的。

我的悲剧还在于我相信爱情是一所学校，可以耐心培养，但实际上爱情是一种应用学意义上的竞争，是一种优胜劣汰的游戏。痴情的人总是无法面对这个法则，总是相信感情的温柔具有万能的魔力，相信感情能够挽救一切，最终却无一不落入感情的泥潭难以自拔。

最大的悲哀是竟然痴情到如此地步——从未想到会分手而一厢情愿地相信彼此心心相印。误判至此，悲剧怎能避免？

爱成了一种错误，我因为爱而失去了爱，这使我感觉受到了一种从未有过的深重的屈辱，巨大的失败感笼罩着我未来的人生。

这是我人生遭受的第一次重创，仅此一击，就将我打翻在地，很长时间爬不起来。

分手之后很长时间我一直沉默不语，断绝了与老友新朋的任何交往。我开始学习打字。我一声不吭地坐在办公室的打字机前练了一个多月，打得手指起了老茧。我知道图书馆的许多不怀好意的同事在看我的笑话，但我并不想硬撑着假装振作让他们的幸灾乐祸落空。我继续以冷漠面对他们的虚情假意。我听到有人在厕所议论说，你说这小子怎么跟全世界有仇似的？是呀，好像我们抢走了他老婆。都这个德行了，还端着呢，也不怕闪了腰？让他傲，眼睛长到天上去了，现在怎么样？还不得回来跟我们一起编书？他还真不一定能长这个教训。这么经不住事，还名校毕业呢！我看还比不过一个幼师毕业的顶事。不过，这么一个如花似玉的女孩从他身边溜走了，想再找一个称心如意的媳妇就难了。难不难，关我们屁事？活该！

他们说得对，我一直太把自己当回事儿。以为自己高人一等。而现在我不过是一个被抛弃的人，是一个时代的弃儿。我那种自我傲慢不是笑话吗？这样想来，我忽然不想端着了，开始变得玩世不恭起来。我开始与同事们走近，跟他们大聊家长里短，连装修与孩子教育的话题也参与其中。参与院里和馆里的所有活动。我还积极地帮助曾经同居一室的那个体育老师筹划婚礼，把我准备自己的婚礼的一些想法和盘托出。但他似乎并没有多少兴趣。而且，他举行婚礼的时候也没有邀请我。从他人嘴中我才知道在他的眼中一个刚刚失恋的人是不吉利的。在同事婚礼的这一天，我又回到了我极力忘记的过去。在自己的宿舍喝了四瓶啤酒，我一遍遍祝福着新婚快乐，然后醉醺醺趴在桌上无声地抽泣。接着就睡着了，从下午一直睡到深夜才醒来，到洗手间冲了一把脸，看到镜子中的自己眼袋松肿，仿佛一夜间苍老了许多。

我害怕独处，尤其害怕下班以后的时光。于是我经常不请自到地去同事家蹭饭，我到那位新婚的体育老师家去，也不管他欢迎不欢迎。坐在别人家拥挤的小桌前，毫不见外地与他们小两口共进晚餐。我开玩笑地告诉体育老师的夫人，我和你的先生曾经同居过，然后径自大笑起来。我也经常请人吃饭，即使是与半生不熟的同事吃饭，吃着吃着就会忍不住说起我凄惨的爱情往事……大家都知道我成了祥林嫂。

我的所作所为连我自己都觉得陌生，我完全控制不住自己的情绪。我的情绪仿佛被一个信马由缰的猎手牵引着，忽左忽右，忽上忽下。时而沉沦绝望，时而又意气风发。我变得矛盾不安，那个对生活充满幻想的自我失落了。疑惑、挫折、屈辱不时会像上蹿的火苗那样搅得我周身不宁。

我开始调侃，用荒谬的语言表达我内心的破碎和对一切的茫然。并经常自嘲，尖刻无情地嘲讽自己的痴情和愚钝，使自己感到羞愧难容。我恶作剧似的以一种豁达快乐的面目掩饰自己，被不明就里的同事们视为乐观者和坚强者的榜样，成了能够经受住挫折和打击的死而复生的男子汉。然而，独自一人的时候，我仍然无法摆脱追悔和自责，沉浸在绝望和哀伤的苦海之中，想起曾经的痴情，有时我会莫名其妙地哈哈大笑，笑过之后却是一阵异常难言的悲哀。

在绝望的苦海无望挣扎的日子里，我收到了一封明信片，上面写着：一切都会好起来的，你一定要相信这一点。明信片没有留名，也没有地址。这句平淡而有着内在力量的话触动了我麻木的神经。冥冥之中，我执拗地确信这句话是虹寄给我的。她还惦念着我，她担心我一蹶不振，但很快我又批驳自己真是晕了头。即使这句话是她写的，那也不过是鳄鱼的眼泪，她不过是担心我走火入魔做下蠢事而增添她的内疚而已。

我开始逐渐回到正常的工作生活中。在几个月的疯癫魔怔之后的深秋时节，我又一次报考了研究生。重新经历一遍与单位领导和人事处的纠缠争吵、死磨硬泡，终于获得了报名机会。条件是只能报考本校的专业。在签批同意证明的时候，馆长已经很不耐烦，你这是一而再再而三啊！我提醒道，这只是一而再，我希望不会再而三，你也不希望。馆长正色道，都像你这样不能安心本职工作，一个单位还怎么搞？这时候的我已经没来初来时的锋芒毕露，经历已将我的棱角磨平。我的回复已经透着可怜和谄媚：图书馆只要有您的英明领导，一定会成就辉煌。至于我，如果在单位里已经不可能产生积极作用，还不如像屁一样放走得了，省得一颗老鼠屎坏了一锅汤。我将自己比作贱屁和老鼠屎，希望他越轻视我越好。馆长仍然绷着严肃的脸，但已经抵制不住眼中的嘲弄。我装作视而不见，好赖把字给签下了。

在那个去年曾经与虹一起来过的报名学校，交表、检查身体，如今的我已是孑然一身。考研的准备时间已经不多，我重拾那些已经复习过多次的政治经济学、党史和专业知识。其实我对考取与否持无所谓的心态，就是想折腾一下。在考前一个星期便故作轻松地结束了复习，大看香港作家亦舒的言情小说。

然而，三个月之后，我被通知初试合格，接着顺利地通过了复试。又过了一个月，我得到了录取的消息。

这迟来的成功没有带来任何情绪上的欢悦和惊喜。坐在办公室桌前整日面对的一堆厚书之前，我显得平静异常。当我一件件收拾即将告别的办公用具时，一个念头从我的脑中闪过：再也得不到她喝彩的所谓成功还有意义吗？我早已迷失在无边的旷野之中，没有了方向感，只能随风而去。

九月初入学，九月中旬我这个曾经小有名气的诗人应院团委之邀参加学院军训专题片的拍摄，准备随新生奔赴训练营地。

时光像流水一般悄然逝去，过去生活中的一些往事仿佛已经消失在心海深处，不再泛起细碎的浪花。

27

列车在沉重的震颤后终于启动，向陌生的远方进发。

秋天还没有来临，树木依然茂密，奔驰的列车像时光一样把一段段朦胧的景致永远抛在后面。我的心绪不时被莫名的忧伤所袭扰。这种忧伤已经渗入我的血液，挥之不去。

一个大一新生坐在我邻近的座位上，正独自欣赏一本诗集。她叫霄。她是我提着摄像机踏进火车车厢落座之后看到的第一个女孩。两人四目相对的一刻只是不经意的一瞬，但还是留下了深刻的印象。我开始漫不经意地观察她。她虽然身着军装，也能显出与众不同。鹅蛋形的脸庞，瘦削的肩膀，一双长腿很随意地伸展开来，透着无忌与野性的美。她的目光晶莹明亮但又锐利无忌，带着挑衅和一丝蔑视。我们并不相识，没有交谈的契机，但是她的独特让我产生不断打量和了解她的好奇。过了一会儿，她摘下帽子，扔在我们中间的小桌上。她的手劲可真不小，一个看似瘦弱的女孩一下子就把列车车窗掀起至半开。轻风徐徐，撩动着她飘逸的长发。她倚靠的窗畔闪现着绵延不断的田野和零零落落的房舍。

这是一节硬座车厢，所有座位都被军训连学员占据。身着崭新戎装的大一新生们稚气的脸上挂着兴奋和好奇的神情。他们的欢声笑语使整个车厢洋溢着青春的灵动和朝气。

只有霄离群索居坐在车厢这一侧一排冷清的座位上。她的落落寡合与活泼热烈的气氛形成鲜明的对照。而且明显军容不整：长发披肩，军帽皱巴巴地放在茶几上，风纪扣未系，露出里面粉红色的衬衫衣领。不知她在读一本什么诗集，那本诗集似乎有点打动她。有一会儿，她索性放下诗集，双手托腮沉浸在某种遐想之中。

在我看来，一个即将接受严酷训练的女兵读一本大概充满浪漫色彩的诗集正是大学生参加军训的独特细节。霄引起了我的极大兴趣。

与此同时，摄制组的另一位编导邓勇也注意到了霄。邓勇身材矮小，肤黑，脸上疙疙瘩瘩的。他是大学四年级新闻系的学生，是一个八面玲珑的人。上车之后，他一直在车厢里走来走去，试图寻找一位即将开拍的专题片的主角。此时，邓勇正通过摄像机镜头观察着这位凝神思索的女孩。他走过来在我耳边低语："你看她怎么样？形象上镜，人也有个性。"

镜头里的她细长妩媚的眼睛格外引人关注。此刻那眼中少了些犀利，似乎多了些晶莹。

"不许拍我。不许拍，谁让你们拍我？你们经过我同意了吗？"霄先是用一只手夸张地掩住脸，又以另一只手掌来挡住镜头。我的眼前一暗。只好从镜头里探出头来。她的手指像她的身材一样颀长。

这是我第一次听到霄说话，与我想象中的声音迥然不同。这略带娇嗔的音调使人心生爱怜。

"我们并不想拍你，是你撞到镜头上，谁让你违反了军容风纪？"邓勇跟她半开玩笑。

"现在离正式军训还有三个小时零十分钟，我还可以不受那些条条框框的约束，享受一个大学女生的自由。"

"不对吧，军训从你穿军装上车时算起。等会儿领队发现你这样，还不得一顿批评？没准处分都难免。"

"处分？我会怕处分吗？太小瞧本姑娘了，我从小就是在处分中长大的。"

"那又能怎么样？一个月军训以后你就老实了，军训治的就是你们这些屡教不改的学生。"我冷冷地说。

"我是不可救药的。"霄一撇嘴，显出不屑的神情。

这时候，车厢另一头传来点名的声音，每位听到自己名字的学员都像战士一样大声喊"到"。领队很快喊到霄的名字，霄俏皮地掩住自己的耳朵。又喊，仍然不予回应。领队高叫着霄的名字，向车厢这头走来。

霄一出溜儿想钻进过道中间的厕所里，厕所反锁着打不开，只好又回到座位上，匆忙地把诗集塞到屁股底下："行行好，就说是你们叫我过来的。"见我们两人都无反应，还从小书包里掏出两个红苹果公然行贿，"帮帮忙，好不啦？"一着急，上海话冒了出来。那神态简直就像玩"捉迷藏"的儿童。

我摊摊手表示无能为力。她抱着头惊慌地想往茶几下面缩。

领队向这边越走越近。

我一笑："你以为你是鸵鸟呢！能藏得住吗？"但霄还是幼稚地躲在那里一动不动，样子滑稽可爱。

"谁让你溜号儿到这里来了？"领队一脸严肃地责问道。领队是学院学生处处长，部队转业干部。

"我去打水，见这边座位空着，就坐这儿了。"

"打水要以班为单位统一行动，赶快就位。"

霄冲我做了一个鬼脸，双手托住刚刚歪戴上的帽子，一边还回身冲我们嚷嚷说："真不够哥们儿，两个胆小鬼。"然后屁颠屁颠地跑开了。

霄给我的第一印象是怪异、另类。望着她离去的背影，心间竟有一丝失落。她的顽皮、任性以及特立独行确实与众不同。

"这女孩挺有特点的，"我对邓勇说，"回头可以找机会跟她聊聊。"

"别耽误工夫了，马领队那个死脑筋不会同意让这样的落后分子当主角，还是在男生中选一个吧。"

"他管得了那么宽吗？选谁当主角应该是咱们摄制组决定的事。再说了，一个落后分子经过军训变成纪律严明的好战士不是一个更好的典型事例吗？他懂吗？"我坚持道。

"那你就试试吧。"

列车在一段田野旁突然停住了。全体军训人员下车，搭乘早已等候待命的大卡车向军营进发。

军营地处山区的盆地之中，周围是田野农舍，不远处横着一黛朦胧的山影。营地内寂静整洁。偶尔有一班军人列队走过，也像梦一般悄无声息。挺拔肃穆的白杨树上阔大的绿色叶片像风铃一般微微作响。

一群平头战士在我们即将驻扎的三层楼前突然拼力敲击起锣、鼓、钹，算是对军训士兵表示热烈欢迎，这个过程来得隐蔽而短暂，很快就像乐曲一样戛然而止。气氛又归入先前的宁静。

男生们开始向楼里搬运行李，女生则忙着拎脸盆等小物件，唯有霄扔下行李不管，独自跑向楼左侧的一株红枫树。一身戎装的霄在红如云霞的枫叶映衬下显得气韵独特。我利落地打开照相机，调准焦距，迅速按下快门，连续从几个角度拍了几张，还想再拍，霄却被领队厉声唤走去搬她的行李了。

一百多名军训学员都住在同一幢楼里，男学员住一、三层，女学员和领队及随行人员住二层。摄制组带有大量摄像器材，住二层转弯处宽大的会议室。我很快发现霄所在的一班宿舍与会议室仅隔两个房间，霄经过会议室的时候，总不时俏皮地向里张望，冲我们做着鬼脸，脸上表情神经兮兮。邓勇逗她："怎么样？同不同意做我们纪录片的女主角？"

"想也别想，这么小儿科的题材，一堆可笑的口号式旁白，阿拉可不给你们当标签。"

"我们是想让你后进变先进。"

"我变先进？除非我倒着走。别那么天真，好不啦？"她的上海腔很浓。

确实是一个小怪人，还有人主张请缨想做典型，她却拒之唯恐不及。

走廊十分狭长，令人想起西方恐怖电影中的场景。走廊里光线幽暗，水泥地面却光滑如镜，休息的时候，常能看到霄双手插在裤兜里若有所思地从一端踱到另一端，有时又伫立在会议室旁的一扇窗棂前凝望外面的景色。这种时候她青春的面庞上似乎隐现着与年龄不符的沉重和无奈，在她身上无法掩饰地散发出一种如同军营一般神秘而陌生的气质。我常在霄不知不觉间为她偷拍照片，我还是感觉她或许能为我们的专题片提供某些难得的素材。

军训正式开始了，尖厉的军号声把学员们从酣实的沉睡中唤醒，宿舍里一片忙碌之声。在过道，楼梯内一阵杂乱的响动之后，一支不太成形的队伍聚集起来向操场进发。我与邓勇扛着笨重的摄录分体式摄像机忽前忽后地跟踪拍摄。光线暗淡，看不太真切，只见一群黑黝黝的人影向前移动。在连长高声大嗓的号令中，阵阵仿佛踏过卵石浅滩的细碎脚步震动着清晨的宁静。

天色渐渐明亮起来，东方天际现出一缕红色的晨曦。站在操场中央的这支队伍暴露于光天化日之下。显现在人们面前的是军训初期不可避免的窘态：系错扣子，穿错裤子，两只鞋穿成一顺儿，背包打得一拉就散。我不由自主地寻觅霄的身影。她大概是忘戴军帽了，浓密的长发零乱地披在肩上，与整个队列戎装的阵形极不和谐。

邓勇嘴角露出笑纹，拍下了这组镜头。

训练以班为单位，训练科目是一步两动，即走一步摆动两下胳膊，整个上午训练都是同一内容，机械而枯燥。操场上横七竖八地移动着如同木偶一般的学员。

太阳升起来了，高远的天空中时而有飞鸟掠过，炫目的阳光如同箭镞一般直射地面。大多数学员在烈日下练得十分认真，有些已经汗流浃背，浸湿了军装。

我抓起相机，调整好光圈和焦距，从多角度进行拍摄。一会儿跑到操场一侧的舞台上，一会儿跑到一幢楼房的平台上拍俯视的全景照片。我看到邓勇干得更玩命，他有时几乎是跪着或仰躺着进行摄录。

中间休息时间，学员们高呼解放，四散开去。操场上簇拥的人群做起游戏，响起一片欢声笑语。

这时，邓勇忽然捅捅我的腰说："你看，小怪人又在那里想心事了。"

我转身一望，果然看见霄仰躺在操场边缘一片无人的草坪上，嘴上嚼着一根草茎，静静地凝望天空发呆，她身边的悬斗在风中微轻摆动——她总是能在不经意间制造出一些意蕴丰富的画面来，我们抓拍了一组她的镜头。

28

有关与霄最初相识的一些细节已经记不真切，我觉得与她之间跨越陌生的过程似乎很短，而这一切大概是由于她的缘故。她仿佛幽灵一般，悄然降临到我的生活和情感之中。

这天午饭后，楼道里寂静无声，疲惫的学员们已经匆忙进入梦乡，浓密的树木和厚实的军用窗帘将赤烈的阳光挡在屋外，房间里幽暗凉爽。

邓勇半跪在床头对着取景器复看上午拍摄的镜头，我则摊开笔记整理一天的采访心得。

霄手中端着一个别致的红色水杯，探身闪了进来。

由于天热，邓勇赤着上身，仅着一条运动短裤，见她进来，佯怒道："怎么不敲门就进来了？"

"怕什么？哎哟，半裸呢！可惜你这个面黄肌瘦的胸脯没什么好看的！"霄流露出满不在乎的神情。

邓勇找来背心套上。

"放心好了，你就是什么都不穿，我也没兴趣看你。"嘴角流露出一丝顽童般的窃笑。

"又来捣乱，没看到我们正工作吗？"邓勇佯装气恼。

"训练一上午，太累了，借你们沙发坐坐，我保证不说一句话。"

我写不下去，抬头望着霄，霄说："你继续写，我绝不偷看。"

我笑笑，但不知怎么再也集中不起注意力。

"好辛苦哟，我看你们就是瞎耽误工夫。有这个时间还不如找个女生拍拖。"霄拖着音说。

"你怎么总是阴阳怪气的？"邓勇重新插入一盘带子，边看边说。

"想听听最近的绯闻吗？"

"你的绯闻吗？"

"我倒是真想，不过，现在这些男生在我眼中都是长不大的小孩。"

"好像你多大似的。"

"我可以当他们的妈妈了。"霄说。

我问霄："你到我们这里，向班长请示了吗？"

霄冲我做个鬼脸："班长？她说她管不了我了。今天上午训练我动作差，又不认真，她就罚我跑步，五十米跑道跑一个来回，我跑了两个来回，她让我停止，我装没听见，继续跑，她大喊大叫也不顶用，只好让班上两个女生把我抱住。她又让我中午回来写检查，我说我不会写，就愿意跑步。中间休息，她气得向排长告状，排长说做不了主，又向连长汇报，没想到连长说：她们都是大学生，国家的人才，要学习带这样高水平的兵，既要严格又要爱护，不能让她们受到伤害。吃饭的时候，班长坐到我旁边，让我多提宝贵意见。"

"还有这种事？这么说班长没训成你，最后成了你训班长了？"

"那有什么办法？"霄无奈地摊手。

"真有你的。我们怎么不知道？"我惊讶道。

"你们知道什么？就知道缩在镜头大的镜框里。"

我侧身端详她，坐在沙发里的霄两手轻捧着自己的脸，正笑意盈盈地望着我。她有着少女特有的清丽的面庞，裹在宽大的军装里的身体显得稍瘦，但并不干枯。她颀长的腿优美、挺秀，小腿弯的曲线饱满有力。

"你很像一个人。"

"像谁？"

"一个好像我很早就认识的人。"

"相逢何必曾相识？"我冷冷地说，这样的套话用在曾经沧海的人身上似乎用处不大。

哨声突然响起，她立即像一只受惊的兔子般蹿了出去。

傍晚，有半小时自由活动时间。学员们三三两两到军营外的田野上漫步，邓勇也带着照相机随几个学员出去了。

楼内空空荡荡的，仿佛一只被弃的航船。我站在窗前，透过树叶的缝隙，独自凝望着氤氲的远山，忽然感到有些焦躁。

几个身着戎装、青春飘逸的女生从我窗前的小路上走过。她们蹦跳着，唱着歌，轻柔的无忧无虑的旋律像风一样在傍晚寂静的军营内回荡。只一会儿，她们的身影渐渐远去，像小鸟一样把歌声也带走了，走得无影无踪。

时光真是一只神奇的魔手，已有三年工龄的我刚刚考上研究生，重新走入学生的行列，与这些情窦初开的大一学生相遇。我大学毕业的时候，她们还分散在四乡八壤刚刚考完高中，如今却奇妙地聚集在这个陌生的地方。然而，横在我们之间已有六年的时间差，不同的经历和遭遇一定会在我们之间裂开一道深深的代沟。

我想起那个独来独往的霄，她为什么总是自行其是呢？她为什么不像其他大一女生那样手挽手去田野轻歌曼舞呢？她为什么屡屡违反常规自寻处罚呢？那么一张年轻的面庞说起话来却老气横秋呢？

晚上，全连召集会议，总结一天的训练情况。开会前，像正规的连队生活那样举行拉歌比赛，以排为单位，用特有的连续击掌的方式互相点将，歌声此起彼伏，气氛十分热闹。一个个头矮小、带四川口音的排长满脸通红，嗓子都喊哑了。

我们的摄像机正对着霄所在的一班，我注意到在这种热烈喧哗的气氛中，霄几乎很少开口，自始至终显出若无其事的表情，甚至在不应有的时候还发出笑声，引来一班长的厉声指责。

晚上就寝之前，霄趿着拖鞋又钻到我们的会议室来，她说太难受了，快闷死了，问我有没有烟抽。

我愣一下说："有是有，不过让领队发现可就糟了。"

她说："你先点上，然后给我，若有人我立刻塞到你嘴里。"

我照办了，她深深地吸一口，吐出浓浓的烟雾。

"为什么问我要烟？"我问。

"我相信你会给我。"

"你大概还想来点酒吧！"

"你有吗？最好加点冰块。"

"知道我对你什么印象吗？"

"一个坏女孩？假小子？女特务？最少也是一个吊儿郎当的不合格女生。反正肯定没什么好印象。"

"为什么这么玩世不恭？"

"这叫破罐子破摔。"

"你好像是一个很有故事的人！"

"我已经饱经沧桑。"

"能问你问题吗？"

"什么也别问，世界对我是一个谜，我对世界也是一个谜。"

"嗬，真的神秘还是故弄玄虚，你才多大？"

"高中二年级的时候，有天我们班主任——他可是个特别英俊的小伙子，那年他刚三十岁，他对我说，霄，你真可怕，你好像已经三十多岁了，比我还大。"

"为什么？"

"因为我整天穿着一身黑衣黑裤，在校园里转悠，那时我才十七岁……"

谈话突然中断了，楼道里传来了脚步声。霄敏捷地将剩下的半根烟塞进我的嘴里。

邓勇跟领队走了进来，领队见霄待在这里，很是诧异，板着脸孔说："谁让你跑这儿来了？这么晚了，立刻回去休息。"

霄猫一样无声地离开会议室。

"这个人绝不能做你们纪录片的主角。否则，我立刻向院里打报告把你们撤回去。"马领队不由分说。

我瞪他一眼，懒得跟他理论。对于这种外行，最好的办法是不理他。

在静寂的午夜，我难以成眠。窗外的风从林间轻轻吹过，白日喧腾的军营寂静得如同死亡一般。月光时隐时现，仿佛一个不肯轻易露面的使者，烟雾状的黑云在夜幕中缓缓掠过。我闭合的眼里飘浮着一个风中的身影，她浓密的长发像瀑布般飞扬着，袅袅婷婷，迈着款款的碎步向我走来。她是谁？我仿佛真的听到轻微的敲门声，但微弱得几乎听不到。我睡在靠门的位置，于是起身打开门。

一只手掩住我的嘴，是霄。她轻声说："你出来一下。"楼道里一片漆黑，看不清她的脸。

她突然扑上来抱住我。一阵芳香扑面而来。

"吻我。"她突然说。

"这，这，太……"我渐渐看清她只是穿着柔软的内衣。

"我就知道你是这样的人。"

她抱紧我，像沉浸在什么回忆之中。过了一会儿，便转身快步离开了。

第二天我醒得很迟，蒙蒙眬眬之间我曾听到房间里一阵骚动，大概是邓勇扛机器去拍晨练，他没有叫醒我。

我匆忙洗漱完毕，看看墙上的军训计划表，知道军训连上午在会议室听形势报告课，于是一路小跑赶到那里。

指导员正坐在讲台上读稿子。他的带浙江口音的普通话听起来十分费劲，一些男生模仿他讲话的内容，指导员说一句，他们低声学一句，引来阵阵笑声。

男生们笑得前仰后合，女生们显得既不安又开心。在这种喧闹的气氛中，霄依旧孤家寡人，木然地坐在那里，双手交叉环抱着，思绪似乎早已超脱于这个群体之外。

临近正午的阳光悄然照射进来，在临窗的一排桌上抹涂了一片明丽的色泽。办公楼外浓密的槐树枝叶在微风中婆娑起舞，不时把黄色的叶片撒在她的书桌上。

倾斜的光线将霄分成了两个部分：阳光覆盖的半边脸庞和绿色军装偏肩胛处的局部明亮、炫目，熠熠生辉，而另一部分则笼在浓重的阴影之中。

此时的霄一手托腮，另一只手中握着一支黑色的圆珠笔，不时在笔记本上写着什么。

指导员已经大汗淋漓，他喝一口水，站起身，清清嗓子说："先休息一下吧！"

见习军人们一窝蜂似的冲出了教室，霄也双手插兜，缓缓地跟了出去，楼房下很快传来阵阵吵闹声。

教室里已经空无一人，我从最后一排桌子向前走，好奇地看看学员们留在桌上的笔记。有的写满了英语单词，有的记下寥寥数语，然后写一句"听不清"或"内容陈旧"之类的评语，还有的笔记本画了几张指导员讲课的漫画像。

我的目光突然停留在一个黑色笔记本上，封皮写着一个巨大夸张的"霄"字。笔记本是合上的，中间夹着一支黑色圆珠笔，好奇心驱使我迅捷地翻开笔记本，一行行娟秀的诗句映入眼帘：

> 你的琴弦重又颤动
> 为我奏出一块伤心的白手绢
> 我哭了
> 你说我的眼泪还像从前
> ……
> 我们又在一起的时候
> 我觉得自己老了用铅笔写诗写自己
> 为你为我们
> 我们曾在童话中相见
> 又失散了很多年
> 使我深深不安的是
> 也许我和你还将失散

这诗写得很长，还没读完就听到学员们返回教室的脚步声。我匆忙合上她的笔记本，装作若无其事地离开。我不知道这是不是她自己创作的诗，如果是，她果然灵秀可嘉。我对这个十八岁女孩缠绵悱恻的情感陡生兴趣，觉得她那些怪异的举止都有了最好的注解。

第一期拍摄任务在一个炎热的下午宣告结束，摄制组将搭乘夜间的火车赶回北京。

晚饭刚过，几个一班的女生拥到我们住的房间，她们跟邓勇已经很熟，也许同为学生，说话也随便。跟我则不一样，大概邓勇告诉她们我曾当过教师，并且谎称军训后我将担任她们的班主任，几个女生见我总有点紧张，一说话总是先怯生生地叫一声"老师"。

她们抱怨太苦了，又累又饿，经常吃不饱，一点肉都吃不到。她们请我们再来时无论如何带点好吃的来，哪怕是牛肉脯、鱼片、方便面都行。

霄是在楼梯口碰到我的，我刚从三层男生宿舍下来。即将熄灯了，霄还在走廊昏黄的灯影里来回走动。

"还没休息？"我问。

"我在等你。"霄说。那天晚上的一幕就像梦一样不曾真实存在过。

"等我？"

"听说你要走了！"

"对，有事要办吗？"

"请你到北京把这封信寄挂号航空，这地方信发得慢。"

"还需要什么，比如吃的？"

"你还回来吗？我还以为这是永别呢！"

"你打算为国捐躯？"

"你既然还来，替我带两本书吧！"

"哪方面的？诗集？"

"笑话，我从来不看别人的诗集。"

"那要什么？"

"哲学。越深奥越好，我只想迷惑自己。"

熄灯号响了，霄喊一声再见，敏捷地钻回自己的宿舍。

返京的夜间火车很空，我闭上眼睛靠在椅背上，昏昏欲睡。我几乎搞不清楚火车在向哪个方向开，就像人生莫名其妙就到了一个新的驿站。我眼前浮动着一些绿色女兵的身影，她们健康、活泼、美丽，而霄也跻身于她们之间。霄的目光迷离，嘴角一撇，现出充满嘲讽的神情。

我忽然渴望早日返回这个营地。

面包车穿过繁华的街区，向着广阔无垠的郊野疾驶。庄稼已经收割，田野一片凌乱，像一个顽童的随性而为。道旁的树木落叶飘零，日渐枯落的枝条在风中颤抖，似乎掩饰着离愁别绪的哀怨。

　　我承认我性格中有着无法控制的忧郁，它总是千方百计地试图占据我的心绪。在这个空寂寥落、不断走向萧瑟的季节，零散的往事又一次浮上心头。我捡起一片飘进车窗的落叶，把它缓缓地揉碎在手中……

29

　　秋天像悠然浮动的云絮那样缓缓来临，蓝色的天空像寂静的潭水。夏日令人浮躁的喧闹和热烈已经远去，一种恬淡和略带忧伤的氛围正在悄然形成。

　　我背着空空的行囊，拖着疲惫的步履，走过校园的草地。我感到曾经习以为常的校园变得似是而非了，一些擦肩而过的熟悉面庞变得陌生了，而一些陌生的脸孔又感觉似曾相识。

　　我听着自己心跳一样的脚步声踏上筒子楼一级级肮脏的楼梯，小心翼翼地穿过狭长拥挤、光线幽暗的过道。过道里堆满了煤油炉、煤气罐、橱柜等居家生活用品。这里也曾经是我准备加入锅碗瓢盆交响曲的地方。现实的窘迫恐怕早已使一些人对平淡的生活习以为常，我竟然还曾在这里一厢情愿地幻想浪漫的爱情。在我房间的门前停下，慢慢地找出钥匙，当钥匙捅进锁孔的一瞬间，脑海里似乎期待什么，又像闪亮的红灯那样很快熄灭了。

　　体育老师结婚之后，这个房间就成了我的单间，即使考上研究生也没有调整。小屋幽暗得令人恐惧，夹带着丝丝沁人的凉意。窗外浓荫密布的大树几乎挡住了一切自然光线，房间里散发出尘土和破旧沙发的霉味。我在房间中央床和写字桌之间用玻璃线绳挂了串串铃铛，当我穿过这扇莫名其妙的幕布时，铃铛发出了阵阵响声，这种微弱的响动很快就停止了，一切重归寂静。

　　我重重地倒在覆盖着塑料布的床铺上，孤独与失落再次袭上心头。军训营地那陌生环境衍生出的异样兴奋很快被毫无生气和变化的狭小空间扼杀了。

　　那个无法忘怀的秋季就在草地上的那片枫树林和傍晚图书馆前空荡无人的阶梯上等待着我，等待我重新期许、渴望，让幻想像火一样难以遏制地生长。然后那些晴朗、纯挚的心境又被出人意料的雷鸣和暴雨冲得灰飞烟灭，留下一个孤零零的身影坐在无助的石阶下等候风干……

　　秋天的风穿过褪色的楼宇和苍老的桦树轻轻拍打我的窗棂，送过来迟归鸟雀的呢喃和田野里模糊不清的絮语。

　　季候又在制造雷同和重复的场景：同样的秋风里，我曾像候鸟一般为一个美好的梦中时刻而忙碌奔波，没想到却为自己树立起一块祭奠和守望的丰碑。

　　仿佛已经很久了，我一刻也不愿回味那段分别的时光。我似乎顿悟了，又似乎冻结和麻木了，那种长期钙化的状态使我相信自己已经学会忘却，但隐约中我仍然知道，一声尚未拉响的汽笛，还会制造出一次撕心裂肺的诀别。

在心理上我拒绝秋天。我觉得在那个大汗淋漓的下午，当列车沉重的车轮渐行渐远的时候，我已经丧失了享有它的权利。

我躺在生硬的床板上一动不动。天色暗下来，也许应该拉亮电灯了，但这不过是一个没有付诸的念头。黑夜来临之前的暗光就这样一点点消隐而去。

漆黑的世界逐渐将我包容接纳了，脑海里不再是一片空白，呼吸中也有了一线生气。我的思绪被牵回那片荒僻冷寂的军营，我记起了那群活泼美丽的女兵的叮咛，记起了长发披肩的霄，仅仅十几个小时过去，我已经觉得霄遥远而陌生，回忆才使她变得亲近一些。

在遭遇那场电闪雷击的创伤近一年之后，霄成为我第一次奇遇。她的新颖独特正像磁石一般吸引着我。我承认我对霄已有了几分说不清道不明的心绪，此刻，她那双细长而清澈的双眸又一次浮现在我的眼前。

恋爱般的烦恼悄然滋生，虽然并不迅猛。坦率地说，霄那种无束无拘的个性和怪异的举止并不是打动我的原因，打动我的或许是她的诗情画意和她青春灵动的身体。当然，她狐媚的眼神和顽皮活泼也是令人心生爱怜的。另外，她那谜一样的身世也让人费解。在我看来，她的经历未必是惊心动魄的，但也很可能是刻骨铭心的。

这会成为我的又一次爱情吗？我甚至为这种莫名的烦恼而开始感动。我的鼻翼长时间地翕动着，眼睛有些湿润了。这样的情绪持续了没有多久，就被我自己遏止了："梦，又是一个绝不会有结局的梦！"我狠狠告诫自己，继而发出一声深深的叹息。

第二次返回训练营地已是中秋前夕。

两辆白色面包车在尘土飞扬的京石公路上奔驰。这次摄制组随学院的中秋慰问团一同前往。慰问团由书记亲自挂帅，成员包括教务处、学生处、总务处、医务室的主管干部，以及高年级学生代表。面包车的后座上还捎带着礼品、药物和一扇猪肉。

我与邓勇的"辎重"都不轻，邓勇带了话梅、巧克力、瓜子等女孩爱吃的食品，我的包里装着十几袋方便面，准备视情况暗中救济吃不饱的学员。我没有忘记为霄借书。我为她借的三本书是《牛虻》《卡莱尔》和卢梭的《一个孤独的散步者的遐想》，后者我是专为霄挑选的。当我在书架上看到这个书名时，便毫不犹豫地取了下来。

面包车穿过繁华的街区，向着广阔无垠的郊野疾驰。庄稼已经收割，田野一片凌乱，像一个顽童的随性而为。道旁的树木落叶飘零，日渐枯落的枝条在风中颤抖，似乎掩饰着离愁别绪的哀怨。

我承认我性格中有着无法控制的忧郁，它总是千方百计地试图占据我的心绪。

在这个空寂寥落、不断走向萧瑟的季节，零散的往事又一次浮上心头。我捡起一片飘进车窗的落叶，把它缓缓地揉碎在手中……

　　到达训练营地的时候，已是傍晚时分。将暗未暗的秋空清冽而高远。西方的天际涂抹着绚烂的晚霞。绯红色的云团浓缩在一黛远山之后，好似即将燃尽的火焰在做最后的升腾，又好似某个印象派画家惨淡经营尚未完工的画作。

　　操场上空寂无人，最后几位踢球者已向楼群走去。微风阵阵吹起，几片枯叶在操场和路面上旋舞。

　　我拎着我的旅行包，心里暗藏着某种期许。就像孩提时代早早地坐在空荡荡的露天电影场等待一场似懂非懂的感人故事上映一样。

　　远远地，从操场那边走过来几位年轻女孩。看得出来，她们是军训连的学员。大概是刚刚洗浴归来，她们手中抱着脸盆，拎着塑料袋，身着五颜六色的花衬衫。我惊异地发现，她们这种自由舒展的装束远比军装漂亮得多。她们的头发随意披散着，脸上洋溢着青春时节特有的红润，薄薄的衬衫映衬着发育丰满的胸部和身体的优美曲线。这是一群富有弹性和活力的十八岁青春女孩，犹如雨后含苞欲放的花朵般娇羞妩媚。

　　"老师好，老师辛苦了。"美丽的女孩们乖巧地问候着。这正是一班的女生，她们看到邓勇，便来了活跃劲。

　　"全班女生没有一个不对你朝思暮想。"

　　"你们岂是想我？还不是想这大包里的东西？一群馋猫。"

　　几个女生嚷嚷着要帮我们搬东西，这时候，我一直游移不动的目光捕捉到一个身影——霄还是习惯性地双手插兜，正在不远处的冬青树旁边来回踱步。

　　显然，霄也是刚刚沐浴归来，浓密的长发更加黑亮飘逸，脸庞上还有细碎的水珠。那双细长而迷人的眼睛好似一潭泉水，闪动着清澈的光芒。

　　"小怪人，你好！"我说。

　　她似乎吓了一跳，抬起头，发现是我，竟扑哧一下笑出声来："多没劲儿呀！这么快又来了，连一点相思的时间都不留，真不好玩。"

　　"我本来是不想来了，但想到还有神圣的使命没有完成，所以只好厚着脸皮回来了。"

　　"给我带了什么书？"

　　"现在不告诉你，反正是特深沉的，你晚上来取吧，还有吃的。"

　　"别卖关子了。我告诉你，现在对我而言食物更重要，生存需要远比思想的需要更为迫切。"

"我还以只为你吃精神食粮就够了。"

"我是一个带着清高伪装的凡夫俗子。"

这是周末，晚饭后集体看了电影，然后集中到食堂又唱一通军队歌曲才散伙。在楼梯上，霄看看表，又做个鬼脸，匆匆忙忙跑向自己宿舍。

我们的宿舍被换了地方，与一班女生宿舍隔一条狭长的走廊。

十五分钟后，霄拿着牙刷、牙膏从盥洗室溜进来。

"好吃的东西在哪儿？"

我把两盒巧克力给她。她马上撕开一盒的包装，拿出一块放在嘴里嚼起来。

"慢点吃，没人跟你抢。"

"好像快一年没有吃这个东西了。"

"你可以写一篇散文：女兵与巧克力。"

"还是把巧克力放在前面吧：巧克力女兵。"

"那还有战斗力吗？"

"战争让女人走开，战火硝烟本来就是男人的事情，不过我倒是挺喜欢硝烟中的爱情。"

我拿出给她带的三本书：小说《牛虻》，卢梭的《一个孤独的散步者的遐想》，还有英国的勒·凯内的专著《卡莱尔》。

霄瞥瞥这三本书，好像不屑一顾。她抓起卢梭的那本书，把它扔到一边。

"这样的东西，我高一时就读过了。"

"看得懂吗？一个情窦未开的高中女生？就是看，也是不懂装懂。"

霄歪着头，又是那样玩世不恭地望着我。我感到她亮晶晶的双眸中闪过一丝不易觉察的忧郁。

"我告诉过你。"霄说，"我曾历经沧桑，我现在实际年龄已经三十多岁了，已经是一个孩子的妈妈。"

"行了，装什么狼外婆啊，我管你叫老师行了吧！"

我把剩下的牛肉脯、话梅也递给她。

"这些哄女孩子的东西我就不要了，带烟了吗？"

"你还要抽吗啡吧？"邓勇突然插话道。

"有吗？你们敢带，我就敢吸。"

"就没有你不敢的事。"邓勇说道。

"烟就算了吧！如果连首长们查出来，该说我们教唆学员干坏事！"

"我是出卖你们的人吗？我不会编吗？"

熄灯号响了！走廊里有人喊霄的名字，霄还是从我的旅行袋里翻出一包烟，装进军衣口袋，又夺了那袋牛肉脯。

"这个给班长，她比我们嘴更馋。"

又有人喊她。她忙打开一条门缝，看了看，停了一会儿，这才说声再见走了出去。

我跟邓勇面面相觑。我打开一袋话梅："现在男女不分，女孩要抽烟，咱们也吃点女孩吃的东西。"

第二天下起了雨，室外训练难以进行，学员们以班为单位学习讨论军事条例。摄制组无事可做，龟缩在房间中。

窗外是一场典型的秋雨，淅淅沥沥的雨丝连绵不断，不远处的景物隐在朦胧的雨雾中。房间里透进来丝丝冷意。

我伫立窗前，想看看那株枫树，却几乎已经辨不真切。它的树叶大概已经掉光了，我想。

30

窗外雨意正浓，像要把我掩埋在往昔的迷雾中。

我拿着一把雨伞，一步步走下楼梯。楼梯下的厅里有几位学员，他们正隔着窗户观望外面雨中的世界。看到我下来，一个学生主动过来打招呼。

"老师。"她还是叫我"老师"，尽管我现在的身份是脱产研究生。

"怎么不开会了？"

"中间休息。"

"看什么呢？"

"霄又发神经，一个人在大雨里走，让她回来，谁劝她也不听。这样，肯定会感冒的。"

果然，从窗户望出去，前面不远处的路口上有一位朦朦胧胧的身影正在来回走动。

"我去劝劝她。"说着，我撑起伞向霄走去。

走近她的时候，她并没有察觉。我看到她浑身上下已经淋得透湿，乌黑的头发仿佛刚刚洗过一般。

我站到她的身后，把伞撑到她的头顶。她一下停止了走动。

"你在干什么？"

"我已经说过了，我在听肖邦的钢琴曲，你们不要烦我。"她头也不回地说。

我看到她两个耳朵上都戴着耳塞。

"真够浪漫的！"我嘲笑道。

"浪漫？你懂什么叫浪漫？"她回转身，恶狠狠地说。

"我还真不懂，我只知道假如感冒了就不那么浪漫了。"

"不用你劝，你以为你是谁？"

"好赖也算个朋友吧！"

她定定地望着我，突然间，泪水潸然而下。她大声喊道："你滚！滚得远远的！我不想跟任何人说话。"

"犯病了吧？"我想说"不识好歹"，但没有说出口，她那夺眶而出的泪水令我茫然无措。我把伞递给她，她一把把伞摔在地上。

我转身向回走。我意识到她一定跟我一样受过创伤，在雨中。

"你等等。抱住我。"她忽然说。

我立在原地，一动不动。

"懦夫，男人都是懦夫。"

"别疯了，回头真的感冒了。"

"你想要我吗？"她带着哭腔又半是嘲讽地说。

这句疯话令我心头一怔。我佯装没有听见，快步朝楼里走去。

午饭过后，雨停了。雨后的微风送进来阵阵清爽怡人的气息。

在连队食堂吃饭的时候，远远地看到霄。她裹着一块毛巾被坐在餐厅一隅正在听领队和连长的训导。她一定是在雨中听肖邦忘记了开会，她的脸上挂着屡屡犯错的顽皮孩子满不在乎的神情。

午休时间，她轻轻地推开了摄制组宿舍的门。站在门口，也不进来，像犯了错误的小女孩那样怯怯地望着我。

"进来吧！"我冷冷地说。

"你怎么不让我滚？"

"滚来滚去的有意思吗？本人不才，那也是绅士。尤其对于女生而言。"

"对不起。"她显得挺真诚。

"你还会说对不起了？"我笑了。

"我从未对人说过对不起，今天是第一次。"

"我真该受宠若惊啊！"

"因为没有人值得我说对不起。"

"行了，别玩深沉了，我看你是读书中毒太深。"

"可能是，早在几年前就有人这么说。"她扑哧一声笑起来，"《牛虻》很好看，想不到你会给我这样的书看，你看我像不像琼玛？"

"别没正形,《牛虻》可是本人最喜欢的书之一。"

"多么悲壮的爱情,你为她流过泪?"

"当然流过,不止一次。"

"多么纯情的小男孩,就像我的儿子。"

没必要再大惊小怪了,她说话就这样放肆随性。

"刚才在雨中你怎么会说出那种话?"我指的是"要我"。

"那有什么?在这样的雨天,你如果真敢要我,我说不定会爱上你。"

"你倒是什么都敢说!一个区区十八岁的大学新生,好像混过社会似的。你混过吗?我怎么看着有点不像啊。莫非你改过身份证?"

"我早就说过,我不是十八岁。"她拿起了我放在桌上的蓝色水杯,喝了一口。

"这个杯子挺漂亮。"她说,"女朋友给买的?"

她没有猜错,这是虹在一个边远小城替我买的。但我还是撒了谎:"不是,是我自己买的。"

"跟我的红水杯挺般配。"

"是吗?"

"你有女朋友吗?"

"有,正在准备结婚。"我继续撒谎。

"别骗我了,你的眼神告诉我,你刚刚失恋。"

"你是巫师?"

"你才是巫师呢,人家是星象师。结婚就结婚吧!我会送你一件礼物,但是人为什么要结婚呢?"

"问卡莱尔吧!"

"他是一个大傻瓜,比你还傻。"

"你是不是该回去了?你可是班长的重点关照对象。"

"我决定还是吃一点巧克力。"她说。

我拿出一块给她。她边吃边走向窗前。

又一阵秋风刮过,几片发黄的枯叶在风中旋舞。

"如果我从这里跳下去,你会怎么想?"

"像一片秋叶那样?"

"对。"

"不怎么样,没什么意思。"

"人跟一片叶子有什么区别?"

"有,人掉下去会摔死,叶子没有感觉。"

"我真想试试。"说完，突然就跑向窗口，打开窗户，一只脚迅速跨上去。我大叫一声，一个箭步冲过去，紧抓住她的胳膊。

"玩笑开大了。"我厉声道。

"快放开，不然，我会咬你。"

我没有放开，她果真在我的手臂上咬了一下。我松开手，她身体一斜，一下子掉到我的怀中。我推了她一下，然后，与她保持一步距离。

"有一天，我会像一片叶子那样从空中飘向地面。"

"那是你的自由，只是别让我看见。"我冷冷地说。

"当然不会，我会在一个谁也不知道的地方变成一片叶子。对了，以后你就叫我叶子吧，好听吗？"

"好听，但像日本人。"我情绪不高地应付着。

"你是不是有点烦我了？"她突然问。

"也不是，只是有点困倦，我一直睡眠不好。"

"好吧，你好好做你的梦吧，再见。"

门轻轻关上了。我真有点烦她了，刚才的虚惊一场还让我后背冒汗。原以为已经麻木不仁，但还是被她惊住了。她说话的内容和方式并不令我喜欢，不过是逗闷子、找刺激而已。两个人应该是那种谁也认真不起来的类型，谁先认真，谁先倒霉。后来的故事也证明了这一点。

中秋节这一天。摄制组在军营里东游西逛，想抓拍一组"月圆之夜"的镜头。

军训连以班为单位集中在几个宿舍正在举行联欢会，从窗户里传出的欢声笑语给一向肃穆、沉闷的军营带来几分喜庆。

"霄这时候在哪儿？"邓勇问我。

"鬼知道！大概是坐在宿舍一个角落嗑瓜子，要么就是一个人在黑色的走廊里踱步。"

"你喜欢她吗？"邓勇突然这样问。

"我敢吗？"我反问。

"你如果让她爱上你，她也许是另一种样子。"

"饶了我吧！我可是要找老婆的人。"我说。

两人放下机器在操场一隅的草地上坐下，一人点上一支烟。

一轮圆月犹如透明的玉盘悬在天幕上，与地面的距离似乎很近，随时都会掉下来一般。皎洁的月光给夜色中的楼房和树丛撒上一层若明若暗的银辉。

"去年的中秋节你在哪儿？"我问邓勇。

"先是在宿舍跟一帮哥们儿喝酒，然后跑到操场上像魔鬼一般手舞足蹈，乱喊乱叫。”

"一帮哥们儿聚在一起，有时是挺有意思。"

"你呢？你在哪儿？"

"我都忘了在哪儿了，也不记得是怎么过的。"

"前年呢，那时你好像在讲师团。"

"对，在宁夏 L 县，我在那里支教。"

"你一个人？"

"不，她去看我了，那天我们在一起。"

邓勇不再多问，叹一口气，仰躺在草地上。

这时，不远处静若虚设的旋斗旁传来低婉深沉的吉他声。大概是那支《阿尔罕布拉宫的回忆》，若有若无的旋律宛如微风穿过秋天的林丛，絮语着一段伤感的往事……

31

午夜时分，突然宣布紧急集合。急促尖厉的哨音划破了军营特有的宁静。

摄制组早知这次行动的时间安排。此时正高举着两千瓦的照明灯，肩扛摄像机站在门口等候。

不一会儿，从各个宿舍里陆陆续续蹿出来一身行军打扮的学员。男学员行动相对快捷，但大多显得睡眼惺忪；有些女学员颇显狼狈，下楼梯时还在系发结，扎皮带，照明灯的强光刺激得她们睁不开眼睛。奇怪的是，霄是下来比较早的女生之一，而且风纪严整，从容不迫。好像她早就料到今天会举行演习。扎着武装带的霄显得纤细苗条，瘦削的肩头披垂着一绺乌发。

连长站在黑压压的人群前面，用他那粗犷的山东口音煞有介事地下达命令："前方二十公里处发现敌情，上级命令我连火速赶往指定地点伏击敌人。听我口令：稍息、立正、向右看齐、向右转，跑步前进。"

不算齐整的脚步踏着沉睡的大地向远方前进。跑在队尾的学员不满地抱怨道："我一看这帮摄像的来，就知道没好事，真烦人，好容易在梦里吃一回红烧肉。"

邓勇不禁掩嘴而笑。我随手关掉了已烧得灼热的照明灯。

军训连的所谓演习只不过是象征性地围着附近的村庄兜兜圈子，比之真正的野营拉练相差甚远。大约半小时之后，学员们喘着粗气，迈着疲惫的步履陆陆续续返回军营。

连长一直叉着腰，站在一棵树下抽烟，此时迈着方步走到学员们面前。各班、各排点名报数之后，呈方队集合。

报人数时，独独一班的霄逾时未归。

连长大怒："这是谁带的兵？这么个破演习就能跑丢了人，真打起仗怎么办？其他班排解散回去睡觉，一班给我留下，掉队的人什么时候回来，你们什么时候睡觉。"

一班女生们可怜兮兮地站在那里，哈欠连连，叫苦不迭！

又过了十分钟，还未见霄的动静。指导员对连长说："时间久了怕出问题，还是派一些男学员分头去找吧！"

连长认为有理，指着惊慌失措的一班长说："你是怎么搞的？这些大学生可是国家的人才，真丢一个，你可要吃不了兜着走。还愣着干什么？还不快叫人去找！"

一班长是来自山西的农村兵，身材矮小，淳厚朴实，突然意识到事情非同小可，头上汗都下来了。听连长这么一喊，立即跑回楼里拿手电、搬救兵。

军训连的班排长都出动了，我也鬼使神差般跟在寻找的队伍之中。一时间，田野里手电光四射，呼喊声此起彼伏。

秋天的原野上，不时能听到蛐蛐的叫声和偶尔发出的蝉鸣。一轮圆月依然高悬在夜空。微风阵阵，送来庄稼地里泥土的清香。

我没有喊霄的名字，我有一种直觉，霄不会丢。她要么是被夜晚田野的景致所陶醉，要么是故意制造恶作剧。

果然，当我独自穿越一片小树林时，被一个熟悉的轻微的声音叫住了——霄躲在几棵密集的小树后面，正探头冲我招手。

"全连都出动在找你，你这个玩笑可开大了。"

"嘘，小声点，让他们找会儿吧！我喜欢这种惊险的感觉。"

"为什么要这样？"

"我不是故意的，出来时我只穿了鞋，忘穿袜子，跑过卵石滩时，脚疼得受不了。"

"后来你就开小差了？"

"我发现一个人在黑暗中的原野上待待，挺有意思。"

"你不害怕吗？"

"我不怕鬼但有点怕人，所以就躲到这片小树林来了。我想等大队人马都熄灯睡觉后，再悄悄潜回宿舍。"

霄从林丛中笑嘻嘻地走出来，她的头发散乱着。

"你的帽子呢？你这个样子真像一位潜逃的越南女特工。"我想起刚刚看过的一部反映自卫反击战的侦察影片。

"帽子丢了，只好再申请一顶！"她满不在乎似的。

"没那么简单，这回处分肯定免不了。"

"不就是写检讨吗？我都习惯了，高二的时候有天晚上，我一口气写了十份检讨，就是留着备用的。"

"一个淘气的女兵。"

"一名淘气的妇女。我要告诉你多少次？我已经三十多岁了。"

"走吧，回去吧！免得大家着急！"

"你看天上的月亮多好，"她还不想走，"就我们俩待在这个树林里，这可是很有意境的时刻呀！"

我没有理会她的话意，脑子里一下子闪过沙漠中明镜似的月亮湖。

"你敢吻我吗？"霄已经走近我，正用那双晶莹透亮的眼睛望着我的脸庞。

我显得毫无反应。但心头还是涌起一阵冲动。

"没关系，这不是我的初吻，我想，你也不会是。"

我还是毫无反应，但浑身感到一种燥热，头有些发涨。

"你怕什么，对不起你的女朋友？"

霄站在我的身边，只要我伸出手臂就可以抱住她，把她揽在怀里，吻她。我感到喉咙发干，想咽东西。

"想不到你还挺拘束的。"霄显出她特有的蔑视。

这时，好像来自昨天的深刻痛楚再次击中了我，强有力地遏制了我发自内心的冲动。

"我不是一个随意留情的人，我觉得这种事只能发生在恋人之间。"

霄愣怔了一下，说："好正经哟！你不觉得今天是冥冥之中的一次巧合吗？"

"这样的巧合我遇到过多次。"我已经完全恢复平静了。

这时，不远处传来了脚步声。

"快躲起来吧！"霄说。

"算了吧！你主动走过去投降吧，我从另一边走。"

我觉得好笑，这番情景倒像两个秘密接头的人被敌人发现了。

当我绕过这片树林往回走的时候，看到领队、霄，还有一位排长正走在前面。领队对她一阵大喊大叫，霄解释说，突然肚子疼，到路边坐了一会儿，然后就迷路了。

晚上，躺在床上辗转反侧。虹的音容笑貌，一次次浮现在眼前，我怀念与虹相吻时那种令人激动如今又令人哀伤的时刻。同时，一个新的念头亦令我心神不宁：霄是怎样一个女孩？她能够代替我对虹的思念吗？她的吻会唤起我焕然一新的激情吗？

这一夜若醒若睡。

黎明来临了。

这是典型的秋天的清晨。红彤彤的旭日喷薄而出，驱散了笼罩在田野上的晨雾。几近萧瑟的排排白杨树沐浴在日渐明朗的辉光之中。大地凝霜，空气清冽，已有些初冬的凉意。

我们赶在太阳升起之前来到军营外的原野，拍摄了这段旭日东升的画面。拍日出的时候，霄远远地站在军营门口望着我们。她绿色的军装与秋天尚未褪去的色彩融在一起，显得分外妖娆。

今天将是军训连日程安排的最后一日。十点将举行阅兵式，晚上举行联欢舞会。次日上午，学员们将离开这个训练月余的绿色军营，返回校园。

由于昨晚的紧急集合，加上十点将进行阅兵式，连长首次破例让学员们睡了懒觉。宿舍楼里悄无声息，朴实憨厚的班长们照例打好水，放在这些天之骄子的宿舍门口。我相信，这些一贯的细小举动会令学员们内心感动的，尤其在即将离别之时。

回到宿舍，邓勇忙着换电池、充电。我则赶紧给拍好的素材带编号，并标上简单的主题词。忙碌完毕，我感到头昏眼花，便仰躺在床上小憩。

不知过了多久，刺耳的哨音伴着高声的叫喊把我从蒙眬中唤醒。

大队人马已在楼下集结。我们迅速扛起笨重的 M 3 分解式摄像机跟在队伍后面。

阅兵式搞得颇具声势，以当地驻军为首的受阅部队排成了十个方队，军训连方队夹在中间。高音喇叭反复播放着《解放军进行曲》。

我移拍一组主席台的画面之后跑上主席台拍方队行进的全景。看到军训连即将经过主席台时，又挪向操场中央，拍摄军训方队行进的镜头。右手食指、中指时而将镜头推近或拉开。

军训方队今日显得庄严、威武，充满勃勃生机，队列齐整，口号声嘹亮，掷地有声的脚步掀起层层灰土。这是一种特定的场合，使人不禁精神振奋，产生一种神圣之感。

我把镜头推近，想拍一组学员行进时面部的特写镜头。在第一排右侧靠边的位置上，我看到了霄。她在队列中走得十分卖劲，表情郑重，飒爽英姿，简直跟平时判若两人。

军训方队受到众口一词的赞誉。在短短一个月训练之后能达到如此效果，实属不易。

"这都是大学生们素质高、接受能力强。"连长铁板一般的脸上绽出一丝憨笑。

下午不再安排任何正式活动。这是学员们留在军营的最后一个下午了。他们像战士即将复员转业那样心情沉重，他们拉着班长、排长们一起合影，围坐在枯草地上谈心。

傍晚举行的聚餐充满了离别的悲壮气氛。对于许多人而言，这次分离无异于永别。尽管一个月的活动会给每个人留下或多或少的记忆，但军人和这些大学生将再难相逢，生活的轨迹在这里有一次小小的交集，人生便各奔东西。

连长站起来讲话："经过一个月的交往，我感到与大家建立了军人式的友谊，我认为我们的大学生是可敬、可爱，是大有希望的，为你们今后在学习、事业上的进步、发展干杯。"

"为连长飞黄腾达干杯。"有男生叫喊。

"为军人干杯！"

"理解万岁！"

全场气氛开始活跃起来，盛着啤酒的花瓷大碗砰砰地撞在一起。

"你谈过对象吗？"连长红着脸突然问坐在桌边闷头不语的我。

"谈过。"

"后来没成？"

我愣了一下："是，后来没成。"

"那你就能理解现在这种气氛，我的比方有点不太合适，但实际情况就是这样，千里搭长棚，没有不散的筵席。铁打的营盘流水的兵，人这辈子，分别多于相聚。古人怎么讲？有缘千里来相会，无缘对面不相识。来，干！"

连长意味深长的话语触动了我敏感的心弦。这是一种什么气氛？这就是离别的气氛。我是一个失恋过的人，我能体会那种离别的滋味。很长一段时间，我不敢正视自己失恋这一事实，我相信这只不过是我爱情中一段不长的插曲，一切很快就会重归于初。如今，我必须承认我失恋了，与我欢声笑语、情意绵绵的她已经远去，同在一个世界，却再不会与我相逢携手了。我的内心因为离别而破碎，再也难以拼接完整。

我端起酒碗，将泛着泡沫的一碗啤酒一饮而尽，心头立时涌起一股难以言说的苦涩。

不远处的另一张桌上有些骚动。是一位排长被学员们灌醉了，他把酒碗摔得粉碎："理解万岁？谁能理解我们？！"不一会儿，他又号啕痛哭起来，摇摇晃晃地拉住一位学员的手说："你们可千万别忘记我呀！在这荒无人烟的山里，还有一位你们的兄弟！"

我回头看看同桌的人，发现连长和指导员都佯装不知地低头吃菜。不久，指导员向连长使了个眼色，两人从食堂后门溜走了。

一些班长、排长还在与男学员们哭哭闹闹，碰杯饮酒。邓勇也参加进去起哄。

我红着脸，瞪着一双布满血丝的失神的眼睛，坐在杯盘狼藉的桌旁。朦胧中，女生们陆陆续续离开了，只有霄独自一人坐在对面的空桌上，正用一种异样的目光打量我。

我想起了昨夜那个月光照耀的小树林，想起了她说的话。此刻，我真想过去吻她，去获取她作为一个女人的温存。

她却在这一刻离开了。"别走，别走呀，陪我喝一杯。别让我一个人待着。"她还是不管不理地走开了。

"哥们儿，你有点高了。"

"高个屁！这才刚开始，咱俩还没有干一个。来，干！"

"好，干一个。"

"别对女人玩真的，谁动感情谁就是王八蛋、大傻瓜。无情只有女人心呀！"我突然喊了一声，觉得脑袋发沉，趴在桌上了。

霄所在的一班女生对每日像勤务兵一样为她们打水的一班长产生了依依难舍的怜惜之情，她们给班长留下了自己的通信地址和照片，并在班长从未使用过的笔记本上写下各式各样的祝词：

> 无论天涯海角，难忘你的音容！
>
> 为你祈祷！
>
> 人生漫漫，真情永存！
>
> 班长，能叫你一声战友吗？愿分别带来新的相聚！
>
> 感谢你兄长般的呵护！
>
> 吃饱点，不想家！

没有看到霄给班长的留言。她曾是这位班长最为头痛的士兵。

她不屑于这种事，我能够想象她嘴角所流露出的嘲笑和冷漠的神情。她大概在嘲笑这帮学友单纯幼稚，情调兮兮，小题大做。

列车即将启动的时刻，出现了动情落泪的一幕。男人们眼圈通红，以持久而有力的拥抱来告别这段朝夕相处的难忘岁月。女生们个个泪眼婆娑，伤心已极，她们与班长站成一个圈，把一只只手叠在一起，久久不愿放开。

学员们几乎是被驱赶着走上列车的。他们挤在窗口继续向站台上的军人招手道别，哭声叫喊声不断。不知谁起头唱起一首离别歌曲，引来一片附和，于是哭声歌声交织在一起，使气氛愈发悲悲切切。

"再见了，班长……"

"多保重啊！"

"指导员，我爱你——"

有些时候，也许不是因为事情本身，而是因为环境和气氛使人无法逃脱脆弱的心境。我坐在那里，透过窗户一角看到连长、指导员、小班长的身影一掠而过，被紧接而来的车站、田野和村舍所取代，心头也难免生出丝丝酸楚。我厌倦这样的时刻，在那个夏秋之交的分手之后，我发誓，再不为离别而伤心落泪。此时此刻，却仍然感到眼睛不适，有某种液体在涌动。

我拿出一支烟，想点上，看到车厢里禁止抽烟的标识，又不得不放回烟盒。这时候，我看见了霄。她站在两个车厢中间靠近洗水池的地方，正掩住嘴朝我窃笑。

我站起身径直走向霄，用手指着正在暗笑不止的她说："你，一个女孩，在这种时候也能笑得出来？你比我想象的还要冷漠无情。"

霄被我这句话重重地击中了，笑容僵在脸上。少顷，她缓缓放下掩在嘴上的手掌，以一种从未有过的陌生目光打量我。然后，从我身边擦肩而过。

32

打开房门的时候，我发现脚下有一张字条。上面写着：一个冷漠无情的人已经来看过你了，来过三次。

是霄！我知道在列车上的那句话大概非同一般地刺激了她，但是没有想到她会如此在意我随口讲出的这句话。而且她竟然刚回到学院一天后就来找我！这是什么意思？她因为我说过的那句话而惴惴不安想要迫不及待地向我解释？她如此在意我对她的态度而希望澄清对她的误解？她爱上我了？我一直以为她不过是玩世不恭地想在枯燥的军训生活中找一点刺激而已。她会对我动什么真情吗？这可能吗？我现在这个油盐不进的样子还能够打动人心？除非她是个受虐狂。我本能地拒绝、冷冷地嘲笑着这种痴情。然而，我又承认，霄在很多时间都不失为一个可爱的女孩，顽皮、机敏、出人意料、不同凡响。这些特点显然正像诱饵一样吸引着我。无论她是罂粟花还是带刺的玫瑰，她的那种别样的美还是打动人心的。

傍晚的时候，我去水房打水。在前面不远的路上，偶然捕捉到了一个女孩苗条美丽的背影。她穿着一身黑色的衣裤，细长的身材有着优美的曲线，走起路来杨柳随风一般，步履轻盈。披散在肩头的浓密乌发随着她的行走微微颤动。这样的动人情影足以令每一个发育正常的男人产生遐想。我想，这样的美女是可遇不可求的。这头乌发是虹所不曾有过的——她的脸形使她只能保持一种短短的运动发型。这时我想，拥有一头秀发也是上天对女人的馈赠吧！她如果能与我的生活产生交集，那也应该是一种天赐吧！

这个动人的女孩的背影是谁？

我想知道答案，正如我想知道青春人生中许多难解的谜一样。我拎着个空水瓶守株待兔一般站在原地等候。不时还会假装思考问题似的来回踱步，目的只有一个，那就是等待她打水归来。她随着打水的人流转身而返了。当她距我只有咫尺之遥的时候，我的眼睛像被蜂蜇了一般惊住了——这个人不是别人，正是霄！在绿色军营一身戎装的霄如今变成了这样楚楚动人的形象，让人几乎不敢相信自己的眼睛。

她走近我，那晶莹的目光透着种傲视一切的清冽。

她也发现了我，目光在我的脸上游移，好像期待我做出反应。我在惊讶和慌乱之中，下意识地将目光转向别处。两个人在这一瞬间擦肩而过。我感觉着她的身影正在渐行渐远。

不能犹豫了，一瞬间的犹豫都可能让一种缘分一去不复返——对此我是刻骨铭心的。我发誓一定要尽快与她见面。看来，美的力量是惊人的，那种无法抗拒的诱惑顷刻间冲散了我所有的顾虑。

夜幕就要降临了，时间仿佛慢了下来，我感到心神不宁，一下子又乱了方寸。在空寂无人的操场一圈一圈机械地踱步。天色已经完全暗了下来。这才回到教工筒子楼的一层给她打电话。连续拨号七八次，一直占线。停了一会儿又拨，还是占线。我原本可以直接到她们宿舍楼找她，但那样做实在惹人耳目——军训新生回院后，仍自成一体，实行严格的军事化管理，只有短暂的晚间休息时间可以会客，且女生宿舍谢绝外人来访，只能通过传达室将她们叫下来。

教工宿舍楼狭长拥挤，散发着煤油味和饭菜的香味。放下电话，我在楼道里不安地来回走动。霄在绿色军营给我留下的一丝印象：桀骜不驯的个性、大胆放肆的语言以及恶作剧似的微笑，都因着她的美丽背影而变得亲切美好起来。我想和她接近，想跟她手挽手，想从背后揽住她迷人的倩影，想与她相偎相依在漆黑无比的夜色里游荡。我的心冲动得厉害，灰暗的心境仿佛渐渐明朗起来，难道这又是一次属于我的，青春的、浓情的爱的照临吗？

纷乱的意绪令人焦躁不安，我带着几分沮丧回到宿舍，拿起一本电影杂志随意地翻看着。不断浮现于眼前的美女照片也阻止不住霄颀长、秀逸的身体对我的吸引。我仿佛再次看到浴后的少女霄，一身红装从不远的小路上翩翩而来。一时间，脑海里竟不由自主地幻化出一丝不挂的霄的形象，她浓密的瀑布般的黑发披垂在瘦削柔嫩的肩头和洁白起伏的胸脯上。我已经分辨不清，霄对我的吸引是来自于她的性魅力还是独特的个性。

半个小时以后，再去打电话。电话通了，但传达室的老太太对着麦克风呼喊了几声霄的名字后，告诉我没人接，然后砰地挂断了电话。

联系中断，难道今天晚上无法见到她了？我心有不甘，决定以军训片撰稿需要采访为名，到她的宿舍楼再找她一次。然而，当我沿着楼边的小路向霄所在的女生楼走去的时候，却意外地发现了她。

她在通向我们那个门洞的沙石小道上徘徊着，仿佛心事重重。突然，她好像下定决心似的，朝门洞走来。

我立刻意识到她这是去找我。看来我们彼此都在寻找对方，只是各自都不知晓。我兴致大好，想与她玩一下捉迷藏的游戏，便躲在一棵树后，等待她走过，然后加快步子跟上去。我的心头掠过一阵喜悦，却又夹带着一丝莫名其妙的失落：她要是更加自持、更加清高一些，让我连续三天五天都找不到她的踪影，岂不是更能够激发男人的追求欲望？但这就是霄，她想做什么就去做，没有那么多算计——她真是与虹完全不同的人。她根本不去考虑这样做会不会由此降低自己的身价。或许这正是她与众不同的可爱之处，不是吗？一个受够了算计的男人难道不应该珍惜这样的人吗？

我跟着她，与她保持一段距离，听着她踏在楼梯上的细碎脚步声，像一名侦探一样，带着追踪时的亢奋。

她像一只蝴蝶停在了我的房间门口，轻轻地敲门，发现没有反应。又敲了两下，还是毫无动静。于是，她侧过脸去，将耳朵贴在门上偷听，那个样子可爱之极。确认房中没人之后，这才从我的信袋里拿出一张纸条，开始留言的时候，我出现了。

"别动！"我低声喝止道。我离她很近，能够嗅到她秀发中飘散的清香。

她果真像被俘就擒者那样僵立在那里。

"你的一切行动都在'克格勃'的严密监视之下，快投降吧！"

她猛地回转身来，双手一下亲昵地揽住了我的脖子。脸上挂着笑靥，黑白分明的眼睛熠熠闪动。

"我早就知道了你在跟踪我，你这方面的水平太低，只能算实习生。"

"吹牛吧！莫非你背后也长着眼睛？"

"你不信吗？"

我打开房间里的日光灯，强光刺激她本能地掩住眼睛："还有台灯吗？能不能把日光灯关掉，我不习惯在这么明亮的光线下与一个陌生的男人交谈。"

我照办了，并且毫不费力地将那个美丽背影与一身戎装时的霄重新对应在一起。异样的冲动瞬间消失了。

昏暗的光晕下，霄四处打量着我的房间。她好奇地用手晃了晃一排悬挂着的铃铛，然后坐在靠窗的书桌前。

"你刚才偷听什么？想知道我是不是正与哪个女生幽会？"

"要是幽会才好，我正好进来凑合。"

"你还真是什么都敢说？你把我当成放荡不羁的情种吗？"

"你的心已经死了，正在等待唤醒。"

"又开始乱下妄语。"

"一个二十六岁的单身汉的房间大概就是这样。"霄说，"寂寞得像个坟墓。"

"这里曾经是爱的乐园，并且差点成为喜庆的新房。"我淡淡地说道，好像在说另一个人的故事。

"这是你忧伤的地方，一个男人独自伤怀的样子是可爱的，你哭泣的时候是伏在桌上的，并且没有声响。"

"你错了，别以为你是巫师。到现在为止，我并没有哭过，不是因为我过于坚强，而是因为那段时间我突然像中了邪似的麻木不仁，这样的麻木或许保护了我，否则，还不知要怎么熬过。我告诉你，就是哭也需要体力，我当时被折磨得筋疲力尽，连哭的力气都没有了。"

"现在呢？现在好一些吗？"

"或许有一天我会毫不掩饰地痛哭一场。我真想哭，你无法想象那种压抑是多么痛苦。"

一阵无言的沉默，可以听到两个人的呼吸。霄目不转睛地望着我，但当我与她目光对视的时候，她却躲闪了。或许我们都在躲避自己，躲避自己那无法控制的感情。

"你喝点水吧！"还是我打破这种难挨的沉闷，"喝点什么？我这里有茶和咖啡。"

"有酒吗？"

"有半瓶葡萄酒。"

"喝酒。"

"恶习难改，军训对你简直是无济于事。"

我拿出两个杯子，各倒了半杯。她把桌上盘子里放着的几颗草莓切开放到两人的葡萄酒里。

她举起杯子跟我轻碰了一下。

"祝什么？"我问。

"祝我们有一天都能够痛快地大哭一场。"

"我期待这一天早日到来。"

砰的一声后，两人都大喝了一口。

她又吃了一只葡萄酒浸泡过的草莓。突然，她好像想起什么似的，把她那杯葡萄酒推到我的面前，而把我手中正在喝的拿了过去。

"放心吧！我不会在酒里放安眠药的。"我看出了她的心思。

她不好意思地笑了："我知道你不会，我只是觉得你杯子里的草莓更大一些。"

"我是个老实人，你应该清楚。我绝不会强迫别人做什么的。我一直崇拜自然而然，这也许是我犯的一个致命错误。"

"也许是。"她点点头，又喝一口葡萄酒，我轻叹口气，目光探向窗外，脑中闪过一丝往事的云烟。

"为什么来找我？"我问她。

"我来还你的书和你的饼干，在军训时，我偷吃了你的饼干，你并不知道。"

"还有别的原因吗？"我打量她细长白皙的脖颈。

"想看看一个男人是怎么打发寂寞的。"

"你来了，我还会寂寞吗？人生充满了哲学的悖论。"

"哲学都是胡言乱语，胡说八道。"

"跟你胡说八道挺好的。"我好奇地望着她黑色外套的纽扣。

"我也是。不过，你为什么会寂寞呢？那些小女生都说你长得像三浦友和。一个长得像三浦友和的男人身边不会缺少追求者。"

"但是山口百惠却只有一个。"

"世界很大，天涯何处无芳草？"

"世界也很小，合适你的却很少。"

"你喜欢的类型是什么？"

"你的背影很迷人。"我答非所问，"若不认识你，我会把你想象成另一类型的人。"

"什么类型？"

"文静，内向，羞怯。"

"你希望我那样吗？"

"不，对我都无所谓。"

"我可以坐到床边来吗？"

"你不觉得还是面对面更好一些吗？"

霄还是坐到床边来了，然后以我从未见过的认真神态说："我可以帮帮你吗？"

"帮我什么？"

"帮你哭出来。"

"没必要吧！我一个二十六岁的男子用得着接受一个十八岁女孩的宽慰吗？"

"把一切都告诉我，好吗？"

"我不会告诉你的。有些东西就让它烂在心里更好。"我不容商量地一口回绝。

霄的眼光闪过一丝失望的神情，仿佛受到沉重打击一般沮丧地垂下头。当她抬起头时，眼中已经泪光闪动。

我轻抚了一下她细嫩的小脸，说："何必自寻烦恼呢？"

"你觉得我不配吗？"

"不是这个意思，我怕我们两个只会相互折磨。"

霄已经喝完了她杯中的酒，又要过我的杯子继续喝。

"你为什么穿黑色服装？黑色可是复仇的颜色。"

"我就是要复仇。"

"为什么？"

"为我的青春。"

"你到底经历过什么？在你的中学时代发生过什么故事？当然，你也没有必要告诉我。"

"我有一种感觉，在一个雨天，我们两人在不同的地方经历过同一件事情。"

"好了，我不想问了。我们换一个话题，为什么我们的谈话总是这么沉重，而且越说越沉重？"

沉默，好像空气在凝结。我们的谈话僵住了，似乎都不知如何把交谈进行下去。她两眼看着轻风中飘动的窗帘，若有所思。

停了半晌，我才说："你们那幢楼怎么还像军营一样，大家能受得了吗？"

"其实什么也限制不了，我们刚一回来，就被高年级的男生盯上了，他们像饿狼似的天天来找，有的从水房的窗户里翻进去与女生幽会，领队准备开会要处理几个。"

"形势发展真快，新生回来才几天，就被瓜分了。你怎么样？是不是也被一些老生盯上了。"

"在我的眼中，他们还是孩子。"

这时，夜晚的校园传出了军号的声响。霄立刻像在军营时条件反射似的站起来，拔腿就向外走。

我又一次上下打量了霄楚楚动人的背影，压抑着的冲动像开启的煤炉的火苗突然蹿起来。

33

　　黄昏时刻，沿着校园外伸向郊野的小路漫步。两个诗歌爱好者——也可以称为诗人吧——反正诗人很廉价，手携手，手臂摆幅很大，并肩而行。

　　我的耳旁回响着刚才她大声询问我的话："幸福究竟是什么？"我懒得探究这类玄妙的哲学问题，于是直截了当询问她有什么答案。

　　霄颇为深刻地告诉我："幸福的开始是虚幻，幸福的归宿是结束，人就像沿着不知道过去也看不到未来的铁轨前行。"

　　我不以为然地笑笑，然后说："讲出这样的话并不值得炫耀，因为它对生活毫无意义。"

　　这时，山坡上一列货车奔驰而过，从头顶上飞过的灯光串成一道金线，隆隆的巨响似乎正将某些东西碾得粉碎。

　　我说："给你背诵一段电影台词《牛虻》吧！"

　　她没有说话，但是放慢了脚步，一瞬间，我仿佛觉得在我身边的是虹。

　　我给她背诵的是神父蒙太尼里探望狱中的亚瑟，两人父子相识那一场。

　　黑暗中，霄耐心地听着，终于按捺不住地笑了起来，但是又很快掩住了嘴唇。我没有责怪她，她在笑我的忘情投入。她一定想告诉我没有什么事情值得这样。她是因为有过看破红尘的经历，还是因为她太易受伤？在我看来，她还是幼稚的，不过是一种幼稚的成熟。这让人心生怜悯。

　　我跟霄在一片陌生的原野上游荡。我已经拉住了她的手。她的手指颀长、纤细，让人感觉苍老，傍晚的雾霭在我们的周围升腾弥散。

　　天色将黑的时候，雨点突如其来地打下来，我说："没关系，这大概是过云雨，很快就会停。"可是，雨并没有停的意思，冰凉的雨点像沙粒般密集地落在头上脸上。

　　两个人双手抱头沿着一条田间小路，漫无目的地奔跑着，彼此看着对方的狼狈样都异乎寻常地高兴起来。

　　我高声呼叫着，不知说着什么，显得忘乎所以。霄跟在我的后面蹦蹦跳跳，时而甩动一下她那秀美的长发。我的心境一下子像雨洗过一般纯净，仿佛又变成大一时学写诗的小男孩。

　　我们找到一个废弃的茅草棚，钻了进去。两人的身上都淋得透湿。我瞥一眼霄，她正用手抚去头发上的雨珠，脸上湿漉漉的仿佛刚刚哭过一般。

　　我的手抚弄着她的头发和瘦弱的肩头，然后轻轻地移开了。我感到她的肩头有一丝微颤。突然，我听见她用低得几乎听不见的声音说："抱抱我。"当我试图这么做的时候，她却躲开了，缩向小棚子的一角。她渴望温暖，却又在惧怕着温暖的到来。

雨停了，茅棚的顶部漏出一角幽暗的天空，几颗疏星散发出微光。

我拿出打火机，把它打亮。火光中，霄的眼睛也像星星般一眨一眨，却不再是晶莹纯真，而是夹带几多幽怨。

"你会结婚吗？"霄轻声地问我。

"我不是独身主义者，也不是禁欲主义者！"

"你的新娘会穿婚纱吗？那种白色的，从头到脚，一直拖到地下的婚纱。"

"应该穿吧！你的丈夫将来也会给你穿的。"

"高二的时候，我们要排演一幕英文剧，要在我和另外两个学生中，选一个演女主角。当时我的口语是最棒的。但是，要求每个候选学生都穿白色的婚纱来参加排演，那一天，那两个女生都穿着白色婚纱来了，漂亮极了，像小公主一样，但是我没有婚纱，独独我没有，只有我穿着一身朴素极了的灰布衣服，站在教室的一角为她们举蜡烛。"

"你可以让你父母为你借一套嘛！"

"我从未见过我的父亲。他在我母亲怀孕之后，就消失得无影无踪了。我母亲从来就不管我，在我很小的时候，对于这个家就是一个由别人的错误造成的多余人。我母亲是管游泳池的，她常常把我带到游泳池边，一坐就是一下午，一句话不跟我说。有一回，我不小心掉到水里了，我挣扎着，哭着，喝了许多水，她就一直坐在岸边看我，好像什么也没有发生。最后，还是一个游泳的人把我救了上来。她是我的母亲呀！我简直无法想象她会是我的母亲。"

霄终于说不下去了，她的声音哽咽着，泪水从她的眼中夺眶而出。

我想安慰她，但找不到一句合适的话语，只是小心翼翼地护着那团火光，为她照明。她哭了，她曾有的冷漠找到了一些注解，她不是冷漠无情的。

她哭得很吃力，像在竭力抑制着自己的痛楚，不致使其弥散，又好像想让泪水流出来，却已经欲哭无泪。

我关掉了打火机，不忍心再看到这一切。四周黑暗寂静，只有一个女孩子低低的呜咽之声。

"走吧！"我说。我找不到一句劝慰的语言，任何语言面对心中的深痛都是无力的，也是无济于事的。

她没有动静，我只好独自先走出茅棚。雨后的夜晚空气清洌，夹带着丝丝凉意。我抹了一把脸上残留的水迹，感到一种说不清的压抑和烦恼。霄毕竟还是幸运的，她还能够向我哭诉，而我呢？满心痛楚又能够向谁诉说？

霄也走了出来："你会让我穿上婚纱吗？"

我听清了她话中的含意，很长时间沉默不语。

"你会吗？"

"不会。"我回答得直截了当。

"为什么？"

"因为我承受不起。"

"我知道你会这么回答，你心目中的新娘不是我。有一天你会结婚，在你结婚的那一天，就是我的祭日，那天会下着滂沱大雨，我会在雨中奔跑，直到跑不动为止。"

"霄，你是怎么了？不要这样自虐好不好？你比我幸运，你知道吗？你毕竟还拥有青春。"

"我的青春早就失去了。"

"你还没有长大，你真正的青春还没有来临。"

霄伏在一棵树旁，又一次哭了。她也许就是一棵尚未长大的树，却已经饱经风霜。

"霄，别哭，你想想，还有比你更倒霉的人，这本身对你就是一种安慰。"

我从背后把她与那棵小树一并抱住，我的嘴唇在她湿漉漉的头发上吸吮着，一种无言的忧伤在心头充溢。

她挣脱开我的手臂，面对着我，目光凝滞。这一时刻在黑暗中持续了许久，我能感到她向我投来的目光已变得陌生而遥远。

她独自一人朝前走了。我感到我失去了她，在我还没有得到她的时候。我以自己的不幸为借口拒绝抚慰一个女孩的哀伤，看着这个美丽、瘦弱的女孩在广阔苍穹之下的田埂上踽踽独行。我的内心交织着怜惜、无可奈何与自责的情绪。

这一夜，我和霄就这样一前一后，在迷离的夜色中走着，返回校园的道路有些泥泞，有些滑漉，但我们没有相互搀扶。

在轻微的步履声中，我的耳畔回响起霄在军训队告别那天的清晨在走廊里朗诵的聂鲁达的一首诗：

> 我记得你，在去年秋天
>
> 那灰色小帽与安静的心
>
> 在你眼中颤抖着暮霭的火焰
>
> 而树叶落在你流水的心灵
>
> 像爬藤缠绕我的手臂
>
> 树叶积贮你的声音低缓而和平

我的饥渴燃烧在惊惧的篝火中
甜蜜的风信子扭动在我心灵
我感到你的眼在悠游，秋天已远行
灰色小帽、鸟声、心如小屋
让我深沉的相思移位
我的亲吻落下，快活如余烬

天空来自航船，田野来自山岗
你的记忆是光、是烟、是宁静的池塘
越过你的眼睛，再向远方，夜色辉煌
干燥的秋叶旋转在你的心上

接下来的几天，我们没有再见面。我曾留意食堂、水房，去教室的路口，都没有发现她的身影，她好像从校园，从我的生活中突然消失了。

我有时独自坐在空旷寂静的图书馆阅览室里直到闭馆的铃声响起。有时，我则躺在幽暗的小屋的床上，一支接一支地抽烟。在这些日子里，我无法做成一件事。霄的长发，哀怨的眼神，低哑伤感的嗓音，成了我挥之不去的心痛。在我的眼前，霄已经变成了另一个人，她不再是那般玩世不恭、冷漠乖戾，而变得幽怨、多情、纤弱，渴望同情，渴望安慰。现在的霄比之以往更为完整真实，易于让人接近。然而我却怯懦了。我知道没有穿过白色婚纱的霄还有更多的故事要向人诉说，我知道在孤寂的夜晚，她渴望一团温暖的火，融化她冰冷的心。可是，我并不是一堆燃烧的干柴，我的无动于衷、麻木不仁只会使她愈加绝望。

然而，就在此刻欲望的暗流已在作祟，她青春的胴体时时撩动我渴念的心。这份渴念发源于中秋之夜军营附近的那个小树林中。我大胆而哀伤地想象着她身体的每一个细节。这个十八岁的依然陌生的女孩使我产生了无法克制的新奇冲动。她白嫩的脖颈、柔弱的双肩以及颀长的双腿，常在我迷蒙的睡梦中浮现，有时，我宁愿相信她的经历也像她十八岁的身体那样鲜明、生动、单纯，充满青春欢快的气息，而她所谓的愁闷、哀怨和创伤不过是臆造出来的。我矛盾重重，内心空虚，优柔寡断，欲进又退。

霄不会是我心中的理想人选，从一开始我就确认了这一点，但又与她难以割舍。

我打开我那十四英寸的黑白电视机，仰躺在被子上，心神不宁地看着。那闪动的小方块中正在播放着一场欢快的晚会，屏幕上的许多人都在开怀大笑。我发现很长一段时间，我对笑已经感到陌生了，我觉着笑是一件很可笑的事情。

门口有人敲门。我猜想一定是霄来了，拉开门一看，原来是邓勇。这个不知疲倦的家伙是来向我催要电视专题片的解说稿的。

"刚才上楼的时候，你猜我看到了什么？"

"什么？"

"霄站在你们楼下的小路上抽烟，小怪人对你动真情了。"

"现在还在吗？"我边问边想把头探向窗口。

"应该还在。"邓勇平静地说。但是我又忽然不想看这一幕了。

"你让我怎么办？跟她逢场作戏？那样我是不是有点缺德？"

"接触接触未尝不可嘛，或许还能产生感情。"

"别开玩笑了。"

"人家可没开玩笑。我觉得她是认真的，多难得的机会。"

"她怕是不止一次动过真情吧！"

"这你就没劲了吧！"邓勇抬高了语调，"一个挺漂亮的女孩为你相思苦恼，站在你的窗下抽烟，你就别端着拿着了。"

"我怕伤害她。"

"也许是怕伤害自己吧！你是因为懦弱还是心地善良？"

"是懦弱。"我承认道。

"那你就应该去找她，你，一个男人有什么瞻前顾后的。"

邓勇把解说词的前两章装入口袋，拿起我的杯子咕咚咕咚灌了几口茶水，然后告辞而去。

我探身望向窗外。在图书馆和我们宿舍楼的小道上，我看到霄模糊的身影。一个红色的亮点萤火虫般一闪一闪。

我没有想到霄竟然会这样！

我的心头怦然一动！我，一个曾被别人无情抛弃的失恋者，现在竟会被另一个女孩如此牵挂！而且她还有着非同寻常的诗人气质。懦夫，我问自己，你还犹豫什么呢！

在这个寒冷的深秋季节，我决定再次约她。

34

邀约信是通过宿舍楼里的勤杂工代为传递的。信中只有两行字：

愿意跟我走出坟墓吗？到一个无人知晓的地方去讲述我们无人知晓的故事。

周末之夜，七点半，在R大学门口会合，乘×××路公共汽车。

一个失恋者

我提前三天传递这一信息，以便她能够有时间向我做出反应。比如，原信退回之类。但是，周末那天下午，我没有得到任何拒绝前往的表示，这反而使我原本平平淡淡的心情一下子紧张起来，同时又有一种异样的亢奋感。自从与虹分手之后，我已经一年有余没有为女孩子激动过了。对与虹的那种充满敬畏的、貌合神离的、模拟式的情爱方式的回忆使我备感压抑和苦涩。毋庸讳言，在我的内心深处，隐藏着一种强烈的放纵自己的渴望。那种通过想象方式所带来的快感毕竟是虚假脆弱、使人幻灭的可怜行为。

我慌慌张张地收拾着要带的东西，脑海里想象着霄在R大学与我会合的情景。两个人的见面如何开场呢，或许只不过是尴尬地一笑。当然，直到这个时候，我也不敢保证霄会如约前往。我纠结在一种复杂心理之中：她如果不去，我会感到若有所失；她如果赴约，我同样怅然若失。我盼望她不要轻易答应我而最终又不得不答应下来。她不应为一个男人的一张信笺所动，何况是在夜晚到陌生的地方。

已经是初冬时节了，空气中透着寒意。我穿着一件墨绿色的羽绒服，脖子上围着一条白色的围巾，感觉自己的装束像一个好了伤疤忘了痛的不谙世事的本科生，而根本不像有过三年工作经验和痛苦失恋经历的人。

我提前二十分钟来到R大学门口。在校门口心神不安地走动着，看着成群结队的学生或情侣携手走出校园，去逛大街或看电影。那种轻松、闲适的大学生特有的周末心情已是久违的记忆。

七点半，霄没有来。又过了十分钟，还是未见她的踪影。我知道她不来是对的，她不应该与一个心绪黯淡、脆弱不堪的男人鬼混，她保持她可贵的庄严是无可厚非的。但转念又想，她如果不来，应该告诉我一声才对呀！她没有提前打招呼，说明她还是可能会来。如果我现在离开，她因为晚点而来，岂不是错失一次良机？再说，我内心其实也还是希望她来的。

我决定再等最后十分钟，半个小时是最后底线。我点起一支烟，抽起来。一支烟快要抽完，还是踪影全无。

就在我即将打道回府的当口儿，霄从一辆拥挤的公共汽车上跳下来。她还是那身黑衣黑裤，所不同的是头上戴了顶黑色贝雷帽，帽子微斜，压在她浓密的黑发之上。这使她显得新颖别致，外加一丝俏皮。

我的心中激起一阵波澜，盼望她不来的抵制心理瞬间被抛到九霄云外。

"你够能迟到的，我等了都快半个小时了。你把我们的见面当成上课了吧？"我迎上去，显得掩饰不住的兴奋。

"对不起哟！"她故意拖长音调。

"我还以为你不来了！"

"在我戴上帽子的前一秒钟，还决定不来呢。后来我跟同学说要到亲戚家去，就一狠心来了。"

"看来我的魅力不小呀！"

"是你让人可怜，知道吗？"

"你也是，你不怕我把你拐骗到可怕的地方去？"

"我今天既然出来了，劫财劫色随你便。"

"我对财没兴趣，还是劫色吧。"

"我早知道你是一个大色狼。"

我们手挽手搭上另一班公共汽车。汽车在陌生的街区东转西拐，如走迷宫一般。

强烈的新奇感使两人都变得兴奋而活跃。霄把头紧贴在我的肩膀上，我则揽起她的腰，一切都像久识的恋人般自然、贴切。

两个人并肩而行。穿街走巷，走向城区路灯照射不到的一片黑黝黝的楼群。

在一个花店门口，霄买了一束玫瑰，我到附近的超市买了葡萄酒、苏式红肠、元宵和一些小食品。然后我们按图索骥找到了北京同学侯永军亲戚家一处单元楼的房间号码。开门锁的一刹那，有一丝惊慌，好像怕被熟人碰到似的。

"我怎么觉得我们像小偷似的？"走进门后我说。

"偷什么？偷情？"

"哈，太准确了。包括你们那个领队，他或许以为你正坐在图书馆读英语呢？"

"他对我已经无可奈何，因为我的学习成绩无可挑剔，他现在已经开始关心其他女生了。"

"他如果知道我们俩在这儿，一定会认定我是教唆犯。"

"你不是吗？"

两人都放声大笑，我觉得自己的笑声很怪异。

两个人开始布置房间。

"这是洞房花烛吗？"

"有这么便宜的美事？"

我从旅行袋里拿出一支精致的淡红色的装饰灯，这是我筹备婚事的时候特意买的，它没有放在我预计的新房里，却插在这面陌生的墙上了。我把大灯关上，这盏如同马灯一般的装饰灯放出了柔和、温馨的光芒。霄把一束从楼下花店买来的玫瑰花放在床头的花瓶中。我又跑去拉上窗帘。窗帘是绛红色的，在我们离开这个房间之前，始终没有再次拉开。

两个人都坐在了床边的沙发上，一时间显得有些尴尬，两双眼睛直勾勾地碰撞又分开。看来她也并非情场老手。

"我去煮元宵吧？"我打破沉寂说。打开煤气炉，烧水，等水沸再把元宵倒进盛满水的铁锅里，好像一个居家男人在为妻子准备甜点。煮元宵还需要几分钟，我又回到沙发上坐下。

霄的目光始终充满着爱怜，清澈的双眸中闪动着如远方篝火一般的两团光芒。此时的她安静得如一只刚刚从草场归来的小鹿。

我顺手关上了墙壁上的淡红色小灯。她坐在那里一动不动，我能感觉到她的身体好像在微微颤抖。接着，我听见了她低低的哭泣声。

"你放心，我不会对你非礼，关上灯，才会有真正的宁静。"

"不是，不是这个意思，我只是不知道为什么就会哭。我们怎么一下就走到了这里？这是什么地方？我们为什么在这儿？"

"被风刮来的，我们都是树叶，你是小树叶，我是老树叶，因为下雨，我们在这里避雨。小树叶，别哭了，我们听点音乐吧！"

空寂的房间里传来排箫若隐若现、轻柔如水的旋律。我坐到她的身旁，手渐渐地搂住她的肩膀，她的肩胛如此瘦削，似乎一捏就会散开。

"你知道我是什么时候开始注意你的？"

"什么时候？"

"走正步的时候。我没想到你会走得那么认真。平时你总戴着耳机听肖邦。那天你像变了一个人。女生穿军装真是一种非凡的打扮。你显得很精神，我的摄像机一直追着你。你严肃的样子惹人怜爱。不知怎么，我一直有一种奇怪的感觉，你就像一名越南女兵。"

"不好，阿拉是上海女兵。"

"后来有一天，在我们房间的窗口，你说要像叶子一样飘下去。你就是秋天的叶子。我觉得你浑身上下洋溢着一种独特的魅力，恍惚之间似曾相识。"

"像谁？像你以前的女朋友吧！"

我重重地摇摇头："你像我梦中遇见过的一个人。你使我年轻，我觉得跟你一样年轻了。"

"你才多大？比我大多少？在我的眼中，你就像我的弟弟。"

霄起身去把走完的音乐磁带换一面。回来的时候，我就抱住了她。

在音乐的美妙旋律之中，霄又恢复了顽皮的本性，她一下子跳坐到我的腿上，双手搂住我的脖子。我开始一点点地抚摸着她的脸，她的眼睛、耳根和纤细的脖颈。我想停住，让这种走得过快的关系放慢一些节奏。但那个遏制已久的念头已经冲破牢笼。

房间里黑暗如漆，仿佛是一个幽深的洞穴，我看不清她的面庞，她也看不清我，两张嘴唇在对方的脸上颤颤巍巍地探索着。我吻到了她的头发，并把散落的头发沾到了嘴里。

我开始吻她细长的眉毛，吻她轻轻眨动的眼睛，终于，两张渴望已久的嘴唇像磁铁般吸到一起。我们吻得十分狂热，呼吸急促，短短时间就已如胶似漆，好像都来不及体味陌生带来的新奇神秘的滋味。直到厨房里元宵汤沸腾溢出，我们才分开。

我打开灯，盛了一碗软绵、黏稠的元宵，两个人静默无声地吃起来。

这时候，跳荡不已的心开始稍许平静。霄点燃一支烟，深吸一口，又把它放到我的嘴里。

烟还没有吸完的时候，我又一次亢奋起来，迫不及待地把她抱起来，放到床上。

她未做任何抵抗，好像早已料到这一时刻的来临，并早已熟知这类事情的程序。

我伏在她的身旁，开始抚摸她。裸身的霄与我的想象迥然不同。她是瘦弱的，尽管身材颀长，但远远不够丰富充实。看起来还像一个发育尚未完成的女人。我抱紧她，感觉犹如抱着一个孩子。这样想来，内心的犯罪感愈发强烈，我带着胆怯和恐惧向她接近，等待着她最后的抗拒。她非但没有抗拒，而是把我的身体绞得更紧。

朦胧之间，我听见霄的低喃："今天晚上，有三个男孩约我，但是我选择了你，因为我爱你，只爱你。"

她很疯狂，身体像海浪般起伏起来，而且开始大声地呻吟。全然没有青春少女的那种羞怯。我觉得她有点失策了，怎么也应该矜持一下啊！哪怕是稍微推脱一下呀！但我还是充满感激地走近她。一对苦难的男女、一对喜欢沉浸在想象世界中的男女真实地相依相偎，热情在不断地升温。就在我即将进入的一刹那，失落夹带着恐惧再次冒出头来，我开始惧怕起这种毫无来由也不会有未来的隐情。

"你有什么防范吗？"我急喘着粗气问道。

她闭着眼睛，不管不顾地把头摇得像拨浪鼓。

"不行呀，出事怎么办？会出事的。"

"我都不怕，你怕什么？"

我人生第一次情爱最终还是顺应了自己的本能。我显得十分慌乱，刚开始的一瞬间，有一阵令人惊悸的震颤，整个身体筛糠似的抖个不停。冲动很快就达到了高潮，这一过程与想象有太大出入，随之而来的是歉疚和恢复平静后的失落。我大汗涔涔。

她不是处女，尽管我预感到她情感经历丰富，这一发现还是让我大失所望——一个男人的初夜由一个不再拥有初夜权的女人所给予。她才十八岁，十八岁呀！刚上大一三个月。我没想到我竟会有点在意这件事情。其实这对于我而言，又有什么区别呢？

灵肉相许的那份激动和神圣也许只是一种臆造和谎言，也许这一过程带着太多陌生和猜疑，无法冲破层层障碍达到真正的相识……

霄躺在那里重重地喘息着，我则像一位憔悴的老人伏在她的身旁纹丝不动。她的手依然在我粗粝的脊背上轻柔地抚摸着，像几只小虫在上面爬。房间里可以嗅到玫瑰花散放的使人清爽的幽香，排箫的低缓旋律在我的脊背上方微风一般回荡。

我赤裸着身体起身去卫生间。从卫生间出来的时候看到霄用蒙眬、炽热的目光眼巴巴地望着我，她轻捷、纤细的身体裹在一件宽大的绿色绒巾里，犹如一片树叶。

我拉开盖在她身上的绒巾，她细长的躯体立即像绳索一般蜷曲起伏。她的乳房犹如平缓的山丘，两粒暗黑的乳头，像两粒青色的种子，颀长的小腿如两节细嫩的莲藕。霄的皮肤白嫩圆滑，但腰际的曲线像一道平展的海岸线。她腹部下方仅有一丛细细淡淡的绒毛，像一朵雏菊。除了胸脯看起来发育不足外，身材无可挑剔。但还是未能让我真正接纳与认同。我忽然间感到了她的陌生，一种因为熟悉而带来的陌生，一个无法磨灭的形象突然蹿进了我的脑海，牢牢地占据了我的思维，像零和博弈中的棋子那样推却着任何冒失的闯入者。我意识到我的陌生感和排斥不仅是因为冲动后的厌倦，而是完完全全地确认了她根本不是我已经熟稔和爱恋的那个女人。我清晰地感觉到刚才的冲动根本不是我的全情投入，仅仅这么一次欢爱就让我确信了这一点。我曾有过的爱不是这样。这不是我爱的那个人的身体，我爱的人不是她，我爱的那个女人充满无穷魅力的胴体是何等的奇特、典雅、令人冲动呀！

她的全身已经因为冷而布满了鸡皮疙瘩。我为她盖好毛巾，木然地在她的额头上吻了一下。我们简单地穿上点衣服，都显得疲惫不堪。

已是午夜时分，四周一片岑寂。这时从楼群不远处的公路上，传来了警车尖厉的笛声，声音由远而近，好像正向我们的楼宇驶来。

霄起身抱住我的肩膀："是来抓我们的吗？"

"抓就抓吧！这叫非法同居罪。"我恹恹地说。

伴随着汽笛的警车一阵风似的呼啸而去，一切又恢复到先前的静谧之中。

两个人开始坐在床头饮一瓶葡萄酒。她的酒量似乎很大，一杯红浆似的葡萄酒一饮而下。我则有点不胜酒力，小半杯下去，便满脸赤红。

霄好像突然沉醉在某种伤心而甜蜜的回忆之中，表情温柔得有些古怪，目光散淡而茫然。她一连饮了几杯酒，然后揭开绒巾走下床来，举止变得更加放肆无忌。她脱掉了胸衣，只穿着一条三角裤，半裸的她扭动着腰肢直愣愣走到我这个男人面前。

"我们跳舞吧，裸体舞。"说完，她一把拉掉了她身上最后的一块遮羞布，像扔一块毛巾般扔到房间一角。她的眼神中有了挑逗的意味。她真的是不懂我呀！她越是这样，越让我感到厌弃。她不知道我喜欢的是淑女吗？那种如同虹一样的优雅女人与生俱来的高贵为什么在她的身上没有一点体现呢！

我摇头拒绝着，无动于衷地坐在床头继续饮酒。

"你活得太压抑了，你需要释放。来，今天解放一下自己，享受一下无拘无束的生活！"

"别抽筋了。没看到我已经筋疲力尽了吗？还是喝酒吧！"

"你不喜欢这样？"

我重重地点头。

"那让我为你跳舞吧，我学过舞蹈，我想为你跳。你要相信我，我从未在别的男人面前一丝不挂。"她显得更加浪荡了。

她拧大音量，然后随着音乐的旋律摆动身体。她真傻，她那放纵、大胆的举动根本无法激发我的癫狂。

她过来试图把我从被单里拉出来，却被我反手拽倒，并用一件衣服裹住她的身体。

她伏在我的身上，脸上渗露着汗水，呼吸中飘散着葡萄酒的气味。她的身体急剧地起伏着。

"你是担心我不够纯洁吗？我不是那种风尘女子，只是小的时候做体操受过伤。"霄大概猜到了什么。

我用食指竖起挡在她的嘴上，意思是"不用解释，没必要解释，你是什么样的女人对我已经不再重要"。

"那你爱我吗？我想让你爱我，从见到你的第一刻起我就一直渴望着你。"霄

190

的目光是温柔而热忱的，里面有两团火。在我看来，甚至有了成熟女人独有的狐媚。

这句话让我怔住了，让我无从回答。我坐在床沿上，像一座木雕般纹丝不动，我相信此刻我的表情一定是冷漠、滞重、毫无光彩的。爱的潮汛已在我体内全面退却，快得犹如一条逶迤而去的游蛇。我的脑中清晰地刻出这样几个字：她不是我渴望的女人，不是，真的不是，真的不是啊！

我上去抱住她，并尽力躲避着她的目光。当我的身体与她紧贴在一起，一个伤感的念头涌上心间：女人与女人是多么不同啊！有些人看一眼都会让你神魂颠倒，有些人近在咫尺却使你麻木不仁。

霄用力地摇动着我的肩膀。像呼唤一位失去知觉的病人："爱我！说你爱我！"她狐媚的眼神消失了，取而代之的是急切和惊悸。

"别提这个字，这个字会让我哭。"我忽然开始心酸起来，鼻子在不停地抽动，但竭尽全力地压抑着自己。

"你哭吧！你今天痛痛快快地哭一次，哭出来就好了！"

"你想可怜我吗？你想欣赏我在你面前哭吗？我不想哭，尤其是不想当着一个女孩的面为另一个女孩哭。别让我哭，真的，我会哭得很难看。"我转过身去，伏在枕头上，把头深埋在里面。

"你已经不能爱了，你的心死了，是吗？"

这句话从我身后传来，穿过我赤裸的肩膀击中了我的头颅。我的眼眶开始潮湿，身体像寒冷难耐一般激烈地颤动。终于，泪水不可遏制地从眼中流了出来。霄把我的身体转过来，扑到我的身上，紧紧抱住我。泪水沿着我憔悴瘦削的脸庞汩汩滑落。

霄用双手紧紧地捧住我的脸，想用嘴唇吻去我脸上的泪水。

我一把推开她，用手捂住脸，发出一个男人压抑而低沉的呜咽。泪水潸然而下，哭声也由呜咽转为号啕大哭。失恋以来的第一次哭泣是那样难以抑制的凶猛。

霄又一次扑过来，半跪在我的身前，用她那哀怨动情的目光紧紧地盯着我泪流如注的双眼，仿佛在哀求我对她的感情。我一下子抱住她，以一种从未有过的力量把她紧紧地揽住怀里。

"霄，我不能不告诉你，我爱她，至今还爱，我无法接受你。"霄挣脱开我的手臂，她的目光顿时犹如断了电的街灯，顷刻间失去了光泽。

"我早就应该想到的，早就！"霄喃喃着，像是自言自语。

"霄，对不起，我不应该这样，我根本就不应该认识你。"

霄的泪水像断线的珍珠一般淌了出来，她哭的时候与我一样，没有呜咽，只有泪水。

"霄，你听我说，如果你是我遇到的第一个女孩，或许我会爱你，发疯似的全身心地爱你。现在，你不幸成为我失恋后的第一个女孩。"

霄整个人像霜打过一般失去了神采。她不知道她做错了什么，刚才还是兴高采烈呢！这样遽然的巨变让她无所适从。

"我无法忘记她。我以为她走了，我以为我忘记了，可是没有。我与你在一起，她却一直在眼前晃。我以为你能够取代她，但牢牢占据我内心的还是她。"

"可是你已经牢牢占据我的内心。你把我的感情夺走了。我不是冷漠无情的人，平时那份吊儿郎当、玩世不恭是装出来的。是因为我没有碰到真爱。我是有爱的，我能够全心全意地爱你。我已经爱你爱得神魂颠倒，爱你爱得已经没有了廉耻。自从见到你之后，我就像变了一个人。现在你却告诉我你爱的不是我。"霄不停地哭诉着，这让我想起面对那个无情之人的我的哀求，当时的我用尽了所有能想到的语言，几乎快要跪在她的面前。

"不要指望我能够救你，什么都不要指望。我救不了你，我连自己都救不了。"

霄终于从失落的木然中暴跳起来，她在房间里歇斯底里地狂喊着，像个失去理智的疯子。

"为什么？为什么？为什么？你告诉我。"

我抱头伏在床头上，竭力压抑着自己发自心底的呜咽。这时候的空气显得是那样凄凉。霄赤裸着身体冲上来，两只手臂左右开弓击打我的脊背。我没有任何躲闪，心想，你打吧，如果你打我能够让你痛快一些，你就打吧！我决不还手。霄忽然又停下手来，小鸟依人般紧紧地贴住我。

"我会为你改变，让我做什么都行。让我变成淑女，让我天天为你做饭生孩子。你让我做什么都行，我不任性了，我不消沉了，如果你认为我的行为举止怪异，我都会按你的要求改变，我会为你脱胎换骨，为你变得阳光起来。别离开我，别放弃我，行吗？"

"土鸡成不了凤凰。"我再次冷冷地掷出一句话来，此刻我体会到几个月的悲哀，那就是当一个人对你没有了感情，任何动人的语言都是无济于事的。爱情是如此冷漠而独特，它不可能因为语言而改变，甚至也不可能因为行为而改变。它遵循着自身的运行轨道，一旦脱轨，便毫无办法。但是痴情的人们都无法接受这一点。

"你蔑视我，你伤害我，你怎么侮辱我都行，只要你别离开我。"

"可怜，你真可怜！这又是何必呢！你大可不必如此。这样做太没有意义了，太无聊了！"我看着依然光着身子、刚才还沉浸在肉体之欢中的霄，开始有了更多的后悔和厌弃。

"比你都可怜吗？"

"不是吗？你不幸爱上了一个已经没有爱的可怜人。"

"我知道这里的原因，你只是还没有转过弯来，你还需要一段时间疗伤，而我们接近得过快了一些。"

"别做梦了，一个人是不可能因为别人如何爱他就产生爱情的。爱情又不是感恩。"

"我知道你还在爱着那个已经不再爱你的人。"

"你说得对，我希望你也不要再爱那个已经不再爱你的人。"

"不，这不一样。"

"一样，完全一样。"

"就是不一样。我爱你，我爱你的一切，你的痛苦，你的不幸，你所爱的人，我相信我对你的爱注定会超过你对她的爱。"

"荒唐啊！这样的比较有意义吗？"

"把你的心交给我，让我跟你一起爱她吧！"霄这样讲着，她的声音犹如秋霜打过一般苍白无力，伴之而来的哽咽渐渐演变为哭声。

"我无法带给你幸福，没有理由让你跟我一起受苦。你会为我而亡。我一直以为会有一个新的开始，但是现在看来我错了。"

"我愿意为你做一切，愿意为你去死。"霄抬起婆娑的泪眼，闪过一道绝望与凶狠的光泽，又倏然而逝了，"我能理解你，你爱一个人没有罪，你没有必要用你的爱去赎罪。"

我的泪水再次夺眶而出，喉头酸涩难耐，说不出一句话。

许久，我才把憋在心头的话语讲出来："霄，离开我吧，这件事与你无关，你不应该承受我的不幸。我不值得你爱，完全不值得。"我发现自己是一个混账透顶的家伙，我把一个重新燃起爱的希望的女孩约了出来，并与她发生了一夜情，然后告诉她我们之间发生的一切都是错误的，我们之间根本就没有爱情。虽然这一切并非主观意愿，但还是重重地伤害了一个无辜的人。而我，在旁人的眼中，则成了一个玩弄感情的彻头彻尾的骗子。

"不，我不离开你，你会忘记她的，我会让你忘记她的。"

"可能吗？"我向她投去质疑的目光，"这是不可能的，不可能！"我拒绝着她，却又紧紧地抱住她狂吻她，吻得自己嘴唇麻木发干。干裂的嘴唇上布满细细的血丝，泪水在我脸上流淌。对虹无法遏制的思念犹如火焰灼烧着我的心。

我把所有的灯光都关闭了，那个想象中的玫瑰色的夜晚就这样戛然而止。作家白先勇曾说，初恋那种玩意儿就像出天花一样，出过一次，一辈子再也不会发了。这句话真真切切地印证在我的身上。

　　钟摆的声音搅动空气中凝固的纤尘，遥远的威尔士诗人狄兰·托马斯的诗句从痛苦的沉寂中传来：

　　　　他走向我的宝贝，不要偷走
　　　　她海潮拍击的伤口，她梦中的远游
　　　　她的双眼点燃的秀发
　　　　他走来将她赤裸地遗弃在放纵的阳光里

我目送她登上开往学院的最后一班公共汽车，忽然间怜惜起这个可怜的女孩来。她怀着突如其来的希望以为自己发现了爱情的灵感，却在短短的一天一夜之内被我扼杀了。我举了一把杀人不见血的软刀子，一刀就戳到了别人的痛处，而回手时又伤到了自己。

35

我梦到了虹，梦到自己第一次拥有了她，但那个过程短得令人遗憾。我从梦中惊醒了，脸颊上残留着风干的泪痕。

霄依然在我身旁酣睡。过一会儿，她转了个身，身体侧向我的方向。这时候，我看见她眼角正有一滴眼泪流出来，从她的左眼流到右眼，快要流到耳朵里。然后她醒了，睁开了含泪的双眸。我忽然咪咪地笑了起来："咱们这是怎么了？当真了？都是曾经沧海的人，何必呢？你不是那种人呀，早知你是那种像我一样认死理儿的人，我就不约你了。"

我把她的长发放到我的手上摩挲，一边打量着侧躺在我身旁的一丝不挂的女人。这个令我心驰神荡的美少女的身体再也激不起我内心的一丝涟漪。只是一夜之间，我对她开始由迷恋到厌弃。我为这种厌弃而内疚，却无济于事，我装不出来。眼前的她对我已经失去了任何吸引和好奇。

我摘下一朵已渐枯萎的玫瑰花，将它放到霄的两个并不明显的乳房之间，霄张得大大的有几分放荡的眼睛里，有明澈清醒的光芒闪过。

"我不是冷漠的人。"霄再次强调了这一点。她的声音平静低沉，"我也有爱，也会爱上一个人，也会为他发疯。"

"但是你爱错了人，跟我一样，很不幸。"我还是那样漠然地总结道。

霄缓缓地扑过来，抱紧我，将头紧贴在我的胸前。

我说："快穿上点衣服吧，当心着凉。"

她把我宽大的衬衣包裹在自己身上，像个流浪的可怜女孩，神情又恢复到往日的放荡不羁。

"再爱我一次吧！最后一次。"她说。

我的脸上僵硬冷漠，没有一丝表情的变化。只是平淡地说："把衣服给我吧。"

霄裹着我的衣服不肯放开。我只好去床另一头把她的一件外套披在身上。

"你穿女式衣服比男式衣服更好看。"霄的眼中似乎有了惊异的发现，眼中燃起欲望的火苗。

我打量着霄，一边想象如果我果真是一个女孩究竟会怎样。

这时候，霄已经走过来，像男孩一样把我压在身下，她模拟着男性的动作，然后放肆地狂笑。

她的举止异乎常人地放纵、大胆，无法想象再会有其他女孩会像她这样。但这一切却并不是我所需要的，而且我们由陌生走向熟识的过程太短，短得令人感到有些夹生。我根本无法消除她只是偶然闯入我生活的一个陌生女孩这一概念。毕竟，她对我还是一个谜，一个我不想解开答案的谜。

霄的举止是任何一个正常男人也无法抗拒的，我把她掀翻在我的身下："告诉我，你究竟经历过什么？"

"你真的想知道吗？"接着又说，"我只想你能爱我，哪怕是玩弄我。只要是你，想怎么样都行。"

"爱你？这有何难！是个男人都会，天生就会，来吧，不就是交配吗？来呀……呀！"霄不知我要以何种方式施暴，反而有些恐惧了，躲闪着向后退，我上去一把搂住她，她瘫在我的怀里。

我改变了姿势，紧紧抱住了她的脊背，似乎抱住了我曾为之心动的背影。这一次，我觉得自己有点亢奋起来，颤动在一种美妙的想象之中，我开始呻吟，同时听到了她的呻吟，这大概是由于快乐发出的痛苦呻吟。

结束的时刻突然来临，厌倦再一次伴着高潮的退去开始滋生。泪伴着清涕再次流了下来。

霄眼含着泪水一字一句地告诉我："我知道你还没有真正爱我就已经不爱我了。"

"对不起，我不能骗你。"

"但是你要知道，再也不会有一个女孩像我这样爱你了。总有一天你会意识到这一点。"

"我现在已经意识到了。"我说，我知道我将要失去这个爱我的女人了，她对我的爱成了我离开她的唯一理由。

"我早就料到你会抛弃我，像抛弃一片树叶。我又是一个无人疼爱的孤儿了。"

"不会的，你如此秀美，会有真正挚爱你的人出现。霄，你不可能再像这一次这样倒霉，你再也不会碰到像我这样不会爱你的男人。"

"别哄我！我要哭了。我的心要被你撕碎了。你不应该这么快就离开我，你只给了我一个晚上，太快了。我适应不了，我接受不了。"霄神情绝望地伏在我的肩头哭泣着。忧伤，浓重的忧伤在我的周边蔓延。我是无奈的，我为这种无奈而绝望。我已经失去了爱另一个女人的能力了吗？我知道，她如果是我青春中遇到的第一个女孩，我绝不会这样。我一定会充满激情地接纳她，融化她，把她变成感受到生命和爱情幸福的人。但是，现在的我真的无能为力。我已经落进了绝望的谷底，而她不是那个能够拯救我的人。

我后悔，我没有带领霄走出坟墓，反而走进了深渊。

我始终记得这个夜晚发生的一切细节，这个夜晚没有拥有，只有失去。

第二天临近傍晚的时候，我们离开这个滋生短暂幻灭的是非之地。灯熄灭了，绛色的窗帘始终关闭着，我问她会不会记住这间房子和我这个脆弱的人。她说："所有我经历的事都会在某一天忘掉，你也一样。"

"所以，一切都是偶然，不必记挂什么，不必往心里去。"我想安慰她，又像是安慰自己。

霄先我一步走出房门。当我即将离开这个疯狂了一天一夜的暗淡的房间时，心中怅然若失。我留恋地望了一眼床头那束萎败的玫瑰花，想起阿赫玛托娃的一句诗：都拿走吧，可是留下这朵红玫瑰，让我再次感受它的清香。

秋天傍晚的寒风从干燥的路面上轻轻掠过，很难辨别它是向哪个方向吹去。路上的行人瑟缩在风衣里匆匆忙忙地赶路，马路边的小摊上散发出水果腐烂发酵的气味。

我觉得自己好像刚刚从与世隔绝的原始部落走出，突然出现在浑然不觉的世界面前。穿过一幢新楼的时候，我看见一个门洞前纸屑遍地，人声嘈杂。空气中弥散着鞭炮的袅袅烟尘。

"这里刚刚举行过一个婚礼，昨天晚上是他们的新婚之夜。"霄以她独有的诗人般的口吻说道。

"而我们就要分别了。"

"也许就是永别了。"

"我们在一个学校，还会见面。"

"还不如路人一样的见面不是永别吗？"

我们根本就不该认识，相逢何必曾相识？我在心里暗念道。

"一点挽救的机会都没有吗？一丝一毫的机会也没有了吗？"她问道，又像是自问。

"找一个地方吃点东西吧。"我说。

"最后的晚餐。"她平淡地说，嘴角浮起一丝嘲笑。

华灯初上的街市。在不远处的十字路口旁边，有一家如童话小屋一般的西式炸鸡店。店门口闪烁的五彩灯光营造出一种温馨迷人的气氛。

"我要去那儿。"霄忽然兴奋了一下，像刚刚哭过被哄的孩子。

"难道你又想走进童话世界？"

"你也应该进去，哪怕是自欺欺人。"

店里的顾客不多也不少，情侣们大多坐在隔板分开的两人席上，我们也坐在那里。

两个人都很饿了，炸鸡端上来，便急不可待地大吃起来。

"我再去要瓶酒。"

"别要了，我不喜欢看你脸红的样子。"

两个人又默默地吃。霄吃得很慢，若有所思。

"真想见见那个虹。"霄说。

"别提她！她在我的心目中已经死了。"

"可是我呢？我是陪葬吗？"

"不，不是，我们完全是两个不同时期的人，要知道，我热火朝天开始我的初恋的时候，你还是一个初中生，我们的相识纯属偶然，没有必要彼此折磨。"

"你长得真像我的儿子，既可爱又可怜。"

"别说疯话，你总说你有儿子，这可能吗？"

"我随时都带着他的照片，你想看吗？"

"不，不，我没兴趣见你的儿子。"

"很可爱的，你还是看看吧！"

霄果真从学生证中拿出一张照片，递过来。我惴惴不安地接过来，一看，不禁哑然失笑。这不过是从画报上剪下来的外国小男孩的头像。这个小男孩的确惹人爱怜，一头卷发，脸上是将哭未哭的样子，一双大眼睛充满委屈的泪水。他茫然地来到这个世界上，不知在期待什么。

"你喜欢吗？喜欢就送给你。"

我不知说什么好，我为霄而感动，我深深地同情她，但是我掩饰住自己的情绪，手中拿着那张照片，既没有还给她，又不想收起来。

"你可以替我保存一段时间，省得我看到他就会想起你。不过，你要是把他丢了，我可不答应。"

我把照片揣进口袋，转移了一个话题："你说你爱我，为什么？我这个人忧郁、苦闷、懦弱、呆板、守旧、冷漠、麻木、无才无德，却又虚伪地装出怀才不遇的样子，你为什么会爱我？我在你面前完全是一个失败者形象。"

"我喜欢失败者。我喜欢失败者的忧郁和冷漠，我看到你第一眼，你脸上那种挂着失意、隐现着沧桑的表情一下子就攫住了我的心。我当时就说，完了，我死定了，我要死在你的手里。"

"两个失意的人在一起，永远也找不到阳光，永远都压抑在黑暗里。你应该去爱一个洋洋得意的成功者，或者去爱那种充满自信、总是喜欢破坏别人幸福的第三者。我有什么可爱的？连我自己都不爱自己。"

"我知道你的可怜，我理解你的苦难。你虽然外表冰冷，但内心还有一团没有熄灭的火焰。"

"我微不足道，简直不值一提，不值得你爱，一个如此绝望、沉重、厌世的人不值得你爱，我根本不懂得爱，不会爱，更不能爱了！"我知道霄陷在一种变态的爱的怪圈中，而我的不幸反而成为俘获她内心的工具。

"那就让我来爱你。只要给我机会让我爱你，不行吗？"

"你曾经说过你是不可救药的，其实我才是。认识你之后，我才知道我已经病入膏肓。"

"这是为什么？为什么当我一旦投入感情走近一个人，他就会离我而去？"

"他是谁？"

"他就是你。他年龄跟你一样大，他长得并不像你，也没有你帅气。但是在气质上与你一模一样。他答应与他妻子离婚，他答应在我大学毕业的时候为我穿上婚纱，但是他欺骗了我，当我即将离开那个城市的时候，他告诉我，他跟我之间的一切都是假的，不真实的。"

霄哽咽着讲不下去了，拿着叉子的手在微微颤抖。

"不要难过，这个故事并没有什么新意，这不过是一个随时随地都会发生的普通的情感往事，我也经历过。"

"可是我找到了你，在我来到这个城市的第三天，我找到了你。你的忧郁连同你的叹息跟他一模一样。我爱你的忧郁，我全身心地爱你。"

"霄，面对现实吧，我们面对的现实就是这样冷若冰霜。我真想能够爱上你。但是我不想欺骗你，我们两人都是感情的赤贫儿，无法彼此慰藉。有时，我很钦慕你，依然富有热情，放浪不拘，但是你在错误的时间选了一个错误的人，这只能带来一个大错特错的结局。"

"从来就是这样，当我尽心去爱一个人，甚至是受虐式地去爱一个人，我不明白我爱的人为什么总是不爱我。"

霄哭了，伏在餐桌上伤心地抽泣，引来邻人的侧目。这顿晚餐已经无法进行下去。

我试图安慰她，但是没有效果，她抑制不住地哭得更加伤心。周围向这边观望的人越来越多。我横下脸来对她说："我在外面等你。"说着，在众目睽睽之下走出餐厅大门。

天冷极了，好像突然进入了冬季。我颤抖地瑟缩在一个车站前，不一会儿，霄走出来，看也不看我，便独自一人向前走去。我过去一把拉住她。

"我会永远感激你对我的爱。"我对霄说。

霄立在那里，泪水还在向外流淌，我拿出一张餐巾纸为她拭去泪水。

"你说，为什么我总是这么倒霉？这个世界上最可怜的人就是我吗？为什么我的真情总是换不来同样的回应？"

"你是出类拔萃、卓尔不群的，上帝让你经历一些挫折，是为了让你的真爱来得更加动人。你会得到属于你的真爱的，你要坚信这一点。"

我们去追赶一辆即将启动的公共汽车。但是没有赶上。

霄凑到我的耳畔说："我真想能替代那个人。"

想不到这句话让我伤心起来，我背对她粗粗地吸着鼻子，然后牛头不对马嘴地说："我本来是要和她结婚的。"

车还没有来，我在无人的车站轻轻地吻了一下她那两瓣薄薄的嘴唇。这一刻，我觉得一切都是幻觉。

我目送她登上开往学院的最后一班公共汽车，忽然间怜惜起这个可怜的女孩来。她怀着突如其来的希望以为自己发现了爱情的灵感，却在短短的一天一夜之内被我扼杀了。我举了一把杀人不见血的软刀子，一刀就戳到了别人的痛处，而回手时又伤到了自己。

车开得不见一丝踪影了，我才独自一人向另一个方向走去。

36

在那次幽会之后，我对霄除了厌倦和内疚，全无一点依恋之情。连我自己都感到诧异和迷惑，我的情感转变竟是如此突兀绝情，短暂得没有任何过渡。只有一个夜晚，却仿佛度过了漫长的一生。我与她由陌生到彼此了解了对方的一切，包括身体上的所有细节，却又很快地归于陌生，陌生到好像就从未相识过——至少我的感觉就是这样。我走不出那个感情的陷阱，什么人都不会改变我的初心。无论她是多么诗情画意还是放纵无忌，都不可能走入我冰冷的内心。我开始躲避她、疏远她，似乎要摆脱纠缠不止的麻烦。

霄显然无法适应这种剧变，在接下来的一段时间仍然锲而不舍地来找我。她通常是在晚自习结束后，直接从教室来到我的房间，我总是不阴不阳地对她爱理不理，因此她往往只是在房间里转上几圈，便告辞而去。

有一天晚上，大概十一点钟了，我又一次听到轻轻的敲门声，霄迅捷地闪了进来。她神经兮兮的举止仍然未改。

"你怎么又来了？有事吗？"

"也没什么事，只是来看看。现在大概还没有别的女孩来看你吧？"

"没有又怎样？就是没人也轮不到你来陪我，你当你是谁？你想做我的救世主吗？"对于她的纠缠，我总是很难控制自己的情绪。

"你知道我是怎么来的吗？我们楼已经熄灯，我是悄悄从两层楼的侧梯上爬下来的。我担心碰到值勤的，一直在楼后躲了很久，才跑出来，哈，真惊险！"

"你想说明什么？让我赞赏你的勇敢和你对爱情的执着？"

"难道不是吗？如果摔下来，可能就终身残疾了。"

"没人要求你这样。"

"我只是想告诉你，为了爱你，我什么都可以不管不顾。"

"笑话！你白痴呀！你懂什么叫两情相悦吗？"

"你会爱上我的，你一定会从过去走出来的，相信我。"

"还让我告诉你一百遍吗？你没戏。我爱的不是你这样的。这跟我的过去没有关系。"

"有关系。你说过的。"

"有意思吗？扯这些不着调的东西！我就想告诉你我的感觉：我不爱你，你走吧！"

"你忘了吗？就在几天前，我们还同床共枕。"

"几天前？一年前我跟别人还差点领了结婚证。我找谁说理去？好，如果你纠结这件事，我告诉你，你可以向领导去告我，说我对你耍流氓、性暴力，说什么都行，只要你乐意！但是我告诉你，就算刚才还在爱你，现在我也有权利告诉你我的真实想法，我不爱你了，别烦我。知道吗？"

"不要这么无情好不好啦？我就想看看你，看看你都不行吗？"霄轻声哀求着，目光像孩子般胆怯。

"我有什么好看的？一个穷愁潦倒者。"

"无论你现在什么样，都是我喜欢的模样，都是我喜欢的人所变的模样。我喜欢你，你跟我想象中的人是那么一致。你忧郁的眼神，无精打采的表情，还有你的鼻子，都是我梦寐以求的。"我想起虹在给我的分手信中所说的话：某个人的一切一切都是她曾梦寐以求的，包括他的为人、才干、他对许多问题的看法，他的聪明，他在过去恋爱中表现出的丰富情感，还有他的朋友圈子，甚至他的嗓音。这就是爱吗？连同他的错误、连同世俗标准中的缺陷都成了美好的。然而，当有一个人这样喜欢我的时候，我却摆脱不了那个已经不再爱我的人。

"你有病吧？你以为你在进行诗歌创作吗？噢，对了，你是个女诗人，你臆造出一个忧郁的男人，却把他跟我混在一起。"

"我的爱是对的，这一点是确定无疑的，你创造了我的爱。"

"我已经跟你说过，我们之间已经绝无可能，你想一条道走到黑吗？难道非要碰得头破血流才回头吗？"

"跟你在一起的每一分钟都是好的。我爱你，每时每刻都爱你。我享受这个爱的过程，只要我能看到你，你不爱我也没有关系。"

我突然抑制不住地大笑起来，笑得连我自己都感到奇怪，这个声音怎么会在这个时候发出来，是我发出来的吗？忽然又觉得浑身直起鸡皮疙瘩。霄愣住了，然后也跟着我一起笑，笑了一阵儿，她又哭了："你笑什么？爱你真的这么难吗？我是真的爱你。"她说话时已经有点咬牙切齿。

"你疯了，你中邪了，你说的一切都是对牛弹琴。看看你面前的人是谁？你以为他是未蹚过爱河的痴情儿郎吗？我不会为你感动流泪，你说什么都无济于事。我的心早已是死水一潭。还是明智一点，忘了我，忘了我吧！"这句话让我心头一震，耳畔分明听见与我诀别的虹的声音。

"我忘不了，除非我去死。"

"长痛不如短痛。"这又是虹送给我的话，"你的路还长，你应该学会遗忘，或者像我一样麻痹自己，否则我们只能备受折磨。霄，你冷静点，听我说，你要比我幸运。毕竟我们之间只拥有短暂的一个夜晚。很快就可以忽略不计。我呢？整整漫长的一年的痛苦煎熬，我每天都在忍受那份回忆的折磨。"

"你应该去找她，我愿意帮你把她找回来。"

"笑话，笑话啊！要是找她就能够回心转意，我已经找她一千回了。"

"其实你不用找的，一个全身心爱你的人就站在你面前。"

"如果一个自称爱我的人站在我面前就能够让我茅塞顿开，我真要感谢上苍了。"

"你比石头还冥顽不化。"

"你不是也一样吗？这么死死地纠缠一个根本就不可能给你带来希望和爱的人。"

"你觉得我很可怜？你觉得我像一个感情的乞讨者吗？"

"乞讨？感情是乞讨不来的。我觉得你很傻。"

"那你岂不是傻得跟我一样？"

霄怔怔地凝视我，泪水噙满眼眶。忽然她用低得几乎听不见的声音说："抱抱我，抱抱我。我冷，冷得彻骨透心！"

我抱住她，她一下子贴在我的胸口上恸哭起来，这一瞬间，我被打动了，渴望像她爱我一样爱她。然而，我还是以另一种口吻对她说："正因为你爱我，你对我的真心，我才更不能欺骗你。我不想欺骗你，也无法欺骗自己。别让我找各种各样的借口来拒绝你。我成不了你的心理医生，因为我自己也是一个病人。"

"你活得太苦了，连放纵一下都不可能吗？"

"放纵解救不了你我，只会让我们越发空虚和痛苦。霄，你是一个好女孩，聪慧灵秀，会有幸福的生活等着你。好好珍惜自己，千万不要自暴自弃。"

"多么虚假天真的祝愿。不说这种幼稚空洞的语言你会死吗？"

"你诅咒我会得到快乐吗？"

"你蔑视我就会得到解脱吗？"

"对，请你让我解脱吧！你走吧！别再来了。求你别再来了。"

霄走向房门，走了两步，又回转身冲上来抱住我，伏在我身前抽泣。我木偶般站立着，对她扑面而来的热情毫无反应。她开始用拳头捶打我，又用手扼住了我的脖子，我依然毫无所动地木然呆立。她用尖细的手指卡住我的脖子，嘴上却在说："我爱你，你听见吗？我爱你。你知道我在经受怎样的折磨吗？一分钟前我爱你，爱你爱得发狂，一分钟后我又恨你恨不能杀了你。"

霄的感人语言不可能打动我。我的心灰凉麻木，可能我的血也已经失去了鲜艳的色泽。

"不要放弃我，不要这么快放弃我！不要因为我对你的爱而放弃我。你正在杀我，一个我最爱的人正用他的冷漠剜我流血的心。"

爱变成了惨不忍睹的痛苦。这正是我最不喜欢霄的地方。太沉重了，沉重得令人窒息。我一直尽可能忍受着她的卡压。当我被扼得实在喘不过气来的时候，不得不拼力一把推开她，我暴怒地冲她吼起来："你滚吧！滚！你这个傻瓜，你这样只会让我看贱你。"

"我爱你。我不在乎你怎么看我。"她扑上来又来抓我的衣领，我凶猛地掰开她的手，她又揪我的头发，我则顺势扭住了她的胳膊。然后回手给了她一记耳光。我打了她，重重地打了这个真心爱我的人。我回想起因为渴望拥有虹而曾遭受过的虹的一记耳光。现在我报仇了，却是把仇恨发泄到另一个女人的脸上。我意识到了，在情感的关系中，那个感情投入少的人总是会占据上风。

霄被我突如其来的一记耳光惊醒了，她瞪着惊讶的眼神望着我，继而失声痛哭。她一定是伤心太重，哭的时候声音哽咽，浑身颤抖。我还没有罢休，我把她扑倒在床上，剥她的衣服。剥到一半，我突然住了手："你以为我会要你？做梦吧，我就是找妓女也不会找你。"

霄一动不动地仰躺在床上，呆望着天花板，重重地喘着粗气，眼角的泪水快要流到耳朵里。

我在一阵歇斯底里之后，心情有了些许平静。有些后悔刚才说过的话。我觉得自己简直昏了头。我不该伤害这个真心爱我的人。即使是一种报复，对象也不应该是她。我拿过一条毛巾，来到床前想为她擦拭眼泪，她猛地抓过毛巾，狠狠地摔在我的脸上。

"你这个混蛋，你不是男人，你不敢爱也不敢恨，你没有男人的担当。你这个假面具，阳痿，早泄，活死鬼。"她坐在我的床上嘶喊起来。

"你骂得对，骂得痛快。我一钱不值，根本不值得你留恋。"

"我要杀了你，杀了你。"

"杀吧！杀了我算了！抽屉里有刀，柜子里有绳子，什么方式都可以。我保证不反抗。如果杀了我，你就能够快活，你就动手吧，我不会在意的。我正愁自己没有勇气结束自己。"

"你已经死了，死了。你不可救药了！"

"所以你的所作所为都是无济于事的，不要再到我这来了……"

我歪斜着脑袋，双腿盘坐在沙发上，双手拢一下散乱的头发，然后点起一支烟。漠无表情地望着她。

她走过来一把打掉我手上点燃的烟。我一点也没有发作，而是又从烟盒里掏出一支来，再次点上，而且深吸了一口。她终于收拾衣服，起身离去。

我感到，每一次与霄的交谈都无异于一次感情浩劫，她使我总是想起爱情神话破灭的那一瞬间，她使我每每想起欲爱不能而又无法割舍的那份带血的浓情。她使我内疚、懊恼、绝望，虚弱而又无力自拔，而我同时也使她这样。我对霄充满了不安与怜悯，因为我有负于她。倘若没有那个玫瑰色的午夜，倘若我没有在百无聊赖中放纵自己的欲望，那么，我与霄之间的关系也许不会变得如此令人绝望。如今，我背负的是双重枷锁：对初恋的缅怀追悔以及对霄的内疚。看来爱或被爱都是无法让人获得解脱的，我没有心理上的优越感，我的心情像失恋时一般沉重。

一个星期以后，我收到了两张音乐会的票，座位是分离的。信封里有一张字条：我只想陪陪你，远远地陪你。字迹是霄的。

我收到这封信没有产生惯常的感动，有的只是恼怒。我感到霄已经丧失了理智，她始终没有明白，这种徒劳的努力只能加重我的反感。于是，我把音乐会票附上票款全部退给了她。

第二天中午，她又来了，脸色苍白，表情愠怒："你就这么恨我吗？难道伤害你的人是我吗？"

"想要不再受到伤害，就不要自取其辱。"

"你是世上最绝情寡义的人。"

她走了，门在她身上砰的一下撞上，仿佛从此我们阴阳两隔。

霄的爱是我青春时代唯一的凭据：爱，真正的爱，只是错失。我真正爱过的人不爱我，真正爱我的人又无法使我动心。我仿佛伫立在爱的荒漠。眼望着爱像一丛火焰，只为逝去的时光燃烧。我说不清楚此刻的感触，到底是酸楚、疲惫还是麻木？霄好像一直在表演，演着一个与她本色极其反差的角色。她变得那样不真实——从我与她相识起，她就在扭曲自己，尽管我并不知道她的真实内心究竟是什么，而当她刚刚渴望表达真实的时候，我却由于恐惧而逃之夭夭了。

　　我惧怕她的爱情，因为我惧怕真实的感情。我惧怕这种真实的感情可能带来的真实的伤害。

37

我与霄的故事大概就是这样结束的。

以后我又见过霄几次，一次是在课间休息时，我躺在草地上无意间看到一身黑衣黑裙的霄正站在教学楼顶的平台上目不转睛地盯视我，盯得我毛骨悚然；还有一次是我在图书馆查书的时候，透过书库的窗户，看到霄正在学院礼堂空无一人的舞台上跳着类似土风舞的即兴舞蹈，长长的黑发风一般飘起来，随她的身体旋舞着。隐隐地听见钢琴敲击的伴奏音乐。不一会儿，琴声停止，一个戴着白边眼镜的男生加入进来，两人很快抱在一起，在舞台一侧毫无章法地旋转。很快就跌倒在舞台上，随后是翻滚。闹累了，又倚坐在钢琴旁，两张嘴紧紧贴在一起。三角钢琴上端的一支蜡烛闪着微弱的光芒……

还有一次是周末，我无所事事地来在校园门口的一个酒吧里，坐在高凳上，要了一杯啤酒，正要喝，忽然看到了霄。她在一个昏暗的角落正伴着摇滚乐的节拍不停地扭动。她的身边还有几个不三不四的男子。他们无所顾忌地疯跳着，不时发出放浪的笑声。霄秀美的披肩发像马鬃一样飘动，目光游移如梦。一支点燃的香烟在霄和这群人的嘴上传递，这时的霄显得轻佻而快活。霄那一次也看到了我，一丝吃惊从她的眼中掠过，很快又恢复成惯常的漫不经心。她的目光不时地飘向我的方向，像在故意展示她的举动。我狂喝几口酒，不敢与她的目光相碰，不一会儿便悄然离开了。

最后一次见到霄是在十月末的雨季，那时我已经知道她被学校开除的消息——她是在秘密离校去打胎的时候，被宿舍的女生告发的。那天傍晚，我从自习室出来，忽然看见她的身影在我前面的路上一闪。我忙叫住她，她回转身望我，表情在瞬间经历了几种变化，先是凄然一笑，继而黯然失神，最后又恢复到她那充满嘲讽的神态。两个人僵立在那里，一言不发。没有对视，只有沉默。

我想走近她，她却忽然扭身而去。我喊她，她头也不回地跑开。爱雨的霄，喜欢在雨中听肖邦的霄，与我有过一夜之欢的霄与我失之交臂，消失得无影无踪。

这就是我与霄的诀别，没有嘶喊，没有哭泣，更没有动人心魄的话语。我想如果在初恋中曾经与虹有过一夜之情，并且完完全全地彼此拥有，那结果又会是怎么样呢？其实也不好说。会不会也是分手的结局呢？因为缺失所以美好、因为得到所以幻灭会不会是所有情感的宿命呢？只不过出于对虹想象中的巨大缺憾，才导致对霄的交往中一次逆反式的爆发。霄无疑成了一个虚幻的美妙交合的反衬。

霄的爱是我青春时代唯一的凭据：爱，真正的爱，只是错失。我真正爱过的人不爱我，真正爱我的人又无法使我动心。我仿佛伫立在爱的荒漠。眼望着爱像一丛火焰，只为逝去的时光燃烧。我说不清楚此刻的感触，到底是酸楚、疲惫还是麻木？霄好像一直在表演，演着一个与她本色极其反差的角色。她变得那样不真实——从我与她相识起，她就在扭曲自己，尽管我并不知道她的真实内心究竟是什么，而当她刚刚渴望表达真实的时候，我却由于恐惧而逃之夭夭了。

我惧怕她的爱情，因为我惧怕真实的感情。我惧怕这种真实的感情可能带来的真实的伤害。

从另一个角度说，霄是不幸的。我想为这个可怜的女孩鸣不平。她的诗情、她的少年时代的不幸、她所谓的心理的沧桑理应让她获得某些生活的补偿。然而，她又一次事不如愿，她的伤口又一次被撕破流血。而伤害她的人又是她萌动真情的人。而且这个伤害她的人自身也刚刚受到过重创。是的，她在错误的时间碰到了一个不该碰到的错误的人。她成了我初恋的陪葬，成了我失恋综合征的牺牲品。我无意伤害她，如果是在另一个时间、另一个空白的记忆中，我或许会发狂地爱上她，就如我爱上我的初恋一样。但是这已经没有了可能，一个无力自拔的人，一个百毒缠身的人何以自救，又何以助她？

我伏在床上，耳畔一遍遍回响着她痛苦的呻吟。打开电源，录音机里开始播放霄托人送来的一盘录音带。里面很快传来霄说话的声音，这是霄留给我的最后声音，听来浑身彻寒无比……

　　　他已经成了一种象征。

　　　那一种渗入灵魂的创伤。我不停地跑啊，不停地追啊，他永远是差一点就追上却永远追不上。

　　　他沉没在我灵魂深处的深蓝色里，爱就是梦，具有梦的一切逃避。

　　　我已经感觉到一切都将蜂拥而至，我可能无法承受它。

　　　因为我无法承受自己。

　　　我不愿提起某个人的名字了，他睡得很好很香。

　　　他永远是被抛弃的，他快乐地呻吟。

　　　他没有永远的恋人，他的恋人一个个匆忙地诞生和死亡。

　　　他冷酷的目光令人怜悯，忧郁的眉间、高贵的鼻子与优雅的人中令人怀念。

　　　我想时间无限漫长，我可以读着一本又一本的小说、诗集，呼吸在梦里。我还想随手捡起树枝，在泥土上写诗，写故事，又让风抹去，那只是我最安宁的愿望。我的梦永远在可能与不可能之间。

急促、响亮和不可遏制的呼吸和紧握杯子的手令人神往。

闪电是紫色的，雷鸣却五彩缤纷。

脏孩子是最自然的，我还是个孩子，我总在巴望那个突然的、猝不及防的成熟走得慢些。

我总爱待在最高的地方，人少，离天近。

我是为着你的失恋而爱你的，那是你生命的一段行程，它成了一种苦难的优美，但是它们不会长久，除了我，没有人会终生依恋它。

我是不是在渴望着一种神秘而致全的东西？我尽量一个人待着，像活在荒岛上，孤独带来的东西太美了，美丽得让人绝望。

这样的等待如此漫长，我希望它漫无边际，让人绝望而刻骨铭心，奇迹也许会在崩溃的边缘降临。

我深深地爱着黄昏和夜晚空气的温柔，任何人都消失了，我模糊地过着一天又一天，我对世界所有的期望只是一张床，我快要哭泣了，不是痛苦，是感动，我终于走到沙漠了。

我是靠虚无来度过虚无的一生的。我活在图画里、文字里、音乐里、舞蹈里、天空里，树里、风里、雨里、黑暗里、沙漠里。

我不想死，也不想生。

我永远是个失败者。

我说我要永远爱你，那是回忆，像渐渐走远又永远不会消失的脚步声，一种恍如前世的回音。

我变换自己去流浪，我不可能忍受什么凝滞的东西，我不会有终身伴侣。

刚才我突然极想抽烟，冲出大门，去抽烟，这不是享受，我只是想强烈的痛苦的刺激。

我想呻吟，在这期间，所有的记忆全部丧失。

你消失在芸芸众生里，我无法再辨认你。

我为什么非要爱才可能活下去？因为爱一个人可以让你的目光有所注

视。因为我总在寻找，寻找自己都不明白的东西。

突然之间无影无踪，仿佛生命终止了，每一天都变成了一瞬间，没有知觉，阳光好得让人惊慌。

爱是温柔地受伤。

我失去了，但是我步入了你的内心。我是一个心灵的冒险家，一次次地受伤，一如既往。

无意中，我爱过许多人，在他们全神凝视我的瞬间，因为一个瞬间而爱上全部，才是美丽的错误，我极力挣扎。

生活在激情里会很累很累，我每天坚强地守候，守候过去，也守候未来。

也许我有的，是最苍老也最年轻的心。

我这个无人爱抚的女孩子只会赤裸裸地穿过荆棘，走向圣地。

世上有多少人理解甩甩头就可以走开的爱？

我在漆黑的车站等待载我流浪的火车。

祝福声很凄凉，因为挨得很近却要分开了……

停止键在播到半面结束的时候自动弹了起来。屏住自己急促的呼吸，我喝了一口水，听见冰凉的水从喉咙通过肠道流进肠胃的声音。很长时间，我才平静下来。霄要走了，带着她永远的秘密。我发现自己其实远远没有读懂她，因为我没有这种能力也没有那种坚强。我将同一个熟悉而陌生的人永别了，她曾有过的经历给我留下一段无法填补的空白。

清晨，我去早市买了玫瑰，然后到她的宿舍送她。她的同学说，她昨天晚上就走了，一直没有回来，包也提走了。在她空荡荡的床头墙上，一个满脸胡须的阿拉伯男子正冲着我神秘地微笑。我还是把花放到她只剩下床板的床头。

我向任课教师告了假，盲无目的地在街上闲逛，我知道我再也找不到那个一夜之欢的地方究竟在哪里了。回来的路上，我看见一个疯女人，她坐在一家商店门口的路沿上，正在一点点地脱去自己的衣服，终于她把上半身完全赤裸在光天化日之下，向着路人嬉笑，几个半大小男孩眼睛直勾勾地盯着她的胸脯，也嘻嘻地笑着。

不知怎么，这个女人让我痛楚地想到了霄。

第三篇　雯

38

在我记忆初萌之时，性以及与它相关的行为就是一个如此神秘而邪恶的概念。每个人都热衷于谈论强奸犯，在咬牙切齿痛恨的同时，又分明有一种别样的快感。

即使在那样一个类似囚禁的时代，我的整个少年时代一直为一件事而心神不安，那就是渴望看到女人身体的秘密。我曾多次试图偷窥女浴室，每每当我洗澡出来，看到对面简陋的女更衣室的门打开又迅速地关上，就恨不能让我的眼睛在门关上的那一刻从门缝钻进去。我不能理解我的少年时代为什么总是忧郁、烦躁或突然兴奋不安。在那个时代关于女人的秘密封闭得严丝合缝，连一点暗示都寻找不到，这越发让人好奇不已。我常常在下课的时候，站在窗前，盯着操场上跳皮筋的女孩子独自发呆，我想象着她们的身体和身体的细节，往往因为不得其解而莫名消沉。男生们在一起的荤话，也无非是简单的动物交配之类，根本无法满足我对女人的求知欲望。后来，我在家中书架的一角看到了一本厚书，叫作《农村医疗卫生手册》，在那里我终于发现了我朝思暮想的秘密，却又怎么也无法与一个真实的女人联系在一起。那张生殖器剖析图太具有科学性了，让人产生不了一点真实的美感。

我开始手淫是在小学四年级，最初的想象不过是漂亮女孩的脸，往后就变得淫秽起来。这件事对我的心理造成了极大的影响。原本就多愁善感的我变得更加敏感、自卑、怯懦，不知是否由于这一习惯的缘故，我的发育比同龄孩子要早，当下体早早地长出阴毛的时候，由于害怕被人耻笑，我曾经很长时间不敢去泳池游泳……在想象中，我大胆无忌，与每一个喜欢的女孩贪欢，但在现实中却羞怯得近乎变态，从不敢与女生说话，甚至不敢正视她们的目光，听到任何一个能产生联想的字眼都会让我满脸通红。然而，在独处的孤寂时刻，我又会变得恣意妄为。

我不断地谴责自己这种两面派手法，结果却导致我变本加厉地继续在想象中作恶。纵情狂欢之后往往是极大的犯罪感和极度的空虚和失落。有时我自卑绝望到了极点，觉得自己是不可救药的罪人。现在看来，这件事对我的人格成长造成了极为恶劣的影响。

我记得在我高中二年级的时候，我的父亲就曾语重心长地告诫我不要在作风问题上犯错误，至于什么是作风问题，他没有细说。他讲这段话时，眼睛都没有看我，好像不好意思又明显在掩饰内心的紧张。而当我大学一年级回到家，告诉他学校里已经开始跳交际舞时，他的反应更是过激得可笑。他说："胡闹，简直是胡闹，学校都变成什么了？你不许跳，听到没有？把心思用到学习上。"

我为我的父母感到悲哀，他们大概还不知道他们的儿子的无耻勾当：把一个萍水相逢的女孩子带到一个陌生的地方纵情一夜，然后像扔一双球鞋那样弃之不理！失恋已经让他们为我的情感问题伤透了心，他们要是知道我如今如此不负责地伤害另一个女孩子，又会做何感想？

我常常问自己，我们这一代人在历史中究竟扮演了什么角色？

只不过是历史悲剧性的过渡人物。换句话说，如果我出生在七十年代，那么类似虹的创痛和霄的悲剧就可能不会发生，上一代以为沉重的东西在下一代眼中只是一张轻薄的窗户纸。

秋意渐浓，或黄或绿的树叶落满了校园的小径，萧瑟的秋风掠过日渐稀疏的枝头，令人感到阵阵凉意。

傍晚，陈宝根突然造访。他在南方一所大学图书馆工作三年后，与我同期考上研究生，他考的是P大学原来的专业。

我们两人像阿尔巴尼亚人那样拥抱，然后又像老战友重逢似的狠击对方的肩头。

"走，我们吃饭去。门口有家餐馆不错。"

"去你们食堂吧，看看有什么秀色可餐。"

两人一起到食堂买了凉菜和小炒，陈宝根的眼睛盯女生盯得出了神，好容易才把他拉了出来。酒是必不可少的，我拎着一瓶二锅头，他抱着几瓶像手榴弹一样的啤酒，回到我的宿舍。

他看见我还是一人住一个单间，不由得羡慕地说："老兄，还住在新房呀！"

"本来应该搬到研究生楼，但房管部门也忘了追究，我也就赖了下来。"

"条件多好呀！多好的作案地点。"

"你如果需要，我可以借你。"

"没准儿到时候还真得找你。怎么，现在还一个人单过？抓紧呀！别辜负了这房子。"

"我对女孩没兴趣，我烦她们。"

"有病了不是？要珍惜青春，不要太痴情，怕什么？即使屡战屡败，咱们也要屡败屡战。"

"唉，我他妈被女孩害苦了。"

"这是自虐，自作自受，没谁欣赏你这样！这年头痴情不值钱，无人赏识，想那么多有何用？咱们这拨人坏就坏在这上面。"

陈宝根举起酒杯，毫无目的地跟我碰了一下。

一杯酒下去，我觉得脸上发烧，眼圈发热，突然问了一句："你看见过她吗？"

"还惦着呢？"

"见过吗？"

"见过，不过没怎么说话，她还有一年就研究生毕业了，听说正在考 GRE，准备出国。"

"她……"

"她问你怎么样，我说很好。她变得很厉害，不再是小女孩，烫了头，显得比实际年龄大。"

"她一直都是少年老成。"

我端着新倒满的一杯酒，仔细地捕捉着陈宝根讲的关于虹的每一个字。但是，在脑海中怎么也形成不了已然陌生的虹的形象。这使我的心情愈加沉重、抑郁。

"我的悲哀在于，我以为我如此爱她就会换回她同样的爱。"

"痴情者都是这么想的。这没什么大不了的。"

"如果说她是故意伤害了我肯定也不是，但确实重重地伤害了我。这个伤害真的很重，留下永远无法愈合的伤痕在心里。"

"你呀！你根本想不到这些漂亮女人心中的想法，至少绝不像你想象的那样。"

"最他妈傻 × 的是，她拒绝我之后，我还一次次自虐般地找她，求她，像个乞丐一样。我稍微有点骨气都可能会让她高看一眼。"

"这倒不必自责了，谁都知道你是一片痴情，她也知道。她心中还是会有感动的。当然，这仅仅是感动，不会改变决定。"

"你知道吗？我最痛恨自己的懦弱胆小，如果早知对她的爱是如此痴迷，想到失去了她我便再也不会爱上别人，我拼死也不会放弃。"

"那又能怎么样？结果还不是一样？"

"你说我怎么会对她爱得如此之深？"

"其实没有什么，只不过因为这是第一次。我跟你打赌，以后你绝不会再这样爱一个女人了。"

"这样的分手，对我而言就跟她已经死去一样。"

"你若真能这么想，也算一种解脱。"

"也许我早该这么想，现在我的心也已经死了。"

"行了，这样灰心丧气就不对了。你想想，漂亮的女人是祸水，受她伤害的又不是你一人。你毕竟还有过一场。有些人全藏在心里，那是啥滋味？"

"耿志刚现在怎么样？"

"找了一个，母夜叉似的，比他大两岁，医学博士，看谁都是病人。他可比你惨多了。"

我摇头苦笑，觉得这样的类比简直是残忍。

"在你追虹的第一天，我就告诉你，此人绝非等闲之辈，但那时说多了也没用。也别后悔了，我早就说过精明的女孩不可爱。你记住这一点，她的心情不见得比你好过。你想想，如果一算计，感情还能有多少分量？在她们眼中温柔只是一种手段，那还能叫温柔吗？再说她那份清高不过是青春的筹码，老了怎么办？"

"她并不是一个势利的人，只是看问题更为成熟而已。"我低头望向泛着细碎啤酒花的酒杯。

"到现在还护着她？好，我不说了。来，喝！"

"你说男人是不是特贱？专爱不爱他的女孩？"我想起了可怜的霄和她那双楚楚动人的眼睛。这一刻，我极端后悔那个狂乱的午夜带给两个受伤心灵的创痛。

我拿过一张报纸挡住自己的脸，我不愿他看到因为他攻击虹而带给我的伤害。五十六度的二锅头已在我体内酒性发作，我觉得脸颊发烫，胸腔内犹如烈焰燃烧。

"你应该学会恨她。"

"别说了，"我低低地请求陈宝根，"我没办法恨她，恨过之后，想她想得会更厉害。你不知道那种无望的思念，那真是撕心裂肺呀，恨丝毫无法改变什么。"

"我告诉你，你不能再这样下去了，这样下去就没救了，你就完了，你就毁了，毁了，你知道吗？"陈宝根的两眼发红，额头上渗出豆大的汗珠。

"我已经废了，我现在对任何人任何事都提不起精神，简直就是一个行尸走肉。"我扔开报纸，抱着发涨发紧的头，颓然地望着眼前的空酒瓶子发呆。

我拿起空酒瓶子对着自己的嘴，等待着最后几滴酒从瓶底滑向瓶口，浓烈的辣味终于从舌尖滑向我干哑的喉咙，我把瓶子扔到桌下，感到眼圈烧得厉害，"你以为我还在惦记她？不对。"我晃动着自己的手指，眼睛有点发虚，"告诉你吧！如果你告诉我有一种药能够遗忘过去，我现在就吃。我真的想忘了她，把她从我的记忆中赶走，不留一点痕迹。"

陈宝根吐出一口酒气，抱住我的肩膀说："朋友，没有别的办法，只有时间才能消磨一切。"

陈宝根转过身去直勾勾地盯着挂历上的一张美人出浴图，黯然神伤："女人啊，你们值得男人这样爱吗？"他用两根筷子咔吧一声打开一瓶啤酒，然后像灌凉水一般地喝起来。我也拿出一瓶啤酒，卡在桌沿试图用手掌把瓶盖拍开，陈宝根见状，夺过酒瓶放到嘴边一咬，瓶盖开了。我随他一起喝起来，他喝多少我喝多少。此时，我觉得胸口快要爆炸了，嗓子干得直冒烟。

"太渴了，你渴吗？你想喝水吗？"

陈宝根撕开衬衫，露出赤红的胸膛："喝酒，还是喝酒好。"

于是我们又对着瓶子吹，直到喝得摇摇欲坠为止。陈宝根四仰八叉地瘫在我的床上，握住我的手说："去爱吧，重新去爱吧，爱个死去活来。唉，我怎么这么难受——真他妈难受——啊！"

我推开他的手，退后几步，失魂落魄地摔坐在沙发上，将发沉发涨的头埋在膝弯里。

我们坐在湖畔一个废弃的菜棚里，肩并肩靠在一起。她是平静的，像这片波光不兴的湖水，像远处那片朦胧的丛林。她充满好奇，但只是因为好奇，并不会掀起她内心的波澜。她不会打断我哀伤的讲述，听得很认真，纯真无邪的眼睛凝望着我翕动的嘴唇，正如在听一段遥远的、与她毫不相干的故事。

39

专题片《心中的绿地》几经波折，终于通过院领导审查。若非八面玲珑的邓勇从中斡旋，这个片子早已胎死腹中。其间那个马领队没少在领导那里滴眼药、打报告，矛头主要指向我本人。着急的时候还大暴粗口，说我是臭文人，还他妈什么诗人，简直就是流氓一个！成事不足，败事有余。还说我与纪录片中的女主角关系暧昧等等。他说得没错，我还真就是这样的一个人。对于我名誉的攻击和指责都是我罪有应得。我知道我敏感、清高、自闭，不善与人沟通，臭毛病一堆，但又是本性难改。像我这一路人在社会上是必然不会讨人喜欢的，一不小心就会与人结怨，而我又经常不小心。不过，现在的我就是一副死猪不怕开水烫的心态。当我最为在意的人离我而去之后，其他人对我的评价已经引不起我的任何关注。

影片报给大赛组委会，最终获得首届希望杯大学生专题片评比纪念奖。这不过是安慰奖，其实获不获奖都不重要，这个片子早已经被改得面目全非。关键是它成就了我另一段悲伤的记忆。当我再次在片子中看到霄的时候，心中的愧疚感油然而生。霄是可怜的，她被我伤得太重了。而我又是无奈的，一点也没有因为伤害她而减少我自己所受的伤害。从这一点来说，我们都是受害者。

组委会邀参赛者出席颁奖联欢会，由参赛各高校表演文艺节目。闲着也是闲着，团委的几个领导、邓勇还有我都去凑个热闹。

R学院的节目是配乐诗朗诵《火的洗礼》，由专题片《心中的绿地》的解说词配音雯和电视台另一位男播音员表演。两人均穿着军训时穿过的绿军装。

在整个节目进行当中，我一直目不转睛地盯着雯。表演结束后，她坐在圆桌一隅静静地喝一瓶汽水。她言语不多，每个节目结束后，都会放下饮料礼貌地鼓鼓掌。她的脸庞是椭圆形的，晶莹如透明的玉石，眉毛很细、很淡，目光平和，带着淡淡的忧郁。她是这样一个女孩，她的秀美藏在安详静谧之中，只有仔细观察才能发现。

"你觉得咱们那部专题片怎么样？"我主动与她搭讪。

"怎么说呢？还可以吧！起码没说大话，否则肯定遭反感。但是我觉得解说词太长、太啰唆。"

"是有这个问题。我在写的时候就感觉到了，往往写着写着就收不住了，忘了注意声画对应关系。有些地方有画面展示就没必要重复解说了。这是我的失误。"我大度地承认道。

"对不起，我不知道解说词是你写的。其实还是挺优美的。"

"没关系，我应该谢谢你才是。"

"听说你还是一个诗人？"

"那是我年轻时候的事。"她对我竟然有所了解。

"好像你多大似的！"她活泼地笑了，并用手捋一下自己的头发。我将一袋话梅推给她，她接受了，并对我嫣然一笑。

"你以前学过播音吗？"我轻声问着，我喜欢听她说话的声音。

"没有，只不过喜欢，中学时老师总让我领读课文。"

"播音没多大意思，照本宣科，太死板，没有多少创造性。你的嗓子不错，应该学学配音，学会用声音表达细微感受，用声音塑造形象。回头你到我那里去，我有好几盘外国影片精彩对白的磁带。"

"真的？太好了，我最喜欢童自荣、李梓。"

"我那里有电影《简·爱》的录音剪辑。"

"那你一定要借给我。"

"我可以送给你。"

"那不行，你自己就没有了，我不能夺人所爱。"

"我可以转录一盘给你。"

"谢谢你。"雯又一次露出平和的、嫣然动人的微笑。她的牙齿洁白小巧，十分整齐。

晚会结束了，雯答应次日晚上到我那里去。

雯来的时候，我已经在听《简·爱》的录音剪辑。这个剪辑我听过多遍，精彩段落已经会背，但每每听到震撼人心的主题曲响起，仍然令我激动不已。简·爱高贵典雅的气质总是令我想到虹。《简·爱》是虹最爱看的一部电影。

房间里很暗，只开着一盏橘红色的小灯。雯迟疑片刻，还是坐在离我很近的一把椅子上，她靠在桌边，双手支颐，听得分外认真。我把一只掰开的橘子放在她的身旁。橘红色的灯光映照着她脸庞的侧影和她洁白、细嫩的纤纤玉指。

一遍听完了，房间里静得没有一丝声响，随后是录音机倒带的声音。接着，雯反复播放简·爱与罗切斯特重聚时的对话，她听了足有四五遍。

"是不是不太理解这段对话？"我问。

"是有点，我觉得两个人的感情都很复杂。"

"这是成年人才有的深沉之爱。我上大一的时候也不理解。"

"你怎么总是摆老资格？好像自己饱经沧桑似的。"雯浅笑盈盈。她的两腿紧紧地并拢在一起，身子挺得直直的。我觉得她一切都是整齐、规矩的，她的头发，她

219

的衣着，她的言谈举止。她大概不会是一个富有激情的人，因为那样会破坏她的整齐。

"毕竟比你多经历一些事情。"我示意她吃橘子，她拿了一小瓣，小心翼翼地放进嘴里。

"难怪你总是一脸旧社会，对不起，一开始有人这么说，我还没在意，一看还果真如此。"

"是我该说对不起。你又没欠我钱，是吧？"

"你还挺诙谐的嘛！"

"是自嘲，我喜欢自嘲。"

"那说明你骨子里还是很自信的。对吧！"

"故作姿态吧。你恐怕不会理解人为什么要叹气。"

"是不理解。"

"上大学前，谈过恋爱吗？"

"嗯，怎么说呢？谈过吧！他是我同班同学。"

"现在呢？"

"分手啦！"

"谁先提出的？"

"我考上了大学，他没考上，所以就分手了。"

"你不觉得难过吗？"

"刚开始有点，很快就忘记了。"

"这算谈恋爱吗？"

"应该算吧！不算又是什么？"

"倒也是。"

"能不能把大灯打开，我觉得挺压抑。"

"嗯……我看最好还是别打开，两个人突然暴露在光天化日之下，会不习惯。"

"那好吧！"

我把录好的电影精彩对白的带子交给她。她说，改日把空带子还我，我说不必了，区区几盘带子。她竟说，我从来不随意拿别人东西。我说，你简直还像个中学生。

她提出要走，我说再坐一会儿吧！

她说："那好，再坐五分钟。"

"你长得很美，尤其是笑的时候。"我说。

"谢谢，你也挺英俊的。"

"但愿这是实话，你能常到我这儿坐坐吗？"

"干什么？"

"我给你讲故事，关于我的故事。"

"也许吧！只要我有时间，又想来。"

她又提出要走，我一下抓住她的手，她的手柔软如水："再坐坐怕什么。"但她挣开了。

"五分钟到了，我必须走了。"

两个人面对面站着。她微微仰视着我，天真无邪的眼睛闪烁不定，嘴唇下意识地抿着。我能够感觉到她细微的呼吸。

"要是早一点认识你就好了！"我喃喃地感叹道。一张白纸一般的女生或许能够让我没有负担地潇洒面对感情。

"你说什么？"她的声音轻柔甜美。

"不，没说什么。"

"我要走了。"

"等等！"说着，我一把把她揽在怀里，强吻她的嘴唇，雯被这突如其来的举动惊呆了，但立刻唔唔叫着，挣脱开来。

"你怎么能这样！"雯平静的脸庞泛起红晕，但不是愤怒。

"对不起，我失态了。"

"你对每个女孩都这么随便吗？"

"不，绝对不是，我今天太冲动，对不起。你是不是觉得我很坏？"

"不是，但你不应该随便碰一个女孩子。我还不认识你。"

雯凝视着我的脸庞，眼中闪出一丝恐惧。

"我不会再这样了，我向你保证。"我的耳畔却响起陈宝根醉醺醺的一句话：这世上已经没有纯洁了。

"我该走了。"雯的声音轻得几乎听不见。

"你还会来吗？"

"我不知道！"

门轻轻地打开又关上了，我站在屋内听到雯轻盈的脚步声渐渐远去，觉得刚才那冲动的一吻十分荒唐。

接下来的一段时间，我没有再邀雯到我黑暗的房间里来。我信守我许下的诺言，没有再次碰她，也似乎不再有这种冲动。

我们到郊野散步，到附近的渔场等待日落。冬日已经来临，树木只剩下空落落的枝干，晚风阵阵，空气清冽。

两个人站在一片宽广无人的水塘旁，水塘即将结冰，水面上漂浮着一些塑料袋之类的杂物。从东北方向传来的晚风拂乱了两个人的头发。

她说，有一天，她要去做牧羊女。

我说，我要开办一个游乐场专供那些爱做梦、爱幻想的女孩放牧之用。

她问，以前的女孩为什么要离开你？

我说，因为她太了解我了！

"我如果真的爱一个人就不会。"她说。

我的眼睛盯着一股幽幽的泉水，觉着雯就像这股泉水一样，不知会流向何方。

"她了解了你，怎么又会离开你？"

"因为她发现我不是她想象的那样。"

"我不懂。你爱她吗？"

"很爱。"

"那她为什么还不珍惜？"

"也许因为我太爱她了。"

"这我就更不明白了。"

"这就是人生。有些时候只有亲身经历才会明白。"

饱经沧桑之后，突然碰到了一个情窦初开甚至还没有长大的女孩，倒是让人感到平和了许多，谈话也像师生之间的对话那样随意轻松。

一天，我们在太阳刚刚爬上天空的时候，去逛圆明园。这时候的圆明园静寂无人，刚刚下过雨，树上的槐花湿漉漉的，一匹小马驹在漂着浮萍的池塘边吃着已经枯黄的干草。雯想去喂它，它却惊吓得跑开了。

我沉浸在诗意盎然的气氛里，觉着纯净、舒心。但是雯又一次提到了虹，她对虹有太多的疑问和好奇，却又无法理解。

"她长得漂亮吗？"

"很漂亮，像你一样。"

"我一定不如她好看。"

"她比你成熟。"

"那当然了，她比我大嘛！"

"不对，成熟不一定是靠年龄来衡量的，有些人一辈子都长不大，而她很小的时候就是一个深谙世事的女孩。"

"我想不明白，我想象不出她会是什么样。"

"为什么都要明白，这样不是很好？"

我搂住了这个小女孩的肩膀，像搂着一位永远长不大的小妹妹。在她的面前，我忽然感到自己的苍老。

雯侧过脸来对我天真地笑着。我忘记了曾经强行吻过她，她也忘了。我们都不再记得这件事，也没有这个愿望。一切好像还没有开始。

一个女孩，假使她对你的苦难丝毫无法产生共鸣，你是无法真正与她沟通的。雯是一只透明的水杯，无法盛载浑浊的泪水。

我们坐在湖畔一个废弃的菜棚里，肩并肩靠在一起。她是平静的，像这片波光不兴的湖水，像远处那片朦胧的丛林。她充满好奇，但只是因为好奇，并不会掀起她内心的波澜。她不会打断我哀伤的讲述，听得很认真，纯真无邪的眼睛凝望着我翕动的嘴唇，正如在听一段遥远的、与她毫不相干的故事。

终于，我离开静坐不语的她，独自向一段小桥走去。她没有跟上来，而我仿佛已经重回往昔……

40

雯与我在圆明园不辞而别。她是在我不经意间离开我的。

一个人很容易就会从你的生活中消失，你也许再不记得她。或许一段栩栩如生、丰富多彩的生活只剩下一句话，一个模糊的眼神。

关于雯，我记得什么？好像只剩下吻她那一刻舌尖触到她洁白牙齿的感觉。

学院第一教学楼每周二晚都要播放卫星传送的英语新闻和英语节目录像。这种时候设有大屏幕的录像室总是人头攒动，各个专业、不同年龄的学生都热衷于在这个时候会聚在一起，连过道都挤满了人，或站或坐，抻着脖颈等待节目开始。

灯光熄灭之后，往往首先播放学院新闻社自制的校园新闻，毫无耐心的观众总是对这类新闻嗤之以鼻。尤其是未经过播音训练的校园播音员出现在屏幕上的时候。这天首先露面的是一位表情呆板说话极快的男播音员，立即引来一阵敲桌子、跺脚之声。接着出现的播音员是雯，全场却意外地安静下来。这大概是她第一次出画面，可以看出她极力掩饰的紧张。不过，她甜润的声音、文静的形象还是颇有人缘，近一分钟的口播没有引起骚动，甚至有人开始打听她的姓名，显然雯很快就会成为校园人物并成为男生们关注的焦点。

屏幕上的雯体现出南方女孩特有的娇柔甜美的气质，似乎比生活中显得更有韵味。

这一晚上的英文录像，我简直不知所云。从录像室出来，雯温婉动人的脸庞一次次在我的脑海闪回。对她的思念变得十分具体，具体到想她的整洁和单纯，想她由于不谙世事而表现出来的随意、淡泊。与她交往的短短一段时光仿佛有了一份意韵隽永的回味，一种从未有过的酥醉之感渗入心田。雯会成为结束我苍凉的情感历程步入新奇风景的一位笑意盈盈的导游吗？

每个女孩，当你仔细回想的时候，你会发现她们有着如此鲜明的不同：千差万别的性格、不同的成长经历、身体的细节所造成的奇妙细微的组合，形成了永远不会雷同的个体。然而，令我深感悲怆的是，一些先入为主的东西使许多新近发生的故事囿于往昔生活的模式而失却了应有的活力。

我必须设法摆脱了，不在摆脱中获得新生，只能在失望中灭亡。我不能再愧对生活给我的机遇，这是我生命延续的必要条件。

晚自习的时候，我只做了一件事，那就是给雯写信。窗外星光闪烁，凉爽的夜风透过窗隙吹着信纸沙沙作响，让人觉得拥有一份感情的期待真好。

> 雯：
> 　　我一直幻想你会悄然降临，即使远处的脚步声和风声也会使我心神不宁。但是我无法了解你的行踪。
> 　　你何时能来，别让我每天等你到夜深人静。
> 　　我无法想象你在做什么！或许你很忙，或许你很累，或许你由于无法读懂一本枯涩的老书而把它弃置一旁；或许……
> 　　但是，答应我，让我们共同拥有更多的时间好吗？让我们能够痛痛快快地把话说够，好让我在漫长的一个星期里有更多的期待。要知道，我们在一起的时间太短了，有时候，我真希望世界上所有的钟表都出了故障，希望我们能到不知道过去和未来的沙漠里流浪……
> 　　对了，我想让你帮我起个笔名，你帮我想想，行吗？
> 　　上二外俄语课时，我给你和我自己分别起了一个俄国名字，你一定不知道是什么。
> 　　用你起的名字来交换吧！
>
> 　　　　　　　　　　　　　　　　　　　　　　　　　　　想念你的文

写信的时候，我已经完全把她视为恋人，期待着这个清纯可爱的小女生会突然跳到我的面前，好奇地向我问一些幼稚天真的问题。思念在这一刻强烈震颤着我的心弦。

我把信投进校园门口一处寂静的绿色邮筒，开始了咫尺之距的期待。

我喜欢校园里将暗未暗的傍晚。晚间音乐依然像轻纱一般在宁静的林丛、湖岸和草圃上飘荡，拿着书本的学子们匆匆忙忙向着各个方向奔走——去抢占一个晚自习的最佳位置，去上课或去听他们中意的讲座。这时候，富丽堂皇的图书馆和宽大的窗明几净的教室里的白炽灯一盏一盏亮了起来，织成了一幕温馨、恬静的校园夜景。

这是信寄出的第三天，我料定雯已经收到。她会来吗？又一次等待开始了，我在房间里惴惴不安地踱步，渴望听到她的敲门声。

雯如约而来，背着一个鼓鼓囊囊的旅行袋。她穿着一身蓝色牛仔套装，这与她一贯的温婉气质不相吻合。

她坐在我房间里的一张旧沙发上，神情略有不安。不时抬腕看表，又问我今天几号了。她显然对到我这里有些犹豫，神情中透着些许陌生。

"文老师，找我有事吗？"

"别叫'老师'，我说过我现在跟你是平等的。我也是学生。哦，也没什么要事，只是想跟你聊聊。"

"那就聊吧！"

"那天在圆明园你是不是生气了？"

"没有哇！我看你在想心事，就自己走了。"

"我发现你突然消失了，很着急。"

"没什么，你有你的心事，我也有我的心事，咱们想的肯定不是一件事！"

"你是不是觉得我活得很沉重，与你不是一代人？"

"有点吧！但这不是主要的，我在想，一个人自己有间房子，能够自己待着多好！为什么要跟别人交谈？"

"人是需要沟通的，人不是动物，一个人待久了会受不了。"

"我不觉得——"

"那是因为你没有这个体验！"

"你是很优秀的，内心坚强、善良、随和，又有诗情，为什么要找我？"

"跟我在一起，很累，不自在，是吗？"

雯好像没有听清，她正缓缓地把旅行袋放在沙发上。

"跟你在一起的感觉就是不一样。"

"什么不一样？"

"跟与他在一起不一样，跟他一起很放松，我们有许多话说。"

"他？他又来找你了？他回心转意了？"

"他有一阵想不开，现在想开了，就又来找我了。"

"你就接受他了？"

"差不多吧！毕竟我还是珍惜我们以前在一起的时光。"

我一时无话可说，低下头下意识地挠自己的额头，我不能让她看到此刻我的表情。

"你怎么了？"雯有些诧异。

"嗯，是这样，雯，我请你来，只是想跟你聊聊天，没有别的意思。"

"这我知道，我也知道你挺孤独的。"雯头也没抬，把旅行袋的拉链拉开一条缝，里面似乎有东西在蠕动。

"旅行袋里装的什么？"我尽量掩饰自己的失望情绪。

她笑了，笑得天真无邪。她索性把旅行袋的拉链打开，里面爬出一只黑色的小猫。

"原来藏着这么个宝贝，从哪儿弄来了？"

"他送我的。他知道我喜欢小动物。"

"你想养它？"

"学校不让养，我想先放在你这儿，行吗？"

"那好呀。"我勉强答应道，给小猫喂了一块猪肝，那小猫很瘦，显得无精打采。

她说："今天一个同学过生日，我给它偷了一块蛋糕，但小猫不吃蛋糕。"

黑色的小猫在我的手掌上东张西望，她专注于小猫的神情是那样欣喜异常，其他一切话题都变得多余了，只好与她一起欣赏小猫。

"你给我起了一个什么俄文名字？"她忽然问。

"柳芭，一个普通的俄国女孩名字。"

"那把这个名字转赠给小猫，行吗？"

预备已久的满腔热情一扫而空，这根本上就像一盆凉水浇在身上。出现了一只黑猫，这只猫成了我与她之间无法逾越的障碍。

"你真的是个孩子，你什么时候才能长大呢？"

"长大有什么好？我可不想像你这样成熟，好像对什么都提不起兴趣。"

"你一直很喜欢小猫吗？"

"从小就喜欢，我觉得自己就是一只小猫，我父母很少关心我，我常常像一只小猫一样蹲在房间一角。"

"从小猫身上你会得到温暖吗？"

"起码我可以给它温暖。"

她的两只手紧紧卫护着那只精瘦的小猫，好像生怕它逃脱似的。我想轻轻抚摸小猫的脑袋，被她生硬地推开了："我不想把小猫留在这儿了，我怕你把它弄丢了。"

悲凉好像是从足底升上来的。一切都出乎我的意料：黑色小猫、她的初恋情人和她那份无法激起我共鸣的少女情趣。突然有越来越多的东西堆积在我们之间，而我们之间只有仓促草率的一吻。

那天晚上，雯带着那只小猫悻悻而去，我知道又一个尚未正式开始的故事结束了。

第四篇　菲

41

深秋的阳光洒在上午的校园，晨雾已经散去，明朗的色泽涂抹在灰暗的教学大楼的墙面上和忙碌来往的人群中，给沉闷的校园带来几许生机。广播里播放着健身操的音乐，一些学生在操场活动，一些学生或忙着更换教室，或去图书馆占座借书。

我仰躺在假山喷泉边的草地上，观望一位位过往的女生。一张张稚嫩的、无忧无虑的面孔在眼前晃过。她们构成了校园里永不褪色的风景。她们象征着近在咫尺而又遥不可及的希望。

有两个女生准备去打网球。她们拿着网球拍、穿着旅游鞋从我身边轻盈地走过，奔向高高围栏内的球场。其中一个女孩梳着虹一样的运动短发。这个女孩让我的目光不由自主地被她牵引。不一会儿，球场上传来网球在水泥地面弹击的声音。

上课铃响了，我下意识地瞄一眼窗外，窗外已经了无人迹。

教授继续讲授复杂玄妙的哲学原理。课堂上共有五个研究生，气氛显得沉闷压抑。我看到不远的陈昌平画着漫画。我的思绪信马由缰，那个玫瑰色的午夜又在眼前浮现……

我陷入莫名其妙的苦闷。脑袋仿佛被突如其来的一只网球砸到了。我看到网球在空中划出的优美曲线和身着白色运动短裙的女生矫健劈杀的身影。短裙下富有弹性的秀腿像灵巧的小鹿般轻捷地跳动着，这样的画面令人心驰神往又黯然神伤。

窗外枯败的枝叶在风中轻摆，天压得很低，好像要塌下来，让人郁闷得喘不过气来。整个世界暗淡得仿佛没有一缕光亮，我曾见过的惊心动魄以及过往的那些美丽动人的笑容，都变得枯涩、疏远。

在这个昏昏沉沉的正午，我隐约听到了敲门声。——霄迈着夸张的步子走了进来，她的目光充满渴求和期望。她冲上来，以异乎寻常的热情抱住了我，而我却仍是漠然相对，无动于衷，就像一个清教徒一般坚守着自己的人生底线。有许多次濒临冲动的时刻，都被我顽强地抑制了。脑海中，一个陌生的倩影一隐一闪，搅得我六神无主，心乱如麻。

霄含泪而去。我无奈地趴在床上，轻狂地猥亵自己，然后，又陷入深深的悒郁、绝望和自责之中……

这是一个梦境，我出了一头虚汗，这个梦境引得我浮想联翩。

秋叶飘零，金色的秋天犹如即将燃尽的火焰。秋天勾起了我对往事的回忆，那些平平常常、点点滴滴的平静时光，那些无忧无虑的牵手已成遥远的过去。我去西山看了一次红叶，可惜去得太迟，火红的生机在褪色之后已经锈蚀得伤痕斑斑。

读研的第一学期转眼就要过去，我似乎一无所获。我曾下决心好好再做一回学生，过一过艰辛、呆板、枯燥的生活。早起抢座位，去图书馆阅览室看书、做笔记、研读经典，然后学着挑战流传已久的权威观点，从而创立自己的理论。然而，很快又发现，这样的生活激不起我内心的波澜，反而有种溺水后快要窒息之感。我已读厌了书本。近二十年的学生生涯，我读过的书不计其数，这些书丰富了我的思想，却终不能改变我命定的性格，也无法改变我生活的轨迹。无论是思想家的作品，还是各领风骚的世界伟人的回忆录，都曾令我想入非非，信誓旦旦，但我终究还是我，不会产生伟大的胸襟和气魄。我日益发现，每个思想家的思想都极具个性，有失偏颇，都无法洞穿变化多端的人生。结果书读得越多，反而更加不知所措。我不过是旁观了一场古今中外所谓仁人志士跨越时空、各持一据的激烈辩论而已，时而向左倾斜，时而又向右摇晃。最终，我还是只能在自己的生活领域和性格依据中生活。

我只是一个平庸的随波逐流的凡夫俗子。这一点虹真没有看错。我连志大才疏都算不上，充其量不过是打肿脸充胖子。在漂亮女生面前的豪言壮语只不过是装点自己的门面，随时都可以弃之脑后。虹在与我分手的时候对我说：你骨子里就是按部就班的人，安于现状和稳定，你的适应能力远远强于你的创造能力。你未来的人生道路一目了然。我曾想为此进行辩驳，曾一次次发誓要证明她判断的失误，也想努力打破她布下的道道魔咒。现在看来，她似乎是对的，努力绝非易事，目标遥遥无期。一个人性格禀赋的改变是很难的。而她希望的人生则完全不同，渴望挑战、新奇，不断地变化，享受不确定性的魅力。

这真是我们人生观的重大分野，也是我们分手的根本原因。这注定了我们无法交错和并行的人生轨迹。然而，又有多少人能选择不断地向命运开战、忍受艰辛与不安、整日与未知的世界作对呢？我选择了平庸，就只能接受平淡无奇的命运。说来让人笑话，我也不想隐瞒，在我青春的生命中如果还有什么能让我提振精神、调动热情的东西的话，这个东西就是爱情。在我看来，这就是青春的唯一使命。虽然爱情路上荆棘密布，爱情的经历让我千疮百孔，也改变不了我的追求。倘若让我在财富与爱情之间做出选择，我会选择后者，倘若让我在权力与爱情之间做出选择，我也会选择后者。这就是我这个凡夫俗子注定缺乏境界的人生。这也就是我遭人鄙弃的深层原因。道理很简单，倘若我忽略了权力与财富，则很难拥有真正的感情；倘若我拥有了感情，而没有权力或财富的保障，最终也将失去感情。但是我仍然陷在校园这个象牙塔中，试图找到那种纯真童话般的感情。

年近而立的我现在仍然一无所有：无论是事业还是爱情。生命有限，青春短暂，我必须努力去经历，不能让生活太没有色彩。我必须让寻求丰富起来，哪怕是无事找事也好。一个平淡无奇的人生太需要点缀了。但是这个新的点缀是什么，会出现在哪里，我却不得而知。一种茫然的渴望时时搅得我心神不宁。

忽然想约酒，去找陈昌平。陈昌平的房间位于宿舍楼一角，从他的窗口可以远眺西面朦胧的山影。陈昌平还在吃饭，我打开一瓶酒，站在窗前，独自灌了起来。喝完一瓶啤酒，颓唐地跌坐在他零乱的、放着一台英文打字机的书桌旁，大口地咀嚼着桌上的花生米和猪头肉。陈昌平吃完清汤挂面，用毛巾擦一把汗，从箱子里颤颤巍巍地翻出一包万宝路。

"我说过，生命不息，恋爱不止，每个女人都是风景。别为不爱你的人守孝。"陈昌平知道我与霄的经历，他认为我因为忘不了过去而放弃了眼前这么好的一个女孩，实在是匪夷所思。

"你们之间真的什么也没有发生？"

"没有什么，只不过是聊过几次。"

"鬼才信，这么一个对你殉情的女生都打动不了你？研究生楼人人皆知有个黑衣女孩迷恋你，天天跟踪你，在你楼下抽烟，为你买醉。——虽然你这种人挺招女孩喜欢，但这么痴迷也不容易。你真他妈是铁石心肠呀！"

"我虽然是一个情种，但也不能见人爱人呀。"

"这个女孩并不是大路货，她挺有姿色呀！"

"她是不错，可不对我的路子，她有点后现代，还有点歇斯底里，我一个老古董，差着辈呢！"

"我看你是挑花眼了，别人热情，你嫌人家轻浮，别人平淡，你又嫌人家冷漠。小心过了这个村没这个店。"

"小心点好，别忘了，最美的花是罂粟。"

"带刺的玫瑰才叫玫瑰呀！"

"你说的是对的，别闲着！青春一晃就没！"

"一万年太久，只争朝夕。"

陈昌平也刚刚经历了一次短命的爱情。他恋上了一个学院的旁听生，那个女生吃了他几次饭，与他深谈了三个夜晚，两个人连手都没有碰，就分手了。

轮到我为他指点迷津："女孩天生具有一种探知男人秘密的本能。如果你缺乏警惕，她会诱惑你说出一切，然后做出一个对你不利的结论，使你抬不起头，使你觉得永远有负于她。具体而言，你失败的教训在于，将所有写满内心隐秘的日记和盘托出，并毫不掩饰地暴露你的弱点，企图赢得理想化的理解和同情，因而你失败了——这实际上也是我自己失败的切身体会。越亲密越要保持距离。"

陈昌平凝神静听，似有若无地点点头，然后将两只杯子斟满。

"重新开始吧！为新一轮爱情干杯！"

从陈昌平的宿舍出来，已近下午四点，阳光依然炫目，天色明朗，给日渐寒冷的深秋送来丝丝暖意。

我独自徘徊在校园西北角的林丛间，从教学区传来的深情的音乐犹如徐徐轻风的絮语。不知不觉间，转到了网球场外。临近傍晚的时候，天色突然转暗，有一股小风吹过来，似乎将雨未雨。我正欲离开，砰！一个东西从空中落下，正中我的头顶。是一只网球！在场地内我看到了那位爱打网球的女生，她穿着浅粉色的运动套装，洁白的休闲鞋，此时正面带微笑地望向我。

"对不起，同学，能帮我捡一下球吗？"

我伏下身，弯腰抬起落在草丛中的黄绿色的绒球，扔向场地内。

"谢谢！"她说，便飘然回到场地中央。她的步履轻盈、矫捷，好像踏在富有弹性的橡皮垫子上。

我放弃了马上离开的念头，站在铁丝网外观赏她们的比赛。她在铺满金黄落叶的网球场上奔跑的英姿，漂亮熟练的击球动作，散发着青春魅力。

她的腿修长灵秀，洁白的超短裙随着她的闪躲腾挪，像天鹅的翅翼般上下飘舞，而她打球的姿势也带着舞蹈的韵律。此刻她退向后场接一个高球，球又一次打高了，划着一道优美的弧线飞出了隔离网，咚的一声落在我身边不远的地方。网球场里的两个女生为这个失误禁不住笑出了声。她快步跑了过来。站在护网内对我说："实在对不起，能再帮我们捡一下球吗？"

这次我看清了她一头快活的短发下一双山泉般清澈的灵眸以及微笑时嘴角秀美的梨涡。她的目光左右顾盼并没有特别关注我，脸上挂着闲适、天真、无忧无虑的神情。

比赛继续进行，她在场地间灵巧地跳跃、奔跑，伴随着大力扣杀不时喊出加油的感叹词。她打球的身姿构成了美妙的画面，看看都觉得神清气爽。拥有青春靓丽容颜的她一定是一个轻松和潇洒的女孩。我脑海中涌出四个字：天之骄女。在运动场边这个突如其来的照面让我深陷其中，一种渴望与她相识的暗念油然而生。

　　我期待着网球能够再次飞出隔网，滚到我的身边，那样我就可以不失时机地恭维她几句。然而，一局战罢，她们已经无心恋战。只是随意地打了一会儿对攻，就开始擦汗，收拾行装。然后利落地背起网球拍，一人嘴里啜着一瓶软饮料，头也不回地从另一侧的铁门离开了。

　　对漂亮女生的不倦向往开始发芽滋生。我的目光一刻不移地追随着她离去的婀娜身影，对她的憧憬像开闸的江水汹涌而来……

不知为何她选择了这样一首老歌，好像冥冥之中的巧合，古老、悠远、充满沧桑感，字字句句触动我的心弦，一种飘逝已远的回忆缓缓地在旋律之中荡漾开来。我双手不断地交叉摩挲着，甚至有些坐立不安。这首歌对我的震撼是如此强烈，它在我完全没有预料的时刻由一个陌生的迷人女孩突然唱出来，更让我有一种别样的激动。回响在耳畔的这首歌，比我记忆之中的感受更加真切，更加意味隽永。我内心深深地呼应着熟悉难忘的旋律和那些耳熟能详的字句。未名湖旁林丛中的时光点点滴滴浮现在眼前……没有人知道这首歌对于我的特殊意义，它仿佛是我铭心刻骨的整个初恋的象征。如今，这个叫菲的女孩唱着我的初恋情人喜爱的同一首歌，也唱出了我埋藏已久的思慕和爱恋。这种感情如今完全叠现在菲的身上，她把我的过去与现在不容置疑地连接在一起。

42

　　我不知道在一些人的心目中，我究竟是一个什么样的形象。至少外在的一面还是极具欺骗性的。我擅长器乐演奏，曾经获得过业余器乐比赛的优秀奖；我喜欢诗歌，具有一定的浪漫气质；同时随着年龄的增长，那段刻骨铭心的记忆留下的一道深深的疤痕，也成了吸引异性的一个招牌。要知道沧桑感对于大学女生而言还是颇具杀伤力的。这样的欺骗性让我总是能够一开始情场得意。但是这份得意却未必持续太久，笑到一半往往戛然而止，最终也无非是增加一段情感浪子的伤心往事而已。

　　一年一度的校园歌手大赛即将拉开帷幕，校团委主办方安排我在歌手比赛间隙表演手风琴独奏。

　　这天，我背着红色的鹦鹉牌手风琴，到校园东侧那片静谧的林丛中练习。经过网球场时，那里空空如也。我如饥似渴地期待着与这个令人好奇的女孩子再次不期而遇。看着她穿着一套粉红色的运动衣裤在场地上奔跑击球，犹如一团跳跃不熄的火焰。在我的心目中，新的一轮恋爱似乎已经拉开了序幕，在林丛中我用力地推合着手风琴的风箱，希望把琴声传得越远越好。这种感觉就像动物世界中的求偶现象，像公鸡打鸣，蛐蛐振翅，总之，是想尽办法引起异性的关注。

　　通过学生会的渠道我了解到，她叫菲，大二国际经济系。不仅是校网球队成员，也是校园里小有名气的歌手，即将参加本届歌手大赛。这真是一个天赐良机，我恰好可以利用比赛间隙的独奏引起她的关切。我对自己的器乐表演还是颇为自信的，这应该也算是我唯一拿得出手的业余爱好。父亲当年的辛苦培养没有使我成为一名艺术家，倒是多给了我一项吸引女生的技能。

　　歌手大赛安排在新近建成的大礼堂举行。这是校园节日般的盛会，礼堂里座无虚席，连过道里都拥挤着学生和家属。校学生会还特邀外校歌手和观众前来助阵，因此，气氛十分热烈喧闹，口哨声、叫喊声此起彼伏。观众席里一些学生准备好了纸制飞机、荧光棒。歌手的日子并不好过。演唱两句之后，就会招来激烈、夸张的反应。好则伴以掌声和叫好声，差则引来阵阵嘘声，在佯装的"你杀了我吧"的哭喊声中，荧光棒四处飞舞，纸飞机一架架掷向歌手。一些实力较差的歌手在嘲讽打击之下，甚至于唱不下去而半途而废。为了赢得观众的呼应，大多数歌手演唱的曲目均为一年内的最新流行曲，且做足功夫惟妙惟肖模仿原唱者，连方言、口音也如出一辙，否则很难赢得好评。我在第五位歌手演唱之后出场，选择的曲目是喜庆、热烈、有一定难度的《西班牙斗牛士》，这样讨巧的曲目赢得业余观众的喝彩还是有把握的。同时，我知道我是来串场的，不能喧宾夺主，一曲奏罢，虽然赢来满堂喝彩，还是立即知趣地见好就收，悄然退场。

我系好风箱扣，把琴横着放在前排嘉宾席的一个座位上，等待菲登场亮相。

菲是第七位出场的歌手。当猩红色的帷幕缓缓拉开的时候，她已经站在舞台中央的麦克风前。她穿着簇新的月白色的蝙蝠衫，藏青色的哔叽裤子和一双小巧的半高跟黑皮鞋，肩扛一把颇为雅致的蓝白相间的吉他。刚刚修饰过的短发在灯光下熠熠生辉，目光明媚动人。她站在那里就像一幅浑然天成的画，一首无言的歌。

我有一种突如其来的紧张感，为这个只为她当过一次球童的歌者的演出担惊受怕。我自作多情地将自己与她联在一起，一种无法言喻的怜爱之情将我紧紧包裹，好像她的演出好坏直接关乎我的荣耀。这当然不是一种简单的粉丝的感觉。

她轻轻地拨了一下吉他和弦，那声音轻得像风，几乎听不真切。她调一下麦克风，又拨一下，仍无声响。显然，麦克风出了问题。台下观众席出现了轻微的骚动。有一个戴着大头娃娃面具的男生在台下大声叫喊："拜托了，快点唱呀！我都等不及了。"引来一阵坏笑。

面对台下吵闹的人群，菲显得从容不迫，道一声对不起便沉稳老练地退到舞台一侧，平静等待修理麦克风的同学上台。这种仪态大方的举止抚平了观众骚动的情绪，人们静寂下来。

我暗暗激赏她面对事故时的从容。她举手投足间的坦然、大方，以及在舞台上表现出来的清新脱俗的气质强烈地吸引着我。她亭亭玉立，台风稳健，显得训练有素。看来这个菲还是颇有才情的，打网球时灵巧敏捷，唱歌时又能够表现出典雅曼妙的文艺风范。

她演唱的第一首歌是卡朋特的《昨日再现》（*Yesterday once more*）。她气场强大，张口一唱便不同凡响，全场立刻寂静无声，压住了刚刚冒头的喧闹。这就为她的发挥打下了良好基础。她的音色圆润甜美，虽然不似卡朋特般充满磁性，但有一些自己的独到处理，也别具韵味。演唱的时候抑扬顿挫，呼吸运用得连贯流畅。不像有的缺乏训练的歌者在换气时总是出现不必要的中断，她富有感染力的演唱赢得了开赛以来最为热烈的掌声。根据现场效果判断，入围三甲没有问题。

在掌声渐渐平息后，她开始演唱第二首歌。这是一首老歌，当它熟悉的旋律刚刚响起，我立时默念出歌曲的名字:《当我们年轻时》。

我今日上山漫游，梅姬，
眺望山下的景致；

小溪荡漾水车响，梅姬，
仿佛当年同游时。
往日雏菊满山遍地，梅姬，
到如今苍林无春意；
旧水车已静寂在那里，梅姬，
当我们青春年少时。

城市如此地孤寂，梅姬，
善良的老少在一起；
大厦光洁又华丽，梅姬，
人人在这里得安息。
往日百鸟飞翔游戏，梅姬，
齐声同唱难忘的歌曲；
我们像小鸟歌唱，梅姬，
难温我们的往事。

人们都说我已衰老，梅姬，
如今步履难移；
岁月像那无情铁笔，梅姬，
在我的脸上留痕迹。
人们说我们年已迈，梅姬，
像泡沫被浪花冲洗；
但是你依然像从前，梅姬，
一样年轻美丽。

如今我们白发如丝，梅姬，
多少人生的沧桑已经历。
我们歌唱那幸福往昔，梅姬，
歌唱我们年少时。

　　不知为何她选择了这样一首老歌，好像冥冥之中的巧合，古老、悠远、充满沧桑感，字字句句触动我的心弦，一种飘逝已远的回忆缓缓地在旋律之中荡漾开来。我双手不断地交叉摩挲着，甚至有些坐立不安。这首歌对我的震撼是如此强烈，它在我完全没有预料的时刻由一个陌生的迷人女孩突然唱出来，更让我有一种别样的激动。回响在耳畔的这首歌，比我记忆之中的感受更加真切，更加意味隽永。我内心深深地呼应着熟悉难忘的旋律和那些耳熟能详的字句。未名湖旁林丛中的时光点点滴滴浮现在眼前……没有人知道这首歌对于我的特殊意义，它仿佛是我铭心刻骨的整个初恋的象征。如今，这个叫菲的女孩唱着我的初恋情人喜爱的同一首歌，也唱出了我埋藏已久的思慕和爱恋。这种感情如今完全叠现在菲的身上，她把我的过去与现在不容置疑地连接在一起。

菲在阵阵掌声中走下台去，我发现我的眼中已经噙满泪水。

那一夜，我彻夜未眠，甜蜜、喜悦、酸楚与忧伤在心头杂乱地交织着。我的思绪拉得很远，又推得很近。虹与菲好像成了一个人，菲只不过像是虹乔装打扮之后重新出现于我的生活之中。

我曾经告诉过虹，如果我们有一天分手了，老来重逢的时候，就让我们一起唱一唱这首歌曲。未想到誓言未老，玩笑成真。

当我听到菲站在台上演唱这首歌曲的时候，那个随口而出的晚年重聚的场景好像已经浮现眼前。

菲仿佛是一个我心仪已久的女孩突然降临到我的生活之中。难道她是虹派来的爱情使者，在我尚未衰老的时候提前探望我来了？

43

沉睡得近乎死亡的爱的向往被再次唤醒。我重新成为一个易感之人，过去的伤痛好像突然间得到平复，我再次不管不顾地燃烧起来，对爱的求索热烈而投入。

黎明时分，我策划完成向菲发起求爱进攻的方案：以研究生会的名义，举办一个圣诞晚会（我是研究生会文体委员，搞这类活动是我的拿手好戏），特邀菲和其他一两名歌手参加，那样与她接触起来就会自然而然、名正言顺了。

她肯接受我的邀请吗？

这天中午，当我从研究生楼出来，在布告栏里看到她获得歌手大赛第三名的消息——她是唯一一名获奖的女生，心中暗自发忧，追求这个女孩看来绝非易事：一个形象姣美多才多艺又刚刚在舞台上光芒四射的校花，注定不乏吹捧讨好的护花使者。而这种时候，傲慢清高则不可避免地成为她们应付追求者的有效武器。况且，她是否已有了男友？这个男友是否卓尔不群令所有其他怜香惜玉者望而却步？想来令人头痛。

然而，命运就在这一天安排我们不期而遇了。当我夹着一本厚厚的工具书从图书馆出来的时候，一眼看见菲正从草坪中间的小道向我姗姗而来。以往我在这个天井一般的校园转过成百上千次，似乎从未与她谋面，今天却奇迹般地邂逅了。我发现她也在向着我这个方向张望，但视线很快移开，走向另一条岔路。我摒弃任何犹豫，快步跑了过去，叫她的名字。她吃惊地回转身来。

　　"嘿！你好！很冒昧打扰你，我是研究生会的文体委员，想请你参加本会举办的圣诞晚会。"

　　"为什么要邀请我？我并不是研究生呀！"菲的声音轻柔动人。

　　"因为你的歌太有感染力了，如果我是评委，你一定排在第一名之前，然后前三名空缺。"

　　她扑哧一声笑出两朵浅浅的梨窝："有那么好吗？其实那天我发挥得并不理想。"

　　"你对自己要求太高了。我个人认为你是最优秀的，希望你能赏光参加我们的晚会。我们的晚会如果有你的演唱将会蓬荜生辉。"

　　"让我考虑一下行吗？我得看看是否与其他安排冲突。"菲是懂得拿捏的，她要留下回旋余地。

　　"别的安排全部推掉。我会把这个晚会办成你最难忘怀的活动之一，保证不会让你后悔。"我有些口吃，但还是把想说的话说了。我也不知哪儿来的勇气把话说得如此底气十足。

　　她爽快地答应了，嘴角边俏皮地一撇："行，就算我给你赔不是吧！"

　　"怎么是赔不是呢？"我一头雾水。

　　"那天在网球场上我两次把球打在你的身上，把你变成了义务捡球员。没准还破坏了你正在构思的大作呢！"

　　"对啊对啊！那天我确实正在构思一篇论文，不过不是大作，只是学期作业。只要你能帮这个忙，咱们就算扯平了。"她还记得我？还有什么比这件事更令人振奋的呢？我们之间的相识竟是这样顺利，顺利得让人生疑。

　　她请我为她演唱的歌曲提意见，并请我帮她借卡拉 OK 带。我说，完全可以，但条件是为我在圣诞晚会演唱的歌曲吉他伴奏。

　　"你自己是学乐器的，还需要别人伴奏？"看来我的独奏给她留下了印象。

　　"迫切需要呀！这么多年从来都是为别人伴奏，真想有个机会自己也能唱回主角。就看你是不是成全我了。"

　　"好吧！我试试！就怕你不满意。"

　　"不会，唱歌我纯粹是业余，但我必须像公鸡打鸣那样带个头。否则，我们研究生的晚会怕会变成学术讨论会。就这样说定了，好吗？明天晚上你到我那里取带

238

子，顺便练练歌。"

她笑着点点头，我的心豁然开朗。如果没人，连蹦起来的冲动都有了。

我打了两下响指，兴高采烈地跑向研究生楼。陈昌平立刻举起双手为我欢呼："快，买酒去，要二锅头。"我重重地捏住陈昌平干瘦如柴的肩膀，激动得眼中快要挤出泪珠。

圣诞晚会的筹备按计划进行着。我想象着那棵五彩斑斓的圣诞树立在一间温馨的教室里，将讲台这一区域作为演出区，黑板上罩一张红色的绸布，高空和两角各支一盏低瓦数台灯，窗台上点上几支蜡烛。

菲对我的设计表示欣赏，她说她可以提供红色的绸布。在这样温馨的环境里唱歌，她会很有兴致。她的话鼓励了我，我试探地说："哪一天，专门为你举行一个小型独唱音乐会，如何？"

她很有自知之明："我就是业余玩一玩，哪里开得了独唱音乐会？你太抬举我了。"

我碰了一个软钉子，但以后的几天里，我们迅速熟悉起来，彼此开对方玩笑。她说，你不要总是一本正经的，多累啊！比如说，坐着，为什么总是板着腰，又不是军训，把假面具撕下来，你并不老。我说，我真不是装的，是真老。心理年龄都差不多退休了。她转移话题说，我要当中国的卡朋特。我说很好，在我的辅导下有这个可能。

她是那种善解人意的女孩，很会沿着别人的思路把谈话进行下去，对细微的暗示也能心领神会。

我问："能再为我唱一遍卡朋特的歌吗？"

她于是又唱了《世界之巅》。

"你说我在晚会上唱什么好？"

她说："罗大佑吧！我觉得你喜欢比较沧桑一点的。就唱《穿过你的黑发的我的手》吧！"

我的音高比原唱者低，她用变调器往吉他上一夹，一切就绪。不一会儿，房间里回荡起如烟如风般的歌声……

圣诞晚会开得十分成功。晚会开始时，我调整手风琴的变音器，模拟管风琴的效果演奏了《平安夜》，那富有磁性的旋律，宛如圣洁的慈祥老人在娓娓诉说。晚会笼罩着一种宁静、和谐、肃穆的宗教气息。她穿着一件洁白的、质地考究的羊绒衫，脖子上挂着一根棕色的木质十字架，这个有趣的坠物与她的穿戴以及晚会气氛和谐地统一起来。她的脖颈细腻、丰腴，如玉雕般的脸庞在浅浅的烛光下闪着青春的亮泽。她不时移动的身影丰满、匀称，几乎与虹如出一模。在她演唱开始之前，全场鸦雀无声。她把一支蜡烛放在谱架旁边的凳子上，然后自己为自己报幕。最后她说，在刚刚举行的歌手比赛中，我获得了第三名，我希望还能够《昨日再现》，给大家带来几分钟难忘的时光。

《昨日再现》又赢来满堂喝彩，把整台晚会推向高潮。

舞会开始了，她成了白雪公主，众人争先恐后与她跳舞。舞池中央的菲是那样轻盈妩媚、婀娜动人。烛光摇曳，将变幻的人影投在巨大的墙壁上，有一种如梦似幻的感觉，这样的一个夜晚、这样的一个场景让我忘记了前尘往事，好似漫长平淡的岁月中久久期望的一种复活。

我终于请到她跳一次舞。跳的是毫无技巧的、缓缓漫步似的慢四。我一只手揽住了她柔软的腰，另一只手握住她滑腻、纤细的手指。我说，我已经排了很长时间队，好像排了一年。她莞尔一笑说，那我们就多跳一会儿。但这时，磁带却突然卡住了，两个人左手相握没有分开，保持原有姿势站在那里，我与她贴得很近，鼻尖快要碰到她的脸上。我俯身大胆地打量她，她有些害羞地把头转向录音机的方向。

音乐又起，我们开始前后左右地移动起来。我忍不住再次打量她的脸庞，她迅速低下头去。再抬起来的时候，我看清了她眼中掠过的一丝阴霾。

"我想很多人都不会忘记这个圣诞夜，不会忘记你的歌声。"

菲没有说话，只是淡淡地摇一摇头。

"怎么，不高兴吗？"我关切地询问。

"不，只是有点累了。"

"那待会儿回去好好休息吧。"

"嗯。"

我发觉我已经越陷越深了，有一种想要咬破一样东西的感觉。而她似乎全然不察。她不小心踩破了一只气球，说对不起。我说，没什么，一个气球不算什么。不破不立！

在晚会结束以后，我送她回宿舍，将一张圣诞贺卡和用彩纸包装的吉他形状的八音盒送给她。

"Merry Christmas！"

"Merry Christmas！"

"祝你有一个平安夜。"

我希望她读我的礼物所包含的深意，不知她是否有些察觉？或许她接到的礼物太多，已经麻木了。不管怎样，与菲度过的这个圣诞之夜尽管罩着一丝神秘，却已看到了一星希望的火苗。室外的空气清冽，我的脸上灼热烫人。我在校园里漫无目的地行走，听任凄厉的寒风吹刮我发烫的脸颊，有一种想要拥抱这个夜晚每个过路行人的冲动。

44

圣诞之后的几天时间里，我都在绞尽脑汁地想着与她再次约会的充足理由。思念已像雨后的春草开始不可遏止地滋长，我想见她，哪怕是远远地送去温情的一瞥。

陈宝根的电话给了我一个美丽的借口。他说周末过生日想举办一个生日聚会，希望我去参加，如果有女友也一起带去。这个机会不错，理由也自然。

下雪了！这是初冬的第一场雪，纷纷扬扬的雪花在傍晚暗淡的天空中静静飘洒。灯光通明的自习室顶部，曲折而细长的碎石甬道，以及宿舍楼旁的排排白杨树都覆盖上一层白细的雪粒，校园里寂静异常。这是无风的冬天特有的寂静，赤条条的枝丫像铅笔一般笔直地伸向天空，听得到细碎而轻微的咔嚓咔嚓的脚步声，道路在路灯的映照下发出淡淡的青光。

我踏着积雪去菲的宿舍，两年前的往事在眼前浮现：我站在银装素裹的柏树之前，手撑在一棵树干上，头上、脸上、身上以及搭在脖间的一条蓝色围巾都沾上细小的雪花。那天我的第一首诗歌发表了。我很兴奋，兴奋得溢于言表，想着她也会与我同样高兴。我抱着像小棕熊一样穿着厚厚羽绒服的虹在雪地上翻滚，我又听到了在空旷无人的林丛中打雪仗时虹朗朗的笑声。那笑声飘得很近，又忽然悄然远去……

菲正在宿舍聚精会神地读书，桌上还有一杯冒着热气的咖啡。她对我的到来有几分惊讶。当我说明来意后，她执意推托，最终还是被我说服了。我对她说，我知道你要准备期末考试，但你必须注意休息，你这样的人缺乏娱乐，是考不出好成绩的。

我帮菲背着吉他，又买了一盒生日蛋糕。两人踏着积雪去Ｐ大学附近参加陈宝根的生日派对。那次醉酒以后，陈宝根已经旋风般地与虹的同室密友石冰在校外租了房子，住到了一起。

这个聚会的程序是我一手安排的。首先唱歌，我和菲演唱了我们合作过的歌曲。石冰说，看你们这对儿，真让人钦慕，夫唱妇随，可谓天作之合。嘴快的石冰无意间点破了隔在我们之间的一层窗户纸，我担心菲会表露不悦，或者直言澄清我们之间尚不存在的关系，但是她没有这样做。只是脸颊绯红，微微低下了头。然后，大家分食蛋糕。陈宝根和石冰煞费苦心地夸赞我在本科时如何多才多艺，出类拔萃，石冰还说当时系里有许多女孩追求我，我是系里的白马王子。当然，她绝不会说在那个永远无法忘怀的夏日我收到虹的绝交信从火车站来到她办公室的狼狈之相。

"也包括你在内？"陈宝根跟石冰开玩笑。

"不，是我对石冰十分倾慕，但是她跑得太快，我没追上，这个重任还是落到你的头上。"我替石冰解围，众人都笑。

大家举杯祝陈宝根和石冰甜甜蜜蜜。石冰说也祝所有有情人，还特意与菲碰了一下。菲很合群，这个聚会除我以外，全是陌生人，但她并不拘束，不时地插话，落落大方，自然贴切，很让我脸上有光。

大约九点钟，菲轻声细语地对大家说，对不起，我得回去了。我立即起身为她拿过外套，两人一起朝外走。

冬日夜晚的路灯眨着清冷的眼睛，马路上镀着银色的积雪，犹如半梦半醒的幻境。这段路我曾与虹无数次走过，如今与我相伴的是另一位女孩。路有些湿滑，我想扶住菲，她却硬要独自跳过一个水坑，不小心滑了一下，险些滑倒。我忙跑过去搀扶她，嘴边却差点喊出另一个名字。我在黑暗中拉住了她的手，但是她缓慢地挣脱出来。

我猜不透这个女孩，她没有拒绝我，却又不肯接受我。

第二天中午，我接到一个电话，是陈宝根和石冰联合打来的。石冰说："你还是没有忘记过去，这个人太像虹，无论长相、身材，连说话都像。"

"是吗？我怎么没有觉出来？"

陈宝根接过电话说："我们没有别的意思。无论像还是不像，只要你们能相好，只要她能取代过去就行。但是千万别做比较，我们担心你对过去太痴情，因为这个原因，重蹈覆辙。"

"不会的，过去不可能重现，我也不再是以前那个不谙世事的小男孩了。"

"那就好，有好消息别忘了通知我们。"

放下电话的一刻，我紧闭上了眼睛，好像生怕有什么液体不由自主地流出来。我说不清楚为什么激动和难过。是为过去？是为现在？还是为这样真诚的朋友？这一刻，我发疯似的想念菲，想向她倾诉一切，想彻底掀开罩在两人之间的神秘面纱。

我又一次约了她，在离学校不远的一间用松木搭成的咖啡屋里。斜对面的桌子上有一对男女，两个人都在吸烟，彼此把烟圈喷到对方脸上，两人乐不可支。这一刻，霄顽皮淘气的样子蹿进了我的脑海。她还好吗？她会不会也在与另一个人相约呢？

我要了两杯加伴侣的冒着热气的雀巢咖啡，两盘三色蛋糕。咖啡沁人心脾的香气，在幽暗的店里酿出亲密的融洽的气氛。

菲手臂支着桌面，望着我把这些东西放在双人小桌上，轻声说："不好了，这次我考试肯定要不及格了，你知道吗？我从来没有不及格过。"

"那有什么，不及格补考就是了。"

"你说得容易，"菲努努嘴，"我妈妈知道会生气的。"

"你这么大了还让你妈管？你已经是拥有选举权的公民了。"

她喝了一口咖啡，突然又念叨起来，像是自言自语："不能这样，不能这样，我怎么能这样！我会让人伤心的。"

我静静地望着她，我喜欢她这种少女式的娇嗔。

"菲，你知道我今年最高兴的一件事是什么吗？"

菲睁大了迷惑不解的眼睛，像在问：是什么呢？

"那就是认识了你。"

她抿了一下嘴唇，迅速低下了头。我看到她的肩膀轻轻颤动了一下。灯影在温馨的咖啡屋摇曳，长笛的悠扬旋律像轻风的絮语。

"当元旦钟声敲响的时候，我想成为新年第一个为你祝福的人。"

她的头垂得更低了，好像在专心致志地研究着她眼前旋转的咖啡。

"你抬起头来，为什么不可以正视我呢？"我有些冲动，嗓音沙哑。

菲昂起头来，脸上是一副庄重、认真的神情。

"我要走了。"她平静地说。

这回轮到我大吃一惊了："去哪儿？"

"回上海。"

"这时候回去？不考试了？"

"我想利用元旦这几天回去，考试前再回来。"

"为什么？"

菲嗫嚅着，但没有说出来。

"是因为我吗？"

"你真敏感。"

"如果是因为我，我有责任帮助你。"

"不，不是，我家里有事。我已买好了车票。"

我的表情僵住了，在暗光下一定十分惨淡。

"文，我一直很欣赏你，你在学校很有名，能认识你，我也很高兴。"菲大概想安慰我了。

"这是临别赠言吗？"

"你怎么会这样想？我愿意与你成为朋友，你是一个很真诚的人。"

"那，可以不走吗？为什么要在这个时候逃离我？"

菲显得有些生气："你再这样问，我们连朋友也做不成了。"

"你一定有个秘密，可以告诉我吗？"

"我没有什么秘密可以告诉你，没有。"

"真的吗？那就好。有一点可以肯定，你还会回来，因为你还没有毕业。"

"那当然了。我们可以走了吗？"菲笑了，脸上的表情轻松起来。

"你要答应我一件事才可以走。"

"什么？"

"答应我在你回来后，还到这个咖啡屋来。"

菲点了点头，我的心有了几分释然。

"什么时候走？"

"十二月三十一号。"

"怎么选在这一天？"

"这一天的票好买，车上的人又少。"

"那你只能在车上迎接新年了。"

"没什么，我觉得这段太热闹，也该独自静静了。"

"我去送你。"

"不用了，我们班的同学会送我的。"

"不，还是我去送吧！这件事希望你不要推辞。"

"我已经跟同学说好了。"

"那我不管，我一定要去送你。"

"过两天再说，好吗？"

"你别犹豫了，这件事不是什么原则问题。"

"好吧！真拿你没办法。"

离分别还有两天，已能感受到送别时的凄惨情景。心中已生爱意，还未及表达，她便要突然离开了。她这时候悄然而去，对于两人之间缓缓营造的朦胧而又接近突破的气氛是十分不利的，戛然而止的情绪将有可能造成一段空白，一种极其别扭的陌生感，或者使已有的一切付之东流。

我的心头闪现出一个不祥的预兆：这会不会是最后的分手呢？她想拒绝我，却又担心伤害我的感情？或者她早已另有所属，惧怕我炽热的表白搅得芳心大乱？所以，她想逃离。逃离我，也逃离她自己微微泛动的新的涟漪？她找到了这样一个借口，这个无须用语言表达而又意味深长的借口。这是一个消防实验，即用冷却的方式熄灭一团冉冉升腾的火焰。她不再是纯情少女，这一点，在我与她之间的几次交谈后，已得到明确证实。她是一个情感丰富细腻、善于应对的人。在她依然青春的形象里，有一种成熟女人的魅力，这种魅力撩动着我渴慕已久的心绪。

我已无法遏制心中火山一样奔涌的情感。她使我渴望戏剧性的、富有冲击力的抒情场面，使我产生未曾有过的渴望导演浪漫生活的灵感。

我必须抓住这个机会，否则一切都将前功尽弃。

45

1990年岁末，我穿着一件军呢大衣，怀着悸动不安的心情，到车站送菲。

公共汽车在拥挤的城市街区东拐左转，向着火车站行驶。菲坐在靠窗的座位，凝望着窗外不停变换的商厦、树木和楼宇，心情似乎很平静。她并未意识到身边的送行者为她燃烧着沸腾的激情。女人究竟是怎么回事？为何有着如此巨大的魔力，使男人们甘愿自投罗网，为她们忍受精神和肉体的折磨，而她们却可以视而不见，浑然不察？这究竟是对男人愚蠢的嘲弄还是虐待？不得而知。

这样的送别时刻似曾相识。虹就是这样被我送走的，那个离别的时刻，刀砍斧凿般刻入我的记忆之中。每每忆及，都令我黯然神伤，仿佛闷雷劈打一般……

"你在想什么？"菲回过头来，望着神色木然的我。

"没想什么，昨天睡晚了，有点累。"我苦笑一下，竭力改变因回忆造成的僵硬面容。

"送到车站，你就赶快回去吧！"菲显出关切和歉疚的表情。

我望着身边这个被认为酷似虹的女孩，心中百感交集。一个藏匿在心头的问题折磨着我：历史会不会重演？会不会重蹈覆辙？难道这个尚未正式开始的恋情就这样夭折了吗？

"不会吧，我不至于这么惨吧！"我在心中暗暗替自己鼓劲，"今日之我已非昨日，过去的挫折应该带给我好运、经验和信心。"何况，她与虹虽然有着某些相似，但毕竟还是不同的。菲是这样娇羞、温柔，又时而开朗活泼，绝不会像虹那样理性到不近人情。我相信她应该成为生活给我的馈赠。

抵达火车站的时候，我一手拎着为她买好的食品和饮料，另一只手去扶她下车。手在不经意间触到了她的身体。这肢体相触的一刻是那样美好，犹如触电一般，一股热流涌向全身。我似乎已经很久没有这样短暂而甜美的悸动了！

她轻盈地走在我的前方，她美丽的倩影鼓舞感召着我，心中郁积的阴霾似乎一扫而光。

走进候车室，我抓紧机会大献殷勤："乖乖坐着，不许乱动。我去为你买点东西，很快就回来。"

"别麻烦了，东西太多，人家背不动的。"她撒娇的样子着实可爱。

"你不需要减肥呀！"

"但也不喜欢乱吃东西。"

"可是，别忘了，你要在车上迎接新年。"

"你以为我是小馋猫呀！大半夜的还会吃东西？不要买，你再去买，我生气了。"她嗔怪地望着我，佯装生气地噘起嘴。

一个女孩对你撒娇说明什么？我认为这表明她已有些喜欢你，起码不是要拒绝你。这让我喜出望外："别生气呀，让我尽一点地主之谊，很快回来。"

她妥协了，轻吁一口气。这是在给献殷勤的男人一个机会。

我找到车站一个商店的公用电话，给陈昌平拨了过去。告诉他自己有可能要晚些时候才能参加他们的元旦聚会了。陈昌平说晚会还等着你的主持呢！我说顾不了那么多了。陈昌平笑道："你个重色轻友的家伙！那我们就自娱自乐了。"

我转到一个柜台买了几个罐头和话梅等小食品，边思忖着在临别那一刻该对她说些什么。我知道我必须向她做最后的表白，必须把那一层窗户纸捅破，告诉她我对她的感情像烈焰一般灼热。如果这是最后的摊牌，也必须面对。一切准备工作就绪，我压制着急促的心跳，若无其事地走回来。

"怎么这么长时间？"她说，"已经开始进站了。你就不用进去了，早点回去吧！"

"那怎么行？怎么也得送到车厢里找好座位。我好赖也是一个 Gentleman。"

"那你答应我，送我上车你就立刻回去。"

"行。"我爽快地答应了。

站在空寂无人的月台上，我把两个旅行袋从车窗口给她递进去。我遵守诺言，没有送她进车厢。

"谢谢你！"她嘴唇翕动着，终于说，"上海那边有事要我办吗？"她的口吻像面对一个普通的朋友，但是我感觉到她目光中一闪而逝的依恋。

忽然之间，想要表白的话一句也说不出口，我只是嗫嚅道："没有什么事了，回家多注意休息，回来时给我拍一份电报，我去接你。"

她又一次欲言又止，好像在竭力掩饰一种难言的情绪。我望着这个刚刚恋上却又匆匆分别的女孩，不禁悲从中来。我把手贴在她座位旁的窗玻璃上，满腔深情地对她喊一句："菲——祝你一路平安。"

"谢谢侬，再见！"她在窗内向我挥手，眼中似有泪花闪动。

广播里开始呼唤送行的人离去，已经可以听见列车缓缓启动的声音。我已经失去了向她说明一切的时间。在这最后的时刻，我忽然匆匆忙忙向最后一节车厢跑去。我要跳上这列快车！在焦急的奔跑中，心中还在喃喃自语：我再也不会让一个我爱的女孩从身边溜走了。

在我踏上列车的一瞬间，列车启动了。

走进车厢，元旦这一天的火车果然比平日空寂很多。我很轻易地找到一个靠窗的四人座厢，把一个小包放上去。

列车缓缓地穿越我熟悉的城市，向着未知的远方行驶。

我没有急急忙忙去找菲。我被自己的即兴之举搞得十分激动，很长时间缓不过劲来。额上汗水淋漓，我用手掌擦着汗珠，又到盥洗室冲一把脸，然后走到两节车厢的过道里，点上一支烟，凝望窗外的景致从眼前一掠而过。此刻，心头甜蜜的激情开始按捺不住地涌动。过了十多分钟，我开始向从最后一节车厢向前面走去，穿过了两节车厢，看到一个熟悉的身影迎面向我走来，原来是菲！她拎着行李沿着狭长、晃荡的车厢正要穿越过道。我佯装未看见一般背转身去，当她的身影映在我眼前的窗玻璃上，我突然回过身来，大吃一惊的菲和我邂逅在这个陌生的车厢一角。

"是你？吓死我了！你怎么也上来了？"

"我要去南京。那里有我的一个同学，我要去查资料。"

"怎么不早告诉我？"她犹豫了一下，这样轻声问我。

"想给你一个惊喜。"我说，脸上露出得意之色，"知道吗？到南京还有几个小时，我们还可以聊聊天，或者唱唱歌，我还有重要的话要告诉你。走吧，到最后一节车厢我选好的座位去。"

两个人愉快地坐到属于我们的"包厢"里，不会有人打扰了。

"我从来没有想到会同你一起坐火车。"菲说着，她的嘴唇抿动了一下，露出两个浅浅的梨窝。

"我也是。我们刚刚认识。我没有想到会有这样的时刻，多巧，多不容易。"

"你真让我吃惊。从我认识你起，你总是出人意料。"

"我也奇怪，好像只有在认识你之后，我才有这个特点。"

"你对自己都不了解吗？"

"不了解，我做的许多事情自己都无法预料。你也一样吧！对自己也不一定完全了解。这样吧，我来测试一下你的命运。"

"你还会算命？"菲显得喜形于色。

"不像吗？你以为我们研究生都是书呆子，除了理论教条什么都不懂？"

"当然不是了，谁不知道你多才多艺啦！"

"那就开始吧！喜欢喝咖啡吗？"

"喜欢。"

"为什么？"

"嗯，有点苦，但有清香，有回味，加点伴侣，味道别致。"

"最喜欢的动物是什么？"

"兔子。它很洁白，可爱，又机灵。"

"最不喜欢的动物是什么？"

"蛇。滑溜溜的，样子吓人。"

"碰到黑墙，你会想到什么？"

"有点怕，但可以忍受。"

"看到一口枯井呢？"

"我会在旁边站一会儿，但觉得没什么。"

"我知道了。"

"告诉我结果。我是什么人？命运怎样？"

"你很勇敢，这一点没想到吧！对死亡没有恐惧。"我故意停下来。

"还有呢？"

"你一直渴望浪漫的爱情，并愿为此承担风险。你心目中的男孩儿形象是英俊漂亮又多才多艺的，你看重长相，不喜欢丑陋而又圆滑的男人。"

"完了？"

"在你的一生中，将有许多奇遇，比如现在这次。"

"你在胡编了，不过，也有说得准的地方，算命总是这样，模棱两可。"

车窗外，城市的景物已经消隐，出现了大片大片田野和茅舍，夜幕开始降临。

在餐车，我买了一瓶长城干红，三个炒菜，一个汤，还费了半天劲打开了一个罐头。两人相对而坐，都不说话，彼此只是愉快而轻松地微笑着。陌生的城市街景、朦胧的楼宇以及炫目的灯光不时从窗畔飞逝而过。

车厢里亮起了灯，微弱的光线布下一片昏黄、朦胧的色泽。我在不经意间暗自打量她。她轻呷一口红酒，把玩酒杯的手指纤柔白皙。此时，她眼睑微合，下垂的睫毛形成一片细密的弧形。弯弯的眉毛在额上划出一道优美、俏皮的曲线。她的嘴唇厚而富有弹性，红润娇嫩，因为品咂菜肴而轻轻嚅动着。我的眼睛停在她浑圆、丰满的肩膀上时，心头涌起一股甜蜜的热流，愉快地想象着她将可能表现出来的少女似的娇嗔和温柔。

车过徐州，菲对我说："你快下车了吧？离南京不远了。"她的声音轻宛如风，未等我回答，已将目光移向窗外。

"菲！"我轻声地唤她。她把目光转回来。"我不打算在南京下车了。"

她侧回脸来，一脸狐疑，目不转睛地望着我，像是在问："真的吗？"

"我是专门来送你的，我要一直把你送到上海。"

"临时决定的吗？"

"在列车将要启动的那一刻决定的。"

"你是一个喜欢突然改变主意的人吗？"

"我得承认我不是老谋深算的人，我喜欢即兴发挥，跟着感觉走。这样不好吗？"

"噢，不，我没说不好！"

"我不想让你孤孤单单走到新的一年，我说过要成为新年第一个祝福你的人。"

"你真的……太让我吃惊了！"菲说。目光中带着某种少女的情窦初开的羞怯神情。这种娇羞很打动人，使我受到意外的激励。微醺的我虽有一丝迷离恍惚，但还是感觉曾经有过的浪漫情怀在心中升腾。

"你愿意我这样吗？菲，你愿意吗？"

"我没想到，真的没想到。"菲的情绪也有些激动了，她的眉头紧蹙，想让自己尽可能平静一些。

"你愿意吗？"我又问。

"我还不了解你，你太突然了。"

"这是完成时吗？"我知道这是一个需要思考的问题，但是我打破砂锅似的渴望知道结果。

"不。"菲回答得很明确，"毕竟我们刚刚认识，起码还可以有几个小时。"

"那太好了，也许这几个小时会对你我的人生具有特殊意义。"

"也许吧！"她意味深长地望我一眼。

列车已经驶进伸手不见五指的暗夜之中，仿佛正在穿越没有起点也没有尽头的时空隧道。而我与菲的关系也好像跨越了最初的朦胧与陌生，走到了从未到过又似曾相识的驿站。

"有人说一个人的一生是注定的，就像这窗外的树木、河流和村庄，这些东西早就存在，我们不知道，只是因为我们人生的列车还未开到这里。"

"那我们两个人呢？我是说……"菲的脸上飞起一片红云。

"也是如此。"我立即打断她，"也就是说我们的相识是必然的，不可回避的，它不可能更早，也不可能更晚，只能注定在这一时刻。而且上苍厚爱我们，将我们的相识安排在这样一节温柔的车厢，这样一个辞旧迎新的时刻。"

"你这么说就没有偶然性了，而且主观努力也就一无是处了？"

"偶然性只是花絮，比如你把网球打在我的头顶上，必然性才是根本。你不希望我们的相识是必然吗？"我快要燃烧的目光直视她的脸庞，她躲闪开来，喃喃道："我没这么说，只是……"

"只是什么？"我紧追不舍。

"只是不知道下一站是什么。"她的声音更轻了。

"你是想说只是不知道下一站我们会不会再一个人下车，我们会不会分手？"

"嗯。"她坦然地抬起头来，眨着眼睛，重重地点头。

"不会的，我有预感，你我今后的人生旅程都会结伴而行。"

菲怀疑地浅笑着："你还真当自己是算命先生了。不过是人生千千万，缘由任人说罢了。"

"你怎么会是一个悲观的人？我一点也没有想到。你这么年轻、单纯，有着大把的时间和希望等着你挥霍，你没有理由消极。"

"每个女孩子骨子里都很悲观，因为她们觉得自身无力把握的事情太多。"

"也包括感情？"

"当然，这是最难把握的。"

列车穿过山洞时，一明一暗的光柱打在她的脸上，让人看不清她的表情，更不知她此刻在想些什么。我敏感到需要暂时中断这个话题，此时恰好是一个有利时机。

我走过去与她坐到了一张椅子上，尽可能把气氛调节得愉快亲切一些。我从包里变戏法似的掏着吃的东西：熏香的火腿肠，柔软的面包片以及脆黄的虎皮花生，还有易拉罐五星啤酒："这可是今年最后一顿晚餐了，不吃就得饿到明年了。"我笑着说。

菲捡起一颗花生，放到嘴里咀嚼着："你没有女朋友吗？"她忽然面带微笑地问我。这个问题的确有幽默感，如果我有女朋友，怎么会在元旦之夜与另一个女孩一起在奔驰的列车上喝酒谈天呢？但是这个问题却令我有些心酸。当那个女孩试图离开我的时候，我没有这样送她。我在想，如果虹离开的时候，我也这样送她，哪怕是一声不吭地坐在她的对面十几个小时，那样我们的分别也可能迟来一些，或让她产生回心转意的念头。唉，一切都无法挽回，但一切是不是可以在这个时刻得到弥补呢？

"有过，"我带着一丝无奈和伤感回答菲，"后来她坐着一列火车走了，所以我一送你到车站，心里就忐忑不安，怕你也跑了，一去不回返。"

"你是一个爱冲动的人吧？"菲这个问题问得颇有心计，她好像洞悉我的心理。

"我是，但这次却不是冲动，冲动只是一瞬间的感受，而我从歌手比赛那天差不多就爱上你了。我对你是满腔热忱，真心实意的。我承认我对你的感情缘于最初的冲动，但这种千里相送的行为早已不是一般的冲动了，你明白我的意思吗？"

"你这个人真有趣。我只是随便问问，你却长篇大论起来。"她的脸庞泛起了浅浅的红晕。

我不好意思地笑了："看到了吧！我这个人就是这样真诚。"

菲轻轻地推一下我的胳膊："别自我吹嘘了。"

这是一个恋人之间才会有的亲昵动作，一刹那间，我仿佛回到曾经有过的恋情之中。但是，菲好像突然意识到什么，把触到我肩膀上的手收了回去。

"还有五分钟就到新年了。"我抬腕看看表，兴奋地提醒她。

"真的吗？时间真快！"菲也看看自己的表。

"让我们一起来数数吧！"我大胆地握住菲的双手，我看到她惊慌的眼神中充满一些憧憬。

这时，车厢里一片寂静，疲惫的乘客们多数已经沉沉睡去。只有我们这对儿敏感而兴奋的男女正在焦急地期待着。

从车厢喇叭里传来的新年钟声终于敲响了！清悦、雄浑的古钟之声回荡着阵阵余音，叩击着我的心坎。我仿佛觉得一扇大门已经推开，新的生活已经来临。

零点时刻，我把刚才在火车站买好的音乐贺卡送给她。她轻轻打开，贺卡里传出"婚礼进行曲"的美妙旋律。

"祝你新年快乐！"我满含深情地对菲说着，"我终于成为第一个祝贺你新年的人了，以后每年我都要这样。我觉得我不是在送你，而是把你带向新的生活，你高兴吗？"

"高兴，真的，你能送我，无论怎样，我都太感激了。"

"怎么感激？"我的呼吸急促，脸庞离她很近。

她躲闪了一下，终于把嘴唇凑上来，在我的脸颊上印上了轻轻一吻。我一下子热血沸腾，一把将她揽在怀里，在她的耳畔倾诉我的满腔柔情：

"知道吗？这是新年的第一天，这是新的一天，所有的未来全是新的。"

菲点点头，紧紧地依偎着我，一动不动。

我感到城市街区的楼宇和繁丽的灯火在雾气蒙蒙的车窗上闪烁明灭，清脆的鞭炮声一路响过，像是对我难忘旅程的祝捷声。

其实每个人都是喜新厌旧的，但这并不表明她需要不断更换她的爱人。只是需要不断地调整，不断地创造。可是这个人如果丧失了创造力、丧失了激情那就十分可怕了。许多人以为被人追求一定有一种虚荣心的满足和幸福，那真是一个误解。除非她在玩弄感情，否则，那种滋味不会好受。如果我选择了你，我希望这是最后一次。

46

列车在黑暗中隆隆奔驰，将过往的景物和时光远远抛在后面。

"我想忘掉过去，"我对自己说，"这次我一定会忘掉过去了。"

菲依然伏在我的胸前，我的手丝毫没有离开她柔和的、隔着一层羽绒服的背脊。

她身体开始微微颤动，像是在抽泣。

"怎么了？菲？你哭了，别哭！别哭呀！"

她伏在我胸前的身体抽动得更加厉害了。

"到底怎么回事儿？是因为我吗？"

她缓缓地摇摇头，并把泪眼婆婆的脸庞抬起来。

"我知道了，一定还有一个人，他正在等你，是吗？"

"文，我为什么没有早一点认识你？"

猜想得到证实，让人遗憾而震惊。

"不，我们认识得不晚，你并没有结婚，你可以自由选择，我也有权追求。"

"他很爱我，他对我付出太多，我无法离开他。"

"那就是说，只有离开我了？"

"你不知道，他有多爱我。"

"我不想知道。我也很爱你，一点不会比他差，你没有看出来吗？"

"你很让我感动，但是……"

"那就是说，你要回到他身边去，再也不回来了。"

"我……我不知道。你让我很为难，真的。自从你出现后，我没有一天好受过。"

"你打算怎么办？选择权在你，我不会乞求或者胁迫你，如果你选择他，我会在下一个车站立即下车。"

"你不要逼我，你怎么能这样逼我？"

"但是你必须做出一个明确的选择。"

"我不愿意伤害三个人中的任何一个。"

"那很难，一个存在另一个消亡，只有单项选择，或者全部否定。"

菲又一次哭起来，这一次是伏在桌上，哭出了声音，我几次劝慰都毫无用处，只有听任她不停地啜泣。

我的言语大概过于生硬了。对她而言这是一个残酷的时刻，应该理解她的犹豫和伤感。此时，我想起了虹，在她与我分手之际也曾这样犹豫哀伤吗？如今，我也要充当第三者了，去抢夺别人的爱情。

"别哭了。"我小心地劝着菲，把一张洁白的手绢递给她，"车厢里的其他乘客都睡着了，会吵醒他们的。"

菲的哭泣声越来越小，终于止住。她用手帕擦去脸上的泪水，对我说："别看我。"然后掏出一个精巧的装饰盒，在脸上搽抹。半晌，她才回过脸来。

"你不应该哭，这么可爱的女孩一哭就变成另一个样子了。"

"什么样子？"

"哭的样子。"

她破涕为笑了，转而又叹口气："我该怎么办呢？你知道吗？你是个坏蛋，你一直在折磨我，让我为难死了。"

"菲，我能理解你的感情，"我忽然变得一本正经了，"你是一个好女孩，才会这样难过。"

"文，给我一些时间好吗？我会做出一个明确的决定。"

"需要多久？十年、二十年？"我又调侃。

她认真地说："不，不会太久。"

"没关系，我已经等了许久，不怕再等。"

"毕竟那是初恋，一年多的时光呀！"

"我懂，我也有过初恋。"

"当初我还小，刚刚上大一，他对我又那么好。"

"他是一个什么人？"

"他曾是一个校园歌手，他的歌唱得棒极了，但是他脾气很坏，喜怒无常，很暴躁。"

"这是有艺术气质的人的通病，喜怒无常。"

"你就很沉稳。"

"哪里哪里，我也有发脾气的时候。"

"你们不一样，好像完全不一样。"

"那倒有可能。"

"你比他要懂事得多，他很任性。一个男孩子任性真让人无法忍受。"

"也许我比他年长吧！我以前也很任性。"

"我不是因为你才抱怨他的，很长时间了，我们之间已没有初恋那份感觉，好像麻木了。"

"那为什么……我是说……"

"他很爱我，他有时对我好起来是那样投入，像女孩子一样细致，把什么都考虑到了，细致得真让人感动。"

"所以你对他依依难舍。"

"我很矛盾。但是刚才大哭了一场，我变得轻松了，我也为他付出过，像个姐姐似的为他排忧解难。可是我觉得这样很累，我是一个内心纤弱的女孩。现在，这一切也许应该了结了。我不能生活在对他的怜悯中。"

虹离开我的时候是怎么想的？我也是一个怯懦之人，也曾使她很累。

"你打算怎么告诉他呢？"

"我想把我真实的想法告诉他。"

"他会不会觉得突然？"

"不会吧！我们发生争吵也不是一次两次了。"

"结果怎样？"

"他有时很凶，我有点怕他。他不是一个轻易放弃的人。"

"看来这是一场持久战。你希望谁赢？"

"我担心最后我谁也得不到，这种事，吃亏的总是女孩子。"

"不可能，你会有一个好的未来，这个未来是你和我的，就像我把你带到新的一年一样。"

"但愿如此吧！你真的很自信。"

我苦笑道："不知是不是盲目自信。"

"她为什么会离开你？"

"你怎么想到问这个问题？"

"没什么，只是好奇，你不便说就算了，我只是觉得那个人不应该离开你。她离开你是个错误。"

没有任何语言能像这句话那样契合我的内心呼唤了！一个饱受失恋屈辱而信心丧失殆尽的人如今听到另一个心仪的女孩如此有力的评价，这个评价让人格外的酸楚，更让人产生了许久未有的震惊和感动。失恋曾使我陷入极度绝望和自卑的境地。一个曾与我最为亲密的女孩，一个我认为极有洞察力、比我还要了解我自己的女孩无情地否定了我，这样的打击真是惨重无比啊！我十几年来形成的那点微弱的自信早已荡然无存了。我曾经如此看重她对我的评价，而她离开我这一行为本身即表明了她对我这个人的最后否定。在那一时刻，我为自己不停地辩解，不愿承认她留下的终审判决，但冷若冰霜的现实已经无法改变。自她离去之后，我变得一蹶不振，我所谓的自信只剩一个躯壳，而菲却能够这样肯定我，即使只是一句随口而出的夸赞，我也愿意相信它的真诚。

"她为什么离开？说实话，到现在我也没搞清楚。也许是她身边出现了另一个人。但在我看来，那不过是一个偶然的诱因。假如我在那个人之后出现她也一定会像选择他一样选择我。同时这又并不是终极选择，事情就是这样。"

"其实每个人都是喜新厌旧的，但这并不表明她需要不断更换她的爱人。只是需要不断地调整，不断地创造。可是这个人如果丧失了创造力，丧失了激情那就十分可怕了。许多人以为被人追求一定有一种虚荣心的满足和幸福，那真是一个误解。除非她在玩弄感情，否则，那种滋味不会好受。如果我选择了你，我希望这是最后一次。"

"我也这样认为。知道吗？任何一种分离都不是单方面造成的，她否定了我，我也否定了她，她离开了我，而我最终也会离开她。只不过她先我一步而已。这可能有个自尊心问题。对于男人而言，失恋本身也许并不可怕，但自尊心受到伤害却是最难忍受的。它可以毁掉一个人。"

"所以说，你很不简单，你应该自信。"

"谢谢你。我想我不会让你失望的。我一定会重新造就一个我。因为你已经向我展示了一种新的生活前景。你不觉得，对于我们两个人的人生际遇而言，这趟旅行的意义是多么重大吗？我不会忘记这次旅行，永远也不会忘记。"

"是呀！我也不会忘记的。谁在她的一生中经历这样的事情都不会忘记的。不是每个人都经历过这种事情的，文，我应该感谢你，感谢你的真诚。"

这种时候，这样的对话，造就了一种至纯至净的气氛，就像薄雾刚刚散去后的湖面一样。一个难忘的夜晚的旅行即将结束了，天色在不知不觉间亮了起来。窗外的景致已经依稀可见。广袤的田野凝上了一层细细的白霜，几只孤独的牛羊在黛色的天幕下游移。

"还有两个小时就到上海了。"菲自言自语道。

"你靠在我的身上休息一下吧！"说完，我把她的头扳靠在我的肩头，然后轻轻地抚弄她细腻的脖颈，忽然想起一个一直未及考虑的问题："他会不会到车站来接你？"

"不知道，我想会吧。我在信中告诉过他我回来的时间。"

"如果他来接，怎么办？我是不是应该先回避？你怎么介绍我？"

"有什么关系？你是我的同学——你现在也只是我的同学，不是吗？"

"我是到上海搞调研，我们在车上碰到的。"

"你可以这么说。"

"你会向我介绍，他是你男朋友吗？"

"你希望这样？"

"当然不希望，但我怕自己会情绪失控。"

"我不会多说什么，不会的。"

"是我让你为难了。"

"不，我觉得有点对不起你，或许你看到了他，就不会再喜欢我了。"

"这是什么意思？"

"没什么。"菲的脸上露出一种奇怪的表情，她用眼睛打量我一下，不再想解释什么，"你也休息一会儿吧！"她说。

困倦此时开始袭扰我：眼睛发沉，嗓音沙哑。这个不眠之夜，我眉飞色舞，口若悬河，却又全然不得要领，一切还是那样充满变数。我与这个心中渴念的女孩就要成为恋人了，但又好像前途未卜。她绝非等闲之辈，如此复杂的三角关系似乎也能应裕自如。或许她很会逢场作戏，根本没有将感情的天平移向我这一方。她只是有点感动。而这种感动还不至于使她拥有足够的依据来推翻旧有的一切。我也许又犯了浪漫书生的毛病，以为一次痴情的千里追寻就可以使她抛却已有的一切与我缔结所谓幸福的契约，或许我把她想象得过于天真、过于单纯了，而她并不是大学新生，可以仅仅因为虚无缥缈、风花雪月的歌词而感动得流泪。她需要时间，这可以是拖延，可以是拒绝，也可以是其他的理由。总之，一切都尚未确定。我有点无法将听她演唱动人歌曲时形成的印象与现在的她联在一起。我闭上眼睛，刚才的想法使我狂热的心绪开始冷却下来，然而，缠绵悱恻的情感依然在心头隐隐涌动。我已全无睡意。

47

列车在尖厉的汽笛声中驶进薄雾蒙蒙的上海站。本次旅行的终点站到了。

在列车即将驶进月台的时候，菲的脸庞一直紧紧贴在窗玻璃上，她在焦急地寻找接她的人。

走下列车之后，我们在月台上伫立停留，菲的目光一直在东张西望，看不出她是什么样的心情。直到月台上的人都走得差不多了，我们才走下地下通道。

"他没有来接你，是不是意识到了什么？"我说。

"不会，即使意识到什么，他也会来的。或许他记错了车次，我了解他，他不会不来的。"

"出站后可以给他挂个电话。"

"那倒不必，我想先回家。"她说，又像突然想起什么似的，"你怎么办？本来可以先请你到我家。可是太突然了，我怕我家……"

"我可以去找我在上海的一个同学，别担心，没关系。"

"以后我一定会请你到我家去。"

"行了，这并不重要，我只是担心你，如果你跟他讲出一切，他会不会暴跳如雷？"

"这件事我自己会处理，你不必操心。我说过，我与他的事，与你无关。"

"但是你与我有关系，我不可能不为你考虑。"

"这我知道了，放心吧！他不会把我怎么样。"

我们并行在狭长昏暗的甬道里，两人之间保持着一段明显的距离。我试图走近她，她又走开了。这时候，我开始感到了她的忐忑不安。临近站口的时候，她把我替她拎着的红色旅行包拿了回去。

"菲菲！"一个上海腔的男子高叫着她的名字向这边跑过来。

这大概就是菲的男朋友了。他穿着一身蓝色牛仔衣裤，像个刚刚下班的工人。头上也没有想象中那种流行歌手的长发和络腮胡，只是普普通通的小平头。他给我的第一印象是朴实，这使我减少了一些对他的敌意和厌恶。但是，他的眼睛却令人反感，那双眼睛微微凹陷，闪着游移不定的暗光。

我显得出乎意料的平静，见到他之前的那份戒备与紧张瞬间消失了，心中流露出一丝狂妄和不屑。我奇怪，菲怎么会看上他呢？忽然明白了她在列车上说的"你见到他，就不会喜欢我了"的含义。我为菲感到惋惜，更有了一份英雄救美的冲动。

那个人冲到菲的身边，一把抓住了她的胳膊，然后叽里咕噜说了一通上海话，显得异常亲热。菲挣脱他的手臂把他介绍给我，只说了两个人各自的名字，没有任何附加语。

他有些吃惊，好像刚刚发现菲的身边还有另一个人存在。他伸出手象征性地与我握了握，然后掏出烟，递过来。我摆摆手表示不会。"不会？现在不抽烟的男人可不多呀！"他用普通话对我说。他大概一下子看清了我的目的，对我表现得客气而冷淡，隐含着戒备。

"他要去中国纺织大学找同学，怎么坐车？"菲指着我对他说。

他没有看我，而是用上海话对菲讲了一通，菲正要用普通话告诉我，我说："我想先打个电话。"

三个人一起向公用电话亭走去。路上，他又一次亲昵地揽住菲的手臂，菲没有拒绝，开始用上海话与他交谈，两人都显得挺高兴。菲忽然意识到冷落了我，侧过身来说："你是第几次来上海了？"

"第二次。"

"上海的主要地方都转过了吗？"

"没有，上次时间很紧。"

"那回头让禹陪你转转。"她的男友叫禹。

"今天天气这么差，有什么好转的？"禹没好气地说。

"又不是让你今天去。"菲反驳他。

我笑笑说："不必了，我对逛商店和逛名胜古迹都没有兴趣。"

我在电话亭打电话，打了许多次都是忙音，又像是根本未打通。大概是电话号码错了。我忘了付钱，放下电话扭身就走。管电话的老头儿在后面大喊大叫，禹不怀好意地笑了，好像还嘀咕了句什么。他把零钱扔给那老头，转而对我说："售票处就在不远的地方，现在可以买当天的票。"

"谢谢，我现在还不想买票，等找到我的同学再说。"

菲用上海话责骂禹，他极不情愿地把去纺织大学的行车路线告诉了我。

菲说："我们可以一起坐一段，在 ×× 站转车。"

这是典型的上海冬日，雾气蒙蒙，空气阴冷阴冷的。我对这个城市充满陌生感，拥挤的车厢里充斥的吴侬软语清晰地提醒我，这里已是异域他乡。上车的人群把我和他们俩隔开了，他们俩挤在两个车厢的交会处，正在窃窃私语。这一时刻，我产生了一丝失落感。

不知过了多久，禹从人丛中走过来，用手指捅捅我的肩膀："喂，下车了！"

三个人都下了车，菲指给我转车的地方，他们则向道路对面走去。我与他们隔着道路相视，等各自方向的车。

他们那边的车先来了，菲在上车之前深情地凝望着我，眼中充满歉疚和哀怨。我朝着她意味深长地苦笑一下。之后，我看见禹一把将她拉上了汽车。

他们那个方向的汽车开走了，我依然站在原处，继续等待。

天空下起了蒙蒙细雨，我带着难以言诉的苦楚前去寻找大学时的校友。倒了几次车，问了许多人，才在一幢公寓式的六层楼里敲开他宿舍的门。开门的是一位陌生人，他说我这位校友去N市他的未婚妻家了，元旦之后才能回来。

我悻悻地走出这幢寂静沉闷的楼宇。雨下得更大了，裹着凄冷的风。我与这个城市的一切线索就这样中断了。在漫长的路途中，我甚至忘了问清菲家的详细地址和电话。我按照她告诉我的大略地址，询问过往行人，没有得到明确而肯定的回答。上海人对于外地过客总是有着本能的蔑视和排斥，使我对这个城市更多了一分失落。我又辗转找到她的中学母校，传达室的精瘦老头也是很不耐烦。他说学生那么多，他不认识的。侬要是执意找，那就节日之后再来。侬是什么人？人家就是知道也不会告诉你。这些废话充满了不友好也全无用处。显然，已经无法在这座节日寂寞的城市里找到她了。

我迷迷茫茫地独自站在过街天桥上，感到饥寒交迫，疲惫不堪。我不愿设想菲和禹待在一起的情景，菲真的会把她与我说过的想法告诉他吗？从目前情况看，他们仍是恋人，而我是冒昧的闯入者。我已经力所能及，今后的一切取决于菲，而不再取决于我。几天之后，将会有一个结果。而现在，我只能打道回府。

这座陌生城市的天空变得愈加灰暗了，我漫无目的地徘徊在一条条周围高楼林立的陌生街区，忽然间感到了饥寒交迫。我在一个小摊点买了面包和饮料，然后乘车返回上海站。在售票处轻易地买到了当日下午五点多钟返回北京的车票。

离开车还有四个多小时，困倦再次袭来，我躺在候车室空寂无人的长椅上一下子昏睡过去，大约两个小时后，才有些清醒起来。几个小时前发生的一切在眼前闪过，恍如一梦。在这一天之内，情绪上经历的起伏和刺激使我身心俱疲。

列车的车轮发出了机械的响声。我在车水马龙的车站无聊地耗过毫无意义的几个小时之后，搭乘当天傍晚返京的列车回京。北归的列车上只剩我孤独一人，这与来时形成了鲜明对照。没有冲动和激情，没有兴奋和惊喜，也没有温馨和卿卿我我，我目不转睛地望着空调列车里的闭路电视屏幕，脑海里一片空白。

在隆隆作响的列车里，我昏昏睡去。夜晚的时候，我冻得醒了过来，双手环抱着自己的胳膊一直坐到天亮。

48

新年初二，一个晴朗的早晨我回到北京。倒进自己的房间后便和衣睡去，直到临近中午的时候才醒来。

我去了一趟研究生楼，那里的几位同学正围坐在两张拼在一起的书桌旁聚餐。房间里酒气冲天，烟雾缭绕。我冲各位依次点头过后，搬张凳子坐下，拿起一双筷子就吃起来。我的胃口出奇得好，在杯盘狼藉间拣着可吃的东西大快朵颐。除了陈昌平之外，无人知道我刚刚经历过一次千里追寻。

酒足饭饱之后，众人开始高唱，我们把从"文革"以来会唱的歌曲统统唱了一遍。尤其是"文革"歌曲唱起来格外过瘾，楼下的马路上还传来了喝彩声和口哨声。我的兴致极高，直闹到近傍晚才回去。

冬日的残阳透过窗户照射进来，房间里显得温暖而明亮。我的精神状态恢复得焕然一新。打开录音机，在《骑兵进行曲》的旋律中愉快地在房间里踱步。一切似乎都需要重新细致地整理和确认：我与菲的关系、下一步的生活目标以及从未思虑过的未来。总之，一种值得渴望的新生活已经探出头来向我招手了。

菲的笑靥在我面前闪现，那含笑中不时微蹙的眉头似乎正等待我关爱的化解。

尽管我时刻提醒自己注意冷静，一切尚不确定，不要陷入他人的圈套，但一浪又一浪的思念已冲破理性的堤岸。菲对我产生了强大的吸引，在精神上和身体上都不可抗拒。那种性的吸引和浪漫的情怀结合所形成的美妙感受是多么具有诱惑力又是多么似曾相识呀！

这是新的渴望还是怀旧的情丝？这是初恋的再现还是新爱的诞生？管他呢，无论如何我要开始，不管遇到什么样的障碍，都要想办法超越。对，只要这是开始。我撞上房门，不知不觉来到菲的宿舍楼下，围着她的宿舍楼兜着圈子，好像这样就可以与她的距离更近一些。阳光普照的校园似乎洒满希望。我要一点点寻捡起与她的联系，向她倾诉我无尽的思念：

菲：

我知道我们不能欺骗感情，但掩饰感情又是一种怎样的折磨？让我们自然地、平静地决不违背本心地相识吧！任何人都不应成为另一人的压力。爱绝不是那种稍纵即逝的逢场作戏。浪漫的爱情应该能够带来现实的结果。我们之间的浪漫绝不应该成为仅供回忆的悲哀的代价。

我想为你营造一种他人无法替代的独一无二的精神氛围。在这种氛围之中，你会感到和谐、温馨、幸福。这是一个理想的、轻松的精神乐园，我忽然间有了这种信心，是你给了我这种信心。

你的过去还有些年轻。它令你困惑，也令我牵挂。真心付出的感情总是难舍难分，不必匆忙决定，时间会为我们提供最好的答案。

不要责备自己，爱意味着真正的轻松自由。你的选择并不会给别人带来牺牲，在爱的问题上，实际上每个人机会均等。

无论如何，尽力去爱去追求才不会后悔。就像我们不会后悔刚刚结束的那次奇异的旅程。

……

我把信投进邮筒，又担心信未寄到她已提前回来，于是，又走进邮局向她发了一封电报：

2日，诗人回到宁静的小屋，等待南方列车的到来，13日接你。

我问菲的同学索要到她在上海的地址，这应该是她父亲单位的地址。这个同学也不敢确认这个地址是否准确。管他呢，先把信和电报发出去再说。虽然不知道她能否收到我的信息，但我还是相信她会知道我对她的思念和牵挂。第一次我自夸为诗人，我觉得很长时间都没有这般诗情盎然了，而且用行为书写的诗行似乎比纸上的词句要充沛饱满得多。诗人，这是多么令我酸楚和自豪的称呼！

从邮局出来，我找了一家西餐厅，要了一杯咖啡和一盘点心。散发着馨香的咖啡在眼前热气升腾。如水的音乐使我忙乱焦虑的情绪沉静下来。我呷了一口稍带苦味的咖啡，品味着那份等待的美妙。

回到宿舍的时候，忽然想到应该打扫房间了。我饶有兴致地认真清理着屋里各个可能收拾到的角落，不想留下任何一个遗漏。一时之间，兴奋、喜悦与伤感相互交织在一起。我在侧墙上挂上崭新的挂历，在窗户上装上一串彩色的装饰灯，床头放上了我为结婚而买的橘红色台灯。一年多以前，我曾在这个房间等待日夜思念的新娘，在焦急的期盼中，幻想着一个弥散着碎纸屑和香槟酒的醉人婚礼……如今我又在复杂惊恐的心绪中等候另一位女孩，这是幸福的吉兆还是往事的循环？我的初恋被第三者夺走，而今轮到我作为第三者出现了。我必须把菲从另一人手中抢过来，我会成功吗？上帝会给我一个苦恋的报答和人生的补偿吗？还是让我再次跌入感情的无底深渊？这一切现在还是一个巨大的悬念。

人的机缘真是奇妙呀！一些人无缘无故地相识、相聚，而另一些人又会毫无先兆地成为仇人。那个远在上海的禹跟我素昧平生，如今却要因为爱而势不两立。爱的含意是如此博大，而选择余地竟是如此狭小！我从不希望我所经历的爱情竟是这般残酷，需要以伤害他人为代价。但这又是我改变人生际遇的无可奈何的唯一选择。

等待菲的一周时间，漫长如一个世纪。我脑中时常会呈现一个错觉：菲已经悄悄站在我的身后，等待着我回身热情的拥抱。她嫣然一笑的幻影，车轮的隆隆之声，广袤的冬季的田野，以及夜晚建筑工地上一掠而过的繁灯成了挥之不去的心痛。

一直没有她的任何消息。对她夹杂着忧虑的思念越发强烈起来，那个无法明了的结局令我心神不宁，魂不守舍。

正是考试季节，校园的教学楼群之间人迹稀少。房顶上融化的冰凌滴着水滴，离菲原定回来的日子还有两天，但我却毫无道理地希望在湿漉的小路上能够与她邂逅。

49

菲回来了——这个消息是在食堂打饭时邓勇告诉我的。但是菲并没有通知我去接，也没有直接来找我。

吃过午餐我匆匆赶往她的宿舍楼找她。菲穿着一件浅黄色的毛衣正躺在床上读一本小说。室友们进进出出，不时向我投过来惊讶的目光。这个场景又是似曾相识的。显然这里不是谈话的地方，我压低声音凑近她的耳边让她到我的小屋去。她说太累，想先休息一下，晚上再来。

"一定来，听见吗？"我叮嘱她。

她点点头，脸上似笑非笑，好像若有所思。

《简·爱》里面的罗切斯特曾对简·爱说：说你爱我，简，你的犹豫在折磨着我。菲留给我的等待时间也在折磨着我。一个下午的等待让人坐卧难安。我捧着一本专业教材，却发现一个字也读不下去，而只是为了坐在沙发上焦躁不安地等待做出的一种姿态。房间里所有的摆设都进行了重新安置，空气中散发着柠檬香水淡淡的清香。

门外传过的任何一次脚步声都会让我产生一种希望，幸福仿佛就在门槛外面等待着我，只要把门打开，就会随着轻风和树叶冲荡进来。

终于听到了敲门声，心里霎时掀起一阵狂澜。

菲轻盈地走了进来。她穿着一件橘红色的厚毛衣，一条浅黄色的哔叽裤子，显得风姿绰约。

我努力掩饰紧张惊慌的情绪，带着极大的热情去迎接她。但列车上形成的那份亲密气氛却似乎已经消失了——她躲开了我的拥抱，仿佛新年之交所经历的爱之旅行根本就没有发生过。

"接到我的电报了吗？"

"接到了。"

"真的？那为什么不告诉你回来的日期？"

"我是临时到车站买的票。"

沉默。菲仔细地打量着我的房间，好像卫生检查员在查看是否有没有达标的地方。我则像个等待挨罚的饭馆小老板跟在她后面，大气不出一声。她轻轻地坐到了我的床上，手下意识地摸着床沿。

"我以为你收不到电报。"还是我率先打破沉寂，"因为我按照这个地址去找你的家，怎么也找不到，我还到你就读的中学母校去找过你，他们也不知道你住在哪里！我在上海的同学回南京过节了。我只有找你！在这个雨雾蒙蒙的陌生城市里徘徊了一个上午，但是一无所获，只好乘下午的列车返回北京。"

"是我不好。"菲抬起头，认真地打量着我，眉毛皱了皱又低下头。

"但我是心甘情愿的，我想我一生都不会后悔，我会永远怀恋我为爱所付出的努力。"

菲缓缓抬起眼睑，目光哀怨地凝望着我："你真是一个好人，但我不好，不配你这样追求，为什么要这样感动我？"

"别这么说，我爱你，我觉得你是值得我追求的人，知道吗？自从见到了你，我觉得一切痛苦都有了补偿。"

菲抿着嘴唇："文，你不会嫌弃我吧！"

"怎么会呢！"

"不会后悔吧？"

"不会，我从不对做过的事后悔，爱怎么能谈到后悔呢？"

我注意到她忧愁的情绪似乎出现了某些微妙的变化，少顷，我忍不住问她一个敏感问题："你跟他谈过了？"

菲犹豫着点点头。

"他有什么反应？"

"他暴跳如雷，那天下着雪，他推了我，险些把我推倒。然后，他说：'别以为离开你我就活不成，比你漂亮的女孩有的是，明天就可以找一个。'我一气之下，向车站的方向走去，他又来追我，乞求我不要离开他。我已经厌倦他的反复无常，没有理他。"

"这个人果然是反复无常。他送你了吗？"

"送了，第二天一大早就来了，不停地向我道歉，给我买了一大堆东西。列车开的时候他的眼圈都红了。"

"别说了！"我心烦意乱地打断她。

"你怎么了？"菲诧异地问。

"没什么，"我说，语气沉重，"这只能说明一个问题，他是爱你的。"

"但是我发现对他越来越陌生。"

"菲，"我冲动地一把抱住她，"我真该守在你的身边，我不该让任何人欺负你。你知道我对你的感情，我经历过失败，我比他更懂得珍惜感情。"

"他快把我推倒的时候，我就下定决心要离开他，无论有没有别的人，我都会离开他。这是迟早的事，你只不过是外因。"

"但你知道这个外因是多么为你动容吗？只要一想到你，我就会有种融化了的感觉。菲……"我闭上眼睛，嘴唇开始探进，她迎上来，两张嘴唇像磁石一样黏在一起，彼此都在拼力吸吮，仿佛要吃掉对方一般。

这段拥吻持续了很长时间，周围的一切仿佛不存在了，连人也成了道具。

渐渐地，意识开始苏醒，但嘴唇还是没有离开她，长久遗忘了的吻的感觉重新找回了。菲挣脱开我，她需要换口气，还未等她缓过劲来，我的嘴唇又一次贴了上去。这不再是初吻的亲密举动有一种心酸的甜蜜。

"行了吗？"菲娇嗔地躲开我，"我都快憋死了。"

我仍然不依不饶。

"你也真是的，我们之间又不是生离死别，这又不是最后一次，你不可以节制一点吗？"菲没有为我的冲动而惊慌，而是平静地移开我的手，说话慢条斯理。

她拿出一个化妆盒，边照边抹："看你，把我弄得像个小花猫。"

"你知道我为什么这样一往情深吗？"我开始平静下来，语调低缓，"我只是觉得，人应该珍惜感情，珍惜现在的感情，而许多变化都是无法预料的。"

"你在指我吗？"

"你太敏感了，怎么会呢？我无意指责什么。我会那么傻吗？一个人爱我，我却告诉她，别对我这样！何况，你并没有什么错，你有你的权利，你可以重新选择。"

"文，别说了！很多事情说不清楚，我们随着自己的感觉走一段吧！谁也不要勉强谁。"

"我也是这么想。但有一点请你相信，我是爱你的。以我现在的年龄，从稳妥角度，应找一个本地学生，但我不顾及这些。我宁愿冒风险、宁愿经受未来的不稳定，这难道不能证明我的感情？即使这样，我们仍然不应该因此背上包袱，好像我们必须好下去。"

"你真大度。"

"不，我并不是那种过分理智的人。我看重感情，极端看重，但又渴望彼此真正地付出。"

"你还没有真正确认你的感情？"

"我已经确认了。我在等你，我相信你会选择我，会吗？"

"你说呢？"

"外交辞令！但我相信你会做出明智的选择。"

"你不要喜形于色好不好？我说不清，真的说不清，看到你兴高采烈，我就会不安。"

"现在是我比较为难的时候。如果我喜悦热情，你一定认为我不近人情，因为你会难过，会想到另一个难过的人。如果我平静而冷淡，你又会疑虑重重，徒增烦恼。所以，我觉得自己只能一半脸哭，一半脸笑。"

菲扑哧一声笑了起来："谁要你那样了？"然后，她一下子恢复了轻松的表情，转过脸去看崭新的挂历，那上面六个美女簇拥着一辆豪华轿车。

"你喜欢哪个女孩？"菲指着挂历对我说。

我一一点过每个女孩，最后落在她的身上："你，还是你。"

"你真的对我如此专一？"

"那当然。自从认识了你，走在大街上，我对其他女孩都是目不斜视。"

"我才不信呢！你就是那种嘴上抹蜜、专门骗女孩子的花花公子。"

"在你眼中，我会是那样的人吗？你真的看不到我对你的真诚投入？"

"不是的，我开玩笑的。你也真是的，开个玩笑都不行吗？你要只是玩世不恭，我才不会上你的当。人家又不是三岁小孩。"

"真的，今后我有两项伟大的事业，第一项是爱你，爱你是我一生追求的事业，是一项系统工程，是一项心灵感应，也是一切的核心。"

"另一项呢？"

"还是爱你！"

"贫嘴！为一个女孩放弃事业，值得吗？"

"事业算什么！事业就是为了感情。"

"你这个坏蛋！你把我弄糊涂了，你现在说什么我都愿意相信。我不管了，我就这样糊涂下去了。"

"真的？"我又一次想抱住她，但立刻停住了，"对不起，我又欣喜若狂了，我一激动起来就忘乎所以。"

"好了，放松吧！你一直给人苦大仇深的感觉。而且你好像都不会笑。你会笑吗？"

"很长时间不笑了，都快忘了。"

"那你笑一下。"

"让我想想。"我装笑了一下，"这样怎么样？"

"不怎么样，虚情假意的。我要你发自内心地笑。"

"那可能还要等一段时间。而且我这样一直不笑，突然一笑怕吓到你。"

"坏蛋。没正经。"

"说真的，你让我有了从未有过的快乐。"

"你倒轻松，我怎么办？马上就要考试。教室里太冷，图书馆占不到地方，宿舍里没办法学习。我上铺总是有两个人，他们好像在那里过日子一样。"

"你可以到我这里来，我为你打饭、打水当后勤，还可以帮你一起复习，我耽误了你就应该赔偿你。"

"你说的？"菲笑得露出了两颗小门牙。

"我说的，必要的时候，你还可以住在这里。"

"那可不行。"

"我是说，你住在这里，我出去，到研究生楼找个地方很容易。"

"那好吧，从明天开始，我就到你这里复习，但是你不许跟我捣乱。"

"放心吧！我知道轻重。"

50

虽然还不敢确认突然降临到我生活之中的就是爱情，但是无论是真是假，也无论未来如何，两个陌生的校园男女转瞬之间变成了亲密伴侣。

她几乎每天都来。她拥有了一把我房间的钥匙，无论我是否在家，她都可以自由出入。她考试复习任务重，我成了她的勤务员，天天打饭或做饭给她吃。两人就像小夫妻一样。

我把房间分隔成两个区域，中间有一片系着铃铛的玻璃纸绳形成的帘子。她坐在里面的桌子，我坐在外面，两人和平共处，互不干涉。但菲是那种坐不住的女孩，即使在紧张的复习时间，她也会不时起来踱步，或打开 Walkman 听音乐，再不就是穿过帘子，走到我的区域来。我在书桌前的墙壁上贴了深红色的壁纸，灯光投在上面有一片朦胧的暖色。坐在这里聊天，温馨惬意。我感觉太需要温暖了，这种温暖已久违了。

正是复习考试周，聊天时间不能太长。有一门课，她大概缺课较多，未来得及记笔记。她把同学的笔记借来复印了一本，在那里死记硬背。看着她痛苦异常地背枯涩无味的定义或名词解释，我深感同情，对她说："看见了吧，这就是人类的自我虐待之一。"

"考完试，我要连睡三天！"她忍不住打了一个哈欠。

"然后呢？"

"我要去逛商店，买许多好吃的东西。"

"再然后呢！"我有意逗她。

"回上海。"她回答得毫不犹豫，"我妈妈一定想我了，我要回去过春节。"

我忽然一阵失落，像个小男孩似的沉下脸来。我拉紧她的手，突然问她："你不会突然离开我吧！不声不响地在一段时间的分别后突然就变成另一个人？"

"我明白了，就是因为过去的这个经历让你迟迟不敢对别人全心投入？"

"难道你认为我对你还没有全心投入吗？"

"当然没有，你我都是过来人了。你心里清楚的。"

"或许你没有经历过一夜之间从恋人到形同陌路的突变吧！"

"还是你不够自信吧，你怎么会认为这样的事情会再发生呢？"

"是一种本能的恐惧吧！毕竟过去的伤害还是太重了些。"

她冲过来搂着我的脖子劝我："想不到你这么脆弱！对不起，我一定会好好陪你玩玩。"

"你千万别把我们的关系不当回事，别把我们的关系当儿戏。你知道，我是认真的。"

"知道了，人家当然知道你是认真的。我也不是玩玩的。"

"恋爱中人总是投入多的一方受伤大，我可不想再伤一次。"

"我知道你伤不起。"

菲一下将我的头抱在她的胸口，用嘴唇吻我的眼睛，我紧握她的手，生怕分离会突然来临。我意识到动了真情的我其实已经脆弱得不堪一击。

菲终于完成了考试。她自我感觉不错："估计都能及格，只要及格就行。我才不在意得什么高分呢。"她说得轻松自在，这种轻松也打动了我。

我们拉着手在大街上漫无目的地行走。天上下着毛毛雨。

"昨天晚上你在干什么？"菲问。

"什么也没干，只是在想你。"

"真的吗？"菲亲昵地抱住了我的一只胳膊。我不再说话，一手撑伞，另一手紧紧地搂住她，只是时不时用吻来对她的话语做出回答，两个人看起来真像一刻也无法分离的甜腻的恋人。

两个人边走边玩一种联字游戏。我想起的第一个词竟然是"海枯石烂"。她笑了，说："老朽。什么时代了还能想起这个词？"她要是知道我的箱子里还藏着一块我亲手刻有"海枯石烂"四字的石头，一定会笑掉大牙。我脸上闪过一丝不易察觉的苦涩。我说，往下接啊！她立刻接一句"滥竽充数"，我又接"数不胜数"，两人都大笑起来。有时候，跟她在一起确实感到从未有过的轻松。

"人其实就是这样，很多时候都是自我折磨。"她用了一个英语单词"Frustrate"，她的英语美音很重，这显然是考 TOEFL 给害的。

她忽然跟我分开一小段距离，然后回头打量我："虹是怎样一个人？"菲歪着头似乎漫不经心地问。

"文静、稳重。"我几乎脱口而出。

"你是说我不文静、不稳重？"

"其实你比她更文静。她是柔中带刚。"

"她长得美吗？"

"很美，跟你一样。"

"你其实是说我不如她漂亮。"

"你还让不让我说实话？"

"她平常叫你什么？"

"跟你一样。"

"那我再不这么叫了。"

"何必呢！她只是历史。"

"谁知历史还会不会变为现实。"

"好了，今天我们在一起很愉快，别破坏这种情绪，好吗？"

她努努嘴，表示接受。两人继续逛商店。逛了一阵儿，她突然嚷嚷着要玩电子游戏机，我哭笑不得地陪她过去。她玩得兴高采烈，十分投入，样子就像高中生一般。我站在旁边，点起一支烟，从烟雾中吐出一丝莫名的忧郁。如我一般内心苍老的人好像很难从这种简单运动中找到什么快乐了。

回来的时候，她亲昵地把头靠在我的肩膀上："可是，我还是不明白，那天你为什么要送我那么远？"

"为一首歌。"

"就为了一首歌？什么歌？"

"就是那个歌手比赛上你演唱的《当我们年轻时》。"

"你为什么喜欢听这首歌？"

"以前的那个她唱过。在我们第一次正式约会的时候。"

"我唱得好还是她唱得好？"

"当然是你唱得好，我说过，她的嗓音并不出色，只不过她是第一个唱给我听的人。"

"那还是她唱得好。真有意思，告诉你吧，这首歌是禹教给我的。"

"没想到成为联结我们的纽带。"

"这就是缘，解释不清的。"

幻灭感在这一刻不期而来。这一击是如此强烈，顷刻之间就将我推向了消沉绝望的边缘。我躺在那里，显得异常平静，所有的激情和想象都走了样，成了水中稍纵即逝的涟漪。渴望中无比冲动、无比欣愉的时刻，竟这样迅速草率地收场了。无论是霄还是菲，都无法让我找回那种激荡人心的感觉。而且，我们还彼此撒谎，这更加令人沮丧。

51

这是冬日里少有的一场寒雨。空气中散发着雨天特有的芬芳。我没有打伞，沿着校园小径，踏着水滴，一路跑向女生楼。又三步并两步爬到五层菲的房间，气喘吁吁地敲门，听到里面有声音说：Come in。我说："走，去我那儿吧！"

"干吗？"

"去唱歌。"

"为什么？"

"因为下雨，我喜欢在雨天对着窗外的雨唱歌。"

雨使天气变得阴暗，也使一切变得沉寂。菲弹着吉他，如泣如诉，和着外边的雨声。我喜欢在下雨的时候唱歌，喜欢那种歌声渗在潮湿中的气氛。我们唱了许多歌，又一起听姜育恒的磁带。

菲沉浸在歌声中的时候，我轻吻了她。她头发上的雨水还没有退尽，雨天的吻带着潮湿的气息。

我望着菲，泪水湿润了眼睛。我遗憾所有这一切都不再是恋爱中的第一次，无法在幸福中一次又一次被忆起。

那天她在我这里待到很晚。这是周末，楼道里安静得没有一点声响。

我们的初夜就发生在这个雨意朦胧的天籁之声中。

两个人相依相偎，听窗外雨声如注，望着渐浓的夜色在雨雾中弥漫。我拉灭了最后一盏床前的彩灯。

房间里墨一般昏暗，看不清彼此的脸，只能听到对方越来越急促的呼吸。我想说话，被菲阻止了："别说话，什么也别说，就这样静静地躺着，好吗？"

我听从了，一只手与她的一只手紧握在一起，心跳如击鼓，像由远而近的脚步。我有些按捺不住了。菲又说：

"还记得小时候常玩的一种游戏吗？我们都是木头人，不许说话，不许动，谁先动了，谁就要受罚。"

"菲，我当不了木头人，我甘愿受罚。我不是一个冷血动物。"

"那你想怎么样？"

"答应我一个要求行吗？"我把嘴贴近她的耳畔轻声说。

"什么？"

"我想要你。"

"不，不行。"

"有什么不行，难道我们不是彼此相爱吗？"

"不行，我、我害怕。"

我抱住她，开始解她的衣扣。

"你放开我，放开！"

她挣扎得越猛，我的动作越有力。一种强烈的一定要占有她的欲望冲溢我的脑际。我不再有书生的怯懦，而变得像一个控制不住冲动的罪犯。由于用力过猛，我撕破了她的衬衣。这一次，无论眼前这个女人怎么抵抗，我也不打算半途而废了。我要学着征服，我不能因为疼爱而失去爱了。两个人厮打着、纠缠着，很快我开始占据上风。

忽然，她放弃了无谓的反抗。她按住我的手："你真的爱我吗？"

"难道我送你一千公里回家是在开玩笑吗？"

"你愿意娶我做你的妻子？"

"愿意，随时都愿意。"

"你等等，让我自己来，我系得是死扣，别人打不开。"

冲动像烈焰一般难耐。室内已显得不那么昏暗了，可以隐隐约约看见她的面容。

匆忙之中，两个人融为一体。只感到惊恐、新奇和激动，长久压抑的情感像解冻的河流一般奔突。我仿佛躺在春夜温暖的小船之上，顺着水流向前漂荡。溢满全身的爱意使我无法把持航向，呼吸越来越急，越来越难以遏制。我开始呻吟、呼喊，身体在奔腾的海洋中起伏动荡。终于，小船箭一般飞奔而去，一缕蓝光在眼前一闪，一切倏然而逝。

四面又是一片昏暗，寂静得没有一点声响。两个人都如同睡去一般，纹丝不动。

忽然，菲用小手捶打我的额头："你坏你坏，我再也不跟你在一起。"

"我突然明白了一句话，在漂亮的女孩子面前，每个男人都可能成为强奸犯。"

"真难听！看着一本正经的，没想到你也不是老实人。"

"难道还有别的不老实人？"

"讨厌，还有谁？我天天跟你黏在一起。"

菲其实并没有责怪我的意思，这多少让我有些意外。

透过窗外照进来的微弱光线，我俯身望向她："现在我们就是真正的恋人了，是吗？"

菲嗔怪地猛推我的肩膀。我紧紧地抱住她，听到她发出似笑似哭的声音。

"这是我第一次。"我郑重其事地声明。

"难道我不是吗？"菲哀怨地望着我。

我知道她不是，而我也不是，两个人都在用谎言掩饰着失去的纯洁。

"你不可能是第一次。"菲说，"你跟她都快结婚了。"

"我发誓。"我挥起拳头，煞有介事的样子，"是有过这样的机会，但我想到我们迟早会结婚，就不太着急。而且，我担心她疼，她一喊疼，我就会停止。"

菲忽然恼怒了："哼！你爱她就是比爱我更多。你为什么要跟我这样？难道我不怕疼吗？"她撕扯着我的头发，几乎要喊起来。

没想到她会在这里发现言语的破绽。我忙不迭为自己申辩，还伴随着夸张的自打耳光的动作。她还是背转身去，不再理我。

幻灭感在这一刻不期而来。这一击是如此强烈，顷刻之间就将我推向了消沉绝望的边缘。我躺在那里，显得异常平静，所有的激情和想象都走了样，成了水中稍纵即逝的涟漪。渴望中无比冲动、无比欣愉的时刻，竟这样迅速草率地收场了。无论是霄还是菲，都无法让我找回那种激荡人心的感觉。而且，我们还彼此撒谎，这更加令人沮丧。

菲已经穿好所有的衣裤。

"你要干什么？"我像从梦中惊醒一般拉住她的手。

"我要走了，你别管我。"

"你还在生我的气吗？"

"我恨你，你言行不一，你不珍惜我。"

"你听我说，你听我说嘛！"我匆忙追过去，"只有一个原因——我怕失去你，我有过教训。你明白吗？菲，这一切只能证明我爱你。"

这是一个可怕的错误的开始，我只是把她当作了另一个人，当作了另一个人的影子和化身。她在舞台上神态自若的表现，令我想到了虹的品质，连同她的身材和走路姿势都让我感觉到虹的神韵。但这是一个框框，一旦超越这个框定之外，我的感情就会被颠覆。我告诫自己不要比较，但是全无用处。她与虹之间的差异成了我们挥之不去的障碍。

"除此之外，还能证明什么？"我有气无力地补充道。

菲愣怔地听着，不说一句话，然后伏在枕头上失声痛哭。我猜不出她为何而哭，也无法确认她究竟是不是在做戏。

52

学院已经放假，大多数学生在放假第一天便像鸟儿飞出笼子一般，拎着旅行包，逃之夭夭。菲是特意留下来陪我的。

放假后的校园没有了熟悉的同学，感觉自由许多。两人可以无拘无束地在校园内外漫步。"我要吃雪糕！"她像淘气的小女孩提要求，她冬天也喜欢吃这种东西。

"没问题。你能留下来陪我，多大的面子呀！除了天上的月亮，你想吃什么咱都买。你等着！"我说着，便一路小跑到教师宿舍楼的小卖部买回雪糕。

"这还差不多。"她吃一口，也让我吃。我拒绝。"必须吃！"她命令道。我只好吃了一口，真凉呀，凉得牙根都疼。她简直长着一个冰箱胃呀！这又让我想起那个总是胃疼的虹。

走过嘈杂的街区，走进一片稀疏的柳林。几只麻雀在枝条间不知疲倦地蹦蹦跳跳。

我们都避免谈到那个交欢的夜晚，好像它不曾发生一样。

"你怎么了？怎么一直不说话？"我探头问她。

她未理睬我，仰起头凝望灰色的、飘着淡淡浮云的天空。渐渐地，眼睛里有些晶莹的东西流下来。

她一哭，我倒有些感动，觉得她并不是一个对感情三心二意、游戏人生的女孩。其实在我的内心对那个夜晚她那么随意地与我同居并非没有杂念。男人就是这样，并不希望很轻易地得到他特别想得到的东西。

"别哭，"我走过去劝她，"你哭的时候不好看。"

"文，你不会抛弃我吧，不会吧？"

我一把抱住她，吻着她，任凭路人纷纷侧目。

"不会的，怎么会呢？我们刚刚认识，我们的感情刚刚开始。"

"这样的日子还有多久？"她依然在哭。

"你为什么总是不相信我？"

"我不相信任何人，因为我不相信自己。"

"那你也应该相信我。"

"不是不相信，有些事情谁也说不清。两年前，你与另一个女孩在一起，那时你不会想到我，现在我们在一起，谁知道明年会怎么样？"

"这不像你说的话，出什么事了？"

"有人告诉我，你不可靠，你的感情来得快、去得快。"

"谁说的？难道你也这样认为？"我的眼中闪过霄的身影，莫非是霄这个上海同乡把我的劣迹告诉给她的？

"没有，但是我觉得什么也把握不住。"即使是霄，菲也不会出卖她的。

"还是不相信我，我究竟要怎样才能让你相信呢？"

"我们会吵架吗？"她忽然转了话题。

"不会吧，我多成熟呀，不会和你一般见识。破坏我们感情的也许是其他一些东西。"

"你具体讲一讲——"然后她又说，"还是不问了。"

"我这个人脆弱，受到的伤害太深，总需要有个恢复过程。"

"我不想再谈这个问题，谈得越深越糊涂。我只想随心所欲。"

"这很好，继续快活吧，想那么多没用。"

"行吗？"她半信半疑。

晚上她不肯待在这里了，说是一位86级国新系的同乡要找她。那个人我间接知道，在校园内小有名气，会写武侠小说，也倒腾生意。

"她找你干什么？"我问。

"聊天。"

"难道不能回上海再聊？或者改在别的时间？"

"我们说好的，要留联系地址，还要一起去看看网球场。"

"你们是同乡还不知道地址？"

她白了我一眼，没有回答。

"你可别有什么事瞒着我，我很忌讳。"

"你什么意思呀！"

"没什么意思，就是想告诉你。"

"那我知道了。"

"我们什么时间一起去打网球，你教教我。"我想起穿着超短裙在洁净的网球场上劈杀的女孩，她就是菲吗？

"以后吧！下学期再说。"

我觉得事情又开始向戏剧化方向发展了。我总不免过分猜疑，但她事实上也绝非单纯透明的女孩。她闪烁其词的言语只能助长我的猜忌。不安宁的心绪时常骚扰着我，对于未来诸多的不可知总是围绕于我。失恋以来逐渐形成的淡漠甚而慵懒的心情搅得我心乱如麻。

陈宝根打来电话。他说，昨天晚上他来找我，见我房间亮着一盏暗灯，就没上来。

"为什么不上来？我正闲得没事。"

"算了吧！瞒别人行，还想瞒我？我是干什么的，情报处长呀！怎么样，现在进展如何呀？"

"我无法预料结果，曾经肯定的一切很快就有可能变成另一种样子。"

陈宝根半晌不语，忽然转移话题说，他已准备下海，等到准备就绪即退学。

我说："你有冒险精神，我已没有了，早就没有了。祝你成功。"

他说:"你怎么这种无精打采的语调?不像在谈恋爱嘛!女孩都是找依靠的,你得给她希望才对。"

希望?如果我自己看不到希望,如何给别人希望?我不知自己的情绪为什么这样起伏多变,一个意气风发的想法,第二天就会被自己驳得一钱不值。然而,两天之后,我可能又会冲动地幻想起来,接着,再次跌入低谷。

所谓的哀愁和不幸大概就是这样自己酿造的吧!

在她离别的前一天,下了一场大雪。我们到校园的后墙外打了一场雪仗,然后回到我的宿舍用酒精炉涮羊肉吃。房间里立时像刚刚消过毒的医院一般。我又一次想起许多曾被忘却的日子……

我发现自己总是身不由己。这个女孩有时令我心神不宁,烦闷不安,有时却又有着很强的吸引力,使我难以割舍。

房间里热气腾腾,两个人谈笑风生,彼此将吃的东西喂到对方嘴里,还一起喝了酒,好像不是即将告别,而是刚刚相聚一样。饭后,她撒娇似的坐在我的腿上。我们亲热得好似度蜜月的夫妻。

她说:"都是你破坏捣乱,我恐怕有一门课不及格。"

"没关系,回来补考就是。那样你还可以早回来两天。如果你爸妈还怪你,你就把罪责推到我的身上。对了,你会向家里人介绍我吗?"

"我想等一段,毕竟禹给他们留下的印象很好。"

"他还会来找你吗?"

"会吧!"

"你还打算跟他交谈吗?"

"他只要找我,我就跟他谈,毕竟我们还是朋友。"

"你能够分清界限吗?"

"有什么分不清的?"

"我看你未必分得清。"

"你不相信我算了!我问你,在认识我之前,你究竟知道不知道我有男友?"

"这个问题有意义吗?就算知道吧,可是现在只有夺了别人的女朋友才是可靠的,不是吗?"

"我不知道,你能够那么有勇气,为什么对自己没有信心呢?"

"我不过是替你担心。"

"我就不担心吗?我总在想,寒假后回来,你也许就变了,有了另一个人,我就是多余的了。"

277

"难道你就是这么看一个人、这么爱一个人的吗？"

"你已经不小了，你的朋友会为你安排一次又一次约会。"

"好了，不要再彼此猜疑了，我们就要分开了，二十多天见不着面，难道连点依依惜别都没有吗？你是不是想逃离我？"

"你总在怀疑我。"

"究竟是你怀疑我，还是我怀疑你？"

"我不想说这些，是你让我这样的。你为什么要提他？本来我已经把他完全忘了。"

"好了，算我不好。不管怎么样，我们应该珍惜现在的感情。你说呢？"

"我知道你不是一个喜欢逢场作戏的人。让我们把这段过去忘掉，下学期重新开始吧！"

两个人在房间里吻别。在喘气的间隙，我睁开眼打量她，发现她也正在偷窥我。我用手把她的眼睛闭上，重新开始。

我去车站送她的心情已经与上次迥然不同。没有了狂热的激情，只剩下几分酸楚和滋生的厌倦。

临别的时候，她忽然告诉我："我有点想留在北京了，我爱吃零食，北京零食多。"接着又一本正经地补充道，"寒假不许见别人。"

"你不是让我去见吗？"

"难道我的每一句话你都只会从字面理解吗？"

"问题是，我不知道你的哪句话是真，哪句话是假。"

"那就只能说你是弱智了。"

"弱智就弱智吧！我被女人骗又不是第一次了，我乐此不疲。"停顿一下，我又说，"我倒主张你多见见人，权衡一下，比较一下，这对于两人的将来都有好处。"

她娇怨地瞪我一眼："你就知道将来将来，总是忽视现在。现在都没有了，还有什么将来？"

上车之后，她从窗内探出头来："你如果想去，就去见见别人吧！不过，别告诉我。"

"你也一样。"我说。

她的嘴拱起来，冲我做一个亲吻的动作，列车缓缓启动了。我想起一个月前的千里相送，忽然觉得那是一件遥远的往事。

我向她强展笑颜，默不作声地离去了。我觉得自己正在完成从一个人到另一个人的转变。与她初次交合时冲动而迅速失落的感觉浮上心头。

53

我去找陈宝根，好久都没跟他一起吃饭了。他不在，只有石冰在。石冰告诉我陈宝根到外地提货去了。看来陈宝根果然说到做到，到商海大显身手了。石冰又问起我的个人情况，我觉得无话可说，只好有一搭无一搭地应付她。

"现在的女孩跟我们那时不一样，你可要当心，没准儿她回去后又会与那个人在一起。"

我苦笑一下，显出无所谓的样子："曾经沧海难为水，这件事我已伤透了心。那时候的女孩就好吗？"我不住地摇头，脸上显出不以为然的神情，"不是你不善良不宽容，不是你对她不好，却照样可以莫名其妙地失去她。不错，她也许不是有意的，她以前所做的一切也许并不都是欺骗。可是她毕竟伤害了我，就像过失伤人一样。为了表现出豁达大度的男子汉形象，我只好一直忍气吞声；可是现在这样又能如何？不过被说成是懦弱而已，谁内心的苦痛只有自己知道。"

"我不知说什么好。"石冰说，她是虹的朋友，但她现在是陈宝根的未婚妻，"我只想说，她不是完美的，你应该学会忘掉她，对一个人爱过又恨过，就不会再有多少感觉了。你应该彻底忘掉她。"

"这些年我在一种极端矛盾的心情里度日如年。我的确陷得太深，以至对她的思念和爱是那样迷惑，那样毫无保留、毫无条件。有时，我悲愤地告诉自己，应该恨她，可是我恨不起来。我强迫自己恨她，以此来减轻对她的思念，但常常那种爱和思念又会占据上风。现在我觉得自己开始走向麻木，青春和热情很快就会彻底消失。"

"这就是你的不对了。谁都会经受挫折，你自己不振作起来，没有人会真正帮你，连虹也帮不了你。我没想到你会变得这么苍白脆弱，你一直是很有激情的，你一定要向前走，跨过这道坎。如果你对那个上海女孩无法把握，我可以再帮你介绍，多比较一下有好处，她恐怕也在比较。"

"还是算了吧！我不是把握不住别人，而是把握不住自己，这样只会害了别人。"

"见见吧，成不成没关系。"

两天以后，石冰果然带着一个女孩在公园门口等我。这个女孩是她的老乡，在一个建筑设计院工作，性格内向，长相一般，我们像完成任务一般在公园里转了一个多小时，就分手了。

晚上，石冰打来电话，问我感觉如何。我懒洋洋地告诉她："真正的爱情是可遇不可求的。对于每个人都是如此，真正适合的人只有一位，我不想对自己做更多解释，即使我犯了错误，也应该给予我同样的机会才是。"

"她对你印象不错，想跟你再接触一下。"

"谢谢了，我觉得可能性不大。"

"那就以后碰到合适的再说，那个上海女孩跟你联系了吗？"

"她没给我来信，我在等。"

大年初二的下午，我收到了菲从上海的来信。看来她在家里过得很好，字里行间洋溢着喜庆气氛，她的快活还是能够感染人的。她还寄来一张穿着婚纱坐在草地上的照片，脸上洋溢着灿烂的微笑。我觉得她有着许多人都无法替代的优点，以往我始终拿她跟虹比较，带有很强的先入为主的感情因素，而几天前，与石冰介绍的女孩荒唐地见面，又使我发现，菲还是可爱的。何况，我们之间已有了非同寻常的关系，我怎么可以轻易忘却呢？

我给她写了回信，信写得比较冷静，但表达了我对她的思念。希望她能够在开学之前几天回来。

有一点终于得到了确认，她似乎并没有重回过去，依然在惦念我。

开学了，重返校园的心情还是愉悦的。随着返校的那些提着大包小包的学生走进校园，我好像又变成了一名新生，憧憬着充满青春气息的学生生涯重新拉开帷幕。

菲拖到开学前一天才回来，我去车站接她。想到她在另一个城市会与禹整日厮守在一起，不禁茫然若失。我真是一个大起大落之人。在上次送别的时候，我信心十足地追寻她上车，而在即将而来的迎接中，我又变得焦虑不安起来。这期间才有多久？

她没有告诉我她的车厢号，我只好在车站口等她。在从沪返京的人流中，我一眼就看到她。穿着时髦漂亮的她正从出站口走出来。杏黄色的羊绒衫，黑色的健美裤，外罩一件簇新的银色的滑雪服，脚上是红色山地鞋。看到我之后，她停下来，等待我做出反应。我快步跑上去，忽然间又产生了久别重逢后的冲动。

"你好吗？"我的双手亲切地搭在她的肩膀上。

"我挺好的。"她的话语带着上海腔，我的一只手揽住她的腰，推着她向前走。

"帮我提提东西，行吗？"

"行，对不起，我忘了。"说完，我拎过她的旅行袋，一拎真够沉的。

"什么好东西，这么沉？不至于是黄金吧！"

"还能有什么？我妈妈非让我带的上海小吃。"

我猜测她撒谎了，里面一定有禹送她的东西。我的心头泛起一丝妒意，但还是抑制着没有发作，我不忍破坏刚刚形成的亲切气氛。

一路上，几次想当着过往的行人吻她，都被她推开了。这时候，我感到所有理智的想法都不复存在了，一心只想着尽快回到我的房间里，与她缠绕在一起。

她是我恋人的这个概念一下子重新得到确认。

回到我的房间，我急不可待地为她脱去外套，隔着一件薄薄的毛衣将她紧紧地贴在自己身上。眼前闪过石冰介绍的那个戴眼镜学建筑的女孩。那个女孩太空洞，太缺乏吸引力了，而菲是丰满真实、令人亢奋的。她的身体好像胖了一些，与我的记忆有几分出入。

我搂住她，像跳探戈舞那样支住她倾斜的身体，然后迫不及待地把嘴唇叠在她的嘴唇上，贪婪地吸吮她。这个吻却不像想象中那般美好，菲吻得心不在焉，而我也缺乏想象中的新奇，但我们都在认真地将这个亲昵之举继续下去。我的脑海中闪现出一个烦闷难耐的雨天，一幢肮脏的楼房，细碎的煤屑散布在楼房旁的道路上。

"你想我吗？"菲说。

"想呀！我天天都在想你。能不想吗？不想你我想谁？想你的时候，我就告诫自己我们是不合适的，不会有前途的，以此来逃避相思之苦。你知道，在情感上我实际上是一个依赖感很强的怯弱之人。但是逃过今天，无法逃过明天，逃过这次，下次呢？"

"你想我什么？"

"想你的一切，尤其……"

"别说了，你这个坏蛋。这学期我要重新做人，一定要做个乖学生。"

"不见我了？"

"不见了，一星期也不见你一次。"说完，她又揽住我的脖子，"你会想我吗？"

我会意一笑，用手指勾一下她的鼻子："不想，"然后顿一下，"可能吗？"

她乐了，露出一颗小虎牙，开始在我身上撒娇。

"把人家的照片还给人家嘛！"她扭捏着身体说。

"为什么？"

"就要嘛！你不是说，照得不好吗？"

"谁让你打扮得像个新娘子？你知道我在照片下面写了一句话，叫'新郎在哪儿？'"

"你以为我在征婚吗？"

我把我的一张照片放在她的照片旁边："你看，般配吗？"

"真够般配的，一对农民。"

两人抱在一起打滚起来，打累了，便伏在床上，两张嘴摸索着黏在一起。

我有些遗憾，我一直幻想久别重逢的拥吻能够获得一种心驰神荡的类似初吻的感觉，没想到却变成了一种游戏。

在可有可无的点缀之后，两个人自然而然地走向实质阶段，她也不再进行任何象征性的抵抗。两个都没有来得及脱掉衣服，就在我那吱吱作响的沙发床上完成了一个男人和女人所能具有的最密切的交流过程。人说久别胜新婚，我却全然没有了第一次时的那种新奇。

我从兴奋过后的疲惫中懒懒地爬起来，收拾乱糟糟的床铺。然后在她的额头上无力地点上一吻，便去拿卫生纸，她走到镜前去梳理自己的头发。

"我真憔悴，好像一下子就老了。都怪你，你要赔偿我的青春，我再也不这样了。"

"我答应你，如果你需要，我会把剩下的那点青春无偿提供给你。"

"你的青春早就没有了，你早把她送给了那个叫虹的女孩。"

"别这么说，自从认识了你，我觉得青春已经一点点苏醒，好像重新来临了。"

"但愿如此，不过，现在还没有看出来。"

"我会让你看到的。"

"好了，我不高兴说这些了。我要唱歌了。"

菲拿起我挂在墙上的吉他，掸掸上面的灰尘，调好弦，开始轻轻哼唱一首姜育恒的歌：

> 请别再哭泣，虽然已伤心
> 请别再失意，反正梦已逝去
> 谁不曾拥有过，七彩霓虹般青春欢笑
> 谁的心坎上没有留下过创伤
> 是风带来忧郁，是雨催人成长
> 如果你能看淡这场风雨
> 你将破茧，飞出彩蝶的美丽
> 啊！成长成长
> 总是不易

唱罢，她双手抚琴，眼睛明亮如一潭深水。她呆呆地凝望我，又好像望着我身后的某个地方。我猜到这充满深情的歌曲不是唱给我的，但我喜欢她表露这种感情，丰富、细致、纯净。我宁愿相信跃然眼前的是一个传统的纯情女孩。我小心翼翼地把一杯水放在她面前："唱得真棒，这首歌是送给我的吗？"

"不告诉你。"她这么一说，反而从沉浸中摆脱出来，咧着小虎牙笑了起来。她可以很快营造出一种伤感的氛围，但不会过多地玩味，一阵随意拨出的琴音就会将那份情绪像风一样吹得一扫而光。

我正准备清理一批开学后马上要还的专业书，身后突然传来菲娇滴滴的声音。

"有事吗？"

菲抿一下嘴唇："哄哄我好吗？人家不高兴。"

"你怎么了，你？"

菲不理会，而是继续嘀咕道："表现好一些，让我爱你。人家把一切都交给你啦！我已经没有别人了，我把赌注全押在你身上了，你能够让我爱你，你能够吗？"

"你爱人的方式就是让男人爱你吗？"

"女孩子都是这样的。难道以前的那个她不是这样？"

"噢，应该说她疼我更多一样。当然，不过后来她把这种方式称为母爱。"我脸上显出自嘲来，而且不好意思地抿嘴。

"还是的，所以她跟你分手了。"

我走过去，抚弄她的头发，菲的发式在全校园别具一格，有些像运动头，又有些像男式中分，吹烫得蓬松潇洒。此时，她坐在椅子上还在不耐烦地撒着娇，我从背后将她的头仰起来探上去吻她的嘴唇，我连她和椅子一起抱住。两人都有些激动。她回身凝望我的眼睛："你需要那种自由开放的女孩吗？"她说，"是吗？是吗？你需要吗？"

我的呼吸急促不安，犹豫了许久，终于还是说："不，不需要。"

我们彼此的动作都停止了，又过了一段时间，她才说："顽固保守。"声音轻得几乎听不见。但是，当她从椅子上站起来，却放大了声音，"我只是需要你，你生气吗？我并没有全身心地爱你。"

"我知道，我并不生气。"我淡漠地说，仿佛已经见怪不怪。

"我无法谈感情，一谈感情就变得沉重，我只是表面上轻松。"

"我只是表面上沉重，"我说，然后苦笑，"支配我生活的一直是无忧无虑的童年记忆，我认为保持某种少不更事的状态是最好的。"

"你当小孩还没当够吗？你的那位女朋友是怎么离开你的？"

"可是你呢？就满足于像小孩那样意气用事？什么都可以玩，随意发牢骚，不负责任，自己说什么连自己都记不住，让人怎么相信你？"

"我就当小孩，什么事都不想认真。"

快乐仿佛伸手可及，其实却依然遥远。夹杂着梦和回忆的东西是如此不真实，就像空中的彩色气泡，随时都会破碎成空。

　　某些支撑我希望的东西正在体内渐渐消隐。我一次又一次渴望的爱情场景正在褪色风化。

　　我的心仿佛沉在一口枯井之中。

54

周五的下午，她旷课要求我陪她出去玩。她穿着一件式样别致的开领白色短风衣，手上拿着一个钥匙环不停地转着。

"又旷课，刚刚开学，你就旷课多次了。"

"不旷课，能叫大学生吗？"

"咱们去哪儿？"我问。

"随便，只要离开学校就行。"

"去天文馆吧，给你讲授点天文知识，看看宇宙，人真渺小，什么都不值一提。"

"感情呢？"

"像流星那样划出一道光，然后消失在黑暗中。"

我来过天文馆，那是与虹一起来的。那次我们仿佛乘坐宇宙飞船环游浩渺太空。当苍穹转暗的时候，我忽然冲动地搂紧她，两个人在遨游太空的神秘之旅中长久地拥吻在一起。那时候她是那么温柔、娇羞，也似乎充满幸福感。如今，星移斗转，物是人非。

我拉着菲的手走进天文馆。环球旅行又开始了，当天空繁星密布的时候，菲惊叫着抱住我，我只是敷衍地回应她。她无法知晓我此刻的心情，那些无法复制的时刻在此时浮现，拉开了我与她的距离。

从天文馆出来，菲直说没意思，还是去公园玩吧。

在北海公园，两人玩得很疯。从电动木马下来去坐"疯狂老鼠"，玩过"激流勇进"又去开碰碰车，然后驾游艇在湖面驰骋。我独自操纵游艇玩得饶有兴致。走下来时，她拉着脸，嘴翘得老高。我问为什么，她说，当初他总是让我玩的。

"他是谁？"

"我舅舅呀！"菲说，表情不自然，"他来北京出差，让我玩个够，不像你，也不让着我。"

"我不好，今后一定向你舅舅学习。"我知道她口中的舅舅是禹。

最后，两人面对面坐在游览旋斗里，旋斗缓缓地升至空中。天空湛蓝如洗，犹如纯净的海。浩瀚的天空如同无垠的大海一般。在旋斗升到最高处时，我探过头去吻她，她弱弱地回应了一下，然后推开我，长叹一声。望向我的目光充满哀怨："感情就是这样吗？由低向高，再由最高处向下降，循环往复。然后机器生锈，转得越来越慢，唉！人生也是如此而已。"

"感物伤怀是我的专利，怎么传染给你了？"我想逗她。

"都怪你！"她说。她不再理我，眼睛凝望着窗外。旋斗在不断下降，离地面越来越近。我一把紧紧抓住她的手，一阵忧伤袭上心头：看来我又让一个女孩失望了，我无法让她感到一个男人的豁达、强劲和信心。

晚上，菲洗过澡后又过来了，她已经恢复了常态。头发还湿着，她将将散着洗发液香味的头发，慢慢呷着一罐饮料，把录音机打开。

菲喝完手中的饮料，又打开吹风机，熟练地打扮着自己的头发，很快就吹出一种款式。她关掉吹风机，转过身来问我："我漂亮吗？"

"漂亮。"我语气平平。

"你还有以前女朋友的照片吗？"

"没了，全都烧了。"我瓮声瓮气地说。

"你呀，就是不洒脱，留个纪念也好嘛！"

"我可不是那种情痴。"

"对了，她长得到底什么样？属于哪种漂亮？"

"也就是有点清秀。她跟你没法比，我还是更喜欢你。"

"算了吧，我知道我比不上她。"

"我爱的是与我心心相印的人。"

"你觉得我是吗？"

"当然是。"

"好嘛，你倒挺有艳福嘛。那么多优秀女孩围着你转。"

"那是因为我比较优秀。"

"别臭美了，要不是我挽救你，谁还会要你？"

菲宽松柔软的高领羊毛衫看上去很典雅，脚上的阿迪达斯旅游鞋又使她充满时尚感。她是一个三分钟也闲不住的人，即使坐着也要不断变换姿势。

我刚刚背了几个单词，她又要求我为她算命，我说算不了。

"怎么算不了，上次在火车上你怎么算了？"

"那时我们还不是恋人，现在不一样了，恋人之间是算不准的。"

"不给算拉倒。"她说，"我自己算过了，我这一生青春热闹，老年寂寞，我才不在乎老年会怎样。"

我忽然问她："你学过经济课，我问你资本闲置是一种浪费，那么青春闲置也是一种浪费吧？"

她想想："那当然。"

"也就是说应该及时行乐，或者叫珍惜青春。"

287

"话不中听，但就是这么回事。"

"如果伤害了第三者呢？"

"这是什么意思？你别有用心。不过你如果硬让我回答，我可以回答，那要看这个人怎么想，看他的观念是否进步。"

"我明白了。"

她白了我一眼，开始拿出书本翻看。不一会儿，她开始为西方经济学大伤脑筋，抱怨我影响了她，又抱怨教师总是蜻蜓点水，不讲来龙去脉。

我说："这就是你旷课的问题。好学生从不抱怨教师。"

"这些坐标曲线怎么来的，我一点也不理解。"

"要什么理解？这就是现象的归纳，考试时记住就行了，理解什么？你还是理解理解我吧！"

"你呀，我已经不需要理解。"

"看透了，是吗？"

菲忽然想起什么似的大叫起来："有没有搞错呀，今天是周末，我们竟然在这里复习功课。今天学校里有舞会，我要去，我要你陪我去。"

我不想去。奇怪，有一次虹参加周末舞会不想让我参加，我还为此大发雷霆。

"你不参加，我一个人去。我不乐意整个周末都待在这个小屋里，憋屈死了。"

"我不同意，我不能看到你与别人一起跳舞。我并不是什么都无所谓的，我很平庸，很狭隘，我告诉你，我跟上海小男人有一拼，你知道吗？"

"不许你说上海人不好。再说跳个舞，你狭隘什么？要是我跟别人跑了，你狭隘一下还差不多。不过，真要是那样，你可能反而无所谓了。我知道男人把自尊看得比什么都重要。"

"你给我闭嘴，你要是想跳舞，你就去。没人拦着你。"

"你真的舍不得我？不然，你还是陪我去吧，我们跳一会儿就回来。"

"不去。"

"去吧，求你了！"

她还真没求过我，我不能不给这个面子："那好！你说的就跳一会儿。"换来了她露齿一笑。

"你这个人一本正经，连走路也是板着身体，你这样的人，尤其需要跳跳迪斯科放松一下，还原一下自己。"

这是一个化装舞会，有人戴着自制的兽形面罩，有人戴防毒面具，还有一位恶作剧的学生，披了一张羊皮。整个舞会乌烟瘴气，好像神话故事中鬼怪们的聚会。

过一会儿，菲突然消失不见了。我只好去请一位总在附近晃动的戴着丑小鸭假面的女孩跳舞。那个戴假面具的女孩突然大笑起来，我才发现她正是菲。

"我也应该戴个面具来，我有一个兔形面具。"

"你还用戴吗？已经够假面了。"

"如果我们都戴上假面，彼此还能相认吗？"

"谁知道呢？也许我们本来就没有真正认识。"

舞池的灯光越来越暗，彩灯旋转闪烁不定。不知何人突然把电闸关了，食堂舞厅里传来哨声和女生的尖叫声。电灯猛地又打开了，我看到一些舞伴紧紧抱在一起，我一直饶有兴味地注视着一对舞伴，男的俯首帖耳，女的几乎咬住了他的耳朵，他们就一直那样跳着。

现在的大学生舞会早已经不像八十年代初那么道貌岸然了，几乎抛弃了宫廷华尔兹或滑稽的探戈，更多地成为自由漫步。我与菲跳了几个慢四，迪斯科开始的时候就散开了，她进入了欢闹的人群，我在一个长条凳上坐下。

狂跳的人群绕成一个大圈，一个精瘦的小伙子站在人群中央，闪转腾挪地跳着天空霹雳，人群不时发出叫好之声。

菲混在人群中，忘乎所以。我把脸扭向另一个方向，几个工人正从侧门将一扇扇冻猪肉扛进来。

快乐仿佛伸手可及，其实却依然遥远。夹杂着梦和回忆的东西是如此不真实，就像空中的彩色气泡，随时都会破碎成空。

某些支撑我希望的东西正在体内渐渐消隐。我一次又一次渴望的爱情场景正在褪色风化。

我的心仿佛沉在一口枯井之中。

离开舞厅，走向校园西区的湖畔。春天的夜晚下着微微细雨，灯光下能够看到柳树已经长出嫩绿的新芽，湿漉漉的，充满勃勃生机。雨点轻打在脸上，令人感到舒爽宜人。我们手拉手，显得轻松自得，可我还是时时泛起挥之不去的倦意。

"我们跑步吧！看谁先跑到湖边。"菲提议。

我说好。

菲喊："预备——跑！"说完径自向前冲去。

我没有追上她。当我气喘吁吁地赶到她身边的时候，她已经坐在湖边的一张长椅上得意扬扬地冲我笑着。

"你还吹牛说你是全系一百米跑亚军，怎么连我都跑不过？"

"我没有骗你，那是我年轻的时候。"

"我看你是老了，不是年龄老，而是心老。"

"是吗？"我望着满池涟漪荡漾的春水。

雾气正从湖对岸弥漫开来。

55

我没有想到，每天腻在一起习以为常的事情会因为突然的分别而变得珍贵起来。接下来的两天，我去社科院的研究所参加一个研讨会。仅仅两天未见，回来坐在公共汽车上忽然格外想她，想她的呼吸，想她快活的脸庞。这种略带酸楚的思念使我忽然觉得菲可能是我生命中最后的情感寄托了。这样想着，我急如星火地向回赶，好像生怕晚一步，她就会永远离我而去。

我轻轻地推开我宿舍的房门，菲正端端正正地坐在桌旁看书。我叫她，她回转身，脸上漠无表情，"想我吗？"我轻声地问，她仍然不说话。但是当我转身去挂衣服和提包时，她却突然从背后抱住我："我不许你再走了，我离不开你。"

我有力地回应她，抱住她的双肩，像一只螃蟹似的把她紧揽在怀中。

"你是我的，知道吗？"我一边脱去她的衣服一边说。

她光洁的身体上最后的粉色白花点的三角裤从我手中滑了下来。她是那种凹凸有致的女人，皮肤像丝绢一样光滑。应该说，这样的女人就是男人的天生尤物。我的手指像迈步一般从她的身体上走过。

我们做爱，爱得如火如荼。当爱欲像火焰一样缓缓熄灭之后，我发现她的眼睛里流下了泪水。

"这是最后一次，你记住。"她对我说，她已经不止一次这样说了。

我显得无动于衷。冲动之后我变成了另一个人，甚至会为刚才的举动而后悔。我始终是这样一位充满自责、反复无常的人。我把握不了她的真实，而她也是。尽管身体如何亲近，但都似乎无法走入彼此内心。快乐只是瞬间，过去的快乐只是回忆，未来的痛苦也不会因为曾有过的快乐而冲淡，现实总是无法捕捉。

"爱我吗？"我问菲。

"我不知道。"

"爱吗！"

"我真的不知道。"

"那就是不爱。"我平静地为她分析，并下了结论。

"你呢？你是不是一直觉得我是一个用情不专的女孩？"

我没有回答，想起第一次剥去虹的衣裤时那种异常亢奋的感觉，此刻只觉心境灰凉。

"我爱过他，但那是过去的事，见到你以前的事。"菲继续说，她似乎在向我解释。

我把手指横在她的嘴上："你没有错，我毫不怪你，我一直相信一个人一生不会只爱一个人。"

"多爱我一点，好吗！让我记住这一天。"

爱变得盲目而沉重！所谓感情只不过是顺应自己的本能罢了。

早晨我刚刚醒来，就听到了敲门声。我知道是她来了。

"我每天都到你这里来，太频繁了吧？"菲背着一书包书坐到我的床头。

"那有什么！热恋嘛！日本歌手乡广美和演员二谷友里惠创下一个月约会二十七次的纪录，我们争取打破它。"

"我们是在热恋吗？我怎么觉得缺点什么！你好像什么都是慢半拍的，说话、走路、吃饭，甚至眼神。我现在也习惯这种节奏了，慢慢地谈，慢慢地了解，慢慢地发现对方的缺点，然后有了感情，才会发现对方的优点。我觉得你跟刚认识我时不是一个人。"

"我有时也这么觉得。"

"你对我太理智。"

我静坐在离她一米远的地方打量她可爱的、表情丰富的脸庞，忽然觉得自己在错失一段生活的馈赠。难道我再也不会拥有激情了吗？

"如果你总是这样，不会有女孩喜欢的。"

"你是说我不够热情如火吗？"

"也许是我没有打动你。总是觉得缺点什么！"

"不，绝不是你的问题。"我捧起她的脸，吻她，心里涌出同情。

一股甜蜜的忧伤从我的唇边袭扰而过。我的感情已经裂成碎片，再也无法聚合成专心致志。

此刻，我侧身瞄一眼菲，她脸上浮着天真的笑靥，正在聚精会神地看着电视。我过去揽住她的脖子与她挤坐在一起看，这是美国影片 The man who lived at ritz。正好看到有一个镜头，一个女人为韦伯当模特，裸露着上身。

菲立刻用手挡住我的眼睛。我说看看怕什么。她说，行了，也不害羞。

过一会儿，她称赞韦伯英俊潇洒，然后吻我。

我说："你可以把我想象成他。"

"你胡说。"她把一本杂志砸在我的头上。

"那有什么，明星就是供人们欣赏、提供给人们想象的。"

"你看别人三十来岁，生活依然丰富。"

"你三十岁时，肯定也闲不着。"

"中国人三十岁时，就规规矩矩了。"

"人，无论怎样，总该有规则来约束。否则，就会无所顾忌。"

"那就趁现在没有约束时，多自由一些。"

"比如，同时谈两个男朋友？"

"那又怎么样，告诉你吧！有一段时间我同时跟五个男孩子交往。"

"那一定很繁忙啦！"

"不错，我像一个调度一样，每天都得列计划。优胜劣汰嘛，自然法则，多比较一下没坏处。"

"现在呢？我排在第几位？"

"我说的是过去，现在只有你这个坏蛋！"

"不后悔吗？"

"后悔，后悔极了。我说一句，你用多少句反驳我，一点也不让着我，还怀疑我。"

我无奈地摇摇头，抚着她的脸："我是不相信一段幸福会顺顺当当而来。"

"你是有点不相信我吧！"

"有时我觉到头来会发现你我之间的一切会是一场巨大的骗局。"

"你骗我还是我骗你？"

"我也说不清楚，实际上可能是骗中有骗。"

"你呀！哼，是被过去的经历吓怕了，才会这样疑神疑鬼。"

"我是不相信命运会这么厚爱我。我担心未来，有些事情只能无可奈何。"

"那么你就珍惜现在吧。"

"你看，我这个人就是患得患失。"

"前两天我看了一本书，那上面说，生活不容等待，无论是等待一个人还是一件事。人所等待的唯一一件事就是死亡，除此之外，还等待什么？一个过去的恋人回心转意？傻不傻呀！"

"我并不想等待过去，我只是在期待未来。期待我们两个人都能把过去忘个精光，开始一种全新的生活。"

"我看你还是先抓住现在吧，眼看青春将逝，还这么不懂得珍惜。"

我用手在她柔嫩的脸蛋上轻拍一下："珍惜，谁说我不珍惜了？"

星期六的晚上准备去参加一个朋友的告别晚会。他是我大学时代的诗友，即将赴美国攻读工商管理硕士学位。

菲拿来吹风机为我吹头发。伴着吹风机的嗡嗡声，她一边哼着歌曲，一边愉快地忙碌着。有时她会突然在我的脸上吻一下，有时又会坐在我的腿上为我整理额角的发型。把我打扮到她满意的时候才罢手。

她带来她的营养水为我涂抹，手法细致轻柔，令我产生温馨之感。

"有这么好的理发师吗？让你占够便宜，还一分钱也不收。嗯？"菲努着嘴说。

我忽然一把揽住她的腰身，对她说："我们结婚吧！"

"不，我才不干呢，你拿什么向我求婚呢！不至于又是一本诗集吧！"说完她开始精心打扮自己，她打扮自己的时间通常以小时为单位。

最后，她问我："我戴这个帽子好吗？"

"好。"我急忙答道。

告别晚会办得很简单，缺少策划，没有浪漫色彩，急匆匆得像是赶场一般。菲过分修饰的打扮与这个朴实的聚会显得极不合拍。看来她也为此感到十分沮丧。房间里一片零乱，用纸箱拼成的桌子上摆放着几盘水果点心。大家喝着茶，说一些闲言碎语，气氛比较沉闷。即使在这种时候，也仍然不忘同行间留下的恩恩怨怨和对一些诗歌爱好者尖刻的嘲讽。闲聊间，我们知道几乎所有我们认识的诗歌爱好者都改了行，或经商或出国，没有一个人还在这个精神家园里种地。谁都知道这个以诗歌而闻名的国度变得越来越现实、冷静，缺乏激情了。失意写在我们每个人的脸上。我们都曾经富有想象力，充满激情，现在都已归于平静，过去的一切好像不曾发生过一样。我们都向诗歌告别了，如今，我们又要告别。告别成了这个时代的主题。一段属于我们共同拥有的青春韶华即将消失得无影无踪。

起风了，裹着丝丝尘土，我们从那场貌似热烈的告别聚会中离开。我又一次凝视清华园火车站熟悉的轮廓以及附近高低错落的房屋依稀可见的背影。那些曾经令我的青春驻足的地方将只会在回忆中留存。我觉得自己犹如一只被打伤的失去翅膀的鸟儿一样，只能在苦涩的想象中飞翔。

回到学校，菲径直去了她的宿舍，我忽然间觉得孤独异常。

56

在那个令人心情抑郁的告别聚会之后，我沉浸在一种难言的苦闷之中，我的那些曾经志同道合的诗友如今已经分道扬镳了，我们心中神圣的如同缪斯女神一般的诗歌事业也快要无人问津了。那些同青春连在一起的理想诺言难道真的已经随风而逝了吗?

菲对那个聚会也是耿耿于怀,她抱怨我的朋友不是迂腐就是老土。她发誓再也不参加我的朋友聚会了。

我的心中五味杂陈。我心目中的菲是个优雅脱俗的女生,她应该能够理解我们曾有过的奋斗和追求,结果还是出乎我的意料。想象与现实的落差让我大失所望。我清楚地意识到两人之间志趣与爱好的差异终将使我们分手,只是时间问题。

菲已经几天都没有来了,在一个人的日子里,我曾试图继续我已经中断多时的关于一个逃出现代文明的诗人命运的半自传体小说的写作,但是毫无灵感,挤牙膏般挤出的几行字还被我扔到了废纸篓里。我很快发现,写作对我而言不过是貌似庄严的使命,随便找个理由就可以将它推翻在地。我其实已经无法回到那种孤独的苦行僧般的写作生活中去了。我已习惯于与菲这种若即若离的关系:饥饿时会迷恋她,而拥有之后又会产生厌弃感。我不知道这会不会是一种自我保护——我再也不敢也不能投入全部热情了,因为我再也经受不起真情背叛的打击。

孤独难耐的时候,我会到校园的曲折门廊里徘徊,给那里暗淡的灯柱投下一个优柔不定的身影。我常常摆出一种吸烟沉思的样子,但实际上早已经深刻不下去,脑中除了欲望之外一无所念。

我觉得自己成了情欲的奴隶,被它无形的枷锁套住了,越想挣脱缚得越紧。是的,我发现我离不开菲了。虽然我意识到她并不是我理想中的伴侣,但我一旦成为情感的奴隶,便失去了选择的勇气和自由。

我又开始满校园找她,并且在寻找中感到了焦虑。在与她分别一周之后我终于在学院大阶梯教室的一个角落发现了她。她好像脱胎换骨成了一名用功的学生,正在那里伏案读书。我悄然坐在她的身边,也佯装读书的样子。她发现了我,态度冷淡,我请她出去走走,她不置可否。

"这几天你到哪儿去了?我还以为你被别人绑架了。"

"你会找不到我吗?我除了在教室图书馆宿舍,还会去哪儿?"

"有时,你即使在我身边我也可能找不到你。"

"这话是什么意思!那是因为你心中无我,你不是天天忙着写东西吗?"

"是我不好,我一直没有找到使自己充实有力的方式。我以为创作,分析别人的生活和命运,为一些想象中的人物安排未来,就会使我充实快乐一些。但是我错了,你才是最重要的,你才是我生活的唯一依据。"

"告诉你,我真想离开你,每天晚上我都在下决心,你也下个决心吧!男孩子,果断点,别拖泥带水,我们分手吧。"

"我已经下了决心，你不知道吗！我必须跟你在一起。"

"你在骗我，只是跟我玩玩，达到了报复的目的就会离开，你不过是把我当作你的小说人物来体验和观察。"

"怎么会呢？怎么可能呢？我说过你是第一重要的，为了你我可以放弃其他的一切。"

她紧蹙眉头对我说："谎言，你一直在说谎。有时你也知道你是在欺骗自己。你总是颠三倒四。你会变的，迟早会变的。"

教室里寂静异常，仅有的几名读书人不甘忍受我们谈话的惊扰，纷纷退出教室。

我抱住她，狂吻她的脸，任凭她百般挣扎也不停止。终于，她不再反抗了，听任我的摆布，我觉得我们就像两名戏剧学院的学生在做小品练习。

过了许久，菲说，我们别这样了，影响不好。然后她起身去洗手间。

在菲去洗手间的时候，我在桌上摊着的《外贸实务》书中发现了一封信，是禹写来的。这封信情意绵绵，如怨如诉，那份深情连我都不能不动容。我忽然想起她从没有说过与禹分手的话，依然与禹保持着密切的联系。我不动声色地把信放回原处。这件事使我大梦初醒。

我们走出教室，踱向篮球场，球场边的迎春花已经开放了，散发出淡淡的清香。

"最近禹怎么样？他还在给你写信吗？"

"没有呀，他给我写信干什么？你什么意思？"

"其实写写信也没有什么，大家都不容易。不要像我那样连个朋友都做不成。"

"你比我好。"菲忽然说，"我明明知道了结果，却总不敢告诉别人，我真没有勇气。"

"我知道会有报应的。"菲继续说，"我真不像你想象得那么好。"

我冲上去，安慰似的抱紧她，过一会儿，又无力地摊开。

每天晚上我都混杂在那些大三、大四的红男绿女之中，在女生楼前的花坛旁举行集体告别仪式。我住的宿舍离菲的宿舍只有二百来米，但我通常还是把她送到女生楼下，与她卿卿我我，依依惜别。

这天，菲搂着我的脖子满不在乎地问我："我们班男生问我的宿舍同学，我的男朋友究竟是谁？"

我反问她："是呀！你的男朋友究竟是谁？"

"难道你还不知道？"

"可能你的答案跟我的并不一致。"

"行了，多几个人追求我有什么不好？更能显出你的价值。对了，你不是一直想去我的宿舍吗？今天我们宿舍的人都到城里看法国电影节的影片去了，要很晚才回来。"

我揽着菲扭动的细腰向三层楼走去。心想，何必那么认真呢，逢场作戏就逢场作戏吧。

菲的生活实际上笼罩在禹对她的影响之中。她的墙壁上贴着禹为她张贴的墙纸，床头是禹为她安装的台灯和送她的八音盒，甚至还有一张禹歌唱的演出照放在桌上。

"你肯定爱过他，"我坐进菲散发着香水味的床铺上说，"不然为什么到现在还保留禹的东西。"

"我承认他打动过我，每一次他都是那么打动我。有一次，他去新疆实习，三天三夜，刚下火车，连学校都没回，就来看我，他的眼睛布满血丝，腿都肿了。"

我佯装漫不经心地听着，心想："菲，你真傻，这是一个真正爱你的人，我绝没有他那样爱你，我的爱早已给了别人。尽管我也曾为你激动并打动了你，可那不过是冲动而已。"

"你是他的第一个女朋友吗？"

"才不是呢，在学校时，他谈过许多女孩。但是他说，只有跟我这一次，他才动了真情。"

"谁都会这么说。"

"不，你不了解，真的，他确实对我很有感情。"

"可是，你却要离开他。"

"我对不起他，我知道我会有报应的。"

"别这么说，难道我是你的报应？"

"都是你，你太坏，你让我这样自责。认识你以前，我一直很轻松，很平静，我喜欢过那样的生活。"

"你不必对我有负担，你完全可以来去自由。"

"你说得好听，两天不见，你就像没头苍蝇似的到处找我，害得我什么也干不了。"

我继续问她禹的情况。

菲说："我不愿在这里提到他。"

"但毕竟你是他第一个恋人。"

"应该这样说吧！以前的都是玩玩的。"

"跟我呢？"

"也是玩玩的，你真坏！"

我拉上蚊帐，又小心翼翼地下床把门反锁上。再进入蚊帐的时候，我忽然渴望一阵风把过去的一切痕迹吹得烟消云散，重新有一个开始，面对我的也是一个全新的人。

"你看你的同学一个男朋友都没有，你多奢侈，有两个。"我跟菲调侃道。

"我会下决心的。可是我忘不了他，即使与你结婚，我也忘不了，他会是我一生中最难以忘怀的人。"菲眼中涌出了泪水，"他太可怜，他为我用尽了心血，这样对他是不公平的。"

"公平？爱情的事能谈公平吗？你这时候同情他，实际上是瞧不起他。人必须明智地面对现实，我现在想当初如果拼力求索，也许可以挽回败局，但一切又有什么意思呢？她心目中有了别人，她对我不会专心。"

"他跟你不同，在他的心目中，我只爱她，也只能爱他，只有他才跟我最合适。现在他也这么认为。"

"他还挺自信。"

"那当然，否则当初怎么能追到我！"

"那你怎么又否定他了？"

"我已经说过了，我对他失望了，在学校风流潇洒，一到社会上，便走投无路似的，什么也不灵了，歌也不练了。"

"我刚毕业的时候也是这样，这需要一个适应过程。"

"那现在呢？"

"现在，如果我再入社会，绝对是另一个样子，我毕竟比他年长几岁，我不会让你失望的。"

"真的？"

"真的。别这样看着我，我不骗你。"

菲钻出蚊帐，打开床头的录音机，不一会儿传出轻曼的旋律，好像是风送进来的。我几次试图把她拉回到床上，她都摆脱开了，这一瞬间，我觉得自己是在另一个城市与另一个人在一起。

"不行，在这里没有一点感觉，还是到我那里去吧！"

我们像游击队员那样利索地收拾一番，一路小跑着转移到了我的宿舍。

我们四目相对，感觉轻松了许多。

"我知道你眼睛睁得大大的，在做梦，但梦见的不是我！"菲不满地说。

我用一块手绢蒙住眼睛，在黑暗中一件件脱去她的衣服。这时她突然冲动地抱住我、吻我，我取下手绢，却发现她的目光游离于我的脸庞之外。

我把她抱到床上，开始替她脱鞋。她显出一副茫然若失的样子。我问她怎么了，她说："你不要生气，很多时候，都容易让人想到过去。"

"我知道你正想什么，没关系，"我摆出长者大度的姿态，"我决不介意，过去不是都能够一下子忘记的，我也会时常想起。"

她的眼睛一下子泪汪汪的，我缓缓地按倒她的身体，在她思念另一个人的泪水中与她相依相偎。爱像某种程式一般开始了，缓慢地预热，迅速地爆发，索然无味地结束，来得快去得也快，似乎都没有进入角色就匆匆离场了。

菲烦躁地推开我，好像一个陌生人那样冷漠地打量我。我知道她又在比较，像她这样经历丰富的女孩必然是敏感而善变的。她的热情绝不会毫无来由。

"我们之间一点甜言蜜语也没有。总是讲不合适，应该分手。我这人就是讲形式，为什么不告诉我你对我的感情？我要你专注投入，要你说决不离开我，要你说爱我。"

我沉重地闭上眼睛，低头不语。

过一会儿，我轻柔地捏住她的手，她听任我抚弄一番，然后慢慢地抽了出去。浓重的伤感像疑云爬上我的心坎。菲，原谅我，我真的不能说，我真的说不出口。原谅我，我无法对你完全投入，当我的心中还恋着另一个人，那个人还让我刻骨铭心。我没有骗你的勇气。"你完全可以自由选择，如果有幸碰到比我更好的。"

"我明白你的意思，我当然也不会缠着你，不过，请提前通知我。"

一段幻象浮现眼前：一片鲜艳欲滴的城郊果园，阳光初照，或红或青的果实诱人地悬挂在绿色的枝叶间，一挺冲锋枪架在不远处的稻田里，突然枪孔里射出串串子弹，果园里枝叶纷飞，硕大的果实纷纷掉落，果汁四溅，果实上千疮百孔。

菲走了，我知道是我让她走的。我知道自己已经没有足够的激情去爱另一个女人，每个人都按照自己的经历构成对生活的认识，有些无法避免的错误会影响一生。我依然怀念那份令人激动又令人憔悴的爱情。而菲呢，她像虹让我依恋又因为不像虹而让人厌弃。

57

春天悄然来临，颐和园这个古老的园林沉浸在一片葱茏之中，泛舟于湖光山色之间，令人惬意。

"昨天有人给我介绍对象，知道吗？"我故意逗她。

"是吗？你去见呀！"

"准备去，到时候你帮我参考一下。"

"没问题，我看人还是很准的。"

"据说是那个单位的四大美女之一。"

"不错呀！那你赶快安排约会时间。"

"你一点也不嫉妒？"

"物竞天择嘛。"

"真想得开，我不打算去了。有你，什么女孩也吸引不了我。"

"行了吧！高调别唱得那么响。不过，找我的人也不少哟！前天晚上回宿舍时，同学说有人找过我。他给我留张字条，让我去他的宾馆找他。"

"是谁？"

"是个海员，大学时学的航海，他一直在给我写信。他可是公认的白马王子。送给我一艘巨轮模型。"

"现在还在北京吗？"

"走了。"

"可惜，应该抓住这个时机，没准儿这正是你一生中难得的机会。"

"骗你呢，傻瓜。"菲忽然哈哈大笑。

"我刚才也骗你呢，傻瓜。"我勾一下她的鼻尖。

船划向人迹稀少的西堤。早春的桃花开了，歇工的花匠们静静地坐在岸边。晨雾袅袅升腾，在空气中弥漫。

菲忽然放开桨，紧紧地搂住我的脖子："你是我的，我不许你再跟别人。"

我勉强回抱住她："放心吧！还有谁像我们这样经历过如此复杂感情的考验？"

颐和园的玉兰花也部分开放了，在刚刚逝去的寒冬后的空气中格外清新，且带着一股洁白无瑕的气息。我们在一株最大的玉兰花树下伫立良久，彼此都像在追念失去的什么。我有些冲动，想向她更多地讲述我的过去，但终于欲言又止。

我们踱到了一个殿堂前，那里许多人在祈祷。

"你祈祷什么？"菲问我。

我想了想："我祝你快乐。"

她眉心一动，似乎不太满意。

"我祝我们两人温柔相待。"我记起这是虹留给我的最后的话中的一句，心中怦然。

"我祝你好运气。"菲似乎意识到什么，但未点破。她的祝愿也显得十分勉强。此刻，两人似乎都意识到终将无法走到一起的事实，只不过佯装不知罢了。

依偎着水边的栏杆，我们许久都没有说话。我忽然若有所思地叹道："风中柳絮水中萍，漂泊两无情。"

我清清楚楚地记得，这一天正是我与虹第一次正式约会的日子。

恍惚之感常充溢于我和菲相处的许多日子里，两人越亲密，那种不真实感就越强烈，我总是无法确认眼前的一切。真实的东西仿佛梦幻般稍纵即逝。

春天的暖阳向遥远的西山隐去，我们拖着疲倦的身体回到我的小屋。菲雪白的裸体平静地俯在我的面前，我的目光从她的肩胛滑向她收紧的腰际，她的屁股浑圆而上翘，形成一个优美的缓坡。她身上一丝不挂，应该说充满了引诱，但对我却全无神秘可言，就好像一个没有了悬念的故事。那种对女性不知厌倦、永远不衰的好奇心在她这里似乎打上了句号。

我心如止水地抚摸她，好像抚摸一件没有感觉的艺术品。那个临别的夏日隐隐而来，在 G 县的那家宾馆里。我坐在沙发里看电视，她到卫生间去冲淋，哗哗的水声从莲蓬头倾泻而下。我悄然来到卫生间门口，透过门隙朝里望去。虹冰清玉洁的胴体沉浸在水雾朦胧之中。我想拉开门，但是里面已经反锁上了。我屏住呼吸，期待着能够看清她的整个身体。

她一直侧着身，只能看见她光润的胳膊和颀长的腿。不一会儿，我看见她向门这边转过来，湿漉漉的头发半遮半掩在她珠玑一般晶莹的胸前，但随即迅速转过身去。

我下意识地吞咽着什么，一动不动地欣赏水雾中虹若隐若现的美丽身影，激情像越来越大的雨滴在檐下聚集……

我紧抱着菲的身体，一边回味着与虹的往事。恍然间，我认定菲就是虹了，一下子冲动如潮。菲还没有冲动起来，我却已经不管不顾。很快，她的懊恼变成了痛苦的呻吟，继而是痛苦的快乐。我想进去一些，再进去一些，我竭尽全力想了解她，了解得更多一些。

是她，我的初恋情人，我终于拥有了她，与她融为一体。那美丽的翕合闪动的双眸，柔软而富有弹性的腰肢，还有那芳香诱人的呼吸，我尽情感受着她身体细致的变化，她荡漾的柔情以及那即将燃烧起来的火焰。

烟雾渺茫，如梦似幻般的身影飘临而又翩然而去。我在河岸上追赶着她的身影。她始终站在河对岸离我不远的地方。我把握不住了，不断下降，沉在夏日温暖的海洋之中，眼前繁星闪动。我的手终于游向前方，触到了她湿漉的手臂。

"虹，虹，我爱你，虹。"

阳光闪耀的天空，突然熄灭了，星光像细碎的银屑撒落下来。

"我爱你。"我紧紧抱住满眼狐疑的菲。

"我爱你！"心中一阵凄惶，"只有你，才是我最应该爱的人。"

"你刚才叫谁的名字？"菲平淡地问着。

"我叫你呀！"

"胡说！你在叫虹，我听得清清楚楚。"

"你听错了。"

"你爱得根本不是我，从今以后，我不许你再碰我。"

"别这样，你听我说。"

"我不听，我什么也不听，我下定了决心，是你让我下定了决心。"

我瘫在那里，像一名三千米障碍赛跑的落伍者，气喘吁吁。

菲迅疾地穿好衣服，我挣扎着又把她背上的拉链打开。

"别碰我。"她义正词严地对我说，"我要走了，我真后悔为什么认识了你，我告诉你，我再不想跟你来往了。"

"就像以前那样？"

"对。"

"从陌生走向陌生。"

"对。"

"不可能，我们怎么可能做到好像一切都没有发生？"

"有什么不可以做到？今天我才发现你一直生活在梦中，生活在过去的幻觉中。"

"半梦半醒之间？"

"不，从未醒过。有时，我真想对着你的耳朵大喊：你醒醒，好好看看吧，我是菲，不是过去的影子。"

"那你呢？你醒了吗？你心中的影子消失了吗？消失了吗？你扪心自问，你真的忘记他了吗？"

"既然我们都无法忘记过去，还不如回到过去。"

"这不公平呀！你可以回到过去，而我却已经回不去了。"

"那有什么办法！谁让你输得什么都不剩。"

"菲，再试试。"

她摇头摇得像拨浪鼓，毫无妥协之意。

菲走了，我知道是我让她走的。我知道自己已经没有足够的激情去爱另一个女人，每个人都按照自己的经历构成对生活的认识，有些无法避免的错误会影响一生。我依然怀念那份令人激动又令人憔悴的爱情。而菲呢，她像虹让我依恋又因为不像虹而让人厌弃。

时钟在嘀嗒作响，桌上从颐和园摘下的无名野花已经枯萎。

我冲出房间，已经见不到菲的身影。

这个夜晚好像来得比往日要早。一个戴黑边眼镜的小个子女生一直在练习击球，她把网球不停地打在楼头的空墙上，传过来单调、空洞的咚咚声，我听着这种声音，把头埋在膝弯里，陷入了毫无头绪的遐想之中……

58

我穿过寂静的网球场到对面的楼里给菲打电话，室友说她去图书馆了。我找遍每一个自习室和阅览室，一无所获。烟头在我眼前明灭的这一刻，忽然闪过几分从未有过的惊恐。我这个患得患失、优柔寡断的男人远没有我想象的那样潇洒，在一起不懂珍惜，一离开就会舍不得。颠来倒去、反反复复，连我自己都觉得烦心。

她到哪儿去了？她能到哪儿去呢？去清华的同学处了？一赌气回上海了？还是被她的追求者约出去喝咖啡了？这样想来，心中愈加心神不宁。她不是安于寂寞的人，绝不会离开我就寻死觅活。对她而言，开始一段新生活易如反掌，而我却无法承受再一次打击。

她在与我捉迷藏，她一定希望我找到她，在不易的寻找中更加珍惜她。

而我呢，的确需要更加用心一些，如果不够用心，即使近在咫尺，也会视而不见。这一次我不会让她如此轻易地从我的身边默默消失了。或许得失就在一念之间。上一刻没有发现的地方下一刻就可能会有新的发现。我决定从图书馆开始重新搜索一遍。果然是踏破铁鞋无觅处，得来全不费工夫。她不过是坐在四层的工具书阅览室里：一本打开的足有半尺厚的百科全书摆在她面前，基本上挡住了她的脸，不仔细肯定会错过。我在她对面悄然坐下来，递过去一张字条。

"书拿倒了！"我小声说。

她禁不住抬起头来，我冲她一笑，我知道这种雕虫小技会让她高兴起来。

"嘘！"一个极不耐烦的学生示意我们看墙："请勿喧哗！"

我用嘴示意她看给她的字条：我在门口等你。过了一会儿，菲出现在我的视野里。她戴着耳机，若无其事地从图书馆狭长的过道走了出来。我站起来，她抬抬眼，却装作没看见，从我身边擦身而过，我一把抓住了她的胳膊。

"别碰我！"

"我找了你一个晚上，你去哪儿了？"

"你找我干什么？我们之间已经结束了。不是吗？"

"别说气话了，我们又不是孩子，怎么说好就好、说分手就分手呢？"

"你还要怎样？还要去法院不成？我们之间的关系本来就是不正当的。"

"行了，就算是不正当的关系，也是朋友一场，你总该给我一次解释的机会吧！"

"你还要解释什么？爱就是爱，不爱就是不爱，你还能变出什么花样？"

"有些爱是说不清的。这一点你应该也有体会。我毕竟是有过不幸过去的人，是你让我从过去中解脱出来，我还没有痊愈，你不能就这样离开呀！"

"我不是你的大夫，你有没有搞错？"

"为了我对你的爱，不要这么绝情，好吗？"

她放慢了脚步，摘下戴着的耳机。

"到我那里去谈谈，好吗？"

她摇头，没有商量的余地。

"那我送你回去。"

两人沿着灯影幢幢的校园向前走。

"你相信我，我会全身心地爱你的，我不会再犯错误了。我会成为一个全新的人，会比以往任何时候都更加出色。别生气了，噢——"

菲的眼中是半信半疑的神情，嘴角轻轻地撇了一下。

"你要是知道我找你时的心情，你就一定不会怨恨我了。"

菲拉了一下我的手："好了，别说了。时间还早，我们到操场去待一会儿吧！"

我们把手挽在了一起，在无人的操场绕了一圈，又爬到一角的攀梯上坐下来。

"你能原谅我，真让我高兴。"

"你知道吗？我已经决定离开你，可是一见到你，心就软了。"

"那说明你是爱我的。"

"别美了，我是可怜你，毕竟你对我一片真心。"

"原来我不承认，现在我觉得我是挺需要可怜的。就像一个乞丐。"

"我可不喜欢乞丐。乞丐太穷了。"

"但你知道我这个乞丐其实是王子变的。"

"噢，我怎么没看出来？"

"你会发现的。"

"但愿吧！"

"你看天上的星星多亮呀，要不要我为你摘一颗？"

"我可没有那样的奢望，我只要你的心。"

"明天去我的宿舍吧。"

"不去。"

"什么时候去？"

"不知道。"

"还要我发请柬吗？"

"那当然了，你得给我发烫金的请柬，我才去。"

"那就只有等我结婚了，你会参加我的婚礼吗？"

"才不……"她的嘴却被我的强吻占据了。我们和好如初，心却依然被不测的阴影所笼罩。此刻，天空的星斗如珍珠般在头顶闪烁，好似深邃莫测的目光。

59

一次次冲动又失落，但又偏偏期待着这样的事情不断地重复，宛如期待人生的历程一样。

我知道她还会再来，我坐在房间里守株待兔。没有期待中的她的脚步声，却有一双细手突然蒙住了我的眼睛。我说放开，她并不罢休。我回身抓住了她的裙子，一把拽了下来。她尖叫一声，松开手，我看到她肉色的三角裤和两条光溜溜的腿。她急忙转过身去，却被我从后面脱掉了短裤，我的手像小偷一般从她双股之间伸过去，就这样把她轻放到沙发上。

她不再反抗，摆出任人宰割的样子。我像掰花瓣一样掰开她的屁股。这时候，却突然没有了兴致。我似乎不再想重复许多次交媾留下的体验：狂热，幻想，再到破灭。

菲撅着屁股，百无聊赖地趴在沙发上。然后小猫一样地弯身坐起来，嘟着小嘴，看着我堆满参考书的零乱桌子。

"你为什么不给我写信？"菲问我。我与她约定，两天不见就给她写一封信，尽管我们的宿舍近在咫尺。她喜欢甜言蜜语，或者喜欢用我的甜言蜜语与禹的来信进行比较。有人爱总是一个女孩值得炫耀的事。何况是两个人在暗暗争夺她，主动权在她的手里。

"我正面临一场巨大的失败，我的学业现在一团糟，论文还没有头绪，我怕这样下去连毕业证都拿不到。你总不能看着我肄业吧！"

"你是忙，但写个三言两语对你很难吗？你不是擅长此道吗？"

"别逼我了。我太了解你们女人了，如果我在事业上一事无成，即使再多的甜言蜜语也无济于事。"

"你不过是为你的懒惰找一个借口。你越来越会撒谎了，还以为能够自圆其说。其实你不写也罢，我又不是乞丐，要讨别人的东西。"

"你当然不在乎，现在是别人向你讨感情。"

"你别这么说，每次来之前，我都告诫自己，我们两人不合适。如果我为你留下来，要求会很高，那是不现实的。"

"又来这一套了。"我心里想，好像在谈生意。但表面上平静得惊人："你是什么时候有这种想法的，不会是刚认识的时候吧！"

"当然不是，否则怎么会有今天！现在认识到也不晚呀，后悔还来得及。"

"对我而言已经来不及了。"说这句话时，我竟然有点想笑。

"你巴不得我后悔呢！告诉你吧，刚才我正在查看征婚广告，找一名可以出国的博士生。"

"这比较现实，我不可能提供你所渴望的一切。"

"我渴望什么连我自己都不知道。"

"可是我知道。我不是那种精明的人。也好，我们像朋友一样，就不会对对方太挑剔了。"

"那倒是，你打算怎么办？"

"明天去登个征婚广告，赶紧找对象。"

"男生总是这样，很快就会过去，最后受伤害的总是女孩子。你很快就会忘记我，我们的关系不过是你生活中的小插曲。"

"那不见得，我会难过的。"

"你即使难过也是为你自己的感情失意而不是因为我。不过，我倒无所谓。"

"我早料到会有这么一天，跟你相恋的第一天我就忍不住构想离别的场面，幸亏我一直都在思考这个问题。从我去上海那次，我就知道，不管你心情怎么矛盾、复杂、不安，你迟早会离开我的。就像我以前经历的那些故事一样。"

"你总是这样自暴自弃，即使别人愿意跟你，最后也得离开你。"

"追求来追求去，到头来都是一场空。"我的眼前闪过那个失恋的夏天，我端起一杯凉水让它顺着我的喉间向下滑落。一想到那个夏天我就会口渴。

菲从书包里拿出一件尚未完成的毛衣："你说，这件东西我还继续织吗？"

"你在给我织毛衣，真没想到！"

"开头几针织得不好，我一直打算把它拆了重织。"她的声音低得听不清。

"我……"

"那以后……"突然她低下了头，大概是哭了，"我很依赖你，我需要你的帮助。"

我把玩着手中的玻璃杯子，让它在掌心中一圈圈旋转着，然后突然按倒了它。我大概太缺乏激情，也太缺乏勇气了。现在的我连一点起码的自信都丧失殆尽，近在咫尺、唾手可得的爱情也无法把握。

天气已经有点炎热，在这种时刻仿佛能够嗅到往日时光的气息。我知道昔日的恋人正在阻止自己对她爱得更深。"还会有更好的下一个"这个念头让我无所依靠，心神不宁。我对感情如此缺乏把握，既不敢冒险，又难以割舍，只有想到要离开她，才发现她是一个值得留恋的女孩。当我试图与她进一步接近，又无法控制地担心和怀疑她的感情，担心她可能的背叛、她会离开我，这个担心也一直在阻止着对她的过分专注与投入。

菲背对着我依然在低头啜泣，她洁白的脖颈以及柔美的身体曲线，使我的心头泛起一股遥远的、温暖的潮汛。我缓缓地凑近她，从她身后解开她的衣扣，一个松动的扣子落在了地上。我很快地脱光了她，除了脚上的一双丝袜之外。但我始终站在她的身后，用下颏触动着她肩胛处滑润的皮肤。

"也许再相信感情一次。"我像在征求她的意见，并开始吻她右肩上的一粒黑痣。

"不要以为我是没有感情的人。"她的肩膀竭力躲避着，于是我只有吻她的脖颈。

"你明明知道我对你有感情。"我已经有点像暴殄天物。

"你明明知道这是我最矛盾的时候。"她用身体的起伏来回应我。

"不错，我还是一个穷书生，能力有限，但我会尽心爱护你，给你感情的慰藉。"

"不要难为我，你让我怎么办？怎么办？"

我不再听她絮叨，手从她的脚踝上移，懒懒地放在她圆鼓鼓的小腿肚子上，随后滑向大腿和小腿的连接处，再向上揉捏她饱满的大腿，最后，不听控制的手终于抵达湿滑的三角区，放肆地游移……

穿衣服的时候，菲显然意犹未尽，噘着嘴，脸色像挂着霜："你总是不给我一点准备，表面看你情调兮兮，其实你一点也不细腻。我们不和谐，各方面都是这样。你觉得这样舒服吗？我可一点都没有感觉。"

我摸着她的一条光腿："这说明我历史清白，这方面经验不多，还是一个新手。"

"为什么我们一开始轻松，越到后来越压抑。在这小小的空间里，好像有一种摆脱不了的束缚。"

"是我不好。"

"不是你，也不是我。而是我们两人的关系就是这样。"

"危险的关系。"

"哼！其实你希望同我在一起，有多少不是因为你孤独、寂寞？你仅仅是需要一个伴。但我没有母爱，也不温柔。我从小就习惯了以自我为中心。"

"我们不是在做心理研究吧？是因为感情把我们联在一起。"

"也许只能算是欲望。"

"欲望有这么大的魔力吗？难道现在的大学生只剩下欲望了？只要有欲望就待在一起，从不管能走多远？"

"你不希望这样吗？"

"不，我是在寻找真正的爱情，持久而不仅仅是冲动。"

"还是分开一段吧！一个月以后再见。实话告诉你，我无法忘记那一年半。"

"又要分开一个月，沧海桑田，可能你会见不到我了。"

"那也没什么，一年半的感情我都可以丢掉，何况这几个月！"

"你为什么总想逃离我？如果那次你回上海，我没有追你，一切还未开始就会结束。为什么我们的关系总是处在若即若离的边缘？在一起的时候想逃离，一旦提出分开，又会千方百计加以挽救。难道我们不过是互相利用吗？"

"真的，我对你不会很重要。跟霄一样，我们只是玩玩的。"

"不是。"

"怎么不是？很快你就会忘记我。然后同另一个女孩子谈起我。就像你对我谈你的初恋一样。"

"我是那样的人吗？"

"是，你的心已经死了，你是一潭死水，掀不起波浪了。"

"不，我是爱你的，我始终坚信这一点。这一次跟以往绝对不同，这一次才是真正的爱。因为我们彼此倾心。"

"你能说服你自己吗？你能超越你自己吗？能吗？"菲的目光直视着我，看来她并非像表现出的那样大大咧咧，她也是一个敏感心细的人。

我心虚地回望着她，连撒谎的勇气和愿望都没有。

"你不能。"她替我回答道，"所以——"

"再给我一些时间，我们还有时间，不是吗？时间在我们这一边，时间能帮我战胜自己。"

"时间是有限的。或许当你战胜自己的时候，另一个人已经战胜了我。"

60

香山的野餐会原本应该进一步巩固我们的关系，却因为她上海男友的可能到来而中断了。其实我一直有一种担心，担心她的上海男友才是她的男一号，而我不过是她在北京学习生活中用来消除寂寞的替代品，只不过始终无法得到确认而已。如今，这个猜疑正在越来越得到证实。

去香山的路上，菲一直不言不语，我问她怎么回事，她说："我现在不高兴。"

"为什么？"

"他说好昨天晚上十一点给我打电话，害得我匆匆忙忙赶回去，足足等了半个多小时，也没来，不守信用。"

"你还会为这种事生气？看来你还是很在意他嘛！"

"那怎么了？哪怕是一般朋友还可以嘘寒问暖嘛！"

"他现在算是一般朋友吗？好了好了，这是你的个人隐私，我不多问。凭我对他的了解，他不是不守信用的人。他一定是有什么急事耽误了。"

"有什么事会比这件事重要？"

"那不一定，或许人家在加班赚钱好为你买大钻戒呀！"

"他有那么好吗？也不知道又跟哪个女孩子鬼混了。男人都是这样，没有一个靠得住的。"

"你呢？你靠得住吗？"

"我怎么了？是你要缠着我，可不是我想跟你在一起。"

"好好，是我自作多情。"

这是樱桃沟一处僻静的山涧旁，这里游人稀少，很适合恋人幽会。我把饮料、水果、罐头和面包等食品放在一块蓝色的塑料布上，还支起了一把红伞。眼望着潺潺的溪水从身边流过，我忽然捧起菲的脸对她说："一毕业就嫁给我行吗？"菲怔了一下，然后说："好啊，那你现在就向我求婚！"

我半跪在地上，拿出在公园门口买的玩具戒指，然后问她："打算戴哪个手指？"

"当然是中指。"她笑嘻嘻地说。

"应该戴在无名指。"

"为什么？"

"这样就不会有人再追你。"

"就你傻，再不会有人像你这样痴情。"

我把戒指戴在她的手上："嫁给我吧，不要再犹豫，我会给你一生的幸福。"我模仿着配音电影中的语调，像背台词一样说。

"我答应你，但是我只能答应你一生，下辈子我要嫁给别人。"

"这就足够了。"我说，"婚礼开始吧！"

我用一次性杯子倒上饮料，两人煞有介事地喝交杯酒，然后我一把把她抱在怀中。

我闭上眼睛吻她，感受到那芳香湿润、富于渴念的嘴唇。我们拥吻着，她的身体犹如春季的草地一般起伏温暖。我的双手轻轻地插在她的腰际，相依相随地起伏着。我等待着，等待着一次尽情的飞翔。她迎合着，苏醒着，敏感细腻而又自然贴切。终于，我听到了犹如远方潮汛一般蔓延而来的痛苦而甜蜜的呼吸声，我准确地牵引着她走向梦中的海岸……

我们慵懒地躺在散开热气的草坡上，仰望着临近傍晚的天空。我隐约听到山的另一面小鸟的呢喃，回味着刚刚过去的甜蜜的精神遨游，不禁唏嘘感叹。

"快乐吗？"我问菲。

"快乐。只是不知道这样的时刻还有几次？"

"你什么意思？"

菲忽然抱住了我。她说："禹要来了。"

"什么？他来干什么？"

"来出差，其实只是为了来看我。他说，四月底或五月初，不告诉具体日子，要给我一个惊喜。几天前我就收到了他的信，但我一直犹豫着不想告诉你。"

"我早就知道，乐极就会生悲。"

"我再也不惹事了。"

我望着菲的面庞，适才的甜蜜已经消失殆尽。

"你说怎么办？"

"那就来呗，还能怎么办？"

"我无法当面告诉他，我说不清。我想等到他走了，再写信把一切说明白。"

"没关系，我不催你。让他来吧，他老远来一趟，你陪他好好玩玩。"

"我保证不让他住在学院，可是你……"

"别这么患得患失的，以后对得起我就行了。"

"我就知道，你迟早会报复我轻视我的。"

"你究竟让我怎样？摔醋罐子、破口大骂吗？"

"我只是希望你还能像以前那样珍惜我、爱我。"

"那已经不再取决于我，而取决于你。如果你……"

"别说了，说什么都没有用了，听天由命吧！"菲用手挡住了我的嘴巴。

她还在脚踩两只船，她是用这种激将法激励我们两人的竞争还是因为寂寞而把我当作一个玩伴？这个女生在两个男人之间竟可以这样游刃有余、应付自如？

然而，我们之间的游戏还能进行下去吗？游兴顿失，只好悻悻而归。坐在四面漏风的郊区班车里，她的手上还戴着那只玩具戒指。

"如果我离开你，你还会同他好吗？"

"不会，但我会回上海。"

菲又问我，虹当时是怎么对待我的，分手的过程以及我的心情。我讲得轻描淡写，然后问："对你有参考吗？"

菲抿着嘴唇，没有说话。

"他究竟要怎样？我们可以谈判嘛。"

菲皱起眉头，望着不远处的林丛。

"他会想到跟我谈吗？"

"绝不会，他只会争取我。"

"我陪你去打电话。"

"不要。"

"为什么？"

菲不语。

"算了，你也别打了。我们两人本来就是做游戏。"别当真，这一次千万别当真。我在心里告诫自己。

"你总在怀疑我，你以为我希望他来，是吗？你觉得我还会被他拉回去。"

"不，你以为我就这么没信心吗？"

"其实……"

"其实什么？我现在问你，如果我离开你，你会不会很难过？"

"当然会。你问这个干什么？"

我没有回答，内心涌起一种莫名的空虚：感情究竟是什么东西？简直叫人真假莫辨呀！

我把菲送回她的宿舍，她说晚上别找她了，她要去看录像《南北乱世情》。她显得轻松、平静甚至于很快活，看不出一点因为三角关系而烦恼的迹象。她其实不是一个易动感情的人，我也远远没有真正打动她。她随时都会从我身边突然走开，不会有任何感情的负累。而我却始终是一个为情所累的人，陷在难以自拔的感情困境里——既没有信心和能力好下去，也没有勇气摆脱她。

61

　　天上刮着微风，空气中弥散着细细的尘土。我与菲手挽手，好像还轻轻哼着流行歌曲，没人会想到这一对手挽手的恋人是到邮局给她远在异地的另一位男友打长途电话。与她相处久了，我也变得厚脸无皮起来，甚至有一种恶作剧似的快感，觉得这种爱情游戏可笑好玩，犹如为我平淡、压抑的生活撒了一点味精。

　　"你知道我此时此刻的心情吗？"菲问我。

　　"我觉得比我想象的要轻松许多。"

　　"你以为我轻松？同时付出两份感情，一份是难以割舍，一份是愁情万种，离开你们两个任何一个我都有负罪感。你以为这滋味好受呀！"

　　"对不起，"我说，"你跟我可能是一个错误，你原本可以不受这种折磨。你离开我，我绝不怪你，二者必居其一，你下决心吧！不然我们就只能是地下情人。"

　　"还没让你决斗呢，你就想逃？你还算个男子汉吗？"

　　"那要看值不值得。"我一下子变得焦躁烦闷，适才游戏的心理被这种情绪吹得消失了踪影，我意识到这个看似满不在乎的女孩子正在耍弄我。

　　"你认为我不值了，是不是？你想摆脱我，是不是？我就知道会是这样。"

　　"我是想摆脱自己，菲，你知道我的心情吗？我担心会失去你，我担心失败会再次降临，因为决定爱情的很多事情都超出了我的能力。"

　　"我知道了，别怪我了，我会处理好的。"

　　我们走进邮电局，菲关上电话亭的门，把我隔在外面，不知她在里面讲了一些什么。然后，她探出头来问我要钱付电话费。

　　"一百元够不够？"我调侃地问她。

　　她从亭子间走出来："没有用。他执意要来，根本不让我说话。"

　　"我早就知道，其实这个电话打不打都无所谓。"

　　"我什么都说了，他根本不听，我说服不了他。"

　　"那就只有说服我了。我早有预感，他会来。"

　　"他在那边像个小爸爸似的问：'你好吗？好好注意身体，千万别去接我。'在那几分钟，我仿佛回到了从前。"

　　"那你就回去吧，别再拖泥带水。"

　　"你真的希望那样？"

　　"我不想再受这份折磨。"

"你该不会真的不想要我吧！"

"我当然不是这个意思。"

我与她绕到了颐和园的西堤一带。我说："生活真有意思，在爱情上我曾经被另一个第三者打得一败涂地。现在我成了第三者，老天给了我一个复仇的机会，不过我却根本没有想打败别人的兴致。"

"你大概与他有点同病相怜吧！"

"不错，待他好点，好好陪他玩玩。或许这回你真的能够做出一个明智的决定。"

"我不想，我就想同你在一起。"

"别说孩子话，你应该待他好点，既然我们决定暂不让他难过。"

"你呀，有时还挺像大人。但愿不是因为你不再爱我。"

"我告诉你：一、我对你放心，我相信你会处理好。二、我爱你，不会因为这件事而改变。"

"别转了，动不动就第一点第二点，书呆子，你以为写硕士论文呢！"

菲的笑意浮在脸上，然后又瞬间变成了一种复杂的表情："禹特别高兴，说要让我妈给我带菜吃。"

"给我留点。"我说。

"这时候你还想着吃，心理素质不错呀！"

"没有了，只不过跟某种动物一样而已。"

菲忍不住笑出了声。她拿出她的通信录对我说："我所有的男朋友都在上面了。"

"谁会是最后一个？"

"其实你还是挺幸运的，追一个成一个，你是完完全全把我从别人手里夺过来的。"

"我真的夺过来了吗？"

"你自己都没有信心把握还指望抓住别人的心吗？为什么在最需要信心的时候你反而没了信心？"

她的话一针见血，直戳我内心。我冷眼打量她一会儿，说不出一句话。

我们绕到一处无人的小岛。我打量着这个犹如游戏一般对待爱情的女孩子，忽然信誓旦旦地对她说："我还是争取出国吧。"

菲一下子显出快活："这样好些，起码跟家里好说。"

"你的 TOEFL 成绩还在不在？给我复印一下寄去算了。"

"你特别害怕考吗？"

"不是，只不过我确实不想考。"

"你真的是无可救药了吗？爱都不能给你带来动力？"

"你不至于这么庸俗吧？出国也能成为你嫁给我的条件？"

"我不理你，你简直不可理喻。"

"那你去找那个通情达理的吧！"

菲扭身而去，我又追上去："菲，你也得替我想想，大敌当前，我表现得够宽容了，再这么宽容，你就会觉得我不爱你了。"

菲回身抱住了我。

临分手时，我们又变得依依不舍。想到就要一个多星期不能见面，想到她也许就要从此回到那个人的怀抱中去，便有一种痛楚的冲动袭上心来。我满怀深情地抱住她，吻得如饥似渴。

天空忽然下起了阵雨。我们躲在一幢古建筑长长的房檐下，相依相偎，显得十分悲壮。我抚摸着她熟悉的身体，有点难以自持。

两人出门跳上一辆红色的出租，在雨雾中飞快地驰向我的小屋。在车上我们继续相拥相吻，好像生怕爱的情绪在某一时刻突然中断。

我拉上窗帘，也没有开灯，房间里一片昏暗。这次做爱是从我抚摸她的耳际开始的。我在她耳畔喃喃细语，也不记得讲了些什么。肌肤相触的快感使我暂时忘却了两人感情的恩恩怨怨，我麻醉在手伸进她的衣领去掏她的乳房的冲动之中。

菲脱去了衣服，洁白的身体侧躺在一块红色的毛巾被上，腰际与臀间的曲线依然诱人。她的头发湿漉漉的，目光迷离而动人。她伸开细滑的手臂，轻轻地呼唤着我……

"答应我吧，我爱你！"我抚摸着她发热的脸庞说。

"我不是已经答应你了吗？"

"从今以后永远只答应我一个人，行吗？"

"你应该相信我，我会给你一个满意的答复。"

"别说了。"我紧紧搂住她，"你知道这是因为我舍不得你。"

"暑假还要分开两个半月呢！"

"那么长，等到你回来，我都已经结婚了！"

"那没准，谁知道你是怎么想的？"

"算了，算了，别开玩笑了。"

爱在深入，伴随着又一次失落。

62

我躲到 P 大学陈宝根为我找的宿舍里。

陈宝根西服革履正准备出门，腰上别着当时比较稀罕的汉显 BP 机。身后还带着一位明显比他大出许多的女子。陈宝根说："我们正好换一个地方，你住我这儿，我跟这位时装设计师到你那个地方谈一笔生意。"我嘴里随口便说："没问题，没问题。"然后找机会把陈宝根拉到一边，"真的要谈生意？"

陈宝根不语，只是嘻嘻地笑。

"我不是不想借你房子，不过你有点过分了吧？你总得对石冰有个交代吧！"

"你不要大惊小怪。现在登记结婚的路上还有可能变卦呢，何况我们！"

"人家可是为你怀过孕、流过产。"

"你放心，我会对她负责到底。"

时至今日，陈宝根保持着许多第一，在同学中第一个穿西服打领带，第一个借钱买方砖式录音机，第一个谈恋爱以最快速度使对方怀孕。在学校时他玩传统的恋爱，到社会上他立刻变成现代派。他是一个办事果断的人，总是有勇气不断改变生活的方式和内容，绝不后悔。他告诉我他已决定彻底放弃毕业论文的写作，一心一意下海。我劝他说："还有一年就能拿到硕士学位，放弃多可惜！"他脸一横，不屑地一撇嘴："你我最大的毛病就是患得患失，最后什么也干不成。我就是要让自己没有一点退路。再说我怕什么！农民家庭出身！走到哪儿都算是赚了。"

晚上十一点多钟，菲轻柔的声音从话筒那边传来："我想你，真想见到你。"这句话令我一阵感动，一直不安的心绪稳定下来。我忽然有些良心发现，这个女孩为了我正在承受她从未承受过的压力和紧张，再怎么样也应该尽可能体谅一些。

"我也想你，我的思想从未离开过你，我觉得我一直站在你身后支持你。"

"你们两个太不一样，我什么也不敢对他说，我害怕。"

"没关系，不想说就先不说。"

这时，电话那边传来菲低低的哭泣声。

"不要难过，菲，让我替你分担一点吧！记住这份感情，你生活得快乐，就是对每一个爱你的人的最好回报。"

"他不会这么想，他会发疯的。"

"他有一天会明白，有这么一段真心实意的爱的付出，是他一生的财富。相信吧，我就是这么走过来的。"

"想办法帮帮他吧，他太可怜了。"

"你怜悯他才是对他最大的伤害。"

"我想你，我一天也不想离开你了。"

"对他好点，毕竟他曾经深爱过你。我们很快就会在一起，永不分离。"

"我要挂电话了，你好好写论文，别为我担心。"

我让她在电话里吻我一下，她照办了，但提醒我她还在楼道里。

我压抑着内心的激情，一方面渴求了断这场游戏，把她据为己有。另一方面又对她依然将信将疑，也就只能半真半假地逢场作戏。

菲的电话刚刚打完，陈宝根趿着拖鞋出现在我的面前。我把刚才的情况跟他讲了讲，陈宝根听后大不以为然："你小子估计又上当了，这肯定是那女人的骗局，她一手拢住你，另一边照样跟那人卿卿我我，你竟然还有点感动。你怎么知道他们两人说什么？算了算了，你别犯傻了，明天正好安排点别的活动。"

在菲陪同禹的第三天，我终于耐不住好奇心的驱使，背着菲见了另一个女孩。

约会安排在一个地铁站的出口。微微细雨夹着甜润的风带来丝丝凉爽。这位经济学院毕业的机关单位的会计是一位高挑丰满的女孩，面庞端庄，衣着朴实大方，浅蓝色的牛仔裤将腿和臀部包衬得恰到好处，脚着一双布鞋，平静、自然的笑容令我感到轻松、亲切。她没有菲活泼漂亮，但也耐看。她说话坦率、真实，不像菲那样经常闪烁其词。对生活似乎还有几分消沉。她说："工作太累，什么都没有兴趣了。"

这种平淡无华反而一下子有点打动我。我与这个初次谋面的女孩缓缓地走着，不时温情地打量着她，气氛轻松而平和。我不由对她展开想象，把她想象为性格温和、顺从，又不乏热情，不一定十分聪慧，但勤快能干，善于理家，并有一些潜在的生活情趣。这样的女孩也许能够让我摆脱长久以来一直困扰自己的不安、烦闷和心灵的躁动，让我最终平静下来。这种类型的女孩也许正是我婚姻的最佳归宿了。她将使我还原为真实的原初状态，不用矫饰，不用伪装，不用讨好取巧，不用违背本心，不用为了他人的意志去做自己极不情愿的事情。

如果我们能够彼此认可，或许很快就会谈婚论嫁，建一个那种千篇一律、小吵不断但总体安宁的家。这正切合我已然苍老的心境，再也不必遭受波折或烦恼了。而菲呢，她还小，还有足够的资本游戏人生，或许她真像陈宝根分析的那样精明得滴水不漏、翻云覆雨、收放自如地穿梭于几个男人之间，而我不过是她众多玩伴中的一个而已。至于婚姻，那更是遥不可及的事情，她这样的人是不会把婚姻建立在没有交换的前提之下的。

"这些年不太顺心吧？"她忽然轻声地问。

"没有呀，你怎么这样认为？我显得心事重重、萎靡不振吗？其实我过得虽然平淡一点，但总的来说还行，没病没灾的。"

"你不会满足于这些吧？你应该是很有志向的人吧！"

"曾经是这样，但时代和机遇并没有垂青于我，这让我也奈何不得。"

"你现在怎么想？还认为自己怀才不遇吗？"

"自认为怀才不遇的人都喜欢怨天尤人。我现在也不想什么怀才不遇了，更不想拼命跟自己过不去。毕业后找一份稳定的工作，踏踏实实过日子。"

"你觉得婚姻中最重要的是什么？"

"能力。爱是需要能力的，包括各方面的能力。"

"你显得比实际年龄要年轻。"

"我其实挺稳重的。"

"但你肯定是个内向的人。"她敏感地说。

"这一点没错，但在熟人面前也能浑打浑闹，应该算半个开朗的人。"

她平静地瞄我一眼，陷入沉默。也许她在猜想我究竟是一个什么样的人。

在道路转弯的时候，我的胳膊无意间与她的身体相触了一下，这让我有了一丝非分之想。望着她柔美的腰肢，我不由自主地想象两手对之搂抱的感受。我一厢情愿地认定，与她的亲热一定会产生自然而然水到渠成的默契，随即又谴责自己卑俗无聊，邪念产生得太快了。不过，如何赢得爱情这件事情其实太劳心费神，我再也没有那份舍我其谁的狂妄自信了，在许多事情上都变得缩手缩脚，左顾右盼，受伤的心理、有病的神经系统以及残缺的情感历程已使我不再具备一个正常人的权利。自卑感一下子挫伤了方才在她面前表现出的那点积极的心气。假使我认定她是我的最佳选择，又能怎样？我还有意志和能力去追求吗？一切都不再取决于我而取决于别人，我只能是一个被动者。倘若她误信了我，我也应该有点良心才是，否则我会毁了她已然形成的生活方式，会令她忧郁、牵挂、神经质，使她原本宁静的一池心泉变得浑浊动荡。

无论我如何表白，我性格弱点的实质是明摆着的，我开始后悔这种徒劳无益的约会了。

为了打破尴尬，她开始无话找话，说一些无关痛痒的话题，语气和缓平静，感觉不到她的好恶。她邀请我到地铁里去兜圈子，她说，她寂寞时总喜欢这样。我说我也有这个爱好，以前怎么没有碰到过你？她莞尔一笑："世界太大，人太多，碰到的机会实在很小。"

两人在地铁里刚好转了一圈，又回到出发的站口，都没有再转的愿望，彼此留下了地址电话，相约有时间再聊。她最后的一瞥充满了莫名的伤感。面对她的目光，我想也许她确实渴求着与我一样的真实幸福，但是我们之间只能失之交臂。雨雾笼罩着城市，她的身影在街心公园的一隅静悄悄地消失了。

晚上，介绍人打来电话，说对方认为我人不错，但一看就是那种感情比较复杂、心思很重的人，而她也是这样的人，挺可惜的。我忙说，没什么，没什么，我也觉得不太合适，人家条件不错，别耽误人家。

我照镜子，果真看到自己无法掩饰的忧郁神情。我恶作剧似的让下嘴唇上抬包住上嘴唇，然后充满自嘲地浑笑两声。

看来我还得回到过去。其实我从来就没有走出来过。

63

菲与上海男友相聚三天后，突然骑车来 P 大学陈宝根的宿舍找我。她的神情有种掩饰不住的紧张，像是地下工作者接头一样。

"你在干什么？"

"写论文提纲呀！"

"你好像并不高兴见到我，如果我影响了你，我马上就走。"

"你说什么呢，我高兴还来不及。"

我站起来迎接她，夸张地抱紧她，似有满心的深情。吻她的时候，却无法抑制地想象着禹吻她的情景。

菲望向我的目光躲躲闪闪，令我心生疑窦。我怀疑自己果真陷入一个女孩设置的骗局。

"我很坏，"菲说，"我总是骗人，连他都说我鬼鬼祟祟的，当他兴高采烈向我描绘未来时，我却咻咻地笑。我对他说，我打算留在北京，他一下子急了：'我怎么办？'我根本无法看他黯然神伤的样子。我忍不住把这件事告诉了我的同学，同学说禹太惨了！"

我的心头一震：这一切是多么似曾相识！所不同的是我开始给别人酿造苦酒。菲真的应该回去，回到这个全心爱她的人身边。

"禹说，我们家已经接受了他，你知道这是很不容易的，我们家一直不喜欢他。"

"你母亲想，与其在北方找一个远嫁女儿的女婿，还不如就认同了他。"

"最后我一个也得不到。"

"你不要暗示我。"我说，"既然你同他分手，不是因为我的缘故，为什么你总把我们两人联系在一起考虑？就像你即使将来与我分手也不是由于另一人的原因一样。"

我用力地在空气中画着手势，好像怎么也无法将一个简单的道理阐述明白。尽管菲在我的面前实际上已经掩饰了她的难过，以免增加我的疏远，但我依然从内心拉开了与她的距离。菲的内心是否真的正在经历内疚、矛盾和绞斗？她能够通过减轻禹的痛苦来赎回自己的过失吗？对此，我不过是一头雾水，在这种情况下我还在一如既往地给她支着儿，真有点贻笑大方了。何况，连菲离开我究竟是坏事还是好事，我都把握不准，所谓的爱情三角还能怎么演变？

"难过的时候，你就这么想，你未必是喜新厌旧，你未必是赚了便宜，因为这种选择要承担和经历的事情会更多，而从前的选择则可以轻轻松松。"我试图安慰她，而心里却有另一个声音在呼喊：你还是选择从前吧！那是符合你本性的。

我深知自己既缺乏天赋，又无性格优势，无论是磨难还是责任都承受不起。我即使从别人手里夺到了这个人，似乎也无法确认我是否找到了幸福，是否能够弥补内心的创伤。我绝不想有意出让，但又无法刻意索求。先天注定的性格弱点使我一旦遇到竞争只会败得支离破碎。

我把菲拉到床上，却怎么也调动不起做爱的兴致。菲让我快一些，她不能在我这里待太久。我说："算了，免得他察觉。"

"你顾及他干什么？"

"不是，我只觉得心里有点别扭。"

"这是你自己的事，别怪我对你不真心。那我就先走了。"说完，菲坐到镜前重新梳妆打扮。

"她可真够忙的。"我心想。

临分手时，我忽然敏感到菲内心的那种满足，到处都有人竞相恭维，那种感觉真是女孩子的奢侈。当她从我这里离开后，又会有另一张迎候她的笑脸和热情。这种竞争中的讨好自然会滋生她的虚荣和优越感。我又一次厌倦自己陷入这样的游戏之中。

菲冲我做了一个口型，那意思是"I LOVE YOU"，然后又抬手做一个打电话联系的姿势。我苦笑着与她作别。她的这份精明中的可爱与活泼却让我感到越来越别扭。看着菲骑车远去的背影，我心情淡漠，仿佛体会到了虹离我而去时的那份平静与从容。

64

在莫斯科餐厅附近的一间温馨的咖啡屋里，我独自喝着一杯红茶。压低的屋顶上有排排银色的装饰五星，在灯光中闪烁不停。客人不多，好似遥远诉说的排箫声衬托着这里的宁静。我似乎并不急于见到菲，也并不想知道她可能带来的结果。还有什么比随遇而安更能使我从容不迫呢？尽管我知道自己并不是胜券在握。

菲直到晚八点多钟才来。她穿了一件我从未见过的新衣。目光和表情也让我多了一些陌生。我们的关系总是这样，刚刚拉近一点，又疏远几分。

"对不起，我来晚了。"

"他走了吗？"

"他不让我去车站送他，他迟迟不肯走，我担心他会赶不上火车。"

我为她要了一杯红茶，一块蛋糕。在我面前的菲其实有两个版本，一个对我，一个对他，有时连她自己都会混为一谈。

她带着好奇环视着四周："你对这一带挺熟嘛，能找到这么一个幽雅的地方。是不是以前跟你那个她来过？"

"是来过，你跟你那个他就没来过？"

"我们来过这儿，去的是另一个地方。"

"你究竟做出决定没有？"我还是有点耐不住了。

"我不能不告诉你，他还在吸引我。"

我愣了很久，才说："是呀是呀！这个我应该想到，这很正常，如果他不吸引你，你就不会让他来了。"

"有时，我真觉得对不起你，你对我太好了。"

"我对你好不好这不重要，他不是也对你好吗？你怎么不觉得对不起他呀！"

"我、我，也许我不知道，一个人可以有两份感情。我就是这样，你信不信，你们两个我都喜欢，你们太不相同。也许为此我会受到惩罚，那是自作自受。"

"但是你必须做出决定，你必须分清两人不同的感情。即使对我不利，我也不希望你再拖，拖下去对谁都没有好处。"

"你以为我滋味好受吗？我怎么做都觉得问心有愧。"

"看来你还是很传统嘛！这不是对不起的问题，而是对别人负责的问题，这道理其实简单，应该分开来看。"

"好几次我都想告诉他，但看着他红红的疲惫的眼睛，我实在开不了口。如果我告诉他，他会发疯，会再来找我。"

"不会吧，他是一个明白人，应该懂得理智的重要性。虹提出分手之后，我就没有再做努力，我知道一切都无济于事。"

"他跟你不同，我也跟你那个虹不一样。在他的眼中，我是个任性的小孩，我的一切都得听他的。"

"在我的眼中你还是挺有主意的嘛，那么复杂的事让你做得那么从容。"

"你坏，你在讽刺我。人家心里不好受，你还拿我开心。"

"好好，算我没说。你还是讲他吧！"

"他很少听我讲话，一切都是他拿主意，而你却跟我商量。"

"哪种更好？"

"我不知道。"

"你吃点蛋糕吧！"我指一指桌子。又给自己要了一杯红茶。

"你的同学看见我和禹在一起，你介意吗？"

"那有什么，反正我心里明白，不过是演戏。"

"不是演戏，第一天我觉得是，可是以后，我就觉得……我是在流露感情，我又回去了，有些感情说不清，我不能说我对他没有感情。"

"你对我说这些干什么？"

"他比你热情，更会表达感情，也更有信心。"

"你不要总拿别人同我比好不好，我就是我，爱一个人应该包括爱他的缺点。"

"我觉得至今禹还在吸引我，说明我对你还没有完全投入。"

"你是在刺激我，还是对我表示不满？"

"不是，"菲伸出一只手放在我的手上，"我需要你的帮助。我相信你会成功，而他太浮。"

"他怎么说？难道你连一点暗示也没有给他吗？"

"我对他说：'如果我爱上别人，你会怎么办？'他说：'把你们都杀了。'我说：'给我一点时间吧！''我不会给你时间的。''你总应该让我想想。''没什么可想的，你现在是在感情和物质上进行选择，我觉得感情更重要，只有我才能给你幸福。'"

"这个人真够执着的。不过什么叫感情与物质之间的选择？难道菲出于虚荣心的需要把我吹嘘成了大款？"我心里想。

"禹说：'你现在在为自己打算盘了，以前你还是看重感情的。'"

看来这一次与我的过去是不同的，菲对禹充满感情，而且总是被打动。

"我在他面前什么也藏不住，有时他做的事总是我心里想的，他一来就看出我心里的想法。"

"保留对他的感情是对的，我毫不介意。这说明你还是重情重义的人，但是你应该果断地做出选择。"

"我真觉得我不够好，我不够纯，总有一天你会不要我的，会的。"

"不会，我告诉过你，我不会不要你，只会你不要我。不过即使你回到禹的身边，你心里也会不安的。"

"我知道，所以我真的不知该怎么办。"

"你后悔吗？感情的事情绝不可以患得患失。你无法忘记他，我们就无法有新的开始，你失去他，也就失去了一些我无法弥补给你的东西，你要有所准备。"

"处理感情的事情真是太复杂了。"

"想想我吧，当我在感情的道路上彷徨苦闷的时候，她却逍遥无事地离开了我。"

"你不了解女孩子，我们已经付出了巨大的代价。"

"同一个人分手，我的体会最重要的是减少对他自信心的伤害。感情的事情都好说，而丧失了自信心，这个人将一蹶不振。"

"你就是失去自信心了。"

"我又恢复了。当然，反过来说，如果说这样的事情使他丧失自信，说明他根本就不够自信。但是你不能不下决心了，也许这一辈子就让你下这一次决心了。"

窗外的街面上灯火闪烁，我望向一座过街天桥，想起曾在这里见过的一个如烟飘逝的女孩。天桥下面一个流浪艺人在拉着二胡，曲调凄凉哀婉，正切合我此时的心境。

菲低头用匙搅弄着杯中色泽越来越暗的红茶，不让我看到她的表情，但她的肩膀在微微抽动。

我把手放在她的肩头，说不出一句安慰的话。脑海中忽而闪过这样一个念头：你难道不应该有一点痛苦吗？不应该吗？别人的痛苦都同你相关，而你却可以逃脱吗？

命运能够给我一个机会，让我原原本本地明白一个女孩子是如何背弃原来的恋人，如何半推半就投入另一个新来者的怀抱的吗？

这就是我的爱情，信马由缰，没有任何稳定性，当然也没有约束，而我却总是荒唐地想将这种关系引向婚姻。从另一方面看，我未能占据她，永远不能完全占据她，而她也从未真正打动我。

65

我们的关系没有重新开始。它只不过是忽断忽续地维持着。

五四青年节临近了，学生社团纷纷推出各式各样的活动。菲告诉我，女生社要搞一次青春风采服装模特大赛，她想参加。

"那好啊，争取拿个头奖什么的，也让我自豪一下。对了，有没有男模特参加，咱们组成情侣，保证技压群芳。"

"谁要你呀！这么老，走路慢腾腾的，还爱晃肩。"

"我当年也是英俊小生呢！"

"行了行了，青年人的事你凑什么热闹呀！今天下午你陪我去逛商店吧，我想买身衣服。"

转了两次车，来到一处著名的商贸大厦。她见我站在装饰品柜台前发愣，便问："准备结婚了吗？想买画？"

"跟谁结？你这么年轻又不着急。"

"我一直有一种预感，也许我们处着处着，你会突然告诉我你明天要跟另一人结婚了。"

"你就是这么看我的？其实我应该这么看你才对。"

"一点也不让着我，一点也不懂得哄女孩子。我这么说是因为在意你，你却讽刺我。"

"好好，我真搞不懂，明明是怀疑我对你的忠诚，却被你解释成在意我。真有你的，翻云覆雨都是你。"

"你看那幅画？"菲转移话题。

这是一幅装帧油画。画面是一对原始时代的男女。男的手持剑和盾，全身赤裸；女的袒胸露乳，只着遮羞布。题为：蛮荒时代的爱情。

"原始人多好！高兴时大家在一起做爱，不高兴时各奔东西，不像我们有这么多烦恼。"

"那只能对男的好，光图享受逃避责任。"

"可也不能光有责任、没有享受呀！"

"你有责任吗？其实我很清楚，一谈到责任，你就会后退。知道吗？我一直担心的就是这一点，你靠不住，不是道德上的，而是实力上的，我总觉得你这一堵墙，一靠就会倒。"

"你怎么会有这种感觉？"

"我也说不好，就这么觉得。"菲噘起嘴，显出一副委屈的样子。

"是跟他比较得出的吧？"

"那又怎么样？你还别说，他可能很多方面都不如你，但他却有一种内在的力量，让人觉得他会用生命来保护我。"

"但你却已经厌倦他，可见光有内在的力量还是不够的。"

"你又来了，我评价的是人本身，而不是感情。要说感情，我当然还是倾向于你了。"说完，菲有点乖巧地挽起我。

琳琅满目的化妆品柜台是菲必然要驻足的。她看见了一盒价值五十元的面霜："我一直用这种牌子，快用完了，你给我买一盒吧！"

我掏钱买下给她，又问："禹给你带什么东西了？"

"你什么意思？带了我也不能要呀！"

菲拿了面霜，打开闻了闻，显得很高兴，手又伸到我的臂弯里挽住我。

在服装长廊里，她一件件挑试着服装。她的眼光不低，看上的服装多为中高档，其中一套值两千元。这时候我开始盘算还有多少钱。"算了，"她说，"合适的，你老人家买不起，便宜的又太寒碜。"

"学生服装表演，能有什么高级东西！关键是展示你的青春风采。我看你平时穿的衣服就不错。"

"干吗呀！我还没说让你买呢！你没看别的同学的衣服，大多是名牌，还有从国外带回来的呢！"

"你们是比什么？比阔还是比服装？"

"算了，老土，我不跟你说。我让别人从上海带一套过来。要是不行，就不参加了！"

"别着急，再逛逛其他商店，肯定有价廉物美的。"

"不逛了，哪儿都一样，好的衣服肯定贵。"

"那咱们改日再来，我多准备点钱。"

"算了吧，你那点钱？！唉，以后我一定要找一个挣钱多的公司。"

"你不考研究生留北京了？"

"谁考呀！穷得连饭都吃不饱！我一定要自己去工作。读书真没用！"

我们走上电梯，彼此贴得很近。电梯里没有别人，我把手搭在她柔细的腰际，探身吻她。脑中却闪过一个念头：她跟禹还会这么亲热吗？

电梯忽然停了，上来两个人。一看原来也是 R 学院叫不上名的熟面孔。他们似乎很诧异，用异样的目光打量我们。那意思大概是说，你们怎么凑在一起了？

菲的男朋友不是刚走吗？菲全然一副无所谓的样子，我则为自己不明不白的角色感到难堪。

电梯里的气氛实在压抑，四个人一言不发，电梯门打开，才有了解放的感觉。

回到我的房中，她懒懒地躺在我的床上。我打量着她充满诱惑的身体，突然有一种施虐般的冲动。

在我一件件剥她衣服的时候，忽然浮出一个令人沮丧的念头："她早已不是处女了。"尽管我也不清不楚，但想到如果今生就此娶她，便再也无法知道一个完整的女人是什么样了，失落便无法抑制。

我打开录音机，刘欢为电视剧《雪城》演唱的插曲突然冒出来："我俩太不公平，爱和恨全由你操纵。"这句话像极了我所经历的许多次恋情。

"不听这个，不听。"她抗议道。换了一首，《雨中的旋律》缓缓传来。

两人很快搂抱在一起……

"你的套儿是哪儿来的？"菲忽然问。

"同学给的。"

"真的？你怎么可以问他们要这种东西？"

"骗你呢，我自己去买的。"

"脸皮真厚，好意思买这种东西。"

"你不要忘了，我曾是准备做新郎的人。"

菲已经穿好衣服，我还裸身躺着。

"昨天我看了一本书。"我说，"那上面说，尼采和罗素，本是截然不同的哲学家，但是他们都要求把爱情与婚姻分开，都反对以爱情为基础的婚姻，而主张婚姻从优生和培育后代为基础，同时保持婚外恋。"

"现代社会文明的进步就是这样，它使更多的错误得到自由纠正的机会，而过去不行，错了也要从一而终。"

"现在还要离婚，以后或许连这个手续也免了。"

"所以我一直说，珍惜现在，爱的时候不要总是想结果。"

菲又一次躺下来，依偎在我的身旁。吻着我的鼻子、嘴和干瘦的胸脯。她的目光一下子变得十分凄迷："我把宝押在你的身上了，一个女孩子所有的憧憬和希望，以及一生的赌注都押在你的身上了。"

"别说得这么严重，错了还可以改嘛！"

"说说容易，中国文明的进化还不知要多少年呢！"

当我引导菲按照虹的方式抚摸我的时候，却发现感觉完全不同。

我的手下意识地摸到了她的口袋，竟摸出一封信了，又是禹的来信。那上面说：亲爱的菲菲，刚刚离开几天，我就想你了，几天前我们还相依相偎，如今却只能思念了。菲一把把信夺过去："你干什么？你怎么能随便看人家的信？！"

我忽然暴跳如雷："你该决定了吧，你倒好，两个人都挂着，你让我怎么办？你知道吗？你在做游戏，危险的游戏，你会把两人都毁了。"

菲无动于衷地听着，然后说："你说完了吗？我只能告诉你，我无法决定。在这种情况下，跟两人中任何一个都不明智。"

"看来，你不会为我留下来，最终一定会回到他的身边。"

"你不相信我拉倒！"

"我还怎么相信你？就在几天前，你还对我说要留下来，要考研究生，你说你爱我。"

"我是说过，你也说过给我半年时间考虑。"

"难道早一天决定对我们每个人不是更人道一点吗？"

"我也想这样，但我做不到。对不起，我确实觉得对不起。"

"对不起就完了？你说得轻松！"我几乎是拍着桌子在喊，菲照样是漫不经心，一点也不在意，她知道我色厉内荏。

"我太惨了，怎么我一投入感情，就会有人背叛我？难道我的爱就注定没有回报吗？每次都是这样。"

"有什么办法？这只能算你的命不好。"

"这倒是最好的解释。"

"我有预感，最后就是这样，你相信预感吗？"

"扯淡，什么命运、预感，见鬼去吧！你究竟对我有没有感情？"

"没有感情我不会这样，可是你们两个太不相同，我……"

"不相同就怎么样？"

"你们两个我一个也无法舍弃。"

"可是你必须做出选择。"

"当然会的，同你在一起时我会想到他，他为我付出太多。同他在一起，我又会想到你。同谁在一起，我的感情都无法专注。"

"我不会让你回去，我不会给你时间了。"

"不要逼我，这没有用。我从未强迫你，你随时可以选择别人，完全可以。"

"不，我不能没有你，不能离开你。"一时间我又软下来，攥紧她的肩膀，把她弄得生疼。

她看着我，有点动情地说："你知道，在这个学院，我逃不开你。"

这就是我的爱情，信马由缰，没有任何稳定性，当然也没有约束，而我却总是荒唐地想将这种关系引向婚姻。从另一方面看，我未能占据她，永远不能完全占据她，而她也从未真正打动我。

菲看着我苦楚的表情，双手抚弄着我的头发，宽慰地说："我爱你！"

我哧哧地笑出声来："别哄我了。我又不是三岁小孩。"

其实我真的因为担心失去爱而难受吗？这种成分有多少？还是因为我再一次陷入别人的圈套无力自拔而感到屈辱？我想我们的故事可能就这样无聊地结束了，明天不过是个形式。

接下来的一天，我一天未给她去电话，似乎想图个清静。就是这样，每当我刚刚渴望柔情蜜意的时候，就会有一种深深的排斥心理。当天下午，她来了，敲一阵门又走了。第二天我才去找她。她说，我知道，有一天你会像昨天那样突然失踪。

我无法抒情，无法制造浪漫。我想，许多人都会以为我们彼此在设置骗局。

66

我绕过楼前堆着煤灰的教工楼，又走过冷冷清清的小卖部，以及水珠四溢的玻璃房花圃，来到位于操场东侧的网球场。一眼看到菲穿着白色球衣和网球短裙，正在水泥球场内敏捷灵巧地奔跑着，快活得像个天使。我站在网球场的铁丝网外，不动声色地欣赏菲的风姿。作为校队女生中的佼佼者，她的底线发球和网前劈杀十分出色。她打得十分投入，接球的时候，口中还念念有词。直到一局球结束，她才抓着一盒饮料，边吸边向我走过来。

菲今天显得青春洋溢，情趣盎然，白皙的面庞显出运动后的红润，额头上还在渗着涔涔汗珠。凸起的胸部微微颤抖着，她从球场边走过来的情形使人想起一幅暖色调的夏日风景画。

我与她之间依然隔着一张铁丝网。

"你今天真美。"我由衷地说。

"你也挺精神，好像年轻了许多。"

"看来没有我在身边，你也活得不错。"

"是呀！我一个人也不能自寻烦恼呀！"

两人一起向着运河走去。幽静的运河岸边，河水缓缓而行，河岸嫩绿的柳枝在微风中摆动。我摘了一片柳叶，含在嘴里吹着，但没有吹响。菲哈哈笑起来，也摘片柳叶来试，竟发出奇怪的一声尖叫，脸上立时露出顽童似的得意之色。

"找我出来有什么特殊的事吗？"

"没事就不能一起走走吗？"

"当然不是，不过别那么深沉，好不好？"

"为了巩固和发展我们的关系，我想跟你签个合同，我是甲方，你是乙方，时间一个月。在这段时间，我们保证对对方负责，真诚相待。若合适，再续签。"

"情人合同？"

"就算是吧，既然我们谁也没有打算放弃对方，那我们就再试一试，你看怎么样？"

"好啊！也省得你疑神疑鬼。不过，没有公证，也就没有法律效用。"

"我们以良心公证。"

"良心在这件事上可是最不可靠了。"

我拉她坐在河岸边的草坡上。她两只眼睛直视着我，忽然问我："如果有一天，她愿意回心转意，你还会接纳她吗？"

"其实，从理智上讲，我们俩人完全不合适。我们爱好、志趣差异太大，性格又难以互补，而且反差很大，她喜欢折腾，想过不平凡的人生，而我却甘于平淡。因此，骨子里我还是喜欢那种温存的、家庭感强的女孩子。"

"你真的彻底忘记她了？你眼睛看着我。"

"当然，到现在还不忘记她我岂不是太愚蠢了？其实我怀恋的只是我对她付出的至真至纯的爱情。"我抬眼看她，但又把目光移得很高，我不愿与她对视。

"别骗人了，你骗不了我。你是想让我知道你不是一个爱冲动、爱移情别恋的人，是吗？"

"我说，你有点精明过头了吧！"

"你们两人的确不合适。"菲同情地拉住我的手，"幸亏你们没有结婚，否则结果也不会好。"

"当时我是太痛苦了，早知会与你相逢，我又何必如此难过？说起来，你还应该感谢她，正是因为她选择的错误，你我今天才能走到一起。"

"你是说我还应该感谢她？"

"理论上是这样。我的体会是，无论如何，不应太痛苦，否则只能害自己。"

"你是在提醒我吧！"

"没这个意思，这只是我个人的感受。在这个世上，再也不会有人使我相信永恒，我也绝不让别人相信这一点。"

"所以我总觉得，每次当你接近目标之时就会退却。"

"不过是一种本能的防护心理，它阻止我一下子陷得太深。我的内心其实极端自卑，当我极力展示自信的时候，内心却是衰弱的。"

"行了，行了，你不要在我面前忏悔了，我不愿听这种痛苦的分析。反正我们是合同恋人，也许明天就会分手，谁在意你内心深处在想什么？唉，跟你在一起实在是太沉重了，本来人家情绪挺好的，都让你破坏了。"

"对不起。"

"其实你并不真正喜欢现在的我。你也许觉得我会按你的要求去改变。"

"不，我喜欢你这样，我常被你的无拘无束所感染，我一直喜欢的就是你这样的人！"

菲不再听任我的侃侃而谈，她悠闲地倚在河畔的一棵树旁，头微斜，眼睛凝望远方，身后是绿雾般的柳树和一段若隐若现的石桥。忽然她回过身来问我："还有几个月你就要毕业了，打算怎么办？"

"除了考试、写文章，我不知自己还能干什么？"

"你不是在写一个逃跑的诗人吗？他的结局怎样？"

"还没有想好，大概会逃到乡下去吧！"

"他也可以留在城市里嘛！像你一样。"

"不行，他生活能力太差。他是一个只能生活在精神世界之中的人，生活一次次告诉他，现实与他的想象相差甚远，现实永远无法使他得到满足。他总是按照想象中的模式去寻找现实的美梦，结果总是失落而归。在生活与爱情上都是如此，因而，对他而言，唯一的可能就是逃遁。"

"那么你呢？"

"诗人可以一走了之，而我却不得不留下来。"

"那你就应该设法改变你目前的生活方式。"

"我个人的确很难应对社会潮流的冲击，除非我对一切都视而不见。可能吗？我又是那么敏感。但是我仔细想过，我这种人，钱不会使我快活，钱多了反而使我堕落。我是一个没钱也能快活的人，而且这是唯一一快活的方式。"

"我可不行，一想到考研，再读两年半书，然后当教师或去研究所，我就头疼。"

"你不是说要为我留下来吗？"

"我实在无法承诺这一点，除非我们有可能出国。"

"我就知道，她迟早会这么说，"我心想，"她是不会依附一个没有来由和没有前途的爱的。"

而我呢，当我内省自己所谓的纯情，发现那不过是借口或幌子，实际上我只是一个朝秦暮楚、感情多变、寻欢作乐之人，我需要一些庄严神圣的点缀，为我的沦落和不思进取做掩护，我无非是逢场作戏者的同类而已。

我们都不再作声，沿着湿热的草坡向前走。五月的斜阳洒下淡淡的金光，河水默默地向着未知的远方流淌。

我亲昵地揽住菲圆圆的肩膀，菲毫无反应。我意识到初见时那仅有的一点新鲜感又荡然无存了，又回到需要设计和挽救的阶段。

菲袅娜的身影在绿树红花间闪动，我小跑几步，去追赶她的步伐。我知道，菲这位快活的天使又压抑成苦闷的天鹅了。因为我从未给过她承诺和展望，即使承诺忘却都变得那么艰难。

"菲，"我满怀深情地唤住她，"让我们下决心彻底忘掉过去吧！"

菲微微地皱起眉头："能吗？我们能吗？"声音轻得几乎听不清。

我轻吻她的细眉，在她忧郁的水潭般的眼神中看到了一个熟悉的亮点。她叉开手指，轻柔地捧起我瘦削的脸庞。

"摆脱不了，摆脱不了。"菲痛楚地说，"我们无法真正走近，那条鸿沟太深太宽了。"

这真是无法摆脱的事实，我们彼此都能发现，对方的许多习惯、言语以及眼神是因为同以往恋人的交往而留下的。这就是我们难以逾越的障碍。

我吻她翕动的眼睛、紧闭的双唇、细润的脖颈，吻她柔软的乳峰，却无法产生激情。她美丽的青春胴体只是一件仿真的道具，我必须完全把她想象成另一个人，一个我不曾谋面又心仪已久的人。

两个人都在不停地扭曲、蠕动着，急促的呼吸和呻吟仿佛来自异处……

我瘫软在菲富于弹性的玉腿上，喘着温暖的热气。幻想消失了，代之而来的是强烈的自责。

"我不能再浪费时间了。"我伤心地告诫自己，"远方的诗人正在忍饥挨饿，正在经受心灵的煎熬，正在苦苦期待与我一醉方休，我却在苟且偷情，而这一切不是因为爱，不是因为黯淡的回忆，只是由于无法逃避。"

"走吧！"我草率地把菲从草地上拉起来，拍去她身上的草屑和尘土。

"你怎么突然变得一本正经了？"菲瞪着诧异的眼光望我。

"有什么办法？我刚刚学会深沉，这个社会已经流行调侃了。"

"这只能说明你落伍了。"

"不，我会证明，我将是一个跨越历史和未来的人物。"

菲不屑地笑起来。

67

伤心的时刻还没有来临，但是它就要来临了。自从上海的男一号来过之后，我就不停地告诫自己：在她的排序中，我始终是二号替补演员。

中午的时候，我发现菲在我的房间写一封信。我请求她读给我听。

信是写给禹的，充满依依思恋之情。甚至谈到认识他是自己一生的幸福，只是盼望快快度过暑假前的两个多月。后面谈到了我，说她为我的认真诚恳而感动，有时她的一句兴来之语也会令我激动万分，云云。为此，菲只是请求禹给予原谅，她会妥善处理这件事。

菲读完，抬起头来望着我，像是等待我发作。

奇怪的是，我非但没有生气，反而对她更多了几分同情。

"这是几天前写的。"菲说。

"也就是昨天以前的感觉啰！"我假装毫不在意的样子。

"昨天晚上我给你写了一封长信，写到一点多。"她正色道。

"分手信？"我显得满不在乎。

"可是今天清早，又不想交给你，我还是舍不得你。"

"我也这么想，你总得有个玩伴吧！在找到另一人之前。"

"正经一点，行吗？"

"我其实心里很感动，毕竟你舍不得厌弃我。你说，我是不爱你，还是不知道怎么爱？"我有气无力地问菲。

"我想你是爱我的。"菲眨动着眼睛望着我，大概是想知道我的用意，"但不知怎么爱，我不知道你是怎么经历一段感情的。"

我上前揽住菲的肩膀，将她抱在胸前："你说的没错，我只知爱一个人，却不知该怎么爱。你想想，这是多么可悲呀！"

下午两个人溜溜达达逛了动物园。

"你说是我们看动物还是动物看我们？"

"动物看我们。"她说。

"我有同感。"我说，"所以人很傻，花钱主动让人观赏。再比如，人从三岁开始练体操，练得浑身是伤，胳膊腿变形，最后到动物园一看，发现自己还是不如猴子。"

"结论呢？"

"人比动物傻，感情丰富的人尤其傻。"

"那就把你关到动物园去吧，专开一个情感动物室。"

"只有你来做伴了，我们还可以繁衍后代。"

"我可不愿待在囚笼里。"

再逛动物园附近的商业区，我们决定各取所爱。她到漂亮的女时装区流连忘返，我在书摊与她会合。

望着她离去的背影，我就知道，生活观的不同必将使我们各行其道。即使不是由于主观倾向，也会因为客观因素使我们分离。说到高年级同学毕业后分到了新锦江饭店工作，菲流露出的钦慕之情是无法掩饰的！而我呢，让她留京！除了进机关，就是考研当教师。这两种选择与她对生活的想象差之千里。

在夜市上吃点东西，又去看电影。乏味的电影使我昏昏欲睡，菲却佯装不知，嗑着瓜子目不转睛地看，没有退场的意思。

归来途中，坐在公共汽车上并排的两个座位上。一路几乎无话，没有人知道我们是亲密伙伴。我侧身打量她。她把头转向窗外，不知她在想些什么，想禹吗？

晚上，菲洗完澡之后又来了。脸色不好看，眼圈乌了一片，我还是认认真真吻她，管她叫"darling"，这时候真是索然无味，想想当初火车上的浪漫恋曲也觉得有些滑稽。这个时代好像已经没有一本正经了。

菲突然抱住了我的腰，闭上眼睛说："让我认真吻你一次吧！"她开始吻，从上到下，足有二十分钟，然后说："你自己体会吧！"

我感觉她并未激动起来，我也更加麻木了。我开始抚摸她的背脊、后腰、脖颈。起初隔着衬衣衬裤，后来手伸了进去。她沐浴后的身体柔滑而散发出香气。可是我仍然无法明确认定她是一个富有吸引力的女人。我又开始吻她，吻了许久，吻得有点喘不过气，她好像依然没有感动。

我说："我给你冲杯咖啡吧！"

"有酒吗？来点酒吧！"

"什么酒？"

"什么都行，有白酒更好。"

我只有啤酒。没有冰箱，放在脸盆里浸着。我拿出两个纸杯，倒满，递给她一杯。两人碰了一下，仰脖咕咚咕咚喝起来。

我的脸渐渐泛起了红色。两双眼睛忧郁地对视着，谁也不说话。我知道我们谁也无法在对方身上找到初恋的感觉。这是令人无限缺憾的，这种缺憾加深了我们彼此内心深藏的不满。

"你怎么不说话？一点也不像爱我的样子。"她甚至表现出欲哭无泪的样子，"你是木头。"

我没有理会她，把剩下的酒喝完，然后拉起菲的手诚恳地对她说："我们之间有一个最宝贵的东西，那就是真实。我们总是能够把内心的想法告诉对方，是吗？"在得到她勉强地点头之后，我继续道，"我要告诉你一件事，我以前的女友告诉我——你别问什么渠道，她依然爱我。当然她已经结婚了，我只是想说，人的感情是复杂的，当初，她写信给我说根本不爱我，其实并非如此。"

"当然，她不这么说怎么决断？"

"所以你对禹有感情，也很正常。即使已经结婚，想到他，也属正常，没有什么可以指责。"

我不知为何编出这么一段。我并没有得到虹的来信，她根本不可能给我写这样一封信。我知道她的离去是毫无保留、完全彻底的。我恐怕永远也不会见到虹了。

周五的晚上，我准备了一顿丰盛的晚餐。有鱼有鸡，还有嫩绿的香椿以及番茄酱等，另外还买了一瓶长城干白葡萄酒。为了准备当年以为即将到来的婚姻生活，我厨艺已经突飞猛进，可以熟练到位地做出十余种色香味俱全的菜肴。想不到居家好男人的技能在这一次恋爱中派上了用场。一切准备停当，我感到还必须营造一种温馨的气氛，于是在临窗的餐桌上放上白色的塑料布和瓶装纸花，打开录音机，古典吉他曲雨滴一般流出来。最后又翻出三年前买的一串彩灯，挂在纱窗上。这也曾是准备布置新房的灯饰，如今彩灯中的几盏小灯已经不再闪亮。

菲对房间里的装饰大感意外。

"别人还以为里面在搞什么聚会。"

"我刚看了一本书，叫《为了告别的聚会》。"

"我可以肯定，你绝对不是痴情的人。"我说，"不过，这也许是一种成熟的情感。"

"也许我自尊心太强吧！"菲承认道。

菲从书包里拿出一个塑料袋来，里面是脆枣、奶油巧克力和一盒精美小点心。

"吃吧！这是他寄来的。"

"他为什么寄东西？我记得你生日不是这个时候。"

"他知道我要献血。"

"你要献血？我怎么不知道？"

"我告诉过你，你没在意。"

"你连这种事都告诉了他，那么大老远的。"

"我没告诉，他自己打听到的。"

"他可真是有心呀！"我震惊道。

"所以我现在什么也不能说，我不能让他知道我们的一切。"

"但是你应该告诉他，否则他想都想不到，到时候受的打击更大。"

"我怎么告诉他？怎么开得了口？他怎么受得了？"

"那也必须说，长痛不如短痛。"

"你帮帮我吧！"

"怎么帮？"

"不，还是我自己解决。自己的事自己解决。"

"先吃饭吧！"我说。

"你说这世上有没有天生就十分默契的人？"她夹起一块茄汁鸡翅说。

"我想一定有吧！"

她不再说话，我知道她在想什么。

我把她抱坐在我的身上，像爱抚一个女儿一样爱抚她。我说："你爱我吗？"

"爱你。"她喃喃道。

"你好像并不情愿。"

"我怕你太较真儿。"

"我发现我们实际上已经心心相印了。现在才是真正投入。"

"那么寒假前呢？"菲敏捷地问。

"那时候带有幻想。"

"你喜欢那时候还是现在？"

"现在。"我毫不犹豫，"我不喜欢那时候丧失理性的冲动。现在更实在、更和谐，也会更持久。你知道我喜欢稳定长久。"

房间里散发着淡淡的葡萄酒香，我们的交流细微、迟缓、沉寂而略带伤感。我用手拍拍她的脸颊："好好吃饭。"

她却放下筷子，把脸侧向另一个方向，再回过脸来的时候，竟然是满脸泪水："你知道我在想什么吗？你看出我这几天心情不好吗？"

"我知道你情绪不对。"其实我不知道。我一直认为她这样一个玩心十足的人，不会放过任何一次享用生活和青春的机会。她也会有闲暇伤感吗？

她用那双孩童般的小手从兜里掏出一封信，又是禹写来的。字字句句充满温情体贴，那是真正发自内心深处的情感。他告诉她，自己生活的每时每刻都装着菲，他们的生活是不可分割的，难道可以忘却他们在一起的美好时光吗？有些珍贵的情感丢弃容易，却再也寻找不回来了。只有他对菲真心实意的爱才是她幸福的归宿。信中还说，他刚刚为她写了一首歌叫《带血的声音》，那是杜鹃声声滴血的呼唤。他已经录好，准备给她寄过来。禹对菲的那份深厚的情谊是我无法相比的，禹不仅打动了菲也打动了我，这份痴情是多么似曾相识啊！

菲索性扑在床上毫不掩饰地大哭起来。她的肩膀颤动不停。

窗户上的风铃清脆地响着。我出乎意料的平静，没有恼怒，没有嫉妒，反而增添了一份对禹的同情与理解。应该得到这份感情的是禹，他的真情远胜于我。

"别哭了，我没有让你马上做出决定，选择嫁给谁可是女孩子一生最重要的事。"我显然没有在意这句话对我是否有利。

"收到他的信好几天了，直到今天我才哭出来。"菲呜咽着说，"毕竟是一段感情呀！"

"你一定在想，对禹做得太少！"

"也许快分手了，距离远了，他的形象反而更美好了。"

"原谅我一直对你太苛刻，我不应该催你下决心。"

菲的哭温婉感伤，哭得让人心酸。我忽然想到虹，当初她离我而去投入另一人的怀抱时，也会这样为我而哭吗？她会吗？我受虐般渴望了解她分手时对我的感觉！渴望着得到她对我们曾经的爱情哪怕是些微的肯定。但其实这又有什么意义呢！

"你为他而哭，说明你珍视感情，起码你不是一个逢场作戏的人。我庆幸自己没有选错人。"

我们热烈地拥抱在一起，我用嘴一点点吻着她源源不断的泪水。

房间里的伤感气氛越来越浓了，忧郁其实是可以享受的。这一天我觉得自己沉浸在一种纯情至爱之中。

"我不知自己能否经受得住。"菲依然泪眼婆娑，"我觉得对不起他，欠他太多。"

"不是你，而是我。是我扼杀了你们的感情。"

"与你无关，即使不是你，也会有其他人。"

"可是我不愿意这个人是我，我一点也不想破坏别人的感情。"

我喝了一口水，润湿一下干涩的喉咙："不过，我觉得你确实应该同他分手。"

"你是说，我的感情已经不专一了？"

"不，我觉得不应让他再付出了。他付出太多，太无条件。"

"我真的不知应该怎么办，如果我告诉他要分手，他一定会发疯似的来找我。"

"不要说，什么也不要说，爱就像你死我活的战争……别说了……"

我抚摸着菲残留泪痕的脸庞，进一步确知我们俩分手的时刻不远了，这个念头真让人柔情绵绵。我吻她的额头、吻她的眼睛、吻她细柔的嘴唇，忽然间流了泪："别离开我，再待一会儿，千万别在这个时候走开，行吗？"

房间里的彩灯闪烁不定。我知道当我要失去菲的时候，我甚至根本就没有力量去挽救这种失败。一次又一次的分别就像指缝间流逝的细沙。这些我所交往过的女孩会在未来想起我或者在寂寞时默念我的名字吗？

68

　　最后的分别比预料得更早。这段时间，尽管我时时提醒自己应该先下手为强，主动与她分手，以便减轻一些自尊心的伤害，但是无济于事。每当见到她，我都会因为优柔寡断而放弃努力。

　　我除了束手就擒之外，别无选择。

　　菲突然推门而入，没有了往日的笑容可掬，眼中闪动着凄楚的神情。她怔怔地望着我，欲言又止。

　　她缓缓地坐在沙发里，裙子像荷花一样鼓胀起来而后慢慢地消散下去。

　　我一言不发地打量她，掐灭了刚刚点上的烟。

　　天色暗淡得像要下雨。我冲上去半跪在她的身前，温柔地抚摸她的脸庞和眼睛，类似情景使我又一次想到了虹，我知道我永远地爱着虹，但我也知道菲永远不会是虹。

　　这是一个闷热的夏日傍晚，气压低得让人喘不过气来。菲主动上来迎合着我，她帮我一件件脱去衣服，开始吻我。我感受到她的呼唤，身体不可抑制地颤动起来，心开始沉重地嘶喊。我开始剥离她，连衣裙，胸罩、短裤，一件件衣饰被扔到沙发上，她成了一个冰清玉洁的璞玉，眼中噙满泪水。

　　犹如搏杀，犹如厮打，两个赤裸的灵魂紧紧地纠结在一起。我要在她身上进行新的探索和开凿，我要饱蘸着她的泪水把她变成一件真正的永恒的艺术品。我痛苦地寻觅匍行，终于找到了她，找到了爱的源泉和归宿。

　　这是最后的时刻了，在泪水和汗水、希望和绝望的交替中，我们尽力珍惜、维持，直至挣扎，让这份浓情蜜意持续得长一些，再长一些……

　　在长久的沉默之后，菲开始一件件穿她的衣服，先是粉红色的短裤和肉色的长筒袜，然后是海绵作衬的胸罩，最后从头到脚套她那件藕荷色的连衣裙。她没有让我帮她系后身的拉链，而执意自己系上了。在这一瞬间，她最后的温柔眼神消失不见了。她系上鞋带的时候，侧身朝我回眸一笑，带着一丝歉意："我走了。"

　　"为什么？"

　　"他来了。"

　　"什么，他怎么又来了？"

　　"他接到了我的信。他还告诉我他为我谱的歌已经录成磁带，他的付出终于得到了报答。"

"录一首歌算什么？这就算成功了？千万别上他的当！我看你还是避开他的好，我们这就出去旅行，随便去什么地方。"

"不，我要去找他。我无法抗拒他，他的声音在电话中一响，我什么都说不出来。"

"你什么意思？信里不是跟他说清楚了吗？"

"他那么远来，见不着我，一定会伤心死。"

"那好吧，我跟你一起去！"

"不用了，我要去找他，我一定要找到他。"

我知道我该失去她了。我一把把她拉起来，紧紧抱在怀里："菲，无论怎样，这一次你一定要拿定主意了。"

她含泪点头，抽身而去。离去的脚步匆匆地由强渐弱直至消失在寂静的走廊里。我知道我又一次走到了濒临死亡的感情边缘。

那天晚上，我到陈昌平那里喝了个酩酊大醉。我记得我扶着扶手从三层倾斜的楼梯向下滑："我不是那种恶狠狠地追求女人的人。没有什么事能让我觉得活不下去。"说着就滑倒在楼梯旁。

我在夜色中蹒跚游荡，不多久就摔躺在无人的草地上。昏昏沉沉之中，我惊异地发现，在与菲交往的过程中，我不仅没有改变，而是完完全全回到了过去：消沉颓废，甚而潦倒。这一切究竟是怎么回事？

菲的红书包还放在桌子上，但她已经走了，很难将她追回。又一个人走了，又一个影子留在我的心里。再也不会有一个女孩子侧着头、笑容可掬地站在我的门口。

第二天晚上八点多钟，菲突然约我到网球场见面，这令我悲喜交集。当我走近路灯映照的网球场时，却看到菲正与一脸严峻的禹站在一起。一个念头在我的脑中闪过：菲这是要与我摊牌了！

禹仔细地打量越走越近的我。他大概在想，他的菲为什么与我天天待在一起？

我望着禹，尽量做出若无其事的样子，还轻轻地晃动肩膀，吹了几声口哨。禹的脸色苍白疲倦，好像刚刚经历了一场激烈的争执。这神情令人心生怜悯，不忍目睹。

"菲菲跟我说到过你，她说得到过你很多的帮助。今天我来谢谢你。"

禹的眼中布满血丝，嗓音有些发哑。

"不用你谢谢，这是我跟她之间的事情。为她所做的一切都是我心甘情愿的。"

"有些事情你可能误解了，菲菲年纪小，对人的依赖性比较强。"

我斜眼瞥一下菲，她真的把我当成了一个生活依赖品或者她真爱的替代品？虽然我一直怀疑，但这个说法如今由男一号亲口说出，还是让人难以接受。菲一声不吭地站在我们两个男人之间，平静得像一个局外人。好像一切争端、我们这种无聊的见面都与她无关。或许她内心深处正期待我们之间的一场争斗。

"我看是你误解了吧，她对你的不满不是一天两天了，她一直以为她的爱人只能是你了，但是后来她发现自己错了。你们之间靠的是习惯而不是感情。"

"我们之间没有感情？你问问她自己？她亲口告诉我，与你在一起时，心中总有我的影子，跟我在一起的时候，你却可以根本不存在。"禹挥动手臂，提高声调，显出一副坚定神情。

我再次把目光投向菲，这时候我希望她能证明点什么。即使我同情禹，但在这种情况下谁也不愿意输。当然胜负已经不再取决于我们两人，而是菲的态度。菲却只是抿抿嘴，低下头什么也不说。

"希望代替不了现实，爱是不能够勉强的。"禹说，"一个女孩子同你玩玩，你就当成了爱情。"

"我看产生错觉的是你。她在你面前一直感到压抑，她说她甚至得不到起码的尊重。"

"你说什么也没用。她是我的，我不可能失去她。"

"从未得到谈什么失去呢！"

"我再说一遍，我不可能失去她。"

"如果必须失去呢？"

"那我也会让另一个人失去。"

"别这样，这样有意思吗？"

"我可以为她付出生命，你呢？"

"你为她付出生命，又能得到什么？"

"哼，你说什么也没用。这其实是一个科学问题。那就是你是否具备适合她的天赋。"

"你呢？问问你自己，你具备吗？她为什么会被别人所吸引？"

"别斗气了，咱们讲个条件好不好？我赔你一些经济损失，过去的事情一笔勾销。"

"你以为你在做生意呢？你头脑有问题吧？"

"我有问题？我看是你有问题！告诉你，不要敬酒不吃吃罚酒。"禹突然一把抓住我的衣领，眼中像要喷出火光。

我有了一丝慌乱，但很快又平静下来。我忽然间觉得这一切滑稽至极，令人耻笑。我们变成了两只发狂的动物。我用力挡开他抓我衣领的手。

"你先离开一会儿，让我单独跟菲谈谈，咱们谁也别一厢情愿。硬扛着有什么意思？"

禹闷声不语，站在那里一动不动，菲示意他走开。

我目不转睛地盯着眼前这个一声不响的女人，突然有些恼怒地责问她："你说，你究竟决定了没有？"

菲轻轻地点点头。

"那你自己去跟他说。"

菲站在那里一动不动，脚上像被什么绊住了。

"你倒是说呀！"

菲幽怨地望向我，终于低声说："我想过了，我们两人不合适。我看到过你写给虹的信，从那天起我就知道你走不出你的过去，你被你的回忆埋葬了，不会再有未来了。所以我们两人还是都回到过去吧！"

"你真的想清楚了？"

她坚定地点头："对不起！"

"那你走吧！"我心头之火一下子蹿了上来，往日的温柔化为无情的恼怒。

她转身向另一边走。

"等等，"见她停下来，我接道，"你还有东西在我那里。"

"你扔了吧！"她头也不过回地朝着不远处的那个黑影走去。

正在焦虑地抽烟的禹很快跑了过来。他一把挽住菲的胳膊，像一个勇猛的卫士那样眼中充满挑衅之光。几秒钟之后两人手挽手走出网球场。

透过铁丝围网，我目送他们远行。这个过程持续了十几秒钟，我忽然转过身不想再看下去，脑袋嗡嗡作响，倚靠着围网的身体缓缓地下滑，终于疲软地瘫坐在门旁。顷刻之间又有了一次满盘皆输的感觉。但我知道这却是三人之间最好的结局：菲找到了自己真正的爱，而我又一次失去了不该得到的爱。

我觉得校园里好像突然停电了，眼前一片漆黑，漆黑得什么也看不见，什么也感觉不到。空旷的环宇中只有孤寂和无聊。结束了，一切都结束了，再也不会回头，再也不会犹豫不决，再也不会疑神疑鬼牵肠挂肚，这段百感交集的疲惫的旅程这一回真的走到了终点！在这些日子里，我的心胸充塞了迷顿、屈楚、压抑和愤懑，这一切都随着分手而悄然消失了，可我空荡荡的心灵又能找到什么填补呢？四个多月，恍然如梦，曾经有许多时候，因为寻觅不到真情而绝望地盼望了结这场精神和肉体的磨难。如今真的画上句号，却又产生了强烈的空虚，感到它竟是那样给人以依存。原以为是一场游戏，分别却又如同炼狱一般。我怀恋曾有过的精彩和浪漫的开始，希望曾像火苗一样燃烧。与她初次相逢的种种往事，一霎时又掠过我昏乱的脑际。

我感到眼前发昏发沉，跌跌撞撞进了校园附近一家通宵营业的小酒馆。颤颤巍巍要了一扎啤酒坐在酒馆的一角不停地喝。

醉眼蒙眬之中，看到了坐在对面桌前大口吞咽的陈昌平。他拿着酒菜走过来，放到我的桌上，拍拍我的肩膀说："哭吧！男人也有哭的权利，今天你应该哭。"

我真的号啕大哭起来。哭了一阵，我泪眼盈盈地问陈昌平："我是男人？我不是男人，我怎么一点血性也没有？我什么也守不住，我爱上一个跑开一个，我是一个大漏勺。"

"别对自己太苛刻。咱们够不容易了，这帮女的太势利，太没有眼光，不怪咱们。凭什么怪咱们？"

"你说，我是一个冷漠的人吗？"

"别人都说你很冷漠，我知道，你他妈才不冷漠呢！你小子烧起来也是一团火。"

"我也曾经为爱而激动过，哈哈，你知道吗？谁知道啊！我从来没有背弃过别人，谁不懂感情？难道离我而去的人反而更懂感情？"

"记住，爱情是不能使用'公正'二字的。苏格拉底说，未经省察的人生没有价值，你失去了一个本不值得爱恋的女子，得到的却是千金难买的阅历。"

"你说的对，你他妈真有学问。听说苏格拉底的爱情也很不幸呀？"

"这个世界有几个真正的男人能捞上他妈的爱情？别指望女人来分担你的苦痛。只有男人与男人才能同病相怜。你哭吧！在男人面前把泪水哭开。"

我对陈昌平的话语频频领首，并用手不停地拍打他干瘦的肩头。

陈昌平又说："时代已经变了，变了，你知道吗？你是否专情不变这一点已经并不重要了，关键是按世俗的标准，你是否获得了成功。知道吗？这才是最为关键的。"

"你，你他妈真是一针见血。"我的身体摇晃着，用一根手指点着他的脸。然后我对他说，"别扯那些没用的了，没劲，一点劲也没有。来，咱们掰手腕，谁输了，谁喝酒。"

"你行吗？"

"行，我觉得现在有使不完的劲。"

"那好吧，我们这些人，可怜呀！难受也不会去伤别人，也就只能伤自己了！"

一次，二次，三次．我的手一次次被陈昌平的大手按倒。我连喝了三杯酒。又嚷嚷着要比。陈昌平说："行了，是男人就要认输。"

"是男人就要应战。"我还在嘴硬。

陈昌平开始让我，但我还是不能将他的手轻易按下，最后用两只手终于将他扳倒。我发出胜利者的哈哈大笑。

黎明的天光照进暗淡的小屋，我的胸口溢起一阵又一阵苦涩。我坐起来，抓过桌边的杯子，一口气灌下去半杯凉水。那水冰凉彻骨，也仿佛泛着苦味。我失神地仰视着屋内的陈设，不禁悲从中来。这一次与失去虹有所不同，我更多地为自身的失败和不幸而悲伤，看来一个有过痛彻肺腑的失恋经历的人，是注定不会只有一次失恋的，命中注定他将在生活中屡尝感情失意之苦，而他却往往在情场自鸣得意。

我与菲的爱情实际上陷入了另一个怪圈。人家都在议论虹与菲的相似性，而我却偏偏想在菲的身上找到不同与差异，找到让我摆脱重复的理由。然而，每当我发现她们之间哪怕是一星半点的不同，又会掉入难以克服的失落情绪之中。我们之间的关系因为虹与菲的相似性而结缘，最终又因为这种相似性而分离。

我望着寂静无人的校园小路，仿佛看到了菲远去的身影。青春的爱情就是这样一件易碎品，无论你做什么，采取什么保护措施，你都无法将她挽留，无论你的爱情多么辉煌，还是多么黯淡，都经历同样的时光一无阻挡的前行。

我一直试图重现青春时节的美丽动人、浪漫与憧憬，在另一种年龄，另一个时代，另一种心境，与另一个人，但这是完全不可能的，就像不可能保留青春的容颜一样。

太阳升起来了，像所有崭新的日子一样，我走进阶梯教室，脸上挂着似是而非的微笑。与菲的交往就像一幕撩动人心的演出，现在演出结束了，所有的场景都黯淡下来，那些走火入魔的表演消失得无影无踪，好像什么也没有发生。

一位毕业多年的老同学从湖南来京，陈宝根张罗了一个饭局。在湖南驻京办的饭厅大快朵颐。剁椒鱼头、毛氏红烧肉、干笋烧豆干把诸位辣得吁气不止。喝的是酒鬼酒。五个人喝了两瓶。酒足饭饱，似醉非醉。陈宝根说，走路向左一百米，有一个歌厅，里面的陪酒妹子很不错。要不要去？

要去。众人齐声高喊，就像排练过一样。

歌厅的领班跟陈宝根很熟，"陈总陈总"地叫着。陈宝根说：安排好！都是好兄弟，回头给你小费。

放心吧！肯定是最好的。

不一会儿，大包里一人安排了一个妹子，桌子上堆满了啤酒，大家你一句我一句唱着，有的妹子坐在男人的腿上，有的妹子则不断地灌众人喝酒。湖南同学不客气，抱着妹子就啃。

陈宝根说：今天全面开放！我买单！

湖南同学说：这样不过瘾！有没有单间？

陈宝根说：有！要几个？

侯永军率先告辞。他女友重病住院需要陪护。这个理由无人能劝。我也晃晃悠悠地起身想走，陈宝根说，你小子最不能走，今天一定要开开荤，被女人害得最惨的人是谁？是你？最可爱的人是谁？是你还是你。你不能走。

"老九不能走。"其余三人异口同声。我已经喝高了，舌头有点直：那个啥！我的、我的舌头不、好、使了。对、对不起，大家。

"没关系，其他地方好使就行。"众人哈哈大笑起来。

陈宝根对我说：对现在的女人不满意，可以换！总有一款是合适的。

离开包间前，陈宝根提议：我们同唱一首《明天更美好》怎么样？

同意。于是一群醉鬼和陪妹子共唱《明天更美好》。散伙，各自转入单间。

领班进来问：刚才那位，还是换一位？

我说：换一位。

好嘞！

约莫十分钟的样子，一个花枝招展的女子敲门进来："你好，老板，需要什么服务？"

我也许是眼花了，也许是喝晕了，反正眼前分明就是霄！我不停地眨巴眼睛，定神一看，真的是霄！虽然她化了浓妆，曾经美丽的眼睛周圈涂着浓重的油彩，贴了假睫毛。

不错，就是她。那个两年前我伤得最重、有过一夜之欢的女人。

霄，是你吗？

什么霄？你想吃夜宵吗？我可以给你叫，不过要另收费的哟！

霄，你开什么玩笑？你怎么跑这里来了，你怎么能干这个？霄！

老板，您认错人了！也许喝多了吧！我叫苏醒，代号158！请叫我小苏。

霄，我是文，当年那个大浑蛋！你怎么到这里来了？

老板，我已经起钟了，你到底要什么服务？

我不要，你走吧！

老板，你不能这样！有什么不满意你可以提，你这样让我走，经理会扣我奖金。

那我走！

你走，我今天也得扣奖金，麻烦你体谅一下我。

我跟你说，霄，是我对不起你，不是你不好，而是我的心已经被别人占据了。这叫先来后到，你知道吗？

你神经病吧！

我没疯。当时我把初恋当作了我爱的唯一标准，只是因为你不像她而否定了你。当时我真的很愚蠢。爱情是千姿百态的，怎么可能只有一个标准呢？她又不是真理，怎么可能成为检验实践的唯一标准？

你说什么？我真的听不懂。老板。

真的，相信我，这都是我说的实话。

老板，你真有学问，你是来这里的我见过的最有学问的人。

只有你能懂我。霄，霄，你怎么干起这个营生了？咱说什么也不能干这个呀！虽然说笑贫不笑娼，但是一个才女呀！诗情画意呀！

哈哈，倒是都说我是一个才女，告诉你，我们这里才女很多的，连硕士生都有。

霄，你听我说，咱们走！我们再想办法找个工作。我帮助你。

你到底要什么服务？全套的，还是只是推油？

别开玩笑了。

你不认识我，我也不认识你。你是来寻开心的，对吗？

那好，你什么也不必做。我给你双倍。给你多算两个钟。

有这好事？你可要签字的。

我签字。

那谢谢你哟！你先喝点水，我给你做个足底吧！

我仰倒在床上，昏睡过去，也不知过了多久。霄俯在我的眼前：老板，足底做好了。

我想一把揽住她，却再也没有了那份勇气。

好，谢谢你！

走时，霄公事公办地说，大哥，你慢走，以后常来。我的代号是158。就是"要我发"的意思。

次日清晨醒来，我已经搞不清楚昨晚的经历到底是梦还是真。

第五篇　秋

69

六月里连续下了三天暴雨，暴雨来势之猛前所未有，仿佛要把整个夏季的雨下尽似的。我觉得这是一年来上天流的最为彻底的一次眼泪。

在三天暴雨之中，我大病一场，烧到三十九度多，身体滚烫，却不时感到彻寒无比。头痛发涨，甚至牵动得耳部神经隐隐作痛。我的精神几近崩溃，感觉不到生存下去还有任何意义。陈昌平来了一趟，把我送到医院，打了吊针，病情才缓解下来。此后我昏睡了两天半，醒来仍觉神志不清，脑中一团乱麻，什么事情都理不出头绪。

夜深人静的时候，我还是会时常想起虹。在我失意的时候，在我生病的时候，还会幻想她会造访我，静静地坐在我的床边，拉着我的手，说一些家长里短。在与菲分手的痛苦时刻，也希望能得到她送来的几句宽慰的话语，哪怕是温暖的一个眼神。我知道我对她的痴情是如此不对等，甚至是变态——明明知道毫无希望，却越发执拗地不忍放弃。我常常毫无来由地想念她，想得汹涌澎湃。当我对她的思念难以遏制之时，我也会严厉地告诫和责问自己：你还记得她对你的轻视，对你一直压抑的不满，甚至是不忠吗？在你最思念她的时候，她曾背着你与另一个男生相会，你都忘了吗？她天天沉浸在与另一个人的交往中，她甚至没有帮助你打探一下考试的消息。你对她的爱就是那样毫无条件、漫无目的、不管不顾，没有尊严没有廉耻吗？但是这些自我谴责都是无济于事的。我就是想她，想得难以抑制，想得无可救药。我觉得对她的狂恋把我变成了一个奴隶，我被这种狂恋残忍地奴役着。

我翻出一本有些残缺的相册，将其中的几张旧照取出，扑克牌一样地码在一起。这其中有我与虹在长江三日游中携手倚栏眺望三峡的照片；我们身着泳装伏在北戴河黄金海岸上的照片；还有一张是讲师团的纪念，那是在宁夏 L 县我居住的房间里照的，虹站在我的身后，双手搂住我的脖子，两人亲热甜蜜地对镜而笑。所有这些都早已成为历史的陈迹。我还看到一张我二十三岁生日的留影。那一年我刚刚大学毕业，站在圆明园废墟之前，白衬衫，牛仔裤，深绿色的军用书包搭在肩头，脸上是一副不知天高地厚的自信神情……

我奇怪与菲交往半年有余竟无一张留影，好像彼此谁也没有在意这件事情。或许潜意识中预料到我们的关系难以持久。

整理抽屉时，我还看到了我在宁夏刻下的那块写有"海枯石烂"的石块，这真是可笑的痴情的话柄。若拿给菲，非让她笑掉大牙不可。这些典型的八十年代中期的情感见证，琼瑶作品的产物，已经难以打动人心。

菲这一代人，她们爱的时候也很投入，很像模像样，但从不顾及未来，十分现实主义。而我的生活却从没有"洒脱"二字！连故作洒脱也表现不出。

中午饭后，我打着伞去小卖部买酸奶，看到邓勇正搂着他的新女友站在小卖部的柜台旁谈笑风生。我与他闲聊了几句。他告诉我他的分配已经落实，准备到北京有线电视台新闻部工作。他的女友是本校国际新闻系二年级的学生，清秀腼腆，冲我莞尔一笑，便把头靠在邓勇的肩膀上，沉浸在一种被人宠爱的幸福中。他们打算放假去西藏旅游。

五短身材的邓勇，其貌不扬，却能够深得美女青睐。这使我进一步感到了凄惶与失落。

邓勇把我拉到一边，轻声向我面授机宜："哥们儿，别总是端着了，看到好的女孩就要穷追不舍，不顾脸面，死缠硬磨，不达目的，誓不罢休。"

我苦笑着，脸上的笑容一定是僵硬牵强的。

我曾经令人羡慕，人见人夸。当我以罕见的高分考上P大学时，许多经历风雨的过来人都认定我的将来一定会卓尔不群，不同凡响；而当我出人意料地赢得了众星捧月般的虹的爱情之后，又有人认为我三庭饱满、福星高照。一些偶然成就了我以为是必然的认识。这使我豪情万丈，愤世嫉俗，从不考虑失败会降临到我的头上。

然而，与虹分手之后在爱情和事业上的种种失意又使我跌入自卑的谷底，结果是一蹶不振。

回想刚刚过去的几段失败的情感经历，我知道根源都在于铭心刻骨的那段初恋记忆。如果说我完全被过去占据，为什么又会不断引发出新的激情？回想起来，这些激情往往因过去的经历而起，又一次次被一个虚幻的影子掩埋。说明我一直没有能力把她从我的感情记忆中清除出去。我奇怪为什么对于一个已经不爱我或根本没爱过我的人的爱是如此之深，居然始终没有转变为对她的恨。有人说，一个人爱过恨过，这一段经历就可以结束了，但我却一直恨她不起来。这到底是为什么？我内心其实很清楚，自己一直还存有某种幻想，幻想她有朝一日还会回心转意。虽然这种幻想正在一点点无可奈何地消失，但我却仍然试图顽强地把它留住。而这又铸就了我的情感悲剧一次又一次地发生。

人生原本是各不相同的，女人原本也是各不相同的，不同的天性、容貌、禀赋、环境和家庭背景造就了她们的千姿百态。而我为什么会相信像虹这样的女人会代替所有的女人，会囊括所有不同的爱情和人生？其实这一切只是因为我与虹的关系被无情地中断了。每个人都是不同的，而我却因为她而错失了这些不同。性格中的悲剧因素加上一次次情感经历的失败，不断强化和印证着我与生俱来的宿命感。不是吗？一次我曾经如此投入、心心相印的爱情都有可能失去，还有什么事情是可以相信的？

失去才是人生的主题。如今我一无所有。时光无情地摧毁了我的一切幻想，让我从此只能以最现实最悲观的角度看待世界和人生。

现在对我而言还有什么是可以相信的？信仰、情感、让人产生歧义的深刻哲理，还是不入正堂的人生法则？我不得而知。

暴雨停歇后的一个下午，我去卧佛寺叩问神灵，而那些大佛只是一动不动地似笑非笑，令我参悟不到任何禅机。

我还得回到学校，菲还在这里。我所能做到的是改变我的作息时间，尽量不再与她相遇。

在与菲分手的一周之后，研究生处的领导约我谈话。他对我说，前一段有关我的流言蜚语很多，甚至有人说我与一个本科女生同居达数月之久，他们希望能够澄清一些事实。我对领导说，关于我的流言全是假的，有人别有用心。领导又问我是否刚与一个女孩子分手，我说这是真的。领导说，要注意调整自己的情绪，理一理发，振作起来。恋爱不是不可以谈，但千万不要影响自己的正常学业。对此我一一点头称是。

恰逢研究生会改选，我辞去了文体委员的职务。

盘点过往的岁月，风花雪月、追逐打闹真没少耽误我的宝贵时间，我的硕士论文开题已经迫在眉睫。我大梦初醒地钻进图书馆，借回厚厚一沓专业书，码在我空空如也的书架上。

时间是最好的良药，我告诫着自己，这次总得与第一次与虹分手有点不同吧，毕竟我也算半个过来人，怎么也得有点失败的教训值得吸取。

我日复一日地读起书来。生活也重归简单和枯燥，简单到可以每天吃同样的食物，穿同样的衣服，说同样的话，我生活在生活之外，活在回忆和假设之中。每日无非是重复，时间好像快要停止。然而一段时间之后我又忽然惧怕起这种缺乏喜怒哀乐的生活，我常会毫无来由地渴望某个人能够打来电话告诉我一些无论是好是劣的消息，或者约我去做一些哪怕是无聊机械的事情。

70

陈宝根的服装公司坐落在一处闹中取静的街角。他租了某机关办公大楼闲置的两间房子。一间办公，一间会客，会客的那间布置得相对奢侈，而办公的那间则简陋一些。他手下有两名办事人员，外加一位女秘书。

陈宝根一身名牌服装，头发也烫过，无人能看出他上大学前曾是在家乡种过水稻的农民，拿到录取通知书后还在一个县办工厂刷油漆。他伸过一只手，几分矜持地与我握了握，那个睡在我上铺的、熄灯后总是向我借半包方便面的人已经踪影全无。

"最近忙得昏天黑地，连自己是谁都忘了，从来没这么累过，你怎么样？还在与那个女学生练马拉松？"

"吹了，彻底吹了。"我平淡地说，我想起陈宝根在上本科时曾为追求一个女生不得，通宵达旦地痛哭继而大病一场的事，但他始终没有说出那个女孩是谁。

陈宝根有几分吃惊，正想说点什么，内室的电话响了，他立时从座位上弹起来，对女秘书说："你好好招待我的朋友，他可是一个诗人，以前诗人多，老板少，现在正相反，诗人可越来越珍贵了。"

女秘书端过来一杯清茶，屁股轻轻地坐在沙发边上："文先生，我也是诗歌爱好者，能不能送我一本您的诗集？"

"早不写了，再说我写的东西也不能叫作诗，无病呻吟罢了。"

"文先生真谦虚，文先生，我觉得您特别像一个人。"

"谁？"

"《情义无价》中的伟康。"

"过奖了。"我说，"也许你看到了我们之间的一个共同点，那就是失意，情场失意。像你们老板这样幸运的人并不多。"

"一切都会好起来的。"女秘书颇为乖巧地说。

"我这位朋友正在寻找爱情，你替他帮帮忙，好吗？"陈宝根出来指着秘书说，然后又对我补充道，"她原来当过模特，认识不少人。"

"现在好一点的女孩子早早都有了男朋友。"

"有朋友算什么！在登记结婚的路上还可以夺过来呢，结了婚又怎样？照样可以把她从牢笼中解放出来。不过，我们的文先生寻找的可能是那种纯洁得像诗一样的爱情，不大喜欢打砸抢。"

"得了吧！我只不过想找一个烧水做饭过日子的人。"

"不过话说回来，老兄，现在时代变了。像我们在学校那时，手拉手在校园里转一转、谈谈人生背两首诗就能够骗一个老婆的阶段已经过去了。你寻找什么样的人无所谓，手法上也要更新一下了。"

"现在你是我的老师。"

"哪里哪里，咱们还得互帮互学。说真的，我一直在想，你可以成立一个'情爱咨询公司'，既做心理咨询，也帮助介绍对象，还可以代为寻找昔日断了关系的初恋情人们。在这个社会，情场上失意的人其实很多很多，真正能够春风得意的人寥寥无几。"

"你别开玩笑了，"女秘书一把夺过陈宝根夹在口中的香烟，并把手娇嗔地搭在他的肩上，"人家自己还没有对象呢，倒给别人作嫁衣。"

"并不矛盾呀！个人社会两不误嘛！"

"文先生，如果不介意，可以上电视征婚。追你的人一定很多，我认识那里的编辑，可以为你做一个很好的设计。"

"我出钱。"陈宝根半笑着说。

"最近生意怎么样？"我希望转移话题。

"还不错。刚跟一个俄罗斯人谈妥一笔，准备下一步向匈牙利发展，那里目前还是处女地。"

"有什么需要我做的，尽管吩咐。"我心中有了几丝妒意。

"没问题。你毕业后打算怎么办？"

"有人劝我出国，不过要考 TOEFL、GRE 还要加 GMAT，层层关卡，过五关斩六将，还不一定能出去。"

"噢，都不容易。"

不管怎样，陈宝根比我强，他毕竟果敢地跳入社会的浪潮之中，而我至今没有一个明确的方向，对前途感到茫然无措：做学问是那样令人厌倦，做生意又是那样危机四伏，出国更是一个遥不可及的梦。

在去宾馆的路上，陈宝根忽然搂住我的肩膀，轻拍着我的胳膊说："老兄，有件事我想想还是决定告诉你，虹已经结婚了，而且马上就要出国，到美国普林斯顿大学攻读博士学位……"

"你跟我说这些干什么？她爱去哪儿就去哪儿，爱干什么就干什么！我跟她没有任何关系！"

"行了，你要真能这么想就好了，不过现在我告诉你，你真该想想你自己的生活，别再被这种没有意义的事情耽误了。"

在陈宝根举办的公司成立晚宴上，我完全成了一个多余的人。我坐在餐厅的一角，独自把玩着一杯长城干红，心情糟糕透顶。面对着眼前的美味佳肴，一口也咽不下去。生活在我的视线之外的虹已经遥遥领先，日益辉煌，而我却依然在一个狭小的原地踏步。时至今日，我仍然未能证明她当初选择的错误，反而加重了自己的屈辱。我希望她后悔的愿望已无实现的可能。

外面下着小雨，我决定不辞而别，自己在微雨中走一走。潮湿的空气扑面而来，像是哀怨的诉说。

我举着一把伞，远远地站在繁闹的城市边缘，忽然懊丧地感叹：我虽然仍在疾步而行，但可能已经走错方向，不然，为什么爱情和幸福离我越来越远了呢？

有关虹的最后一点消息还是强烈地震撼了我，对她的思念又一次汹涌而来。

在虹生日这一天宁静的早晨，我骑车奔驰在夏日来临的城郊。先是她原先的单位，然后是 P 大学。这是一个晴朗的日子，我缓缓地绕到她居住过的学生楼，走在路上，听到脚步声，我就会猛然回头，仿佛那个我摸过、爱过、自以为贴过心的女生又会从后面飞跑过来。站在一棵侧柏旁边，抬起头来凝望她居住过的宿舍半掩的窗口，第一次见面分手的情形犹在眼前，楼前水泥地面晃动的灯影，她临走时轻轻的叹息好像只是昨日的记忆。如今自习归来笑语喧哗的女生们仍在这幢楼上下进出，却恍如梦境。

未名湖水波不兴，沉静得忧郁。我沿着湖畔小径向北，来到静寂无人的圆明园，将自行车停在林丛旁，在那片我们曾经一同唱歌的树林里久久徘徊，想遥远的爱，听任如烟似雾的往事在心中弥漫。

从圆明园返回的时候已是晚上八点多钟，我坐在收音机前。听众点播节目开始了，主持人温柔动听的声音像从远方传来："虹，你现在还好吗？今天又是你的生日了，仅以一首歌来表达我对你的思念，祝你未来的每一个生日，未来的每一天幸福快乐。虹，你知道一位你背弃的人还在记挂着你的生日吗？你还会偶尔想起我来吗？想起我在你生日这一天曾经为你默默地祝福。回首一望，这已经是与你分手的第三个年头了。往事却似乎更加清晰地映现在眼前。

"还记得这首歌吗？卡朋特的《昨日再现》，请允许我在这一天回到我们曾经共有的岁月……

"我没有办法直接见到你，送你的生日玫瑰已让花店的店员给你带去，那上面没有我的名字，因为我的名字对你已经不再重要……"

我痛苦地闭上双眼，期待我的痴情会感动上苍，也会感动虹。我甚至相信她会突然来临——拭去我眼角的泪水，用甜美的声音告诉我，你所经历的情感折磨不过是一场噩梦，一切都没有改变，没有背弃，没有违约。一切依然像林间的旭日、静潭的皓月、羞答的初吻那样美好。

当那段动人心魄的音乐风一样从某个陌生的地方飘来又飘远，我走到窗前，打开玻璃窗。路灯下那条寂静无人的小路依然横在林丛之间。在这一瞬间，我多么希望她从小径的另一端突然出现，向着我的窗口翩翩而来……虹，你现在究竟在哪里？你知道我一直在等你吗？我依然用全部身心在爱着你。我仍然在为年轻时许给你的诺言而执着。你在哪儿？我二十八岁的生命在等待你，寻找你，迎接你……

这一夜，我觉得头脑发沉，醒来恍若隔世。

71

但丁说，最悲伤的事莫过于在痛苦中回忆起往昔的快乐。是的，如果我不想让自己更加悲伤，那就只能抗拒回忆。

然而，生活缺少转机，前途一片茫然。

一次次情感挫折已搞得我心灰意冷，信心尽失。失意写在脸上，人们避而远之。

一段时间，我的头发越留越长，从背影看完全与一个女人无异，正面看却是满脸胡须。生活上也是不修边幅，一副穷愁潦倒的样子，简直是魄飞魄散，做什么都提不起精神来。

与菲分手的一段时间，我开始厌倦女人，尤其厌倦别人给我跑媒拉纤儿。当父母唠叨这件事的时候，我会头脑发涨，恨不能钻到地缝里。我是因为无法获得而厌倦。我越来越觉得找到一个合适的对象，对于我这样的人而言，是一件十分困难甚至是难于上青天的事情。尤其是我仍然不能将过去的历史遗忘，我在情感上经历了一次又一次的波折。我所谓的激情已经越来越少，甚至是几乎要泯灭了。不想再重复以前情感上所经历的一次又一次坎坷，以及希望到失望的循环往复。我觉得我的心已经死了，再也不会出现千里追寻那样的壮举了。

个人问题成了我与家人的唯一话题，于是一次次冲突就这样发生了。无论怎样与父母发生冲突，我也理解父母是为了我的幸福。说来有趣，我与父母之间的冲突只是因为父母认为我对未来的对象过分挑剔，而我认为只是因为找不到合适的对象。于是母亲不断地唠叨，连我晚起晚睡的生活方式也成了我所以失恋的原因。总之是上纲上线，搞得我耳根子发疼。有一次母亲又因为我总是晚睡晚起而跟我起了争吵。她对我说：就是因为你这样，你才找不到对象的。好好的女朋友也守不住。那一日我突然情绪失控暴怒起来：难道她离开我完全是因为我的原因吗？所有的错误都是因为我吗？你们拿这件事刺激我还有完没完？还嫌我伤得不够吗？母亲看到我情绪失控，眼里也流了泪，一言不发地离开了。

父亲与我进行了一次长谈。这是我与父亲之间第一次推心置腹的长谈。父亲说，他也曾经有过我类似的经历。但是后来找到我母亲，两个人也很幸福。他还问了我一个十分敏感的问题：你与虹的关系发展到什么程度？你们之间有过亲密关系吗？当我支支吾吾地告诉他没有时，他感叹道以前对我管得太严了，搞得我除了学习什么都不懂，什么都不会。这是他们的错。我表示说，怪不得别人，还是我太单纯幼稚了。

母亲在与我起过冲突之后，很长时间不再与我交流，但整日间长吁短叹仍让我觉得他们对于我的未来生活十分担心和忧虑。

父亲从另一个角度提醒我，他认为我所以在恋爱上不断失意有可能是心理出了问题，建议我找心理医生咨询。这件事又让我与父母的关系出现僵局。我认为这是暗示我已经得了神经病。我硬着头皮回到学院，躲在那个充满离愁别绪记忆的小屋里一天也不想回去。

我的朋友圈子越来越小，只能日日与书为伴。然而，书中的颜如玉并不能解决我现实中的苦闷。渴望倾诉、渴望温情的愿望不时会从心底冒出来，扰得我心神不宁。百般无奈之际，只有硬着头皮去那些婚介公司试试运气。

按照报纸的广告，我骑车来到一家婚介中心。一路上东张西望，鬼鬼祟祟的。这种事毕竟涉及个人深度隐私，潜意识里也觉得这件事还是有点见不得人。途中自行车后轮胎在炎热的夏季不停地慢撒气影响到把不住方向，只好推车前行，总之可以用"狼狈不堪"来形容。晃晃悠悠到了社区婚姻咨询中心门口。我把车停靠在铁栅栏旁边，推开大门，低头向二层走。我一直戴着墨镜，到了服务台才把墨镜摘下来。

我之所以选择在这里征婚，是因为它使用的是代号，不像电视征婚那样无遮无拦，恨不能天下皆知。征婚这种形式本身，总还是有点掉价的成分在里面，不到万不得已还是不要公之于众为好。

我低低地吁着气，几乎不敢正视服务台小姐的目光。首先是填写表格：工资、身高、行业、爱好等等，然后拍照。登记完毕之后，就可以开始检索了，检索需要付费，每五分钟一元钱，还需要买联系单，用来约希望见面的女孩子。每张一元。

那天我在电脑上查了一米六以上、二十五岁以下的未婚女孩子共一百多人，花去八十元钱。交钱的时候，一个小伙子向服务人员抱怨，他联系了许久，没有一个回应。服务人员说，这你需要问那些你约见的女孩子，也许你不符合她们的条件。在我的眼中，这小伙子条件应该算不错了，难道来这里征婚的女孩子都是天仙？我对这种哭笑不得的征婚形式一开始就产生了怀疑。

曾经在校园里踌躇满志又被一些女孩子像明星一样追逐弄得不知天高地厚的我，从未想到自己已经沦落到要靠征婚这种机械、死板、数据式，可能还充满骗局的方式来解决个人问题的程度。但这时候我得承认，现实也许就是如此翻云覆雨地捉弄人。

在征婚广告中我把自己描绘成英俊潇洒、多才多艺、身材高大、拥有法学硕士文凭、富有责任感、懂生活情趣、对前途和事业充满信心的人。对于择偶对象的条件，我加了一点文学修辞：如水中荷花一般娴静美丽、灵巧、开朗、善解人意，硬件条件为大专以上学历，身材一米六以上，二十五岁以下。

大约两个星期以后，我开始陆续收到应征来信。这倒令我有点大喜过望，看来偌大的世界像我一样渴求婚姻归宿的人并不在少数。我凭感觉把那些包装得体而又条件优越的女孩来信归入第一类，并开始与她们约会。有时一天要连续见上二至三位。我专门准备了十几个问题，每次提问基本如出一辙，主要集中在工作情况、家庭状况、业余爱好及社交范围。当然，这样的见面都是以貌取人的。如果第一印象不佳，后面的一切就变成了形式。我一次次大失所望了，她们与我的想象不是差之毫厘，而是谬以千里。这真是对我的最大嘲讽和打击。这种单刀直入、犹如购买商品一样的见面形式，滑稽而效果不佳，它与爱情本身的浪漫美好简直是大相径庭。

就在我大失所望之际，应征来信中的一个信息又让人死灰复燃。她是一位大学英语老师，从照片上看，形象秀美，目光清澈。按以往的经验，有时相亲者表格上的照片与本人简直判若两人，不知这个英语教师是否名副其实。我还是抱着一线希望如约去见她。走在这个陌生的校园里，我对自己说，如果第一感觉不佳，不必在意礼数，就在十分钟内结束谈话，绝不对付，而且从此永远抛弃这种荒谬的相亲形式。

正是在英语系一间斜阳映照的办公室里，我认识了秋，一位在很长时间内我说不出感觉的女孩。她有着一张圆圆的典型川妹子的脸庞，眼睛很大很圆，却是单眼皮。我对她的第一印象说不上好坏，也就是稀松平常的感觉。由于未做过多想象，所以也没有什么对比反差。显然，她不如虹美丽，也似乎不如菲那样有灵气，也就是那种生活中随处可见的邻家女孩。她也一直在打量我，神情中含着一丝笑意，好像在打量一位冒冒失失的复试研究生。

"你为什么选择这个地方见面？我们又不是谈教学。"她并不是那种清高孤傲、能让人紧张不安的女孩，所以谈话开始得随意自然。

"来见我的人很多，女孩子应该谨慎一些。这难道不是初试的好地方吗？走吧，到我宿舍去吧！"

"我通过初试了？你看清楚了吗？万一我是骗子呢？"

"没关系，我有扫帚。"

她站起来了，她的身高符合我的标准。火红的裙装分外耀眼，脚上穿着黑色的高筒靴子。走路像舞蹈演员那样外八字，说话"N"和"L"不分。我开始说服自己，这个人不错了，还挑什么？你又不是什么名导演，没资格挑演员。但我还是忍不住挑她身上的不足：比如她虽然也是长发披肩，但远不如霄那样飘逸；她的圆脸形也许应该短发更好一些。我也知道这样像早市上挑肥拣瘦不好，却总是摆脱不了比较。从她的个人条件来看，绝非嫁不出去之人，估计也是落入心高气傲、"高不成低不就"的怪圈之中了。

我在她身后亦步亦趋地走着，其间碰到她的一些熟人，令我感到几分难堪。她则显得落落大方。下楼的时候，还碰到一位外教，那是一位青春勃发的美国少女。秋的英语相当流利，起码在我听来如此。

"你英语这么好，怎么不出国呢？"我问。

"我是学英语的，在国内算专长，去国外我就一无是处了。"

"你可以学其他专业嘛，比如社会学。"我的心头一震，这是虹学的专业。

"我还没有考虑过，一个女孩子独自在海外闯荡是很艰辛的。我还下不了这个决心。你呢，为什么不想出去？"

"我学习不好，出去怕跟不上。英语也不好，不会说，也听不懂。"

秋笑起来："谦虚了，我觉得你应该是很有奋斗精神、很有毅力的那种人。"

"你这么看？怎么看出来的？"

"从你的眼神，我觉得你比较忧郁，但你不甘平庸。你虽然还没有成功，但你一直在努力。"

"谢谢你的鼓励。从我小学毕业好像就很少听到这样的鼓励了。但是我努力就是为了成功，如果成功不了，你觉得我还会努力吗？"

"不努力怎么知道会不会成功？这大概算是一种悖论。"

"我已经越来越感到我的某种努力只是一个失败者可笑的自不量力。"

"你真坦率，第一次见女孩子就这样自我揭短。世上有许多人不会有什么辉煌，但他们巧妙地掩饰自己，你却毫不保留地讲给别人，尤其是女孩子。你不想给我留下一些好印象吗？"

"纸包不住火，迟早会暴露真相。你喜欢我欺骗你吗？你知道真相是无法掩饰的，难道你没有面对真相的勇气吗？"

"这个社会太不理想了。"

"改变对我的看法了吧？我也许比较残酷，但这是对你负责，早残酷比晚残酷对你的伤害要少一些。"

"我并没有改变对你的看法，其实我对你本来就没有什么看法。我对你还不了解嘛！但现在起码了解了一点，你不是一个圆滑的人，你对人还算真诚。"

"谢谢你恭维我。已经很久没有女孩子夸我了，不管是真还是假，我觉得挺受用但也挺不习惯的。不过我还是要提醒你，我绝对不是什么绩优股，我真的也许是一个永远努力却永远不会取得成功的那种人。"

"那有什么！这个世界上有几位天才！多数人只能属于平庸。不必太在意，态度才是最关键的。"

"看来你具有一个心理学家的潜质！你很豁达，你一直都是这样吗？还是因为这是第一次见面你想表现一下？对不起，开个玩笑。你的话让人轻松，你营造了一种轻松愉快的气氛，这很有利于我这种人表现出本质的一面。不过我有时真的是那种得过且过的人。我是说其实我很懒散，是一个很被动的人，是需要别人推动的那种人。我可不想主动吃苦。"

"没人会让你吃苦，只要你不去自找苦吃。现在又不是旧社会。"

走进她居住的筒子楼，外面炫目的阳光一下子消失不见了。楼道里漆黑一片，眼睛无法适应，好像得摸索着前进。我的手一下子碰到了她的长发，但本分地缩了回来。

她的宿舍有两张上下铺双人床，一张空着，另一张就是她的床。她请我坐到她的床上。

"这个房间只有我一个人。"她说，"同宿舍的那位到荷兰留学了，去了一年半了，回不回来还不知道。"

"如果你结婚，这房子大概会属于你吧！"我意识到这句话有点冒昧，但她好像并不在乎。

"应该在筒子楼分给我一间房，但并不一定在这里。"

"那还不错。你一个人住这里，害怕吗？"

"习惯了，我从中学开始住校，独立生活能力很强。"

她比我强，我想。

"你跟我想的不一样。"

"更好还是更坏？"

"你比我想象的年轻。"

"谢谢。不过，你不至于认为我比较幼稚吧！"

"见到你之前，我想，你不是特别杰出，就是有什么缺陷。"

"我是哪种？"

"现在还看不出你有什么缺陷。"

"我是属于有缺陷的那种人。"

"我可能也是，我们同病相怜。"

"那我们就是病友了。"

两人苦笑，她递过来一杯速溶果珍。我猛喝一口，水太烫，烫得我眼泪都要流出来。

"对不起，真的对不起，"她说，"我忘了提醒你。"

"你太客气了，你没有什么错。"她真是一个好人，我想。

我在她的房间里平静异常，一点也拘束不起来。她太平易近人了，她如果矜持一些，或许能令我有所作为——比如用一句灰色幽默的话语打破僵局什么的。但是现在我们一下子跨越了陌生的界线，把一个可能有趣的过程丢弃了。我们在半小时内熟悉地坐在一张床上，却好像什么也没有改变。我的手扣住床沿，与她近得可以摸到她的大腿，但我没有这种冲动。这个时候我觉得有点像七旬老人一点一滴地开始黄昏恋。

窗外的天色暗如山黛，可以听到学生们轻微的走动声。我们迅速跨过陌生，却因为熟悉而一时无话了，好像该说该聊的话题已经说尽。

"不然，我们一起去吃点东西吧！"她建议道，"学院内就有餐馆，比外面便宜。"

"不了，我得赶回去了，我家离这里太远了。"

"欢迎你再来玩！"她十分真诚地说。我的内心被触动了一下，或许我应该留下再坐一会儿，她毕竟是那种外地来京的孤独无助的女孩子，但是我们分别的手已经握在了一起。

"再见。"我说。

三天以后，两人再次相见。尽管初次见面没有留下什么特殊的感受，但从理智上也没有放弃她的理由。我说，走吧，我们一起去吃饭吧。她说，我已经买了菜，咱们自己做。我说，我可不会做。她莞尔一笑，那你就吃现成吧。

她把走廊里的煤油炉点着了，烧上一壶水，然后开始洗菜、切菜，动作相当麻利，一看就是持家过日子的好手。我想起半年之前我用同样的炉子给菲烧鱼吃的情景，那好像是很久以前的事了，回想起来竟变得温馨而美好。是的，我不得不承认，每个女孩子都各有各的不同，但是，真正能成为长久朋友的并不多，因为每个人的独特都会带来片面性。

我依然平静如常。在她的宿舍，调频立体声正在播放柴可夫斯基根据涅克拉索夫的诗创作的钢琴曲。琴声悠扬动听，给秋有些昏暗的室内荡出一种轻烟缭绕的梦幻气氛。这是一个深秋的傍晚，空气清凉，室内被音乐笼罩得十分肃静。我对这种气氛产生了缓缓而来的认同感，这也许就是生命中某些微妙难忘的时刻吧！我一下子想到若干年后二人一起在音乐声中，忙碌于晚饭的情景。

"我去食堂买点东西。"她像一个贤惠的妻子那样说。

"别那么麻烦，随便吃点，吃什么并不重要。"

"那不行，这可是你第一次来我这里吃饭，不能太怠慢。"

"那我们一起吧！"我想站起来。

"你坐着别动——你要是实在不好意思，就帮我剥两瓣蒜。"她风趣地做一个鬼脸。

我剥着蒜，重新回到音乐的世界中去，深挚动人的旋律让我的眼眶湿润起来。

她打饭回来了，眼睛很亮，我轻声地问："冷吗？你穿得太少。"

"我不怕冷。"她说，我看出她竟有些感动了。我们都是感情的赤贫儿，这么随意的问候都能带来彼此的温暖。

但是我们能够彼此解脱吗？我想起了刚刚过去的那个夏天，那种烦闷压抑的感觉令人无法排遣。生命的过程是变化无常的，有时，我似乎可以同时在五个人之间做出选择，有时却只能追思苦涩的回忆。

这种不合时宜的想法使得音乐声中的美妙瞬间消失了。

秋没有使我动心。她不是那种能让我精神激荡从而使我摆脱感情炼狱的人，她就像一个机缘巧合而与我凑在一起的普通同事和朋友。但是那些令我十分冲动的女孩最后不都是不欢而散了吗？梦幻的烟雾消失得如此之快，它简直让你无所适从。

我们面对面坐在一张书桌的两边，吃着丰盛的晚餐。她炒的菜很不错，地道的川味，色香味俱全，像极了我母亲的厨艺。我想，如果我们结婚，起码在饮食上不会有什么矛盾。有些夫妻可以因为生活习惯不同争吵一辈子，还可能离婚。不和谐的婚姻有时会把一点可怜的温情磨得一干二净。

在谈话中，发现了许多共同点，她从不吃早饭，我也是；我们都喜欢睡懒觉；她喜欢唱歌，我会演奏器乐；她喜欢在睡前喝一杯牛奶，我喜欢喝一杯凉水等等。

"你大概没谈过恋爱吧！"我忽然莫名其妙地问了这样一个问题，没想到这个问题刺伤了她，她的眼泪一下就要滚落出来。她控制住感情，正想向我倾诉。

"不，你以前的故事请不要告诉我，对不起，起码暂时先不要讲。"

"你害怕听伤心故事？"

"是，我害怕。"我没有正视她，我听到她还在抽泣。

房间里静得可以听到两人的呼吸，气氛压抑极了。

"你可以帮我学点外语吗？"

"没问题。"她擦一把眼泪，答应得十分爽快，"我正在给一个教师进修班上课，每周二、四晚都有课，等一会儿你就可以来听，我给你免费。"

72

她的课讲得不错，循循善诱，不厌其烦。好像天生就是做教师的材料。快结束的时候，她教大家唱一首圣诞歌曲。名字叫 *White Christmas*（《白色圣诞》）：

I'm dreaming of a White Christmas

Just like the ones I used to know

Where the tree tops glisten

And children listen

To hear sleigh bells in the snow.

I'm dreaming of a White Christmas

With every Christmas card I write

May your days be merry and bright

And may all your Christmases be white.

英语课在美妙的圣诞歌曲中结束。走到她的宿舍楼下，停电了。

她说："我有蜡烛。"

我说："太好了，到你的宿舍听你唱歌。"

两个人摸着黑走到她的宿舍，她摸索着寻找蜡烛，我就站在房间中间，有几次我们的身体碰到了一起，但并没有进一步的举动。这是两个人第三次见面。我知道，如果我更进一步，她应该不会反对。她似乎一直在无意间提供着某些机会，她对我并不设防。

淡淡的火苗映照着两个渴望着爱情的人。她随手一翻，翻到一首歌，叫 *I am going to your wedding*（《我打算参加你的婚礼》）唱得悲悲切切，我说失恋的歌就不唱了吧！她又唱《月亮河》《温柔地爱你》，最后唱《雪绒花》，我开始低声与她唱和，彼此唱得都不投入，我想起与虹在圆明园的暮霭中合唱这首歌的情景，我缓缓地停止了。

她换了一根蜡烛，我指着带给她的《逃跑的诗人》一书的手稿对她说："当时我花了整整三个月的时间写完它，完成的那天晚上，初稿却突然丢了。"我没有告诉她，稿子很可能是在送虹回她的住处时丢的。我的表情很平静，她看不出来。我与虹沿着自行车路一直打着手电寻找，终于一无所获，至今我还清楚地记得虹十分着急的模样。

"后来呢？"秋问。

"我重新开始写，但是与第一稿肯定不一样了。"我平静地说。

"还是音乐最好，是人最可靠的伙伴。"她忽然这样说。

"你从四川来京，是突然决定还是早有想法？"我想起她是 A 型血，虹也是 A 型血。

"我早就这么想。"她坚决地回答。

"你认为偶然性更重要还是必然性更重要？"

"必然性是偶然性的结果，偶然性是必然性的表现形式，偶然性为必然性开辟道路。"

"你看，我们两个真有意思，为什么聊这些形而上的东西？我觉得只有那种戴黑边眼镜、身材瘦小的小女生才会在这些问题上纠缠不清。我们怎么也该超脱一些吧！"

"不怪我，是你诱惑我。"

"但你也具备被诱惑的潜质。"

"都是些什么呀！像讨论房客与妓女。"

出门的时候，她举着蜡烛送我走过黑漆漆的走廊，我回身望着她被烛火映得分外明亮的面庞，"你就像一个修女。"我说。我没有加上"美丽"二字，我对她的恭维竟是如此吝啬。

"谢谢。"她笑得有几分凄楚。

我骑着自行车穿行在校园宁静的夜路上，晚风和朦胧的街灯从我身边掠过，好似我黯淡的心境。

午夜十二点钟，我忽然接到了陈宝根的电话，他让我带上手风琴，一起去郊外水库，说要让我浪漫一下。车开到我的家门口，是一辆面包车。车上还有他手下的两个助手，他的贴身女秘书没有来。车开到一家中日合资企业门口，他说还要等几个人。约莫半小时后，下夜班的女工从厂里出来，陈宝根叫住一个他认识的女孩子，然后又去叫另外几个匆匆而过的女工，我看见他们嘀嘀咕咕谈了很久。陈宝根挥手让车开过去。四个女工分散落座，车向郊外疾驰。

车上气氛顿时活跃起来，陈宝根已绝非当年向我讨教雕虫小技之人了，口若悬河，逗得女孩子哈哈大笑。我听到他们谈香港的美食、泰国鸡饭以及北欧风光、台湾歌星。我兴致不高，他们动作太快，像抢生意一般，把女工们拢到自己身边，然后把一个姿色最差的女孩子安排给我。我有一搭没一搭问了点工厂的情况以及她的业余爱好。我发现自己问的问题与约会见面时的问题一样，所不同的是我根本不在意她回答什么。她倒谈兴甚浓，也许是刚下班的缘故。

夜色凄迷，车在山间公路奔驰，空气清冽，田野一片宁静。陈宝根让司机放上情调钢琴曲，如水的旋律在车中弥漫。几分钟后，音乐戛然而止，传出男女做爱时发出的哼哼叽叽的声音。女工们掩住耳朵，哇哇怪叫起来。陈宝根等人则发出恶作剧之后的放肆大笑。他说："没关系，别担心，我们可都是纯洁的人。"他指着我又说，"别看我这位同学这么老成，他可连女孩子的手都没有摸过。"

车在一处寺院前的空地上停下来，陈宝根等人已经与女孩子勾肩搭背了。大家下车分散行动，陈宝根最后从车里出来。在此之前我听见车里好像有些响动，接着跟他在一起的女孩子冲了出来。陈宝根过来把我拉到一边："喂，随便点，我已经动手了，把她摸了个遍，还真不错，该长的地方都长得不错。你也放开点吧！你的钱我已替你付过了，你不玩可是白不玩。别当真，不需要你付出什么感情，你也没什么责任。"

"你忙你的，不用担心我。"

"喂，我说，别正人君子似的，倒显得我们跟流氓一样。"

"谁呀，不就是堕落呗，谁不会呀！"

"这叫游戏人生，别拘着了，抓紧吧！"

陈宝根不断地挤碰他身边的女孩子，像个醉鬼。当我们走近寺院的时候，山上一幢小屋突然闪出一束耀眼的手电光，照得我们一阵心慌。

"没事，关上手电吧，我们转一会儿就走。"

"请你们保持山门肃静！"大概是和尚的声音。

众人又去钻一处废弃的隧道。洞内原本有灯，待我们进去，灯突然熄灭了。女孩子们怪叫起来，洞内蚊子奇多，一张口，嘴里立时钻进一只蚊子。乱作一团的女孩子东躲西藏，我的手无意间摸到的一个女工的乳房。这一瞬间，突然有些冲动，想放肆一下自己的动物本能，但终于还是克制住了。

大家重新回到车上，陈宝根他们都在跟女孩们亲昵，我不想故作清高，却实在对身边的女孩提不起兴趣。

那女孩见我无动于衷，贴在我耳边对我说："你想怎么玩，打飞机行吗？"

这时，车里一位胖胖的女孩忽然大声宣布："咱们比赛，看哪位老公先出来。"

我对身边的女子说："你别忙乎了，挺累的，好好歇着吧！"

"这可是你说的啊？"女子挺不满地把身体扭向一边。

我点点头，闭上眼睛，睡去了。不想知道车内究竟发生了什么。

天蒙蒙亮时，我们已经转到另一处不知其名的寺庙。我不知他们为什么总在佛教圣地转悠，也许是因为这里人少？众人从车里下来，陈宝根一个人坐到驾驶室里，开着这辆能坐十二人的小客车在山道上东扭西拐。过一会儿，他也走下来，我递给他一罐啤酒，两人各靠着一棵松树，喝起来，啤酒在嘴中泛出淡淡的苦味，喝到胃里凉冰冰的。

"我真不是假清高，真不是。我只是一点情绪都没有。"

"行了，别解释了。我还不了解你？你不是清高，而是品位高。得，下回给你找个好点的。对了，背了半天琴，你还没有拉一曲呢！"

我到车里取出琴，在宁静的松林里拉了起来。幻想着听众中有一个心仪的女孩。陈宝根喊了一声好，就捂着肚子去上厕所了，那几个女工仍在附近疯闹……

清晨我刚回到家里，秋给我打来电话，她说星期四的课调到周末了，希望我别缺课。秋的声音使我感到异常亲切。

我望着一个美丽如花的小姐从身边擦肩而过，款款地落进一辆黑色的奔驰车内，对这个变幻的时代越发感到不可思议。我已经明明白白地感受到，我被这个时代无情地抛弃了，抛到了地平线以外。这个时代不可能按照我的想象而改变，而我的想象早已与时代格格不入。在这个社会里，我越发为自己的懦弱无能而自卑了。一无所成似乎注定是我的宿命。尽管我时时莫名其妙地因为冲动而跃跃欲试。

73

时代正在经历巨大的变迁，传统的观念和价值犹如年久失修正在逐渐剥落的墙皮。八十年代涌现的让人一惊一乍的新生事物已经令人见怪不怪了。人们开始关注那些能够带来实际效益和名声的东西。在九十年代初期，几乎所有人都在尝试经商。城市变得丰富而嘈杂，美丽的少女，外地愣头愣脑的打工者，老成持重的机关干部，都与商业发生着或隐或显的联系。经商下海已成了所有人憧憬不尽的生活追求。

这是一个冬季的暖日，正在修建的办公大楼和五颜六色的广告牌越来越把这个城市曾有的神秘而悠远的文明掩饰起来。我西装革履坐在出租汽车里，去参加一家部属国有大公司的面试。这家公司位于长安大街东端的巧克力大厦内。这是一座当时相当豪华的商业大厦，所有以往闻所未闻的商业奇迹都与这座大厦有关。

我拎着自己的西服衣角小心翼翼地从出租汽车里走出来，走进金碧辉煌的前厅，然后拐向侧面的电梯，上到二十二层，感觉仿佛走进了另一个世界。玻璃门窗内的公司显得静谧而温馨。不时传出来轻柔的电话铃声。偶尔走过的小姐们妩媚而高雅，在铺着地毯的悄无声息的过道里翩翩而行，这里展示着一种充满魅力的白领一族的生活模式。

这家公司的大厅和过道里挤满了参加面试的人。我在大厅一角找到一个位置，坐下来等候，有些手足无措。墙上的时钟嘀嗒作响，惊慌与不安伴随着对新生活的憧憬。

终于叫到我的名字。我惴惴不安地走进去，像接受审问一般坐在几个主考人的对面。奇怪的是没有一人向我提问，考官们居高临下地注视着我。这种沉默足有几分钟，搞得我更加紧张不安。我曾想站起来向男考官们递烟，被其中的一个胖子用手势制止住了。我只好坐回到位置上继续忍受他们的审视。我的腿像筛糠一样抖个不停，额头上沁出点点汗珠。后来才知是在等主考人。姗姗来迟的主考人四十岁上下，神态傲慢无比，看来是一个飞扬跋扈的老板。

"你是学什么的？"他吧嗒一下点上一支烟，劈头就问。

"国际关系。"

"国际关系？请你讲一讲今后国际关系格局的趋势和特点。简单一点讲呀，我们没时间听你上课。"

"我，这个，嗯，首先，和平与发展是时代主题……"

"别背报纸呀，谈谈你自己的见解。"

"嗯，我觉得一个国家最关键的还是要有实力。还有，嗯……一两句话说不清，总之……"

"好了，别说了，你的英语口语怎么样？学过电脑操作吗？"

"口语还行，电脑方面也上过课，能打字。"

"请你声音大一点，我耳朵有点背。再说一遍，你的英语怎么样？"

"还行。"

"能承担同声传译吗？"

"这个可能够呛，我没受过这方面训练。"

"你受过什么训练？"

"我自己文字方面受的训练多一些，觉得这方面的工作应该没有问题。"

"你是研究生毕业，啊？学历很高嘛！我不过是高中生，还是老三届的。但这什么也证明不了，会抄抄写写的人多得是，一抓一大把。"老板把烟蒂捻灭，重新点上一支烟，把手肘支在桌上。

"嗯——"老板沉思片刻，又问，"你有过三年的工作经验，是在学院的图书馆？"

"有一年是在基层的讲师团。"

"你为什么想到公司来？"

"我一直都没有离开过校园。我希望能在一个新的环境里改变自己，真正发挥自己的创造力。"

"哈哈，"主考官竟然大笑两声，"创造力，我们不是广告公司，不需要什么创造力。我们只需要会做贸易，能拿来钱的人。你能拉来贷款？你能找到货源吗？"

"刚开始可能不行，干一段应该没有问题吧！再说我可以边干边学。"

"学？有些东西恐怕不是学一学就能会的吧？"考官像是在问我，又像是设问。

"你指的是哪一方面？"我有点丈二和尚摸不着头脑。

"好了，就这样吧！"

"那……我什么时候再来？"

"你等消息吧！需要我们会通知你。"

整个面试只有主考一人说话，其他人一言不发。只是偶尔在纸上记上几笔。

临别，我起身满脸堆笑试图与主考握一握手，他瞥了我伸出的手一下，然后迅速地把脸转向另一方向："张秘书，叫下一个人。"

我简直不愿形容我因遭遇冷漠而出现的窘态，恨不能找个地缝钻进去。

关上门出来，我听见那位老板在说："以后初试把严点儿！不要什么人都放进来，像这样既无能力又无关系、看起来还牛哄哄的人，别再放进来，简直就是浪费时间。"

走出巧克力大厦，好似经历噩梦一场，很长时间都未从蒙受的羞辱中醒过神来。我望着一个美丽如花的小姐从身边擦肩而过，款款地落进一辆黑色的奔驰车内，对这个变幻的时代越发感到不可思议。我已经明明白白地感受到，我被这个时代无情地抛弃了，抛到了地平线以外。这个时代不可能按照我的想象而改变，而我的想象早已与时代格格不入。在这个社会里，我越发为自己的懦弱无能而自卑了。一无所成似乎注定是我的宿命，尽管我时时莫名其妙地因为冲动而跃跃欲试。

下午，从午睡中醒来，懒懒地躺在床上，伸出左手，仔细审视自己的手相，生命线比较长，事业线含糊不清，爱情线错综复杂。又拿出吉卜赛扑克算命。职业一项为：发挥与生俱来的才能，定能成功。运气为：远方有吉讯，谨防乐极生悲。对爱情的忠告是：追求欲强，但对方不接受，改善社交。

74

我去找秋，她的房门紧锁。等了二十多分钟，她才回来。彼此都有种亲切感。我试着接受她，并把她与我未来的生活联系起来。我越来越相信，她真的是我在最需要结婚的时候出现的最适合结婚的人。我们谈论各自的家庭和父母，谈论他们的性格、爱好、对待子女的态度。我谈到父亲那时望子成龙，每周都送我学琴的情景。我对秋说，如果有一天我做了父亲，都不一定能这样，他教会我一生受益的事情，现在他一定对我失望至极了。我还告诉秋其实我小时候还是聪明伶俐的，时常给人一种长大了会有出息的印象，没想到真长大了却变成了另一个人。最重要的是，无论时代如何变迁，我好像总是与时代格格不入。秋宽慰我说，你现在并不差呀！你为什么总是那么消沉呢？你好像根本不会笑一样。从我见到你的第一眼，就发现了你眼中深藏的忧郁。

我苦笑一声，然后做出一个夸张的忧郁神情："这应该是遗传。"我说，"从我母亲的经历我感觉到一个人能干、勤快不一定就会幸福，性格往往成为最大的悲剧。幸福对于许多人而言，不过是遥不可及的奢侈。"

"那并不是个人的悲剧，而是时代的悲剧。我母亲也一样，她们在骨子里摆脱不了一个动荡民族的忧患意识。"

我夸张地摇头："你不能把一切都推给客观。比如我，现在时代变了，而我的悲剧意识却一脉相承。你知道吗？出现在你面前的这个人就是北京人常说的那种最面的人，也是男人中最懦弱的那种。"

"我并不觉得你像自己说的那么差。"

"你对人太宽容了。跟你说吧，实际上女人瞧不起的男人的所有弱点我都有。"

"有些是可以改变的。"

"不，不要抱幻想，他可能改变一时，却无法改变一生。最终他还是自己。"

"从来就没有一个男人对我说过这种话。他们总是讲他们如何如何优秀，你从第一天就告诉我你有许多缺点。完全不像要与我谈恋爱的人，坦率得令人吃惊。你真的就不怕我对你印象变坏吗？"

"我怕，但是没有用。今天不告诉你，以后你也会自己知道。"

"你是不是遇到什么挫折了？你说过你这种血型的人很容易有挫折感，可以告诉我吗？"

"没有，我很早就没有所谓挫折感了。我一直就是这样。"

"我不信。"

"我不骗你。"

沉默，空气在我们中间凝固起来。我望着脸上泛着苦笑的秋不由涌起一阵歉疚，我不应该破坏我们的谈话气氛，不应该从一开始就让她感到压抑。她是完全无辜的。

我尽量调整自己的语气使之变得平和一些："我受家庭的影响比较大。我们家的气氛是一种矛盾的组合，父亲总是夸耀儿女突出的一面，而母亲则正相反。我在性格中继承母亲的成分居多。"

秋说，她有一个幸福的家庭，她最喜欢全家人坐在一起聊天的时刻，天南海北，无所不谈，那是她们家最放松的时候，开心极了。但是她母亲对她严厉无比，除了学习之外，不允许她发展任何爱好。所以学期末的时候，她除了领一张学业优异的奖状，便什么也没有了。她羡慕那些穿着漂亮的服装，在舞台上无忧无虑唱歌跳舞的小伙伴，而她却只能默默无闻地坐在舞台下面。

我们又聊到了文学。她竟然是研究英国作家劳伦斯的，她的硕士论文是《劳伦斯与〈儿子与情人〉》。她说，主人公有恋母情结，这对他未来的爱情生活产生了不利影响，他的爱情生活必须符合母亲的标准，而当他终于有了一个情人时，母亲却开始与他的恋人展开了对他的争夺。

我对她的讲述来了兴致。突然问她："你不是想知道我为什么失恋吗？"

"为什么？"

"你的文学研究启发了我。与虹分手后很长一段时间，我才想清楚了解她的心理。她从小缺少父母的关爱，一直与奶奶生活在一起。她十分渴望来自长辈般的呵护、怜爱与温情。渴望那种可以依靠的强大有力能够给她以精神支撑的东西。而我别说给予她父辈般的温情，连所谓平等的感情都无法给予她。在情感方面我一直是矮于她的。我渴望着她的给予，却不曾给予她所十分期待的超出她所能自我赋予的感情。我承认对虹的依恋中有着超出简单男女欢爱的东西。她说的没错，她对我的感情中有着一种母爱的成分，而我也十分陶醉于这种感情之中。或许我内心深处一直渴望着童年时我传统内向的父母很少给予我的那种呵护的温情。问题大概就出在这里，她给予了我童年缺少的母爱，而我呢，却没能够将她一直缺失的父母关爱补偿给她。人的情感是十分复杂的，虽然这并不如一种简单的相互交换那样易于换算，但在情感需求中的失落与遗憾终会反映在两人的关系中。而我却一直未能有效充当起一个男人的角色，更多担当与给予。我毫无察觉地总是渴望着躺在女性臂弯中的那种母爱，而使她们对男性的一次次期许落空。看来，我对角色的理解一直存在着极大的偏差，而我却没有能够意识到。"

"不至于那么复杂吧！我讲的不过是文学而已。"

"至于，真的至于。好的文学是对人性深刻的剖析和挖掘。"

"那你现在意识到了也是好事。"

"但愿吧！"

"你既然对文学对人性有兴趣，我们以后可以多聊聊。"

我重重地点头表示认可。同时想到，能找这样一位研究英国文学的人为妻应该是一件有意义的事。在如今的时代，还有几个人能够谈论文学呢！

她说，一聊起来就没完没了，我们还是先吃饭吧！我说，我去担水，你劈柴做饭。她笑了，说，咱们做四川担担面吧，反正你能吃辣的。

两人吃得满头大汗，不禁相对而笑。我又去开一个水果罐头，却把一根手指划破了。她找来创可贴替我包扎。这一时刻，也许应该有些溶溶之情产生吧！遗憾的是，她只像一个护士，而我只是一个疼痛的病人。

我提议到操场走走，她说，太冷不想去。于是又是一阵沉默，还是她继续文学的话题才打破了僵局："我喜欢劳伦斯的描写，文字优美，富有激情，包括性描写，你看过《查泰莱夫人的情人》吗？"

"看过，那是一本禁书。"

"性，对于中国人来说，太可怕、太沉重了。如果我的母亲知道我看这样的书，非打死我不可。可是我母亲这一生，有过劳伦斯描写的那种充满激情的生活吗？如果没有，那太可怜了。"

"不是每个人都会有那样的生活的。"我说。同时好奇地打量秋，她与一个男人可以单独谈论性的问题，却表现得一本正经，好像一位心理医生在讨论学术问题，把美丽丰富的情感活动解释为化学和物理反应。而且，刚才还在她的小书架上看到有一本《性爱知识大全》的厚书。

回过头来，发现她已随意地仰倒在床上了。她的头枕在被子上，双臂伸展，胸部起伏不定。我不知道这是对我的信任还是对我放纵的暗示。因为在我对她的感觉中，我觉得她应该是一个凛然正气的人，似乎别人吻她一下她都可能诉诸法庭。而她却又似乎一直在做着某些暗示。我一直不知突然吻她一下，她会是什么反应，这会是她的初吻吗？她会激烈反抗，继而失声痛哭吗？而现在她竟然可以毫无顾忌地摆出一个引我入怀的姿势，这令我颇费思虑。我无动于衷地望着她，好像看惯了女性裸体的妇科大夫。

她微微变换了一下姿势："对不起，我有点肚子疼。"

"要不要喝点热水？"

"不用，躺一下就好了。你替我把大灯关上。"

我照办了，黑暗的房间里一时间犹如午夜一般宁静。此刻，我已经读懂了她的暗示，却仍然显得无动于衷。她一定以为我是一个麻木不仁的家伙。床边的暗红色台灯缓缓地打出一片暗光。

"你显得真年轻，你应该找一个比你年轻许多的女孩子。"她慢条斯理地说，声音有气无力，"你真的谈过恋爱吗？我觉得你好像不懂得表达感情，好像也不珍惜感情。"

她已经坐了起来，双手随意地拢着头发。我坐在她对面的空床上，点上一支烟。

"从以往的经历中我一无所获。爱情是件易碎品，它是天然雕饰而成的。美好的爱情是那种命中注定一次成功的结合。打碎的东西无论以前多么精美，无论怎样修补都是无济于事的。我追求过，爱过，但什么也没有得到。我不相信自己，也不相信别人，你能让我相信吗？"

"那我们两人坐在这里还有什么意义呢？"

"我渴望爱你，无论从理智上，还是内心深处都是如此。我希望你能恢复我的信心，唤起我的激情，能让我重新感受到爱的力量。我确实是这么希望的。"

"我有这么大的力量吗？"

"我希望你能帮我，就像一个病人渴望医生的救治一样。"

我希望秋能打动我，能以她的温柔善良、体贴和善解人意真正打动我，希望她做一些让我意料不到然而又特别令我感动的事情，然而这是不可能的。这一切又陷入了深深烙印在我心目中的那个理想的虹的标准之中。她根本就不知如何做这些事，她太被动，她习惯于被人推崇，她的古板、自尊使她矜持而冷静。她只是浅尝辄止，她无法想象如何主动去感染别人。而现在的我却又只能期待被别人感动。

"我们还是唱歌吧！"她说，"圣诞节的时候，我要参加一个音乐会，我想演唱

《雪绒花》，你听听怎么样？"

她唱了一遍，我听着效果不佳。嗓音不干净，她似乎不太适合唱美声。我建议她改变嗓子发音，她说是音乐学院的老师让她把嗓子立起来的。教师合唱团的同事都说她唱得不错。我说，也许你改一下能唱得更好。她拒绝了，说已经习惯这么唱了。我又说，你的装束也可以改变一下，你是圆脸，完全可以剪成运动短发。她说，她必须留长发，她还要留辫子，一直到四十岁。她母亲就是这样。我说，你是一个很矛盾的人，一方面你认为你母亲古板，另一方面你又在不知不觉间继承她。她反问，难道你不是这样吗？

"从来就没有一个男士在我面前对我的打扮说三道四。"她说。

"也许只有我说的是实话，你难道只喜欢恭维吗？"

"但是，你为什么不可以学会适应别人呢？"

她说得对。我发现我一直把她当作一个小说人物了。像个评论者一样，站在旁观的位置上，冷静观察，细细分析，她与我的关系只是一个写作者和人物原型的关系，只不过两人都浑然不察而已。我在内心责怪她唤不起我的激情，是因为她不符合心目中我想象的标准。然而，更加深刻的原因在于，我是那种自私自恋，惯于等待和空想，却不去行动的人。

刚才说过，秋虽然不是我爱之心切的人，却应该是最适合与我结婚的人。这样，对待他人、对待初恋都可以有一个交代了。在我的意识中，我竭力提醒自己，要想办法打动她，在打动她的同时也打动自己。

75

给我介绍对象的人越来越多，有时一星期要安排两到三次，颇有些应接不暇。一个久未联系的讲师团同事小王打来电话，他在讲师团期间与女友一直闹着别扭，可是一回京就办了结婚证，幸福甜蜜至今。我在讲师团有时每天能够收到两封情书，现在却还是孑然一身。命运真是最好的导演，它总是把意想不到的结果呈现给你。寒暄几句，他便开宗明义地告诉我，打电话没别的事，就是想给我介绍对象。是他夫人的朋友。电话转给他夫人。她告诉我这个女孩的电话，让我自己打给对方。

电话中这位女孩的声音给我留下出乎意料的好感。她非常活跃，是个开朗的北京女孩，毫不做作，我被带动着活跃起来，这种感觉是我盼望已久的。她似乎在我面前刮过一阵轻风，这阵风之后是什么呢？是春天花朵的芳香吗？

中午，讲师团同学来电话，问："打了电话吗？"

"打了，聊得不错，不知见面如何。"

"人相当不错，但别求十全十美。"

"哪里哪里。实话说，我知道自己没那个资本。"

"也别破罐破摔呀！我觉得你们挺般配的，你可要认真对待呀。"

"老实说，到现在为止，别人介绍见过的女孩已经不下二十位了。个个说得天花乱坠，一见面，满不是那么回事，就跟演滑稽戏一般，都有点认真不起来了。"

"就怕你这样。好女孩也从你眼皮底下溜走了。好了，不多说了，你梳妆打扮吧！"

"这么郑重？"

"你得有这种精神，宁可错过一千，不能漏网一个。"

"谢谢你了，我该跟她说点什么？"

"还用我教吗？你久经沙场。"

"期望值越高，我就越紧张。"

"想聊什么聊什么呗！你兴趣那么广。实在没话，拣人家爱听的说还不会吗？跟女孩交往你应该有经验呀！"

"那可没有，我是个老实人，这你清楚。"

"是个好人。"

"也许太老实，才像今天这样。"

"总会有好结果。"

那快乐的声音不是来自心目中想象的女孩，见到她，我几乎不愿相认。只觉得又一个梦幻破碎了。命运和他人都在戏弄我，而且毫不留情。

她的脸上有着青春痘刚刚退去的痕迹。脸形很好，眼睛却极细极小。我上去招呼她，她似乎再不像电话中那样娇羞、俏皮、活跃了，但我们还是礼貌地聊起来。

"你显得挺面熟的，好像在哪儿见过。"她上来就说，说话无遮无挡。

"是吗？那是因为我长得大众，哪儿都能见到。"没有了印象好坏的负担，我有点敷衍了事。

"那不见得，你要是长得大众，我还不见得记得你，你长得还是有特点。"

"谢谢。不过我也不知道你是夸我还是贬我。不管怎么说，面熟好啊，省得咱们客套个没完。"

"你好像缺少点自信。"

"这就是你的不对了。年轻人不要轻易评价年长的人，容易犯错误。如果我是深沉，你没有读懂，倒显得你肤浅。"

"对不起，我可能是有点肤浅。不过你可能太谦虚了吧！"

"我那是自嘲。"我拖了长音，话音里夹着叹气。

"你去过什么地方？"她没感觉到我在应付。

"你应该问我没去过什么地方。"

"去过新疆吗？"

"还没有。"

"我去过。"她一拍手，颇为得意。

两人逛了地坛，庙会刚过，空无一人。她又问我是否还在写诗，我没有展开讲述，只说自己当时闲得无聊打发时光而已。我知道小王一定告诉了她我的情况。

她问我有几个兄妹，我说还有一个妹妹，已经快要结婚。

"是吗？那你怎么不着急？"

"着急，这是我当务之急。"

分手，我说："喜欢看电影吗？"

"喜欢，不过，我好像已经两年多没看一场电影了。"

"那就是不喜欢了！"

"那要看跟谁去看了！"

"跟我去行吗？"

"还可以吧！什么电影？"

"奥斯卡奖提名片，是投影，到时我给你打电话。"

票就揣在我口袋里，但我不打算跟她去看了。

回来的路上，挤在熙熙攘攘的乘地铁的人流中，我感到十分孤独寂寞。世界之大，生命之多，却怎么也无法碰到属于我的那一个。

无意间回头探望，忽然看到一双美丽的大眼睛。这是一位气质高雅的职业妇女。从外表看，像是新婚不久的少妇，脸上光泽红润，淡淡的眼影十分相宜。我不时绕开众多的人头，从对面的车窗上打量她映在玻璃上的形象。这时刚挤上车的一位高大的小伙儿把她的身影全挡住了。

即将到站之际，她向外挪动了一下，正好挪到我的前面。又一站到了，上来一些人。她跟我一下挨得更近了。她的背部几乎与我的前胸贴在了一起。我嗅到她长长的披肩发散发出的诱人芳香。我吊在扶杠上的手几乎要抚到她的肩头，这令我呼吸难以控制地急促起来，这样的局面还在持续，我心中涌起温暖心醉的冲动。我真想把这个美丽的人从后边紧紧抱住，揽在怀中。列车又停了下来。眼看着这个陌生的永远无法再度相逢的女人从我身边、从我的生活中永远离开。没有回眸一望，她的背影倏然消失在人丛中。

我无限惋惜走出地铁，还在凝神回味刚才短短几分钟的感受，但又不得不从想象中拉回来。错过，这就是我人生的主题吗？即使与我贴得如此之近，我也根本无从把握。

傍晚最后一缕阳光洒在匆忙奔走的人们身上。这是深秋，人们已开始穿上冬日的服装。

我看着那些打扮入时手拉手懒洋洋漫步回家的情侣，心里充满孤独成年男性的羡慕和想象。

我曾有过这样的时光：和恋人绕着城市的环形岛，携手而行，滔滔不绝的甜蜜的废话充斥在我们的交谈之中。那份特殊的幸福，那份并没有特别珍惜的青春岁月如今已是难求的梦。跟一个自己倾心爱恋的女孩子哪怕是一起散散步，都成了生活中的奢侈。

我坐在公园的长椅上，心仿佛被越来越浓的暮色所笼罩，只能在回忆和窥望中打发漫长沉闷的岁月。

76

爱情对我而言只剩下一些闪回的瞬间。

我坐在泳池畔，一条腿吊在水中，看那些身着五颜六色的泳装、曲线毕露的女孩在水中鱼儿一样游动，不禁有一种生活在生活之外的感觉。那些纯真动人的爱情故事变成了飞溅的细碎的水珠，不再能激起内心冲动的涟漪。寂寞苦闷仍如泛着漂白粉味的空气，挥之不去。

通常我认真游泳的时间不过十来分钟，其余时间大多坐在岸边，用贪婪但表面上若无其事的目光搜寻那些可以给我带来性想象的女孩。如果有必要，则下水在这样的女孩身边展示一下自己优美的蝶泳泳姿，以期引起她们的重视。男人跟动物世界中的雄性动物又有什么区别呢！

我喜欢潜泳，在散发着漂白粉味的深蓝色的水中，睁着布满血丝的眼睛看女人游动的身体和充满诱惑的两腿之间，常常会有性的冲动，想佯装偶然地碰她们或摸她们一下。从水底上来之后，又感到自己卑劣无耻。

有时，我希望泳池的女性都是一丝不挂的，总是无法抑制地想象她们泳装之内的胴体，想象她们脱去泳装之后在莲蓬头下淋浴的情景。我甚至多次产生过窥视女更衣室的邪念，并制定过详尽的方案。我已是一个有过真正的性体验的人，在跟菲分手之后快半年的时间，我没有与其他任何女性有过性接触，这使我对性的渴望欲发不可遏制——而泳池中那些欲露又遮的女人则构成了对我生活最大的诱惑。我常常梦想她们之中的一个人在我想象不出细节的家里赤裸着，充满温情地迎接我的归来。而表面上，我却愈加不露声色，把欲望包裹得严丝合缝，显现在人前的我总是那样一本正经、内向和羞怯。

游泳的人不算多。人们在划分开的泳道里兢兢业业地游动，或侧、或仰、或爬，水池的水已经几天没有清洗了，显得有些浑浊。影大概在靠北侧的泳道里，她一直默默无闻地游着，没有人注意到她。

我在岸边待的时间太长了，看看表，已快到结束的时间，于是想下水再游两圈就打道回府。我无意中跳下去的正好是影所在的泳道。

游到中间的时候，我感到身边有一个人正在拼力挣扎，好像要沉下去，便探起头来。看到一个女孩双手不断地拍打着，头随着身体下沉，也许是呛了水，好容易抬起头来，便猛力地咳嗽。我一把抓住她的胳膊，向上提了提，让她的头脱离水面。她重重地吸了口气，另一只手也一下子搭在了我的肩头。我腾出一只手来抱住她的身体——大概是碰到了她的臀部了，又忙把手向上移了移。另一只手划水和蹬水，两个人就这样一起靠向了岸边。我先爬上来，又拉住她的双手把她拽上来。

"怎么回事？你不会游泳呀？"

"会一点，但我今天游得太多了，大腿又抽了筋，实在游不动了。"

我让她坐在地上，伸直腿，然后用劲向上压她的脚掌。眼睛不由自主地盯到了她大腿之间的微微凸起处，但只是一瞬间的工夫就移开了。

"好了吗？"我问她，她微笑着点点头。我便伸手把她拉了起来。

清场的时候到了，没有什么人注意到我们刚才惊险的场面，或许人们还以为我们两人是一对儿呢！

"真谢谢你了！不是你救我，我可能就牺牲了。"她有着微胖的椭圆脸庞，表情开朗。

"没事儿，泳场里这么多人，不会有危险，我只不过是赶上了，搭把手。你是一个人来的？"

"本来我一直是跟一个同学一起来，她今天有事来不了，只好自己来了。"

"你是学生？哪个学校的？"

"音乐学院。"

"什么？"

"你是不是觉得我长得太老，不像学生？"

"不是不是，我只是有点好奇。你学什么？"

"我是钢琴系的。"

"太高雅了，我以前想考音乐学院，但没考上，我是学手风琴的。"

"是吗？那你是多艺多才了，你游泳游得好，还会拉琴。"

"你怎么知道我游得好？"

"因为你会蝶泳，全场里没有几个会游蝶泳，游得真棒。"

"当你教练，行吗？"

"那太好了！"

"就这么定了，我教你游泳，你教我音乐，彼此就不用付学费了。"

"糟了，快去更衣室吧！大概要没有热水了。"

"好，十分钟后我在外面等你。"

影光着脚丫，蹑手蹑脚沿着湿漉漉的池岸跑了。她的个头适中、丰满，甚至可以说微胖。她有着中国女孩少有的饱满的胸脯。从她离去的背影看到泳装掩饰不住的一片白皙的臀部。

从此，在我孤寂的生活中多了一个女孩，这使我有时显得有点疲于应付。

有一天，影让我去取电影《莫扎特》的门票，说为了答谢我的救命之恩，她决定把欣赏音乐天才的机会让给我。而这一天正是我应该与秋见面的日子。

走进音乐学院，听到琴房传出宛如潺潺流水般的钢琴声，心情随之微微颤动起来，幻想我从雨中回来，听到家中妻子的钢琴声那样一种浪漫情调。这时候我想，找一位音乐学院钢琴系的学生为妻应该是一种美事吧！何况我还懂点音乐。

影却不在宿舍，开门的是一位气质出众、漂亮照人的女孩。她穿着粉红色的毛衣，黑呢裙子，浑身上下洋溢着灵秀之气。我问她影到哪儿去了，她稍带口音，但说话温柔甜美。

"影？她大概到男朋友那儿去了，你是不是来取电影票的？"

我说是。

"那你到音乐厅等她吧！她等一会儿会去找你。"

影有男朋友？其实早该想到，一个大三的音乐学院女生会没有男朋友？但我还是难免生出一丝遗憾和不平。这真是奇怪而幼稚的情绪！难道天底下所有可人的美女都应该单着身等着我挑选才对？

大厅里，器乐系二年级的学生正在进行期中考试，每人一曲。我坐在空荡荡的观众席上听得津津有味，其实也听不出什么名堂。到了音乐学院，我那点幼时学过的音乐技能简直不值一提，但这个附庸风雅的机会还是让我获得了心理上的满足。不一会儿，影悄悄地进来，坐到我身边。她的嘴唇红艳艳的，像是涂了口红。再不是上次在游泳馆嘴唇冻得发紫的女孩了。

我们聊了几句，约好了下次游泳的时间。想到她已经情有所属，我忽然感到失落万分，好像一个美梦还未开始就结束了。

我怀揣着影送给我的电影票，迎着深秋的大风和细雨骑车向另一所大学奔去。

秋天的落叶在路面上飞旋。空中飘浮的叶子有时会碰到脸上。我不知道在秋天这样的夜晚四处奔跑的日子还会持续多久。

秋正在温暖宜人的大礼堂排演教师大合唱，歌曲优美而凝重，犹如圣歌。我一进去看到身着绿毛衣的秋的背影，便安心地坐下来，直到她们练唱完毕。我发现秋的脸色发黑，不像上回讲课时那样湿润光泽。我并没有多问一句以表示关心。我愈加意识到，其实我来看她，只是觉得应该如此，并没有多少感情因素。

我送她回宿舍，聊到了嘉陵江和江上的汽轮。我告诉她，1986 年，我在重庆待过一天，然后乘船去了三峡，重庆的夜景和江上的汽笛宛如梦境，让人无法忘怀。那是我青春时节第一次远游。

"你一个人吗？"

"嗯，对啊对啊，是我一个人。有时候一个人旅游挺有意思的。你也可以试试。"我有意隐去了我的同游人，是我不想再陷入那段回忆。

"1986 年，那时候我还在上高中，正在准备高考。"她说。

"是啊是啊！那已经是很久以前的事情了。"我感叹道。

到了秋的宿舍门口，"护花使者的任务完成了。"我说。

"你骑那么远的路，就只是为了送我回宿舍吗？上去喝杯水也好嘛！"

"不了不了，明天还有事情。谢谢你的好意！"在今天这个夜晚，我实在没心思在她这里久留了。

忽然想起了去找影的时候，那个开门的女孩。她是那么美，美得让人过目不忘。为什么美丽的令人心动的女孩总是那样陌生，那样远离我的生活呢？

我曾想放弃与影一起游泳的计划，转念一想，自己是不是太狭窄太功利了？影是一个可爱的、懂音乐的女孩，与她交个朋友、与她交往一下又有什么关系呢？

第二次一起游泳的时候，两人都显得快乐异常，我拉着她的手一次又一次潜到深水区的池底，我向她吐水泡，做怪相，并在水底与她说话，像个外星人一般。有一回，我还冒失地试图吻她的嘴唇，她躲开了，躲得并不坚决，只是呛了一口水。

她说，想不到挺深沉的一个人也挺能闹。

"你认为我深沉吗？"

"也许是沉重吧！好像背着一个十字架的教徒。"

"搞音乐的人就是敏感，其实我肤浅得很！凡夫俗子一个。"

游毕，我请她到游泳馆附近的一家餐馆去吃朝鲜烧烤，要了一些鱼和狗肉。

"你得急人所急呀！"我吃一块狗肉，"我都快三十岁了，还是孑然一身。父母为我的个人问题都快急白了头。"

"我不明白你干吗着急，你显得这么年轻，也就二十四五岁。"

"你大概以为我爱听这种话？"

"难道你不爱听？"

"当然爱听。有一回，我参加学校迎新舞会，我问一个女生'你是哪届的？'，'91届。'她说，'你是哪届的？''81届的。'当时说完，我挺自豪。她怯生生地问：'你是老师吧，我还以为你是学生呢！'这句话又令我失望。"

"你是不是爱好写东西？"她打断我的叙述。

"想写，我想毫不掩饰地把这些年我的所思所想倾诉出来，可如果是那样，我担心没有多少人会感兴趣。"

"还没写，怎么知道别人没兴趣？"

"你喜欢什么样的小说？"

她笑笑，没说话。我知道，她根本不喜欢小说，根本没时间读。她大概是实践派，不需他人的故事来满足想象。

过一会儿，她说："你应该写，不过，写的时候会很枯燥。"

"那倒不怕，你看过《毕加索和他的情人》吧？大师的杰作，也是一天天枯燥地搬石头、运石头、雕石头塑成的。"

"我想买一条狗给上海的亲戚。"她又一次打断我。她大概对我这些应该写给传统的青年杂志的话语不感兴趣。这令我很有挫折感。

"我给你介绍一个朋友吧！"她狡黠地笑笑，"一米六二，大学在校生，家庭不错，独女，长得嘛，跟我差不多，有时戴眼镜。"

"我不喜欢戴眼镜的女孩。"我毫不迟疑地冒出一句。

"你真坦率。"她说，"我也是近视。"

"噢，那对不起。"

"我感觉你骨子里其实是一个很温情的人，所以浮躁，只是因为你没调整好自己的心理。"

"你看得挺准。"

"你有点像《飘》那部电影里，斯嘉丽一生梦寐以求而没有得到的艾希礼。"

"那不过是一种误解，艾希礼与她并不合适。至于我简直就是平庸至极。"

"你又自嘲。你怎么总是自嘲？在女孩面前不应该这样。"

"我在内心渴望自己具有高贵的品格，不是孤僻与清高，是那种能够应付各种事件，具有感染力，而又不致妥协与同流合污，可是我骨子里却埋藏着深深的自卑和劣根性。"

"你真该写书。"

"也只能写书了。"

77

一个感觉起来懒洋洋的秋天的周日，我去找秋。在她的宿舍门口，碰到一位戴黑边眼镜、拎着一袋元宵的小伙子。两人都显得诧异，彼此上下打量一番。

"你找谁？"他说。

"你找谁？"我反问。

他指了指秋的房门。

"看来我们找的是同一个人。"我说，又去重重地敲她的房门。

"别敲了，她不在，我已经等了半个小时了，"他蔫蔫地说，"你是哪个单位的？"

"有必要告诉你吗？"我显得毫不客气。

"爱说不说！我还懒得知道。"他很不悦地把脸扭向一边。

"秋让我四点来，你跟她约好了吗？"

他点点头。

"不可能吧！这样吧！你在这儿等，我去找她。"

说完我骑车去了秋的办公室。我想她大概是打长途去了，她母亲近日要来看她。办公室无人，我又迅速折回来，秋与这位戴眼镜的男士已经坐在房间中，门大开着。

秋把他介绍给我，我说已经见过面了。

"他是一个画家，在全国比赛中获过奖。"

"你是画国画还是画油画？"我问画家。

"国画。"

"国画都是上了年龄的人喜欢的东西，你也喜欢？"

"他是画山水的。"秋介绍说。

"山水画跟油画在表现力方面根本就没法比，你看看列宾的油画风景，再看国画，无论色彩还是立体感，国画都要大为逊色。现在一些青年的国画师都急着改学油画。"

"我觉得国画、油画都挺好的。"秋说。"你别介意。"秋对画家说。

"没关系，你这位朋友不懂艺术，没关系的。"

"国画也叫艺术吗？"我变得越发偏激了。画家正要申辩，我说，"好了，你们接着聊艺术，看来我得告辞了。"

"别走嘛！"秋说。

"那还是我先走一步吧！这袋元宵给你，晚上你们不用再买别的东西了，煮元宵吃吧！"

"都别走。"秋说，"我们一起吃晚饭，然后一起去跳舞。"

秋在玩游戏，她是想刺激我，还是刺激他？玩就玩呗，我什么爱情游戏没经历过？！这个画家比我还贫酸迂腐，我怕什么？

三个人同去舞场。画家当仁不让："秋，我请你跳第一支舞，按先来后到也应该这样。"

"没关系，第二、第三支也归你跳，只是别跳成秧歌就行。"

秋笑得合不拢嘴，然后又说："别这样，等一会儿，我陪你跳。"

"无所谓，真的无所谓，我根本就不爱跳舞，也不会跳。"

"那你就好好学着点吧！"画家拉着秋进舞池，没忘记找补一句。

我一个人坐在凳子上吞云吐雾，心里空虚异常。秋在舞池里跳得十分活跃，时而展臂引颈，时而摆脱男伴，独自旋舞。然而，她的蹁跹舞姿，在我的眼中，却不如菲那样的女孩跳得灵巧，而且，一向严谨拘束的她忽然放开手脚反而让人不太适应。

秋挥着原本披在肩头的红色方巾向我走来："下一支请你跳，行吗？"

"歇一歇，怪累的。"我说，同时看见画家也跟着走了过来。

又一支曲子响起，很快有几位男士来请她，她都拒绝了。画家又来请，她也摇了摇头。这令画家好不难堪，到一旁抽烟去了。

"看得出，他很喜欢你。"我平静地说。

"喜欢我的人很多，我只想知道你喜欢不喜欢。"秋擦拭着脸上的汗水，目光炯炯地看着我，"也许是你太与众不同了，你跟所有我认识的男士都不一样。"

"也许是我太消沉了。"

"这反而成了你吸引人的地方。"

"你最好不要上当。"

又一支曲子响起，是宫廷华尔兹。施特劳斯圆舞曲的华丽、典雅带给人贵族之梦。我曾幻想有这样一场婚礼：我身着西式燕尾服，与天使般穿着白色婚纱的美丽新娘一步一步走入舞池的中央，空中飘飞着彩屑。四周是欢呼祝福的人群，在这天，我成了真正的绅士和受人尊崇的新郎。这个婚礼的场面曾在虹给我的信件中描述过，但那已经是遥远的往事了。现在，我想象中的新娘变成了音乐学院那个倚门而立、温情甜美的女生。

然而，现实与梦想是遥远的，远得永远无法企及，现实永远是梦想悲伤的帷幕。

"我们跳吧！我们要成为今日舞会中最引人注目的一对。"秋充满幻想地说。

"跳吧！尽情地跳吧！"我迎合道。

在另一个周末，我和秋一人啃着一个红香蕉苹果在她的宿舍边吃边聊。画家又来了。大家一块儿闲聊，然后分别去打饭、打水。我对秋说，现在你这里成了一处风景旅游胜地了。

吃完饭，秋出去一会儿。画家对我说："我等会儿想听听她的课，然后跟她说点儿事。"

"没问题，我在她宿舍等她下课。"我站起来蹽了两步，突然问他，"你想说什么事，我可以知道吗？"

他嗫嚅了半天，没说话。

"对不起，有一件事必须告诉你。今天下午我们谈了一下午，明确了两人间的关系，不过，你也许想谈点别的？"我竟然还想到要先声夺人。

"对、对，我想聊点事业上的事，我想请她翻译……"

"没关系，我女朋友英语很好，而且乐于助人。"

这时秋进来，我说："他要同你谈点事情，我先回避一下。"

五分钟之后，我上来，画家笑嘻嘻地说："也没有别的事情。"

"没有别的事情，那我们今晚就让她好好休息，她太累了。"

"秋，对不起，那今天你的课我就不去听了。"

我哑然失笑。

画家走了，我提醒秋，他是一个真诚的人，秋没有说话。

忽然间，我预感到这个人将会是秋的丈夫，而我无非是秋生活中的过客而已。我对秋，没有爱，只有所谓对生活的义务。在这样的义务中没有浪漫，难以闪现爱的火花。

"我还是有一点欣赏你的。"秋说，"你身上有一些独特的气质。也许是你曾经写诗的缘故。"

虹在分别时刻对我说，"找一个欣赏你的人会使你更有信心。"——虹从未欣赏过我，她使我消沉自卑。我欣赏的人离我而去，欣赏我的人却无法使我恢复自信。

生活其实就是这样沉重而无奈。

我对秋说："以前的经历使我改变了两种想法。一、没有一劳永逸之事，以前总奢望短暂的艰辛换来永久的幸福。后来我发现，几乎没有什么事可以带来一劳永逸的结果，包括爱情。二、作为男人，永远要有自己的事业，原来我太感性，以为只要以她为中心，奉献所有的时间和精力，就可以得到我所希望的一切。可是我错了，男人没有了他为之自豪的事业，也就丧失了个性和魅力，最终会失去一切。"

从秋那里告辞之后，我如约到华侨宾馆听影弹钢琴。来这里之前，我将此事告诉给陈宝根。他欣然表示要为我当一回高参，并说我的事就是他的事，我的老婆就等于是他的老婆。

78

这是华侨宾馆顶层一处临街的酒吧，面积不小，足有三百多平方米。酒吧是按心形布局排列的，一架熠熠闪亮的三角钢琴置于心形正上方，心脏中央一处彩灯喷泉快活地喷涌着。

我要了一杯冰镇橙汁，坐在离钢琴不远处的一张圆形沙发上。七点钟左右，客人陆续前来，从言谈举止看，多是些商人，还有些喜欢与商人交往的女士小姐。我极少光顾这类场所，感觉有些局促不安。

影从休息室走出来，穿着黑色丝绒套裙，袖摆和领边的白色饰物在暗光下闪闪发亮。这身装扮使她比平日的随意闲散显得庄重成熟许多。她没有看见我，径直走到钢琴边坐下。一串如行云流水般的琴音从她手下滑出。静谧的酒吧悠悠荡漾起克莱德曼轻音乐的美妙旋律。

在她弹琴的间隙，我向她挥挥手，她微笑着冲我点点头，算是打了招呼。坐在钢琴旁边的影与泳池中真是判若两人。

我转动着手中的橙汁杯，沉浸在对影的想象之中……

不知过了多久，钢琴旁边出现一位亭亭玉立的少女，一袭红色的连衣裙将她的身材映衬得如同动人的火苗。连衣裙开口较低，露出少女洁白如藕的肩胛，开口四周布满盛开的花朵。少女的脸庞微微倾斜，下腭轻轻地夹住一把提琴，右臂优雅地挥弓，白皙的手指在弦上精巧地跳动。如怨如诉的旋律在钢琴的辉映下将人们带到遥远迷人的月色海滩。

拉琴的少女如醉如痴地沉浸在音乐的律动之中。她美丽的面庞在一缕光线照射之下，宛如黑夜中的一朵睡莲。

这就是那天在影的宿舍为我开门的女孩！那一日短短几分钟的谋面竟是那样深刻而清晰，连对话中的每一个句子，连同讲述这些话语的语调都不曾忘怀，重现脑际时还是那般甜蜜。

如今这位演奏出天籁之音的女乐手竟站在咫尺之地，她拉琴的优雅丽姿就是一幅令人过目不忘、久不褪色的名画。

我在凝望她的第一刻便陷入无可奈何的痴恋狂潮之中，这是那种甜蜜和忧伤交织不辍的感受，细细密密，渗透入心。我知道，无法遏制的苦痛又开始折磨我了。

此刻，所有的音乐旋律，无论欢悦、激昂、惊喜，还是凄婉、缠绵、哀伤，对我而言都成了相思恋曲。

我盼望着休息时刻的来临，又夹带着阵阵恐惧。

灯光骤亮，影带着提琴女一起向我走来。我惊慌地站起身，这一刻我竟以为是现实与梦境的重叠。我竭力掩饰着自己激动不安的神情，听到影说，这个令人过目难忘的女孩叫覃。

"我，我去给你们叫饮料。"我故作镇定地说。

"没关系，我们自己来，我们喝饮料是免费的，你要什么？"影开始问覃。

"酒。"覃轻轻地吐出一个字。

"我也是。两杯威士忌，加冰！"影叫来侍者。

"刚才的曲子真好听，是什么曲子？"我想引出话题。

影指一下覃："让她说！"

"这个曲子叫《纪念曲》，是捷克小提琴家德尔德拉的作品。某日，他去访问一个友人，经过舒伯特的墓地，想起这个不朽的作曲家生前却默默无闻，于是在脑海中浮现出一段追忆的旋律，他没有带纸无法记录，只好把旋律记在电车票上了，表达的是追忆怀念之情。"

"好一个纪念曲，款款深情呀！"

"怎么，勾起你的回忆了？"影半开玩笑道。

"哪里哪里，只是触曲生情罢了。"

"面由心生，文老师一看就是有着难忘记忆的人。"覃的话如此老到，又透着沧桑感。

"我……"

"他可是我的救命恩人。"影打断我们的对话，"没有他，我可能就跟音乐永别了，也好，那就再也不用练琴了。"影向覃这样介绍着。

"是吗！那么严重？"覃睁大眼睛。她有着一双楚楚动人会说话的眼睛。

"没那么严重，只是我一直苦闷得无聊，想认个学生，便在水中抓住了她。"我想幽默一下，但慌得有些结结巴巴。说话的时候甚至不敢看她。

"你一定技术不错。"覃赞扬道。

"马马虎虎，淹不死而已。"我觉得脸上的表情都僵住了，脸色倒是微微泛红。

"他会蝶泳，游起来像只海豚。"

"只要不是海狗就好。"

众人一笑，三人举杯，她们两人开始喝鸡尾酒。

"对不起，我得过去一下，那边两个韩国人请我。"覃对我们说。

"去吧！"影说，并亲热地揽一下她的肩膀。

这时，陈宝根和他的秘书来了，大家围坐一桌，谈笑风生。

影问我们想听什么曲子，我说，你随意吧，我们听不懂。影又坐到锃亮的钢琴前。

陈宝根说："这个地方不错，幽雅宁静，还有背景音乐，以后可以带客户来。"

我的目光不由自主地望向罩，她正与韩国商人轻声低语，我的内心掠起一阵忧伤。

影一曲弹完，坐回到酒桌旁，我们齐声鼓掌，却不知她弹的什么。

"以后你们做我公司的推销员吧！"陈宝根说。

"我们可还是学生呢！"影说。

"我并不需要你们做什么，你们只要在演出时穿我公司的服装就行。"

"我们现在的广告影响太小。这样吧！我毕业时想办一次独奏音乐会，在音乐厅，我为你做广告，你赞助，行吗？"

"没问题，到时候电话通知就可以。"

"到时候，电话怕是找不到你的了。"

"怎么会，你是科班出身，又有名气，演出一定可以赢利。"

"我没什么名气，办独奏音乐会只是我少年时代的梦想，我不想为钱而演出。"

"可是办音乐会却需要钱。"陈宝根提醒她。

"到时我们都会尽力帮你。"我脱口而出，无非是想赢得罩的关注。其实心虚得很，我能帮助影什么呢？或许不过是写几句广告词吧。

"谢谢。"影说，"我会去找你，什么时候还没定。"

"那我天天等你，可以等一年。"

"一年太短了，要一辈子。"

"那可等不起。"

罩又回到我们中间。她就坐在我旁边的座位上，我依然摆脱不了对她的紧张感，竭力掩饰着自己内心的惊慌。脖子挺着，双手摊在两腿上，眼望前方，旁若无人似的。

陈宝根对罩说："你喜欢什么？喜欢游泳吗？他可是游泳高手，拿过比赛铜牌。"

"我想学开车。"罩显出率真。

"没问题，可以用我的车学。"末了，陈宝根又补充道，"我可以教你怎么出事。"

"听说崔健正在举办演唱会，你们有没有兴趣？"陈宝根又引出新话题。

"我喜欢崔健。"罩说。

"文，怎么样？你去排队买一买票？"

"再说吧！"我懒懒地说。我不太喜欢他在女生面前对我的居高临下，尤其是当着罩的面。

"那这样吧，我负责搞票，搞到票，我就给你们打电话，到时我们大家一起去掺和掺和。"陈宝根说。

她们表演结束时，陈宝根的秘书开车送她们回家。覃坐在副驾驶位，看他开车。她对开车果真着迷不已。

影说："真够麻烦你们的。"

"能送你们，我们荣幸之至。"我说。

"你就会挖苦人。"

"我真不会赞扬人，从小就不会，一赞扬就跟挖苦似的，其实我真是一个真诚的人。"

我望着窗外一掠而过的城市夜景，灯火阑珊，如诗如梦。脑海中默想着一个锥心刺骨的问题，怎么才能赢得覃的芳心？

她不是那种会被痴情打动的人，也许装出一副无心插柳的样子反而可能弄假成真。理智想来，覃真不是那种可以为妻的女孩，心高气傲，活动范围又广，想学车，渴望刺激，毕业后要做环球旅游，现在的月收入已近千元。我怎么比？拿什么比？我所想的无非是不分寒暑、秋冬爬格子，挣辛劳钱，满足生存和想象。然而，对我而言，这些理智的想法抵挡不住她的一个微笑，一个随意的亲切问候。这就是悲剧的根源，就是我一错再错的症结所在。

我对自己还不了解吗？缺乏勇气，没有魄力，怕吃苦，能力、体力、毅力均不足，人际交往乏术，我还能干成什么？

陈宝根将嘴贴在我耳边问："你想追谁？弹钢琴的还是拉提琴的？"

"应该是拉提琴的。"

"那你怎么这么冷漠？玩个性？"

"我不是故意的，我……我太……"

接着陈宝根相当城府地告诫说："你小子当年的舍我其谁、意气风发都被狗吃了？不过，别怪我没提醒你。追她，你小子难度很大。"五年前第一次追虹的那个晚上，陈宝根也是这么告诫我的。这是吉兆吗？

其实，这是一个尚未开始就注定没有美满结局的故事。我可以清楚地想象失恋那一刻的情景。一人走在炎阳下的大街上，身心交瘁，几近昏厥。我住进了医院，亲人们在床边不停地指责，太不现实了，还要糊涂到何时？

是啊，我究竟为了什么？

然而，我却在时刻渴盼着崔健演唱音乐会的到来。

我迫不及待给陈宝根打电话询问演唱会票的情况，他说票比较难搞，对方还未给他回音。又说，一百五十元一张票，崔健又发一笔。

"真够贵的！"我感叹。

陈宝根在电话那头哈哈大笑："没关系，我赞助你。"

"那倒不需要，只要搞到票就行，不惜代价。"

"行，看来你的人生第二春来临了。"

我该怎么办？

神情有些恍惚，幻想着一种完全没有可能的情况发生——罩给我打来电话，但这几乎等于妄想。我的思绪纷乱如麻。下午的时候，秋曾打来电话，我推说天气太冷，无法践约了。

我丝毫没有因不能与她相见而懊悔，我的心已完全被另一个人占满。当我与秋的感情正在按部就班向前迈进的时候，一个突如其来的女孩将我冲得晕头转向，一切由理智做出的决定骤然间烟消云散了。

夜深人静，我一次次回味着罩在酒吧拉琴时的甜美神情。我发现自己对她的感情是那样深挚隽永，发乎于情，难以抑制。当这种令人心碎的爱袭遍全身的时候，便是那种令人昏厥的感受。

我曾在过去与现实之间徘徊，如今又在冲动与理智之间游移，而我又曾作为第三者，被别人选择又排斥。我的情感与理智始终无法协调，这便是我的宿命。

爱得愈深，愈加自责。在我意识深处，越是我喜欢的东西，越是没有能力得到。

理智在我耳畔轰鸣：罩是不真实的，她只是一个无法捉摸的幻影。这一切却是那样无济于事。我一遍遍执拗地反问自己：为什么美和浪漫对于我就那么不真实？

我多么想接近罩，接近她灵巧的手指，接近她温暖的呼吸，接近她芳香的头发。哪怕是一点点前移也行。我可以抛却学业，抛弃平淡无奇的生活，为她改头换面，重新做人，只为换取她爱的丝丝照拂。

我的脑际纷乱如麻，几近崩溃了！心里头就像期待判决那样期待着一个结果，以便尽快摆脱这种相思之苦。

79

影的突然来临令我颇感意外。我不明白她的用意，她大概是有话要说，却总是欲言又止。我拿出一盘《日瓦戈医生》的电影录像带请她看。房间里的气氛相当沉闷，好像谁也无法走入影片的规定情境。我起身到走廊里徘徊一阵，又若无其事地回来。我一直在等一个电话，这个电话关系到我今天晚上是否能见到罩。不一会儿，我期望的陈宝根的电话来了，他对我说演唱会的票没有搞到，这意味着我无法在两天内见到日夜思念的人。

我给影递过去一杯橙汁，尽量掩饰着内心失落和焦躁不安的情绪。我说，今天去游泳吗？她说，今天不去了，改日吧！语气平平，显得兴致不高。我佯装没在意说，也好。两人又开始心不在焉地看录像。然而，我的内心却在呼喊，不，决不能再等待了！哪怕一天也不行，哪怕一分钟也不行。我一下子来了冲动，变得从未有过的果断。我决定给覃打电话，约她同赴演唱会现场，等退票或买黑市票也要进去。

"我想给覃打电话。"我终于忍不住对影说。

影笑盈盈的，与她往日的笑大不相同："你打吧！"

电话刚一接通，影就夺了过去。对面是一个男生，说覃上课去了，我说，没关系，回头再打。

"这样吧，我们三人一起去等退票吧！"

"不行，我去不了，还要到学生家里去上课。"

"去吧！课往后推一推。你不去，她也不会去了。"话一出口，我意识到这句话说得糟糕透了，我显然是让影当陪衬。

影沉默半晌，说："你晚上来吧！我一定让覃在宿舍等你。"

"那谢谢你了，回头我请客。"

"不用了，覃特别想看这个演唱会。"影轻声说。

我送她上车站。车来了，我说，再等一辆吧！她说，不等了。以往我们游泳归来，总是要聊一阵，连过好几辆车，她才走。现在大家心里都意识到什么，却谁也难以明说。

她坐在最后一排，临开车时说，要去中关村伯伯处，我猜测她是去男朋友那儿了。

晚上，我去音乐学院找覃。一路上充满对覃的思念。这种思念使我感到生活的温馨和甜蜜，尽管夹带着不可言说的愁绪。我曾经怎样渴望与期待，怎样在爱的歧路上徘徊？！我去征婚，一个又一个地见过来，结果一次比一次失望、沮丧，如今终于遇到了一个令我身心无比激越的女孩，只要想到与她在一起，生活中的每一个场景都变得那样充满魅力。我似乎重新看到了希望，抓住了可以攀缘上升、可以感受山隙间阳光照抚的绳索。

走进音院校园的时候，我一眼看见了覃的背影。她正提着一壶水向宿舍走去。我叫她的名字，她诧异地回转身来。她穿着一件红色的呢子短大衣，有一种浪漫艺人的神韵。

我把想法告诉她，她犹豫着说："算了吧！不一定能有票，今天学院里有歌剧

《塞尔维亚的理发师》的演出，你也可以看看。"

"还是去吧！你那么喜欢崔健，如果看不到太遗憾了。也算是给我一点面子，行吗？否则，我会一直为此心神不安。"

"你太认真了，我只是随便说说。"

"走吧！"我催促道。

两人打车去剧场。一路上我沉浸在一种莫名的惊喜之中，喋喋不休地说着对艺术的见解，不时征询着她的反应。总之，O型血质瞬间燃烧的特点暴露无遗。

演出剧场门口黑压压挤满了人，工人们正在向场内搬着道具、乐器和音响。我一连串问过许多人，都没有退票。这情景使我忽然间忆起在天津火车站为虹等退票的一幕，多么相似呀！那次运气好，终于与虹有了一个艰难的开始，而这次呢？

攒动的人群陆陆续续进场了，高声叫卖黑价票的票贩在我们身边晃来晃去，但是票价太贵，要三百元一张。

我说："再等等，开演后就会降价。"

"算了，回去吧！"覃轻柔地说，"不然，你想办法送我一盘崔健磁带就行了。"

"没关系，再等等。我从来都是一个说话算话的人，给我一次表现机会，行吗？我不能欠你这场演出。"

演出开始了，能够听到里面重金属乐队传出的震荡之声及观众的嘶喊声，我越发着急了。这时，票贩子又出现了："二百元一张，要吗？"

"我要两张，有吗？"

"有，太有了，三张都有。"

一手交钱一手接票，我拉着覃一起向剧场入口跑去。检票员拿过票，刚要剪，突然说："不对，这是昨天另一场演出的票，你看，颜色都不对。"

回头一看，票贩子早没了踪影，我忙向检票员请求道："让我们进去吧！我是花高价买的黑市票，我们是受害者。"

"那不行，没票不能进，假票更不能进。"

"你高抬贵手，行行好，成吗？"

"不行，别在这磨蹭了，明天买票再来吧！"

我想再向工作人员求求情，覃却扭身走了，我只好跟上去。

"你等等，我再去买两张。"

"我要走了，你别去买，就是买了我也不会去看。"覃斩钉截铁地说，说完径直朝外走。

她叫住了一辆车，我只好跟着上去。我觉得今日之我真是倒霉透顶。

"真对不起，我食言了。你看我，我可真够笨的。我怎么就不知道先验验票呢！"我不住地在她面前检讨自己，表现得下贱自卑。

"何必这么说，你已经尽力了，谢谢你。"

"不然，我们去看俄罗斯马戏团的演出吧！"我实在不忍就这样放弃这次机会。

"我要回去了。"

"你有什么事吗？"

"我想先去买点东西，再去练琴。"

"看来只有崔健才能使你不练琴。"

"也不是，也许我并不了解他。其实我只听过他的磁带。"

在音院附近的马路旁，我们下车。她去超市买了一些食品，她说这里离学院不远，我们走着过去。

月色皎洁，四周一片宁静。两人沿着东扭西拐的胡同一起向前走着，其间我由于躲一片水洼，不小心与她的身体碰了一下。此刻，我忽然激动得难以自持，我发狂地渴望生命能够重新开始。青春、爱情像这陌生的街区一样充满新奇。但我无法做出任何表达，心情很快又平静下来。我看到她有意与我隔开了一段距离。此时此刻，我能够清楚地意识到我正向着一个悲剧临近，但又无法抵挡这种悲剧美的诱惑。

我变得有些寡言，倒是她时常引起话题。

她说："你为什么不出国呢？"

"我这个专业申请奖学金不太容易。我想改学经贸，现一直在联系，过两个月要考 GMAT。我现在不想下海，是为了等机会出国。"每个男人在他渴望的女孩子面前都是天生的谎言家。我又问她："你们的专业，出国相对容易吧！"

"也不容易，要碰运气。"

"我可以帮你联系上我校的 TOEFL 班，那个班很出名。"

"不用了，我不想再费劲了。"

到了她的宿舍门口，她先是敲了一下门，没有动静，这才用自己的钥匙去开。

她们的宿舍条件不错，四人一间。覃是下铺，床头贴着一张影星史泰龙的图片。覃用一只漂亮的咖啡杯为我倒了一杯红茶，并放入一块方糖。她的手指纤细白嫩，有着琴手特有的灵巧。她倒水的姿势优雅高贵，扶在杯柄上的手指微翘着。她没有喝水，而是拿出一只刚买的棒棒糖吃起来，样子颇为乖巧可爱。她脱掉了红呢大衣，露出里面的粉红色高领开司米羊绒衬来。我面对的她是那样温柔娴静，楚楚动人。她的美是浑然天成的，似乎穿任何一种款式的服装都是一道风景。而这种美是为男人而存在的。

她一边翻录着罗大佑的一盘磁带，一边与我聊天，气氛柔和得像一池春水。

我与她对面而坐。在这温暖的房间里，喝着浓浓的红茶，轻松地交谈。内容已经变得无关紧要了，这样的气氛便是所谓人生的美妙瞬间。

我成功地扮演着一个稳重高雅的绅士，一边以男人特有的温情的声音与她交谈，一边不时抬起手中精致的茶杯呷一口茶。而我的内心却在不时掀起骚动不安的狂潮。我渴望拥有她，渴望剥去她一切的服饰，渴望了解她身体的每一个细节，对于一个所爱的女人的身体的好奇实在是太强烈了。她似乎成了男人存在的根本价值。

覃脉脉含情的目光坦荡无邪地望着我，她似乎充分信任着我，并不知道有关性的想象正在悄然猥亵着纯净的谈话氛围。此刻，我的想象越走越远，仿佛看到裸身的覃已经走进雾气蒸腾的碧水之中……我的呼吸越来越急促，以至额头上渗出了汗珠，忙低头掩饰自己的窘态，掏出毛巾擦拭："房间里真够热的，你们学校暖气烧得真好。"我说着，不时低头用手掌擦额头的汗珠。

"你把外套脱下来吧！"她说。

我照办了，忽然觉得自己木讷口拙，赞扬她们学校的暖气实在是离题太远了，赶紧转移话题："你为什么会喜欢崔健，是因为他的躁动不安还是他独特的深刻？"

覃站起来，又给我倒杯水。轻盈的身体在我眼前闪过。

"我只是喜欢他演唱的形式，每个人都可以参与，可以表现，充分地放松，使自己成为自己。"

"你觉得平时的你已经不是自己了吗？"

"当然不是，我只是一个练琴的机器。"

"其实你们没必要去打工，那样能挣几个钱？"

"我去打工并不是为了钱，只是想换一换环境。一个人在学校待久了，是一件可怕无比的事情。"

"看来你是一个不安分的人。"

"我父亲也这样认为。我父亲喜欢养鸟，他总说我是一只养不成器的鸟。倦鸟思林，我却总是不喜欢回去。"

"你应该常回去。"

覃没有说话，嘴角浅浅地抽动一下，只是一个笑的努力。我感到了一种凄楚难言的沧桑。她依然不断地抿那块彩色的棒棒糖。年轻的成熟。我想到了霄。

"有时我一天要去三家饭店打工，从东到西，从南到北地跑，北京话叫晕菜。"覃说。说这话时，覃露出了浅然一笑。这是令人怜爱的一笑。

"音乐学院的学生都是这样吗？"

"都什么样？"

“晕菜。”

“不同的方式吧！”

“你跟影好像关系很不一般。”

“当然，我们从小就在一个学校学琴。”

“从小就在一个学校，现在还能在一起，不太容易了。”

“所以我们关系非同一般。”

我低头喝茶，发现第二杯茶已经所剩无几，覃又给倒上。房间里的挂钟咚咚地响起来。我抬头望向她的脸庞，爱的热潮在心头升腾。我盼望目光对视的那一刻，让她读懂我的感情。而她的眼睛却在遥远的地方游移，令我感到无法言说，无从言说。

真挚单纯的恋情，严谨沉重的婚姻，这些语汇在她们心中还有价值吗？说起来或许像虚假的话剧对白那样滑稽可笑吧！而我却在渴望一本正经地吐露心声，又担心过早说出这样的话会失去与她接触的机会。我觉得自己是一个老派落伍的形象了。思想、生活方式、体力都与年轻不相符。

“出去玩一次你愿意吗？上次你见到的陈宝根有车，可坐六人，咱们可到京郊有山有水的地方玩两天。”

“影去吗？”

“当然去。还可以再叫一些人。活动就叫‘冬之旅’。”

“你跟影商量吧！”

“你去吗？”

“说不好，到时再说吧！”

“你不去还有什么意思！这个活动就是专门为你安排的。”

“我真的不能保证什么，我几乎每天都要去打工。”

“可以让人代替一下嘛！”

“我尽量争取吧！”

“一言为定。”

已经有人从外面回来了，我不得不依依难舍地离开。

现在我想为她做许多事情，包括那些有可能枯燥无比的事情。只要是为她做的事情，如今都变得充满情趣。我要为她买一盘最新的崔健演唱专辑；求人为她联系寒假回家的联航飞机票；找机会帮她学车；去打球、滑冰、卡拉 OK、摄影、摄像，要经常带给她崭新的感受，甚至还可以是惊险的感受。

只要她愿意。

我要告诉她，我不是最优秀的人，但却是最愿意为她付出所有的人。我希望出现在她生活中的我，不是一个过时的形象。

此后的几天里，我一直心神不宁。我强迫自己去了北京图书馆，在西文图书阅览室的书架间没头苍蝇似的窜来窜去。我不能让自己闲下来。我还是渴望了解她，了解她的过去，了解她的现在，了解她哪怕是流水账似的生活。我发现我其实对她一无所知，我甚至不知道她有没有男友，但是我却爱上了她，爱得如醉如痴，难以自持。

我盼望她能与我联系，哪怕是托人捎来一句话。但我知道她不会也不应该这样做。

我渴望着"冬之旅"能够早日来临。

80

"冬之旅"的行程在一个秋凉如水的夜晚开始了。城市灯火阑珊，犹如童话一般。陈宝根的面包车在空旷的公路上疾驰。一切都在有序地进行之中，陈宝根对我说，主动点，你早该有经验了，彬彬有礼什么事也成不了。我们先去舞蹈学院接了一个人，又去燕莎接影——她已在那里等了一个小时。最后去萨斯饭店接覃。一路上，我有些担心，怕车错过约定时间，她独自离开。

车停在饭店门口，一眼看到覃穿着厚厚的铅灰色羽绒服拎着小提琴正与一个服务员装扮的人聊天。影兴奋地叫她的名字。我下车帮覃拿东西。覃却又一次坐到司机旁边的座位上。我望着她披垂的长发，心中感到隐隐的惆怅。

一路行程，只能远远地看着覃与司机交谈，中间休息，我说："覃，到后面来坐吧！"她不答应。她在回避我，不知是由于害羞还是淡漠？少女的心理是难以捉摸的雾中之花。暗淡的天色像一面黑绸横在前方，只有车灯射出一柱光亮，令人有一种探险式的好奇。车喷着白烟停在鱼子山村招待所。我们先去附近的小卖部买了次日上山用的蔬菜水果，又回到招待所的一间办公室晚餐，吃面包、果酱加黄油。然后，用影的应急灯把室内布置得若明若暗。覃感冒了，但还是用沙哑的嗓子唱崔健的《新长征路上的摇滚》，模仿着崔健边弹吉他边演唱的动作。覃演唱这首流行曲格外别致可爱，博得一片喝彩。

影走过来抓抓我的衣领说："你穿夹克不好看，应该穿古装长袍。"

我说："你意思说我是奶油还不够，还是古典奶油。"

众人笑出声来，我注意到覃也轻快地笑了。

舞曲的音乐在这个山村破旧的招待所回荡。我第一个请影跳，然后急不可待请罩。第一次我把罩拥在自己的怀里，两人在音乐中轻轻地摇摆。我低头去寻找她的目光，她却一次次躲闪了。摸在她腰际凹陷处的手掌感受着她的体温和瘦弱。她是轻柔而随和的，灵巧地配合着我的移动，我感觉像踩在温暖的波涛之上。耳边正是一曲《请跟我来》的旋律，它使我想到了虹，但是我迅速打消了这个念头。如今的罩绝不是虹的再现，从现在开始我的生活再也不需要虹的阴影。我希望这个房间只有我们俩，我希望我的嘴唇能够真实清晰地告诉她我的心声。

回身扫一眼陈宝根，他微胖的身体已经与影紧紧贴在一起，音乐停了，也不罢休。还是影奋力挣脱开来。

共租了两间房子，男士一间，女士一间。安顿停当之后，陈宝根不肯罢休。他对司机说，你负责那个舞蹈学院的，一定要伺候舒服了。司机说，没问题，别的你不放心，这种事是我长项，一定妥妥的。他又对我说，今晚一定要搞定了，过这个村就没这个店了。我嘻嘻地傻笑，没有答话，我承认陈宝根的意思是我心之所想，但不可能是这种场合、这个时刻。怎么可能这样呢，我又不是想搞什么一夜情，我追求的是真实的恋情。

我们去敲她们的房门，陈宝根立时又去跟影黏糊，我则开始在暗淡的灯光下给她们讲鬼故事。影被这个故事吓得直叫，罩则显得无动于衷。陈宝根又想对影动手动脚。影急了，说，再这样，我报警了。陈宝根方才住手。我注意到影在这一时刻投向我的愠怒的目光，只好挂着内疚的表情悻悻离开了。

京东大峡谷与京郊常见的景致大同小异。铁索桥横跨山涧，却并不险峻。罩一意孤行，独自走在前面，我扛着大摄像机，紧跟在她的身后。我对她的冲动越来越无法掩饰，躲在镜头后的目光贪婪地望着她的身影，在爱欲的激情想象中将她一层层地剥离……我只能如此无所作为，爱使我胆怯，使我畏惧，变得越发自卑。我想走近她，但没有勇气，只是想想而已，一瞬间的工夫我觉得她离我越来越远。

大峡谷的中段，是一块圆形的空地，后面是高耸的岩峰。空地中央有一块一米五直径的圆台子。远远看去，就像唱戏的舞台。我跳到台子中央，背诵了一段电影《牛虻》的片段，山谷静寂，回声震荡。我的独白传向远方。

罩、影也跳到台子上，来了一段女声二重唱。和声的效果极为美妙，山谷是最好的音响。

我望向罩的目光一刻不离，她娇美的脸庞此刻变成了一把利剑，直刺我内心的忧伤。我简直无法再听下去了，只好走出这片山谷，独自倚靠停在山路一角的汽车旁，狂吸着陈宝根送我的呛人的古巴雪茄，烟雾在我的眼前吞吐弥漫，她们柔情婉转的歌声依然激荡着我的耳鼓，令我沸腾，令我心酸。远远地，透过林丛的一角，我看见覃轻快地向这边走来，她正带着惊喜的神情欣赏着森林中的一片野花。她是多么娇柔、活泼、可爱呀！此刻，我真希望独占这辆轿车，带着覃发疯似的驰向她想去的任何地方。让这个世界只有我们两个人吧！哪怕只有几分钟。

中午，众人下山去一家餐厅吃饭，每人都喝了酒。影饮酒过量，伏在桌上抽泣起来。陈宝根上前劝，被她冷冷地推开了。她醉醺醺地说："送我回去，送我回去，我冷，太冷了。"

活动不欢而散。影上车后，仰头睡去。覃仍坐在单人椅子上。后来我把这边的位置放低，请她过来睡，自己则坐在单人椅上。覃睡去，过了很久。我轻声对她说："别睡太久，会着凉。"

这才有一句没一句地聊起来。谈话气氛不佳。我想请她去唱卡拉OK，去歌厅跳舞，或是去看一场电影，又觉得这些形式太俗，毫无新意。忽然我说："明天有时间吗？我请你去跳伞吧！"她眼中显出吃惊神色，然后摇头。这使我的心境像熄火的车灯一样暗淡下去。

我心急火燎地搓着掌心，一条伸直的腿筛糠似的抖动不停。眼看着汽车开回到通向市区的公路。

傍晚，回到市区。女生们推说有事，先下车了。覃也走了，她甚至没有朝我的方向望一眼。陈宝根气得破口大骂："有什么了不起，不就是会弹个琴吗！我他妈可以让她们到家里跪着给我弹。妈的，太不给面子了，老子我什么人没见过？今天不是看你的分上，我半路上就让她们滚蛋。"

"别这样，她们不对，咱们毕竟还是绅士。"

"就你这个蔫不啦叽的，八辈子也追不上。她们这些人算什么，值得你一本正经吗？你以为她们在饭店光是卖艺吗？别天真了。"

"哥们儿，你不该这么说，这里面毕竟有我追的人。"我正色道。

"你追——你追个鬼呀！你总是征求意见，商量个没完，对女人要用祈使句。知道吗？"陈宝根重重地摔响车门，让司机驱车而去。

我理解陈宝根的个性，他依然是棱角分明。而我呢，原本就是面瓜一个。

回到我孤独的房间，我一遍遍地看刚刚拍的录像，感到覃变得越发难以捉摸。她究竟是怎么想的？她是什么人？她在我眼前忽远忽近。

我躺在沙发上昏昏欲睡，秋打来了电话，她的声音使我既陌生又亲切。

"我想问问你什么时候回来，没想到已经回来了。回来也不给我打电话。玩得怎样？"

"一般，挺累。你怎么样？画家去找你了吧？谈得如何？"

"挺好，我们挺谈得来。"

"那就好。"

"好什么？"

"省得我去，你太寂寞。聊到我了吗？"

"聊了，但不多，肯定会聊到一点。"

"没关系，这完全是你个人的事，我知道不知道无所谓。"

"我可以说。这件事本来是公开的，不必掩饰什么。"

"有人讲，对于一个女孩子而言，如果不能两全，找一个爱你的人比找一个你爱的人要好。"

"你是说我应该选择画家？"

"不，我没有这个意思。选择谁是你的自由。"

"你真是一个奇怪的人。"

"奇怪？我不合常理吗？"

"我是说你真的很超脱，你一直是这样吗？"

"不，我以前不超脱，现在毕竟成熟一些。"

"想象不出你执着的样子。"

"那种样子很傻、很不可爱。"

又聊到其他事情，她没有停止的意思。我不得不打断她："人生哲学还是面对面聊好一些。你说呢？这样聊越聊越烦。"

"OK，OK，对不起。"她说。

81

我还是想挽救一下与秋的关系。昨晚想了许久，也许她真的才是最适合我婚姻的人。问题是我确实无法把恋爱与婚姻分开。如果在秋的身上能够找到恋爱的感觉，哪怕只是一些，那么一切就会变得顺理成章。但如果仅仅是为了婚姻，我还无法做出最后结论。尤其是覃的影子还在眼前晃着的时候。

我对她的不满实际上来自琐碎的小事。我觉得应该告诉她纠正一下自己的走路姿态，也许舞蹈演员喜欢迈八字步，但在现实中这是一个极大的遗憾，也是对自己形象的不负责任；她还应该纠正一下咬嘴的习惯；另外，她的服饰也应大方、潮流一些。她穿的健美裤并不健美；再比如那件毛皮大衣以及围在头上的像村姑一样的头巾，都是不妥帖的。她缺乏审视自己的能力，也不细腻，不懂得展示女孩子特有的娇羞、真纯；缺乏浪漫气质，我想象不出她将用什么来表露爱情。也许她把她气质中忧郁无助小鸟依人的一面掩饰得太严密了。她正常的天性，女性的自然素质，从小就被她母亲教给她的所谓自律性压抑住了。不错，她乐观，但这是一种强迫的理性成分过浓的东西。她活泼吗？开朗吗？她突然爆发的时候让人觉得很别扭。比如突然在课堂上用掌握得并不娴熟的咏叹调演唱歌曲；又比如在舞厅里旁若无人地晃动身体，这一切都让人感到不协调。我能够改变她或者唤起她吗？多年来，她已经不想改变，因为她总是被动，满足于被人追求。以为这种追求就是对她的肯定，而实际上这些人多不是她所喜爱的人。从理性上讲，她的外在条件并不差，但她一直没有能够真正吸引我。她基本上是属于那种古板的传统封闭的女孩子，她不会喜欢崔健，不会喜欢超越现实的东西。她根本不去想如何吸引一个男人，而女人必须懂得这一点才能成为女人。

她被压抑得太厉害了，就像我一样。

见鬼！有没有一种爱能够从厌倦开始？唉！

而我呢，又算个什么东西？懦弱、迟缓、犹豫，内心总是充满矛盾纠结，总是恍恍惚惚，根本不知如何把握自己。我的人格几近分裂。自卑、忧虑而又偶尔兴起的狂妄自大，我以为我很浪漫，但实际上根本浪漫不起来。我基本上还是一个停留于想象之中的人，与现实总是格格不入，又总是被现实排斥。此外，我说话鼻音太重，走路不仅驼背还不时有些哈腰。

秋看来是刻意打扮了自己，上了眼影，抹了口红。上身穿着米黄色的毛衣，胸部像大多数女孩子一样扁平。下身则是一条黑色紧身健美裤，腹下微凸的耻骨和两瓣臀部毕现无遗。

她又在饶有兴味地做菜。正用手拌着上了酱油的肉丝："我喜欢自己做菜，你不觉得这样有一种家庭气氛吗？"

"你做的菜确实不错。"我赞许她，但听起来像应付。

我心不在焉地翻看着她的影集。我说，我最欣赏她在圆明园的一张照片，她穿着红色的 T 恤，白色的西装短裤，披垂的长发在风中飘舞，很有现代感。她举着一双湿漉漉的手走过来看一看，说："你原来喜欢这种风格，我并不太喜欢，我觉得太张狂。"

我正想说点什么，锅开了，她匆匆地跑去忙碌起来。我继续翻她的影集。我依然在想罩，想为什么为她拍照时她的眼睛不敢正视我，为什么每次坐在车上她不与我坐在一起。当时真该单独请她，而不让她与影同去。这些回忆既忧伤又甜蜜，我多么愿意这些心理的折磨能与我幸福的爱情和婚姻联系起来。

秋把炒好的菜放到桌上，我忙着拿碗盛饭。终于，秋能够静静地坐在对面了。

"你对我们两人的关系究竟怎么看呢？你认为有前途吗？"我问。

"我不知道，起码我现在还不讨厌你。"

"那是远远不够的，秋。现在我们彬彬有礼，一切都好，如果再往前走会怎样？需要改变的有很多，会不会觉得得不偿失？毕竟婚姻的现实是很残酷的。没有足够的情感支撑是很难走下去的。"

"你说得对，我是应该想一想，毕竟我是那种希望找一个能过一辈子的爱人。"

"你心目中的男人应该是什么样？"

"嗯，应该快活、坚强。你呢，你心目中的人是什么样？"

"主要是自然快活。"

"我知道我不是一个快活的人。"秋举着的筷子停住了，继而眼中闪现出泪花。她慌忙低头去吃饭，泪珠掉在米饭里。

"我不好，一个人的时候，我总是多愁善感，默默流泪，在别人面前，我却要装作很快活的样子。"

"你就不要自怨自艾了。我有时候还偷着抹泪呢！流泪是女人的专利，它证明你的感情是细腻丰富的。你挺好了，我甚至觉得你不能再好了，再好就完美无缺了。起码到现在为止，上帝还是厚爱你的。"

没想到秋哭得更厉害了，她伏在桌上不停地抽泣着，心酸得像一个被儿子伤害过的母亲。我坐过去，手在她的肩膀上抱了一下，但又缩了回来。我应该紧紧地抱住她，给予她一个男人有力的呵护和关爱。但是我惧怕犹豫着，不知是惧怕得到还是惧怕失去。

空气在这一刻凝结着，热腾腾的菜肴升腾着丝丝缕缕的白烟。

"快乐是人为的，需要你自己去创造。不要辜负你的青春。"

秋起身拿毛巾擦拭脸上的泪水，又用卫生纸猛力地擤鼻涕："我没事了。对不起，让你见笑了。"

"吃点饭吧！我去帮你热热。"

"我自己来，你不会用这个煤油炉。"

秋热过饭回来："都怪我不好，让你没吃好。"

"是我不好，我让你不快活。嗯，我们认识已经有一阵了，我想我应该告诉你我是怎样一个人。我以前的女友为什么会离开我。"

"我一直想知道这一点，她为什么会离开你。我实在想象不出这其中的理由。"

"她对生活的要求太高了，她希望的生活不是安宁，而是动荡和变换。当我们刚刚适应一种生活方式时，她已经在寻求变化了。作为一个女孩子，她活得不轻松，但平庸的生活会使她更痛苦。而我是这样一个人，我似乎总是尽量避免变化而去寻求一种平淡和安宁。最为关键的是，我们俩的位置错置了。如果我是她，而她是我，那就是互补的。可惜呀，我一个男人却没有创造和求异的动力。大学毕业快六年了，我生活在一个地方，一间房子，从没有动过。她看得没错，跟我在一起，她能够完全清楚地感受到未来是什么样子——失去了生活的魅力和神秘感。"

"如果是这样，我认为你没有什么错。她太不现实了。"

"怎么说呢，从另一个角度看，我认为她其实是对的。我们都应该珍惜自己的生活，不是吗？决不应该勉强自己。"

"唉……生活？我越来越不知道生活究竟是为了什么。"秋重重地叹一口气。

82

我在一家报社国际版的招聘活动中又一次以失败告终。在面试现场，我的表现糟糕至极。英语阅读勉强过关，口语考试则一败涂地。我的聋哑英语再次在关键时刻露怯，使我错失良机。考官先用英语请我谈谈对当前国际形势的看法，我显得毫无反应，他又重复一遍，我依然没有听懂。他放慢语速，简化问题再问一次，我终于听清楚了，却不知如何回答。考官显得没有耐心了，他说，你用中文回答吧！我先是有些瞠目结舌后来意识到没有希望了，便应付几句了事。他忽然问我有没有女朋友，我说有过，他说是不是分手了，我点了头。我不明白这个问题与招聘有什么关系。面试就这样草草收场。

走出面试现场，我脸上挂着麻木的笑容，内心却在经受自尊受辱的煎熬。我感到自己是这个社会一无所用的多余人，越发将自己的希望寄托在别人身上。

我算什么人？在父母眼中，我是不孝之子；在社会眼中，我是无用之人；在女人眼中，我是什么？一个脆弱的、无可依靠的时代落伍者！

一个孤零零的身影在雪地上疾行。空气清冽，犹如凉水拂身。雪粒极细，像风中的薄雾。雪将高耸的楼宇、华丽的宾馆、低矮的茅舍都涂上了洁白的色泽。雪天的夜景掩盖了区别和差异，将一切幻化出一种虚假的童话色彩。

在这个雪天的夜晚，幸福的人相拥而卧，凄苦的人独守寂寞，每一扇闪灯或漆黑的窗户里面掩藏着截然不同的故事。有的故事永远没有结局。我这个情感浪子的恋爱还将继续无所归依地漂泊下去。

我在这个新建小区的楼群中兜了几个圈，一直没有找到陈宝根的新据点，还被一户人家当作小偷盯了许久。

在高大的楼群之间，我只是渺小的一个黑点。这个黑点破坏着雪洁白的完整性，留下了一些更小的斑斑点点。

在雪地上走，意识到自己无足轻重，反而觉得轻松起来。在陌生的楼群寻找熟悉的人，令我产生一些好奇。看见高耸的楼宇之间映出一轮金黄色的圆月，想到与霄的那次幽会。那也是郊外，也有一轮圆月，不过那已是三年前的旧事了。

我又想到了覃，此刻，她又在哪家宾馆拉琴呢？她梦境一般甜美的微笑，芳香温暖的气息带给我魂牵梦萦的吸引和生的希望，令我在雪野中感到热血沸腾，使我鼓足勇气将一个城市流浪儿和骄傲的女提琴手之间不该发生的故事继续下去。

我重新回到一处曾经来过的地方，敲门。陈宝根打开了房门。他的身后站着穿休闲装的秘书。

"我还以为找错了。"我说。拍拍身上的雪。

"我刚刚回来。"陈宝根说。把我让进屋内，厅里正有一桌菜肴，其中一个菜直接用锅盛着放在中央。陈宝根正在喝酒。我把特意为他买的经济管理的书交给他，他笑了："老兄，又书生气了不是？我不是说你的书不好，但现在还不是用书本赚钱的时候。"

"那你就留到将来用吧！"

"一起吃点吧！"陈宝根说。

"我吃过了。你怎么才吃饭？"

"都是如此，下班后赶回家就这个时候了。"

"赚钱也不容易。"

"你不吃饭，喝点酒吧！静，你再去炒个菜。"他唤他的秘书，并把她的手臂抓过来很绅士地吻一下。

待秘书离开之后，我贴在陈宝根耳边问："石冰知道你住这儿吗？你们俩到底怎么办？"

"离，一定得离。她想拖着只能对她不利。同学之间千万别结婚。我们之间太熟了，有缺点根本藏不住，一点重新塑造的机会也没有。"

"当初你死乞白赖地追人家，现在又不明不白地要甩人家。"

"敢于犯错误也敢于纠正错误，这才是好同志。"

"以后还结婚吗？"

"我结婚只是为了性，现在没有婚姻照样能得到满足，只要有钱，钱比婚姻更重要。"

"我没钱，还得结婚。看来我得尽快结婚了！我也许太认真了。事情大概没那么复杂。"

"面对婚姻还是得斟酌，要知道没有越过越好的婚姻，那是自欺欺人，给别人看的。还是哲人说得对，婚姻是爱情的坟墓。"陈宝根说，"我发现你不是越来越成熟了，反而越来越幼稚了。你还远远没有参悟这个社会。"

"我是没有参悟，我也不想参悟。"

"所以你总是有被抛弃的感觉。行了，行了，我不是有意要刺激你。喝酒。"

我喝了一大口，觉得嗓子发辣，脸颊发热。我向陈宝根讲起刚才招聘的怪事。他打量我一番后说："老兄，人是挂相的，你现在这副尊容，一看就是失魂落魄的样子。没办法，你就是这么一个心重的人。"

"有点傻，是不是？"

"我给你讲两个故事。——静，你先回卧室休息吧！我们要聊点事儿。有一天半夜，我去打长途电话。月光映照的长话台前的台阶上，空荡荡的，只有一张桌子。敲敲窗，探出一个美丽的女孩的脸，那场面挺像行为派艺术的味道。……我对她充满想象，几天后，我好说歹说把她请到家中，强行剥去她的衣服，却对她一点兴致也没有了；还有一次在路上走，碰到一个小女孩，她抱着一只五角星图案的装饰品，小心翼翼地，目光纯真无比。她那种超凡脱俗的样子使我顿生邪念。我以招聘为名把她骗到我的办公室，并很轻易把她放倒在沙发上。奇怪的是，她毫不惊慌，平静得像跟一个老朋友一起吃饭聊天，整个过程都是这样，从开始到结束，她都熟练自如。我发现她不是处女，早就不是了。她告诉我，她有一个男友，从中学时就是她的男友。这个人已经五十多岁了，是个孤身老头。"

"你小子现在真有点踏遍人间春色的意思。"

"我想告诉你，不要再相信所谓浪漫纯情了。那不过是一些表象而已。"

"我得走了，太晚了。"

"今晚住这儿吧！"陈宝根探过头对着我耳语道，"静今天可以归你使用。"

"朋友之妻不可欺。"

"傻×，我们之间的关系你还看不出来？她这种人能当什么秘书？除了花钱什么也不会，充其量不过是个生活秘书罢了。算了，我不勉强你。保持你的童男之身，献给你最爱的人吧！"

"太小瞧我了吧？我又没病！"我忽然一阵血液上涌，愤愤地说。

"那好，我先撤，你尽兴吧！我这个'炮楼'里什么工具都有。"

我与那个叫静的女人待在这套陌生的空荡荡的公寓里。

"文先生，你好！"她显得大方异常。我记得在陈宝根公司第一次见到她时，就曾为她的乖巧可人而怦然心动。

"文先生，你喝点什么？你的这位老同学别的没有，酒可是一应俱全。"说着，她去拿酒，她的屁股扭得很是好看，不知这是不是风流女人的攻关技巧。

"我对酒没有特别的嗜好，你看着办吧！"我有点局促不安，手指不停地敲打着沙发前的茶几。

静穿着类似于睡衣的裙装，轻扭着腰肢款款而来。一杯置于高脚水晶杯中的红色液体放在我的面前，我低头呷了一口，酸酸的，像是法国干红。我竭力镇静自己，缓缓把目光从晃动的液体中上移，手指仍在高脚杯优美的曲线上弹动。静莞尔一笑："文先生，你拿杯子的姿势真优雅，像个贵族。我奇怪你怎么会跟陈宝根是好朋友，你们是完全不同的两种人。"

"这很简单，朋友并不一定非要是一类人。我们彼此了解，就像从小一块儿长大一样。"我稍稍恢复了几分镇定。

"你们的生活背景截然不同，他简直就是一个农民。"

"这么说你们老板不好吧？"

"我当他面也这么说，要说老板，他还不够格。"

"怎么才算够格？"

"起码应该有足够的资本积累和规模，不再那么斤斤计较，知道如何花钱如何消费。我是说怎么也得懂点情调、有点品位吧！"

"无非是有钱而已，我觉得他有这个本事，他不仅敢想敢干，而且有头脑。我很羡慕他。"

"好了好了，我们说他干吗！文先生，你是一个很有特色的人，现在有特色的人可越来越少了，都像是一个模子刻出来的，有了几个臭钱就觉得自己了不起了。其实像你这样的人才是真正有本事有追求的人。"

"可笑，真可笑。现在还有人如此大方地夸我。我一直都以为下海才是这个时代唯一的出路。"

"文先生。听我一句，千万别放弃自己。那个尔虞我诈的世界不适合你。做你喜欢做的事，别折磨自己。"

"谢谢你的忠告，你比我年轻倒显得比我成熟似的。"那个像秋叶一样飘零的霄在我眼前一闪。

"文先生。"静轻柔地唤我，目光中充满风情。我借着酒劲把她揽坐在我的腿上，但还是觉得十分别扭，好像一切来得太突然了，过渡得还是不够。我还想聊点什么，又无从说起。

"你别拘束，现在就我们两人。"静很职业地提醒我。那个号称喜欢诗的静与眼前这个女孩子已经无法连在一起了。

我泥塑木雕般毫无反应。

"没关系，男人挺可怜的，我能理解。"

我瞥她一眼，脸上竟一下子热得发烧。

"听老陈说你失恋过。"

"这不是秘密，刻骨铭心。"

"我喜欢失恋过的男人。这样才会有沧桑感。"

我沉静不语。

"多长时间没做过了？"

"啊？"我张大嘴。

她见我仍无反应，便直接切入主题："你自己脱还是我帮你？"看来她已经厌倦于不着边际的铺垫了。

我猛醒一般冲动起来，三下五除二就脱得精光，然后去剥她的衣服——她除了这件睡衣之外，什么也没穿。第一次见她留下的美好印象与眼前这个裸女怎么也无法对应起来。我愣怔着，甚至带有某种恐慌。我尚未触摸到她，她已发出职业般的呻吟。这令我瞬间丧失了刚刚提升起来的兴致。她是多么不真实呀！像她这样的人恐怕根本就不会真正冲动！她愈加激烈的呻吟并未使我亢奋，反而使我增添了对她的蔑视。夹杂着犯罪感的内疚使我越发紧张起来：我不该沦落到这种地步呀！

我忽然间停了下来，一点也没有了与她亲热的心思："我们还是聊聊吧！"我嗫嚅着说。

她睁开眼睛，显得有些失落，迅速地套上她的裙装："也行，不过这也算包一夜，钱你得照付。"

"多少钱？"

"他们都是付五百元。"

"太多了。"

"那至少也得三百元。"

"我只带了三百二十元，你总得让我留下打车的钱吧？"

"你给二百九十元吧，你是诗人，跟你这样的人讨价还价太不美好了。"

"好吧！照你说的办。"我开始背对着她，一件件穿着衣服。忽然觉得已经没有再聊的必要了，"我看咱们就到此结束吧！我得走了。"

"真的要走？"静自嘲地撇撇嘴，"你放心，陈宝根不会知道我们之间的一切，我保证不会让他笑话你。"

"谢谢，不过你告诉他也没什么关系。"我擦着额上的汗滴，拉门向外走。

"文先生。"静的声音像来自遥远的地方，我停下脚步，"我知道你瞧不起我，这不要紧。我只想让你知道，我也是真诚的有梦想的人，但我要为我的生存着想，为我的一生着想，而一个女人的一生常常只靠几年。"

"我理解。"我并没有被打动，也没有回头。在我看来，即使没有纯情，把这样的亲密举止与冷冰冰的钱联系在一起也实在是令人无法接受的。

雪夜是如此安静。经过一辆废弃的汽车时，一只猫忽然从里面蹿出来，令我惊得跳了起来。接着，另一门楼里一辆摩托车启动了，掀起一股浓烟，从我身旁疾驰而去，车上坐着紧抱在一起的一男一女。

雪花飘落在眼睛上，前方一片迷茫，一时无法辨别回去的路。室外的气候与室内的温暖差别太大了，我不禁连打了几个冷战。

冷，真冷呀！

83

我拖着疲惫的步履回到我的宿舍，门上有一位同学留下的字条，请我回来后与她联系。我按照留下的号码打过去，是一位平时来往不多的同年级女生。她问我是否有国际关系方面用英文写出的PAPER，她正在联系国外的一所大学，想寄过去。又问起我个人问题解决得怎样了，她曾是虹宿舍的隔壁，知道一些我与虹过去的经历。我告诉她尚无着落，也许只有选择独身一条路了。她安慰道，别灰心，你硬件条件那么好，过去的事过去就过去了，千万别往心里去。又说，她有个老乡，在清华，明年夏季准备公派去美国进修，问我是否愿意见见。

我犹豫不语。她马上补充道："就怕你看不上。"

我忙说："哪里哪里，人家马上就是留美学子，我真是不敢高攀。"

"还有半年多时间，什么都可以解决嘛！"

"好吧，我考虑后给你电话，谢谢你了。"

"不谢，成人之美嘛。"

与清华学子的见面，安排在颐和园。这是一位来自湖南乡村的矮小瘦弱的女孩子，正在攻读博士学位，一看便知是那种聪明睿智、意志顽强、吃苦耐劳的人。她有着工科学生的典型特点，说话明晰，条理性极强。她说，她是家中老大，家中有五个弟妹，她九岁时即开始洗衣做饭、带孩子，从那时起她就学会了系统工程。说完，竟哈哈大笑。

我勉强笑笑，心想，老同学又开玩笑了：这样的人与我在个性品质上的差异岂是半年能够弥合的？我可不想找一个女中豪杰，让她来主宰我的生活，而这种生活又是我不喜欢也无法承受的。

她说："听说你打算考GMAT？我来辅导你。保证你考过四百五十分。我从小就好为人师，而且是不错的老师。你信不信？"

"我信我信。但我对这种事从不刻意以求！"我说。我是不信自己，但没必要告诉她。

"必要的训练是不可缺少的。你说话的语气显得信心不足。听说你有过一些挫折？不过我敢肯定我的坎坷要比你多十倍。你信不信？"

"我信我信。"我只好又一次点头称是，"我的确是太不优秀了，我是学文科的，但我是一个只有文科生的缺点而没有文科生优点的人。"

"优点和缺点只是相对的，是可以相互转化的。"

我佯装弯腰系鞋带，想着推脱她的理由。把鞋带重新系了一遍之后，我笑着站起来："对不起，今天只能跟你聊到这儿了，十分钟后我还有另外一个约会。"

她显得颇为意外，但很快镇定下来："我不喜欢兜圈子，你想终止我们进一步交往的可能性，对吗？你认为我们之间成功的概率太低了，不想冒做无用功的风险。我猜得不错吧？"

"你真聪明，你很优秀，但不适合我。"

"后一句话多余了，我对自己的评估是不会受到他人影响的。再见，谢谢！"说完，她扭身而去，穿在她脚上的皮鞋好像不太适合她，像军靴一样沉重带响。

"失礼了，对不起啊！"我说。

她头也不回地向我大度地摆摆手。

冬季的 GMAT 考试来临了。这是一次希望渺茫、无聊一赌的游戏。作为曾经的高考优等生，我曾经历过无数的考试，如果说考场如战场，我就是身经百战的将军。所不同的是我对这种游戏的成败越来越漠不关心了。因为无论成败似乎都不足以挽救我那早已麻木不仁的心灵。那么我为什么还要试图通过考试乞求命运的垂青呢？这件事情微弱的希望在于，如果我考试过关，在瑞士的一位远亲愿意为我联系一所商学院攻读 MBA，我知道我根本不适合学什么 MBA，但遥远未知的异域他邦也许是改变我目前悲惨处境的唯一途径。

考试前夜，朋友为我找了学生宿舍的一张空床铺，那一夜我辗转反侧，几乎一夜未眠。在他人熟睡的鼾声中浮想联翩。这应该算是而立之前最后一次悲壮的搏击了。我的个性已经丧失，原本对那些每日废寝忘食苦读外语的出国迷充满蔑视和怜悯的我，如今也成了社会时尚的可悲的俘虏。时间真是最为严酷的教官，它使你最终服服帖帖按照它的意愿行事。

清晨，我早早起来。特意到一家高档餐馆吃了早餐，然后到小卖部买了几块巧克力便直奔考场。在考 GMAT 现场匆忙的人流中，我看到了一张熟悉的面孔，是那个清华才女。她显然不是自己考，而是在临阵指导。她的身边有两个戴深度眼镜的女生。我不明白，她为什么如此热衷于让别人通过这类考试，也许她考得实在太有心得了，不教给别人就会心里难受？我们打了一个照面，但没有说话。她大概已经忘了我这个扶不起的阿斗了。

考试的时候，我抑制不住紧张激动的心情，甚至于找错考区也浑然不察，直到这一座位的考生到来，才大梦初醒。为此，白白耽误了宝贵的二十多分钟时间。好在试卷比我想象得要容易一些。尤其是令我平时颇为头痛的高中数学和逻辑推理选择题都答得比较顺手。我仿佛又回到了辉煌的高考那一年。当结束的铃声响起，我看着身边一些考生失落沮丧的表情时，不由得意地长吁一口气。

我觉得我终于走向成功了，北欧风光已向我打开窗棂，我的想象生出了翅膀。我甚至把这美好的一切与罩联系在一起，我觉得自己多了几分力量。

不过，现在一切还是未知数，要等到三个月后才能见分晓。那就留一个美丽的悬念吧！

圣诞节快要来临了。近些年，年轻人过圣诞节的兴趣甚至超过了对春节的热情。圣诞节带来的温馨的文化气息强烈地吸引着渴望西方时尚的人们。商家们巧立名目，大造舆论，希望让这一节日深入人心，从而成为他们大发其财的良机。

商店里打出销售圣诞节商品的广告，小商小贩开始临街叫卖五花八门、琳琅满目的节日贺卡。我为罩、影、秋都挑选好了贺卡。给罩的贺卡足有一幅画那么大。封面是一束鲜花和一把闪着咖啡色柔美光泽的小提琴，封里的文字充满动人的祈愿和美好的祝福。我思忖半刻，终于鼓足勇气在空白处写上：在新生活的帷幕拉开的时候，让我走近你的琴声，走近你内心世界的旋律，可以吗？

我觉得很容易找到各种各样的理由与罩见面：给她"冬之旅"的照片和录像带，联航飞机票的事，更关键的是我想约她共同度过这个圣诞之夜。先去教堂唱圣歌，然后找一家有圣诞树的餐馆吃圣诞套餐。最后把这张巨大的贺卡送给她。但是我迟迟没有展开行动。我不知自己还在等待什么，等待一往无前的那个为爱不惜赴汤蹈火的勇者的回归吗？

当机票之事不得不向罩核对时间时，我才终于给罩打电话。打了约一个小时，一直无人接听。临近中午的时候才打通，接电话的是影。

"影，晚上有事吗？我想把玩时的照片和录像带给你们送去，还有贺卡。"

"你不用送，我自己来取就行。"

"罩现在在吗？"

"嗯，她不在。"

"去哪儿了？"

"不太清楚，大概是干活去了。"

"晚上她会回来吗？"

"晚上可能要晚回来，有人病了，她要给别人帮忙。"

"还是华侨饭店吗？"

"应该是吧，你有事吗？"

"也没什么事，主要是订飞机票的事。你们圣诞有活动吗？"

"我要参加一个小型晚会,为晚会钢琴伴奏。"

"覃呢?"

"她?她大概要去郊区一个朋友家里,要玩两天。"

"什么地方,你知道吗?"

"大兴吧。"

"你能告诉我详细地址吗?等她玩过之后,我可以过去接她。"

"我也不知道。这样吧,如果她给你打电话,你再与她商量。"

"请你一定转告她。"

大约晚上十点钟,我匆匆向地铁走去。寒风轻拂的街头,有一种凄楚的味道。我不知道究竟会发生什么。要么是影不想让我见到覃,要么是覃在有意回避我。这一刻,我忽然忘了覃的模样了,这使我十分惊慌,我怕在路上即使碰到她,也会与她擦肩而过。无论如何,让我见到她吧,这样莫名其妙的思念太让人焦虑了。

我在华侨饭店门口徘徊了四十多分钟,眼见着光秃秃的树干上栖落的乌鸦越来越多。我像一名侦探那样,紧紧盯着每一位从门口走过的行人。错觉使我几次将毫不相关的人认成覃,兴奋与失落搅得我心神不宁。始终没有看到覃的影子。

表上的指针即将指向十一点钟,我犹豫了一下,赶忙向崇文门站走去。因为我估计她很快会走进地铁,而地铁是她的必经之路。我假装若无其事在长长的地铁过道里踱步。差十五分十一点,我警觉地看着左右楼梯,没有见到她的踪影。一列地铁开走了,我沮丧地坐到长椅上。忽然发现西入口一个穿着白色大衣的女孩子手中拎着一个盒子,轻快地跑下来。我的心跳瞬时加快,下意识地躲到一个石柱后面,匆忙设计着与她见面的场面:悄悄去拿她刚刚放到地上的琴,等她发现,便祝她Merry Christmas。这样的场面也许可以掩饰我的紧张。

当我轻轻地踱过去,却大失所望。那女孩子不是覃,提着的只是一个普通皮箱。广播里已经宣布,崇文门方向最后一班地铁就要进站了。这时,我注意到两个小伙子奔跑着走下楼梯,一个拎着小提琴盒,看装束打扮像是搞艺术的。我想覃可能没来。影骗了我,她开始就支支吾吾,她在阻止我与覃接近。

我乘上最后一班地铁,始终留意着那两个小伙子的动静。他们很少说话。他们没在长椿街站下,也没在复兴门下车。看来他们不是与覃一起的人。那么覃到哪儿去了呢?

我后悔不迭,为什么自己竟没有勇气到饭店里去看一看,而只是在外面傻等?或许她现在正在饭店里喝着咖啡呢。我变得越来越畏首畏尾了,简直是毫无章法,全然没有一个追求者的主动,倒像是等待被别人追求。

天空中飘着细细的雪粒,像雨,空气格外清冽。没有圣诞气氛,只有匆忙的人流和我这样的失落者。我没有再想虹如何在西海岸度过她的节日。我想着覃，又觉得她比虹还缥缈。在清冷的冬夜，我渴望温柔，渴望像冬日的风雪中灯光一样诱人的妻子。我是怀着美好真挚的情感来寻求我的爱情，寻求我的浪漫的。而别人呢，或许她一直以为我是逢场作戏呢！或许早已心有所许，迟迟不向我点破，只是怕伤害我痴情的心。这一切现在还是一个巨大的谜团罩在我的头顶。

我轻轻地按亮楼道里的节能灯，寂静的楼梯上传来我沉闷的脚步声。

84

整整一个星期，我都生活在一种焦虑、忧伤和默默的期盼之中。直到圣诞节前夜，也没有得到覃的任何消息。失落的情绪越浓，我对她的爱也就越强烈。然而，一种不安的预感开始在体内蔓延，我可能失去覃了，可能再也见不到她了，我为她忧伤，为她沉沦，而她却像一段乐曲随风而散，无影无踪。

我随意翻阅着旧时的报纸，注意力却集中在客厅里的电话上，每次电话铃响都会令我心头一震。但我知道覃是不会给我电话的，此时，她可能已奔向大兴，在为一个即将到来的狂欢之夜而欢快地忙碌着。我闭上眼睛，简直无法想象这些搞艺术的年轻大学生在一起狂欢的情景。就当这一切都与我无关，不过是发生在另一个地方，或者是发生在未来的事情吧。然而，这毕竟是我渴望已久的时机呀，我连最后一次表达的机会也已丧失了。

在我恍恍欲睡的时候，终于接到了一个电话。是秋，她久违的温和亲切的四川口音把我从梦中唤醒。秋问我知道今天是什么节日吗，我说是圣诞节，不过这好像不是中国的节日。她说，她的同乡邀请她参加圣诞化装舞会，计划玩一个通宵。但是她挺犹豫，不知道该不该去。我说，去吧，为什么不去？有时集体活动组织得好能带来无可替代的乐趣。你可以为她们唱唱圣诞歌曲，还可以化装成白雪公主或圣诞老人。她说，你这么讲倒是有点意思，我的老乡们组织能力很强，而且他们很有钱，准备在一家饭店包一个舞厅，还打算让我请一些外国留学生参加。那你就更应该参加了。我说。

"他们想让我当主持人。"

"所以，去吧，哪怕是给别人带去一些快乐。"

"那你呢？打算怎么过？"

"我没什么活动，对圣诞这样的节日历来很淡漠。"

"那你明天来吧，我们学院还有活动。"

"可以。我明天一天没事。"

我到秋的宿舍的时候，她正在给几个学生答疑。她让我半小时以后再上来。几个学生冲着她做鬼脸，她的脸唰地一下泛起了潮红。我若无其事地离开。

我从来没有认真打量过这个学院的校园，就像我还从来没有认真考虑过与秋的婚姻一样。这是一所五十年代建起的工科院校。校园开阔，教学建设群落为仿俄式样，古旧而高大。这是两个大国在度过一段蜜月之后友谊分裂的见证。荒秃的树林间有一个人工湖，湖面已结冰，三三两两的人正在冰上滑行。冬季的萧瑟荒凉映衬着我此时的心境。我觉得自己始终生活在生活之外，生活在若有若无的想象之中，甚至于算不上一个真正的旁观者，因为我对现实世界的变化总是缺少敏感，简直就是熟视无睹。

在布告长廊，我看到了"圣诞舞会"的字样，回来告诉秋，她表示不想跳，我也不想跳。我说买点东西来做吧，她也兴致不高，说还是食堂打点得了。我还是去小卖部买了一些东西，面包、果酱、火腿肠、苹果、红葡萄酒、康师傅面，还有一支圣诞树状的糖果。

"做饭太费时间了。"她解释道。

"我记得你说做饭是一种乐趣。"我边说边把切成片的苹果夹在面包里。

"那要看情绪。"

"今天你的情绪不好？"

"有点累。"

只开了一盏床头灯，她的脸庞显得血色不足。大概是昨晚玩得太晚了。

我又忍不住提醒她注意走路外八字："你走路的姿势有点像模特。"

"也许跳过舞的人都是如此。"她还是没有反应。

"一看你走路的样子，就知道不是一个脚踏实地的现实的人。"

"为什么？"

"很飘逸。"我说。

她听后，无所觉察地笑了。

吃过饭，又开始长谈，就像谈判。她坐一张床，我坐另一张，中间是书桌。我把一盘老掉牙的舞曲磁带颠来倒去地放。

"我们总是相互解释，为自己贴标签，一、二、三，我不爱说话，我正统，我事业心不强等等，干巴巴的。其实换了另一些环境与另一些人，也许我们会是另外一种样子。"

"我倒真想知道你的其他侧面。比如做丈夫的样子。"

"连我自己都不知道会是什么样。"

"其实真正的浪漫应从婚后开始。"

"观点新颖，但是可能吗？如果恋爱阶段连约会的兴趣都没有，怎么可能走向婚姻呢？何况爱情也绝非只有柔情蜜意，冷漠、残忍、心灵的折磨也是爱情的一部分。"

"不是这么绝对吧！我认识的许多老教授，他们一生都生活得很好，他们结婚之前甚至连面都没有见过。"

"在情感的世界里，什么事情都有可能发生。他们认为幸福的东西对我们而言也许已经不是幸福。再比如你，是一个很幸运的人，从来都是你拒绝别人，而没有人拒绝你，因为你很擅长自我保护，也不会对艺术形象盲目崇拜。"

"我其实是爱激动的人，只不过善于掩饰罢了。"

"我们之间是怎么回事，就像老朋友一样，认真、诚恳、礼貌，却都感到缺点什么？"

"至于究竟少点什么，我们心里都很清楚。"

我避开她的目光。其实我早就意识到她缺乏情趣，尽管她也唱歌、跳舞，但她不是艺术型的人，当我真正确认这一点之后，还是无限遗憾的，对于婚姻是好事，可我偏偏还不愿接受这样的婚姻。

透过她宿舍的红色窗帘望到对面楼上的灯火，又一次忧伤地想起了覃。此刻，她究竟在什么地方呢？

"昨天的聚会好玩吗？"

"我最后没去。"

"为什么？"

"不为什么，我都化过妆，穿好了衣服，忽然就不想去了。趴在桌上哭了半天，连饭也没有吃。"

"太遗憾了，我是说，他们一定会很遗憾。"

"遗憾就让他们遗憾吧！尽管我在这样的活动中始终是中心人物，可是我并不喜欢。"

"你还是愿意马拉松式的谈判？"

"怎么说呢？我真的喜欢漫无边际的聊天。你呢，我觉得你也不喜欢热闹。"

"我也曾是这类活动的中心人物，现在觉得那种站在人群中间哗众取宠的样子一定很滑稽，也很让人讨厌，自己在台上意气风发，还不知别人背后怎么冷嘲热讽。"

"那时你一定很招女孩子喜欢。"

"不过是一种虚假现象。那时我很浪漫，爱写诗，想先赚一万元，然后辞职随心所欲地进行诗歌创作。"

"真的很浪漫！"

"可是不行了，一切都破灭了，再说现在一万元也远远不够了。"

"你的性情太温和了，也许是从小形成的恋母情结在作怪。你是不是很依赖你以前的女朋友？"

"这一点你看得不错。"

"跟你在一起，总是感到不放松。"

"对，别人也这么认为。"我想起菲也对我这么说，"不过，我也有过充分放松的时候。"

"你为什么不能轻松一点呢？"

"好了，今天是圣诞节，不谈这个问题了。我得走了。"

我把一张带音乐的贺卡送给她，上面的文字是：祝你和你的他幸福。我未著一字，只是说，不喜欢可送人。

她也送我一张立体贺卡，可以张开形成一个房子，还有一扇可以打开的小窗户。画面是瑞士风雪山中的一幢洁白的小楼。"拥有这样一座小屋大概是我一生的梦想了。"

她请我看里面的一张字条："Would you like to open your window of soul tome？"（你愿意对我打开你心灵的窗户吗？）

"你认为呢？"我反问她，"遗憾的是现在还是冬季。也许我们能够共同迎来一个美好的季节。"

85

去年圣诞节之前，我曾幻想今年的节日一定会掀开新的一幕，结果依然没有走出情感苦闷的泥沼。无望的等待还要持续多久？佛教讲，人来到这个世上，一个是来结缘的，一个是来还债的。而我有缘吗？我的缘在哪里？

我闷在屋中许久，突然觉得应该找影谈谈，只有她才是最了解翚的人，也只有她才是解脱我内心苦恼的唯一希望。

她看到我有几分惊讶。我说："影院正放新电影《大撒把》，你去吗？葛优演的。"

"不去了，我要练琴，玩了好几天了。"

"那我在这里简单跟你聊会儿。"

"行，你圣诞节怎么过的？"

我们站在一处人造花池旁，她的手交错地摆在胸前，白皙的手指在胳膊上不停地弹动着。望向我的目光有种说不清楚的含义，不知是怜悯、同情还是嘲讽？

"挺好，圣诞夜去教堂唱了一夜歌，然后几个朋友聚集在一起打麻将，我的运气好，赢得最多。你呢？"我撒了谎，我不想让她看出我是快乐节日中一个无精打采的失意者。

"我到朋友家去了，玩得很开心。"影说，眼睛望向一处凋败的花丛。"也不知覃这两天怎么样。"她的声音像在自言自语。

"她不是去大兴了吗？"我颇为诧异。

"可能没去。"

"你知道她去哪儿了吗？我需要向她核对联航飞机票的事。"

"她要坐联航回家？"

"她没跟你说？"

"噢，说过，我忘了。"

"我刚托人替她打听过，十四号停机没票。可能这期间有包机，能搭机。我也无法跟她联系，不知她什么意思，她连她的身份证号都没有给我。"

"难为你办事这么认真。"影说着，不自觉地低下了头，"陈宝根这个人怎么样？我办演奏会他能帮忙吗？"影岔开了话题，这使我对覃的疑团进一步加深。

"他认识不少人，或许可以介绍给你。"

"我再去一个个联系，求爷爷告奶奶，等联系好，我该毕业了。"

"可以试试嘛，锲而不舍，金石可镂。"

"他跟他妻子关系好吗？"

"还不错，他只不过有点艺术气质，人并不坏。"

"我知道。他是个商人吗？"

"还不算。"

"还不够唯利是图？"

"我所理解的商人应该是真正具有很高素养的人，陈宝根还处于原始积累阶段。其实我跟他已经不是一路人了，尽管我们是同学，但我们之间的差异越来越大。"

"你对做生意有兴趣吗？"

"有兴趣，但没能力。谁对钱没兴趣？"

"我认识一个香港人，他要投资举办中国首届国际棒球邀请赛，想拉赞助。有提成。"

"好事是好事，可能我没什么戏。我就认识这么几个人，就算开公司也是初创阶段，能力有限。"

"我觉得你特别像老师。"

"按王朔的说法，说是老师就等于骂人。"

"我没有这个意思。"

"与你们这一代人——对不起，我又开始概括了，我确实觉得有代沟，尽管相差七八岁，但这十年变化太快，我已经落伍，你们观念太新。"

"别匆忙下结论，你才认识几个人？"

"好像现代的人已经不相信有所谓真挚的情感，你一认真，别人会觉得很可笑。"我停顿下来，又一次想起覃。傍晚的风送过来一丝寒意。我看见影打了一个寒战。

"走吧，咱们到我的琴房去吧。你不是说一直想听我弹琴吗？"

"能进去吗？"

"你悄悄跟着我上去。在十二层。"

在影的琴房，她脱掉外套，坐在星海牌钢琴旁，打开蒙尘的琴盖，然后侧头莞尔一笑："想听什么？"

"别太客气，我只知道克莱德曼的轻音乐。"

"那好，我给你弹《水边的阿狄丽娜》。"

影的紧身毛衣映衬的圆润的胸部随着她轻盈的弹奏而微微颤动，好像饱满的在风中快要掉落的果实。我不由得哀伤地叹了一口气。

"你为什么总是心事重重，你这样没有女孩子会喜欢。"

"我并不总是这样，只不过心已经老了。"

"你的外表显得很年轻，何必自寻烦恼？你不就是一个爱情问题吗？"

"应该算是婚姻问题。"

"对，婚姻问题，你的要求是什么？身高、体重、学历、相貌？"

"别讥笑我。"

"我跟你开玩笑，别生气。"

影一边弹着曲子一边与我聊天，那样的曲子对钢琴专业的学生来说实在是太容易了。

"你为什么不在你们学院的女生中寻找？"

"大一大二年龄太小，而只能限制在大三大四，看着可心的又大多有了男友。"

"你太没勇气，如果是我，管她有没有，只要是我爱上的，就可以去追，顶多不过是失败，又能怎样？"

"是不能怎么样，可是，这些游戏我都经历过了，我追过一个上海女孩子，从北京一直追到上海，刚刚进站，她的男友正在车站等她呢！"

"后来呢？"

"我一如既往，可是最后她还是回到那个人身边。我厌倦了，好像一谈恋爱就得是一个第三者。"

"那你打算怎么办？"

"靠你帮忙。也许我太古板，太一本正经了，我也想改，可是改不了，我真的不想把恋爱和婚姻分开，你说这世上还有没有爱情？你说这婚姻和恋爱是否是两回事？"

"当然不是，这一点用不着怀疑。寒假打算怎么过？跟我去杭州吧！我也没事，可以天天陪你谈人生。"

"让我考虑考虑，我是那种挺不容易下决心的人。"

"我只是不愿意一个人二十多小时坐火车。"

"带上录音机，再带上我编的诗集。"

"可以搞一个配乐诗朗诵，把所有成韵的字词组织起来，让大家一本正经、莫名其妙、充满感情地念，配上特别优美的音乐。"

"再加一些朦胧诗，很多朦胧诗也是一些光有韵律、节奏而找不出意思的单词。"

两人说完都恶作剧般地哈哈大笑起来，笑过之后便是无尽的忧伤和沉默。我是在嘲笑自己，嘲笑自己十几年来以为无比崇高的追求。

"我去给你讨点水来。"影说笑着出去了。

我站在窗口，望着立交桥上奔驰穿梭的车辆，感受到无常的人生正在一点点流逝。

"没有水，只有酒，而且是二锅头。"

"好呀，让我们一醉方休，也可以听听你的醉弹。"

两人拿起酒瓶，一人一口地喝了起来，刺心的辣液从喉间滑向心口，五脏六腑都好似点燃一般。

"有些人天天奔着出国，多么可悲呀！我不会再干那样的傻事，花三四年去奔自费出国这条险路。我已经没有青春，我对什么事都不想刻意以求了。"

"我也是，听天由命吧。你的脸都红了，真可爱。"影说着就用手来摸我的脸。

"当老师有什么不好？我就想去当老师。毕竟我是自由的，自由你知道吗？多可贵呀！"

"那我也去当老师。"

"别蒙我了，你会去当老师？你前途无量呀！一搞独奏音乐会，你就出名了。到时就不认识我了。"

"别这么说，我是很在意你的。"

"是吗？现在还有人在意我？"

我生硬而荒唐地抱住了她，手犹如一只受伤的鸽子，不由自主地沿着她的肩胛向下滑。她没有抵抗，连象征性的抵抗都没有。我开始吻她。吻了一下，被她推开了。她重新坐回琴边，去弹一支曲子。我听出这是电影《初吻》中的插曲。

就在她满屋叮咚作响的琴房，我们又一次相吻，吻得很动情。但仅此而已。她整整皱起的衣服，继续弹下去，刚才的举动犹如漫长的休止符，又似整段旋律的一个变奏。我被她优美的琴声冲击得心驰神荡，我想紧紧拥抱她，拥抱那些音符。

"你并不是为我而来的，"影忽然停止演奏说，"我知道你的心。我不想伤害你。"

"告诉我吧，把一切都告诉我，我不会意外的，我早有预感。只不过又是一个插曲而已。"

"她走了，离开学院了。"

"什么？为什么？她去哪儿了？"

"她退学了。"

"为什么？"

"她想出国，一个韩国商人答应帮助她。"

"不会是无偿的吧？"

"当然不是，那个韩国人喜欢她。"

"她就决定嫁给这个韩国商人？"

"没那么复杂，他们只是很好的朋友。"

"这简直是……"

"你觉得很奇怪吗？你知道她一直很想出国，如果是我，或许也会这样做。"

"当然，其实也没什么。这样的事经常发生。只是——只是我一点也没想到会发生在她的身上。她好像是一个很严谨的人呀！"

影笑了，笑得很凄苦。

"你觉得我还有希望吗？为了爱，我已经等待很久，不在乎再等，你帮我问问她，五年、十年，还是十五年？"

"她知道你是一个痴心之人，但她说她不会去爱一个失恋过的人——这是她父亲告诫过的话。"这句话真是深刻呀！也许是她父亲有过切身感受。一个失恋过的人，一个有着失恋综合征的人是注定缺少健全的人格力量来承受一场新的恋情的。

琴房里安静下来，远处的街区传来喧闹的车辆行进的声音。我好像已经离开了这个城市，去到遥远陌生的地方。心在一阵阵撕裂着，烈酒的气味在胸口回升。时间好像停止了，所有美丽的雾状的浪漫都是因她而起，与她相连，忽然像断电一般从脑中的屏幕消失。我想着去京东大峡谷，在华侨饭店听她拉琴，又在饭店外痴情地等她，这一切果真犹如一场梦，没有开始，却突然结束了。

影把手放在我的肩头，用温柔的目光佯装若无其事地安慰我。

"没关系，又不是第一次了。"我掩饰着内心泛起的阵阵痛楚说，"你们认识多久了？"

"从初中就开始了，那时我们一起考音院附中，她比我大半岁，鼓励我别紧张，后来我们就一起上学练琴。"

"你们挺默契的。"

"你看出来了？"

"只是一种感觉。她有点神秘色彩。"

"她的经历挺复杂的，初中时因为与父母吵架，一气之下便与一个男生出走，跑到了中缅边境，又被抓了回来。后来她还割了脉，幸亏抢救及时。"

"这个小姑娘，这么离奇！"

"她的心境一直比实际年龄要大。"

"初中，你们还在上初中时，我已经大学毕业了。可是我好像一点不比你们更成熟。"

"你太书生气了。"

"她有男朋友吗？"

"以前有，后来吹了，她一直在考 TOEFL，想出国，已经两年了。"

"哈，真有意思。"我不禁摇起头来。

"为什么？"

"错了，完全错了，我把她完全想成了另外一种人。我觉得她纯真稚气，还没有长大，有点任性。"

"她是一个纯真的人，她很珍视感情，她不是那种不负责的人。"

"谢谢你对我说这么多，我不后悔认识她，不后悔为她付出的感情。只是，只是她不应该不辞而别，不应该呀，我还一直在为她买票。"

"她什么都清楚，她会记在心上的。"

"我有时觉得命运真的在跟我开玩笑，我看上一个就会跑开一个。"

"你放心，我会给你帮忙。最近我跟一位中学同学联系上了，她在无锡上学。我打算给她写封信，你别着急。"

"别太在意，你有自己的事，方便的话问问就行。也许，我很快会结婚，真要结婚也不难。"

86

风似乎在变换着方向，路人都在匆匆而行。我的脑海中只在回味覃微笑的脸庞，竭力让这一时刻定格，成为永远。在我的生命中，她永远只有二十二岁，青春的笑靥像鲜花一样盛开着。

我走着，向着一个方向，但不知道该去什么地方。有些冷了，我打了一个寒噤，缩起了脖子。难道爱真的是这样没有道理可讲？我执着于一次次单相思式的爱情，为爱所苦所扰，却始终得不到我向往的爱情。

"爱，我这一生都将与你无缘了。从小我就缺少关爱，一直到现在都没有改观。一次次我满怀希望，一次次我以为找到了爱的归宿，到头来却是一片空虚。无人赏识我，无人会发自内心地爱我，我这种类型只有改变自己才能得到爱，但我又无法改变。我活得太累太辛苦了，却得不到一丝鼓励的掌声。我不知道我想活给谁看又能活给谁看……"

我站在纵横交错的立交桥旁，不知所措。这个城市越来越陌生了。连同这个城市生活的人们，他们活着为了什么？

一位翩翩少女像一只迷途的鸽子般出现在我的眼前，她轻捷、快活地走着，好像还哼唱着一支流行歌曲，横挎身畔的黑色皮包在身前摆动着。

我目不转睛地望着她，脚步不由地随她而行。我能与她相识吗？能与她哪怕攀谈几分钟吗？让她告诉我现在是什么时间，公元哪一年哪一月，或者向她问一问路，让她告诉我下一步该怎么走。她会理我吗？她只可能有两种选择，不是轻蔑地一瞥就是置之不理，把我当作乞讨者或者流氓。她什么也不会给我，我从她那里什么也得不到。她只不过是我生命时光中根本无法把握的匆匆过客。

她的脚步越来越快，好像就要从我的视野中消失了。我贪婪地盯着她婀娜多姿的身影，一下子热血沸腾，一种从未有过的犯罪感在心头回旋。我摇晃一下身体，快步跟了上去。"喂，小姐，你能等一等吗？"我记得我嘀咕出这样一句话，并吐出一口浓重的酒气。她进一步加快了步伐。迈过几级台阶，走上了桥，迅速向停在桥中右侧的一辆黑色汽车跑去。我只好沿着桥梯一阶阶而下。这时，我的身前突然出现了几个人。

咚咚，只两下我便什么也不知道了。当我醒来的时候，已躺在自己的床上，周围焦虑的目光一下子变成了厌恶。

"你是怎么搞的？也不能醉成这样吧！快三十了，快三十岁了呀，毫无起色、毫无起色呀！"

"你也太不像话了，你知道家里对你多操心？"

我一言不发，眼角缓缓淌出两滴眼泪，真正尝到了心灰意冷的感觉。"我活着还有什么意思，还有什么意思呢？"我觉得平静异常，不再有恨有抱怨，也不再忧虑，身体好像很空，只剩下头脑还在毫无逻辑地胡思乱想。

春节到了，爆竹声声之中，我一言不发地与家人吃过年夜饭，连声祝福的话语也没有就将自己关在小屋中。我甚至不再期待来年我的心上人会与我一起共度良宵。

1992 年深冬，我独自徘徊在静寂无人的玉渊潭公园的小路上，对生活茫然失措，虔诚地蹲在每一个算命的摊位前渴望他们能够指点迷津；我还去了白云观烧香，又用计算机算命，但是所有的答案都是模糊不清的。我被命运捉弄得昏了头。

87

迎面走过来的第 37 号小姐与照片上的模样又是判若两人，我已经见怪不怪了，只是无可奈何罢了。

这个女孩在第二天一天内给我打了三次电话。她说："我刚刚觉得生活充满了希望，我已经很久没有这样的感觉了。你是那样稳重、优雅，而且还有一点文人的忧伤，你让我回到了纯净的学生时代，可是……早晨起来，我就觉得事情不妙，忙给你打电话——唉，我像突然挨了重重的一记耳光。"

"如果我做得不好。我道歉，不过我暗示了。"

"我知道。可是，你应该明白，我真的十分喜欢你。"

"要是我也有这样的感觉就好了。"

"我太不幸了。"

"别抱怨，我不是也一样吗？我今年三十岁了，也是一个人，不是吗？"

"你救救我吧！"

"不是我不想救你。实话说，如果我来救你，不仅救不了你，反而会害了你。你不至于想跟我同归于尽吧！"

"怎么会呢？"

"我不想再重复历史已经证明的事情。"

"你干吗说得那么耸人听闻呀！"

"现实比我说的更加可怕。"

"真让人绝望，我怎么遇到的都是绝望的事呀！"

"还是要有耐心，你就这么想哪怕是撞大运呢，总得撞上一回吧！"

"不管怎么说，认识你真好。"

"谢谢你，我真希望能够祝福你。"

"我还会再给你打电话。"

"对不起，你没必要再浪费时间了。"

挂断电话，坐在电话机旁很久才离开，在我的生活中只有阴差阳错，何来两情相许？

在独自一人的静夜里，我的脑海中又一次幻想出覃的身影，她正从月光沐浴的林丛小径向我走来……

手风琴的声音孤独而苍老。

在雪天，犹如一阵风吹到寒冬中颤抖的树叶上。当皱纹一般的风箱展开时，诉说的声音饱含沧桑。在琴声中走来的女孩，又在琴声中失去了。

无所事事的一个清冷的下午，我突然造访秋的宿舍。她有些惊讶，端详我的目光也显出异样。

过了没多久，有人敲门。又进来一位江南口音的戴黑边眼镜的三十岁左右的人。

秋的脸上微微泛红了："这是石油学院的年轻副教授。"她向我介绍道，又转而向他介绍，"这是 R 学院的高才生。"

秋在几个男人之间总是特别妩媚活跃，我不喜欢她这种自我满足。

三人闲聊一阵儿，尽管秋竭力调节气氛，却依然无法消除彼此间的生分和戒备。秋开始削苹果，第一个给副教授，他不安地推脱着，要先让给我。秋说："他是后来的，你先吃。"

半小时后，副教授率先告辞，我也提出要走，秋说："别这么着急嘛！他是来探讨英语问题的，他的英语很棒。"

"不用解释，我并不是因为吃醋才走，我没有权利也没有责任限制你的自由。只是我发现我在这儿，或者我离开，对你都似乎是一样的。我真的很遗憾。"

"不许走，就是不许走，我要到商店买东西，你帮点忙，行吗？"

我只好勉强同意。一下子烦闷不安起来，与她在一起的日子已成枯燥的模式，我已厌倦探讨那些永远也探讨不清的问题。我对她几近刻薄，这对她是不公平的。然而，她这潭深水已难以激起任何波澜。

我们一起在校园的黄昏漫步，没有牵手，也没有任何亲昵的动作，距离感极强，平静得像两个永远无法走近的孤独的哲人。

"我们今后该怎么办？是进一步发展还是仅仅停留在原地？按照意愿来讲，我希望有所改变，可又不知该怎么办，你打算怎么办？"秋率先打破僵局。

我问秋："如果继续发展我们的关系，你愿意为我做出一些改变吗？"天哪！这口气连我自己都吃惊——不再是做学问，而是谈判了。

回到秋的宿舍，洗菜、做饭、吃饭，然后自然而然地坐在谈判桌的两边，对我简直变成一种责任和义务，甚至是一种我并不十分喜欢的习惯。这种责任和义务似乎是为了别人而不是为我。我们有时甚至不知道为什么而谈判。我几乎无法掩饰我的焦躁和恼怒。

"我得走了。"在聊天几乎还没有开始的时候我就盼望结束了。

"为什么？你还有什么事？不就是写你的书吗？何必那么刻苦？"

"这是我的事业。我唯一的精神支柱。你靠反复教英语可以挣足钱，我没那个兴趣，也没那个能耐。"

"你怎么这样说？"

"写作并不是我想离开的根本原因。"

"那是什么？"

"你说呢！我们这样谈来谈去，能谈出什么！我们已经谈了半年了，彼此也够了解了。"

"你想怎么办？"

"怎么办？车尔尼雪夫斯基写过《怎么办》，我也不知道怎么办，我只知道这么谈下去已经没有多少意思。"

"……"

"其实，我们彼此都清楚，我们对对方都并不专注。"我真的有点内疚，我似乎在跟秋谈恋爱，但心中一直牵挂着另一个人。而她呢，也在广泛选择。

"我没有，我不是那种人。"

"我不是说脚踩两只船，因为我们并不是恋人。关键是，我们都觉得没有必要为对方舍弃已有的东西。"

这样的话题太沉重了，我知道我在无端地伤害秋。

秋背转身去，用双手掩住脸，我则把调频收录机的音量拧大。那里正在播放胡里奥的歌。

窗外残雪消融，屋内忧伤的气氛正在蔓延。

我回过头望着她："我们其实都是普通平静的人，不典型，不具有戏剧性，而且对什么都不太热衷，但我们的心境都十分清高。我们两人最大的共同是固执，都不愿放弃固有的自己。"

"你究竟想说明什么？"秋泪眼婆娑地责问。

"我其实什么也说不清楚。你有没有突然改变的时候？"我仍想继续心理调查，我知道多年之后，虹的影子依然笼罩着我的内心。

她说没有。

"今后有没有可能改变呢？"

"也许可能，不过那样的话，我可能已经不是自己了。"

88

雨夹雪迎面而来，寒意袭人。我印象中的这个冬天是最为寒冷的。

我骑着那辆总是慢撒气的自行车，这辆车还是当年虹送给我的生日礼物。五年过去，情景清晰可忆，车却已磨损破旧。这就像虹留给我的已然残破的一切。

我印了一百份求职简历，分别寄给或送给所渴望的一些单位，但这也如寻找爱情一般总是难以两情相悦，对我有兴趣的单位多令我排斥，我所渴望的单位又将我拒之千里。

距求职的最后期限已经寥寥无几，工作仍然毫无着落，我像一只无头的苍蝇般六神无主，整日在这座城市的大街小巷漂泊，又像一阵游走不定的风，心里愈加空虚寥落。

这天，从一家国营机关的面试现场悻悻而归，途经一所坐落在市区的不太知名的学院，我忽发奇想，决定去碰碰运气。教书是冷落的职业，竞争小，或许机会多些。

人事处长以特有的冷漠接待我，开门见山告诫我这不是一个好的单位，办学条件差，资金不足，住房奇缺，教师工资很低，但工作量极大，学术交流活动开展不起来，等等。

我问，有没有好的方面？

人事处长竟一时语塞，想想说校风还不错，坚持岗位的人个个兢兢业业。

我把求职申请递上去，并恭敬地呈送一本山水挂历，祝他新年快乐。

处长对挂历不屑一顾，说："挂历拿回去，求职信我留下，看看有没有哪个部门想要。"

三天后，我急不可待地给人事处长打电话。他无奈地告诉说，用人部门说了，年轻人他们不想要，他们需要踏实稳定、一心热爱教学的人。

"我是很适合教学的，我对这个岗位很感兴趣，我从小在教师家庭长大。"

"这样吧！你去跟教研室的人直接谈谈，你能说服他们就行。"

教研室主任是个五十多岁的精瘦老头，他与我聊过几句后说："看来你与简历上写的并不一样，我们这里很缺人，但不需要花里胡哨的那种人。你想来，我们欢迎。这样吧，你写个申请，再去找找副主任。"

我猜到大概是简历出了问题。简历上描述的我当过文艺活动主持人、会乐器、获过音乐奖、当过研究生会主席等内容引发了主任的担心，这样的人恐怕很难踏实做学问，但一见本人，远比他想象中本分内向得多。

在副主任的面试中，我又一次表白，现在很多人不喜欢这个职业，但我是一个例外，我现在没有办法向你证明这一点。但我确实是真诚的，每个人只能选择适合自己的职业。世上职业千万种，钱多的、风光的、能出国的，我也不是不能去，也有单位一直在要我。但有些职业我干不了，有些职业我毫无兴趣。我觉得自己是比较内向、比较能够静下心来的人。

"有对象吗？"副主任突然问。这已经不是第一次应聘被问到这个问题。

"还没有。"

"看你的样子不像是没有谈过吧？"

"以前谈过，都吹了！"我真的那么挂相，一直把失意写在脸上？

"这个问题也是人生大事，处理不好，事业也受影响。"

"一定努力处理好这个问题。"

"要振作，有些问题没有想象中复杂。"

不明就里，也不方便多问，难道他一眼就洞悉了我苦难的情感历程？

两天之后，我去人事处草签协议。处长对我说，等你毕业正式签约时，要签合同，五年内不能调动，三年内不准要房。要来就要踏实，千万别拿这个小单位当跳板。

"我不会的。"

"那好，你未来的工作不坐班，要自己抓紧时间，多钻研，多出成果，还是会有前途的。"

"谢谢处长。"

"你的工资从正式报到那一天算起。"

"谢谢。"

走出门来，长吁一口气。我终于又有了一份工作，虽然只是从一所学院转到了另一所学院。合同签字的那一刻，我忽然意识到，这一生我终将与金钱权势无缘，而只能是一名逍遥于社会之外的默默无闻的清风秀士了。这个职业也终将使我在婚姻选择的道路上困难重重。

刚刚回到学院，就被陈昌平拉到足球场，去参加与 D 学院进行的所谓告别青春足球友谊赛。

"我行吗？尽漏人。"其实我有点自谦了，当年的我也曾是百米 12.7 秒的右边锋。

"行，只要是个人就行。"

一群毫无体能也毫无足球技巧的硕士在球场上围着一只花瓣足球奔波忙碌了九十分钟，终场哨响，比分仍是 0 比 0，比赛在浓重的伤感气氛中结束。残阳下熟悉的球场和比赛，曾经感到似曾相识的一切令人唏嘘感慨。不会再有心仪的女生在食堂买好饭菜笑盈盈等着我共进晚餐。这幸福的一页已经彻底翻篇。

我和陈昌平来到水雾蒸腾的澡堂。澡堂里挤满了赤条条的身影。我们是两年半的澡友。今日双方算是最后一搓。陈昌平在一家土畜产进出口公司找到了工作，又与家乡的中学同学重续旧缘："当初与她分手时，她绝对是黄花闺女，现在不知道是什么了！"

"行了，你够幸福了，别不知足。千金难买回头笑呀！"我奋力搓着陈昌平的大宽脊背，心里涌起一阵心酸。

"你怎么样？还打算苦苦等待？"

"我知道我的问题。首先是我自己不够男人；其次是无缘碰到能够塑造和激励我成为男人的人；第三，即使有这样的人，我也没法投入感情。因为我根本没办法相信这种关系会持久，会一成不变。结论是，我将孤独一生。"

陈昌平同情地一笑，拿过我的毛巾开始为我搓背。他搓背的水平远胜于我，这么多年我实际上一直有负于他。

"别那么灰心，生活又不是做学问，用一二三就能解释清楚。你有这些想法，只是因为你正走背字。也许明天你就不这么想了。记住，还是要善待自己，一个人不会一辈子倒霉，总得有走运的时候。"

"是吗？那就借你的吉言了。"

我决定离开了，在天还没有大亮的时候。她的眼中闪着泪光，信誓旦旦一到日本就给我打电话，我又一次忘情地拥抱了她。这一刻，这个透映着夏季树木倩影的阴暗的平房变得如此陌生，它在我的记忆中只是一个瞬间的闪现，它将永远明亮而遥远。

89

我依然只能通过好心人的安排去见一些不知能否成为我妻子的女孩。

申便是其中之一。介绍人说，这个女孩各方面条件俱佳，只有一样不好，那就是曾经离异，不过好在他们没有孩子。我说没关系，只要条件适合，结没结过婚、有没有孩子都无所谓。你怎么什么都无所谓呀！介绍人反而不高兴了，以后你改名叫"无所谓"得了，告诉你，人家可是好姑娘，你要好好表现啊！听见没有？

申在一家日资电梯公司当秘书，初次见面，约在复兴门地铁站门口，约定时间过了一个多小时，也没有见到她的人影。正待我打算离开时，一个秀丽灵巧、活泼可爱的女孩姗姗而来，她穿着一件粉红色带白花点的羽绒服，身材小巧玲珑，杏黄色的发卡将头发乖巧地拢在脸庞两侧。当她看见我手中的《英语世界》时，不禁莞尔一笑。这美丽纯情的一笑打消了我对她姗姗来迟的怨气。一点也看不出她是有过一次失败婚姻的人。

她说："实在对不起，突然安排的一个应酬，没有办法。"

"我理解，公司嘛，不像我们那样时间自由。"

我看见她微微凸起的胸部像藏着两只惴惴不安的小兔。

"听说你正在找工作，有眉目了吗？"

"有几个单位，还没最后敲定。"不知为什么，我没有告诉她已经落定高校教师的事情。我望着她羽绒服后面背着的一只摇摇晃晃的羽绒帽，随意地撒了谎。

"给我几张你的简历，或许我可以帮帮忙。"

"好，谢谢你，不过，我主要打算出国读工商管理，单位有一个就行。"

"打算去哪儿？"

"欧洲或者美国，我有朋友可以帮忙，在美国也有亲戚。"

我的嘴里开始跑火车了，我知道并非人人都十分在意能否出国，但没有人会讨厌这类计划。毕竟，出去的人已将那里描绘为天堂。我太怕由于几句话而失去了与她交往的机会。

她明犀的目光富有灵气，樱桃般美丽的嘴唇两侧是两朵浅浅的笑靥。她是经人介绍的三十多个女孩中唯一在形象上打动我的人。

"你很想出国吗？"

"出国不是目的，我只想给自己增添几分竞争的筹码。未来的社会再也不靠激情或动人的言辞了，要靠实力。再说，国外的环境也有利于发展。不过，有了资本也许我还会回来，为中国尽一份微薄之力。"

"社会变化真快，刚从学校出来时，根本无法适应，从书本中想象的东西与现实差得太远了。人们只是谈钱，而且越来越庸俗。"

"现在感觉怎么样？"

"完全适应也完全理解了，我学会了两副面孔做人，而且不在意孰优孰劣。"

"这就对了，社会力量如此之大，固有的自我只能退居二线了，或者成为回忆中的黑白照片。"

"中国是有希望的，但需要经历一个漫长的过程。我们这一代人只能是过渡的一代，所以，有时功利地想想，出国可能是一种急功近利的选择。"

申是一位善解人意的女孩，有着白领女性特有的开朗、优雅的气质。

我请她到一家快餐店喝饮料吃点心，她谢绝了，说自己已经吃过了。又说明日还有些活动，想先回去休息了。明显对我面试不合格。我等她一个小时，见面聊天才半个小时，颇有些依依不舍，但也无力挽留。她主动给我留下了电话，后会有期，她说，然后向路边伸手打车。

几天来，我陷入虚妄的想象中。她带来一线生活希望，我天天给她打电话约她，她不是不在，就是推说有事，终于有一天，我对她说："给我一个明确的答复，没关系的。"

她说："公司要派我去日本，起码五年，最近一直在办手续，已办得差不多了。老实说，我对你印象很好，可是我要去日本，你已经快三十岁了，我们的关系未知因素太多了。"

"只要我认为必要，我可以等嘛！"

"那不现实，你应该有自己的追求和选择，你不可能为我做那么大的牺牲。"

"那——就这样算了？"我显得颇为沮丧。

过了两天，我还是主动给她打了电话，她说："一切已经办妥，明天就要走了。"

"我们无论如何应再见一面，哪怕只是十分钟。请你一定答应我。"

她住得不近，远在西郊之外，而且是租的房子。她犹豫着告诉了我她的地址。我应一声："我去。"便骑着那辆破旧的自行车出发了。

这是一处靠近铁路和农田的老四合院，四面有一些废弃的工棚。这个令我心驰神荡的女孩就生活在这样一个游移之所。我找到她的住址的时候，已是夜晚。当她打开门时，我冲动地一下子抱住了她，她用力地挣脱开："你干什么？冷静一点，好吗？"

她的房间已是一片苍凉，地上凌乱不堪，堆着纸块、碎屑和玻璃绳子。她穿着一双红色的拖鞋，忙忙碌碌地为我倒水。她富于诱惑的身体充满了温暖的气息。

我与她分别坐在沙发的两个角，我在想如何缩短这段距离。

"你坐一会儿就回去吧！太晚了。"

我摇摇头："明天什么时候飞机？"

"下午五点多。"

"我去送你。"

"不用，公司有车。"

"你为什么不早点告诉我？"

"刚刚定下来。"

"你说我们就这样算了？第一次见面刚刚认识，第二次就是告别了，而且可能是永别……"

"那还能怎么样呢？我们不过是萍水相逢，一面之交。"

我向她靠近些，并把大灯关上，就只剩一盏小灯。她去重新打开，我又关上了。浅黄色的小灯温馨怡人："你看像不像坐在末班车里的感觉。"

"像，我们两人就是坐末班车。"

"对，你说得很准确，但太让人心酸了，今晚上我住这里了。我有很多知心话想跟你说。"

"那不行，邻居会发现的。"

"你明天就去日本了，还在乎邻居？"

"你想错了，我不是随便的女孩。"

"你也想错了。如果是，我可能就不来了。"

"你还是走吧！再晚，真的坐不上末班车了。"

"我骑车。再说即使是走回去也值得。让我多跟你聊聊吧，也许这是我们漫长一生最后一次相聚了。你现在还小，不懂得缘分是多么珍贵，多么易逝，也许我们将来还有机会走到一起，也许永远不可能了。不管怎样，我们现在在一起，这是上帝安排的缘分，我们应该珍惜。"

"别说得这么凄惨，好像在背散文。"

"不是，这是我的心里话，你知道我们在一起会很愉快，我很喜欢你，看到你第一眼，就爱上了你，我受到的感情挫折太重了，难道我的真情注定没有好的结局吗？难道爱情真的是'一旦动情，必将失去'吗？我是一个饱经沧桑的人，我的话可能有点过时，但是我依然相信真情。"

"别倚老卖老了，你那点经历还能跟我比？介绍人也许告诉过你，我曾经结过婚……"

"你不过是一次事实婚姻而已。"

"你太小瞧我了。"

"不是，我知道你的经历不少，但我的亲身经历肯定与众不同，听一听吧，就算是看一个电视剧或小说？"

我的故事讲得很成功，讲到尾声的时候，两个人已经相拥在一起。其间她哭了，并主动安慰式地吻了我的额头，使得我的讲述更加心酸。我沉浸其中，自己也感动得潸然落泪。她伏在我的肩头像是睡着了。我小心翼翼地把她抱到床上，并为她脱了外套，盖上被子，然后独自坐回沙发里，沉浸在往事的追忆中。我的心纯净极了，毫无放纵自己的感觉，好像为自己的感情而升华得崇高起来。

临近黎明的时候，我听到了她梦呓一般的呼唤声……

她伏在我身上的时候，就像一个洋娃娃那样娇羞可爱。她的灵巧，她的敏感，她的温柔宜人，她的等待和适应都留给我深刻的印象。一开始我们和谐默契，犹如浓情蜜意的夫妻。她裸去上身又用双手交叉着掩住自己胸部的一瞬间是那么动人，她的举止令我熟悉又陌生，在点点滴滴抚摸她的狂情之中，我找到了虹，找到了菲，甚至找到了霄，但这些人一一消散了，最后还是她。我显得过于冲动了，我以为我的热情能够迅速点燃她，结果却完全不是这样。我并没有等到她所期望的欢愉便草草地结束了。她开始呼唤我，用她柔媚的目光，用她的唇，用她年轻旺盛的青春胴体。她的皮肤圆润、晶莹，富有弹性，充满了希望、遐想的诱惑。我迎合着她，并一次又一次地呼唤我自己。我以为自己能再次激动起来，却发现其实是那样力不从心。

"没关系，别紧张。"她低声地安慰我，并用她的唇揉抚我的身体。我拼尽全身的力气调动着自己，渐渐有了一些起色。

在昏暗的晨光里，我缓缓地迎向她微微颤抖的身体，手在她凌乱的头发和不整的衣衫间摩挲。女性的柔美令我心酸落泪。当我把我的身体与她的身体联在一起，并且越来越紧的时候，却又一次感到极度的疲倦和愁苦。

"你是一直这样吗？还是以前作孽太多？"她用手拨弄我的私处，半开玩笑地说，又像在逗一个受尽委屈又不会说话的孩子。

"不，这都是由于长期饥饿造成的后果。"

"不，你可能有些问题。心理和生理两方面的。"

"你当然应该有经验，我不该把你想象成一个孩子。"

"我没有经验，但我凭的是直觉。"

"我们再试试，或许能有突破。"

"算了吧，你还是保留一点自尊吧！"

"真对不起，让你失望了。"

429

"没什么，我们并不欠对方什么。"

这一夜漫长而沉寂，仿佛经历了几番寒暑。当我忽然被晨曦从昏睡中惊醒时，觉得心身俱疲，突然间苍老了几分。

每一次做爱就像经历一次生命的过程。萌醒、成长、勃起、振奋，夹带着颤动的忧伤与愉悦的狂想，然后是稍纵即逝的快乐瞬间，接着是厌倦、疲惫的叹息、麻木，继而是无动于衷的孤寂，犹如横卧在午夜死亡的深谷。希望和生命一次次诞生又一次次老去。

"你知道我为什么让你来吗？"

"为什么？"

"你让我想起以前的恋人。"

"他现在在哪儿？"

"他在两年前去世了。"

"是生病吗？"

"他一直是一个乐观快活的人，与他在一起不会有一点寂寞。他做导游做得出色极了。他开始计划买车，我们也筹划结婚。他却突然就不见了。那天他正在驾校学车，学着学着就倒在了方向盘上。医生诊断是脑溢血。他才二十八岁，不抽烟不喝酒，怎么会有这种病呢？"

"你一直无法忘记他？"

"一生都不会忘记，这一生我的感情只能陪着他了。"

"我们都是残疾人，相逢何必曾相识呢！"

"对不起，我不应该告诉你这些。"

我凄苦一笑："别说了。"我打断她，觉得真的很惨。我经历了太多因为旧情而引发的感情波澜。

"哎，梦终归是梦，我以前一直不信，现在信了。对不起，我可能伤害到你了。"

"没关系，我早就麻木不仁了。"

她伸出两只手，抱住我的脸庞，深情地吻我，抚慰我。

我决定离开了，在天还没有大亮的时候。她的眼中闪着泪光，信誓旦旦一到日本就给我打电话，我又一次忘情地拥抱了她。这一刻，这个透映着夏季树木倩影的阴暗的平房变得如此陌生，它在我的记忆中只是一个瞬间的闪现，它将永远明亮而遥远。

拖着疲惫的步子离开了这个一夜之欢的女孩，望见暗蓝的天空有几颗稀疏的晨星。朦胧中只见城市边缘一段弃用的铁轨闪着幽幽的青光。回忆在离别这一刻开始苦涩地蔓延，我没有真正拥有她，肉体的交欢与亲密并没有缩小我们感情的距离。

我们都不过是对方旧情的替代物，只是在往昔感情的延续线上会合然后交错，渐行渐远。我与她拥有的这一夜都不过只是各自的想象罢了。

90

影的毕业考试安排在元旦过后的第一个星期五晚上，小音乐厅聚集了院内院外前来观赏的人。座位不够，一些人站在了过道里。我跟陈宝根一起来的。陈宝根穿着深棕色的西服，脖间系着一条金黄色的领带，打扮得像个绅士。他的右手拿着一束鲜花，左手抓着一个象征身份的大哥大。音乐会即将开始的时候，他还在抱怨自己的头发太乱，又向我借一块手帕，到洗手间去梳理打扮。他还是没有放弃对影的追求，很难说清这是真情流露还是逢场作戏。

在热烈的掌声中，影穿着红色的曳地长裙款款走上台来，她演奏的曲名是肖邦的《波兰之歌》和莫扎特的《双钢琴》。在优美激悦的旋律里，我沉浸在上次出游的回忆中，不禁怆然若失，又一段时光过去了。也许没有覃的出现，我与影的关系会有进一步的发展，而现在这种假设已经没有意义，她毕业后将去深圳工作。

影的演奏流畅自然，把握准确，应付自如，赢得如潮般的掌声和欢呼声。一些孩子上台给她献花，她从外地赶来的父母也走上台前，影含泪抱住了自己的父母，这一时刻十分感人，掌声更加热烈了。影牵着父母走出音乐厅，这时我看见一位相貌平平但颇有儒雅风度的男子，正在为他们拍照。这个人大概就是她的男友了。

我和陈宝根在不远处叫住影，影颇感意外，她没有料到我们会来。陈宝根把鲜花恭敬献上："说走就走了，以后就不容易见到了。你该留下，我听了你的演出，更觉得你该留下。"

"世界很大，哪里都有我们的舞台。"

我与她握手，表示祝贺。祝贺她人生新的开始。

"唯一的遗憾是，游泳还没有学好，少一项自救的能力。"

"我这个教师不合格，我检讨。"

"行了，别那么认真了。唉，要走了，跟每个人说话都像是告别。"影说。

"世界其实很小，我们还有重逢的时刻。"

"你呢，到底怎么打算？想不想也到南方去？"

"我是个难越雷池一步的人，还是按部就班吧。"

"你总是活得太累。"

"是啊，我们就像两个时代的人。"

"其实没有谁要求你这样。"

"没办法，在别人来看是机遇，在我而言可能是痛苦。有些人变得快，有些人无奈，有些人只能临阵脱逃。"

"其实机会是均等的，关键在于把握。"陈宝根说，又转向影，"到那边保持联系，我马上就要去匈牙利了，如果你有兴趣，我可为你联系去那边的音乐学院进修。"

"谢谢。"

陈宝根又说："一起去庆祝一下吧！喝点酒。"

"不行，我们同学还有活动。改日吧！"

"有青春真好！"我说。

"你又感慨了，不至于要作诗吧！"影笑着。

"我也是从青春那时节过来的，也爱得死去活来，也曾热烈、悲壮，也很热情。青春只有一次，我不后悔。"我这一番酸溜溜的表白在众人的笑声中随风而逝了。影拎着曳地长裙翩翩离去。陈宝根的目光久久不肯移开，直到一只有力的臂膀揽住了影的腰肢。

"走吧！"我说。我看到陈宝根的脸色发青，阴郁得十分难看。他扫我一眼，随即恢复了那份隐含苦涩的玩世不恭的笑脸："走，今天我带你去个新地方，绝对刺激。你信不？"

微风拂来，我仰头望向十层高的音乐学院教学大楼，从窗户里传出的优美音乐把思绪带向莫名的远方。

91

与秋的关系是继续还是停止这个问题使我纠结困惑。当感情不再靠感觉而要靠理智的时候，简直让人不知所措。我决定以投币方式来确定我未来的感情归属。我从兜里掏出一枚五角硬币，约好国徽为肯定，麦穗为否定。结果三投两为国徽。又试了试五局三中，还是肯定。于是，我不再犹豫，拨通了秋宿舍的电话。

在去日坛公园的路上，我碰到一个让人过目难忘的女孩，我们都坐在电车两节车厢的接缝的椅子上，她坐在我对面。她戴着雪白的围巾，穿着黑呢短大衣，手中提着一只礼品纸袋，像是去赴一个约会。她下车之后，我就跟着走了下来。沿着清晨刚刚开始繁闹的街道，一步步尾随她的步履。在一家商店门口，她意识到我的跟踪，佯装打量着橱窗里的商品，待我走近之后，突然折转方向，与我迎面擦身而过。我又鼓足勇气，回转身继续跟踪。她终于停下来，扭头望向我。

"小姐，对不起，打扰一下，你知道去日坛公园怎么走吗？"我有些羞怯地问她。

她没有回答，只是冷冷地打量我。

"是向右拐吗？"

"不是，朝北走一段，再向左。"她说话的时候甚至不再看我。

"真不好意思，找不着北了！小姐，谢谢你了。你长得真美，让人过目难忘。"

她听过这句话之后，立即朝前走。我追上去说："小姐，你听我说，我没有别的意思。难道一个先生由衷地赞赏一个美丽的女孩是一件恐怖的事吗？我不是坏人，只因为你实在太吸引人，太有诗意了。我是大学教师，不是马路求爱者。但你知道缘分是多么难得呀，如果这次我没有鼓足勇气认识你，可能再也不会碰到你，这是我对你冒昧的唯一原因。"

她停下来，目光仍然望向别处，算是在听了。

"也许你遇到这样的事太多，追你的人也很多，你不会在意像我这样的陌生人。但我是真诚的，能跟你聊一聊，交个朋友吗？"

她又一次坚决地向前走，走得急快。

"哎，小姐。"

看着她的背影消失在十字路口熙熙攘攘的人流中，我才悻悻地收回目光。内心因为自虐带来的屈辱而苦痛不堪。一个曾经自以为是的校园宠儿如今已沦为情感的乞丐了。还有什么事情比乞求感情更令人感到哀伤？我的手拼力在空中挥舞，然后重重地打在一段废弃的墙上。"这是最后一次，你知道吗？"我对着一个过路的老者喊道。

做学生的最后一个冬天是平静的，既不轻松，也没有什么期待。工作已经落实，幻想折断了翅膀，心情拢在冬日的灰暗和萧索之中。

我与秋相约在日坛公园北面的一个画廊会合，一起看画展，然后去公园闲逛。她欣然允诺，她告诉我她已经完成了本学期的授课，正想放松一下。

见到秋的心情是复杂的，既陌生又亲切。她穿着淡蓝色的毛外套和紧身健美裤，我夸她的打扮令人耳目一新，她快活地笑着说："这是你第一次称赞我，你从来没有夸过我。"

"是吗？可能我太内向了。"

"路上遇到许多麻烦，有个男的一直跟着我。直到我走上地铁。"

"也许他并不是坏人，因为你太吸引人。"我平静地说。

"在学校情况不同。在路上，谁知是什么人。"

"他跟你说话了吗？"我很想了解比我更有勇气的人是如何跟女孩子搭话的。

"他问我去哪儿？我没理他。"

"他是一个什么人？"

"那我不清楚，看着也是挺本分的，长得挺帅。"

"那你为什么不可以和他聊聊？你是学英语的，西方女孩子遇到这种情况决不会这样，可是在中国如果你想跟一个陌生女孩子说说话，她就会认为你不是正经人。"我想起刚才邂逅那个女孩的遭遇。

"你呢？有没有想过跟一个萍水相逢的女孩子说说话？"

"没有，不过即使有，大概也会被拒绝。邂逅的浪漫在中国真是可遇不可求。"

秋又说，有位四川老乡最近总是找她，邀她一起办公司。我说，这是好事呀。她说，我不愿意。

"为什么？发财是当今社会第一主题，你知道《曼哈顿的中国女人》为什么那么流行吗？它实现了大多数中国人在渴望的一个梦：出国并在那里发财。"

"无论做什么，我都相信缘分，这就像旅游，即使是一个好地方，旅伴不好，就没有意思。"

画展没有多少意思，是反映"文革"主题的，有点仿毕加索，充满压抑感。我们又去逛公园，在日坛的中心，有一个祈雨坛。

"在这个年末，你想不想祈祷点什么？"我随意地问着，她果真煞有介事地祈祷一番，我没有问她祈祷什么。她主动对我说："我祝你新年里能有幸福的感情归宿。"

我的心中怦然一动。在无人的松墙旁边，我想从背后紧紧地抱住她瘦弱的双肩，然后把她慢慢地转过来，对她说："秋，你真的那么在意我吗？这段时间，我冷淡、挑剔，时常一副玩世不恭的神情，我甚至没有付出对别的女孩子三分之一的热情，可是你依然不卑不亢，平静宽容，我真觉得对不起你了。我现在对你敞开心扉，行吗？"然而，落到嘴边的却仍是一句"谢谢你"！

秋回过身来望我一眼，淡然一笑："不客气。"

秋独自在前面走着，在寂寥的公园一隅，她的身影显得格外凄楚。我想，是时候结束过去的一切了，新生活该开始了！不过这种新生活开始以前，已经没有了幻想，所有的只是对生活实质的认可——平淡。我设想如果结婚可以在三月份登记，这个月没有什么节日，比较平静，而且花朵已经悄然盛开了。

在公园门口，我伸出一只手与她握手告别，没有把内心的想法泄露半分。我只是问明她何时回川探亲，并表示愿去送她。当她默默地混在人群中，挤上公共汽车，我真诚祝愿命运赐福于她。

一列空荡荡的电车缓缓地靠站，我忽然不想上车了。我压抑着自己纷乱的情绪，一步一步向下一个站台走去。时光、景物和人群都从身边一掠而去。迎着冬日的微风，我不由得感慨：在爱情的路上，我追求得如此苦楚呀！这世界上有那么多顺利、自然而轻松的姻缘，却不属于我；这世界有那种擦肩而过而又彼此情不自禁回眸的心动和奇遇，却使我无端地失落。对我而言，爱就像一阵风，当我真正想拥有它的时候，它就会倏然而逝。爱的希望还能够点燃浪漫的开始吗？能让我爱得如火如荼，不计得失吗？

　　我走到了城市边缘的车站，振荡的天桥下面是密布的铁轨，列车在交错而行。一些人上车，与熟识的人告别，另一些人下车迎接新的相聚。

　　我，只有无望地等待。

92

秋将离京回川度寒假。我决定去送她。在奔向她学院的途中，我又一次看到了一个如诗如画的女孩子，她是那样纯真可爱，活泼动人。在我走向平淡的人生路上，为什么会不时出现美丽的诱惑，让我分心，让我产生非分之想？在她下车的一刹那，我几乎又想尾随而去。算了，我告诫自己，何必自取其辱呢！伴随着内心深处的沉重叹息，一阵刺骨的悲伤袭来，我知道恐怕一生都不会有浪漫奇缘了，而我一生都会为此后悔不迭。

我已经准备好在这个夜晚向她确定我们之间的关系。我买了六只水仙花的胚芽，请她带给她的母亲。

"你怎么对你妈妈谈我们两人的关系？"

"你觉得两人关系会怎么发展？"她定神看看我，然后说，"我想你一直在想这个问题吧！这几天我冷静分析我们交往的一切，我认为希望渺茫。"

这出人意料的话语令我惊诧不已，又令我哭笑不得。我还是很快镇定了自己纷乱的心绪，缓缓对她说："我一直很珍惜我们两人的关系。可不知怎么总是没有进展，当然原因主要在我。"

"怎么能怪你一人？"

"你看，谁也无法想象，我们每次见面就是谈人生，从认识之日到现在，一直在谈，谈得严肃而认真，可我们的关系丝毫没有超越普通朋友的界限。"

"每次谈的时候，挺高兴，你一走，我又觉得很失望，觉得前途渺茫。"

"我也是，每次坐在宁静的末班地铁里，我就想我们这是谈恋爱吗？还是在探讨永远没有答案的哲学命题？我们是否太书生气了？"

"以前也是这样吗？"

"当然不是，那时我很冲动，很狂热，我以为爱情就是一切，而她在我想象中也是完美无瑕的，我以为她是改变我生命中一切的神灵。"

"怎么可能？"

"确实没有这样的女孩，我当时对爱情的想象太幼稚，我的初恋也很幼稚。现在我又太理智，我对你也曾有过冲动，但很快我就控制自己，问自己很多问题，不停地审视自己，这样便会冷静下来，把所有想象成分都排除在外。我时常想，是不是这样才是稳妥可靠、成人式的爱情？还是我们两人都没有充分展现自己？"

"你与虹也谈这些问题吗？"她说到虹的名字，使我心中一惊，那段久远的历史仍令我心中震颤。

"谈得较少，当时没有现在想得这么多，更多是憧憬、抒情，也许她会遗憾，因为她比我成熟。她无法与我真正交流。"

"后来呢？"

"后来是一个完全不同的小女孩，她轻松、活泼，追求享受，具有'八〇后'的务实。只要我一板起面孔，她就会嘲笑我，我无法跟她讲一句大道理。我被她的快乐感染了，与她一起快活，一起无忧无虑地玩。但是她仍然觉得我不够放松，而我也觉得无法与她真正和谐，真正融为一体。这种游戏人生的做法使我感到不稳定、不踏实，无法与我真诚地想要建立一个家庭的想法联在一起。而现在呢？我们两人都那么认真、诚恳，我们每次见面都是吃饭、交谈，连就座的位置和姿势都不曾变化。你坐床，我坐桌子对面的空铺，不是找不到变化的借口，而是没有变化的要求。就这样交流我们对于人生世界的看法，像采访，又像学术交流。但是又感到缺点什么，究竟缺点什么，又似乎难以说清。有时我们之间的那种平静是可怕的，令人厌倦的，而这一切我们又寄希望于对方来改变。"

我们的谈话停顿了，她的手中把玩着一串钥匙环，让我想到著名诗人梁小斌的一首诗《中国，我的钥匙丢了》。我默默地注视着她，看到她眼中从未有过的凄楚神情。这种神情意外地打动着我，我说："还有一种办法，那就是暂时分开，冷静地想想。或许以后还有希望。"

"如果要发展我们的关系，这不是好办法，我们已经够冷静了。还是结束吧！当机立断，拖泥带水对谁都没有好处。"

"你已经下定决心了？"

"是的，虽然长时间以来一直也有些犹豫，但是现在还是想清楚了。从理性而言，你的一切我都可以接受，但有一点，我觉得你一直生活在梦里，生活在回忆中走不出来。你无法区分哪一种生活是真实的，哪一种生活是幻觉。而我没有能力，也不具备那样的情感力量帮助你摆脱过去。我还需要独立完整的生活，毕竟我对未来的人生还有一些期盼。对不起！"

我有些震惊，看来我错估了她。我原本是准备向她求婚的，准备像所有以为爱是虚无的人们那样过平淡的生活，但是她没有妥协。看来她还在坚持，坚持那些她认为应该坚持的东西。她是对的。她没有把未来的幸福交给一个已经不可能给她带来幸福的人。这是她难能可贵的地方，说明她是一个值得尊重的、有独立见解的人。

这是我应该想到的最好的结局，不幸的是结论又由对方提出。

"别说了，我知道，我明白，你说的是对的，你做出了一个正确的决定。我也一直希望你能够做出这个决定，我坚决支持你的这个决定。"我啰里啰唆地讲了一番，不知是意在显示我的开明大度还是掩饰自己内心的尴尬。

"谢谢你能够理解。对不起。"

"你打算跟谁？画家、科学家还是企业家？"这个时候我还有心思了解一下我又一次输给了哪个竞争者。

"也许都不是，可能是你没有见过的人。"

"你打算马上结婚吗？"我颇有些醋意地问她。

"不会。我越来越发现我其实一直处于爱与不爱的两难抉择中。我知道强迫自己爱上一个爱自己的人或培养自己爱上一个不爱自己的人都是十分困难的。"

"不错，找你的人很多，却少有你爱之人，你真正爱之人，你又难以得到。对此，我曾有过深深的体会。梦中理想只是梦中理想。"

"你打算怎么办呢？你父母总是为你着急，你是不是会马上结婚？"

"我曾想妥协，但今天我改变主意了。我一定要集中精力完成《逃跑的诗人》这部作品。这甚至已经成为我存在的重要依据。我必须在三十岁以前完成它。我要告诉人们我是怎样的一个人，更重要的是我想告诉人们我曾经怎样追求爱情。这可能也是我的最后一本书。我的眼病很严重，写字一小时就有酸疼感，或许写完这个东西眼睛就会瞎了。"

"真的挺悲壮的。那我以一个普通朋友的身份祝你成功。"

"谢谢！"

"谢谢你的水仙花。"

"我总共买了十二蕾，送给你母亲的可能会开放得早一些，不过，等我这边的开放的时候，你那边的可能已经凋谢了。"

征得她的同意，我还是去车站送她。正是春运时节，人流拥挤，去往她那个南方山城的列车不得不晚点八个小时。我们好容易在候车室找到两个座位。坐在那里面面相觑，好像已经没有能够坚持八个小时的谈话话题。她忽然说，她今天忘做健身操了，于是找到座位中间一片弹丸之地，就在众目睽睽之下伸臂缩腿撅臀，把八十年代中期通行的广播体操完整地做了一遍。等车的乘客纷纷把目光投了过来。其中几个男性老者还笑出了声。她说，你也来做吧，每天锻炼身体好。秋突如其来的怪异的一面令我大吃一惊。在我看来这个举止真有点夸张和荒唐了，简直让我哭笑不得，而她却浑然不察。

我没有坚持与她相伴八个小时，她也执意让我回去。我们像两个同事那样礼貌地握了握手就分别了。

握手时也没有言语，我们从陌生静悄悄地归于陌生。

我拿出用红色信封装好的准备当面交给她的求爱信，一字一句地默读起来：

秋：

　　我想了许久，还是决定给你写信。因为对我而言，文字表达总是要比口头表达容易一些。当然，我不是想让你改变已有的结论。过去的我你应该否定，那不是我，那只是陷在往事中无法自拔的人。

　　这段日子，我真正开始想我究竟需要一个什么样的人，需要一种什么样的生活。当我真正设想你从我的生活中走开的时候，这才感到从未有过的迷惑和失落。我觉得我生活中需要你，一个善良、热忱、有着一双美丽眼睛的女孩子，只有你才能唤起我生活的激情和勇气。

　　让我们重新开始吧！不，让另一个我勇敢地走进你的生活。我不是你的梦想，却是你生活中可以信赖、可以依托、可以共度风雨历程的人。我会尽力让你感受到生活中的美好。

　　透过雾霭、浮尘看到阳光和彩虹，走过寒冬的霜雪迎接春天的花瓣。

　　我会为你建造一个港湾，让你在远离父母亲人的城市感受到安全、温馨和舒适。我会把每一份生活的积累都奉送给你。

　　让我们不要割断这份情愫，为着我们曾有过的那样一段真诚的情谊。

　　我想坚持自己的独特，不愿成为你在生活中随处可见的人。我是你的唯一，也是最适合你的人。你难道不觉得我也是一个很能理解你的人吗？因为我们有过类似的经历。

　　我们在默默之中已经打下了良好的基础，让我们在春天，在你归来之后，开始建设吧！

　　好吗？

我没有想到这封信竟连被人诵读的机会也不复存在了，它成了我优柔寡断的一纸笑柄。

我沉默良久，忍不住对压抑的天空嘶喊起来："啊——"然后把信一点点撕成碎屑，让它们飘散在电线交织的城市上空。

一列空荡荡的电车缓缓地靠站，我忽然不想上车了。我压抑着自己纷乱的情绪，一步一步向下一个站台走去。时光、景物和人群都从身边一掠而去。迎着冬日的微风，我不由得感慨：在爱情的路上，我追求得如此苦楚呀！这世界上有那么多顺利、自然而轻松的姻缘，却不属于我；这世界有那种擦肩而过而又彼此情不自禁回眸的心动和奇遇，却让我无端地失落。对我而言，爱就像一阵风，当我真正想拥有它的时候，它就会倏然而逝。爱的希望还能够点燃浪漫的开始吗？能让我爱得如火如荼，不计得失吗？

我走到了城市边缘的车站，振荡的天桥下面是密布的铁轨，列车在交错而行。一些人上车，与熟识的人告别，另一些人下车迎接新的相聚。

我，只有无望地等待。

93

我在陈宝根公司前面的街心花园等到一脸疲惫的他。他已经与石冰办理了离婚手续，他们短命的婚姻刚过一年。他们是友好分手的。陈宝根说，我给了她十万，她给了我自由。我自由了，你还在苦苦地寻觅牢笼。我想象不出那个在我失恋时看过我笑话并且告诉我太阳每天都是新的的石冰此时做何感想。我并没有嘲笑她的心情，一丝也没有，只是再一次感同身受。我想旁观时的劝慰在亲临挫折面前应该是软弱无力的吧！

"看你这一脸浮肿，昨天晚上没闲着吧？"

"没工夫了，马上要动身去匈牙利，办手续比他妈做爱还累。"他递过来烟，并掏出一只硕大的精美打火机为我点上。

"那我今天中午得请客为你饯行了。毕竟是出国，什么时候见面就说不准了。"

"行啊，找地方告个别，不过就别吃饭了。中午我还要参加一个客户的婚礼。"

"你怎么总是参加别人的婚礼？"

"这年头结婚的人多有什么办法？我光彩礼每月就会花去不少钱。而且这位客户已是二婚了，所以不能在上午举行，只能安排在下午。你老兄得抓紧呀！别人都第二轮了。但愿我从匈牙利回来能参加你的婚礼。"

"你就别指望我了。别的方面不行，这方面总得让我拿个第一吧！"

陈宝根一拳捶在我胸前："行了吧！我看你不一定扛得住。走，我带你去一个新开的宾馆喝点酒。"

我坐进陈宝根的北京吉普里。汽车七拐八拐，停在一座富丽堂皇的宾馆前。门卫为我拉开车门，我装作达官显贵那样轻点下颌表示致谢。

宾馆空旷宽敞的大厅装饰得豪华典雅，大厅正中央的墙壁上是镶金裸女壁画，我盯着这些真人大小的裸女心中春情萌动。

"回头我给你几盘过瘾的带子，你小子这方面现在比较饥渴。"

"那些动物交配我可没兴趣。"

"有情节，有情调，你放心。其实到最后都一样，都是动物。《布拉格之恋》怎么样？"

我叫了一瓶黑方，两杯鸡尾酒，一个果盘，一碟腰果。

烟雾在眼前缭绕，大厅里温暖的气息包围着我们。混合着苦味和农药味的黑方真不是滋味。我们说了一阵无关痛痒的话题，不一会儿还是过渡到往事上。

"你小子中毒太深，到现在也没有忘记过去。人生不过弹指一挥间，你竟然可以怀念她那么久。"

"个性使然吧！也许就是死脑筋而已。有人曾经对我预言我这一生都将为情所困。哈哈，而且还只是为了一段情。冷静想来，她并不是我梦想中的那种女人，比如女人味的感性和诗意，随和同时又有些任性，这些男人喜欢的东西她都没有。明明是错爱却总是摆脱不掉！唉，我真是被她害惨了。当然，想想她也带给我一些意想不到的东西，比如戏剧性，我这个向往戏剧生活的人，在生活中却一直被她导演着；奇怪呀，明明就是阴差阳错，却搞得我五迷三道，刻骨铭心。她的背弃带给我的屈辱不仅是对我真情的嘲弄，更是对我一生都无法摆脱的伤害。"

"这就是初恋情结。你明知道不合适，但就是不死心。你怀念的不是她，而是你的青春，是你毫无保留的忘情的付出。来，碰一下，为了青春和青春的爱情。"

两只高脚杯子轻轻地碰了一下。

"你说她也会在漫长的人生中经历痴情后的背叛吗？"我问陈宝根这样一个低级的问题。

"不会。"陈宝根的回答斩钉截铁，"她不会像你这样痴情。"

"我并不是希望她经受这样一种背叛，以满足我的报复心理。我只是真心希望她能够了解一个经历痴情而被弃之人的所思所受。希望她能够更加理解我。"

"这个想法就更加离奇了，你还是忘不了她，还是希望她能够为你感动从而回心转意。"

我低下了头，良久，才缓缓抬起来："我从来不是一个完美主义者，也不求一个能够替代和超越她的人，但是，一个男人被一个相亲相知的恋人无情否定，你无论如何都不愿承认那是对的——你心中永远咽不下这口气。

"人是无法逃避比较的，与周围的人，与同类的人，与过去的自己，与曾经的恋人。与曾经的恋人的比较是最为荒谬也是最为刺痛的，因为与这个人曾经相濡以沫而今毫无干系，她生活中的一切实际上失去了比照的意义，却又无时不在发挥影响——只有自欺欺人才是唯一出路。"

"那你怎么办？还这么比照下去？"

"现在她一定在庆幸当初离开我是多么果决和富于远见，而我一直希望她后悔，希望她意识到她当初选择的错误。"

"你小子怕是逃不出这个怪圈了。"

"不想了。可悲的是我竟然曾经悲痛欲绝，而现在还是万念俱灰……"

"没有大悲，何来大喜？你付出的代价总会得到补偿。"

"我现在是无悲无喜。"

"虹说得一点不错。在与你分手后，她曾对我说，她不担心你会自杀，也不担心你一事无成，她最担心你会一蹶不振。"

"她真了解我。我现在是什么？连残疾人也不如，人家还能身残志不残，我是身不残志残。哀莫大于心死。此言极是。"

"行了，别作践自己了。你喜欢的纪伯伦曾经说过，在这个世间没有两片相同的树叶，你再不堪，也是独一无二的，无须自轻自贱。"

"谁能像你那样永远像上足发条一般奋发有为？"

"得了，别跟我这儿励志了。都是病人，何必呢？"

"你不至于吧，事业这么成功！一直都认为你的心理最健全。"

"一种病，不同的发病症状而已。嘿，快看刚走过去的那个女人，小腰多细！"

我抬眼瞥了一下那小姐的腰腿，完全无动于衷。

"唉，你小子怎么麻木不仁呀？可惜，真他妈有点可惜，一个曾经那么敏感的人如今也变得这样迟钝了。你现在的人生无风无浪，却没什么滋味。你想过吗？人生只有一次，去经历一些你没有过的生活难道不是一种刺激吗？至少也是一种感官刺激。"

"既然每一种人生注定都是有局限的，每一种爱情注定都要走向破碎，又何必对彼岸对未来孜孜以求呢？"

"很有哲理嘛！你又为自己的消沉找到了一种借口。好了，不说这些。噢，对了，你的那本书写得如何了？出版有问题，兄弟我愿意赞助，别不好意思，反正我的钱也是非法所得，为你花钱也算花在正道上。不过，要是赢利我可得分成。"

"又拿我开心？拿一个病人开心太损了点吧！我这本书也许是一部残书，永远完成不了。而且我知道那绝对是一部吃力不讨好的东西，或许根本无人赏识，只有留给自己，留给自己孤独的灵魂。"

"先要设法出版，出版了才能被人赏识，才能带来效益和补偿。那时你的感觉完全会变成另一种样子。"

"我决不会刻意以求，如果无人赏识，就让它灭亡。"我没有告诉他这本书已经送交出版社多月了，现在还没有回音。我也根本不打算接受他的赞助。

"好吧，你能保持这种精神也算难得，现在还有几人执着于精神呢？"

陈宝根其实不胜酒力，刚呷了几口酒，眼圈周围已经泛起红潮。眯缝的眼睛眨动着，嬉笑着说："有一个问题，我一直想问你，当年你跟虹到底发展到什么程度了？"

我知道他的意思，但不愿回答这个问题。

"你我无话不说，事情又过去了这么多年，还有什么值得隐瞒的？"

"这并不重要。"

"你们如果尽情爱过，也不枉恋人一场。"

我低头嚼着干果，一言不发。

"一次也没有过？我听说她可是带着结婚证明去找你的。"

我大喝一口黑方，苦辣味在心头热腾腾地冲荡："恋爱后的很长时间，她都坚决拒绝，我理解为还没有水到渠成，也不能勉强。但那次她突然带着结婚介绍信来找我，并且主动提出要与我结为夫妻。现在看来，就在她开始摇摆不定的时候她给我过机会，但我没有抓住。"

"如果你当时果断一些，她也许就死心塌地跟着你了。人家主动投怀送抱，你却胆怯退缩。"

"她对我仁至义尽了，只能怨我自己。可是你不知道我有多么在意她，我不愿勉强她分毫，她只要稍微流露出不安和疼痛，我就会立即停止。"

"我就知道会这样，你可真够肉的！这样她反而会看不起你，你知道吗？女性心理学是怎么学的？她越拒绝越要上啊，以前你不是这么迂吧！何况人家还主动给你机会？你是怨不得别人。"

"这是我的错误。这可能是我一生的错误。我如此爱一个人，却没有真正拥有过她。回过头来说，即使当时抓住过她，以当时我和她判若云泥的心境，也未必不会再生变故。"

"那是另一个问题。说句话你还别不爱听，是你自己的优柔寡断葬送了你这段情缘。你自己，你自己的性格可能就是失去她的原因之一。"

"我并不后悔。"

"不后悔是假的，如果是我，真得悔得肠子发青。如果你真的爱她。你肯定想得到她，就这样把她原封不动地交给一个陌生人，你甘心吗？不过你还是比许多人要幸运，你们毕竟做过恋人。许多人想爱她却连机会都没有。"

"谁？还有谁？你是说耿志刚？"

"我。"陈宝根红肿的眼睛像点燃的火，"你知道我吗？"

我显得大吃一惊。我知道许多人会暗暗倾慕于她，但我确实不知陈宝根也是暗恋虹的人。

"还记得 N 大学的毕业实习吗？你告诉我你爱上她了，让我同意由你来送她？"

"我真的不知……"

"如果我有百分之一的希望，会把这种美事让给你？在男人的世界里，可以让权、让钱，但绝不可能让女人。"

"那……"

"我爱她，但我知道她是高不可攀的。我很清楚。我的出身，我的性格，还有我丑陋的形象，注定了我没有任何希望。但我还是忍不住向她表达了。"

我知道他可能喝高了，但还是平心静气听他讲下去。

"那段时间，我几乎天天都在跟踪她。终于有一天，我佯装偶然地与她单独走在了一起，我斗胆对她说出积郁心头、折磨得我死去活来的一句话：虹，我爱你，你能给我一个机会吗？她吃惊地望着我，那神情像在听一句永远无法听懂的梵文。过了很长时间，她才平静而坚决地摇摇头。我又问她：连接触一下也不可能吗？她又一次摇了头。我的心头像被人狠狠地戳了一刀，我只说了一句：那好吧，谢谢你。便很快地离去了。在无人的图书馆的院墙边，我恨不能撞墙而死。她没有对我说一句话，她连一次竞争的机会也没有给我，这种伤害你能体会得到吗？如此，我知道，这世上许多美好的东西我是注定得不到的，它不是靠财富也不是靠精神能够补偿的。"

"你掩藏得太深了，不是你告诉我，我永远不会知道。"

"我是农民出身，我的自尊心比你强百倍。这是我心中最残忍的苦痛，我无法忍受别人哪怕丝毫的嘲笑。"

我无言地拍拍陈宝根的肩膀，有一阵几乎要流下泪来。

"我所以再考回来，只是希望在我的生活视野中哪怕再看看她，当然我表现得十分自然。我跟你不一样，没有人能够知道我的内心，我也不想让人知道。每每看到电影《巴黎圣母院》中卡西莫多向艾斯梅拉达含糊不清地表白的时候，我都会心中流血。这些年来，你一次次向我打听虹的消息，我也一次次地劝慰你，实际上他妈的也是在劝慰我自己。当虹终于决定出国之后，我终于痛下决心，彻底忘掉她，让她在我心中死亡。我所以报考研究生，原本是想留在这所大学教书的。她走了以后，我忽然觉得留在这所校园无异于经受精神炼狱，这是我决定退学的另一个原因。我要开始另一种生活，我要变成另一个人。"

我默默地嚼着腰果，感同身受地听着这位多年来我以为无所不知的朋友诉说他的心声。我脑海中浮现出一句词：人间亦有痴于我，岂独伤心是小青。

这个事事领先于我的上铺的兄弟竟然曾经与我爱着同一个女人。这使我意识到虹是一个多么可怕而珍稀的幻影。她笼罩着我生活的天空，还占据着与我相知的朋友的内心。

"你完全改变了你的生活方式，现在感到快活吗？"

陈宝根把酒抿得发出响声："这样的过去是无法遗忘的，我只是告诫自己，当一件事不再属于你，千万不要以为你失去的是幸福。"

沉默。两个人默默地把剩下的酒喝完。

"我去付账。"我起身对陈宝根说。

陈宝根一把拉住我："你坐下，这里贼贵，别跟我客气，你客气不起。"

几分钟后，陈宝根走回来，又恢复了往日含而不露的神情。

"走，到楼顶花园看看。"

我们随着直上直下的透明电梯厢来到楼顶平台。这是冬日里的一个难得的好天气。阳光明媚，使人迷醉。这里大概是这座城市的最高点了，从这里鸟瞰市容，一切尽收眼底。楼宇、人、生命和情感都显得十分渺小，微不足道。

"积这么多年的感觉，我觉得概括起来只有一句话：生活就是抛弃和被抛弃。"

"难怪你长得越来越像第三者。"我打趣道。

陈宝根仰头一笑，但没有出声。然后侧脸看着我说："你以为你不是吗？"

我们拍肩而笑，显出心领神会的样子。陈宝根在商海沉浮，改变了许多，就一样依旧故我，那就是侃谈人生。他点起一支烟，重重地吸一口，再吐出一个巨大的烟圈。在烟雾缭绕之中，他说："生命对于我们来说只是一瞬间的事，在这个过程之后一切都不复存在。我没有信仰，因为我认定，有信仰的人注定要受到愚弄。当然，说我是拜金主义也行。而比我们年轻一点的，甚至没有了信仰的概念，只知感官享受。所以，哥们儿，别为那些虚幻的东西受罪了，好好活，别作践自己。"

我只是吸烟，对他的话毫无反应。也试着吐一个烟圈，但没有成功。

"听说匈牙利那边挺乱的，华人之间犯罪无人过问，要多小心。"

"没问题，我是什么人？！"

"哥们儿，我不得不承认，世界如此之大，而我的视野太小了。"

陈宝根拍拍我的肩膀："别这么说，今后最成功的可能还是你。"

"行了，别拿我开心，只要今后别笑话我就行了。"

"兄弟，一辈子不长，不要总是活在回忆里。"

与陈宝根的这次分别同往日没有任何差别，他开车把我送到地铁站，从车窗里伸出一只手，与我握了握，还是那样一脸坏笑地对我说："走吧！保持联系。"

我没有到机场送他，因为我不想见到他的那个情人。在机场，他来过一个电话，说行李超重，只好放在行李寄存处了。我问是否需要我去取，他说他已安排好人。我没有任何预感，他临行的一席话竟成了永诀的遗言。春节刚过，一个令我毛骨悚然的消息从遥远的异域他邦传来：陈宝根和他的情人静被刺死在布达佩斯一家清冷的旅馆里，他的胸口被捅了三刀。

我能够猜测到这一定是陈宝根恃才傲物，得罪了心毒手狠的同行，才招来了厄运。而那里的华人商界是真刀真枪的战场。

一个我熟识的半个月以前还与我促膝而谈的生命就这样突然从我的生活中消失了，从一个感知的世界走到了另一个世界，带着他对爱的无尽的遗憾，而他所爱的人对此却浑然不知。想想这个世界多有意思，不仅有相互的爱情，还有相互的残害。

　　想想陈宝根说的"一辈子不长，不要总是活在回忆里"这句话，竟一语成谶。陈宝根比我小两岁，死的时候只有二十七岁。不可预知的事件使他过早地结束了自己的生命。

　　得到陈宝根逝去消息后的几天里，我一直生活在恐惧的阴影之中，有时我不相信这会是事实，冥冥之中总以为这是陈宝根开的一个国际玩笑。但他的骨灰已被人从匈牙利运到他的公司。他的家乡也来了人。他的家乡还有他的母亲和一位待嫁的妹妹，她们至今还对自己亲人的死讯浑然不知。

　　我又一次来到那家宾馆，坐在我们曾经坐过的地方，喝那种叫作"黑方"的散发着农药味的洋酒。这一回我真切地感受到青春和生命是多么脆弱又多么难得呀！一个人无论爱还是恨都抵挡不了生命的消失。

我感到我的感情绕了一个大圈，重新回到了起点。这种思念变得缓慢而浓重，一点一滴地从身体里很深的地方涌上来，快到胸口时，又像退潮一般沉沉地落下去。

我曾想彻底忘记虹，就像我错失岁月中的许多记忆一样。我听说鱼的记忆只有七秒，瞬间就能忘记所有。真想像鱼呀！可是对于我，关于虹的记忆不仅没有退去，反而因为渴望摆脱而变得更为刺骨般清晰。纪伯伦讲，以往的甜蜜转变为忧伤的记忆是一种相聚的方式。是吗？思念就是我唯一与虹的相聚方式吗？

94

学院里还没有安排我给学生上课，我只需要每个星期三到那里参加一次学习会，其余时间全由自己支配。由于无所事事，我总是隔三岔五去学院转悠一圈。

我与办公室秘书成了酒友，他今年三十六岁，刚刚离婚，有个活泼可爱的六岁的小女儿，判给了他。据说，这对反目成仇的夫妻在法庭上为了女儿的归属争吵不止，所有绝情的话都说出了口。他说，别看你已经近三十岁了，但还太不成熟，一个人只有住过医院、去过法院才会真正成熟。

这天中午，我们约好去一家常去的饭馆喝酒。出门的时候，碰到单位里一个刚刚退休的老人，他提着一个黑色的塑料袋，绕过教学楼，步履蹒跚地向着西门的菜市场走去。这个清瘦的满头白发的老头仿佛一下子衰弱得不成样子。由于业绩一般，他只是在退休的时候才获得一个安慰性的副教授的职称。我不由想到了自己的未来。我知道我的生活也会这样一成不变地重复下去，但我眼看着自己在这条路上走，却无力挣脱。

我不再去想这个问题，与办公室秘书一起嬉笑着走进酒馆。坐在一个角落里吃菜喝酒，转眼间就在桌边码了十个空啤酒瓶。我喝得面红耳赤，头脑昏眩。他说话也有些磕磕绊绊了。

"别结婚，"他说，"并不是我刚离婚，才这么说，找个情人算了。"

"我连房子都没有，不结婚以后住哪儿都成问题。"

"你要是为房子结婚，不是太惨了点？没地方，住办公室呗，管他哪，现在有多少人都是同居，根本不办手续，你还搞国际关系，怎么一点不开窍？"

"找一个不爱的人，我毫无心思。"

"都一样，真的。我告诉你，一个男人，要么你有地位、有权力，要么你有钱。否则，就算结了婚，也是奴隶，还不如不结呢！你看连报纸都公开宣传情人节，银幕上的偶像都是歪眉斜眼的痞子，我就知道，什么爱呀、永恒呀，全完了。"

"有点偏激，偏激！"

"什么他妈的偏激！这才是真理。告诉你，不听老人言，吃亏在眼前。你现在还指望找一个女大学生呢？大学生现在玩什么游戏？一群人一起旅游，晚上相互交换伙伴。玩游戏，女孩输了，男的上去就吻。你还在等纯洁，做梦吧！"

"我总不能同流合污吧！"

"你以为你是屈原，世人都浊，唯你独清呢！"

"没有，我跟你一样也挺虚伪的，装出一副正人君子的样子，有时却恨不能对路过的女孩强暴。"

"别提你们这帮知识分子，搓一顿饭，愣是吃不够，知识分子早就斯文扫地了。"

"比不了大款，连小款也比不了。"我额头涨得厉害，一阵阵发晕。想想如果现在结婚，也注定摆脱不了离婚的命运，就觉得还不如一个人饱了全家不饿地单着混呢！

"说真的，你小子真不该这样啊！这些年都怎么混的？名校毕业啊！你来这个单位之前，都说看你的简历，不应该是这样没有志向呀！上回你同学来还说，在学校时，你是最被看好的几个同学之一！唉，都是被女人害的。"

"名校？我他妈就是被名校害的。要是不去名校，我能碰到她吗？要是不碰到她，我能失恋吗？要是不失恋，我能他妈的这样一蹶不振吗？"

"我看哪，你就是名校的、名校的、渣，渣子！以后别再说你是名校的，听到没？替你丢人。"

他倒在了桌子底下，用手指蘸一只破瓶中的残酒喝。我看见不禁大笑起来，指着他的鼻子说："你看看你这个样子，跟行尸走肉有什么区别！"

"你呢？咱们是半、半斤八两。"

冬日已经走到它的尾声，一个新的季节即将开始。在如诉的寒风里走着，我会想起与虹在一起的一件件往事。记得有一回，我们在路边的小摊上买了几只烧饼，风太大，两人缩在公共汽车站台旁，一个人吃的时候另一个人则堵在风头遮挡扑面而来的寒风。

那天傍晚我从新华书店买书回来的途中，忽然看到了一个人，她长得像极了虹。我一直尾随着她一路坐公共汽车，然后又随着她下了地铁。出地铁后，抑制着加快的心跳，蹑手蹑脚跟着她走进了一个陌生的小区，走到她进入的一个单元楼的门洞里，她却消失得无影无踪。我不知道这是幻觉还是真实，但我一直相信她就生活在我的左右，她一直在我的身后默默地注视和关心着我。即使近在咫尺，却又看不见、摸不着。我在散发着温馨灯光的陌生的楼宇前徘徊了很久，又觉得她恍若隔世。一滴泪从眼角流了出来。

晚上，电视里播放电影《日瓦戈医生》。我已经不止一次观赏这部影片，每每播到最后男女主人公日瓦戈与劳拉擦肩而过的镜头，我总是禁不住潸然泪下。

我感到我的感情绕了一个大圈，重新回到了起点。这种思念变得缓慢而浓重，一点一滴地从身体很深的地方涌上来，快到胸口时，又像退潮一般沉沉地落下去。

我曾想彻底忘记虹，就像我错失岁月中的许多记忆一样。我听说鱼的记忆只有七秒，瞬间就能忘记所有。真想像鱼呀！可是对于我，关于虹的记忆不仅没有退去，反而因为渴望摆脱而变得更为清晰。我至今犹记在沙漠里枕在她臂弯里的感觉以及一系列与她相知相聚的瞬间。纪伯伦讲，以往的甜蜜转变为忧伤的记忆是一种相聚的方式。是吗？思念就是我唯一与虹的相聚方式吗？

我无数次想象她在身边的情景，也曾多次回到我们曾经驻足的地方。圆明园，她工作过的单位，卖草莓的集市，P大学我们的宿舍，后湖的长椅。在这些记忆曾经造访过的地方，我会突然生出幻想，觉得她是突然离开的，相信也会突然归来。我希望她像琼瑶小说女主人公那样经历了一番感情的迷失之后又拎着一只重重的皮箱满心疲惫地回到我的身旁，然后永不分离。

我有时会有一种奢望，希望分手的痛苦与恋爱时的甜蜜完全是两码事，这样我至少还会拥有一段甜蜜的回忆。那些快乐的时光和开心的日子就会变得纯净起来，不会再被突如其来的风霜侵扰。

我有时也会祈祷，不厌其烦地为自己的爱情算命，幻想她会突然按响我家的门铃，会突然打来电话，会突然出现在我经过的路上，对我会心微笑，使所有的苦难化为迟来的幸福。

会吗？历经沧桑的爱情会绕开往昔的波折重新开始吗？

三月已逝，紫色的豌豆花已失去色泽。

五月已逝，桃花梦一般盛开又消失。

九月已逝，金黄色的叶片随风而去。

屈指算来，五年的时光已经过去，在我无望的等待中，无助的挣扎中，她没有任何音讯传来。我没有得到哪怕一星半点她回心转意的消息。再也不会有这样的可能了！微弱的希冀如渐行渐远的帆影湮然而逝。她的身影以及我以青春为代价的等待都将随絮语一般的微风消失得无影无踪。

走在雨雾弥漫的小径上，心中唤起绮丽的向往。我站在一棵散发着芳香的小树旁，希望这样的时刻能够长久地在心中停留。我无限惆怅地感慨这种青春时节的感受的独特和唯一，比如对于一条路、一段河流、一片霞云。当这段时光消逝而去，便不会再现同样的心境。就如每一瓣春天的花朵都绝不相同一样。回望过往的岁月，回望那些焦虑、疑惑、挣扎、苦楚与失落，回望那些不堪与沉重的追念，也曾有过凄美的惊鸿一瞥、温婉的相拥相诉以及地老天荒的誓言，如今，这一切虽然随风而逝，但却深重地镌刻在我的生命年轮之中。因此，青春的每一次忘情投入，每一处细微感受，哪怕再随意浅显，哪怕在未来的眼光中怎样幼稚可笑，都是每个人生命中珍贵的记忆。

95

过往的岁月走火入魔般悄然而逝。我想留住时间，不让它走得太快，但无论是人还是时间，都是那般匆匆而去。我想破蛹成蝶，让自己凤凰涅槃得以重生，但却眼见着自己一点点地蜕变苍老。

转眼就到了而立之年。

三十岁生日来临之前，好事依然没有降临：我的 TOEFL 和 GMAT 成绩陆续下来了，对于这次考试虽自我感觉非常好，而现实仍不如愿。TOEFL 分数为五百六十分，在高分如云的考托战场，这样的成绩简直可以忽略不计；更为糟糕的是 GMAT 成绩，我估计最低也应该在四百五十分以上，结果只有三百九十分。我又一次瞎子点灯白费蜡了。

我那部《逃跑的诗人》的手稿命运更为蹊跷。最初我将稿子直接送到一家知名出版社，编辑们正在开会。我未多说话，将稿子交到一个编辑手中，留下他的姓名电话，就告辞而去。一个月过去，再打电话，那个编辑说，稿子他们社不能用，他帮着介绍给了另一家出版社。过一段时间，我又与这家出版社联系，第一次打，那编辑说太忙，当时就挂断了。过一会儿再打过去，他支支吾吾几乎想不起见过这部稿子。约我一星期以后再打。一星期后，他的回答还是含糊不清。我有点急了，我说，总得有个说法吧，不然把稿子退给我也行呀。那编辑最后说了实话，稿子不知放在何处，找不到了。我火了，冲着电话那一头大喊："你们怎么能这样？哪有这么对待作者的？稿子有问题，你们可以退给我，这么不了了之，也太对不起作者的心血吧！"编辑自知有些理亏，问："你应该还有原稿吧！"我说："这是唯一的完整原稿。"我确实又一次失策了，没有复印一下。我当时想既然丢过一回，不可能一而再了，没想到偏偏就一而再地丢稿。他说："实在抱歉了，别急，我再帮你找找。要说这也真够离奇的，我当编辑这么多年，还从未遇到过这种事。也怪你没经验，怎么也该留个原稿呀！"他不急不恼地解释着。

"你看过我的稿子吗？"

"实话说，我手边稿子太多，还未顾得上看。"

"我跟你没完！"我大喊一声挂断电话，又给最初联系的编辑通话，向他通报了原委，表示要向那编辑的领导告状。他心平气和地说："告，可以，不过他顶多挨顿批评而已，即使他受了处分，你丢的东西再也找不回来了。"

"就这么完了？"

"面对现实吧！你如果不忍放弃，还可以重新写。"

"……"

回想起来，这已经是第二次遗失我的手稿了。第一稿写完之后突然丢失，我与虹找了一个晚上，现在是第二次莫名其妙地丢失。难道因为"逃跑"两字就让我这本作品命运多舛吗？这就是我心血之作的命运，像我的爱情一样总是突然不知去向。

那位编辑见我平静一些，又对我说："你的稿子我当时粗粗翻了一下。我至少可以告诉你两点。第一，你这部小说，主题太颓废，太消沉，现在的人们喜欢看带给人刺激、带给人希望的东西，比如《北京人在纽约》《曼哈顿的中国女人》等，人们时间很紧，没有时间陪你思索空洞无物的东西，也不会同情弱者。这是一个竞争的时代，人们不会为失败者垂泪。第二，整体而言，你这部作品，虽然可能具有某些独特的体验和感悟，文字也具有诗意，有可能在小众圈子内引起共鸣，但从出版的角度看，需要考虑基本的成本核算。这样的作品发行量可能会很小，根本没有出版社愿意冒险。我很理解你渴望成功的心情，作为干这行的编辑，我还想劝你两句，现在外面的世界这么精彩，干什么不行，何必非耗在写作这一行呢？我说的是真心话，仅供参考。"这是对我作品的委婉否定了，或许我的手稿未丢，只不过被他们扔到了废纸堆里，出于尊重作者面子的考虑，才以手稿丢失为借口打发我。

我木然地挂断电话，犹如一盆冷水浇到头上。我承认那个素不相识的编辑也许是对的，然而我不死心。我知道我坚持写作无非是赌气。因为包括虹在内的许多人不看好我，也不理解我，这反而激起了我的逆反心理。这就是我长时期一而再、再而三执着于此的原因。现在五年过去了，我的誓言没有实现，仍在一次次忍受着命运的捉弄。失恋以来残存的想证明自己的最后一点青春的冲动瞬间土崩瓦解。

如今除了年龄，一切都与以前一模一样，而且看不到好转的迹象。

回首三十年的人生，只能用"一事无成""一无所有"加以概括。有人说女人是最好的学校，这个学校让我从一个有着美好向往的诗人变成了彻头彻尾的庸人。曾经刻骨铭心的一些东西也变成了一吹即散的飘浮在虚幻天空的泡沫。曾经的豪情万丈，如今已成为他人眼中的笑柄。苦难没有让我变得更加坚强，反而变得更加颓唐了。遭人讥讽、背弃、否决的经历也已经不那么激起我的反叛和冲动了，留下来的只剩下消沉、无奈、麻木和自嘲，这大概就是我这样的人所谓成熟的状态。

我的视力日益下降，身体越发消瘦，右腹部的疼痛常会在深夜袭扰，搅得我无法入眠。一个脆弱的男人的忧伤使我不仅没有摆脱阴影，反而对往昔越陷越深了。

夜深人静的时候，我所接触过的有过体肤之欢的女孩们的微笑常会浮现眼前，这就是我爱的归宿和寄托。爱曾经失而复得而又得而复失，只能在无望的追忆中度日如年。我的青春被几段经历所分割，而这些段落又相互交织混杂在一起，好像涂抹得花花绿绿的油画，远看色彩斑斓，近看却是深浅不一的道道伤痕。在记忆中我几乎已经无法再现往昔的岁月，而只剩下一些拼接在一起的碎片。我的青葱岁月就是在思念、求索、再思念，然后一次次求而不得中度过的。假如时光可以倒流，人生可以重置，我会不会有一种不同的选择呢？比如明知看到了她对我不够真爱，就率先主动知趣地离开？或许仍然是难乎其难的。爱上一个人不是以对方是否爱你为条件的。我幸运而不幸地爱上了她，中了丘比特的神箭，我爱得不可自拔，爱得盲目而愚蠢。她的美貌、她的气质和才华是那样打动我，让我一叶障目不见泰山。

我不愿再相信情感中曾经历过的背叛，只是在无奈中坚守。我就像刻舟求剑一般，以为在失落的地方画上一个标志，有朝一日还会找回失去的所有，让自我沉溺的甜蜜的往昔复活。殊不知，时过境迁，曾经的坚守早已失去了意义。无论是美妙还是痛楚都不过是梦境一场。我觉得一切都变得越发不可捉摸，恋人、朋友、家庭似乎都是虚构的，突然就会面目全非或者变得无影无踪。我追忆难舍的恋人也不再是那个叫作虹的真实存在的形象，而成了一种臆想。

就在几天前，又有一个令人震惊的消息传来。最后一个大学好友侯永军也离开了这个世界，他是溺水而亡。地点就在他与女友度假漫步过的海滨。他守候患了绝症的心爱的女友达半年之久，还是未能挽救她的生命，于是决定随她而去。他在我最绝望的时刻劝我一定要等待，等待爱人的后悔和回心转意。这成了我苟活下来的唯一原因。而现在他也走了，他为了无法等待的爱情放弃了生命，而我还在继续漫无头绪地活下去。

我勇于追求，但又心存惧怕，我勇于前行，但又经常退缩。我执着于美好的情感，但又陷入玩世不恭。我自暴自弃而又顾影自怜，对经历过的每件事都带着一种不以为然的眼神，对即将面对的每一个选择又表现出患得患失的心态。

这天，我听着调频立体声节目播出的德沃夏克的降 B 小调大提琴协奏曲，脑海中浮现出曾经失之交臂的一个个女孩，某杂志编辑，某空军医院护士，某研究所会计，某高校研究生，某厂技术员，中学教师，设计院制图员，法院秘书，公司职员等等。实际上也许我错过了一些机会，在她们当中或许会有一个最适合做我妻子的人，而我均在一面之交之后，放弃了进一步交往的可能。在虹之后，那些曾令我激情冲动的女孩子，无论是霄、菲还是覃等等，都没有使我摆脱苦难的思念。在内心深处，我一直渴望找到一个能够替代虹的人，却发现这是无济于事的。寻觅与失落成为我青春时节最大的伤悲。

我缺少成功者的从容与笃定，像一根根基不牢的河边芦苇，随风摇摆。我沮丧、颓唐、自卑而懦弱，激情的付出已成为遥远的海浪，难以掀起内心堤岸的微澜。岁月中的经历带给我不易察觉的嬗变，我已经由特立独行变得随波逐流，眉飞色舞、意气风发好像根本就不曾出现在我的身上，而只是附形于另一个人和另一个时代。让我始终聊以自慰的是在我所有的情感经历中，虽然我曾遭遇过数次背叛，但我从未背叛过他人。我不希望我所爱过、牵挂过的恋人经历如我一般痴情后的惨淡。我深感悲伤的是，虽然我内心依然执着于真情，我无奈地坚守，但已经深感无力赢得这种感情。我漏掉了本该属于我的一次又一次机会，却总在抱怨机会为什么总是不再垂青于我。

我感到生命中最宝贵的青春正在一天天消逝，所有那些青春时节的无望的等待、梦想的幻灭以及无奈的挣扎，都将画上句号。我不知道我会不会以选择一个平静的婚姻作为我青春的终结。也许这完全不是我能够决定的事。我已经想好，面对婚姻，我不当冒险家，决不探奇；也不当诗人，朝三暮四；更不当发明家，用九十九次失败去换一次成功。我将接受钱币两面中任何一种命运的安排。

再见了，我青春的缠绵和冲动。

清晨，可以听到汽车和摩托车启动的声音，城市开始苏醒。行人匆匆而往，世界像一个深沉的海，一个人的失落几乎不会激起一丝波澜。

昨天午夜，我梦见了虹，她风尘仆仆地出现在我的眼前，泪眼蒙眬地告诉我：她想我，一直在想我。她一直希望回到我的身边。

我好不委屈，急忙上前向她解释，我想说：那为什么还不快点回来，你还要让我怎样等待？有谁像我这样日夜思念着、苦恋着一个人？

但我却像哑了一般，话挤在嗓子眼里，一句也说不出来。

我醒了，半天难以平静，眼角有一滴泪水缓缓流下来。

在我三十岁生日的早晨，窗外天气不太晴朗，有一片压抑的阴云欲哭无泪地浮在天空之中，但又有一束光线好像迟迟没有从云层中穿透下来。

蓦然回眸，我的青春好像还未开始就已经结束了，这多少令我感到伤感。我站在镜前，自怨自艾地望着自己不再年轻的容颜和依稀可见的华发，感觉到时光的无情与恐惧。三十岁的生日我打算这样度过：一、结束过去，彻底掩埋所有情感的旧事；二、去照一张相，一定要精心设计，要显得精神振作，要像没有经历过初恋创伤的二十五岁那样对一切充满希望；三、开始一本爱情诗歌集的收集工作；四、随意搭乘一列火车，到一个莫名的小站去吃一顿朴素的生日晚餐。

三十岁的生日纪念就这样开始了。我背着一个旅行袋，拎着一把伞，返回我生活过四年的校园。这个笼罩在霏霏细雨中的校园令我感慨万千：这所学校曾有我倾心相恋的人，我生命中最美好的青春因她而起，也因她而逝了。

走在雨雾弥漫的小径上，心中唤起绮丽的向往。我站在一棵散发着芳香的小树旁，希望这样的时刻能够长久地在心中停留。我无限惆怅地感慨这种青春时节的感受的独特和唯一，比如对于一条路、一段河流、一片霞云。当这段时光消逝而去，便不会再现同样的心境。就如每一瓣春天的花朵都绝不相同一样。回望过往的岁月，回望那些焦虑、疑惑、挣扎、苦楚与失落，回望那些不堪与沉重的追念，也曾有过凄美的惊鸿一瞥、温婉的相拥相诉以及地老天荒的誓言，如今，这一切虽然随风而逝，但却深重地镌刻在我的生命年轮之中。因此，青春的每一次忘情投入，每一处细微感受，哪怕再随意浅显，哪怕在未来的眼光中怎样幼稚可笑，都是每个人生命中珍贵的记忆。

感谢岁月带给我的一切，感谢岁月没有让我的回忆成为一片空白，感谢岁月让我的青春拥有耐人寻味的蜿蜒与坎坷。

站在我曾漫步的初恋的路口，任风吹拂着我的脸庞，回忆沉浸在甜蜜的忧伤之中。

初恋从不远的地方轻轻走过来。在空旷静寂的运动场上，遥远而熟悉的声音正在轻轻回荡。

"你看，我们像不像在演一部戏？"

"一部什么戏？"

"青春时节的爱情。"

"演给谁看？"

"我们自己。"

"也许我们的爱不会有一个圆满的结局。"

"那怕什么，只要爱过，就会无怨无悔。"

风吹过来了。

"大幕就要拉开了，快闭上你的眼睛！"我对她说。

我慢慢地向她靠近，我嗅到她身上芬芳的气息。她的呼吸伴随着我的心跳。

快接近她的时候，我停住了，她睁开眼睛看我，脸上泛起红晕。

"闭上眼睛！"我又一次轻轻说，然后突然贴紧她的嘴唇。

一个夜晚，一个初恋的夜晚充实得好似一生。我们手挽手穿过黎明前散发着花香的城市，我们站在灯光映照的长桥上，等待着分别的来临……这一刻，竟漫长得犹如初恋的整个过程。永别的时刻是在没有预料的地方突然来临的。汽笛长鸣，列车刚刚启动，我茫然呆立片刻，又匆忙向候车室二层跑去，隔着朦胧的窗玻璃，望着载满我青春幻想的列车驶向远方。

绕过校园空旷无人的操场，缓缓地踏过一片初绿的草地，对面熟悉的楼群近在咫尺。

雨已经停歇，晨光在湖面投入倒影。阳光碎金般在浮动的空气中闪烁。自来水管喷出的雨雾中有红色的蜻蜓旋舞，我看见虹从教学楼的红门中走出来，她一只手拎着一本书，另一只手习惯性地拢在她秀美的短发旁，翩翩的身影若梦似幻。

我追寻着她的幻影来到我们第一次约会的地方。绕过一段林间山岗，我感到吟唱着轻歌的风从远方传来，从青春深谷中的记忆传来，好似祝福又好似劝慰。这里是我第一次约会的地方，曾有过青春时代真正意义的恋人物语。我从包里拿出所有旧日的东西：五本日记；两盘录音磁带，一盘是卡朋特的歌曲集，另一盘是自制的那个《青春的回声》；一只烧过的火把芯；一扎情书；一袋反映两人共同生活的照片；一块红绸；一枚晶莹的心形的竹扇；以及一些无关紧要的证书和准考证；还有就是那张过期的结婚证，那上面写着：同意××单位的××与××单位的××结为夫妻，特此证明等等。我把这些东西放在一起，用剪刀剪碎，然后用火机将它们点燃，带烟的火苗一下子把这些曾像生命一样鲜活的东西瞬间吞噬，化成灰烬。一份激情的美梦、思念的哀愁就这样焚毁成灰。当然，还有那块刻有"海枯石烂"的沙石，我把它轻轻沉入未名湖波澜不惊的深潭之中……所有初恋记忆的物证就这样化为乌有。

我走过后湖、东操场、俄文楼、图书馆前的草坪以及颜色日渐发淡的学生宿舍楼，属于一段生命的记忆就这样伴着泥土点点洒下……

湖边的一个诗歌演唱会已经拉开了帷幕，动人的歌声、吉他声以及无拘无束的欢呼声从湖面和林梢传过来。

我觉得青春之泉的叮咚之声、青春的流云以及青春的幻梦重回心间。

尾　声

　　青年教师文死于酗酒。1998 年 8 月，他随大型世纪婚庆纪念活动摄制组奔赴西北边城，担任摄像工作。他干得十分卖力且称职。他所设计的一对对拥抱在一起的新郎新娘乘降落伞从天而降的场面十分精彩，低空飞翔的直升机将五彩缤纷的缎带、纸屑和喜糖撒向人间。喜庆的气氛铺天盖地，弥漫整个城市。这也许是他渴慕已久的热烈场面。当十几辆凯迪拉克载着一百对新人穿越拥挤的市区开向充满原始魅力的沙漠湖区时，他甚至一边干活一边愉快地吹着口哨。那天的新婚酒宴热闹非凡，纵情欢歌直到深夜。据同行者说，他唱了歌，是那首《只要你过得比我好》，连唱多遍，唱得嗓子发哑也不罢休。后来，他开始狂饮不止，直至瘫倒在地。送至医院时已不省人事，次日凌晨死亡。在他的衣服口袋里发现了他所写的一封信。直到这时，人们才发现，他对自己的死是有预谋的，只不过以另一种方式提前了几天而已。而且，正如他所预料的，他的死并未引起多大反响，喜庆而充满向往的气氛实在是太热烈了，他的死不过是沧海一粟。

　　他在信中说：人生会突然中断，正如情感会突然中断一样。一切都会结束，没有永恒，只有结束才是永恒。一生为情所困的人就让他为情而止吧！

　　他在信中有一句话：如果我死去，请把我埋在 L 县的沙漠里。我曾经说过，没有爱，毋宁死。

　　他的胸口上文了一行字：虹，爱你到永远。

1998 年 7 月 8 日初稿

2000 年 8 月 17 日改

2017 年 9 月再改

图书在版编目（CIP）数据

未名情书 / 易行著 .—北京：作家出版社，2021.1
ISBN 978-7-5212-0908-2

Ⅰ . ①未…　Ⅱ . ①易…　Ⅲ . ①长篇小说－中国－当代
Ⅳ . ① I247.5

中国版本图书馆 CIP 数据核字（2020）第 056827 号

未名情书

作　　者：易　行
责任编辑：章　文
内文插图：刘一彤
装帧设计：意匠文化·丁奔亮
出版发行：作家出版社有限公司
社　　址：北京农展馆南里 10 号　　邮　　编：100125
电话传真：86-10-65067186（发行中心及邮购部）
　　　　　86-10-65004079（总编室）
E-mail:zuojia @ zuojia.net.cn
http://www.zuojiachubanshe.com
印　　刷：北京盛通印刷股份有限公司
成品尺寸：170×240
字　　数：550 千
印　　张：29.25
版　　次：2021 年 1 月第 1 版
印　　次：2021 年 1 月第 1 次印刷
ISBN 978-7-5212-0908-2
定　　价：68.00 元